RUDYARD KIPLING
WERKE

NEU ÜBERSETZT

UND HERAUSGEGEBEN

VON

GISBERT HAEFS

IM HAFFMANS VERLAG

ZÜRICH

RUDYARD KIPLING

DIE VIELFALT DER GESCHÖPFE

Übersetzt
von
GISBERT HAEFS

HAFFMANS VERLAG

"A DIVERSITY OF CREATURES" ERSCHIEN ZUERST 1917
BEI MACMILLAN AND CO., LONDON, UND
DOUBLEDAY, PAGE & COMPANY, NEW YORK.

UMSCHLAGZEICHNUNG VON
NIKOLAUS HEIDELBACH

1.–6. TAUSEND, FRÜHLING 1990

SATZ: JUNG SATZCENTRUM, LAHNAU
HERSTELLUNG: WIENER VERLAG, WIEN
ISBN 3 251 200076 3

INHALT

EINFACH WIE DAS A. B. C.

Das A. B. C., diese zur Hälfte gewählte, zur Hälfte nominierte Körperschaft aus wenigen Dutzend Personen, kontrolliert den Planeten. Transport ist Zivilisation, lautet unser Motto. Theoretisch tun wir, was wir wollen, solange wir nicht den Verkehr und alles was damit zusammenhängt *behindern. Praktisch bestätigt oder annulliert das A. B. C. alle internationalen Vereinbarungen, und seinen letzten Berichten zufolge findet es unsere tolerante, heitere, träge kleine Welt nur allzu bereit, die ganze Bürde öffentlicher Administration auf seine Schultern abzuwälzen.*

»Mit der Nachtpost«

WÄRE es nicht allmählich an der Zeit, daß unser Planet sich für die Tätigkeit des Aerial Board of Control [Luftkontrollbehörde] ein wenig interessierte? Man weiß ja, daß die mühelose Kommunikation heutzutage und der Mangel an Privatsphäre in der Vergangenheit alle Neugier unter den Menschen abgetötet haben, aber als Amtlicher Reporter des Board bin ich verpflichtet, meine Geschichte zu erzählen.

Um 9 Uhr 30, 28. August 2065 AD, wurde das in London tagende Board von De Forest darüber informiert, daß der Bezirk Northern Illinois sich aufrührerisch aus allen Systemen ausgeschaltet habe und abgekuppelt bleiben werde, bis das Board ihn übernehme und direkt verwalte.

Jeder Fracht- und Passagier-Tower von Northern Illinois, berichtete er, sei außer Betrieb; alle Haupt-, Neben- und Leitlichter seien erloschen; die gesamte Allgemeine Kommunikation sei stumm, und der Durchgangsverkehr sei umgeleitet worden. Man habe keine Begründung angegeben, aber inoffiziell habe er vom Bürgermeister von Chicago erfahren, der Bezirk klage über »Massenauflauf und Verletzung der Privatsphäre«.

Tatsächlich hat es keinerlei Bedeutung, ob Northern Illinois inner- oder außerhalb des planetaren Verbunds bleibt; politisch bedarf jede Klage über Verletzung der Privatsphäre sofortiger Ermittlungen, damit nichts Schlimmeres folgt.

Um 9 Uhr 45 wurden De Forest, Dragomiroff (Rußland), Takahira (Japan) und Pirolo (Italien) bevollmächtigt, Illinois aufzusuchen und »alle Schritte zu unternehmen, die nötig sein mögen, um den Verkehr *und alles was damit zusammenhängt* wieder aufzunehmen«. Um 10 Uhr war der Saal leer, und die vier Mitglieder und ich befanden uns an Bord von etwas, was Pirolo beharrlich »mein kleines Patenkind« nannte – das heißt, an Bord der neuen *Victor Pirolo.* Unser Planet beliebt Victor Pirolo als freundlichen grauhaarigen Enthusiasten zu kennen, der seine Zeit nahe Foggia mit der Erfindung oder Zucht neuer spanisch-italienischer Olivenbaumarten verbringt; er hat aber noch eine andere Seite – die Herstellung bemerkenswerter Erfindungen, von denen die *Victor Pirolo* vielleicht nicht die am wenigsten überraschende ist. Sie und ein paar Dutzend Schwesterschiffe des gleichen Typs verkörpern seine neuesten Ideen. Aber bequem ist sie nicht. Ein A. B. C.-Schiff hebt nicht sanft mit waagerechtem Kiel ab wie ein Liner, sondern schießt raketenartig hoch wie das »Flugzeug« unserer Vorfahren und erreicht die Flughöhe von Anfang an mit Höchstgeschwindigkeit. Aus diesem Grund fand ich mich plötzlich auf dem weitläufigen Schoß von Eustace Arnott wieder, dem Kommandanten der A. B. C.-Flotte. Irgendwie weiß man, daß es irgendwo auf dem Planeten so etwas wie eine Flotte gibt und daß sie theoretisch zu Zwecken existiert, die man einmal unter dem Namen »Krieg« kannte. Erst eine Woche zuvor, bei der Besichtigung eines Gletscher-Sanatoriums jenseits von Godthåb, hatte ich einige Geschwader weit im Norden falsche Nordlichter erzeugen sehen, während sie um den Pol manövrierten; aber natürlich war mir nie der Gedanke gekommen, man könne die Dinger im Ernst verwenden.

Als ich zu einem Sitz auf dem Kartenraum-Diwan stolperte, sagte Arnott zu De Forest: »Wir sind denen in Illinois ungeheuer dankbar. Wir hatten noch nie die Chance, mit der ganzen Flotte gleichzeitig zu üben. Ich hab Generalappell gegeben, und ich nehm an, heut abend sind mindestens zweihundert Kiele oben.«

»Hoch oben?« fragte De Forest.

»Natürlich, Sir. Außer Sichtweite, bis sie benötigt werden.«

Arnott lachte, während er sich auf dem transparenten Tisch rekelte, wo die Karte des sommerblauen Atlantik entlangglitt, Längengrad um Längengrad, exakt mit unserem Vorankommen abgestimmt. Die Skala zeigte bereits 320 Meilen pro Stunde, und wir waren zweitausend Fuß über den höchsten Verkehrslinien.

»Also, wo ist jetzt euer Illinois-Distrikt?« sagte Dragomiroff. »Man reist so viel, man sieht so wenig. Ah, jetzt weiß ichs wieder! In Nordamerika.«

De Forest, zu dessen Geschäft es gehört, die abwegigen Distrikte zu kennen, sagte uns, dieser hier liege am Fuß des Michigan-Sees, an einer Straße nach nirgendwo, sei von einem Ende zum anderen etwa eine halbe Flugstunde lang und, außer in einer bestimmten Ecke, flach wie die See. Wie die meisten Flachländer heutzutage sei der Distrikt stark befestigt gegen Verletzung der Privatsphäre, und zwar durch Triebholz – fünfzig Fuß hohe Fichten und Lärchen, in fünf Jahren gewachsen. Die Bevölkerung zähle fast zwei Millionen, größtenteils Pendler zwischen Florida und Kalifornien, mit einem Rückgrat kleiner Farmen (in Illinois nennt man tausend *acres* eine Farm), deren Eigentümer im Winter zu Zerstreuung und Gesellschaft nach Chicago kämen. Sie seien, sagte er, bemerkenswert nette, ruhige Leute, aber in ihren Vorstellungen von Privatsphäre ein wenig anspruchsvoll, wie alle flachen Länder es sein müssen. So habe es zum Beispiel in Illinois seit siebenundzwanzig Jahren keine gedruckten Nachrichtenblätter mehr gegeben. Chicago sei der Meinung, Maschinen zur Verfertigung gedruckter Nachrichten entwickelten sich früher oder später zu Maschinen zur Verletzung der Privatsphäre, was seinerseits die alten Schreckgespenster von Menschenmengen und Erpressung wieder über den Planeten bringen mochte. Deshalb keine Nachrichtenblätter.

»Und das ist Illinois«, schloß De Forest. »Wissen Sie, in den Alten Tagen gehörte es zur Vorhut dessen, was man damals ›Fortschritt‹ nannte, und Chicago ...«

»Chicago?« fragte Takahira. »Der kleine Ort, wo Salatis Statue vom *Nigger in Flammen* steht? Nettes altes Kunstwerk.«

»Wann haben Sie es gesehen?« fragte De Forest schnell. »Es wird nur einmal im Jahr enthüllt.«

»Ich weiß. Zum Erntedank. *Da* war es«, sagte Takahira mit einem Schaudern. »Und die haben auch MacDonoughs Song gesungen.«

»Juj!« De Forest pfiff. »Hab ich nicht gewußt! Hätten Sie mir besser früher gesagt. MacDonoughs Song hat vielleicht seinen Sinn gehabt, als er komponiert wurde, ist aber für jeden, der sowas hinterläßt, ein teuflisches Erbe.«

»Reiner Schutzinstinkt, liebe Freunde«, sagte Pirolo; er drehte sich eine Zigarette. »Der Planet hat seine Dosis an Volksherrschaft geschluckt. Er leidet an ererbter Agoraphobie. Er hat keinen – ah – Bedarf an Massen.«

Dragomiroff beugte sich vor, um ihm Feuer zu geben. »Stimmt schon«, sagte der weißbärtige Russe. »In den letzten hundert Jahren hat der Planet alle denkbaren Vorkehrungen gegen Menschenmassen getroffen. Was ist heute unsere Gesamtbevölkerung? Sechshundert Millionen, hoffen wir; fünfhundert, meinen wir; aber – aber wenn nächstes Jahr die Volkszählung mehr als vierhundertfünfzig ergibt, fresse ich persönlich alle überzähligen kleinen Babies auf. Wir haben die Geburtenrate abgeschafft – total! Seit langem sagen wir dem Allmächtigen jetzt schon: ›Danke sehr, Sir, aber Ihr Spiel des Lebens mögen wir nicht besonders, deshalb spielen wir nicht mehr mit‹.«

»Wie auch immer«, sagte Arnott abwehrend, »heute haben

wir eine durchschnittliche Lebenserwartung von hundert Jahren.«

»Ah, das ist auch gut so! Ich bin reich – Sie sind reich – wir sind alle reich, weil wir so wenige sind und so lange leben. Nur glaube *ich*, der Allmächtige wird Sich noch gut erinnern, wie der Planet zur Zeit der Massen und der Heimsuchung ausgesehen hat. Vielleicht schickt Er uns dafür jetzt schlechte Nerven. Eh, Pirolo?«

Der Italiener blinzelte in den Raum. »Vielleicht«, sagte er, »hat Er das schon getan. Jedenfalls kann man mit dem Planeten nicht diskutieren. Er vergißt die Alten Tage nicht, und – was wollen Sie machen?«

»Bestimmt können wir die Welt nicht neu erschaffen.« De Forest blickte auf die Karte, die gleichmäßig von West nach Ost über den Tisch floß. »Gegen neun heut abend müßten wir über unserem Ziel sein. Danach werden wir nicht viel zum Schlafen kommen.«

Auf diese Andeutung hin gingen wir auseinander, und ich schlief, bis Takahira mich zum Abendessen weckte. Unseren Ahnen schienen neun Stunden Schlaf reichlich für ihr kurzes Leben. Wir, die wir dreißig Jahre länger leben, fühlen uns bei weniger als elf von vierundzwanzig betrogen.

Um zehn Uhr waren wir über dem Michigan-See. Das Westufer war unbeleuchtet, abgesehen von dumpfem Bodenglimmen bei Chicago und einem einzigen Verkehrsleitfeuer – der Leitstrahl wies nach Norden – bei Waukegan, steuerbord voraus. Keines der Dörfer am See gab ein Lebenszeichen von sich; und landein, nach Westen, lag ungebrochene Schwärze auf der ebenen Erde, so weit wir sehen konnten. Wir sanken und flogen niedrig durchs Dunkel, riefen Landkreis um Landkreis an. Hin und wieder fingen wir das schwache Glitzern einer Hausbeleuchtung auf oder hörten das Scharren und Reißen eines Kultivators, der über die Felder gelenkt wurde, aber Northern Illinois als Ganzes war eine schwarze und offenbar unbewohnte

Wüstenei aus hohen Triebwäldern. Nur unsere beleuchtete Karte mit dem kleinen Zeiger, der von Landkreis zu Landkreis schwenkte, während wir immer wieder drehten und wendeten, gab uns eine Vorstellung von unserer Position. Unsere drängelnden, bittenden, schmeichelnden oder befehlenden Rufe über Generalkommunikator lösten keine Antwort aus. Ganz strikt bewahrte Illinois seine Privatsphäre hinter den Bäumen, die es zu diesem Zweck getrieben hatte.

»Also, das ist doch absurd!« sagte De Forest. »Wir sind wie eine Eule, die ein Weizenfeld beackern will. Ist das da Bureau Creek? Wir sollten landen, Arnott, und uns irgendwen schnappen.«

Wir strichen über einen Gürtel aus Triebgehölz – fünfzehnjährige Ahornbäume, sechzig Fuß hoch –, landeten auf einem privaten Wiesendock, knapp groß genug, machten mit den eigenen Dreggankern fest und eilten durch die warme dunkle Nacht zu einem Licht auf einer Veranda. Als wir uns dem Gartentor näherten, hätte ich schwören können, wir seien knietief in Treibsand geraten, denn wir konnten unsere Füße kaum gegen den prickelnden Strom bewegen, der sie behinderte. Nach fünf Schritten blieben wir stehen, wischten uns die Stirn, auf trokkenem glatten Gras so hoffnungslos steckengeblieben wie Kühe in einem Sumpf.

»Pest!« rief Pirolo verärgert. »Wir stecken in einem Bodenfeld. Auch noch mein eigenes System! Das Ziehen kenn ich.«

»Guten Abend«, sagte eine Mädchenstimme von der Veranda. »Oh, tut mir leid! Wir haben abgesperrt. Einen Moment bitte.«

Das Mädchen lachte und legte das Strickzeug weg. Neben ihr stand ein altmodisches Kontrollgerät, das sie von Zeit zu Zeit umschaltete, und wir konnten das Grunzen und Scheppern des gehorsamen Kultivators hören, eine halbe Meile entfernt, hinter den Schutzwäldern.

»Kommen Sie rein, setzen Sie sich«, sagte sie. »Ich laß bloß nen Pflug laufen. Dad ist nach Chicago, um ... Ah! Dann war das *Ihr* Ruf, den ich eben gehört hab!«

Sie hatte Arnotts Board-Uniform erblickt, sprang zum Schalter und drehte ihn voll auf.

Wir wurden gestoppt, ächzend, diesmal hüfttief im Stromfeld, drei Yards vor der Veranda.

»Wir wollen doch nur wissen, was mit Illinois los ist«, sagte De Forest sanft.

»Warum gehn Sie dann nicht lieber nach Chicago, um das rauszukriegen?« antwortete sie. »Hier ist alles in Ordnung. Wir verfügen selber über uns.«

»Wie sollten wir irgendwohin gehen, wenn Sie uns nicht loslassen?« fuhr De Forest fort, während Arnott finstere Grimassen schnitt. Flottenadmirale sind trotz allem ganz menschlich, wenn ihre Würde angetastet wird.

»Moment – Sie wissen ja nicht, wie komisch Sie aussehn!« Sie legte die Hände auf die Hüften und lachte mitleidlos.

»Keine Sorge deswegen«, sagte Arnott und pfiff. Eine Stimme antwortete von der *Victor Pirolo* auf der Wiese.

»Bodenfeld mit nur einer Sicherung!« rief Arnott. »Löschen, aber behutsam!«

Wir hörten das *ping* einer berstenden Lampe; irgendwo in der Bedachung der Veranda flog eine Sicherung heraus und schreckte ein Nest voller Vögel auf. Das Bodenfeld war offen. Wir bückten uns und rieben die kribbelnden Knöchel.

»Rücksichtslos – aber sehr rücksichtslos von Ihnen!« rief das Mädchen.

»Tut mir leid, aber wir haben keine Zeit, komisch auszusehen«, sagte Arnott. »Wir müssen nach Chicago; und wenn ich Sie wäre, junge Frau, würde ich die nächsten zwei Stunden in den Keller gehen und Mutter mitnehmen.«

Er schritt von hinnen, mit uns auf den Fersen, und murmelte empört vor sich hin, bis ihm der Witz des Vorgangs aufging und er sich am Fuß des Fallreeps vor Lachen krümmte.

»Das Board hat sich bei dieser Gelegenheit nicht gerade mit Ruhm bekleckert«, sagte De Forest; er wischte sich die Augen. »Ich hoffe, ich hab nicht so blöd ausgesehen wie Sie, Arnott! Hallo! Was ist denn das? Kommt Dad aus Chicago heim?«

Wir hörten ein Rattern und Rauschen, und ein fünfschariger Kultivator, die Pflugscharen in der Luft gebleckt wie Zähne, wälzte sich vom Waldrand her auf uns los, mit heftigem Qualmen und Sprühen.

»Springen!« sagte Arnott, und wir drängten uns durch die schmale Tür. »Schließen ist nicht wichtig. Rauf!«

Die *Victor Pirolo* stieg wie eine Luftblase, und die bösartige Maschine schoß knapp unter uns vorüber und hieb dabei in die Luft.

»So ein nettes Kratzekätzchen!« sagte Arnott; er klopfte sich Staub von den Knien. »Wir stellen ihr eine höfliche Frage. Zuerst fesselt sie uns mit dem Feld, und dann jagt sie einen Kultivator auf uns los!«

»Und dann fliehen wir«, sagte Dragomiroff. »Wenn ich vierzig Jahre jünger wäre, würde ich zurückgehen und sie küssen. Ho! Ho!«

»Ich«, sagte Pirolo, »würde sie übers Knie legen! Mein Lieblingsschiff, gejagt von einem dreckigen Pflug; einem – wie sagt man? – landwirtschaftlichen Gerät.«

»Ach, das ist eben Illinois«, sagte De Forest. »Die begnügen sich nicht damit, von Privatsphäre nur zu reden. Die sorgen dafür, daß sie sie auch kriegen. Und wo ist jetzt unsere angebliche Flotte, Arnott? Wir müssen uns irgendwie gegen die Maid behaupten.«

Arnott wies in den schwarzen Himmel.

»In Warteposition – da oben«, sagte er. »Soll ich denen die ganze Installation überlassen, Sir?«

»Ah, ich glaube nicht, daß die junge Dame soviel wert ist«, sagte De Forest. »Bringen Sie uns rüber nach Chicago, vielleicht kriegen wir da was zu sehen.«

Ein paar Minuten später hingen wir zweitausend Fuß über einem rechteckigen Stück Weißglut im Zentrum der kleinen Stadt.

»Sieht aus wie das alte Rathaus. Ja, da steht Salatis Statue davor«, sagte Takahira. »Aber was um alles in der Welt machen die mit dem Platz? Ich dachte, das würde heute als Markt benutzt. Ein bißchen tiefer, bitte.«

Wir konnten das Zischen und Knistern der Straßendecker hören – die billige westliche Ausführung der Maschine, die Steine und Schutt zu lava-artigem Riffelglas für die groben Landstraßen verschmilzt. Drei oder vier Straßendecker arbeiteten um ein Geviert von Ruinen. Die Stein- und Ziegeltrümmer stürzten, glitten vorwärts und breiteten sich dann als weißglühende Pfützen zäher Schlacke aus, die von den Nivellierstangen mehr oder minder glatt gestrichen wurden. Ein Drittel des großen Blocks war bereits dieser Behandlung unterzogen worden und kühlte sich vor unseren verwunderten Augen zu mattem Rot ab.

»Das ist der Alte Markt«, sagte De Forest. »Na ja, nichts hindert Illinois daran, eine Straße durch Markthallen zu bauen. Jedenfalls behindert es nicht den Verkehr, soweit ich sehe.«

»Ssst!« sagte Arnott; er packte meine Schulter. »Hören Sie! Die singen. Weshalb um alles in der Welt singen die jetzt?«

Wir sanken weiter, bis wir den schwarzen Menschensaum am Rand dieses glühenden Platzes sehen konnten.

Zuerst brüllten sie nur gegen das Brüllen der Straßendecker und Nivellierer an. Dann erreichten uns die Wörter ganz deutlich - die Wörter des Verbotenen Lieds, das alle Menschen kannten und das keinem über die Lippen wollte – der Song des armen Pat MacDonough, verfaßt in den Tagen der Massen und der Heimsuchung – jedes einzelne Wort bis zum Überschlagblitzen gebläht mit den ererbten Erinnerungen des Planeten an Grauen, Panik, Angst und Grausamkeit. Und

Chicago – das unschuldige behäbige kleine Chicago – sang den Song laut zu der höllischen Melodie, die vor wenigen Generationen Aufruhr, Pestilenz und Irrsinn um unseren Planeten getragen hatte!

Once there was The People – Terror gave it birth;
Once there was The People, and it made a hell of earth!

[Einst gab es Das Volk – Entsetzen gebar es;
einst gab es Das Volk, und es machte die Erde zur Hölle!]

(Dann das Stampfen und die Pause):

Earth arose and crushed it. Listen, oh, ye slain!
Once there was The People – it shall never be again!

[Die Erde erhob sich und zermalmte es. Lauscht, oh ihr Erschlagenen!
Einst gab es Das Volk – aber niemals wieder!]

Die Nivellierer fielen wie wild über die Ruinen her, während das Lied wieder, wieder und wieder von vorn begann, lauter als das Krachen der schmelzenden Wände.

De Forest verzog das Gesicht.

»Das gefällt mir nicht«, sagte er. »Die sind in die Alten Tage zurückgefallen! Bald bringen die irgendwen um. Ich glaube, wir sollten sie besser ablenken, Arnott.«

»Aye, aye, Sir.« Arnotts Hand berührte seine Mütze, und wir hörten den Rumpf der *Victor Pirolo* widerhallen von dem Kommando: »Lampen! Beide Wachen klar zum Einsatz! Lampen! Lampen! Lampen!«

»Ganz ruhig!« flüsterte Takahira mir zu. »Schutzbrillen bitte, Quartiermeister.«

»Alles in Ordnung – keine Sorge!« sagte Pirolo hinter mir, und zu meinem Entsetzen stülpte er mir eine Art Gummihelm über, der sich mit einem Schnappen schloß. Ich konnte dicke gallertartige Buckel vor den Augen fühlen, stand aber in absolutem Dunkel.

»Um das Augenlicht zu retten«, erklärte er und schob mich

zum Kartenraum-Diwan. »In einer Minute werden Sie etwas sehen.«

Noch während er sprach, nahm ich einen dünnen Faden beinahe unerträglichen Lichts wahr, das aus unermeßlicher Entfernung vom Himmel abgelassen wurde – eine senkrechte Haaresbreite gefrorenen Blitzes.

»Das sind die Schiffe an unseren Flanken«, sagte Arnott neben meinem Ellenbogen. »Das da drüben steht über Galena. Schauen Sie nach Süden – das da ist über Keithburg. Vincennes ist hinter uns, und da im Norden ist Winthrop Woods. Die Flotte ist in Position, Sir« – zu De Forest. »Sobald Sie den Befehl geben.«

»Ah nein! Nein!« rief Dragomiroff neben mir. Ich konnte spüren, wie der alte Mann zitterte. »Ich kenne nicht alles, was Sie einsetzen können, aber seien Sie gnädig! Ich bitte Sie, seien Sie mit denen da unten ein bißchen gnädig! Das ist grauenhaft – grauenhaft!«

> When a Woman kills a Chicken,
> Dynasties and Empires sicken,
>
> [Wenn eine Frau ein Küken tötet,
> wird Dynastien und Imperien übel]

zitierte Takahira. »Jetzt ist es zu spät, um sanftmütig zu sein.«

»Dann nehmen Sie mir den Helm ab! Nehmen Sie meinen Helm ab!« begann Dragomiroff hysterisch.

Pirolo muß wohl den Arm um ihn gelegt haben.

»Ssst«, sagte er, »ich bin ja bei Ihnen. Alles ist in Ordnung, Ivan, mein Lieber.«

»Ich schicke unserem Mädchen in Bureau County eben eine Warnung«, sagte Arnott. »Verdient hat sies nicht, aber geben wir ihr eine Minute oder zwei, um Mama in den Keller zu bringen.«

In der absoluten Stille, die dem knurrenden Funkensprühen folgte, nachdem Arnott seinen Dienstkommunikator mit der unsichtbaren Flotte verbunden hatte, hörten wir MacDonoughs Song aus der Stadt unter uns schwächer werden, als wir zu unserer Position aufstiegen. Dann schlug ich die Hände vor die Linsen meiner Maske, denn es war, als ob der Boden des Himmels durchsiebt würde und alles unvorstellbare Lodern entstehender Sonnen durch die Luken schösse.

»Sie brauchen nicht zu zählen«, sagte Arnott. An derlei hatte ich absolut nicht gedacht. »Da sind zweihundertfünfzig Kiele da oben, fünf Meilen auseinander. Bitte volle Kraft für weitere zwölf Sekunden.«

Das Firmament, soweit das Auge reichte, stand auf Säulen aus weißem Feuer. Eine fiel auf den glühenden Platz in Chicago und ließ ihn schwarz werden.

»Oh! Oh! Oh! Ist es Menschen erlaubt, so etwas zu tun?« rief Dragomiroff; er fiel quer über unsere Knie.

»Ein Glas Wasser bitte«, sagte Takahira zu einer behelmten Gestalt, die schnell vortrat. »Er fühlt sich ein bißchen unwohl.«

Die Lichter wurden abgeschaltet, und die Dunkelheit rammte uns wie eine Lawine. Wir konnten Dragomiroffs Zähne am Rand des Glases hören.

Pirolo besänftigte ihn.

»Alles gut! Alles guuut!« wiederholte er. »Kommen Sie, legen Sie sich hin. Kommen Sie nach unten, ziehen Sie die Maske aus. Sie haben mein Wort, alter Freund, alles ist gut. Das sind meine Belagerungslichter. Die kleinen Lämpchen vom kleinen Victor Pirolo. Sie kennen mich doch! Ich tue den Leuten nicht weh.«

»Pardon!« Dragomiroff ächzte. »Ich habe nie den Tod gesehen. Ich habe nie das Board im Einsatz gesehen. Landen wir jetzt und verbrennen sie bei lebendigem Leib, oder haben wir das schon getan?«

»Ach, psst«, sagte Pirolo, und ich glaube, er wiegte ihn in seinen Armen.

»Sollen wir das wiederholen, Sir?« fragte Arnott De Forest.

»Geben Sie ihnen ne Minute Pause«, erwiderte De Forest. »Die könnten es brauchen.«

Wir warteten eine Minute, und dann stieg MacDonoughs Song, gebrochen aber trotzig, aus dem unbesiegten Chicago auf.

»Die scheinen die Melodie zu mögen«, sagte De Forest. »Ich würde es ihnen jetzt verabreichen, Arnott.«

»Sehr wohl, Sir«, sagte Arnott; er erfühlte sich den Weg zur Tastatur des Kommunikators.

Diesmal brachen keine Lichter hervor; das Gewölbe des Himmels selbst machte sich zum Mund für einen Ton, der jede einzelne Gehirnfaser bloßlegte. Menschen hören solche Klänge im Delirium, wenn sie wie Tiden herandringen von Horizonten jenseits der vermessenen Vorlande des Raums.

»Das ist unsere Stimmpfeife«, sagte Arnott. »Vielleicht klingen wir ein bißchen schief. Ich hab noch nie zweihundertfünfzig Musiker dirigiert.« Er zog die Kopplungen und schlug auf den Dienstkommunikatoren einen vollen Akkord an.

Die Lichtbalken sprangen wieder hinab und tanzten, feierlich und furchtbar, einen Stelzentanz, strichen bei jedem kniesteifen Kick dreißig oder vierzig Meilen nach links und rechts, und das Dunkel gebar – es gibt keine Skala, diese Klänge zu messen – die Melodie, deren Takt sie hielten. Bestimmte Töne – man lernte schnell, sie voller Entsetzen zu erwarten – schnitten einem durchs Mark, aber nach drei Minuten vergingen Gedanken und Gefühle in unbeschreiblicher Agonie.

Wir sahen, wir hörten, aber wir waren, glaube ich, mehr oder weniger ohnmächtig. Die zweihundertfünfzig Lichtbalken wanderten, formierten sich neu, spreizten und spalteten, verengten und weiteten sich, kräuselten sich zu Bändern, zerbrachen zu tausend weißglühenden parallelen Reihen, schmolzen und kreisten in verflochtenen Ringen wie altmodisches Drechselwerk, schossen zum Zenith empor, schienen wieder sinken und die Qual erneuern zu wollen, hielten im letzten Moment inne, fuchtelten wie wahnsinnig den Horizont entlang und verschwanden, um zum hundertsten Mal Dunkel über ganz Illinois zu bringen, viel niederschmetternder als ihr sofort wieder auflodерndes Licht. Dann endeten Melodie und Lichter gemeinsam, und wir hörten ein einziges verheerendes Jaulen, das den ganzen Horizont erschütterte wie ein reibender nasser Finger den Rand einer Schale.

»Ah, das ist meine neue Sirene«, sagte Pirolo. »Man kann einen Eisberg zerbrechen, wenn man die richtige Tonhöhe findet. Die werden jetzt in Geschwadern pfeifen. Wind, durch Verschalungslöcher im Bug.«

Ich war neben Dragomiroff zusammengebrochen, erschüttert und leise wimmernd, denn ich war vor der Zeit allen Schrecken des Jüngsten Gerichts ausgeliefert worden, und die Erzengel der Auferstehung schleiften mich nackt durch das Universum zum Klang von Sphärenmusik.

Dann sah ich, wie De Forest mit der flachen Hand auf Arnotts Helm schlug. Das Jaulen erstarb in einem langen Kreischen; ein schwarzer Schatten schoß hinter uns vorbei und kehrte zurück auf seine Position über den unteren Wolkenschichten.

»Ich unterbreche ungern einen Spezialisten, der sich gerade amüsiert«, sagte De Forest. »Aber die letzten fünfzehn Sekunden hat uns ganz Illinois gebeten, aufzuhören.«

»Ein Jammer.« Arnott streifte seine Maske ab. »Ich wollte eigentlich, daß Sie uns mal richtig summen hören. Unser tiefstes C kann Straßenpflaster anheben.«

»Das ist die Hölle – die Hölle!« schrie Dragomiroff; er schluchzte laut.

Arnott blickte fort, als er antwortete:

»Es ist zwar paar tausend Volt jenseits der alten Spielereien mit Beschießen und Versenken, aber *so* würde ich es dann doch nicht nennen. Was soll ich der Flotte sagen, Sir?«

»Sagen Sie ihnen, wir sind beeindruckt und begeistert. Ich glaube, die brauchen nicht länger in Bereitschaft zu bleiben. Da unten ist kein Fünkchen mehr übrig.« De Forest deutete hinab. »Die müssen alle blind und taub sein.«

»Ach, das glaub ich nicht, Sir. Die Demonstration hat ja keine zehn Minuten gedauert.«

»Wunderbar!« Takahira seufzte. »Ich hätte schwören können, es wäre die halbe Nacht gewesen. Also, gehen wir jetzt runter und sammeln die Bruchstücke auf?«

»Aber zuerst einen kleinen Drink«, sagte Pirolo. »Das Board sollte bei der Ankunft nicht in Tränen über sein eigenes Werk zerfließen.«

»Ich bin ein alter Narr – ein alter Narr!« begann Dragomiroff kläglich. »Ich wußte ja nicht, was passieren würde. Das ist mir alles neu. In Kleinrußland versuchen wir, mit ihnen zu reden.«

Der Lande-Tower von Nordchicago war unbeleuchtet, und Arnott brachte sein Schiff mit Hilfe der eigenen Lichter in die Halterungen. Sobald die Bordstrahler aufleuchteten, hörten wir von vielen Leuten unter uns flehentliches und entsetztes Ächzen.

»In Ordnung«, brüllte Arnott ins Dunkel. »Wir fangen nicht wieder damit an!« Wir stiegen die Treppe hinab und befanden uns knietief in einer kriechenden Menschenmenge; einige schrien, sie seien blind, andere flehten uns an, keinen weiteren Lärm zu machen, aber die meisten wanden sich, die Gesichter zu Boden gerichtet, Hände oder Mützen vor den Augen.

Pirolo kam uns zu Hilfe. Er kletterte seitlich auf einen Straßendecker und hielt von dort – wobei er gestikulierte, als ob sie sehen könnten – eine Ansprache an die heimgesuchten Leute von Illinois.

»Ihr Dummköpfe!« begann er. »Überhaupt kein Grund für derartiges Gezeter. Natürlich werden morgen eure Augen wehtun und rot sein. Ihr werdet aussehen, als ob ihr und eure Frauen zuviel getrunken hättet, aber es dauert nicht lange, bis ihr wieder so gut sehen könnt wie vorher. Ich sage euch das, und ich – ich bin Pirolo. Victor Pirolo!«

Die Menge erschauerte einmütig, denn es ranken sich viele Legenden um Victor Pirolo aus Foggia, der tief eingeweiht ist in Gottes Geheimnisse.

»Pirolo?« Eine schwankende Stimme erhob sich. »Dann sagen Sie uns, war in diesen Lichtern von Ihnen da noch irgendwas anderes außer Licht?«

In allen Ecken der Dunkelheit wurde die Frage wiederholt.

Pirolo lachte. »Nein!« donnerte er. (Warum haben kleine Männer so große Stimmen?) »Ich geb euch mein Wort und das Wort des Board, daß da nichts außer Licht war – nur Licht! Ihr Dummköpfe! Eure Geburtenrate ist ohnehin jetzt schon zu niedrig. Irgendwann muß ich mal was erfinden, um sie zu steigern, aber sie senken – niemals!«

»Stimmt das auch? . . . Wir haben gedacht . . . jemand hat gesagt . . .«

Es war zu spüren, wie ringsum die Spannung nachließ.

»Ihr riesengroßen Narren«, rief Pirolo. »Ihr hättet uns anrufen können, dann hätten wir es euch gesagt.«

»Euch anrufen!« schrie eine tiefe Stimme. »Ich wünschte, ihr wärt an unserem Ende der Leitung gewesen.«

»Ich bin froh, daß ich das nicht war«, sagte De Forest. »Hinter den Lampen war es schlimm genug. Aber egal! Es ist jetzt vorbei. Gibt es hier jemand, mit dem ich vernünftig reden kann? Ich bin De Forest – für das Board.«

»Sie könnten zum Beispiel mit mir anfangen – ich bin der Bürgermeister«, erwiderte die Baßstimme.

Ein großer Mann stand unsicher von der Straße auf und taumelte zur breiten Raseneinfassung vor den Gartenzäunen, wo wir saßen.

»Ich sollte als erster auf den Beinen sein. Bin ich?« sagte er.

»Ja«, sagte De Forest und stützte ihn, als er sich neben uns niederließ.

»Hallo, Andy. Bist du das?« rief eine Stimme.

»Entschuldigen Sie mich«, sagte der Bürgermeister. »Das klingt wie mein Polizeichef, Bluthner!«

»Ist er auch; und hier sind Mulligan und Keefe – auf den Beinen.«

»Bring sie bitte hierher, Blut. Wir sind die Vier, die angeblich für das Dorf hier zuständig sind. Was wir sagen, gilt. Und, De Forest, was sagen Sie?«

»Nichts – noch«, antwortete De Forest; wir machten Platz für die keuchenden, torkelnden Männer. »*Sie* haben sich aus dem System ausgeschaltet. Also?«

»Sagen Sie dem Steward, er möchte bitte Drinks runterschicken«, flüsterte Arnott einer Ordonnanz neben ihm zu.

»Gut!« sagte der Bürgermeister; er schmatzte mit trockenen Lippen. »Ich nehme an, wir können jetzt davon ausgehen, daß das Board uns in Zukunft direkt verwaltet?«

»Nicht, wenn das Board es vermeiden kann.« De Forest lachte. »Das A. B. C. ist zuständig ausschließlich für den planetaren Verkehr.«

»Und alles was damit zusammenhängt.« Die großen Vier, die Chicago leiteten, sangen ihre Magna Charta wie Kinder in der Schule.

»Na schön, weiter«, sagte De Forest müde. »Was für ein blödes Problem haben Sie denn überhaupt?«

»Zuviel verdammte Demokratie«, sagte der Bürgermeister; er legte die Hand auf De Forests Knie.

»Ja? Ich dachte, Illinois hätte längst genug davon.«

»Hat es auch. Das ist es ja. Blut, was hast du letzte Nacht mit unseren Häftlingen gemacht?«

»In den Wasserturm gesperrt, damit die Frauen sie nicht umbringen«, erwiderte der Polizeichef. »Ich bin noch zu blind, um mich zu bewegen, aber ...«

»Arnott, schicken Sie bitte ein paar von Ihren Leuten, und lassen Sie sie holen«, sagte De Forest.

»Die sitzen hinter drei Stromkreisen«, rief der Bürgermeister. »Sie werden drei Sicherungen hochjagen müssen.« Er wandte sich an De Forest; seine große Gestalt wurde in der blasser werdenden Dunkelheit eben sichtbar. »Ich lade dem Board nur ungern mehr Arbeit auf. Ich bin ja selbst Administrator, aber mit unseren Servilen hatten wir ein bißchen Ärger. Was? In einer großen Stadt wird es immer ein paar Männer und Frauen geben, die nicht leben können, ohne sich selbst reden zu hören, und die lieber aus Röhren trinken, von denen ihnen nicht beide Enden gehören. Die hausen das ganze Jahr in Wohnungen und Hotels. Sagen, es spart ihnen Ärger. Gibt ihnen jedenfalls mehr Zeit, ihren Nachbarn Ärger zu machen. Die nennen wir hier Servile. Und die neigen zur Tuberkulose.«

»Genau!« sagte der Mann namens Mulligan. »Transport ist Zivilisation. Demokratie ist Krankheit. Das hab ich anhand von Blutproben immer wieder bewiesen.«

»Mulligan ist unser Gesundheitsbeamter und ein bißchen einseitig, was Leitideen angeht.« Der Bürgermeister lachte. »Aber es stimmt schon; die meisten Servilen haben nicht viel Selbstbeherrschung. Die *reden* einfach; und wenn Leute süchtig werden nach dem Reden an sich, kann alles mögliche dabei rauskommen – nicht wahr, De Forest?«

»Alles mögliche – bloß nicht die Fakten des Falls«, sagte De Forest lachend.

»Die kriegen Sie sofort von mir«, sagte der Bürgermeister. »Unsere Servilen haben also angefangen zu reden – zuerst in ihren Häusern und dann auf der Straße, und haben Männern und Frauen gesagt, wie die ihre eigenen Dinge zu regeln hätten. (Man kann einem Servilen nicht beibringen, daß er die Finger von der Seele seines Nächsten lassen soll.) Das ist natürlich Verletzung der Privatsphäre, aber in Chicago nehmen wir lieber alles mögliche hin, bevor es zu Massenaufläufen kommt.

Niemand hat sich groß drum gekümmert, deshalb hab ich sie in Ruhe gelassen. Mein Fehler! Ich war ja gewarnt, daß es Ärger geben würde, aber in Illinois hat es seit neunzehn Jahren keinen Massenauflauf und keinen Mord gegeben.«

»Zweiundzwanzig Jahre«, sagte der Polizeichef.

»Kann sein. Jedenfalls hatten wir diese Dinge vergessen. Aber jetzt gehen unsere Servilen vom Reden in Häusern und auf der Straße dazu über, eine Versammlung im Alten Markt da drüben einzuberufen.« Er nickte zu den Gebäudetrümmern jenseits des Platzes, die im glimmenden Morgen grau wogten, hinter der Statue des *Negers in Flammen* in ihrer quaderförmigen Verhüllung. »Nichts kann einem verbieten, eine Versammlung einzuberufen, außer, daß es gegen die menschliche Natur ist, in einer Masse rumzustehen; und schlecht für die Gesundheit ist es auch. So wie unsere Männer und Frauen zu dieser ersten Versammlung geströmt sind, hätte ich wissen müssen, daß es Ärger geben würde. Mindestens tausend waren auf dem Marktplatz, so dicht, daß sie sich berührt haben. Berührt! Dann haben die Servilen sämtliche Zungenschalter angeknipst und geredet, und wir...«

»Worüber haben sie geredet?« sagte Takahira.

»Zuerst, wie schlecht alles in der Stadt gehandhabt wird. Das hat uns Vieren gefallen – wir waren auf dem Podium –, weil wir die Hoffnung hatten, ein oder zwei gute Leute für die städtische Arbeit zu kriegen. Sie wissen ja, wie selten fähige Leute für die Exekutive sind. Und selbst wenn nicht, ist es – es ist einfach erfrischend, jemand zu finden, der sich für unsere Arbeit genügend interessiert, um uns zu verfluchen. Sie wissen ja nicht, was das heißt, jahraus jahrein zu arbeiten, ohne daß irgendwer auch nur ein Fünkchen Interesse dafür aufbringt.«

»Ach, wissen wir nicht?« sagte De Forest. »Beim Board gibt es Zeiten, da würden wir gern unsere Stellungen hergeben, wenn bloß einer uns rausschmeißt und die Sache selber übernimmt.«

»Machen die aber nicht«, sagte der Bürgermeister traurig. »Ich versichere Ihnen, Sir, wir Vier haben in der Hoffnung, die Leute wachzurütteln, hier in Chicago Dinge getan, die noch Nero in Verruf bringen würden. Aber was sagen die dann? ›Sehr schön, Andy. Mach es wie du willst. Alles ist besser als eine Masse. Ich geh jetzt wieder auf mein Land.‹ Man *kann* einfach nichts anfangen mit Leuten, die gehen können, wohin sie wollen, und die auf Gottes Erde nichts wollen als den eigenen Kopf. Auf dem Planeten gibt es keinen mehr, der noch jemand oder etwas schmeißen kann.«

»Dann geh ich davon aus, daß der kleine Schuppen da sich selber umgeschmissen hat?« sagte De Forest. Wir konnten die nackten, noch immer qualmenden Ruinen sehen und hören, wie die Pfützen aus Schlacke knisterten, während sie hart wurden und sich setzten.

»Ach, das war doch bloß Spaß. Erzähl ich Ihnen später. Wie gesagt, unsere Servilen haben ihre Versammlung abgehalten, und wir mußten ziemlich bald ein Bodenfeld ums Podium legen, damit die nicht umgebracht wurden. Und das hat unsere Leute auch nicht friedlicher gemacht.«

»Wie meinen Sie das?« fragte ich dazwischen.

»Wenn Sie je in nem Bodenfeld gesteckt haben«, sagte der Bürgermeister, »dann wissen Sie, daß es keinen fröhlich macht, wenn er gefangen ist und sich gegen nichts abmühen muß. Nein, Sir! Acht- oder neunhundert Leute, die zwei Stunden lang feststecken und krabbeln und summen wie Fliegen in Sirup, während ein Haufen Servile, in Sicherheit und völlig unbehelligt, sie in ihrer seelischen und geistigen Privatsphäre verletzt, das ist vielleicht lustig zu beobachten, aber hinterher ist mit denen nicht gut Kirschen essen.«

Pirolo gluckste.

»Unsere Leute verfügen über sich selbst. Die waren der Meinung, die Dinge gehen zu weit und werden zu hitzig. Ich hab die Servilen gewarnt; aber das sind geborene Hausbewohner

Die können eine Tatsache erst kapieren, wenn die ihnen auf den Kopf gehauen wird. Können Sie sich vorstellen, daß die angefangen haben, von etwas zu reden, was sie ›Volksherrschaft‹ nennen? Wirklich! Die wollten, daß wir wieder auf die alte Voodoo-Sache zurückkommen, mit Stimmzetteln und Holzurnen und von Wörtern besoffenen Leuten und vorgedruckten Formularen und Nachrichtenblättern! Die haben gesagt, untereinander praktizieren sie das, von wegen, was in ihren Wohnungen und Hotels gegessen werden soll. Jawoll, Sir! Die haben hinter Bluthners doppelten Bodenfeldern gestanden und sowas erzählt, in diesem Jahr des Heils, *vor* selbstbestimmten Männern und Frauen, *auf* diesem Platz hier! Und zum Schluß« – er senkte vorsichtig die Stimme – »haben sie über ›Das Volk‹ geredet. Und dann mußte Bluthner die ganze Nacht seine Fesselfelder bewachen, weil er sich nicht darauf verlassen konnte, daß seine Männer die nicht öffnen.«

»War einfach zuviel für die Jungs«, warf der Polizeichef ein. »Aber wir konnten die Masse ja nicht ewig in Bodenfeldern festhalten. Ich hab alle Servilen festgenommen, wegen Anstiftung zum Massenauflauf, und hab sie in den Wasserturm gesteckt, und dann hab ich den Dingen freien Lauf gelassen. Mußte ich ja! Der Distrikt ist hochgegangen wie ein gezündeter Gastank!«

»Die Nachricht war schon im ganzen Land rum«, fuhr der Bürgermeister fort; »und wenns erst um Verletzung der Privatsphäre geht, dann Recht und Vernunft in Illinois ade! Die haben angefangen, Verkehrsfeuer abzuschalten und Lande-Tower zu sperren, Donnerstag abend. Am Freitag haben sie den ganzen Verkehr gestoppt und verlangt, daß das Board übernimmt. Dann wollten sie Chicago vom Seeufer wegputzen und woanders neubauen – bloß zur Erinnerung an ›Das Volk‹, von dem die Servilen immer geredet haben. Ich hab vorgeschlagen, die sollten den Alten Markt, wo die Versammlung stattgefunden hatte, verschlacken, während ich einen Ruf an Sie alle vom

Board losjage. Das hat sie ruhig gehalten, bis Sie angekommen sind. Und – und jetzt können *Sie* die Sache übernehmen.«

»Irgendne Chance, daß die sich beruhigen?« fragte De Forest.

»Sie könnens ja versuchen«, sagte der Bürgermeister.

De Forest hob die Stimme angesichts der sich wieder belebenden Masse, die sich näher um uns drängte. Der Tag war angebrochen.

»Meint ihr nicht, daß die Angelegenheit beigelegt werden kann?« begann er. Aber wütende Stimmen brüllten zurück:

»Wir haben die Nase voll von Massen! Kein Rückfall in die Alten Tage! Übernehmt uns! Bringt die Servilen weg! Direkte Administration, oder wir bringen die um! Nieder mit Dem Volk!«

Es wurde ein Versuch gemacht, MacDonoughs Song anzustimmen. Nach der ersten Zeile war Schluß, denn die *Victor Pirolo* ließ mit einem gestopften Horn ein Warnungsdröhnen ab. Eine zertrümmerte Seitenwand des Alten Markts wankte und fiel nach innen auf die Schlackenpfützen. Niemand sprach oder bewegte sich, bis der letzte Staub sich wieder gesetzt hatte und die Stahlkiste über Salatis Statue aschgrau färbte.

»Sie sehen, Sie *müssen* ganz einfach übernehmen«, flüsterte der Bürgermeister.

De Forest zuckte mit den Schultern.

»Sie reden, als ob man Exekutiv-Kapazität aus der Luft holen könnte, wie Pferdestärken. Könnt ihr denn unter gar keinen Umständen selber klarkommen?« sagte er.

»Wir können, wenn Sie darauf bestehen. Es wird nur die paar Leben da kosten, für den Anfang.«

Der Bürgermeister deutete über den Platz, wo Arnotts Männer eine stolpernde Gruppe von zehn oder zwölf Männern und Frauen zum Seeufer brachten und unter der Statue anhielten.

»Ich fürchte«, sagte Takahira halblaut, »jetzt gibt es Ärger.«

Die Masse vor uns knurrte wie Tiere.

In diesem Moment ging die Sonne auf und enthüllte das blinzelnde Gedränge sich selbst. Sobald es begriff, daß es eine Masse war, sahen wir das Beben des Grauens und des gegenseitigen Abscheus über es schießen, genau wie die stahlgrauen Schlieren draußen über den See schossen. Nichts wurde gesagt, und da es halb blind war, bewegte es sich natürlich langsam. Dennoch schmolz der größte Teil dieser riesigen Menge – dreitausend nach der niedrigsten Schätzung – in weniger als fünfzehn Minuten weg wie Rauhreif auf südlichen Traufen. Der Rest streckte sich auf dem Gras aus, wo eine Masse nicht so sehr nach Masse aussieht oder sich so fühlt.

»Die meinen es ernst«, flüsterte der Bürgermeister Takahira zu. »Sind ziemlich viele Frauen dabei, die Kinder geboren haben. Gefällt mir nicht.«

Die Morgenluft vom See her füllte die Bäume um uns mit dem Versprechen eines heißen Tages; die Sonne spiegelte sich blendend auf der kanisterförmigen Bedeckung von Salatis Statue; Hähne krähten in den Gärten, und wir hörten Torriegel in der Ferne klicken, wo Leute wieder nach Hause stolperten.

»Ich fürchte, heute morgen gibt es keine Lieferungen«, sagte De Forest. »Wir haben letzte Nacht alles im Land ganz hübsch durcheinandergebracht.«

»Macht nicht viel aus«, erwiderte der Bürgermeister. »Wir haben alle Vorrat für sechs Monate. *Wir* gehen gar kein Risiko ein.«

Das tut auch sonst niemand, wenn man es sich recht überlegt. Es muß eine Dreiviertel-Generation her sein, daß zuletzt ein Haus oder eine Stadt mit Nahrungsmittelknappheit zu tun hatte. Aber gibt es denn heute trotzdem auf dem Planeten ein Haus oder eine Stadt ohne Vorräte für ein halbes Jahr? Wir sind wie die schiffbrüchigen Seeleute in den alten Büchern, die einmal fast verhungert wären und danach immer ein wenig Essen und Zwieback verstecken. Es stimmt schon, wir trauen keiner Masse und auch keinem System, das auf Massen basiert!

De Forest wartete, bis der letzte Schritt verhallt war. Die Gefangenen am Fuß der Statue scharrten, posierten und zappelten inzwischen herum, so schamlos wie ganz kleine Kinder. Keiner von ihnen war größer als sechs Fuß, und viele waren grauhaarig wie die verwüsteten, gehetzten Köpfe auf alten Bildern. Sie kauerten eng zusammengedrängt, berührten einander tatsächlich, während die Menge, deren Mitglieder weiten Abstand voneinander hielten, mit blutunterlaufenen Augen hinschaute.

Plötzlich begann ein Mann aus der Gruppe zu reden. Der Bürgermeister hatte keineswegs übertrieben. Es schien, daß unser Planet in Sklaverei versunken darniederlag, unter der Knute des Aerial Board of Control. Der Redner forderte uns auf, uns mit aller Kraft zu erheben, die Kerkertüren aufzubrechen und die Ketten zu sprengen (seine sämtlichen Metaphern waren, nebenbei bemerkt, überaus mittelalterlich). Als nächstes verlangte er, alle Angelegenheiten des täglichen Lebens, einschließlich der meisten Körperfunktionen, sollten zu jeder Zeit der Woche, des Monats oder des Jahres zur Beschlußfindung beraten werden, und zwar, soweit ich es verstand, von jedem, der zufällig vorüberkam oder innerhalb eines bestimmten Radius wohnte, und jedweder solle allsogleich alles stehen und liegen lassen, um über die Sache zu befinden, und zwar zuerst durch Anstiftung zum Massenauflauf, dann durch Reden an die aufgelaufenen Massen und schließlich durch das Verfertigen von Kreuzchen auf Papierstücken, und dieser Abfall solle später unter gewissen mystischen Zeremonien und Eiden gezählt werden. Aus dieser verwirrenden Spielerei, versicherte er uns, werde sich automatisch eine höhere, edlere und freundlichere Welt ergeben, gegründet – er demonstrierte dies mit der furchtbaren Geisteshelle der Wahnsinnigen – gegründet auf die Heiligkeit der Masse und die Schurkerei des Einzelnen. Abschließend rief er lauthals Gott an, daß dieser seine Rechtschaffenheit und persönlichen Verdienste bezeuge. Als der Erguß endete, wandte ich mich ratlos an Takahira, der feierlich nickte.

»Ganz korrekt«, sagte er. »Steht alles so in den alten Büchern. Er hat nichts ausgelassen, nicht mal das Kriegspalaver.«

»Aber ich begreife das nicht, wie dieser Kram auch nur ein Kind aufbringen kann, ganz zu schweigen von einem Distrikt«, erwiderte ich.

»Ah, Sie sind zu jung«, sagte Dragomiroff. »Zum anderen sind Sie keine Mama. Schauen Sie sich doch die Mamas an.«

Zehn oder fünfzehn der verbliebenen Frauen hatten sich von den schweigenden Männern getrennt und rückten immer näher an die Gefangenen heran. Es erinnerte an die Art, wie die Wölfe im Norden zuerst verstohlen Moschusochsen umzingeln, ehe sie sich auf die Beute stürzen. Die Gefangenen sahen es und drängten sich enger zusammen. Der Bürgermeister bedeckte einen Moment das Gesicht mit den Händen. De Forest, barhäuptig, trat vor zwischen die Gefangenen und die langsam und starr vorrückende Linie.

»Das ist ja alles ganz interessant«, sagte er zu dem öden Redner. »Aber das Problem scheint mir zu sein, daß Sie zu Massenauflauf angestiftet und die Privatsphäre verletzt haben.«

Eine Frau trat vor und wollte etwas sagen, aber schnell kam von den Männern zustimmendes Gemurmel; sie begriffen, daß De Forest versuchte, die Situation zu entschärfen.

»Ja! Ja!« riefen sie. »Wir haben uns ausgeschaltet, weil die da Massenaufläufe gemacht und die Privatsphäre verletzt haben! Bleiben Sie dabei! *Den* Schalter nutzen! Bringt die Servilen raus hier! Das Board ist zuständig. Ssst!«

»Ja, das Board ist zuständig«, sagte De Forest. »Wenn Sie wollen, nehme ich Ihre Aussagen über Massenauflauf förmlich zu Protokoll, aber die Mitglieder des Board können es auch bezeugen. Reicht das?«

Die Frauen waren noch einen Schritt nähergerückt, mit baumelnden Händen, die sich immer wieder ballten und entspannten.

»Gut! Das reicht!« riefen die Männer. »Genügt uns. Bloß bringt die da schnell weg.«

»Los, kommen Sie mit rauf!« sagte De Forest zu den Gefangenen. »Das Frühstück ist gleich fertig.«

Es schien jedoch, daß sie nicht gehen wollten. Sie hatten die Absicht, in Chicago zu bleiben und Massenaufläufe anzustiften. Sie verwiesen darauf, daß De Forests Vorschlag gröbliche Verletzung der Privatsphäre sei.

»Lieber Mann«, sagte Pirolo zum redseligsten der Führer, »beeilen Sie sich, sonst wird Ihre Masse, die sich ja nicht irren kann, Sie töten!«

»Aber das wäre doch Mord«, antwortete der Massen-Gläubige; und von allen Seiten brach schallendes Gelächter los, das zu zeigen schien, daß die Krise überwunden war.

Eine Frau trat aus der Frauenreihe vor, und ich betone, sie lachte so fröhlich wie alle anderen. Natürlich beschattete sie mit einer Hand die Augen; die andere Hand lag an ihrem Hals.

»Ach, die brauchen keine Angst zu haben, daß man sie umbringt!« sagte sie.

»Überhaupt nicht«, sagte De Forest. »Aber finden Sie nicht, jetzt, wo das Board übernommen hat, könnten Sie heimgehen, während wir diese Leute wegbringen?«

»Ich werde viel früher heimgehen. Es – es war ein ziemlich anstrengender Tag.«

Sie richtete sich zu voller Größe auf, überragte sogar die sechs Fuß acht Zoll von De Forest, und lächelte; dabei schloß sie die Augen vor dem grellen Licht.

»Ja, stimmt«, sagte De Forest. »Ich fürchte, es ist ein bißchen sehr hell. Wir holen das Schiff runter.«

Er bedeutete der *Pirolo*, zwischen die Sonne und uns abzusinken und gleichzeitig um die etwas schwankenden Gefangenen ein Schlingenfeld zu legen. Wir sahen sie auf der Stelle im Strom erstarren. Die Stimme der Frau fuhr fort, lieblich und tief und unerschüttert:

»Ich glaube, ihr Männer begreift gar nicht, wieviel diese – diese Sache einer Frau bedeutet. Ich habe dreimal geboren. Wir Frauen wollen nicht, daß unsere Kinder Massen vorgeworfen werden. Das muß ein ererbter Instinkt sein. Massen schaffen Ärger. Sie bringen die Alten Tage zurück. Haß, Angst, Erpressung, Öffentlichkeit, ›Das Volk‹ – *Das! Das! Das!*« Sie deutete auf die Statue, und die Menge knurrte wieder.

»Ja, wenn man sie weitermachen läßt«, sagte De Forest. »Aber diese kleine Affaire ...«

»Es bedeutet für uns Frauen so viel, daß diese – diese kleine Affaire nie wieder geschehen darf. Nie ist natürlich ein großes Wort, aber hier herrscht ein sehr ausgeprägtes Gefühl, daß Massen unbedingt von Anfang an verhindert werden müssen. Die Kreaturen da« – sie deutete mit der Linken auf die Gefangenen; sie schwankten wie Tang in einem Priel, als das Feld an ihnen zerrte – »die Leute haben Freunde und Frauen und Kinder in der Stadt und anderswo. Niemand will, daß *denen* etwas geschieht, wissen Sie. Es ist schrecklich, einem Menschen fünfzig oder sechzig Jahre gutes Leben zu rauben. Ich bin ja selbst erst vierzig. *Ich* weiß es. Aber gleichzeitig hat man das Gefühl, es muß ein Exempel geben, weil kein Preis zu hoch ist, wenn – wenn Schluß gemacht werden kann mit diesen Leuten da *und allem, was damit zusammenhängt.* Verstehen Sie jetzt, oder wollen Sie so gut sein, Ihre Männer die Hülle von der Statue entfernen zu lassen? Der Anblick lohnt sich.«

»Ich verstehe vollkommen. Aber ich glaube nicht, daß irgendwer hier auf nüchternen Magen die Statue sehen möchte. Entschuldigen Sie mich einen Moment.« De Forest rief zum Schiff hinauf: »Bitte Lassofeld an Backbord vorbereiten.« Dann sagte er mit einiger Schärfe zu der Frau: »Ein bißchen Ermessensspielraum dürfen Sie uns in dieser Sache schon lassen.«

»Ah, natürlich. Vielen Dank, daß Sie soviel Geduld mit mir

gehabt haben. Ich weiß, meine Argumente sind albern, aber ...« Sie wandte sich zur Seite und fuhr mit veränderter Stimme fort: »Vielleicht hilft Ihnen *das*, sich zu entscheiden.«

Sie holte mit dem rechten Arm aus; die Hand hielt ein Messer. Ehe die Klinge zu ihrem Hals oder ihrer Brust zurückkehren konnte, wurde sie ihr aus der Hand gerissen, leuchtete auf, als sie aus dem Schatten des Schiffs hinaufflog, und landete im Sonnenschein blitzend zu Füßen der Statue, fünfzig Yards entfernt. Der ausholende Arm war gefesselt, einen Moment lang steif wie ein Stock, bis das nachlassende Feld es ihr erlaubte, ihn langsam wieder an den Körper zu ziehen. Die anderen Frauen wichen stumm zwischen die Männer zurück.

Pirolo rieb sich die Hände, und Takahira nickte.

»Klug von Ihnen, De Forest«, sagte er.

»Welch großartige Pose!« murmelte Dragomiroff, denn die verstörte Frau war am Rand eines Tränenausbruchs.

»Warum haben Sie mich aufgehalten? Ich hätte es getan!« schrie sie.

»Daran hab ich keinen Zweifel«, sagte De Forest. »Aber wir können ein Leben wie Ihres nicht wegen dieser Leute da vergeuden. Ich hoffe, die Fesselung hat Ihnen nicht das Handgelenk verrenkt; es ist nicht leicht, ein Lassofeld zu regulieren. Aber ich finde, Sie haben ganz recht, was die Frauen und Kinder dieser Leute angeht. Wir nehmen sie alle mit, wenn Sie uns versprechen, keine Dummheiten zu machen.«

»Ich versprech es – ich versprech es.« Mühsam gewann sie ihre Fassung zurück. »Aber für uns Frauen ist das so wichtig. Wir wissen, was es bedeutet; und ich hatte gedacht, wenn Sie sehen, daß ich es ernst meine ...«

»Das habe ich gesehen, und Ihr Argument ist angekommen. Ich nehme all Ihre Servilen sofort mit. Der Bürgermeister stellt Listen ihrer Freunde und Verwandten in der Stadt und im Distrikt zusammen und schickt die uns heute nachmittag hinterher.«

»Klar«, sagte der Bürgermeister; er stand auf. »Keefe, wenn du wieder sehen kannst, solltest du wohl den Alten Markt zu Ende nivellieren. So wie es jetzt ist, sieht er nicht besonders aus, und für Massen brauchen wir ihn sowieso nicht mehr.«

»Ich finde, Sie sollten in einem auch die Statue wegmachen, Bürgermeister«, sagte De Forest. »Nichts gegen ihre Qualitäten als Kunstwerk, aber ich glaube, sie ist ein bißchen morbid.«

»Natürlich, Sir. Eh, Keefe! Den *Nigger* verschlacken, eh du den Markt weiter einschmilzt. Ich geh an die Kommunikatoren und sag dem Distrikt Bescheid, daß das Board übernommen hat. Wollen Sie irgendwelche Posten speziell besetzen, Sir?«

»Keine. Wir haben nicht genug Leute, um sie hier am Ende der Welt zu verschleudern. Weitermachen wie bisher, aber unter dem Board. Arnott, bringen Sie die Servilen an Bord, bitte. Lassen Sie das Schiff landen, und dann rein mit ihnen durch die Bilge-Türen. Wir warten, bis wir mit diesem Kunstwerk fertig sind.«

Die Gefangenen kamen langsam hinter ihm vorbei; sie redeten pausenlos, konnten aber im Zug des Feldes nicht gestikulieren. Dann rollten die Straßendecker heran, zwei auf jeder Seite der Statue. Einmütig blickten die Zuschauer in andere Richtungen, aber das war nicht nötig. Keefe schaltete auf volle Kraft, und das Ding schmolz ganz einfach in der Hülle. Ich sah nichts als eine Woge weißglühenden Metalls, die sich über den Sockel ergoß, und einen Moment lang Salatis Inschrift »Zum ewigen Gedenken an die Volksgerichtsbarkeit«, ehe das Steinfundament selbst barst und zu feinstem Kalk zerstob. Die Menge jubelte.

»Danke sehr«, sagte De Forest; »aber wir möchten jetzt endlich frühstücken, und Sie wahrscheinlich auch. Wiedersehen, Bürgermeister! Es ist mir immer ein Vergnügen, Sie zu sehen, aber ich hoffe, die nächsten dreißig Jahre bleibt mir das offiziell erspart. Wiedersehen, Madame. Ja. Wir haben heutzutage alle etwas angegriffene Nerven. Ich selbst leide auch darunter. Wiedersehen, Gentlemen! Von diesem Moment an sind Sie unter der tyrannischen Knute des Board, aber wenn Sie je Lust haben, Ihre Fesseln zu sprengen, brauchen Sie es uns nur wissen zu lassen. Uns macht das nichts aus. Viel Glück!«

Wir starteten unter Beifallsgebrüll und bremsten den Aufstieg erst, als es zu Geflüster geschrumpft war. Dann warf sich De Forest auf den Diwan des Kartenraums und wischte sich die Stirn.

»Mit Männern werd ich fertig«, ächzte er, »aber Frauen sind die Hölle!«

»Vergessen Sie die Hölle«, sagte Pirolo fröhlich. »Die da hätte Selbstmord begangen.«

»Ich weiß. Deshalb hab ich ja signalisiert, daß man sie in ein Lassofeld nehmen soll. Dafür muß ich mich noch bei Ihnen entschuldigen, Arnott. Ich hatte keine Zeit mehr, das mit Ihnen zu klären, und Sie waren ja mit unseren Häftlingen beschäftigt. Wer hat eigentlich auf mein Signal reagiert? Gute Arbeit.«

»Ilroy«, sagte Arnott; »aber er hat die Welle überladen. Ist vielleicht nette Arbeit für die Galerie, einer Dame das Messer aus der Hand zu schlagen, aber haben Sie nicht bemerkt, wie sie sich hinterher die Finger gerieben hat? Er hat sie versengt. Schlamperei nenn ich sowas.«

»Fern sei es von mir, mich in Fragen der Flottendisziplin einzumischen, aber springen Sie nicht zu hart mit dem Jungen um. Wenn die Frau sich umgebracht hätte, dann hätten die noch vor Sonnenuntergang jeden einzelnen Servilen umgebracht und alles, was im gesamten Distrikt irgendwie mit Servilen zu tun hat.«

»Genau das wollte sie ja erreichen«, sagte Takahira. »Und da unsere Flotte weg ist, hätten wir nichts tun können, um sie aufzuhalten.«

»Ich bin vielleicht vertrottelt genug, um in ein Bodenfeld zu laufen«, sagte Arnott, »aber ich schicke meine Flotte nicht weg, bis ich ziemlich sicher bin, daß der Ärger vorbei ist. Die sind immer noch in Position, und was mich angeht, bleiben die auch da, bis die Servilen aus dem Distrikt geschafft sind. Die letzte kleine Menschenmasse da unten war auf Mord aus, meine Freunde.«

»Nerven! Nichts als Nerven!« sagte Pirolo. »Gegen Agoraphobie kann man nicht argumentieren.«

»Und es ist ja nicht, als ob sie viele Tote gesehen hätten – oder?« sagte Takahira.

»In meinen ganzen neunzig Jahren habe ich nie den Tod gesehen.« Dragomiroff redete, als ob er sich entschuldigen wollte. »Vielleicht war es deshalb ... letzte Nacht ...«

Als wir beim Frühstück saßen, kam so heraus, daß mit Ausnahme von Arnott und Pirolo keiner von uns je eine Leiche gesehen hatte oder wußte, in welcher Weise der Geist scheidet.

»Ne feine Truppe sind wir, um rumzuflattern und den Planeten zu regieren.« De Forest lachte. »Jetzt, wo es vorbei ist, will ich gestehen, meine Hauptbefürchtung war, daß ich es vielleicht nicht bewältigen kann, ohne ein Leben zu verlieren.«

»Ich hab auch daran gedacht«, sagte Arnott; »aber es liegt kein Bericht über einen Todesfall vor, und ich hab mich überall erkundigt. Was sollen wir mit unseren Passagieren anfangen? Gegessen haben sie.«

»Wir stecken zwischen zwei Schaltern eingeklemmt«, sagte De Forest langsam. »Wenn wir sie an einen Ort bringen, der nicht direkt unter dem Board steht, werden die Einheimischen ihre Gegenwart zum Anlaß nehmen, sich auszuschalten, genau wie Illinois, und das Board zwingen, alles zu übernehmen. Wenn wir sie irgendwo absetzen, wo das Board die Kontrolle hat, werden sie umgebracht, sobald wir wegschauen.«

»Wenn Sie das meinen«, sagte Pirolo nachdenklich, »dann kann ich garantieren, daß sie mit der Zeit glücklicherweise aussterben werden. Wie ist im Augenblick ihre Geburtenrate?«

»Gehn Sie runter und fragen Sie sie«, sagte De Forest.

»Ich schätze, die würden nervös werden und mich in Stücke reißen«, antwortete der Philosoph von Foggia.

»Ach wirklich? Also, was nun?«

»Machen Sie die Bilge-Türen auf«, sagte Takahira; er drehte den Daumen nach unten.

»Wohl kaum – nach all unserer Mühe, sie zu retten«, sagte De Forest.

»Versuchen Sie es mit London«, schlug Arnott vor. »Da können Sie Satan persönlich loslassen, und man würde ihn bloß zum Dinner einladen.«

»Gut, Mann! Sie bringen mich auf eine Idee. Vincent! Ah, Vincent!« Er drehte den Generalkommunikator auf, so daß wir alles hören konnten, und nach wenigen Minuten füllte sich der Kartenraum mit der vollen, fruchtigen Stimme von Leopold Vincent, der in den letzten dreißig Jahren ganz London mit den feinsten Amusements beliefert hat. Wir reagierten mit erwartungsvollem Grinsen, als ob wir gerade auf Vorderplätzen etwa im *Combination* säßen, in einer Premiere.

»Wir haben da was Passendes für Sie aufgetan«, begann De Forest.

»Sehr schön, mein Lieber. Wenn es alt genug ist. Was das Geschäft angeht, sind Oldies nicht zu schlagen. Haben Sie *London, Chatham, and Dover* in Earl's Court gesehen? Nein? Kam mir auch so vor, als ob ich Sie da vermißt hätte. Un-ge-heuer! Ich hab richtige Dampflokomotiven nach den alten Plänen bauen lassen, und die Eisenbahnschienen waren extra von Hand gefertigt. Und Wollstoffkissen in den Abteilen! Ungeheuer! Und Fahrkarten aus Papier. Und Polly Milton.«

»Polly Milton wieder auf der Bühne!« sagte Arnott hingerissen. »Halten Sie mir morgen abend zwei Plätze in der ersten Reihe frei. Was singt der Schatz denn heute so?«

»Die alten Lieder. An den alten *touch* kommt nichts ran. Hört euch das an, liebe Leute.« Vincent trällerte, mit Ausschmükkungen:

Oh, cruel lamps of London,
If tears your light could drown,
Your victims' eyes would weep them,
Oh, lights of London Town!

[Oh grausame Lampen Londons,
wenn Tränen euer Licht ertränken könnten,
würden die Augen eurer Opfer sie weinen,
oh Lichter der Stadt London!]

»Und dann weinen sie.«

»Sehen Sie?« Pirolo fuchtelte mit den Händen. »Die alte Welt hat immer geweint, wenn sie Massen sah. Sie wußte nicht warum, aber sie hat geweint. Wir wissen warum, aber wir weinen nicht, außer wenn wir Geld bezahlen, damit der böse fette alte Vincent uns dazu bringt.«

»Selber alt!« Vincent lachte. »Ich bin ein Wohltäter der Öffentlichkeit, ich halte die Welt weich und einig.«

»Und ich bin De Forest vom Board«, sagte De Forest ätzend, »und versuche, ein bißchen Arbeit getan zu kriegen. Wie gesagt, ich hab ein paar Leute aufgelesen, in Chicago.«

»Ich passe. Chicago ist ...«

»Hören Sie zu! Die sind absolut einmalig.«

»Bauen die Häuser aus gebrannten Lehmblöcken, während man zusieht – eh? Das ist doch ein alter Hut.«

»Sie sind eine unberührte primitive Gemeinschaft, mit sämtlichen alten Ideen.«

»Nähmaschinen und Tänze um den Maibaum? Kochen auf Kohle-Gas-Öfen, Pfeifen mit Streichhölzern anzünden, Pferde anspannen? Gerolstein hat das letztes Jahr versucht. Totales Fiasko!«

De Forest drehte ihm wütend den Ton ab und sprudelte mit voller Lautstärke die Geschichte unserer Taten in den letzten vierundzwanzig Stunden heraus.

»Und das machen die *alles* öffentlich«, schloß er. »Nicht zu bremsen. Je öffentlicher, desto lieber. Die reden stundenlang – wie Sie! *Jetzt* dreh ich Sie wieder auf.«

»Ist das Ihr Ernst, daß die wissen, wie man abstimmt?« sagte Vincent. »Können die das vormachen?«

»Vormachen? Das ist ihr Leben! Und solche Gesichter haben Sie noch nie gesehen! Vernarbt wie Vulkane. Neid, Haß und Bösartigkeit, alles deutlich zu sehen. Wunderbar flexible Stimmen. Und die weinen auch.«

»Laut? Öffentlich?«

»Kann ich garantieren. Kein Fünkchen Scham oder Zurückhaltung bei der ganzen Truppe. Das ist *die* Chance Ihrer Karriere.«

»Sagen Sie, haben die ihre Wahlutensilien dabei – diesen ganzen Kram mit Papieren und Stimmurnen?«

»Nein, verdammt! Ich bin doch kein Gepäckträger. Wenden Sie sich direkt an den Bürgermeister von Chicago. Der schickt Ihnen alles. Na?«

»Moment mal. Chicago wollte die wirklich umbringen? Das würde sich auf den Kommunikatoren sehr gut machen.«

»Ja! Wir konnten die nur mühsam vor einem brüllenden Mob retten – wenn Sie wissen, was das ist.«

»Weiß ich aber nicht«, antwortete der Große Vincent schlicht.

»Na, das werden die Ihnen selber erzählen. Die können stundenlange Reden halten.«

»Wie viele sind das?«

»Bis wir die alle rübergeholt haben, vielleicht hundert, einschließlich Kindern. Eine alte Welt *en miniature*. Können Sie es sich nicht vorstellen?«

»Mmm-ja; aber *ich* bin derjenige, der es bezahlen muß, wenns ein Fiasko wird, mein Lieber.«

»Die können auf der Straße die alten Kriegslieder singen. Die können sich mit Wörtern besaufen und Massenaufläufe machen und auf die echte alte Art die Privatsphäre verletzen; und den Abstimm-Trick machen die, so oft Sie sie irgendwas fragen.«

»Klingt zu gut!« sagte Vincent.

»Sie ungläubiger Jude! Ich hab ein Dutzend von denen an Bord. Ich stell Sie direkt durch. Testen Sie sie selbst!«

Er schaltete, und wir lauschten. Unsere Passagiere im Unterdeck erklärten sich Vincent gegenüber sofort, aber nie weniger als fünf gleichzeitig. Man habe sie aus dem Schoß ihrer Familien gerissen, ihnen Essen ohne Fingerschalen gegeben und sie in ein gesundheitsschädliches Verlies geworfen.

»Aber hören Sie«, sagte Arnott fassungslos; »was die sagen, stimmt doch nicht. Mein Unterdeck ist nicht gesundheitsschädlich, und für die Fingerschalen hab ich selbst gesorgt.«

»Meine Leute in Kleinrußland reden auch manchmal so«, sagte Dragomiroff. »Wir debattieren mit ihnen. Wir töten nie. Nein!«

»Aber es stimmt doch nicht«, beharrte Arnott. »Was können Sie mit Leuten anfangen, die Sachen erzählen, die keine Tatsachen sind? Die sind verrückt!«

»Ssst!« sagte Pirolo, die Hand am Ohr. »Es ist nicht so lange her, seit der ganze Planet Lügen erzählt hat.«

Wir hörten Vincent; er klang seidenweich und mitfühlend. Ob sie, fragte er, ihre Behauptungen öffentlich wiederholen würden – vor einem großen Publikum? Wenn Vincent ihnen nur die Chance gäbe, schworen sie, würde der Planet von ihrem erlittenen Unrecht widerhallen. Ihr Lebensziel – zwei Frauen und ein Mann erklärten dies gleichzeitig – sei es, die Welt zu reformieren. Seltsamerweise war das auch immer Vincents Lebenstraum gewesen. Er bot ihnen eine Arena, um alles zu erklären und durch ihr lebendiges Beispiel den Planeten auf erhabenere Höhen zu heben. Beredt erging er sich über den moralischen Aufschwung vermöge eines schlichten Lebens wie in der alten Welt, in seiner Gänze dargestellt vor einer verderbten Zivilisation.

Könnten sie – würden sie – sich, für drei Monate fest, unter seiner Betreuung, als Missionare, der Förderung der Menschheit weihen, an einem Platz namens Earl's Court der, wie er –

mit einiger Berechtigung – sagte, eines der intellektuellen Zentren des Planeten sei? Sie dankten ihm und verlangten (wir hörten sein entzücktes Glucksen) Zeit, um die Angelegenheit zu diskutieren und darüber abzustimmen. Die Abstimmung, feierlich ausgeführt durch Köpfezählen – ein Kopf, eine Stimme –, endete positiv. Sein Angebot war damit angenommen, und sie brachten ihm ein Dankesvotum dar in Form zweier Reden – die erste von einem namens »Antragsteller«, die zweite vom »Unterstützer«.

Vincent schaltete wieder zu uns; seine Stimme bebte vor Dankbarkeit.

»Ich hab sie! Habt ihr diese Reden gehört? Das ist Natur, liebe Freunde. Kunst kann *sowas* nicht lehren. Und abstimmen können die so leicht wie lügen. Ich hatte bisher noch nie ne Truppe geborener Lügner. Gott segne euch, ihr Lieben! Denken Sie dran, Sie stehen auf meiner Freikartenliste, für immer, überall – Sie alle. Ah, Gerolstein wird sich schwarz ärgern – rabenschwarz!«

»Sie meinen also, die bringens?« sagte De Forest.

»Bringen! Das Kleine Dorf wird durchdrehen! Ich bastle für die ne Serie Alte-Welt-Dramen zusammen. Ihre Stimmen werden euch zum Lachen und zum Weinen bringen. Mein Gott, liebe Leute, wo *haben* die Ihrer Meinung nach bloß ihr ganzes Elend aufgetrieben, auf unserer lieblichen Erde? Ich mach einen Festzug über den Anfang der Welt, und Mosenthal schreibt die Musik. Ich werde ...«

»Treiben Sie für die bis heute abend ein Dorf auf. Wir treffen uns am Lande-Tower Fünfzehn West«, sagte De Forest. »Nicht vergessen, der Rest kommt morgen nach.«

»Die sollen alle kommen!« sagte Vincent. »Sie wissen ja nicht, wie schwer es heutzutage sogar mir fällt, irgendwas zu finden, was den Leuten wirklich unter die verdammte iridiumbesetzte Haut geht. Aber jetzt hab ichs endlich. Good-bye!«

»Also«, sagte De Forest, als wir mit dem Lachen fertig

waren, »wenn jemand etwas von Korruption in London verstünde, hätte ich Vincent und Gerolstein gegeneinander ausspielen und meine Gefangenen für Riesensummen verkaufen können. So wie es jetzt ist, werde ich heute abend ihr Rechtsbeistand sein müssen, wenn die Verträge unterzeichnet werden. Und die werden mir auch nicht grade eine Provision aufdrängen.«

»Bis dahin«, sagte Takahira, »können wir Mitglieder der neuesten festengagierten Truppe von Leopold Vincent natürlich nicht in Haft behalten. Stühle für die Damen, bitte, Arnott.«

»Dann geh ich schlafen«, sagte De Forest. »Mehr Frauen ertrag ich heute nicht!« Und er verschwand.

Als unsere Passagiere freigelassen waren und ein weiteres Mahl erhalten hatten (die Fingerschalen kamen diesmal zuerst), sagten sie uns, was sie von uns und dem Board hielten; und wie Vincent staunten wir alle darüber, wie es ihnen wohl gelungen war, so viel bitteres Gift und Unruhe aus dem guten Leben, das Gott uns schenkt, zu extrahieren und abzuscheiden. Sie wüteten, sie tobten, sie bebten, erröteten und erschöpften ihre armen zerrissenen Nerven, verausgabten sich keuchend bis zum Schweigen und erneuerten die sinnlosen, schamlosen Attakken.

»Aber verstehen Sie denn nicht«, sagte Pirolo kläglich zu einer kreischenden Frau, »daß Sie alle getötet worden wären, wenn wir Sie in Chicago gelassen hätten?«

»Nein, wären wir nicht. Sie waren doch gezwungen, uns vor der Ermordung zu retten.«

»Dann hätten wir viele andere Menschen töten müssen.«

»Das spielt keine Rolle. Wir haben die Wahrheit gepredigt. Sie können uns nicht aufhalten. In London werden wir weiter predigen; und *dann* werden Sie schon sehen!«

»*Sie* können jetzt schon sehen«, sagte Pirolo; er öffnete eine Bodenblende.

Wir näherten uns dem Kleinen Dorf mit seinen drei Millionen Einwohnern, behaglich verteilt innerhalb des Gürtels der Hauptverkehrs-Feuer – der acht festen Leuchtbalken in Chatham, Tonbridge, Redhill, Dorking, Woking, St. Albans, Chipping Ongar und Southend.

Leopold Vincents neue Truppe blickte mit kleinen bleichen Gesichtern auf die Stille, die Größe und die weit voneinander entfernten Häuser.

Dann begannen einige zu weinen, laut, schamlos – immer ohne Scham.

MACDONOUGH'S SONG

Whether the State can loose and bind
  In Heaven as well as on Earth:
If it be wiser to kill mankind
  Before of after the birth—
These are matters of high concern
  Where State-kept schoolmen are;
But Holy State (we have lived to learn)
  Endeth in Holy War.

Whether The People be led by the Lord,
  Or lured by the loudest throat:
If it be quicker to die by the sword
  Or cheaper to die by vote—
These are the things we have dealt with once,
  (And they will not rise from their grave)
For Holy People, however it runs,
  Endeth in wholly Slave.

Whatsoever, for any cause,
  Seeketh to take or give,
Power above or beyond the Laws,
  Suffer it not to live!
Holy State or Holy King—
  Or Holy People's Will—
Have no truck with the senseless thing.
  Order the guns and kill!
    Saying—after—me:—

Once there was The People—Terror gave it birth;
Once there was The People and it made a Hell of Earth.
Earth arose and crushed it. Listen, O ye slain!
Once there was The People—it shall never be again!

MACDONOUGHS SONG

Ob der Staat löse und binde
  im Himmel, so auch auf Erden:
ob man die Menschheit besser töte
  vor oder nach der Geburt –
dies sind Fragen von hohem Belang,
  wo ein Staat sich Schulmeister hält;
aber Heiliger Staat (wir haben es erlebt)
  endet in Heiligem Krieg.

Ob Das Volk vom HErrn geführt werde
  oder verführt von der lautesten Kehle;
ob der Tod schneller sei durch das Schwert
  oder billiger durch Abstimmung –
dies sind Dinge, mit denen wir fertig sind
  (und sie stehen nie mehr auf aus dem Grab);
denn Heiliges Volk, ganz gleich wie es läuft,
  endet heillos versklavt.

Was auch immer, gleich für welche Sache,
  ergreifen oder verleihen will
Macht über dem oder jenseits des Gesetzes,
  laßt es nicht am Leben!
Heiliger Staat oder Heiliger König –
  oder Heiligen Volkes Wille –
laßt euch nicht auf diesen Wahnsinn ein.
  Richtet die Kanonen und tötet!
    Und – sprecht – mir – nach:

Einst gab es Das Volk – Entsetzen gebar es;
einst gab es Das Volk, und es machte die Erde zur Hölle.
Die Erde erhob sich und zermalmte es. Lauscht, oh ihr Erschlagenen!
Einst gab es Das Volk – aber niemals wieder!

FREUND BACH

DAS Tal war so von Nebel erstickt, daß man kaum eine Kuhlänge weit über ein Feld sehen konnte. Jeder Halm, Zweig, Farnwedel und Hufabdruck barg Wasser, und die Luft war voll vom Lärm rauschender Gräben und Abzugsrinnen, die sich alle in den Bach weiter unten ergossen. Eine Woche Novemberregen auf vollgesogenes Land hatte ihn zur Flut gemästet, und er verkündete es laut.

Zwei Männer mit Sackleinen-Schürzen inspizierten eine ungestutzte Hecke, die den Hang hinablief und neben dem Getöse im Nebel verschwand. Sie waren zurückgetreten und schätzten den vernachlässigten Wuchs ab, klopften hier an den Ellenbogen einer Heckeneiche, dort auf einen bemoosten Buchenstumpf, bogen einen Eschenschößling vor und zurück und sahen einander an.

»Die dürfte an die zwei Ruten dick sein«, sagte Jabez, der Jüngere, »un Eisen hat die keins gespürt seit – was meinste, Jesse?«

»Sach mal fümunzwanzich Jahr, Jabez, da liechste nich weit daneben.«

»Mmm!« Jabez rieb das nasse Baummesser an seinem noch nasseren Rockärmel. »Is keine Hecke nich. Is alles mööchliche an Bäume. Ich glaub, da müssen wir wohl ...« Er hielt inne, wie die Berufs-Etikette es verlangte.

»Müssen wir wohl von die Seite ran un dann kucken, was sie verträächt. Aber wärs nich besser, wenn wir ...« Jesse hielt seinerseits inne, da beide Männer Künstler waren und ranggleich.

»Ne Art Linie für zum dran Ausrichten hinkrieng tun.« Jabez ging hin und her, bis er eine dünnere Stelle fand, und mit sauberen Schnitten des Baummessers enthüllte er die ursprüngliche Gestalt der Hecke. Jesse übernahm das triefende Zeug, sobald es fiel, und mit einem Griff und einem Tritt brachte er es auf der Böschung in eine ordentliche Lage, bis es irgendwann gebündelt würde.

Mittags war eine Strecke wüsten Dschungels zu einer rindersicheren Schranke geworden, hier und da besetzt mit kleinen Federhauben der heiligen Stechpalme, die kein Forstmann je ohne Befehl anrührt.

»Jetz ham wir ne Meßlatte, wo wir uns dran halten könn!« sagte Jesse schließlich.

»So leicht wie hier is das aber nich überall«, antwortete Jabez. »Die wird jede Menge Fosten un Bindung brauchen, wenn wir zum Bach kommen.«

»Na, is das nich jede Menge?« Jesse deutete auf den Wildwuchs vor ihnen, der sich bergab im Nebel verlor. »Wetten, das sin annerthalb Klafter Brennholz, nich zu reden von Reisich, eh daß wir überhaup irnkwie nah am Bach sin.«

»Der Bach is seit heut früh was gestiegen«, sagte Jabez. »Klingt, wie wenn er jetz über Wickenden seine Schwelle geht.«

Auch Jesse lauschte. Im Röhren des Bachs war ein Knurren, als ob er sich an etwas Hartem riebe.

»Ja. Is über Wickenden seine Schwelle«, erwiderte er. »Jetz kann er den Erlenbruch überschwemmen, un das beruhicht ihn.«

»Jim Wickenden sein Heu wirds aber nich beruhigen, wenn das so geht«, knurrte Jabez. »Ich hab Jim gesacht, er setz den klein Heuschober da zu niedrich inne Wiese. *Hab* ich ihm gesacht, wie er den Boden gemacht hat.«

»Ich habs ihm auch gesacht«, sagte Jesse. »Hab ich ihm lang vor dir gesacht. Gesacht hab ichs ihm, wie die Grafschaff die Straßen da oben längs geteert hat.« Er wies bergauf, wo unsichtbar Automobile und Gespanne unaufhörlich vorüberbrummten. »Ne Teerstraße, die schick jeden Tropfen Wasser ins Tal, genau wies n Schieferdach tut. Is nich mehr wie in die alte Taare, wos Wasser reingesickert un wieder rausgesickert is, ganz natürlich. Von die Teerstraßen schießtas jetz alles auf eima runter, un alle Tropfen komm im Tal runter, klar. Un Teerstraß is jetz zehn Meilen auf beide Seiten vom Tal. Hab ich Jim Wickenden gesacht, wie die letztes Jahr die Straßen geteert ham. Aber dassen Talmensch. Der kommt ja nie den Berch rauf.«

»Was hat er gesacht, wie du s ihm gesacht has?« fragte Jabez mit leicht verändertem Ton.

»Wieso? Was hat er dir gesacht, wie du s ihm gesacht has?« war die Antwort.

»Was er dir gesacht hat, schätz ich, Jesse.«

»Dann brauch ich dir das ja nich nochmal alles saang, Jabez.«

»Na, is ja auch egal, aber wodrauf wollt der denn raus, wie er gesacht hat, was er mir gesacht hat?« beharrte Jabez.

»Weiß *ich* doch nich; außer du sachs mir, was er *dir* genau gesacht hat.«

Jabez trat von der Hecke zurück – in allen Hecken nisten Verräter und Horcher – und ging zu einem offenen Viehverschlag mitten auf dem Feld.

»Brauchs hier nich lang rumschnüffeln«, sagte Jesse. »Kann uns doch keiner sehn, eh daß wir ihn sehn tun.«

»Wodrauf Jim Wickenden raus wollt, wie ich gesacht hab, er setz den Schober zu nah am Bach?« Jabez senkte die Stimme. »Bei Sinnen isser gewesen.«

»Von Sinnen isser noch nie gewesen, nach was ich weiß«, sagte Jesse langsam; er entkorkte seine Teeflasche.

»Bloß, dann sacht Jim zu mir: ›Ich verleech den Schober kein einen Yard‹, sacht er. ›Der Bach is mir immer nen guten Freund gewesen, un wenns ihm danach is‹, sacht er, ›daß er an mein Heu knabbern will, werd *ich* mich hüten was dageeng zum tun.‹ Das hat Jim Wickenden zu mir gesacht, letzten – Ende Juni isses gewesen«, sagte Jabez.

»Un sein Schober hat er auch nich verleecht«, antwortete

Jesse. »Un wenns noch mehr reechnen tut, dann verleecht der Bach den Schober für ihn.«

»Mußte *mir* nich erzählen! Aber was ich wissen will is, wodrauf will Jim *raus?*«

Jabez öffnete sehr umständlich sein Taschenmesser, Jesse ebenso sorgsam seines. Sie falteten die Zeitungen auf, in die ihr Essen eingewickelt war, rollten die Schnüre um die Päckchen zusammen und steckten sie ein und ließen sich im Verschlag auf dem Rand des Trogs nieder. Der Regen setzte im Nebel wieder ein, und die Stimme des Bachs wurde lauter.

»Aber ich denk immer, Mary is dem sein richtiges Kind«, sagte Jabez, nachdem Jesse einige Zeit geredet hatte.

»Isse nich ... Jim Wickenden seine Frau, die hat nie was fertichgekricht. Die is aus Lewes gekommen mit die Strümpf runter über die Absätz, un bis die gestorben is, hat die nie nix Halbes un nix Ganzes gemacht. *Der* mußt jeden Morng Feuer un Frühstück machen, außer Sonntachs, un die hat sich im Bett gewälz. Dann isse krank geworden un gestorben, so vor sexehn, sipsehn Jahr; aber Kinder hattie nie gehabt.«

»Leut außem Tal«, sagte Jabez, wie um sich zu entschuldigen. »Bei die hatt ich nix zum suchen, aber Mary, hab ich immer gemeint ...«

»Nee. Mary is von so ne Kindergesellschaff in London. Wie die Frau gestorben is, hat Jim sich seine Mutter wiedergeholt, von seine Schwester drüben bei Peasmarsh, wo die bei denen eingezogen war, wie Jim geheiratet hat. Die Mutter hat dann Jim das Haus gemacht, wie die Frau tot war. Wie man so sacht, is das wohl auch seine Mutter gewesen, wo ihm dazu gebracht hat, daß er Mary adoptieren tut – von weeng, ohne Kind issen Haus kein richtiges Haus, un damit er sich keine neue Frau nehmen tut. Der hat meistens das gemacht, was seine Mutter sich ausgedacht hat. Un dann ham se wohl beide zusammen bei eine von die Londoner Gesellschaften nach n Kind gefraacht – so wie wenns eins von die Barnardo-Kinder gewesen wär – un Mary is denen geschickt worden, in ne Kerzenschachtel, hab ich gehört.«

»Dann is Mary unehelich. Hab ich nich gewußt«, sagte Jabez. »Trotzdem muß ichs irnkwann doch mal gehört haben ...«

»Nee. Isse nich. Für n paar Leut wärs aber besser gewesen, wenns so wär. Die is in ner Kerzenschachtel bei Jim angekommen, mit alle nötige Papiere – eheliches Kind von nem Paar irnkwo in London – Mutter tot, Vatter Säufer. *Un* von die Londoner Gesellschaff gabs jede Woche fümf Shilling für se. Jims Mutter, die hatt nix geeng Sonntachsgeld, ich hab aber nie gehört, daß Jim schrappich gewesen wär. Also egal, die zwei beide ham die Mary hochgepäppelt un bemuttert, bis daß es schließlich so aussieht, wie wenn se vergessen ham, daß die nich ihr eigen Fleisch un Blut is. Ja, ich glaub, die ham vergessen, daß Mary denen von Rechts weeng nich gehören tut.«

»Is doch nix Neues«, sagte Jabez. »Gibt doch mehr wie zwei oder drei hier in der Gemeinde, die wo ihre Barnardos nich wieder rausrücken würden. Fraach mal Mark Copley un seine Frau und denen ihr Barnardo-Krüppelbaby.«

»Vielleich brauchen die die fümf Shilling«, schlug Jesse vor.

»Könn se gut brauchen«, sagte Jabez. »Aber das Kind is wichtiger. ›Dada‹, sacht es, un ›Mamma‹, sacht es, un der große Kopp wackelt in dem Eisenkraang rum. *Das* machts nich mehr lang – Rückgrat is irnkwie kaputt. Aber die Copleys hängen einfach furchbar dran – fümf Shilling hin oder her.«

»Genau wie Jim un seine Mutter«, fuhr Jesse fort. »Nach n paar Jahre ham die wohl drüber geredt, daß se kein Sonntachsgeld mehr für die Mary nehmen wolln oder so; aber nich zu reden davon, daß *die* nie ohne Bücken an nem Fennich im Dreck vorbeigehen konnt, hatt Jim keine Lust nich gehabt, sich bei die Gesellschaff da mit Gewalt in Erinnerung zum bringen. Deshalb wurd nix draus. Das Sonntachsgeld wär Jim egal gewesen

– vor allem wie sein Onkel ihm die vier Häuschen in Eastbourne vermacht hat *un* Geld auf die Bank.«

»Dann stimmtas also? Hab ich mal irnkwas von läuten gehört«, sagte Jabez.

»Der Hausbesitz, da bürg ich für; Jim hat mich nämlich n paar Papiere dadrüber zum zeugen unterschreiben lassen. Das Geld auf der Bank, da leecht er natürlich kein Wert drauf, daß sowas überall rumgetratscht wird, deshalb hat er sich da Fremde als Zeugen geholt.«

»Dann wird Mary mal ne gute Partie?«

»Kann se brauchen. Ihr Schöpfer hat sonz nich viel für se getan, weder außen noch innen.«

»Spielt doch keine Rolle.« Jabez schüttelte den Kopf, bis das Wasser von der Hutkrempe spritzte. »Wenn Mary Geld hat, dann kommt se eher unter die Haube wie n hübsches ahmes Mädchen. Se hat Grund für Jim dankbar zu sein.«

»Das kann se aber sehr gut verbergen«, sagte Jesse. »Manchmal siehts mir nich so aus, wie wenn Mary so richtich natürliche Gefühle hätt. Montachs zieht se keine Schürze an, wemman se nich antreiben tut – nich in die Küche un auch nich im Hühnerstall. Die studiert auf Lehrerin. Wird was Feines werden! Ich hab nie gesehn, daß se zu irnkwem gut gewesen is – nich mal, wie Jim seine Mutter stumm wurd. Nee! War kein Gehirnschlaach. Die alte Frau hats irnkwie hier die Kehle verstopft. Erß konnt se ihre Wörter nich mehr richtich sagen; dann hat se so gegackert, un zuletzt hat se bloß noch löffelweise Essen runtergekricht un nix geredt. Jim hat se zu Doktor Harding gebracht, un Harding hat se zum Krankenhaus in Brighton überwiesen, aber da ham se nix für ihre Krankheit tun gekonnt; un dann isse nach London gekommen, un die ham ne Riesenlampe in se reingesteckt, un Jim hat mir erzählt, die ham da überhaup nix feststellen gekonnt; un wie eins zum andern kommt, un all das Gekucke un Gedrücke, da isses ihr n ganzes Ende schlechter gegangen wie se wieder hier is wie vorher. Jim sacht, er will nix mehr von Krankenhaus hören, deshalb hat er ihr ne Tafel gegeben, die hat se sich um den Leib gebunden, un was se saang will, das schreibt se da drauf.«

»Also, das hab ich nich gewußt! Sin ja aber auch Leut vom Tal«, wiederholte Jabez.

»Is auch nich besonders aufgefallen, weil die nämlich nie im Leben viel geredt hat. Mary quasselt für alle drei... Also, dann, diesen Sommer vor zwei Jahre, is das passiert, was ich dir erzählen wollt. Marys Vatter aus London, an den se überhaup nie mehr gedacht ham, is von London hergekommen mit das Gesetz auf seine Seit un sacht, nu will er endlich seine Tochter wieder nach London holen. In dem Sommer hab ich auf Pounds Farm für Mus' Dockett gearbeit, aber an dem Abend hab ich Jim geholfen seinen Schweinestall ausmisten. Ich seh, wie n Fremder über die Brücke gelaatscht kommt, zu Wickenden seine Schwelle. War noch nich die neue Brücke von der Grafschaff, mit dem Geländer. Die hatten die noch nich gebaut als Geengleistung fürs öffentliche Wegerecht. Bloß ne dünne olle Planke, wo Jim für sein eingnen Bedarf über den Bach geleecht hatt. Der Mann war nich betrunken – bloß n bißchen betroffen vom Schnaps, was – un sein Rücken war alles ein Matsch, wo er auf m Weech im Dreck ausgerutsch war. Geht die Stufen rauf, vorbei an Jim seine Mutter – die hat grad die Enten gefüttert –, un setz sich drinnen am Tisch – Jim war grad die Socken am wechseln –, un da erzählt der Mann Jim alles über seine Rechte und Absichten von weengs Mary. Dann *war* da vielleich was los! Erst will Jim den einfach rausschmeißen, aber das hat er in seine junge Jahre mal gemacht un dafür sechs Monate im Knast in Lewes gekricht, abgesehn davon daß der Mann auf n Kopp gefallen is. Also hat er alles Gift runtergeschluckt un den Typ reden lassen. Was Mary angeht, hatte der Kerl wirklich das Gesetz auf seine Seite; er hat uns nämlich alle seine Papiere gezeicht. Dann kommt Mary die Treppe runter – die war oben am lernen für ne Prüfung – un der Mann sacht ihr, wer er is, un sie sacht, er hätt sich um sein eigen Fleisch und Blut anständich kümmern gesollt, wie ers noch bei sich hatt, un nich jetz meinen, er kann kommen un alles wiederhaben wollen, wies ihm grad passen tut. Er sacht irnkwas, aber sie kuckt ihn so an, rauf un runter un vorn un hinten, un dann macht se ihn mit Wörter so fertich, daß er einfach aus die Tür torkelt, un dann isser wech und hat seine Papiere in sein Hut gestopft, un scheußlich am fluchen isser gewesen. Dann kommt se zurück un sacht so richtich, was se von Jim un seine Mutter hält, von weeng weil die ihr nix gesacht ham über wo se herkommen tut; dabei kommt nämlich raus, daß die das nie gemacht ham. Die ham ihr darauf nix gesacht. Ham die nie. *Ich* hätt se wechgegehm mit jeden Mann wo se haben will – un Gnad ihm Gott!«

»Mmm!« sagte Jabez; er sog an seiner Pfeife.

»Also, das war man der Anfang. Nääxte Woche oder so kommt der Mann zurück un schnappt sich Jim allein, diesmal ohne seine Mutter, un dann hat er ihn mit seine Papiere un sein Gerede ganz dusselich gemacht – das Recht war nämlich wirklich auf seine Seite – bis Jim in sein Portzmoneh taucht un ihm zehn Shilling Schweigegeld gibt – hat er mir gesacht –, damit er erß ma wieder geht un Mary da läßt.«

»Aber so wird man doch kein Mann oder ne Frau los«, sagte Jabez.

»Wird man auch nich. Hab ich Jim gesacht. ›Was soll ich denn machen?‹ sacht Jim. ›Der hat doch recht. Am Tach lauf ich rum un bin am Denken, bis daß mein Unterzeuch zum Auswringen naßgeschwitz is, un nachts liech ich im Bett un denk dran, bis daß die Laken ganz suppich sin vom Schwitzen. Ich bin ja nu kein junger Mann mehr‹, sacht er, ›un auch kein armer Mann. Vielleich säuft er sich tot.‹ Ich hätt ihm fast direck gesacht, was für ne Dusselei er sich grad drauf am Einlassen is, aber das hat er gewußt – hat er gewußt –, er hat nämlich gesacht, das nääxte Mal, wenn der Mann kommt, sinds fümfzehn Shilling. Wars dann auch, das nääxte Mal. Genau fümfzehn Shilling!«

»Un war das wirklich ihr sein Vater?« fragte Jabez.

»Der hat die Beweise un die Papiere gehabt. Jim hat mir gezeicht, was die Kindergesellschaff in London geschrieben hat, wie Mary denen geschrieben un sie desweeng gefraacht hat. Die saang, das lääch nich mehr in ihre Händ, aber – mal sehn, ob ichs noch zusammenkrich – ah ja – tät sie leid, daß se da was übersehn gehabt hätten. Ich glaub, die hatten Mary in die Kerzenschachtel als wie ne Waise geschickt statt als wie daß se noch nen Vatter hat. Ziemlich blöd! Dann, wie der das Geld versoffen hat, kommt der Mann wieder – is wieder voll – un labert un labert über seine Flicht gegenüber sein armes totes Weib un was er nich alles für seine liebe Tochter tun will in London, bis ihm die Tränen über seine dreckieng Backen runterkullern, un am Schluß kricht er noch mehr Geld. Jim hats ihm immer hinter der Tür inne Hand gedrückt; aber seine Mutter hat das Klirren gehört. Die wollt nix wissen von Schweigegeld. Dann hat se alles, was se darüber denken tut, auf die Tafel geschrieben, un Jim war die halbe Nacht auf un antwortet un zeicht ihr, daß der Mann das Gesetz auf seine Seite hat.«

»Hat der Mann denn nix an Geschäff oder Beruf gehabt?«

»Mir hat er gesacht, er wär Drucker. Ich nehm aber an, der hat vom Staat gelebt, wie der Rest von denen da in London.«

»Un wie hat Mary das aufgenommen?«

»Hat gesacht, sie würd eher arbeiten gehn als wie mit dem Mann da. Ich glaub, ne Dienstherrin musses schon ziemlich dreckich gehn, eh daß se Mary Haube un Kittel geben tut. Die hat doch auf Lehrerin studiert. Fein arbeiten würd die können! . . . Jedenfalls, so is das in dem Herbst gelaufen. Mary ihr Vatter aus London kommt immer un immer wieder, wenn er das Geld versoffen hat, was der Jim ihm gibt; un jedesmal setz der den Preis rauf dafür, daß er Mary nich mitnehm tut. Jim seine Mutter kann sich nich von Geld trennen, un daß se ihre Gefühle auf ne Tafel schreiben muß statt sich mittem Mund Luft machen, das hat se fast verrückt gemacht. Die war wirklich *zimmlich* wild!

Wie November kommt, hab ich bei Jim gewohnt, in dem Zimmer draußen beim Hühnerstall. Die Miete hab ich *ihr* bezahlt. Ich hab für Dockett bei Pounds gearbeit – Kastanienableger außem Perry-Gehölz wechmachen. Genau so Wetter wie jetz – Reeng über Reeng nach nem nassen Oktober. (Un ich weiß noch, danach trockner Frost bis Weihnachten.) Dockett schickt mir wen zum Perry-Gehölz – nee, er is selber angekeucht gekommen –, da war nämlich n dickes Eckstück außem Ufer innen Bach gerutsch, wo der am Ende von Seventeen Acre den Bogen da macht, un alles Gestrüpp, Erlen un Weiden, was er hätt rausschneiden sollen, wie er die Farm übernommen hat, das war alles mit rein, un der Bach braus da drauf los un drüber, un das staut un spült das Wasser fast über Dockett sein Winterweizen. Das Wasser war da schon überall wos flach is. ›Allmächtiger, Jesse!‹ brüllt er mich an, ›hol den Mist da raus wies grad geht. Keine Zeit fürs Bündeln, mach bloß Platz für den Bach, sonz is mein Weizen nich mehr zum retten. Helfen kann ich dir nich‹, sacht er, ›aber tu was, un ich bezahl dich‹.«

»Da hattste den inner Hand.« Jabez kicherte.

»Ja. Feilschen hätt ich sollen, glaub ich, aber der Bach is schon über gutes Brotgetreide am Steigen. Also mach ich mich über das Gewürge her, von die Böschung aus, wo die Bäum kopfüber inne Strömung hängen – genau so n Wetter wie jetz –, un der Bach kriecht immer höher an mich ran. So geeng Mittach kommt Jim da länx mit seine Kappaxt über die Schulter.

›Hälste was von Hilfe dabei?‹ sacht er.

›Hälste was von zuschlaang?‹ sach ich, un – sonz kein Wort mehr – Jim leecht sich neben mir ins Zeuch. Mit die Kappaxt is der kein Schlappschwanz.«

»Kann sein, ich hab ihn aber mal im Wald fällen gesehn, un da hat er keine gute Figur gemacht«, sagte Jabez. »Hat nich die

Schultern dafür, auch nich die Auren – wennste *mich* fraachs –, für geeng ausgewachsenes Holz. Kann sich nich richtich entscheiden, wos hinfallen soll.«

»Wir waren da nich am Fällen. Wir waren die dünne Erlen am Hacken un die Böschung am Raufziehn, eh daß se das Wasser über den Weizen bringen tun. Jim hat nich viel gesacht, bloß daß er ne Postkarte von Marys Londoner Vatter gekricht hat, abends, daß der am Morng runterkommen will. Jim, der hat die ganze Nacht rumgeschwitz un meint, er könnt nich an geeng all das Reden un Fluchen un Heulen, un auch nich dageeng, daß hinterher seine Mutter ihn auf die Tafel beschimpfen tut. ›Bloß dran denken hat mich jeck gemacht‹, sacht er, wie wir unsere Brote essen. ›Da hab ich einfach den Schwanz eingekniffen und wech. Mutter muß allein mit ihm fertichwerden. Wetten, *die* gibt ihm kein Schweigegeld‹, sacht er. ›Wetten, der wird ganz schön überrascht sein, wenn er mit ihr durch is‹, sacht er. Un das war schon fast alles, was wir drüber gesacht ham. Aber mit die Kappaxt isser wirklich kein Schlappschwanz.

Der Bach geht immer höher un höher um uns rum un dann noch höher, bis wir schließlich bis am Knie im Wasser arbeiten tun un hacken un stochern un zerren, was wir bloß aus dem Gewirr da rausholen können. Da is auch noch ganz schön was den Bach runter dazugekommen – Zaunfosten un Hopfenstangen un jede Menge Knüppel, alles kommt angeklumpt un angeklekkert; aber wie wir die abgesoffene Bäume da einigermaßen rausham, saust alles wieder ganz anständich um die Biegung. Um vier saang wir uns, wir ham n sauberes Taachwerk hinter uns, un auch wenn wir ihn jetz in Ruh lassen, kann einklich nix mehr passieren. Im Dunkel un im Naß könn wir sowieso nich mehr viel Vernünftiges ausrichten, wenn wir da rumplanschen. Jim gießt grad das Wasser aus seine Stiefel – nee, *ich* war das. Jim kniet un schnürt seine auf. ›Teufel auch, Jesse‹, sacht er un steht auf; ›zuhaus muß das jetz über meine Schwelle gehn, da kommt nämlich mein oller weißer Bienenkorb‹!«

»Ja. Hab ich schon gehört, daß er seine Körbe streichen tut«, warf Jabez ein. »Ich weiß bloß nich, ob Farbe die Bienen nich mehr erschreckt wie daß se die geeng Reeng schützt.«

»›Ich kuck mal ob ich den erwisch‹, sacht er un stochert danach, wie das Ding um die Biegung kommt. Die Strömung reißt ihm den Haken fast aus der Hand, un er ruft nach mir, un ich renn barfuß hin. Dann ziehn wir wieder am Haken, un der Korb stellt sich im Wasser auf, un wir ham uns schon gedacht, was das is. Dann ham wirs an ne seichte Stelle geholt un da rollts n Stück, un dann haut mich n langer steifer Männerarm fast ins Gesicht. Da warn wir dann sicher. ›Is n Mann‹, sacht Jim. Aber das Gesicht war ganz voll Matsch. ›Ich glaub, das is Marys Vatter aus London‹, sacht er plötzlich. ›Gib mir mal n Streichholz, ich will nachkucken.‹ Er hat ja nie geraucht. Wir machen drei Streichhölzer an, eins nachem andern, so gut das im Reeng geht, un Jim wischt was von dem Dreck mit nem Grasbusch wech. ›Ja‹, sacht er. ›Das is Marys Londoner Vatter. Der kann uns nich mehr erschrecken. Willste den ham, Jesse?‹ sacht er.

›Nee‹, sach ich. ›Wenn hier der Strand von Eastbourne wär oder so, dann wär der für jeden von uns ne halbe Crown vorm Coroner wert; aber jetz würden wir hier bloß nen halben Tach verlieren mit von weeng Leichenschau mitmachen. Ich schätz, der is in Bach gefallen.‹

›Nehm ich auch an‹, sacht Jim. ›Ich fraach mich, ob er schon bei Mutter war.‹ Er dreht ihn um un knöpf den Rock auf un steck die Finger in die Westentasche von dem un fänk am Lachen. ›Is bei Mutter gewesen, jawoll‹, sacht er. ›Un rumgekricht hat er se auch. *Die* kann *mich* nich mehr fertichmachen weil ich ihm Geld geben tu. *Ich* hab ihm nie mehr wie nen Sovereign gegeben. Von ihr hat er zwei gekricht!‹ un die steckt er ein un lacht dabei die ganze Zeit. ›Un jetz tun wir ihn wieder rein; ich bin nämlich fertich mit dem‹, sacht er.

Also schubsen wir ihn wieder mitten in Bach, un wir sehn,

wie er ohne Stocken um die Biegung geht, un wir gehn ne ganze Weile neben ihm her, um ihn auf n Weech zu begleiten. Wie wir nix mehr sehn können, gehn wir über die Landstraße nachhaus, weil wir wissen, der Bach is länx über die Wiesen un wir ham keine Lust für Jim seine kleine morsche Brücke zum suchen, in dem Dunkel – un wos doch immer noch wie aus Kannen schütten tut. Ich war ziemlich froh, daß ich wieder Licht un was zum Essen seh, wie wir nachhaus kommen. Jim sacht, ich soll unbedink mit reinkomm auf n Schluck. Der trink ja sonz nich, aber an dem Abend war er all seine Sorgen los, weißte. ›Mutter‹, sacht er, wie grad die Tür aufgeht, ›isser dagewesen?‹ Die schnappt sich ihre Tafel un schreib drauf – ›Nein‹. ›Nix da‹, sacht Jim. ›So kommste mir nich davon, Mutter. Ich glaub, du hast ihn *wohl* gesehn, un ich wette, bei all deim Gerede hat er dich auch rumgekricht, genau wie mich. Gibs schon zu, Mutter‹, sacht er. ›Dich hat er auch weichgekricht.‹ Die schnappt schon wieder nach ihre Tafel, aber Jim hält se auf. ›Is schon gut, Mutter‹, sacht er. ›Ich hab ihn gesehn, nach daß er bei dir war, un der ärgert uns nie mehr.‹ Die alte Frau kuckt schnell hoch, so wie n Rotkehlchen, un dann schreib se: ›Hat er das gesagt?‹ ›Nee‹, sacht Jim lachend. ›Hat er nicht gesacht. Weiß ich trotzdem. Aber *dich* hat er weichgekricht, Mutter. Jetz kannste mich nich mehr ausschimpfen von weeng, ich bin zu weichherzich. Du bis zweimal so weich wie ich. Kuck mal!‹ sacht er un zeicht ihr die zwei Sovereigns. ›Tu se wech, wo se hingehören‹, sacht er. ›Der kommt nie wieder nach mehr; un jetz trinken wir unsern Schluck‹, sacht er, ›ham wir nämlich verdient.‹

Natürlich ham die mich nich sehn lassen, wo die ihr Geld hintun. Die is damit raufgegangen – un hat den Whisky geholt.«

»Ich hab nich gewußt, daß Jim je was trinken tut – in sein eingnes Haus«, sagte Jabez.

»Tut er auch sonz nich; aber wenn, dann was Gutes. Schiebt

dir kein Spülwasser übern Tresen wie in der Kneipe. Vier Shilling hat er für die Flasche Whisky bezahlt. Weiß ich, weil da nämlich bloß noch n paar Tropfen drin warn, wie die alte Frau sie runterbringt. Nix was man so einfach nen Nachbar vorsetzen tut, sach ich dir.

›Hör mal, die war doch letzte Woche noch halb voll, Mutter‹, sacht er. ›Willste etwa saang‹, sacht er, ›das haste dem alles auch noch gegeben? Zwei Shilling wert‹, sacht er. (Deshalb weiß ich, er hat vier bezahlt.) ›Na, na, Mutter, du bis vor lauter Gutheit nix wert. Aber ich gönns ihm‹, sacht er. ›Ich gönn ihm jetz alles, was er bei sich halten kann.‹ Un dann ham wir das letzte bißchen getrunken, was noch drin war.«

»Un was is mit Marys Londoner Vatter geworden?« sagte Jabez nach einer vollen Minute des Schweigens.

»Ich bin abends zu müd für noch Zeitung zum lesen; aber Dockett hat mir gesacht, ich glaub, dieselbe Woche war das, daß es ne Leichenschau gegeben hätt weeng nem Mann unten in Robertsbridge; der war wohl geeng so viele Brücken un Böschungen geknallt, daß se nich mehr aus ihm schlau geworden sin.«

»Un was hat Mary zu die ganze Sache gesacht?«

»Die alte Frau hatte se wechgeschickt ins Dorf, eh daß ihr Londoner Vatter gekommen is, für zum Wochenendeinkauf (un die Hälfte hat se vergessen). Wie wir reinkomm, isse schon wieder oben un lernt auf Lehrer. Keiner hat ihr nix davon erzählt. War ja keine Sache für n Mädchen.«

»Meinste, *die* weiß es?« fuhr Jabez fort.

»Die? Die muß es ziemlich gut geraten haben, wie sie ihr Geld zurückkommen sieht. Aber nach was ich weiß, hat sies nie geschrieben. Die Nacht war se mehr weeng zwei, drei von ihre Hühner besorcht, mit Ertrinken un so, die Überschwemmung hatt nämlich denen ihr olles Hühnerhaus auf die Fosten rumgedreht. Nääxten Morng, wie der Bach gefallen is, hab ichs wieder festgemacht.«

»Un wo haste die Brücke gefunden? Ganzes Stück flußab, was?«

»Da wo die immer gewesen is. Hatt sich kaum beweecht. Unter das eine Ende von die Planke hat der Bach was rausgewaschen, un wemman da nich ganz vorsichtich is, kippt se dich seitlich ins Wasser. Ich hab aber drei, vier Ziegel druntergeschoben, un da war se wieder ganz brav.«

»Na ja, ich weiß nich, wie das alles *aussehn* tut, aber egal«, sagte Jabez, »der hatte kein Recht, daß er von London herkommt un Leut erschrecken un drohen tut, daß er Kinder wechnehmen will, die die als wie ihre eingnen großgezoong ham – nich mal Mary Wickenden.«

»Das Recht hat er gehabt, un das Gesetz war auf seine Seite – da führt nix dran vorbei«, sagte Jesse. »Aber den Schnaps hat er auch auf seine Seite gehabt, un ich glaub, das wars, wo er schiefgelegen hat.«

»Tja, tja! Egal wie, jedenfalls is der Bach für Jim nen guten Freund gewesen. Versteh ich jetz. Irnkwie hab ich mich ja immer gefraacht, wodrauf der rauswill, wie er das gesacht hat, wie ich da mit ihm geredt hab von weeng den Schober verleeng. ›Du weiß ja nich alles‹, sacht er. ›Der Bach is mir immer nen guten Freund gewesen‹, sacht er, ›un wenns ihm danach is, daß er an mein Heu knabbern will, werd *ich* mich hüten was dageeng zum tun‹.«

»Ich glaub, das Heu hat er jetz wohl auch verleecht.« Jesse kicherte. »Hör mal! Das is aber kein Stück Böschung nich, was er jetz geschnappt hat.«

Der Bach hatte seinen Tonfall wieder geändert. Es klang, als ob er etwas Weiches beknabberte.

THE LAND

When Julius Fabricius, Sub-Prefect of the Weald,
In the days of Diocletian owned our Lower Riverfield,
He called to him Hobdenius—a Briton of the Clay,
Saying: 'What about that River-piece for layin' in to hay?'

And the aged Hobden answered: 'I remember as a lad
My father told your father that she wanted dreenin' bad.
An' the more that you neeglect her the less you'll get her clean.
Have it jest *as* you've a mind to, but, if I was you, I'd dreen.'

So they drained it long and crossways in the lavish Roman style.
Still we find among the river-drift their flakes of ancient tile,
And in drouthy middle August, when the bones of meadows show,
We can trace the lines they followed sixteen hundred years ago.

Then Julius Fabricius died as even Prefects do,
And after certain centuries, Imperial Rome died too.
Then did robbers enter Britain from across the Northern main
And our Lower River-field was won by Ogier the Dane.

Well could Ogier work his war-boat—well could Ogier wield his brand—
Much he knew of foaming waters—not so much of farming land.
So he called to him a Hobden of the old unaltered blood,
Saying: 'What about that River-bit, she doesn't look so good?'

DAS LAND

Als Julius Fabricius, der Sub-Präfekt des Weald,
in Diokletians Tagen unser Feld am Fluß besaß,
rief er Hobdenius zu sich – einen Briten von der Scholle –,
und er sagte: »Wie stehts mit dem Stückchen Flußland da, für Heu?«

Und der alte Hobden antwortete: »Wie ich Junge war,
hat mein Vater deinem schon gesagt, das muß entwässert werden.
Und je mehr du nix dran tust, je weniger kriegst du es klar.
Mach das ganz *so* wie du willst; bloß, wenn ich du wär, würds entwässert.«

Also wurde es entwässert, römisch gründlich, kreuz und quer.
Heut noch finden wir im Flußbett Stückchen alter Abzugziegel,
und im dürren Mitt-August, wenn Wiesen ihr Gerippe zeigen,
sehn wir, wo vor sechzehnhundert Jahren sie die Linien zogen.

Dann starb Julius Fabricius, wie das auch Präfekten müssen,
und Jahrhunderte danach starb selbst das kaiserliche Rom.
Dann kamen über die Nordsee Räuber nach Britannien,
und Ogier der Däne nahm sich unser Feld am Fluß.

Gut war Ogier mit dem Langboot und der Brandfackel vertraut,
viel verstand er von der Brandung – weniger von Bauernland.
Drum rief er nen Hobden her vom alten unvermengten Blut
und sagte: »Was ist mit dem Flußland da, sieht nicht so gut aus, wie?«

And that aged Hobden answered: 'Tain't for *me* to interfere,
But I've known that bit o' meadow now for five and fifty year.
Have it *jest* as you've a mind to, but I've proved it time on time,
If you want to change her nature you have *got* to give her lime!'

Ogier sent his wains to Lewes, twenty hours' solemn walk,
And drew back great abundance of the cool, grey, healing chalk.
And old Hobden spread it broadcast, never heeding what was in't;
Which is why in cleaning ditches, now and then we find a flint.

Ogier died. His sons grew English. Anglo-Saxon was their name,
Till out of blossomed Normandy another pirate came;
For Duke William conquered England and divided with his men,
And our Lower River-field he gave to William of Warenne.

But the Brook (you know her habit) rose one rainy Autumn night
And tore down sodden flitches of the bank to left and right.
So, said William to his Bailiff as they rode their dripping rounds:
'Hob, what about that River-bit—the Brook's got up no bounds?'

And that aged Hobden answered: 'Tain't my business to advise,
But ye might ha' known 'twould happen from the way the valley lies.'

Und der alte Hobden antwortete: »*Mich* gehts ja nix an,
bloß, ich kenn das Stückchen Wiese jetzt seit fünfundfünfzig Jahr.
Mach das *ganz* so wie du willst, bloß: Ich habs oft genug bewiesen,
wenn das Feld sich ändern soll, dann *muß* man schon mal Kalk drauf tun.«

Ogier schickte Karren los nach Lewes, zwanzig Stunden Weg,
holte große Mengen von heilendem kühlen grauen Kalk.
Und der alte Hobden streute breitseits aus, egal was drin war;
wenn wir Gräben säubern, finden wir heut schon mal Feuersteine.

Ogier starb. Die Söhne wurden heimisch, hießen Angelsachsen;
dann kam aus der Normandie noch ein Pirat, und Herzog William
hat England erobert und mit seinen Männern aufgeteilt,
und unser Feld am Fluß gab er William von Warenne.

Doch der Bach (ihr kennt ihn ja) stieg in ner Regennacht im Herbst
und riß fette nasse Stücke aus dem Ufer, rechts und links.
Als sie triefend Runden ritten, sagte William seinem Vogt:
»Hob, was ist da mit dem Flußland – hat der Bach denn keine Grenzen?«

Und der alte Hobden antwortete: »*Mich* gehts ja nix an,
bloß, daß das passiert, hättst du sehn müssen, wie das Tal so liegt.«

When ye can't hold back the water you must try and save the
sile.
Hev it jest as you've a *mind* to, but, if I was you, I'd spile!'

They spiled along the water-course with trunks of willow-
trees
And planks of elms behind 'em and immortal oaken knees.
And when the spates of Autumn whirl the gravelbeds away
You can see their faithful fragments iron-hard in iron clay.

Georgii Quinti Anno Sexto, I, who own the River-field,
Am fortified with title-deeds, attested, signed and sealed,
Guaranteeing me, my assigns, my executors and heirs
All sorts of powers and profits which—are neither mine nor
theirs.

I have rights of chase and warren, as my dignity requires.
I can fish—but Hobden tickles. I can shoot—but Hobden
wires.
I repair, but he reopens, certain gaps which, men allege,
Have been used by every Hobden since a Hobden swapped
a hedge.

Shall I dog his morning progress o'er the track-betraying dew?
Demand his dinner-basket into which my pheasant flew?
Confiscate his evening faggot into which the conies ran,
And summons him to judgment? I would sooner summons
Pan.

His dead are in the churchyard—thirty generations laid.
Their names went down in Domesday Book when Domesday
Book was made.
And the passion and the piety and prowess of his line
Have seeded, rooted, fruited in some land the Law calls mine.

Wenn das Wasser nicht zu halten ist, muß man den Boden
retten.
Mach das ganz so wie du *willst*, bloß: Ich würds hier mit
Pfosten sichern.«

Sie setzten an den Wasserlauf Pfosten aus Weidenstämmen,
dahinter Ulmenbretter und ewige Eichensparren.
Und wenn heute die Herbstfluten wieder Kiesbetten
verwirbeln,
sieht man die getreuen Splitter eisenhart im Eisenlehm.

Georgii Quinti Anno Sexto – mir gehört das Feld am Fluß,
ich hab Urkunden, beglaubigt, unterfertigt und besiegelt,
die mir, meinen Rechtsnachfolgern, den Vollstreckern und
den Erben
alle Rechte einräumen die – weder mir noch ihnen zustehn.

Ich hab Jagd- und Fischrechte, wie meine Würde sie verlangt.
Ich kann angeln – Hob legt Netze. Ich kann schießen – Hob
legt Schlingen.
Ich verstopf – er öffnet wieder – Lücken die, wie es hier heißt,
jeder Hobden nutzte seit der erste Hob durch Hecken stieg.

Soll ich ihm nachschnüffeln morgens durch den Tau, der
Spuren zeigt?
Seinen Essenskorb abfordern, in den mittags mein Fasan flog?
Spät sein Reisig, in das mein Kaninchen rannte, konfiszieren
und von ihm Rechenschaft fordern? Eher verlang ich sie von Pan.

Dreißig Generationen seiner Toten liegen auf dem Kirchhof.
Ihre Namen gingen ein ins Domesday Book, als es entstand.
Und der Eifer und die Hingabe und Härte seiner Linie
trieben Samen, Wurzeln, Blüten in dem Land, das mein sein
soll.

Not for any beast that burrows, not for any bird that flies,
Would I lose his large sound council, miss his keen amending eyes.
He is bailiff, woodman, wheelwright, field-surveyor, engineer,
And if flagrantly a poacher – 'tain't for me to interfere.

'Hob, what about that River-bit?' I turn to him again
With Fabricius and Ogier and William of Warenne.
'Hev it jest as you've a mind to, *but*'—and so he takes command.
For whoever pays the taxes old Mus' Hobden owns the land.

Um kein Tier, das Bauten gräbt, und um keinen Vogel, der fliegt,
möcht ich seinen guten Rat, sein kluges scharfes Auge missen.
Er ist Forstmann, Vogt, Stellmacher, Landvermesser, Ingenieur
und wenn tausendmal ein Wilderer – mich geht das doch nix an.

»Hob, was ist da mit dem Flußland?« wend ich mich wieder an ihn,
mit Fabricius und Ogier und William von Warenne.
»Machen Sies ganz wie Sie wollen, bloß« – und er übernimmt.
Denn wer auch die Steuern zahlt, dem alten Hob gehört das Land.

IM SELBEN BOOT

»Eine pochende Ader«, sagte Dr. Gilbert beschwichtigend, »ist die Mutter der Wahnvorstellung.«

»Wie erklären Sie es sich dann, daß ich vorher Bescheid weiß, wenn die Sache losgeht?« Conroys Stimme hob sich, bis sie beinahe kippte.

»Ja, natürlich, aber Sie hätten einen Arzt konsultieren sollen, ehe Sie – Sedative benutzten.«

»Es hat mich verrückt gemacht. Und jetzt komm ich von den Dingern nicht mehr los.«

»So schlimm wird es kaum sein! Mit fünfundzwanzig hat man noch keine endgültig verhängnisvollen Gewohnheiten. Überlegen Sie nochmal. Haben Sie sich als Kind je furchtbar erschreckt?«

»Weiß ich nicht mehr. Es hat angefangen, als ich ein Junge war.«

»Mit oder ohne diesen Krampf? Nebenbei, macht es Ihnen etwas aus, den Krampf noch einmal zu beschreiben?«

»Also«, sagte Conroy; er rutschte auf dem Stuhl herum, »ich bin kein Musiker, aber angenommen, Sie sind eine Geigensaite – die vibriert – und jemand drückt den Finger auf Sie? Als ob ein Finger auf die nackte Seele gedrückt wird! Schrecklich!«

»Auch Verdauungsstörungen sind schrecklich – und Albträume – solange sie andauern.«

»Aber hinterher setzt mich das Grauen tagelang außer Gefecht. Und das Warten darauf... Und dazu diese Tablettensucht! Ich kann nicht mehr!« Er zitterte, während er sprach, und der Stuhl knirschte.

»Lieber Mann«, sagte der Arzt, »wenn Sie älter sind, werden Sie wissen, welches Päckchen die besten von uns zu tragen haben. Jedem Spartaner seinen Fuchs.«

»Das hilft *mir* nicht. Ich kann nicht mehr! Ich kann nicht!« rief Conroy und brach in Tränen aus.

»Entschuldigen Sie sich nicht«, sagte Gilbert, als der Anfall vorüber war. »Ich bin daran gewöhnt, daß Leute in diesem Zimmer ein bißchen – aus den Fugen geraten.«

»Das sind diese Tabletten!« Conroy stampfte schwach mit dem Fuß auf, während er die Nase putzte. »Die haben mich fertiggemacht. Ich war mal fit. Ah, ich habs mit Sport und allem probiert. Aber – wenn man sich auch nur eine Minute ausruht, wenn es losgeht – sogar um vier Uhr morgens – dann holts einen von hinten ein.«

»Jaaa. Viele Dinge kommen früh am Morgen. Sie wissen also jedesmal, wann diese Heimsuchung fällig ist?«

»Was ich alles dafür gäbe, es nicht zu wissen!« schluchzte er.

»Lassen wir das im Moment einmal beiseite. Ich denke an einen Fall, bei dem etwas, nennen wir es Anämie des Gehirns, durch Vibrationen überlagert wurde – ich will nicht sagen geheilt. Er konnte nicht schlafen, oder glaubte, er könnte nicht, aber eine Reise mit dem Dampfer und das Wummern der Schraube ...«

»Ein Dampfer? Nach allem, was ich Ihnen erzählt habe!« Conroy kreischte fast. »Lieber würd ich ...«

»In Ihrem Fall natürlich *kein* Dampfer, sondern eine lange Eisenbahnfahrt, wenn Sie das nächstemal meinen, daß es losgeht. Es klingt absurd, aber ...«

»Ich würde alles versuchen. Hab ich ja fast«, seufzte Conroy.

»Unsinn! Ich habe Ihnen ein Tonikum verschrieben, das Ihnen *diese* Flausen austreiben wird. Geben Sie dem Zug eine Chance, und beginnen Sie die Reise nicht damit, daß Sie sich mit Tabletten vollstopfen. Nehmen Sie sie mit, aber halten Sie sie nur bereit – als Reserve.«

»Glauben Sie, ich habe genug Selbstbeherrschung, nach allem, was Sie gehört haben?« sagte Conroy.

Dr. Gilbert lächelte. »Ja. Nach dem, was ich gesehen habe« –

seine Blicke streiften durch den Raum –, »habe ich keinen Zweifel daran, daß Sie genauso viel Selbstbeherrschung haben wie viele andere. Was die Bahnreise angeht, dazu schreibe ich Ihnen noch. Inzwischen das Tonikum«, und er gab einige allgemeine Anweisungen, bevor Conroy ging.

Eine Stunde später eilte Dr. Gilbert zum Golfplatz, wo die anderen Mitstreiter seines üblichen Wochenendspiels bereits auf ihn warteten. Es war eine scharfe Runde, die sie wie gewöhnlich im Trab zurücklegten, denn die Spannung der Woche lag auf den beiden Anwälten und Sir John Chartres genauso schwer wie auf Gilbert. Die Juristen waren alte Gegner von Admiralty Court, und Sir John mit den Rauhreif-Brauen und der Abernethy-Manier galt mit, aber vor, Rutherford Gilbert als einer der besten Nervenspezialisten.

Im Clubhaus, danach, nahmen die Anwälte ihre Kabbelei über einen verwickelten Fall von Schiffskollision wieder auf, und ebenso selbstverständlich tauschten die Ärzte Berufliches aus.

»Lügen – alles Lügen«, sagte Sir John, als Gilbert ihm von Conroys Problemen berichtet hatte. »*Post hoc, propter hoc.* Mann oder Frau – wer Drogen nimmt, ist *ipso facto* ein Lügner. Du hast ja keine Fantasie.«

»Ein Jammer, daß du auch keine hast – wenigstens manchmal.«

»Ich habe lange Zeit einem bestimmten Patiententyp geglaubt. Aber es ist immer dasselbe. Aus Gründen, die sie einem in der Praxis nicht sagen, machen sie sich abhängig von der Droge. Es folgen gewisse Symptome. Uns schwören sie dann, und glauben es auch selbst, daß sie die Droge genommen haben, um die Symptome zu bekämpfen. Was nimmt deiner? Najdolin? Hab ich mir gedacht. Ich hatte letzten Donnerstag praktisch denselben Fall wie du. Dasselbe Najdolin – dieselbe Lüge.«

»Gib mir die Symptome, dann zieh ich meine eigenen Schlüsse, Johnnie.«

»Symptome! Das Mädchen war einfach völlig najdolinverseucht. Totale tobende Besessenheit. Mein Gott, ich hab gedacht, sie holt den Leuchter von der Decke.«

»Meiner ist auch ein bißchen durchgedreht, und der ist physisch ein Bulle«, sagte Gilbert. »Was für Wahnvorstellungen hatte deine?«

»Gesichter – Gesichter mit Schimmel darauf. In jeder anderen Lebenslage würden wir es weiße Mäuse nennen. Sie hat mir natürlich erzählt, sie nähme die Droge, um die Gesichter zu maskieren. Wieder *post hoc, propter hoc*. Alles Lügner!«

»Was ist los?« sagte der ältere Anwalt schnell. »Klingt gerichtsamtlich.«

»Geh weg! Nichts für dich, Sandy.« Sir John kehrte ihm den Rücken und ging mit Gilbert durch den kalten Abend.

Eine Woche später erreichte Conroy dieser Brief in seiner Wohnung:

Lieber Mister Conroy –
Wenn Ihr Plan für eine Nachtfahrt am 17. immer noch gilt und Sie kein bestimmtes Reiseziel haben, könnten Sie mir einen Gefallen tun. Eine Miss Henschil, an der ich interessiert bin, reist in dieser Nacht mit dem Zug 22:08 ab Waterloo (Bahnsteig 3) in den Westen. Sie ist nicht gerade invalide, aber wie bei so vielen von uns sind ihre Nerven ein wenig zerrüttet. Natürlich wird sie von ihrem Mädchen begleitet, aber wenn ich wüßte, daß Sie im selben Zug sind, wäre das eine zusätzliche Quelle der Kraft. Würden Sie mir bitte schreiben und mich wissen lassen, ob der 22:08 ab Waterloo, Bahnsteig 3, am 17., Ihnen genehm ist und ich Sie dort treffen werde? Denken Sie an meine Warnungen und nehmen Sie weiterhin das Tonikum.

Mit freundlichen Grüßen
L. Rutherford Gilbert

›Er weiß doch, daß ich kaum imstande bin, auf mich selber aufzupassen‹, dachte Conroy. ›Und er will, daß ich mich um eine Frau kümmere!‹

Aber nach einer halben Stunde der Unentschlossenheit nahm er an.

Nun war Conroys seit Jahren andauerndes Problem dies:

Immer wieder in einer bestimmten Nacht, wenn er zwischen

Schlaf und Wachen lag, überkam ihn ein langes schauderndes Seufzen, und aus der Erfahrung wußte er, daß dies das Zeichen dafür war, daß sein Hirn abermals das Grauen empfangen hatte und es nach einiger Zeit – nach der gebührenden Zeit – gebären würde.

Drogen konnten das Grauen so gut verschleiern, daß es nicht schlimmer als ein eisiger Traum in einer Prozession wirrer Träume entlangschlurfte; aber die Wiederkehr des Vorgangs entzog sich der Beherrschung durch Drogen. Sobald dieser Seufzer über seine Lippen gegangen war, war das Ding unvermeidlich, und in den Tagen, die ihm vor dessen Wiedergeburt gewährt waren, wandelte er in Qualen. In den ersten beiden Jahren hatte er sich bemüht, es durch Zerstreuungen zu bekämpfen, aber weder Sport noch Trinken halfen. Dann war er an die Tabletten des trefflichen M. Najdol gekommen. Sie garantieren, auf dem Etikett: »Erfrischenden und vollkommen natürlichen Schlaf den seelisch Erschöpften.« Man trägt sie in einer Dose mit Feder, die eine parfümierte Tablette ans Ende des Röhrchens schiebt, wo man sie mit den Lippen pflücken und dabei den Schnurrbart streichen oder den Schleier zurechtrücken kann.

Nach drei Jahren mit M. Najdols Präparaten taugt man nicht mehr für viele Karrieren. Seine Freunde, die wußten, daß er nicht trank, nahmen an, Conroy habe sein Herz durch zuviel körperliche Betätigung im Freien überfordert, und Conroy hatte mit einiger Sorgfalt einen imaginären Arzt, Symptome und Behandlungsweisen erfunden, die er mit ihnen und mit seiner Mutter in Hereford diskutierte. Sie sagte, das werde sich alles auswachsen, und empfahl ihm *nux vomica*.

Als Conroy sich endlich einem tatsächlichen Arzt stellte, geschah dies in der Hoffnung, durch eine Zwangsjacke vor dem Selbstmord gerettet zu werden. Aber Dr. Gilbert hatte ihm nur weitere Drogen gegeben – zum Beispiel ein Tonikum, mit dem man Eisenbahnwaggons hätte aneinanderkleben können – und eine Nacht im Zug empfohlen. Nicht nur die Schrecken einer Bahnreise (für die einer, der keinen Diener zu beschäftigen wagt, seine Tasche selbst packen, beschriften und adressieren muß), sondern auch die Notwendigkeit, sich vor einer Fremden, deren »Nerven ein wenig zerrüttet sind«, zusammenzureißen.

Er verbrachte einen langen Vormittag mit Packen, denn wenn er Dinge zusammentrug und zählte, glitt sein Geist fort zu den Stunden, die von dem Tag vor seiner Nacht noch blieben, und er ertappte sich dabei, daß er laut die Minuten zählte. Bei solchen Gelegenheiten trieb ihn die Ungerechtigkeit seines Schicksals zu Empörungen, die kein Diener sollte bezeugen können, aber an diesem Abend hielt ihn Dr. Gilberts Tonikum einigermaßen ruhig, während er seine Rasierklingen einpackte.

Der Schock von Waterloo Station brachte ihn ins wirkliche Leben zurück. Das Wechselgeld für seine Fahrkarte verlangte Konzentration, und sei es auch nur, damit vor dem Schalter Shillings und Pence sich nicht zu Minuten verwandelten. Und über die Unterbringung seiner Reisetasche sprach er schnell mit einem Träger. Der alte 22:08 von Waterloo nach Westen war eine Nachtkarawane, die im Interesse des Milchhandels an fast allen Bahnhöfen hielt.

Dr. Gilbert stand an der Tür des einzigen Wagens mit Korridor und Abteilen, hinter ihm ein älterer und kräftigerer Mann. »Sehr schön, daß Sie da sind!« rief er. »Dann will ich Ihnen die Fahrkarte besorgen.«

»Nicht nötig«, erwiderte Conroy. »Das habe ich selbst erledigt – längst. Meine Tasche ist auch schon drin«, setzte er stolz hinzu.

»Ich bitte um Entschuldigung. Miss Henschil ist da. Ich werde Sie vorstellen.«

»Aber ... aber«, stammelte er. »Bedenken Sie meinen Zustand. Wenn irgendwas passiert, breche ich zusammen.«

»Sie doch nicht. Sie wären doch jeder Gelegenheit bestens

gewachsen. Und was die Selbstbeherrschung angeht, von der Sie dieser Tage geredet haben« – Gilbert drehte ihn herum – »sehen Sie!« Ein junger Mann mit Ulster über einem seidenbesetzten Gehrock stand am Abteilfenster und weinte schamlos.

»Ja, aber das kommt doch bloß vom Alkohol«, sagte Conroy; »ich habe seit dem Mittagessen keins von meinen ... meinen Dingern genommen.«

»Hervorragend!« sagte Gilbert. »Ich wußte, ich würde mich auf Sie verlassen können. Kommen Sie. Warte bitte eine Minute, Chartres.«

Eine große Frau, verschleiert, saß am anderen Fenster. Sie neigte den Kopf, als der Arzt etwas murmelte; Conroy verstand nichts. Dann verschwand der Arzt, und der Schaffner kam wegen der Fahrkarten.

»Meine Zofe – nächstes Abteil«, sagte sie langsam.

Conroy zeigte seine Fahrkarte vor, aber als er sie in die Ärmeltasche seines Ulsters zurücksteckte, glitt die kleine silberne Najdolin-Dose aus seinem Handschuh und fiel zu Boden. Er schnappte sie auf, und der anfahrende Zug schleuderte ihn auf seinen Sitz. »Wie schön!« sagte die Frau. Gemächlich hob sie den Schleier, öffnete den ersten Knopf ihres linken Handschuhs und drückte eine Najdolin-Dose von der Handfläche herauf.

»Tun Sies nicht!« sagte Conroy, ohne zu bemerken, daß er laut redete.

»Wie meinen Sie?« Die tiefe Stimme war gemessen, flach und leise. Conroy wußte, wodurch sie so war.

»Ich sagte ›Tun Sies nicht‹! Er würde das nicht wollen.«

»Nein, würde er nicht.« Sie hielt das Röhrchen mit der allzeit bereiten Tablette zwischen Finger und Daumen. »Aber sind Sie nicht auch einer von den – eh – ›seelisch Erschöpften‹?«

»Eben deshalb. Oh, bitte, tun Sies nicht! Nicht jetzt schon. Ich – ich hab seit heut morgen keine genommen. Sie – Sie werden mich anstecken.«

»Sie? Sind Sie so tief gefallen?«

Er nickte und preßte die Handflächen aneinander. Der Zug ratterte über die Weichen von Vauxhall und wurde vom Scheppern leerer Milchkannen für den Westen willkommen geheißen.

Nach langem Schweigen hob sie die großen Augen, und mit einer Unschuld, die jeden gesunden Mann getäuscht hätte, bat sie Conroy, ihre Zofe zu rufen und ihr ein vergessenes Buch bringen zu lassen.

Conroy schüttelte den Kopf. »Nein. Solche wie wir können nicht lesen. Tun Sies nicht!«

»Sind Sie darauf angesetzt, mich zu bewachen?« Die Stimme blieb immer gleich.

»Ich? Ich brauch selber viel dringender einen Wächter – vor allem in *dieser* Nacht.«

»*Diese* Nacht? Dann haben Sie also eine Nacht? *Mir* haben die nicht geglaubt, als ich ihnen von meiner erzählt habe.« Sie lehnte sich zurück und lachte, ganz langsam. »Sind die Ärzte nicht däämlich? Die haben keine Ahnung.«

Sie stützte den Ellenbogen aufs Knie, hob den Schleier, der gefallen war, und starrte ihn an, das Kinn in der Hand. Er betrachtete sie – bis seine Augen in Tränen verschwammen.

»Hab *ich* das auch durchgemacht; was meinen Sie?« sagte sie.

»Bestimmt – bestimmt«, antwortete Conroy, denn er hatte sehr wohl die Furcht und das Grauen gesehen, die hinter den Augen mit den schweren Lidern lebten, die feinen Linien auf der offenen Stirn und die Obacht um den begehrenswerten Mund.

»Dann ... wie wär es, wenn wir ... jeder eine nähmen? Ich bin seit heute nachmittag ohne.«

Er hob die Hand und hätte gern geschrien, aber seine Stimme brach.

»Tun Sies nicht! Sehen Sie denn nicht, daß es mir hilft,

wenn ich Ihnen helfe, sich dagegen zu wehren? Lassen Sie uns nicht beide untergehen.«

»Aber ich brauche eine. Nur ein ärmlich Herz hat nimmer Freud. Nur eine. Heute ist meine Nacht.«

»Meine auch. Meine vier- fünf- sechs- siebenundsechzigste.« Er schloß die Lippen fest gegen die Flut sichtbar vorgestellter Zahlen, die ihn fortzuspülen drohte.

»Ah, für mich ist es erst die neununddreißigste.« Sie machte eine Pause, wie er zuvor. »Ich frage mich, ob ich bis in die Sechziger überlebe ... Reden Sie mit mir, sonst werde ich verrückt. Sie sind ein Mann. Sie sind das stärkere Gefäß. Erzählen Sie mir, wann Sie zu Bruch gegangen sind.«

»Eins, zwei, drei, vier, fünf, sechs, sieben – acht ... Ich bitte um Vergebung.«

»Überhaupt keine Ursache. Ich tue immer so, als ob ich beim Stricken eine Masche verloren hätte. Ich zähle die Tage bis zum letzten Tag, dann die Stunden, dann die Minuten. Sie auch?«

»Ich glaub, ich hab nicht viel anderes gemacht, in den letzten ...« sagte Conroy; er zitterte, denn die Nacht war kalt, und er erkannte den Eishauch.

»Ah, wie angenehm es ist, jemanden zu finden, mit dem man vernünftig reden kann! Es ist nicht immer dasselbe Datum, oder?«

»Und wenn – würde das etwas ausmachen?« Ruckartig knöpfte er seinen Ulster auf. »Sie sind eine vernünftige Frau. Sehen Sie denn nicht die schlimme – schlimme – schlimme« (Staub flog, als er auf die gepolsterte Armlehne schlug) »Ungerechtigkeit von allem? Was hab ich denn getan?«

Sie legte ihre große Hand sehr fest auf seine Schulter.

»Wenn Sie anfangen darüber nachzudenken«, sagte sie, »werden Sie gleich zu Bruch gehen und sich schämen. Erzählen Sie mir von Ihrem, dann erzähl ich Ihnen von meinem. Nur bewahren Sie die Ruhe – die Ruhe, Junge, sonst geht es bei mir los!« Sie versuchte ihn zu besänftigen, aber ihr Kinn zitterte.

»Na ja«, sagte er schließlich; er zupfte an der Armlehne zwischen ihnen, »meins ist natürlich nichts Großes.«

»Machen Sie sich nicht zum Narren! *Die* Version ist für Ärzte – und Mütter.«

»Es ist die Hölle«, murmelte Conroy. »Es beginnt auf einem Dampfer – in einer heißen stickigen Nacht. Ich komme aus meiner Kabine. Ich gehe durch den Salon, wo die Stewards die Teppiche aufgerollt haben, und die Planken sind nackt und heiß und voll Seife.«

»Ich bin auch schon gereist«, sagte sie.

»Ah! Ich komme auf Deck. Ich gehe einen überdachten Gang entlang. Rohes Fleisch, Bananen, Öl, die Sorte Gerüche.«

Wieder nickte sie.

»Es ist ein bleifarbener Dampfer, und die See ist bleifarben. Völlig glatte See – völlig ruhiges Schiff, abgesehen davon, daß die Maschinen laufen, und die Kielwellen breiten sich aus in Linien über Linien – ödes Grau. Und die ganze Zeit weiß ich, gleich wird etwas passieren.«

»Ich weiß es. Etwas wird passieren«, flüsterte sie.

»Dann höre ich einen dumpfen Schlag im Maschinenraum. Dann den Krach von stürzenden Maschinenteilen – wie Feuerhaken – und dann zwei ganz schreckliche Schreie. Eher wie Geheul, und ich weiß – ich weiß es, während ich sie höre – sie bedeuten, daß zwei Männer schreiend gestorben sind. Das war ihr letzter Atem, der aus ihnen herausheulte – unter ganz entsetzlichen Schmerzen. Verstehen Sie?«

»Muß ich wohl. Weiter.«

»Das ist der erste Teil. Dann höre ich nackte Füße den Gang entlangrennen. Einer der versengten Männer kommt von hinten näher und sagt ganz deutlich: ›Mein Freund! Alles ist verloren!‹ Dann klopft er mir auf die Schulter, und ich höre ihn tot umfallen.« Er keuchte und wischte sich die Stirn.

»Das ist also Ihre Nacht?« sagte sie.

»Das ist meine Nacht. Sie kommt alle paar Wochen – eine

bestimmte Anzahl Tage, nachdem ich das Urteil erhalte, wie ich es nenne. Dann beginne ich zu zählen.«

»Das Urteil erhalten? Meinen Sie *das?*« Sie schloß die Augen halb, holte tief Luft und schauderte. »›Nachricht‹ nenn ich es. Sir John meint, das wären alles Lügen.«

Sie hatte die Nadeln aus ihrem Hut gezogen und ihn auf den Sitz gegenüber geworfen; die ungeheure Masse ihres schwarzen Haars kam zum Vorschein, tief in der Nackenbeugung ihres säulenförmigen Halses zusammengerollt und über dem linken Ohr zu einer Schlinge gewunden. Aber Conroy hatte nur Augen für ihre ernsten Augen.

»Jetzt passen Sie auf!« sagte sie. »Ich gehe eine Straße entlang, eine weiße sandige Straße nahe der See. Auf beiden Seiten stehen zerbrochene Zäune, und Männer kommen und schauen mich darüber hinweg an.«

»Einfach Männer? Sagen die etwas?«

»Sie versuchen es. Ihre Gesichter sind ganz schimmelig – zerfressen«, und einen Moment verbarg sie das Gesicht in der linken Hand. »Es sind die Gesichter – die Gesichter!«

»Ja. Wie meine zwei Schreie. *Ich* verstehe.«

»Ah! Aber der Ort selbst – das Kahle – und das Glitzern und der Geruch von Salz, und der Wind, der den Sand herbeiweht! Die Männer laufen hinter mir her und ich renne ... Ich weiß auch, was dann geschieht. Einer von ihnen berührt mich.«

»Ja! Was kommt dann? Davor haben wir beide uns immer gedrückt.«

»Ein furchtbarer Schock – keine Berührung, sondern Schock, Schock, Schock!«

»Als ob Ihre Seele angehalten würde – wie wenn man das Summen einer Fingerschale beendet?« sagte er.

»Genau«, antwortete sie. »Die Seele selbst – die Seele, aus der man lebt – angehalten. So!«

Sie rammte ihren Daumen tief in die Armlehne. »Und jetzt«, wimmerte sie, ihm zugewandt, »jetzt, da wir einander so aufgewühlt haben, können wir jetzt nicht wenigstens eine nehmen?«

»Nein«, sagte Conroy; er bebte. »Durchhalten. Wir sind schon« – er spähte aus den schwarzen Fenstern hinaus – »hinter Woking. Da ist die Necropolis. Wie lang noch bis zum Morgengrauen?«

»Ach, noch grausam lang. Wenn man eine Minute döst, erwischt es einen.«

»Und, wie finden Sie, daß das« – er berührte die Handfläche seines Handschuhs – »Ihnen hilft?«

»Es deckt alles zu, daß es nicht zu wirklich ist – wenn man genug nimmt – wissen Sie. Nur – nur – alles andere geht einem verloren. Seit zwei Jahren bin ich nur noch das Gespenst von einem Mädchen. Was würden Sie geben, um wieder wirklich zu sein? Diese Lügerei ist so lästig.«

»Man muß sich schützen – und man hat an seine Mutter zu denken«, antwortete er.

»Das stimmt. Ich hoffe, man hält uns das irgendwo zugute. Unsere Bürde – hören Sie? – unsere Bürde ist schwer genug.«

Sie stand auf, ragte fast bis zum Dach des Abteils. Conroys unsanfter Griff zog sie zurück.

»Jetzt machen *Sie* sich zum Narren. Setzen Sie sich«, sagte er.

»Aber das ist alles so grausam! Begreifen Sie es denn nicht? Spüren Sie es nicht? Lassen Sie uns eine nehmen, jetzt – bevor ich . . .«

»Setzen Sie sich!« rief Conroy, und wieder stand der Schweiß auf seiner Stirn. Er hatte sich durch etliche Nächte gekämpft und war in mehr Nächten besiegt worden, und er kannte diese Rebellion, die außerhalb jeder Kontrolle bis zur Erschöpfung lodert.

Sie glättete ihr Haar und fiel zurück, aber einige Zeit bewegten sich ihr Kopf und ihre Kehle mit dem scheußlichen Wogen eines gefangenen Wendehalses.

»Einmal«, sagte sie; sie breitete die Hände aus, »habe ich meine Steppdecke der Länge nach aufgerissen. Dazu braucht man Kraft. Damals hatte ich sie. Jetzt nur noch wenig. ›Alles futsch‹, wie meine kleine Nichte sagt. Und Sie, Junge?«

»›Alles futsch‹! Lassen Sie mich Ihre Pillendose für Sie bis zum Morgen aufheben.«

»Aber dieses Gefühl von Kälte fängt an.«

»Dann leihen Sie sie mir ein wenig.«

»Und das Ziehen, die rechte Seite, nach unten. Noch eine Minute, und ich kann mich nicht mehr bewegen.«

»Ich kann selbst kaum meinen Arm heben«, sagte Conroy. »Jetzt sind wir fällig.«

»Warum sind Sie denn dann so dumm? Sie wissen doch, es ist leichter, wenn wir nur eine nehmen – jeder nur eine.«

Sie hob die Dose an den Mund. Mit einer ungeheuren Anstrengung fing Conroy sie ab. Die beiden bewegten sich wie Gliederpuppen, und als ihre Hände sich trafen, war es wie Holz auf Holz.

»Sie dürfen – nicht!« sagte Conroy. Seine Kiefer wurden steif, und die Kälte klomm von den Füßen hoch.

»Warum – darf – ich – nicht?« Wie eine Schwachsinnige wiederholte sie die Wörter.

Conroy konnte nur den Kopf schütteln, während er die Hand mit der Dose darin nach unten drückte.

Dann verlor sie völlig die Sprache. Die wunderbaren Lippen ruhten halb über den ebenmäßigen Zähnen, der Atem war ganz flach, die Augen dumpf, das Gesicht grau erstarrt, und durch den Handschuh hindurch wirkte die Hand wie Eis.

Bald kam ihre Seele zurück und stand hinter ihren Augen – das einzige, was dort überhaupt Leben besaß – stand und suchte nach Conroys Seele. Auch er war an allen Gliedern gefesselt, aber irgendwo in ungeheurer Entfernung hörte er sein Herz seine Arbeit verrichten, wie der Maschinenraum weitermacht, durch die und unter der fast alles zermalmenden Woge. Er wußte, es war seine einzige Hoffnung, die Augen nicht zu verlieren, die sich an die seinen klammerten; denn ein Übel war los, das von ihm Besitz ergreifen würde, wenn er auch nur um Haaresbreite beiseiteblickte.

Der Rest war Dunkelheit, durch die irgendein ferner Planet wirbelte, während Zimbeln klirrten. (Hinter Farnborough werden bei jedem Halt viele leere Milchkannen aus dem 22:08 gerollt.) Dann belebte sich ein Körper, mit unerträglichen Stichen. Glied um Glied, nach Agonien des Terrors, kehrte dieser Körper zu ihm zurück, durchtränkt von vollkommener physischer Erschöpfung, wie sie einem langen Tag des Ruderns folgt. Er sah die schweren Lider über ihre Augen sinken – der Wächter hinter ihnen schied – und als seine Seele in sicheren Frieden versank, schlief Conroy.

Licht auf seinen Augen und ein Salzhauch weckten ihn ohne Schock. Ihre Hand hielt noch immer die seine. Sie schlief, die Stirn auf der Hand, aber seine Bewegung beim Erwachen weckte sie auch, und sie nieste wie ein Kind.

»Ich – ich glaube, es ist Morgen«, sagte Conroy.

»Und nichts ist passiert! Haben Sie Ihre Männer gesehen? Ich meine Gesichter nicht. Heißt das, wir sind entkommen? Haben – haben Sie eine genommen, nachdem ich eingeschlafen bin? Ich schwöre, *ich* nicht«, stammelte sie.

»Nein, es war nicht nötig. Wir haben es überschlafen.«

»Nicht nötig! Gott sei Dank! Es war nicht nötig! Oh, schauen Sie!«

Der Zug fuhr unter roten Felsen an einem Gestade bespült von Wellen, die farblos waren im frühen Licht. Nach Süden zu stieg die Sonne neblig über dem Kanal.

Sie lehnte sich aus dem Fenster und atmete bis auf den Grund ihrer Lungen, während der Wind ihr gelöstes Haar hinabriß und um ihre Taille wehte.

»Also!« sagte sie mit strahlenden Augen. »Warten Sie nicht immer noch darauf, daß etwas passiert?«

»Nein. Erst beim nächsten Mal. Wir sind verschont worden«, antwortete Conroy; er atmete ebenso tief wie sie.

»Dann sollten wir beten.«

»Was für ein Unsinn! Jemand könnte uns sehen.«

»Wir brauchen ja nicht zu knien. Stehen Sie auf und sprechen Sie das ›Vater Unser‹. Wir *müssen!*«

Zum ersten Mal seit der Kindheit betete Conroy. Sie lachten hysterisch, als eine Kurve sie gegen eine Armlehne schleuderte.

»Jetzt zum Frühstück!« rief sie. »Meine Zofe – Nurse Blaber – hat den Korb und alles andere. In zwanzig Minuten ist es fertig. Oh! Sehen Sie nur meine Haare!« Und lachend ging sie hinaus.

Conroy machte eine erste Entdeckung, ohne dabei blind herumzutappen oder Buchstaben und Wasserhähne zu zählen: Daß die von der London-and-Southwestern-Linie vorgesehene Menge Waschwasser unzureichend ist. Er nutzte jeden Tropfen, schwelgte im kalten Prickeln an Hals und Armen. Sich in einem fahrenden Zug zu rasieren ließ ihn scheuen, aber die nächste Station gab ihm eine Chance, die er zu seiner eigenen Überraschung nutzte. Als er sich im Spiegel anstarrte, lächelte er und nickte. Etwas war dran an dieser Person mit dem klaren, wenn auch eingesunkenen Auge und dem fast entkrampften Mund. Aber als er seine Tasche zurück ins Abteil trug, demütigte ihr Gewicht an einem schlaffen Arm diesen neuen Stolz.

»Mein Freund«, sagte er halblaut, »du brauchst Training. Du bist ganz wackelig.«

Sie wartete im reservierten Nebenabteil, wo ihre Zofe zum Frühstück gedeckt hatte.

»Bei Zeus!« sagte er; er blieb im Türrahmen stehen. »Ich hatte gar nicht bemerkt, wie wunderschön Sie sind!«

»Danke gleichfalls, Junge. Setzen Sie sich. Ich könnte ein Pferd aufessen.«

»Lieber nicht«, sagte die Zofe ruhig. »Je weniger Sie essen, umso besser.« Sie war eine kleine sommersprossige Frau mit lichtem flaumigen Haar und blaßblauen Augen, die alle Schleier durchschauten.

»Das ist Miss Blaber«, sagte Miss Henschil. »Er ist auch einer von den seelisch Erschöpften, Nursey.«

»Ich weiß. Aber wenn man es gerade aufgegeben hat, ist ein richtiges Essen nicht gut. Deshalb hab ich Ihnen nur Brot und Butter mitgebracht.«

Sie ging ruhig hinaus, und Conroy errötete.

»Sie sehen, wir sind immer noch Kinder«, sagte Miss Henschil. »Aber ich fühle mich gut genug, um mich ein bißchen darüber zu schämen. Nehmen Sie Zucker?«

Gemeinsam hungerten sie heroisch, und Nurse Blaber war so gut, Billigung zu bekunden, als sie abräumen kam.

»Nursey?« schmeichelte Miss Henschil und wurde rot.

»Rauchen Sie?« sagte die Nurse kühl, zu Conroy gewandt.

»Seit Jahren nicht mehr. Jetzt wo Sie es sagen, glaub ich, ich hätte gern eine Zigarette – oder so.«

»Ich habe mal geraucht. Meinen Sie, es würde mich ruhig halten?« sagte Miss Henschil.

»Vielleicht. Probieren Sie die mal.« Die Nurse reichte ihnen ihr Zigarettenetui.

»Aber nichts anderes nehmen«, befahl sie und ging mit dem Frühstückskorb hinaus.

»Gut!« grunzte Conroy zwischen zwei Mundvoll Tabak.

»Besser als nichts«, sagte Miss Henschil; aber einige Zeit lang schämten sie sich, jedoch mit dem Behagen gemeinsam bestrafter Kinder.

»Jetzt«, flüsterte sie, »wer waren Sie, als Sie ein Mann waren?«

Conroy sagte es ihr, und im Gegenzug erzählte sie ihm ihre Geschichte. Sie waren beide glücklich, wieder weltliche Belange bereden zu können – Familien, Namen, Orte und Daten – mit einer verständnisvollen Person.

Sie kam, sagte sie, aus einer Lancashire-Sippe – wohlhabende Baumwollspinner, die immer noch das breite *a* und das verwaschene Anlaut-*h* der Alten hegten. Sie lebte mit einer alten herrischen Mutter in einer opulenten Welt nördlich des Lancaster Gate, wo Leute der Gesellschaft Parties in einem Mekka namens Langham Hotel gaben.

Sie selbst war dort in die Gesellschaft eingeführt worden, und die Blumen für den Ball hatten siebenundachtzig Pfund gekostet; weil man sie aber für eigensinnig hielt, hatte sie nur wenige Freundschaften mit Geschlechtsgenossinnen geschlossen. Sie hatte viele Männer angezogen, da sie eine Schönheit war – *die* Schönheit der Gesellschaft übrigens, sagte sie.

Sie sprach vollkommen ohne Scham oder Zurückhaltung, wie ein Lebenslänglicher einem Mithäftling seine Vergangenheit erzählt; und Conroy nickte durch die Rauchringe.

»Wissen Sie noch, wie Sie in den Wagen gestiegen sind?« fragte sie. »(Ach, wenn ich doch mein Strickzeug hierhätte!) Ist Ihnen etwas aufgefallen, Junge?«

Conroy überlegte. Es war Ewigkeiten her. »War da nicht jemand an der Tür – hat geweint?« fragte er.

»Das – das ist der kleine Mann, mit dem ich verlobt war«, sagte sie. »Aber ich habe ihn die Verlobung lösen lassen. Ich habe ihm gesagt, daß es nichts taugt. Aber er wollte nicht, wissen Sie.«

»*Der* Bursche? Na, der geht Ihnen doch nicht mal bis zur Schulter.«

»Das hat damit nichts zu tun. Er bedeutet mir mehr als alles andere. Ich bin ein dummes Ding« – sie irrte ein wenig ab, als sie sich gemütlich hinsetzte, einen Ellenbogen auf der Armlehne. »Wir waren verlobt – ich konnte nichts dagegen tun – und er betet den Boden unter meinen Füßen an. Aber es hat keinen Zweck. Ich bin ja unverantwortlich, wissen Sie. Seine beiden Schwestern sind dagegen, obwohl *ich* das Geld habe. Sie haben recht, aber sie glauben, ich trinke«, sagte sie gedehnt. »Die sind Methodisten – die Skinners. Wissen Sie, ihr Großvater, der die Patton Mills gegründet hat, der ist am Alkohol gestorben.«

»Ah ja«, sagte Conroy. Das ernste Gesicht vor ihm unter dem gelupften Schleier war bekümmert.

»George Skinner.« Sie hauchte es sanft. »Ich würde ihm eine gute Frau sein, mit Gottes Gnade – wenn ich könnte. Aber es hat keinen Zweck. Ich kann keine Verantwortung tragen. Aber er will ein ›Nein‹ nicht als Antwort akzeptieren. Ich habe ihn immer ›Toots‹ genannt. Er ist ohne Bedeutung, wissen Sie.«

»Das ist Dickens«, sagte Conroy sehr schnell. »Es ist Jahre her, daß ich zuletzt an Toots gedacht habe. Er war in Dr. Blimbers Schule.«

»Und, also ... das ist mein Problem«, schloß sie; kaum merklich rang sie die Hände. »Aber ich ... finden Sie nicht – jetzt gibt es Hoffnung?«

»Eh?« sagte Conroy. »O doch! Das ist das erste Mal, daß ich ohne Hilfe die Kurve gekriegt habe. Mit Ihrer Hilfe, sollte ich sagen.«

»Es wird aber wiederkommen.«

»Sollen wir ihm dann genauso begegnen? Hier ist meine Karte. Schreiben Sie mir Ihren Zug, und wir fahren zusammen.«

»Ja. Das müssen wir machen. Aber inzwischen – wenn wir es brauchen ...« Sie schaute auf ihre Handfläche, an der die Finger herumtasteten. »Es ist schwer, das aufzugeben.«

»Aber bedenken Sie, was wir schon gewonnen haben; und lassen Sie mich die Dose für Sie aufheben.«

Sie schüttelte den Kopf und warf ihre Zigarette aus dem Fenster. »Noch nicht.«

»Dann geben wir der Nurse unsere Dosen und versuchen, heute mit Zigaretten auszukommen. Ich rufe sie, solange wir uns noch stark fühlen.«

Sie zögerte, gab aber schließlich nach, und die Nurse nahm die Opfergaben mit einem Lächeln an.

»*Sie* werden es durchstehen«, sagte sie zu Miss Henschil. »Aber ich an Ihrer Stelle« – zu Conroy – »würd mich hart rannehmen.«

Als sie ihr Ziel erreichten, machte sich Conroy daran, Nurse Blaber zu gehorchen. Später erinnerte er sich nicht an diesen Tag, außer an einen Streifen blauer See zu seiner Linken, Stechginsterbüsche zur Rechten und vor sich einen Pfad der Küstenwache, markiert mit weißgekalkten Steinen, die er bis in die Zigtausender zählte. Als er in die kleine Stadt zurückkehrte, sah er Miss Henschil am Strand unter den Klippen. Sie kniete vor Nurse Blabers Füßen, weinte und bettelte.

Fünfundzwanzig Tage später erhielt Conroy ein Telegramm: »Nachricht erhalten. Wieder Waterloo. Vierundzwanzigster.« Am selben Abend wurde er von dem Schaudern und dem Seufzer geweckt, die ihm sagten, daß sein Urteil ergangen war. Aber auf seinem Kissen überlegte er, daß er trotz einiger Einbrüche so etwas wie drei Wochen Leben herausgeholt hatte, darunter mehrere Ausritte vor dem Frühstück – zur Stunde der ärgsten Najdolin-Gier; fünf Abende hintereinander auf dem Fluß bei Hammersmith in einem wannenähnlichen Boot, wo er seine weißen Arme, über die vorbeifahrende Crews spotteten, kräftig gestreckt hatte; eine Partie Rackets in seinem Club; drei Dinners, eine kleine Tanzpartie und einen Menschenflirt mit einer Menschenfrau. Noch bemerkenswerter: Er hatte seine Monatsabrechnung erledigt und dabei nur einmal Kleingeld mit den ihm verbleibenden Tagen des Heils verwechselt. Am nächsten Morgen ritt er siegreich auf seinem gemieteten Tier durch den Park. Er sah Miss Henschil, zu Pferde, nahe dem Lancaster Gate, wo sie mit einem jungen Mann am Gitter redete.

Sie riß das Pferd herum und galoppierte zu ihm.

»Bei Zeus! Sie sehen aber gut aus!« rief er, ohne Gruß. »Ich hab nicht gewußt, daß Sie reiten.«

»Hab ich früher mal«, antwortete sie. »Jetzt bin ich ganz schlaff.«

Nebeneinander preschten sie die Promenade hinab.

»Ihr Tier zerrt ganz schön«, sagte er.

»Pa-aßt mir. Gi-gibt mir was zum Nachdenken. Wie war es bei Ihnen?« keuchte sie. »Ich wünschte, Apotheken hätten keine roten Lichter.«

»Dann haben Sie sich rausgeschlichen und welche gekauft?«

»Sie kennen Nursey nicht. Ah, aber es tut gut, wieder auf einem Pferd zu sitzen! Der Bursche hat mich zweihundert gekostet.«

»Dann hat man Sie reingelegt«, sagte Conroy.

»Weiß ich, aber das macht nichts. Ich muß zurück zu Toots und ihn wegschicken. Meinetwegen vernachlässigt er seine Arbeit.«

Sie riß ihr topplastiges Tier auf den nicht allzu überzeugenden Hinterbeinen herum. »Ist das Urteil ergangen, Junge?«

»Ja. Aber diesmal macht es mir nicht so viel aus.«

»Dann also Waterloo – und Gott helfe uns!« Sie donnerte zurück zu der kleinen Gestalt im Gehrock, die getreulich am Tor wartete.

Conroy spürte die Frühlingssonne auf den Schultern und trabte nach Hause. An diesem Abend stieg er mit einem anderen in einen Zweier und ruderte bis zum Zusammenbruch. Aber der andere räumte ein, er hätte das Tempo auch keine fünf Minuten länger durchgehalten.

Er trug seine Tasche den ganzen Bahnsteig Drei von Waterloo hinab und hievte sie mit einer Hand ins Gepäcknetz.

»Gut so!« sagte Nurse Blaber auf dem Korridor. »Uns geht es auch besser.«

Dr. Gilbert und ein älterer Mann kamen aus dem nächsten Abteil.

»Hallo!« sagte Gilbert. »Warum haben Sie mich nicht mehr

aufgesucht, Mr. Conroy? Kommen Sie mal unter die Lampe. Nehmen Sie den Hut ab. Nein – nein. Setzen Sie sich, Sie Riese. *Sehr* gut. Komm mal einen Moment her, Johnnie.«

Ein kleiner Mensch mit Schmerbauch und Habichtsgesicht glotzte ihn an.

»Gilbert hatte recht, ein prächtiges Tier«, murmelte er. »Haben Sie das Zeug jetzt im Handschuh?« fuhr er fort und boxte Conroy in den Bauch.

»Nein«, sagte Conroy demütig, aber ohne zu husten. »Nirgendwo – bei meiner Ehre! Ich bin endgültig davon los.«

»Warten Sie, bis Sie völlig gesund sind, bevor Sie *das* sagen, Mr. Conroy.« Sir John Chartres stampfte hinaus und sagte auf dem Korridor zu Gilbert: »Alles sehr schön, aber die Frage ist, soll ich oder sollen wir ›Sir Pandarus von Troja‹ werden, eh? Wir müssen an die Kinder denken.«

»Was meinen die Tierärzte?« sagte Miss Henschil ein paar Minuten, nachdem der Zug angefahren war. »Darf ich mich neben Sie setzen? Ich – ich traue mir noch nicht ganz. Ich kann das anscheinend nicht so leicht aufgeben wie Sie.«

»Nein? Ich hab noch nie jemand gesehn, der sich in einem Monat so sehr gebessert hat.«

»Schauen Sie mal!« Sie langte hinüber zum Gepäcknetz, hob mit einer Hand Conroys Tasche hoch und hielt sie mit ausgestrecktem Arm. »Ich habe langsam bis zehn gezählt. Und dabei habe ich nicht an Stunden oder Minuten gedacht«, prahlte sie.

»Erinnern Sie mich nicht daran«, rief er.

»Ah! Jetzt hab ich mich selbst daran erinnert. Hätte ichs doch bloß gelassen! Glauben Sie, es wird für uns diese Nacht leichter?«

»Oh, bitte nicht.« Der Geruch des Abteils hatte ihm die ganze letzte Fahrt wieder ins Gedächtnis gebracht, und Conroy bewegte sich unbehaglich.

»Tut mir leid. Ich hab ein paar Spiele mitgebracht«, fuhr sie fort. »Dame und Karten – aber die laufen alle auf Zählen hinaus. Ich wollte, ich hätte Schach mitgenommen, aber das kann ich nicht spielen. Was können wir tun? Reden Sie von irgendwas.«

»Also, zuerst mal, wie geht es Toots?« sagte Conroy.

»Wieso? Haben Sie ihn auf dem Bahnsteig gesehen?«

»Nein. War er da? Ich hab ihn nicht bemerkt.«

»Aber ja. Er versteht es nicht. Er ist furchtbar eifersüchtig. Ich habe ihm gesagt, es spielt keine Rolle. Darf ich bitte Ihre Hand halten? Ich glaube, die Kälte holt mich gleich ein.«

»Toots müßte mich beneiden«, sagte Conroy.

»Das tut er auch. Neulich abends hat er Ihnen ein großes Kompliment gemacht. Er kommt wieder regelmäßig vorbei – trotz allem, was die anderen sagen.«

Conroy senkte den Kopf. Er fühlte sich kalt und wußte ganz sicher, daß ihm noch kälter werden würde.

»Er sagt –«; sie gähnte. »(Entschuldigung.) Er sagt, er weiß nicht, wie ich mich in einen Mann wie Sie nicht verlieben könnte; und er hat sich selbst eine verdammte kleine Ratte genannt, und gestern abend hat er seinen Kopf auf das Klavier gehämmert.«

»Das Klavier? Dann spielen Sie?«

»Nur für ihn. Er hält die allergrößten Stücke auf meine Fertigkeiten. Dann habe ich ihm gesagt, ich würde Sie nicht haben wollen, auch wenn Sie der letzte Mann der Welt wären statt nur der bestaussehende – nicht einmal mit einer Million in jedem Strumpf.«

»Nein, nicht einmal mit einer Million in jedem Strumpf«, sagte Conroy heftig. »Ist das nicht komisch?«

»Ich glaube schon – jedenfalls für alle, die es nicht wissen. Also, wo war ich? Ah, George hat mir beinahe gesagt, daß ich ihn betrüge, und er wollte weggehen, ohne Gute Nacht zu sagen. Er haßt es, sich auf die Zehenspitzen zu stellen, aber das muß er, wenn ich mich nicht setzen will.«

Conroy hätte gern gelächelt, aber da überkam ihn die Kälte,

die der Ankunft des Auf-Der-Lauer-Liegenden vorausging, und seine Hand schloß sich warnend um die ihre.

»Und – und deshalb –« versuchte sie zu sagen, als auch ihre Stunde sie einholte und nur die angstgeweiteten Augen lebendig ließ, die sich Conroy zuwandten. Hand gefror auf Hand und der Körper mit ihr, während sie auf das Grauen warteten in der Schwärze, die es ankündigte. Aber durch das Schlimmste hindurch sah Conroy in unmeßbarer Entfernung einen winzigen Lichtfunken in seiner Nacht. Dorthin würde er gehen und seiner Furcht entkommen; und dieses Licht war das Licht im Wachtturm ihrer Augen, wo ihre gefesselte Seele seiner Seele bedeutete: »Schau mich an!«

Nach und nach glitt das Ding von ihm und von ihr ab, zur Seite, daß die Seelen herabsteigen und sich wieder um ihre eigenen Belange kümmern mochten. Verworren dachte er an Menschen am Rande eines Gewitters, die sich von Fenstern, wo die zerfetzte Nacht ist, zu ihren vertrauten behaglichen Betten zurückziehen. Dann schlummerte er, bis bei einer schlaftrunkenen Drehung seine Hand von ihrer warmen Hand fiel.

»Das war alles. Die Gesichter sind nicht gekommen«, hörte er sie sagen. »Alles – Gott sei Dank! Ich glaube, nicht einmal ich brauche das, was Nursey mir versprochen hat. Brauchen Sie es?«

»Nein.« Er rieb sich die Augen. »Aber seien Sie nicht zu sicher.«

»Bestimmt nicht. Nächsten Monat werden wir es wieder versuchen müssen. Ich fürchte, es wird schrecklich lästig für Sie werden.«

»Für mich bestimmt nicht, das kann ich Ihnen versichern«, sagte Conroy, und sie lehnten sich zurück und lachten über die Plattheit der Wörter, nach den Höllen, durch die sie eben emporgestiegen waren.

»Und jetzt«, sagte sie, die Augen streng auf Conroy gerichtet, »*warum* würden Sie mich nicht nehmen? Nicht mit einer Million in jedem Strumpf?«

»Ich weiß es nicht. Das hab ich mich die ganze Zeit gefragt.«

»Ich auch. Wir sind das hübscheste Paar, das ich je gesehen habe. Sind Sie betucht, Junge?«

»Das wird behauptet«, sagte Conroy lächelnd.

»So redet man im North Country.«

Sie lachte wieder. »Mein und Ihr gutes Aussehen mal beiseite – ich habe viertausend im Jahr für mich, und mit den Erträgen sollten es sechs sein. Eine Partie, bei der mancher olle Kater die ganze Nacht Teeblätter ablutschen würde, um morgens startklar zu sein.«

»Stimmt. Toots hat Glück!« sagte Conroy.

»Ja«, antwortete sie. »Er wird der glücklichste Bursche in London sein, wenn ich alles heil überstehe. Wer ist Ihre?«

»Nichts – niemand, Liebes. Ich war jahrelang in der Hölle. Ich will nur rauskommen und leben und – so weiter. Ist das nicht Grund genug?«

»Vielleicht, für einen Mann. Aber mir hat alles nie so viel ausgemacht, bis George kam. Vorher war ich ein bißchen blöd.«

»Ich auch, aber jetzt glaub ich, ich kann leben. Nächsten Monat müßte es weniger schlimm sein, oder?« sagte er.

»Ich hoffe es. Ja-a. Für ein Mädchen gibt es ja nicht viel mehr als geheiratet werden, und *ich* verlange nicht mehr. Wer immer die Ihre ist, wenn Sie sie gefunden haben, sie wird ein Hochzeitsgeschenk von Mrs. George Skinner kriegen, das ...«

»Aber sie würde es auch nicht besser verstehen als Toots.«

»Er spielt keine Rolle – außer für mich. Ich kann meine Augen nicht mehr offen halten, Gott sei Dank! Gute Nacht, Junge.«

Conroy folgte ihr mit den Augen. Schönheit war da, Anmut war da, Kraft und genug von allem anderen, um bessere Männer als George Skinner dazu zu bringen, ihre Köpfe gegen Klaviere zu schlagen – aber um all sein neugefundenes Leben konnte Conroy keine Spur von Instinkt oder Emotion empfinden, die sich auf sie richtete. Er legte die Füße hoch und schlief ein, träumte von einer munteren, normalen Welt, die er wiedererrungen hatte – einschließlich rückständiger Zinsen. Viele Dinge waren darin, aber kein Gesicht irgendeiner Frau.

Dreimal nahmen sie danach denselben Zug, und jedesmal schrumpfte und verminderte sich ihr Kummer. Miss Henschil erzählte von Toots, seinen immer häufigeren Besuchen, den Dingen, die er zu seinen Schwestern gesagt hatte, den viel schlimmeren Dingen, die seine Schwestern erwidert hatten; von den Gaben des verstorbenen (er erschien ihnen sehr tot) M. Najdol an die seelisch Erschöpften; von Einkäufen, von Hausmieten, von den Preisen für Linnen und wirklich kunstvolles Mobiliar.

Conroy erläuterte die Übungen, deren er sich ergötzte – gewaltige Mühsale des Spielens wider andere gewaltige Männer, bis er schwitzte und, nachdem er gebadet hatte, einschlief. Er hatte auch seine Mutter in Hereford besucht, und er erzählte einiges über sie und das Leben dort zuhause, das sein Körper, fünf Jahre von allem sauberen Leben abgeschnitten, unschuldig und zutiefst genoß. Nurse Blaber interessierte sich ein wenig für Conroys Mutter, aber in der Regel rauchte sie ihre Zigarette und las ihre broschierten Romane in ihrem eigenen Abteil.

Bei der letzten Fahrt setzte sie sich freiwillig zu ihnen und vergrub sich in *The Cloister and the Hearth*, während sie miteinander flüsterten. Als bei dieser Gelegenheit (es war nahe Salisbury) um zwei Uhr morgens das Auf-Der-Lauer-Liegende sie mit der Schwinge streifte, bedeutete es nicht mehr, als daß sie einen Moment das Reden einstellten und einander diesen Moment bei den Händen hielten, wie es manchmal sogar vollkommen Fremde auf dem Ozean tun, wenn das Schiff unter ihren Füßen schlingert.

»Aber trotzdem«, sagte Nurse Blaber; sie blickte nicht auf, »glaub ich, ihr Mister Skinner könnt auf all das eifersüchtig sein.«

»Das wäre schwer zu erklären«, sagte Conroy.

»Dann sollten Sie besser nicht zu meiner Hochzeit kommen.« Miss Henschil lachte.

»Und das nach allem, was wir durchgemacht haben. Aber ich glaube, Sie sollten dabei lieber auf mich verzichten. Ist der Tag festgesetzt?« rief er.

»Der zweiundzwanzigste September – trotz seiner beiden Schwestern. Jetzt kann ich es riskieren.« Ihr Gesicht war herrlich, als sie errötete.

»Lieber Kumpel!« Ohne jeden Vorbehalt schüttelte er ihre Hand, und sie erwiderte den Druck, ohne zusammenzuzucken. »Ich kann Ihnen gar nicht sagen, wie sehr mich das freut!«

»Lieber Himmel!« sagte Nurse Blaber, mit einer neuen Stimme. »Ach, ich bitt um Vergebung. Ich hatt vergessen, ich werd nich fürs Überraschtsein bezahlt.«

»Worüber? Ah, ich verstehe!« Miss Henschil wandte sich an Conroy. »Sie hatte erwartet, daß Sie mich küssen oder ich Sie, oder sonst irgendwas.«

»Nach allem, was Sie gemeinsam durchgestanden haben, wie Mr. Conroy sagte.«

»Aber ich könnte das nicht; Sie vielleicht?« sagte Miss Henschil; ihr Abscheu war so freimütig wie der auf Conroys Gesicht. »Es wäre scheußlich – scheußlich. Und dabei sind Sie aber doch ein sehr hübscher Kerl. Wie erklären Sie sich das, Nursey?«

Nurse Blaber schüttelte den Kopf. »Ich bin angestellt worden, um Sie von ner Sucht zu kurieren, Liebes. Wenn Sie geheilt sind, geh ich weiter zum nächsten Fall – dieser Altersschwäche-Geschichte in Bournemouth, von der ich erzählt hab.«

»Und ich bleibe allein zurück mit George! Aber angenommen, es ist nicht kuriert«, sagte Miss Henschil plötzlich. »Angenommen, es kommt wieder zurück. Was kann ich dann tun? Ich kann doch nicht einfach so nach *ihm* schicken, als verheiratete Frau!« Wie ein Kind deutete sie mit dem Finger.

»Ich würde natürlich kommen«, erwiderte Conroy. »Aber ernsthaft, darüber muß man nachdenken.«

Sie blickten einander an, beunruhigt und besorgt, und dann schauten sie auf Nurse Blaber, die das Buch schloß, ein Lesezeichen einlegte und sich ihnen zuwandte.

»Haben Sie je mit Ihrer Mutter so gesprochen wie mit mir?« sagte sie.

»Nein. Ich hätte vielleicht mit Dad geredet – aber Mutter ist etwas anderes. Warum fragen Sie?«

»Und Sie haben auch nie mit Ihrer Mutter geredet, Mr. Conroy?«

»Erst als ich Najdolin genommen habe. Dann hab ich ihr erzählt, es wär mein Herz. Ich brauch aber nicht darüber zu reden, jetzt, wo ich es praktisch überwunden hab, oder?«

»Nicht, wenn es nicht zurückkommt, aber ...« Sie winkte mit einem kurzen, triumphierenden Finger, der ihre beiden Köpfe eng zusammenbrachte. »Sie wissen, beim Tee geh ich immer rein und les Ihrer Mutter ein Kapitel vor, Kind.«

»Das weiß ich. Sie sind ein Engel.« Miss Henschil tätschelte die nahe blaue Schulter. »Mutter ist jetzt in der Church of England«, erklärte sie. »Aber zum Tee will sie zu den Keksen jeden Abend die Bibel haben, wie die Skinners.«

»Es waren Naaman und Gehasi, letzten Dienstag, die haben mir den Hinweis gegeben. Ich sagte, ich hätt nie nen Fall von Lepra gesehen, und ihre Mutter hat gesagt, sie hätte zu viele gesehen.«

»Wo? Das hat sie mir nie gesagt«, begann Miss Henschil.

»Ein paar Monate vor Ihrer Geburt – auf der Reise nach Australien – in Mola oder Molo oder sowas. Ich hab drei Abende gebraucht, um alles aus ihr rauszukriegen.«

»Ja – meine Mutter ist mißtrauisch bei Fragen«, sagte Miss Henschil zu Conroy. »Sie verschließt die Tür von jedem Zimmer, in dem sie ist, und sei es auch nur für fünf Minuten. Sie ist eine Tackberry aus der Gegend von Jarrow, wissen Sie.«

»Sie hat Ihre Männer auf den Punkt beschrieben – Männer mit ganz zerrissenen Gesichtern, die sie über den Zaun von einem Leprahospital auf dieser Molodings-Insel anstarren. Sie haben sie angebettelt, und sie ist weggerannt, hat sie mir erzählt, die ganze Straße lang, zurück zum Pier. Einer hat sie berührt, und sie ist fast ohnmächtig geworden. Sie schämt sich immer noch deswegen.«

»Meine Männer? Der Sand und die Zäune?« murmelte Miss Henschil.

»Ja. Sie wissen doch, wie sauber und ordentlich sie ist, und wie sehr sie Wind haßt. Sie weiß noch, daß die Zäune zerbrochen waren – sie weiß, daß der Wind geweht hat. Sand – Sonne – Salzwind – Zäune – Gesichter – ich hab alles aus ihr rausgekriegt, Stückchen für Stückchen. Sie wissen nicht, was ich weiß! Und alles ist drei oder vier Monate passiert, bevor Sie geboren wurden. Da!« Nurse Blaber schlug sich triumphierend mit der kleinen Hand aufs Knie.

»Würde es das erklären?« Miss Henschil zitterte von Kopf bis Fuß.

»Vollkommen. Mir ist egal, wen Sie fragen! Das Zeug haben Sie sich niemals eingebildet. Das ist Ihnen *auferlegt* worden. Ausgerechnet *Ihnen* von allen auf der Welt ist es passiert! Schnell, Mr. Conroy, sie ist zu schwer für mich! Ich hol das Fläschchen.«

Miss Henschil beugte sich vornüber und brach zusammen, erzählte Conroy ihr hinterher, wie ein Fabrikschlot. Als sie aus der Ohnmacht erwachte, klapperten ihre Zähne an der Tasse.

»Nein – nein«, sagte sie; sie schluckte. »Es ist keine Hysterie. Sie sehen, jetzt brauch ich sie nicht mehr zu haben.

Brauch ich nicht – überhaupt kein Grund. Gott sei gelobt! *Spüren* Sie denn nicht, daß ich jetzt ne gesunde Frau bin?«

»Hören Sie auf, mich zu umarmen!« sagte Nurse Blaber. »Sie wissen ja nich, wie stark Sie sind. Trinken Sie den Brandy mit Wasser aus. Das ist alles ganz vernünftig, und ich geh jede Wette ein, Mr. Conroys Fall sieht so ähnlich aus. Ich hab schon überlegt ...«

»Ich frag mich ...« sagte Conroy und schob das Mädchen von sich, als sie wieder schwankte.

Nurse Blaber glättete ihr fahles Haar. »Ja. Ihr Problem, oder irgendwas Ähnliches, ist irgendwo auf dem Land oder dem Meer der Mutter passiert, die Sie getragen hat. Fragen Sie sie, Kind. Fragen Sie sie, und bringen Sie es ein für allemal hinter sich.«

»Das werd ich«, sagte Conroy. »Es müßte doch ...« Er öffnete seine Reisetasche und suchte atemlos.

»Gott segne Sie! Oh. Gott segne Sie, Nursey!« Miss Henschil schluchzte. »Sie wissen ja nicht, was mir das bedeutet. Damit wird mir alles abgenommen – von Anfang an.«

»Aber ändert das denn überhaupt nichts für Sie?« fragte die Nurse neugierig. »Jetzt, wo sie wirklich ne Frau sind?«

Conroy, mit seiner Tasche beschäftigt, hatte es nicht gehört. Miss Henschil starrte hinüber, und ihre Schönheit, befreit vom Schatten jeglicher Furcht, loderte in ihr auf. »Ich weiß, was Sie meinen«, sagte sie. »Aber das ändert nichts. Ich will Toots. *Er* ist nie in seinem Leben verrückt gewesen – außer meinetwegen.«

»Alles bestens«, sagte Conroy; er beugte sich vor unters Licht, das Kursbuch in der Hand. »Wenn ich in Templecombe umsteige – nach Bristol (Bristol – Hereford – ja) – kann ich mit Mutter in ihrem Zimmer frühstücken und es herausfinden.«

»Dann Beeilung«, sagte Nurse Blaber. »Wir sind schon längst hinter Billingham. Nehmen Sie lieber ein paar von unseren Sandwiches mit.« Sie ging hinaus, um sie zu holen. Conroy und Miss Henschil hätten am liebsten getanzt, aber in einem Abteil der South-Western ist kein Platz für Riesen.

»Goodbye, viel Glück, Junge. Eh, aber Sie haben sich ja schon geändert – wie ich. Schicken Sie uns ein Telegramm ins Hotel, sobald Sie sicher sind«, sagte Miss Henschil. »Was hätte ich ohne Sie gemacht?«

»Oder ich ohne Sie?« sagte Conroy, »Aber eigentlich ist Nursey diejenige, die uns erlöst.«

»Dann danken Sie ihr«, sagte Miss Henschil; sie blickte ihn offen an. »Ja, sollten Sie tun. Es wird ihr gefallen.«

Als Nurse Blaber nach dem Abschied in Templecombe zurückkam, waren ihre Nase und ihre Lider rot, aber trotz allem spiegelte ihr Gesicht ein großartiges Licht wider, auch als sie über *The Cloister and the Hearth* schnüffelte.

Miss Henschil, tief versunken in einen Inneneinrichtungs-Katalog, sprach zwanzig Minuten kein Wort. Dann sagte sie, während sie die Preise für beste Laken, Gästelaken und Personallaken addierte: »Aber warum waren denn bloß unsere Zeiten dieselben, Nursey?«

»Weil jede Sekunde irgendwo ein Kind geboren wird«, antwortete Nurse Blaber. »Außerdem haben Sie es wahrscheinlich gegenseitig bei sich ausgelöst, durch Reden und Überlegen. Sollten Sie jetzt nicht mehr tun, wissen Sie.«

»Ja, aber *Sie* waren ja auch nie in der Hölle«, sagte Miss Henschil.

Das Telegramm wurde um 12:46 in Hereford aufgegeben und um 2:07 Miss Henschil am Strand eines bestimmten Dorfs ausgehändigt; es lautete so:

»›Absolut bestätigt. Sie sagt sie erinnert sich an Lärm von Unfall in Maschinenraum bei Heimkehr aus Indien fünfundachtzig.‹«

»Er meint das Jahr, nicht die Temperatur«, sagte Nurse Blaber; sie warf Kiesel in die kalte See.

»›Und zwei Männer versengt, damit Erklärung für das Geheul.‹ (Mir *sowas* zu erzählen!) ›Danach kam dämlicher Passagier – Geistlicher – von hinten angerannt und rief zum Scherz "Freunde, alles ist verloren", also die genauen Worte.‹ «

Nurse Blaber schnurrte hörbar.

»›Sie sagt sie weiß nur, daß sie eine oder zwei Minuten entsetzt war. Unsagbare Erleichterung. Liebste Grüße an Nursey, sie ist ein Juwel. Quetschen Sie sie aus, was sie am liebsten haben würde.‹ Oh, das hätte ich nicht vorlesen sollen«, sagte Miss Henschil.

»Spielt keine Rolle. Ich will gar nichts«, sagte Nurse Blaber. »Und wenn, das würd ich sowieso nich kriegen.«

'HELEN ALL ALONE'

There was darkness under Heaven
  For an hour's space—
Darkness that we knew was given
  Us for special grace.
Sun and moon and stars were hid,
  God had left His Throne,
When Helen came to me, she did,
  Helen all alone!

Side by side (because our fate
  Damned us ere our birth)
We stole out of Limbo Gate
  Looking for the Earth.
Hand in pulling hand amid
  Fear no dreams have known,
Helen ran with me, she did,
  Helen all alone!

When the Horror passing speech
  Hunted us along,
Each laid hold on each, and each
  Found the other strong.
In the teeth of things forbid
  And Reason overthrown,
Helen stood by me, she did,
  Helen all alone!

»HELEN GANZ ALLEIN«

Dunkelheit war unterm Himmel
eine Stunde lang –
Dunkelheit die, wie wir wußten,
uns als besondere Gnade gegeben war.
Sonne, Mond und Sterne waren verborgen,
Gott hatte seinen Thron verlassen,
als Helen zu mir kam, ja, kam,
Helen ganz allein!

Seit an Seite (vor der Geburt
schon durch das Los verdammt)
schlichen wir durchs Höllentor,
suchten nach der Erde.
Einander Hand in Hand ziehend, zwischen
Ängsten, die kein Traum je kannte,
lief Helen mit mir, ja, lief
Helen ganz allein!

Als das Grauen jenseits aller Sprache
uns hetzte,
hielten wir einander fest, und jeder
fand den andern stark.
Im Antlitz verbotener Dinge
und gestürzter Vernunft
stand Helen mir bei, ja, stand
Helen ganz allein!

When, at last, we heard the Fires
   Dull and die away,
When, at last, our linked desires
   Dragged us up to day,
When, at last, our souls were rid
   Of what that Night had shown,
Helen passed from me, she did,
   Helen all alone!

Let her go and find a mate,
   As I will find a bride,
Knowing naught of Limbo Gate
   Or Who are penned inside.
There is knowledge God forbid
   More than one should own.
So Helen went from me, she did,
Oh my soul, be glad she did!
   Helen all alone!

Als wir endlich fern die Feuer
   ermatten und ersterben hörten,
als endlich unser verflochtenes Los
   uns zum Tag emporzerrte,
als endlich unsere Seelen befreit waren
   von dem, was die Nacht enthüllt hatte,
ging Helen von mir, ja, ging
   Helen ganz allein!

Laß sie gehn, einen Mann finden,
   wie ich eine Braut finden werde,
die beide nichts vom Höllentor wissen
   oder Denen, die dahinter eingesperrt sind.
Es gibt Wissen . . . Gott verhüte,
   daß mehr als einer es besitze.
Darum ging Helen von mir, ja, sie ging,
o meine Seele, sei froh, daß sie ging!
   Helen ganz allein!

KRIEGSAUSZEICHNUNGEN

Ein Wagen mit geschlossenem Verdeck war meinem von der Guildford Road die Auffahrt zum Ahnensitz Des Säuglings hinauf gefolgt und zu den Ställen abgebogen.

»Wir machen einen ruhigen Abend ganz unter uns. Stalky ist oben und zieht sich um. Abendessen Punkt viertel nach sieben; wir haben nämlich Hunger. Sein Zimmer ist neben deinem«, sagte Der Säugling; er streichelte eine von Spinnweben überzogene Flasche Burgunder.

Dann fand ich Oberstleutnant A. L. Corkran, I. A., der sich einen Kragenknopf lieh und mir vom Osten und seinem Sikh-Regiment erzählte.

»Und deine Leutnants sind noch immer so gut?« fragte ich.

»Unglaublich – ganz einfach unglaublich! Ich muß für sie nur immer neue Jobs erfinden. Dauernd fassen sie sich vor mir an die Mütze und bitten um mehr Arbeit. Kommen zu mir mit hängenden Zungen. *Ich* bin in ihrem Alter in die andere Richtung gerannt.«

»Und wenn sie auf Abwege geraten?« sagte ich. »Ich nehme an, das passiert manchmal?«

»Dann kommen sie wieder zu mir gelaufen, um reuevoll ihre jungfräulichen Verfehlungen zu beweinen. Ich hab nie mit meinem Oberst geschmust, wenn ich Probleme hatte. Lämmchen – richtige Lämmchen!«

»Und was sagst du ihnen dann?«

»Ich red mit ihnen wie ein Papa. Ich sag ihnen, daß ich das überhaupt nicht verstehen kann, und wie schockiert ich bin, und welchen Kummer sie ihren lieben Eltern machen; und dann noch ein bißchen aus den Heeresdienstvorschriften und den Zehn Geboten. Man kommt sich so ziemlich wie ein Lump vor, wenn man bedenkt, was man in ihrem Alter getan hat. Erinnerst du dich . . .«

Wir erinnerten uns gemeinsam bis kurz vor sieben. Als wir auf die Galerie traten, die um die große Halle läuft, sahen wir unten Den Säugling; er sprach mit zwei ehrerbietigen Knaben in vorschriftsmäßiger Haltung, die ich hin und wieder in den Ferien getroffen hatte, im Verlauf der letzten zehn Jahre. Einer von ihnen hatte eine verbeulte Wange, und der andere ein triefendes linkes Auge.

»Ja, die Sorte ist das«, sagte Stalky leise. »Die sind mit Limonade und Handbüchern über Mobilisierung großgeworden. Also, die Mädchen, die wir damals kannten, müssen viel besser gewesen sein, als sie sich benommen haben; ich könnte nämlich schwören, an den Vätern liegt es nicht.«

»Aber warum zum Teufel habt ihr das getan«, brüllte Der Säugling. »Ihr wißt doch, was das heute bedeutet.«

»Also, Sir«, sagte Bobby Trivett, der größere der beiden, »einmal redet Wontner zuviel. Er ist erst mit dreiundzwanzig eingetreten und doziert außerdem im Vorzimmer immer über Taktik. Er hat gesagt, Clausewitz wäre der einzige Taktiker, und die Theorien hat er mit Zigarrenstummeln illustriert. Einer von der Sorte, Sir.«

»Und es war ihm auch ziemlich egal, wem die Zigarrenstummel gehörten«, sagte Ames, der kleiner und rosiger war.

»Und dann hat er *auch* noch über die Uni gequasselt«, sagte Bobby. »Da hat er irgendein Diplom her. Und er hat zu uns gesagt, wir wären keine Intellektuellen. Das hat er zum Adjutanten gesagt, Sir. Er ist eben einer von der Sorte, Sir, wenn du das verstehst.«

Stalky und ich zogen uns hinter eine große japanische Vase mit Chrysanthemen zurück und lauschten noch aufmerksamer.

»War die ganze Messe drin verwickelt oder bloß ihr zwei?« fragte Der Säugling; er kaute auf seinem Schnurrbart.

»Der Adjutant ist natürlich ins Bett gegangen, Sir, und der

dienstälteste Leutnant hat gesagt, er will nicht sein Patent riskieren – die sind bei Schlägereien heute furchtbar scharf in der Armee –, aber der Rest von uns, wir haben uns um ihn – eh – gekümmert«, sagte Bobby.

»Sehr?« fragte Der Säugling. Die Jungen lächelten geringschätzig.

»Nicht im Vorraum, Sir«, sagte Ames. »Dann hat er uns alberne Kinder genannt und ist schlafen gegangen, und wir sind aufgeblieben und haben darüber geredet, und ich glaube, wir sind ein bißchen hitzig geworden, und wir – eh . . .«

»Seid in sein Quartier und habt ihn rausgezerrt?« schlug Der Säugling vor.

»Also, wir haben ihn nur gebeten aufzustehen, und wir haben ihm den Helm und das Koppel angezogen, und wir haben ihm ein bißchen aus dem Blauen Märchenbuch vorgesungen – dem Dings über die Heeresorganisation. Ach ja, und dann haben wir ihn gebeten, auf die Gesundheit vom ollen Clausewitz zu trinken, unter Taktikerbrüdern, mit Milchpunsch und Worcester-Soße und so weiter. Dabei mußten wir ihm ein bißchen helfen. Er beißt. Viel mehr war diesmal nicht; aber, weißt du, das Kriegsministerium ist zur Zeit sehr streng bei Prügeleien.« Bobby hielt inne, mit einem schiefen Lächeln.

»Und dann«, fuhr Ames fort, »dann hat Wontner gesagt, wir hätten seine Möbel beschädigt, im Gegenwert von etlichen Pfund.«

»Oh«, sagte Der Säugling, »einer von der Sorte, ja? Putzt er sich denn die Zähne?«

»O ja, er ist überall absolut sauber!« sagte Trivett; »aber sein Vater ist ein reicher Barrister.«

»Anwalt«, korrigierte Ames, »und deshalb ist dieser Mr. Wontner scharf auf unser Blut. Er wird nen erstklassigen Krach schlagen – Eingabe ans Kriegsministerium – Untersuchungsgericht – leckere Häppchen in den Zeitungen, und Songs in den Music-Halls. Hat er uns gesagt.«

»Also einer von der Sorte«, sagte Trivett. »Und das bedeutet, der olle Durrah-bags, unser Oberst, wird auf Halbsold gesetzt, genau wie bei dem Fall in der Messe von den Scarifungers; und unser Adjutant wird sich versetzen lassen müssen, genau wie bei dem Knaben von den dreiundsiebzigsten Dragonern, und einmal Zähneknirschen reihum. Er will den Boden zu heiß für uns machen, und sein Papa wird ihm dabei helfen.«

»Ja, das ist alles ganz prima«, sagte Der Säugling; »aber ich hab den Dienst ungefähr zu der Zeit quittiert, als du geboren wurdest, Bobby. Was hat das mit mir zu tun?«

»Vater hat mir gesagt, ich sollte immer zu dir gehen, wenn ich Ärger habe, und du bist immer so gut zu mir gewesen, seit er...«

»Ihr bleibt wohl besser zum Essen.« Der Säugling wischte sich die Stirn.

»Vielen Dank, aber es ist so...« Trivett brach ab.

»Heute nachmittag, gegen vier, um genau zu sein...« warf Ames ein.

»Wir sind zu Wontner rübergegangen, um die Sache zu bereden. Der Krach war doch erst gestern abend, und da sitzt er und schreibt Briefe an seinen Vater so schnell es geht – seinen Fall für das Kriegsministerium vorbereiten, weißt du. Er hat uns ein paar davon vorgelesen, aber ich verstehe zu wenig von feinem Stil. Wir haben versucht, ihn ganz ruhig davon abzubringen – Entschuldigungen und so weiter –, aber der Milchpunsch mit Mayonnaise hat uns erledigt.«

»Ja, der wollte überhaupt nichts annehmen außer nackter Rache«, sagte Ames.

»Er hat gesagt, er will das Regiment zum Gespött machen, und er wär besonders froh, daß er unseren Oberst drankriegen kann. Hat er uns gesagt. Der olle Durrah-bags mag Wontners Taktikvorlesungen nicht. Er sagt, Wontner sollte zuerst Manieren lernen, aber wir haben gedacht...« Trivett wandte sich an

Ames, dessen Vater noch lebte und der daher weniger Sohn des Hauses war als er.

»Dann«, fuhr Ames fort, »ist er wirklich stinkig geworden, und wir dachten, wir könnten seine Korrespondenz genausogut in Verwahrung nehmen« – er versuchte, mit dem geschwollenen linken Auge zu blinzeln –, »und danach haben wir ihn dazu gebracht, in meinem Wagen Platz zu nehmen.«

»Er steckt in einem Sack, weißt du«, erklärte Trivett. »Anders wollte er nicht mitkommen. Aber wir haben ihm nicht wehgetan.«

»O nein! Sein Kopf kuckt ganz raus, und« – jetzt erstürmte Ames das Verhau – »wir haben ihn in deiner Garage untergebracht – eh, *pendente lite*.«

»Meine Garage!« Des Säuglings Stimme brach beinahe vor Entsetzen.

»Na ja, Vater hat mir doch immer gesagt, wenn ich Ärger hätte, Onkel George ...«

Bobbys Rede erstarb, als Der Säugling auf einem Diwan kollabierte und nichts weiter sagte als: »Eure Patente!« Dann ein langes, langes Schweigen.

»Was kostet denn einer von deinen neueren Limo-Leutnants?« flüsterte ich Stalky hinter vorgehaltener Hand zu. Seine Nasenlöcher weiteten sich, und mit den Knöcheln trommelte er auf den Rand des japanischen Krugs.

»Zum Teufel mit deinem Vater, Bobby!« ächzte Der Säugling. »Prügelei gilt doch heutzutage als kriminelles Vergehen. Es ist doch nicht, als ob ...«

»Los, komm«, sagte Stalky. »Das war mein altes Bataillon in Ägypten. Die hätten den ollen Durrah-bags und mich anno '85 wegen Prügelei beinah geschaßt.« Er stieg die Treppe hinab, und Der Säugling wandte ihm flehentlich rollende Augen zu.

»Die jungen Herren: Ich habe die Beichte gehört«, begann er; und in seiner Dienststubenstimme, die fast so musikalisch ist wie seine Singstimme, stauchte er die Jungs auf eine Weise zusammen, der zu lauschen ein Privileg und eine Offenbarung war. Bis dahin hatten sie ihn fast als Verwandten gekannt – wir alle waren Titular-, Vize- oder Interimsonkel für die Brut der Freunde Des Säuglings –, als verständnisvollen älteren Bruder, vernünftig in Geldsachen. Sie waren niemals Oberst A. L. Corkran auf dem Richterstuhl begegnet. Und während er sie geißelte und zerfetzte und verätzte und mit ihnen den Boden wischte, und während sie ein Versteck suchten und auf diesem Boden keines fanden, erinnerte ich mich an (1) das Umstülpen von »Dolly« Macshane in Dalhousie, das Leutnant Corkran einem Kriegsgericht gefährlich nahe brachte; (2) den Brand von Hauptmann Parmilees Moskitonetz in einem heißen indischen Morgengrauen, als der Hauptmann in seinem Garten schlief und Leutnant Corkran, rauchend, nach einer erfolgreichen Whist-Nacht im Club dort vorbeiritt; (3) die Einführung eines *ekka*-Ponys, mit angehängtem *ekka*, ins Zelt eines gleichrangigen Hauptmanns in einer Frostnacht in Peshawar, und das Verrollen von Zelt, Pfosten, Pritsche und Hauptmann, alles ein eisiges Leinwandbündel; (4) das Bad, das Elliot-Hacker auf seiner eigenen Veranda verabreicht wurde – seine Liebste sah es und löste die Verlobung, was die Messe auch beabsichtigt hatte, da sie Eurasierin war –, und Elliot-Hackers Ganzkörper-Bestäubung mit Mehl und Gelbwurz aus dem Basar.

Als er Luft holte, begriff ich, daß nur Satan Sünden strafen kann. Die Guten wissen einfach nicht genug.

»Jetzt«, sagte Stalky, »raus! Nein, nicht aus dem Haus. Auf eure Zimmer.«

»Ich lasse euch das Essen bringen, Bobby«, sagte Der Säugling. »Ipps!«

Soweit bekannt, hatte den Butler Ipps nichts jemals erstaunt. Er trat ein und zog sich mit seinen Anweisungen zurück. Immerhin hatte er unter Bobby gelitten, seit Bobby zwölf Jahre alt war.

»Die haben wirklich alles getan, was sie konnten, abgesehen von Mord«, sagte Der Säugling. »Ihr wißt, was das für das Regiment bedeutet. Wir haben es ja heute nicht mehr mit Sahibs zu tun.«

»Genau.« Stalky wandte sich an mich. »Los, hol den Sack aus dem Sack«, sagte er.

»Das ist doch nicht meine Garage«, wandte ich ein. »Ich bin hier nur Gast. Außerdem schlägt er mich wahrscheinlich tot. Er steckt seit Stunden in dem Sack.«

»Hör mal«, donnerte Stalky – die Jahre waren von uns beiden abgefallen –, »ist dein – geb ich hier die Befehle oder du? Irgendwie müssen wir die Sache geradebiegen. Wetz rüber zur Garage, pinsel ihm ein bißchen den Bauch und bring ihn her. Er ißt mit uns zu Abend. Beeil dich, du vergreister Affe!«

Ich beeilte mich durchaus; aber während ich durchs Gesträuch rannte, fragte ich mich, wie man einen heutigen Leutnant aus einem Sack zieht, ohne seine Gefühle zu verletzen. In alter Zeit schlitzte man das untere Ende auf, zog ihm zuerst die Stiefel aus und floh dann.

Man stelle sich eine luxuriös eingerichtete Garage vor, zur Hälfte gefüllt von Des Säuglings kobaltblauer Limousine mit graugerippter Seide und einem schlammbespritzten, billigen, verdeckten Viersitzer. Auf dem Rücksitz des letzteren male man sich ein feuriges kastanienbraunes Haupt aus, das aus einem langen Habersack ragt; ein unversöhnliches weißes Gesicht, mit lodernden Augen und Kiefern, die unausgesetzt den Knoten des Seils bearbeiten, das um seinen Hals gezogen ist. Alles zusammen wirkte, bei elektrischer Beleuchtung, wie ein Raupendämon, der überaus grimmig seinen eigenen Kokon spinnt.

»Guten Abend!« sagte ich freundlich. »Lassen Sie mich Ihnen da raushelfen.« Der Kopf stierte. »Wir haben sie erwischt«, fuhr ich fort. »Die sind ins falsche Lokal gekommen für diese Sorte Spaß – ziemlich falsches Lokal.«

»Spaß!« sagte der Kopf. »Das werden wir noch sehen. Lassen Sie mich raus.«

Für einen so jungen Mann war es keine verheißungsvolle Stimme, und wie gewöhnlich hatte ich kein Messer.

»Sie haben die Schnur so zerkaut, daß ich keinen Knoten finden kann«, sagte ich, als ich mir mit bebenden Fingern am Raupenhals zu schaffen machte. Irgendwas löste sich, und Mr. Wontner schlängelte sich ins Freie, ohne Kragen, ohne Krawatte, die Jacke den halben Rücken hinab aufgerissen, die Weste entknöpft, die Uhrkette gesprengt, die Hose weit über die Knie hinaufgeschoben.

»Wo«, sagte er grimmig, während er die Hosenbeine geradezog, »sind Master Trivett und Master Ames?«

»Beide verhaftet, natürlich«, erwiderte ich. »Sir George« – ich nannte den vollen Titel Des Säuglings als Baronet – »ist Friedensrichter. Er würde sich sehr freuen, wenn Sie mit uns dinieren wollten. Ein Zimmer ist für Sie vorbereitet.« Ich hob den Sack auf.

»Wissen Sie«, sagte Mr. Wontner mit zusammengebissenen Zähnen – aber die Wagenhaube war zwischen uns, »daß das für mich aussieht wie – Verschwörung will ich *noch* nicht sagen, aber doch sehr wie ein Komplott.«

Wenn verletzte Seelen beginnen, Unterschiede und Abstufungen zu machen, ist die Gefahr vorbei. Deshalb wurde ich kühner.

»Tut mir leid, daß Sie es so auffassen«, sagte ich. »Sie kommen mühselig und beladen her ...«

»Sie Witzbold«, unterbrach er, mit einem fast hysterischen Schnauben, »Sie können sicher sein, daß die Mühsal auf die anderen zurückfallen wird!«

»Wie Sie meinen«, fuhr ich fort. »Jedenfalls sind die Burschen, die Ihnen den Ärger bereitet haben, verhaftet, und der Magistrat, der sie verhaftet hat, lädt Sie zum Dinner ein. Soll ich ihm sagen, Sie gehen zu Fuß zurück nach Aldershot?«

Er pflückte Flusen von seiner Weste.

»Ich bin noch nicht in der Position, in der ich Bedingungen

diktieren könnte«, sagte er. »Das kommt später. Ich muß das noch ein bißchen genauer untersuchen. Bis dahin nehme ich Ihre Einladung an, ohne Rechtsverzicht – wenn Sie verstehen was das bedeutet.«

Ich verstand und wurde wieder fröhlich. Subalternoffiziere ohne Rechtsverzicht waren mir ganz neu. »In Ordnung«, erwiderte ich; »wenn Sie schon mal zum Haus gehen, mache ich die Lichter aus.«

Er ging steif davon, während ich den Sack und den Wagen nach der beschlagnahmten Korrespondenz durchsuchte, von der Bobby gesprochen hatte. Ich fand nichts außer, wie es in Polizeiberichten heißt, Spuren einer Auseinandersetzung. Er hatte die Hälfte des Lacks vom Rücken der Vorderbank abgetreten und das Lederpolster zerbissen, wo er es kriegen konnte. Offensichtlich ein zielstrebiger und bissiger junger Gentleman.

»Gut gemacht!« sagte Stalky an der Tür. »Dann hat er dich doch nicht umgebracht. Hör auf zu lachen. Er redet gerade mit Dem Säugling über schriftliche Aussagen. Hör mal, du bist der einzige mit ungefähr derselben Statur. Los, rauf in dein Zimmer und gib Ipps deine Dinnersachen und ein sauberes Hemd für ihn.«

»Aber ich hab keinen anderen Anzug dabei«, sagte ich.

»*Du!* Ich denk doch nicht an dich! Wir müssen *ihn* beschwichtigen. Er hat lausige Lumpen und ne lausige Laune, und er wird sich erst vernünftig fühlen, wenn er sich umgezogen hat. Du bist das Opferlamm. Beeil dich! Und denk an saubere Socken!«

Abermals verzog ich mich in mein Zimmer, stieg in unangemessenen und ungebürsteten grauen Tweed, steckte Kragenknöpfe in ein sauberes Hemd, grub frische Socken aus, übergab Ipps die ganze Garnitur und kehrte gerade rechtzeitig in die Halle zurück, um Stalky sagen zu hören: »Ich bin Börsenmakler, aber ich habe die Ehre, ein Patent seiner Majestät in einem Territorial-Bataillon zu besitzen.« Da hatte ich das Gefühl, als ob ich doch nach und nach entschädigt werden würde.

»Ich halte sehr viel von den Territorialen«, sagte Mr. Wontner über einem Glas Sherry. (Der Säugling läßt uns nie Bitters in etwas gießen, was älter ist als zwanzig Jahre.) »Aber wenn Sie Erfahrung mit der richtigen Truppe hätten, wüßten Sie, daß der gewöhnliche Army-Mann . . .«

An dieser Stelle schlug Der Säugling Wäschewechsel vor, und Ipps, dem gegenüber keine menschliche Leidenschaft sich durchzusetzen vermag, führte Mr. Wontner fort.

»Warum zum Teufel hast du ihm gesagt, ich bin Friedensrichter?« sagte mir Der Säugling verärgert. »Du weißt doch, im Moment bin ichs nicht. Warum ist er nicht in der Kanzlei seines Vaters geblieben? Der ist ja eine ätzende Pest!«

»Aber überhaupt nicht«, sagte Stalky fröhlich. »Er ist ein bißchen durcheinander und aufgeregt. Wahrscheinlich hat Beetle ihn in der Garage verärgert, aber darüber müssen wir hinwegsehen. Bis jetzt haben wir ihn in Schranken gehalten, und beim Essen werde ich ein bißchen an seinen Vorposten knabbern. Alles was du zu tun hast, Säugling, ist daran zu denken, daß du ein Gentleman bist und in deinem eigenen Haus. Nicht rumhopsen! Das wird dir ziemlich schwerfallen, noch bevor das Essen vorbei ist. Und von dir will ich überhaupt nichts hören, Beetle.«

»Aber ich fange gerade an, ihn zu mögen«, sagte ich. »Laß mich doch mitspielen!«

»Erst wenn ich dich auffordere. Sonst überdrehst du es. Der arme olle Durrah-bags! Ein Skandal würde ihm das Herz brechen!«

»Aber solange ein Regiment nicht darüber mitreden darf, wer ihm beitritt, wird es immer sowas geben«, begann Der Säugling. »Also – lieber Gott, wie die mich fertiggemacht haben, als ich eingetreten bin!« Er wand sich beim Gedanken daran.

»Macht euch nicht ins Hemd! Wir diskutieren doch hier keine Grundsätze! Wir müssen das Untersuchungsverfahren verhindern, wenn wir können«, sagte Stalky.

Fünf Minuten später – 19 Uhr 45, um genau zu sein – setzten wir vier uns zu einem Dinner wie es, meine ich, nur Des Säuglings Koch verfertigen kann, mit eines Prunkbanketts würdigen Weinen. Ein Mann von äußerstem Zorn und verletzter Würde ist genau wie ein Typhus-Patient. Er stellt keine Fragen, nimmt hin, was ihm vorgesetzt wird, und plappert in nur einer Tonlage – sehr oft über Kinkerlitzchen. Aber Speise und Trank sind die allerbeste Arznei. Ich glaube, es war ein Heidsieck Dry Monopole '92 – Stalky hielt sich wie üblich an Burgunder –, der Mr. Wontners Herz hinter meiner Hemdbrust aufzuschließen begann. Mich duckte er durchgehend, nach Art von Oxford, weil ich ihn im Sack gesehen hatte, und er wollte nicht, daß ich mir deshalb etwas herausnahm; aber während ich den Sitz meiner Smokingjacke um seine Schultern bewunderte, legte er Stalky und Dem Säugling seine Rachepläne wirklich sehr deutlich dar. Er hatte sogar einige der Texte skizziert, die in den Zeitungen erscheinen sollten, und wenn Stalky mir zu reden erlaubt hätte, hätte ich ihm gesagt, daß sie sehr sauber formuliert waren.

»Neben allem anderen müßten Sie bei denen auch noch satten Schadenersatz rausholen können«, sagte Stalky, nachdem Mr. Wontner seine Position juristisch umrissen hatte.

»Mein lieber Sir«, Mr. Wontner widmete sich seinem Glas, »das ist eine Sache, über die Gentlemen gewöhnlich nicht reden, aber, ich versichere Ihnen, wir Wontners« – er schwenkte eine wohlmanikürte Hand – »haben schäbige Habgier wirklich nicht nötig.« In den nächsten drei Minuten erfuhren wir genau, wieviel sein Vater wert war, was, wie er ausführte, eine Nebensächlichkeit war, über die ein Mann von Welt niemals spricht. Stalky beneidete ihn lauthals, und ich versetzte dem Knöchel Des Säuglings meinen ersten Tritt. Von dort gelangten wir zu Bildungsfragen und dem gewöhnlichen Army-Mann und der verödenden Nichtigkeit – ich entsinne mich dieser Worte – der Armee-Gesellschaft, vor allem hinsichtlich der Frauen. Anscheinend gab es in der Armee eine engstirnige Übereinkunft gegen die Erwähnung von Frauennamen in der Messe. Wir waren sehr überrascht darüber – Stalky wollte mich meine Überraschung nicht bekunden lassen –, aber wir nahmen es Mr. Wontner ab, der sagte, wir könnten ihm das ruhig glauben. Als nächstes kam er auf Obristen der alten Schule zu sprechen und ihre Kenntnisse in Sachen Taktik. Nicht daß er sich etwa besondere Taktik-Fertigkeiten anmaßen wolle, aber nach drei Jahren an der Uni – keiner von uns besaß eine Uni-Bildung – ziehe man sich unmerklich die Gewohnheit zu, klar zu denken. Zumindest könne man automatisch seine Ideen koordinieren, und die Eifersucht dieser strohköpfigen Obristen sei unvorstellbar. Wir verstünden sicher, daß es seine Pflicht sei, seines Obersten – der in die Verschwörung gegen ihn verwickelt gewesen sei – Versetzung in den Ruhestand zu betreiben; den Adjutanten zur Abdankung oder zur Versetzung zu bringen; und dem halben Dutzend kindischer Subalternoffiziere, die seine Würde angetastet hatten, eine Chance zu geben, sich in anderen Einheiten zu rehabilitieren – in westafrikanischen, wie er hoffe. Er selbst beabsichtige, nach Beendigung des Verfahrens weiter beim Regiment zu bleiben, nur um zu beweisen – denn er sei nicht nachtragend –, daß die Zeiten sich geändert hätten, *nosque mutamur in illis* – falls wir wüßten, was das bedeute. Der Säugling hatte seine Beine außer Reichweite gebracht, so daß es mir ganz freistand, wieder einmal Allah Dank abzustatten ob der Vielfalt Seiner Geschöpfe in Seiner wunderbaren Welt.

Und dann weiter, mittels eines achtzigjährigen Branntweins, zur Taktik und dem großen General Clausewitz, von dem der gewöhnliche Army-Mann nichts weiß. Hier entschuldigte sich Der Säugling, auf ein Flüstern von Ipps hin – dessen Gesicht, während er wartete, sich maulbeerfarben verdüstert hatte –, und ging fort, aber Stalky, Oberst der Territorialarmee, wollte unbedingt ein paar Taktiktips. Er erhielt sie, zehn Minuten ununterbrochen – Wontner und Clausewitz vermischt, aber

Wontner, glasiert mit unbezahlbarem Cognac, deutlich zuoberst. Bei der Rückkehr Des Säuglings erneuerte er seine entschieden formulierte Forderung, Der Säugling solle seine Aussage aufnehmen. Ich nahm an, daß dies eine Eigenart der Wontnersippe war, die ich mir längst bis zur dritten Generation ausgemalt hatte.

»Aber, verdammt, die sind beide eingeschlafen!« sagte Der Säugling; er starrte mich finster an. »Ipps hat ihnen den 81er Portwein gegeben.«

»Eingeschlafen!« sagte Stalky; er erhob sich sofort. »Ich glaube nicht, daß das eine Rolle spielt. Um den Formalitäten zu genügen, sollten Sie sie am besten identifizieren. Ich zeige Ihnen den Weg.«

Wir folgten ihm, die weiße steinerne Nebentreppe hinauf, die zum Junggesellenflügel führt. Mr. Wontner schien überrascht, daß die Jungs nicht im Kohlenkeller waren.

»Ach, man gilt als unschuldig, bis die Schuld bewiesen ist«, sagte Stalky; er ging Stufe um Stufe hinauf. »Wie haben die Sie denn in den Sack gekriegt, Mr. Wontner?«

»Von hinten angesprungen – zwei gegen einen«, sagte Mr. Wontner knapp. »Ich glaube, ich habe beiden zuerst noch was verpaßt, aber sie haben mir Arme und Beine gebunden.«

»Und haben die Sie in ihrem Sack fotografiert?«

»Lieber Himmel, nein!« Mr. Wontner schauderte.

»Ein Glück. Furchtbare Sache, wenn man damit fertig werden muß – so ein Foto, oder?« sagte Stalky zu mir, als wir den obersten Absatz erreichten. »Ich denke natürlich an die Zeitungen.«

»Ah, man kann aber in den Bild-Zeitungen mühelos Skizzen unterbringen, nach den Berichten der Augenzeugen«, sagte ich.

Mr. Wontner fuhr herum. Seit unserem Gespräch in der Garage war dies das erstemal, daß er mich durch Wahrnehmung ehrte.

»Eh«, sagte er, »wollen Sie etwa behaupten, daß Sie sich mit derlei Dingen auskennen?«

»Ich bin Journalist von Beruf«, antwortete ich schlicht aber erhaben. »Sobald Sie Zeit dazu finden, hätte ich gern Ihren Bericht über die Affaire.«

Nun hatte ich gedacht, er würde mich dafür lieben, aber er antwortete lediglich mit einer unbehaglichen, abwehrenden Stimme: »Ach, hätten Sie gern, ja?«

»Natürlich nicht, wenn es Ihnen Mühe bereitet«, sagte ich. »Ich kann jederzeit die Versionen der Angeklagten bekommen. Wissen Sie, ob einer von ihnen zeichnet oder skizziert, Mr. Wontner? Oder vielleicht könnte Ihr Vater ...«

Da sagte er ziemlich hitzig: »Lieber Mann, ich möchte, daß Sie eines ganz klar begreifen: Der Name eines Gentleman kann nicht durch die Gosse gezerrt werden, nur um den Absatz Ihres scheußlichen Blatts zu fördern, gleich welches es ist.«

»Es ist –« ich nannte ein Journal mit ungeheurer Auflage, das sich auf akademische, militärische und andere Skandale spezialisiert. »Ich weiß noch nicht, wo die Grenzen seines Einflusses liegen, Mr. Wontner.«

»Ich wußte nicht, daß ich es mit einem Reporter zu tun habe«, sagte Mr. Wontner.

Wir standen alle vor einer verschlossenen Tür. Ipps war uns gefolgt.

»Aber Sie wollen es doch bestimmt in den Zeitungen sehen, oder?« bohrte ich. »Bei so einem Skandal kann man doch aus Rücksicht auf die Demokratie nicht exklusiv bleiben. Wir würden es hier und in den Vereinigten Staaten syndikalisieren. Ich habe Ihnen aus dem Sack geholfen, wenn Sie sich erinnern.«

»Ich wollte bei Gott, Sie würden aufhören zu reden!« fauchte er und ließ sich auf einen Stuhl fallen. Stalkys Hand auf meiner Schulter bedeutete mir ruhig, mich aus dem Treffen zurückzuziehen, aber ich spürte, daß mein Feuer nicht fehlgeleitet gewesen war.

»Den übernehme ich«, sagte Stalky zu Wontner, mit halblauter Stimme, die zu einem Flüstern sank. Ich hörte »Nicht ohne meine Erlaubnis ... auf mich angewiesen für Börsentips« und andere erfreuliche Tribute an meine Integrität.

Noch immer saß Mr. Wontner auf seinem Stuhl, und noch immer warteten wir auf ihn. Des Säuglings Gesicht zeigte Kummer und argen Gram; das von Stalky ein lichtes Interesse, wie aus dem Vogelflug; meines war hinter seiner Schulter verborgen, aber auf dem Gesicht von Ipps standen Emotionen geschrieben, die kein Butler gegenüber welchem Gast auch immer hegen sollte. Verachtung und Zorn waren noch die geringsten. Und Mr. Wontner schaute voll auf Ipps, wie Ipps ihn anschaute. Wie ich gehört hatte, beschäftigte Mr. Wontners Vater einen Butler und zwei Bedienstete.

»Glauben Sie, die simulieren, um heil davonzukommen?« sagte er schließlich. Ipps schüttelte den Kopf und öffnete geräuschlos die Tür. Die Jungs hatten ihr Dinner verzehrt und schliefen fest – der eine auf einem Sofa, der andere auf einer Chaiselongue –, die Gesichter zurückgefallen auf die Linien ihrer Kindheit. Sie hatten eine eher wüste Nacht hinter sich, einen harten Tag, an dessen Ende die Abkanzelung durch einen Künstler stand, und die Gewißheit, ihre Aussichten lebenslang ruiniert zu haben. Was sonst sollte die Jugend dann also tun, wenn nicht essen, 81er Portwein trinken und der Sorgen nicht länger eingedenk sein?

Mr. Wontner betrachtete sie streng; Ipps war in Reichweite, seine Hände bereit. »Kindisch«, sagte Mr. Wontner schließlich. »Kindisch, aber nötig. Eh – haben Sie so was wie einen Strick im Haus, und einen Sack – zwei Säcke und zwei Stricke? Ich fürchte, ich kann der Versuchung nicht widerstehen. Der Mann da begreift doch wohl, daß das eine Privatangelegenheit ist?«

»Der Mann da«, nämlich ich, preschte bereits so schnell treppab wie einer der Damhirsche Des Säuglings. In den Ställen fand ich, was ich gesucht hatte, und als ich damit durch einen dunklen Gang zurückkam, kollidierte ich voll mit Ipps. »Weiter!« knurrte er. »In dem Moment, wo er die Hände an Master Bobby legt, ist Master Bobby gerettet. Aber man sollte dem Kerl sagen, wie knapp er einem tätlichen Angriff entgangen ist. Ich war die ganze Zeit drauf und dran, seit der Suppe, das können Sie mir glauben.«

Ich kam außer Atem an, mit den Säcken und den Seilen. »Gegen mich waren sie zwei zu eins«, sagte Mr. Wontner, als er sie entgegennahm. »Wenn sie wach werden ...«

»Wir stehen bei Fuß«, erwiderte Stalky. »Zwei gegen einen ist noch ganz fair.«

Aber die Jungs schnurrten kaum, als Mr. Wontner zuerst den einen und dann den anderen fesselte. Selbst als sie in die Säcke gesteckt wurden, brummelten sie nur, mit wackelnden Köpfen und verklebten Lippen, und schnarchten weiter.

»Portwein?« sagte Mr. Wontner tugendsam.

»Nervöse Erschöpfung. Sie sind ja schließlich fast noch Kinder. Was jetzt?« sagte Stalky.

»Ich möchte sie mitnehmen, bitte sehr.«

Stalky betrachtete ihn mit Respekt.

»Ich hab meinen Wagen in fünf Minuten bereit«, sagte Der Säugling. »Ipps wird helfen, sie herunterzutragen«, und er schüttelte Mr. Wontner die Hand.

Wir waren alle vollkommen ernst, bis die beiden Bündel in der Halle auf einem Diwan abgeladen wurden und die Jungen erwachten und zu begreifen begannen, was geschehen war.

»Gah!« sagte Mr. Wontner mit der Schlichtheit eines Zwölfjährigen. »Wer liegt jetzt vorn?« Und er setzte sich auf sie.

Die Spannung löste sich in stürmischem Gelächter, angeführt, glaube ich, von Ipps.

»Eselhaft – absolut eselhaft!« sagte Mr. Wontner, mit verschränkten Armen, auf seinem lebendigen Stuhl. Aber er sog die Anerkennung und die Kameradschaft des Ganzen mit einem völlig hirnlosen Grinsen in sich auf, während wir um ihn her schlingerten und stampften und uns die Tränen von den Wangen wischten.

»Teufel auch!« sagte Bobby Trivett. »Wir sind besiegt!«

»Auch noch durch Taktik«, sagte Ames. »Ich hätte nicht gedacht, daß Sie sich damit auskennen, Clausewitz. Faire Sache. Was wollen Sie mit uns machen?«

»Ich bring Sie zurück in die Messe«, sagte Mr. Wontner.

»Doch nicht *so?*«

»O nein. Schlimmer – viel schlimmer! Ich hab mit euch ja noch gar nicht angefangen. Und ihr habt gemeint, ihr hättet was gelandet! Gah!«

Sie hatten etwas »gelandet«, was ihre wildesten Träume übertraf. Der Mann, in dessen Händen ihre Schande lag, die ihres Obersten, ihres Adjutanten, ihres Regiments und der ganzen Truppe, hatte sich auch des letzten Hauchs seiner legalen Ansprüche begeben, für einen gewöhnlichen oder Biergarten-Streich – einen Streich der, wenn er den Behörden zu Ohren käme, ihn sein Patent kosten würde. Sie waren gerettet, und ihr Retter war ihresgleichen und ihr Bruder. In dieser Eigenschaft beschimpften und schmähten sie ihn folglich, bis er sich wieder auf sie plumpsen ließ, daß ihnen die Luft wegblieb, und wir anderen lachten lauter als sie.

»Angetreten!« sagte Stalky, als die Limousine vorfuhr. »Das ist der Treffer des Jahrhunderts. Auch für ne Brigade würd ich das nicht verpassen wollen! Wir bleiben nicht lang, Säugling!«

Ich stürzte mich in einen Mantel.

»Ist es unbedingt nötig, daß der Reporter da auch mitkommt?« sagte Mr. Wontner; sein Flüstern war laut und ohne Vorsicht. »Zum einen ist er nicht anständig angezogen.«

Bobby und Ames wanden sich, um den Reporter zu betrachten, brachen in fröhliches Röhren aus und hielten plötzlich inne.

»Was ist los?« sagte Wontner argwöhnisch.

»Nichts«, sagte Bobby. »Ich sterbe glücklich, Clausewitz. Wickel mich sanft ein.«

Wir setzten uns in den Wagen, unter Mitnahme unserer Garben, und eine halbe Stunde lang, während die kühle Nachtluft seine gedankenschwere Stirn fächelte, war Mr. Wontner überaus er selber. Er sagte zwar nichts Unwürdiges, triumphierte und trompetete aber doch ein wenig lauthals über den Säcken. Ich saß zwischen ihnen auf dem Rücksitz und applaudierte ihm servil, bis er mich daran erinnerte, daß das, was ich gesehen und was er gesagt hatte, nicht zur Publikation bestimmt sei. Während die Jungs in ihren Fallen vor Freude zappelten, deutete ich an, daß man da über ein Arrangement reden könne. »Dann sollte uns ein Sovereign nicht entzweien«, sagte Mr. Wontner fröhlich, und die beiden Jungs erlitten einen lebhaften hysterischen Schub. »Ich weiß nicht genau, was ihr da so witzig findet«, sagte Mr. Wontner. »Ich dachte, das wäre *mein* kleiner Witz heute nacht.«

»Nee, Clausewitz«, ächzte Bobby. »Einiges ja, aber nicht alles. Ich benehm mich jetzt. Ich geb dir mein Ehrenwort, bis wir in der Messe sind. Nicht mal für nen Fünfer würd ich hier aussteigen.«

»Ich auch nicht«, sagte Ames, und er gab sein Ehrenwort, weder Flucht noch Ausflucht versuchen zu wollen.

»Also, ich nehme an«, sagte Mr. Wontner ein wenig hochtrabend zu Stalky, als wir uns den Vororten von Ash näherten, »an der Börse gibt es auch so einiges an Streichen, nicht wahr?«

»Und wann warst du zuletzt an der Börse, Onkel Leonard?« jaulte Bobby, während Ames seinen schluchzenden Kopf auf meine Schulter legte.

»Tut mir leid«, sagte Stalky. »Aber Tatsache ist, ich befehlige selbst ein Regiment, wenn ich zu Hause bin. Ihr Oberst kennt mich, glaube ich.« Er nannte seinen Namen. Mr. Wontner schien ihn schon einmal gehört zu haben. Wir mußten

Ames vom Boden auflesen, auf den er sich in überfließender Wonne geworfen hatte.

»Lieber Himmel!« sagte Mr. Wontner nach langer Pause. »Was hab ich bloß gemacht? Was hab ich nicht alles gemacht?« Wir spürten, wie die Temperatur im Wagen stieg, als er errötete.

»Du hast doch wohl nicht über Taktik geredet, Clausewitz?« sagte Bobby. »Komm, sag, daß du nicht über Taktik geredet hast, Schätzchen!«

»Doch«, sagte Wontner.

Ames lag wieder unter unseren Füßen herum und schrie: »Wenn ihr mir jetzt nicht die Arme freimacht, wird mir schlecht. Laß mal hören, was du gesagt hast. Sags uns.«

Aber Mr. Wontner wandte sich an Stalky. »Ich fürchte, es hat keinen Sinn, Sie um Vergebung zu bitten, Sir«, sagte er.

»Nehmen Sie die da nicht zur Kenntnis«, sagte Stalky. »Das war eine ganz faire Sache, und außerdem habt ihr zwei Grünschnäbel kein Recht, über Taktik zu reden. Ihr seid komplett aufgerollt worden – Pferde, Fußvolk und Kanonen.«

»Ich mach nen Vorschlag. Wenn du uns bald gehen und uns umziehen läßt«, sagte Bobby, »dann versprech ich, wir werden dich nicht verpetzen, Clausewitz. *Du* hast Onkel Len Vorträge über Taktik gehalten? Das wird dem ollen Durrah-bags gefallen. Er liebt dich nicht grade, Claus.«

»Wenn ich mich schon zum Narren gemacht habe, werde ich besondere Sorgfalt darauf verwenden, euch zum Narren zu machen!« sagte Wontner. »Können wir bitte bei der nächsten Modistin auf der rechten Seite halten. Es kann nicht mehr weit sein.«

Offenbar kannte er die Gegend sogar im Dunkeln, denn der Wagen hielt vor einem grell erleuchteten Putzwarengeschäft, wo – es war Samstagabend – eine junge Dame eben den Ladentisch aufräumte. Ich folgte ihm, wie ein guter Reporter es tun sollte.

»Haben Sie...« begann er. »Ah, die da bringens!« Er deutete auf zwei haarige plüscherne Bienenkorb-Hüte, der eine magentarot, der andere verwegen stahlblau. »Was kosten die, bitte? Ich nehme beide, und das Bündel Pfauenfedern und dieses rote Federdings.« Es war eine grell karmesin gefärbte Perücke vom Typ *pigeon's wing*.

»Dann hätte ich gern noch ein paar Yards Musselin mit einem netten wüsten Muster, bitte.« Er bekam es – gelb mit schwarzen Tulpen – und kehrte schwer beladen zurück.

»Tut mir leid, daß Sie warten mußten«, sagte er. »Jetzt ins Quartier, zum Umziehen und Verschönern.«

Wir erreichten sein Quartier – gegenüber einer dunkelbraunen Einöde von Exerzierplatz, die Mian Mir hätte sein können –, und blasende Hörner und rührende Trommeln ließen die Saiten des Herzens vibrieren.

Wir hievten die Jungs heraus und drapierten sie auf Stühle, und Wontner legte seine Uniform an, hielt jedoch inne, als er sah, daß ich meine Jacke auszog.

»Wozu soll das gut sein?«

»Weil Sie meine Abendklamotten getragen haben«, sagte ich. »Ich will sie wieder anziehen, wenn Sie nichts dagegen haben.«

»Dann sind Sie gar kein Reporter?«

»Nein«, sagte ich, »aber das muß uns nicht trennen.«

»Oh, Beeilung!« rief Ames, in verzweifelten Zuckungen. »Wir halten das nicht mehr lange aus. Das ist der Jugend gegenüber nicht fair.«

»Ich kümmer mich beizeiten um euch«, sagte Wontner; und nachdem er sorgsam Toilette gemacht hatte, wickelte er die Damenhüte aus, steckte die Pfauenfedern in den magentaroten, befestigte die Karmesinperücke am blauen, setzte sie den Jungs zierlich auf den Kopf und bat sie, den Effekt in seinem Rasierspiegel zu bewundern, während er das Musselin in lange Streifen riß, zusammenband und es kunstfertig kurz unterhalb ihrer

Knie drapierte. Er endete mit einer gewaltigen Schleifenschärpe, nach Obi-Art. »Strampelröcke«, erklärte er Stalky, der beifällig nickte.

Als nächstes schlitzte er beide Säcke unten so weit auf, daß sie gehen, aber nur sehr kleine Schritte machen konnten. »Ich hätte euch weiße Seidenslipper besorgen sollen«, murmelte er, »und leider haben wir kein Rouge.«

»Mach dir unseretwegen keine Sorgen, Alter – wir sind stolz auf dich«, sagte Bobby unter seinem Hut. »Das schlägt Milchpunsch und Mayonnaise.«

»Oh, warum haben wir nicht an sowas gedacht, als er uns ausgeliefert war?« jammerte Ames. »Egal – wir werdens beim Nächsten ausprobieren. Guter Einfall, Claus.«

»Jetzt besuchen wir die anderen in der Messe«, sagte Wontner, während sie zur Tür trippelten.

»Ich glaub, ich besuch euren Oberst«, sagte Stalky. »Das sollte er wirklich nicht verpassen. Ist das Ihr erster Versuch? Ich versichere Ihnen, ich hätte es selbst nicht besser machen können. Vielen Dank!« Er streckte ihm die Hand hin.

»Ich danke *Ihnen*, Sir!« sagte Wontner; er schüttelte sie. »Ich kann Ihnen gar nicht sagen, wie dankbar ich Ihnen bin, und – und ich würde Sie gern irgendwann mal davon überzeugen, daß ich nicht so ein großer...«

»Aber überhaupt nicht«, unterbrach Stalky. »Wenn ich einen vertraulichen Bericht über Sie schreiben müßte, würde ich Sie als ganz fähig bezeichnen. Passen Sie auf Ihre Geishas auf, sonst fallen die hin!«

Wir sahen die drei die Straße überqueren und im Schatten der Messe-Veranda verschwinden. Es ereignete sich ein Lärm. Dann läuteten Telefone, ein Sergeant und ein Messekellner stürmten heraus, und der Lärm wuchs, bis die Messe schließlich ein bißchen laut war.

Wir kamen zurück, zehn Minuten später, mit Oberst Dalziell, der seinen Kummer mit zu Bett genommen hatte. Der

Vorraum war ziemlich voll, und noch immer kamen Gäste, aber gelegentlich konnte man sich selbst reden hören. Trivett und Ames, in Sack und Schärpe, saßen nebeneinander auf einem Tisch, die Hüte hinreißend schräg aufgesetzt, und tändelten kokett mit ihren gefesselten Füßen. Wenn sie nicht gerade »Put Me Among the Girls« sangen, schlürften sie Whisky-Soda, an ihre Lippen gehalten von, ich sage es ungern, einem Major. Die öffentliche Meinung schien dagegen zu sein, daß man ihnen einen Wechsel des Kostüms gestattete, ehe sie in diesem getanzt hatten. Wontner, mehr oder minder anmutig in Höhe des Kronleuchters auf den Armen von sechs Leutnants liegend, dozierte über Taktik und flehte, herabgelassen zu werden, was ein bißchen überstürzt geschah, als man begriff, daß der Oberst anwesend war. Dann rappelte er sich vom Sofa auf und sagte: »Ich möchte mich entschuldigen, Sir, bei Ihnen und bei der Messe, daß ich ein derartiger Esel war, seit ich beigetreten bin!«

Das war der Punkt, an dem der Lärm begann.

Da wir sahen, daß die Nacht feucht zu werden versprach, fuhren Stalky und ich im Wagen Des Säuglings wieder nach Hause. Es war einige Zeit her, daß wir zuletzt die heiße Luft zwischen Gesims und Decke in einem überfüllten Raum geschmeckt hatten.

Nach halbstündigem Schweigen sagte Stalky zu mir: »Ich weiß nicht, was du gemacht hast, aber ich glaube, ich habe geweint. Meinst du, das ist der Burgunder oder Senilität?«

THE CHILDREN

These were our children who died for our lands: they were
dear in our sight.
We have only the memory left of their home-treasured
sayings and laughter.
The price of our loss shall be paid to our hands, not
another's hereafter.
Neither the Alien nor Priest shall decide on it. That is our
right.
But who shall return us the children?

At the hour the Barbarian chose to disclose his pretences,
And raged against Man, they engaged, on the breasts that
they bared for us,
The first felon-stroke of the sword he had long-time
prepared for us—
Their bodies were all our defence while we wrought our
defences.

They bought us anew with their blood, forbearing to blame
us,
Those hours which we had not made good when the Jugdment
o'ercame us.
They believed us and perished for it. Our statecraft, our learning
Delivered them bound to the Pit and alive to the burning
Whither they mirthfully hastened as jostling for honour.
Not since her birth has our Earth seen such worth loosed upon
her.

Nor was their agony brief, or once only imposed on them.
The wounded, the war-spent, the sick received no
exemption:

Being cured they returned and endured and achieved our
redemption,
Hopeless themselves of relief, till Death, marvelling, closed on
them.

That flesh we had nursed from the first in all cleanness was
given
To corruption unveiled and assailed by the malice of Heaven—
By the heart-shaking jests of Decay where it lolled on the
wires—
To be blanched or gay-painted by fumes—to be cindered by
fires—
To be senselessly tossed and retossed in stale mutilation
From crater to crater. For this we shall take expiation.
But who shall return us our children?

DIE KINDER

Die starben für unsere Länder waren unsere Kinder: Sie
waren uns teuer.
Nur die Erinnerung bleibt uns an kostbare Horte von
Worten und Lachen.
Der Preis des Verlusts ist an uns zu entrichten, nicht später
an andre.
Nicht Fremde noch Priester sollen darüber bestimmen.
Das ist unser Recht.
Aber wer gibt uns die Kinder zurück?

In der Stunde, als der Barbar seine Pläne enthüllte
und raste wider den Menschen, fingen sie mit der Brust,
die sie für uns entblößten,
den ersten Schurken-Streich auf des längst für uns
bereiteten Schwerts –
ihre Leiber waren all unsere Wehr, als wir unsere Wehr
schmiedeten.

Ohne uns zu tadeln kauften sie uns durch ihr Blut neu die
Zeit,
die Stunden, vergeudet, bevor über uns das Gericht kam.
Sie starben, weil sie uns glaubten. Unsre Staatskunst und
Klugheit
übergab sie gebunden der Hölle, lebend der Verbrennung;
sie eilten heiter dorthin, wie zu Ehren bei Spielen.
Seit Anbeginn sah die Erde nie solche Vortrefflichkeit.

Auch waren die Qualen nicht kurz, nicht nur einmal zu leiden.
Verwundete, Kriegsmüde, Kranke wurden nicht
ausgenommen:

Geheilt, zogen sie wieder hin, harrten aus und bewirkten unsre Erlösung,
selbst ohne Hoffnung auf Hilfe, bis staunend der Tod sie umfaßte.

Dies Fleisch, von uns immer gehegt, wurde lauter gegeben
enthüllter Verwesung, bestürmt von der Tücke des Himmels –
vom herzzerreißenden Scherz des Verfallens, baumelnd in Drähten –
von Dünsten gebleicht, verfärbt – eingeäschert durch Feuer –
sinnlos geschleudert und wieder geschleudert in schaler Verstümmelung
von Krater zu Krater. Hierfür werden wir Sühne fordern.
Aber wer gibt uns unsere Kinder zurück?

DER HUND HERVEY

Mein Freund Attley, der seinen eigenen Kopf verschenken würde, wenn Sie ihm erzählten, Sie hätten Ihren verloren, verschenkte einen sechs Monate alten Wurf von Bettinas Welpen, und ein halbes Dutzend Frauen waren verzückt ob der Show auf dem Rasen von Mittleham.

Wir losten die Reihenfolge aus. Mrs. Godfrey durfte zuerst wählen; ihre verheiratete Tochter als zweite. Ich war dritter, verzichtete aber auf mein Recht, weil ich mich bereits im Besitz von Malachi befand, Bettinas Vollbruder, den ich im Wagen mit hergebracht hatte, damit er seine Neffen und Nichten besuchen konnte, und er hätte sie alle umgebracht, wenn ich einen mit heimgenommen hätte. Milly, Mrs. Godfreys jüngere Tochter, stürzte sich mit Wonnequietschern auf die Tatsache meiner Verweigerung, und Attley wandte sich an ein dunkelhaariges bläßliches Mädchen mit schlaffem Mund, das zum Tennis gekommen war, und bat sie zu wählen. Sie setzte einen Kneifer auf, der ihr das Aussehen eines Kamels verlieh, kniete sich ungeschickt hin, denn von der Hüfte zum Knie war sie sehr lang, atmete schwer und betrachtete das letzte Pärchen.

»Ich glaube, ich möchte den Rotgescheckten da«, sagte sie.

»Aber den doch nicht, Miss Sichliffe!« rief Attley. »Er ist übertragen oder hat einen Sonnenstich abbekommen oder so etwas. Bei den Zwingern heißt er der Irre. Außerdem schielt er.«

»Ich finde das ganz anziehend«, antwortete sie. Weder Malachi noch ich hatten je einen Hund gesehen, der schielte.

»Das ist Chorea – Veitstanz«, warf Mrs. Godfrey ein. »Man hätte ihn ertränken sollen.«

»Aber ich mag seinen Gesichtsausdruck«, beharrte das Mädchen.

»Er sieht zwar nicht aus wie das blühende Leben«, sagte ich,

»aber vielleicht kann man ihn aufpäppeln.« Mrs. Sichliffe wurde krebsrot; ich sah, wie Mrs. Godfrey einen Blick mit ihrer verheirateten Tochter wechselte, und ich wußte, daß ich etwas gesagt hatte, wofür ich würde büßen müssen.

»Ja«, fuhr Miss Sichliffe fort, mit bebender Stimme, »nicht das blühende Leben, aber vielleicht kann ich ihn – aufpäppeln. Komm her, Sir.« Das mißgebildete Tier torkelte zu ihr hin, schielte an der eigenen Nase entlang und fiel schließlich über die eigenen Zehen. Dann kam zum Glück Bettina über den Rasen gerannt und erinnerte Malachi an ihre Jugend. Diese ganze Sippe besteht aus schrägen Vögeln, und sie zanken sich wie Mann und Frau. Ich mußte sie auseinanderbringen, und Mrs. Godfrey half mir, bis sie sich unter die Rhododendren verzogen und den Streit stumm austrugen.

»Wissen Sie, was der Vater von dem Mädchen war?« fragte Mrs. Godfrey.

»Nein«, erwiderte ich. »Um ihrer selbst willen mag ich sie nicht. Sie atmet durch den Mund.«

»Er war Arzt, im Ruhestand«, erklärte sie. »Er hat immer stürmische junge Männer im Stadium der Bußfertigkeit aufgelesen, mit heimgenommen und sie aufgepäppelt, bis sie gesund genug waren, um versichert zu werden. Dann hat er sie hoch versichert und sie wieder in die Welt hinausgelassen – nach der sie ganz ausgehungert waren. Natürlich hat keiner hier ihn gekannt, als er noch lebte, aber er hat seiner Tochter haufenweise Geld hinterlassen.«

»Völlig legitim – überaus achtbar«, sagte ich. »Aber was für ein Leben für die Tochter!«

»Ja, nicht wahr! Ist Ihnen *jetzt* klar, was Sie da eben gesagt haben?«

»Völlig klar; und jetzt, wo Sie mich richtig glücklich gemacht haben, sollten wir da nicht zum Haus zurück gehen?«

Als wir es erreichten, saßen sie schon alle drinnen, als Taufkomitee.

»Wie wollen Sie Ihren nennen?« hörte ich Milly Miss Sichliffe fragen.

»Harvey«, erwiderte sie. »Harvey's Sauce, wissen Sie. Er wird ziemlich *saucy* [frech] sein, wenn ich ihn« – sie sah Mrs. Godfrey und mich durch die Glastür kommen – »wenn er kräftiger ist.«

Um mich aufzumuntern fragte Attley der Wohlmeinende, was ich von dem Namen hielte.

»Ach, fein«, sagte ich aufs Geratewohl. »H mit nem A, A mit nem R, R mit nem ...«

»Aber das ist Little Bingo«, sagte jemand, und sie lachten alle.

Miss Sichliffe, die Hände vor den langen Knien verschränkt, sagte schleppend: »Man sollte seine Zitate immer verifizieren.«

Es war ein unfreundlicher Hieb, aber etwas bei dem Wort »Zitat« brachte den automatischen Teil meines Gehirns dazu, sich mit dem Schatten irgendeines Worts oder Satzes zu befassen, der sich außer Reichweite des Gedächtnisses hielt, wie eine Katze sich gerade außer Sprungweite eines Hundes niederläßt. Als ich zur Heimfahrt aufbrach, kam Miss Sichliffe in der Dämmerung zu mir, den Welpen an der Leine; ihre großen Schuhe baumelten am Griff ihres Tennisschlägers.

»Tut mir leid«, sagte sie mit ihrer belegten Schuljungenstimme. »Tut mir leid, was ich da zu Ihnen gesagt hab, von wegen Zitate verifizieren. Dazu kenne ich Sie überhaupt nicht gut genug, und – jedenfalls hätte ich das nicht tun sollen.«

»Aber Sie hatten ganz recht mit Little Bingo«, antwortete ich. »Das Buchstabieren hätte mich daran erinnern müssen.«

»Ja, natürlich. Es liegt am Buchstabieren«, sagte sie und schlurfte davon, und der kleine Hund schlich hinterher. Wieder begann mein Gehirn nach etwas zu stöbern, das etwas bedeutet hätte, wenn es korrekt buchstabiert gewesen wäre. Auf dem Heimweg vertraute ich Malachi mein Problem an, aber Bettina hatte ihn an vier Stellen gebissen, und er war beschäftigt.

Wochen später kam Attley mich besuchen, und noch bevor sein Wagen hielt, ließ Malachi mich wissen, daß Bettina neben dem Chauffeur saß. Er begrüßte sie im Genick, als sie heruntersprang; und ich begrüßte Mrs. Godfrey, Attley und einen großen Korb.

»Sie müssen mir helfen«, sagte Attley müde. Wir brachten den Korb in den Garten, und dort stolperte der eckige Schatten eines rötlich gescheckten Terriers heraus, mit stumpfem Haar, mit einem schwachsinnigen und einem wahnsinnigen Ohr und zwiefach gräßlichem Schielen. Bettina und Malachi, auf dem Rasen bereits in ein Gemenge verwickelt, sahen ihn, lösten sich voneinander und flohen in entgegengesetzte Richtungen.

»Warum haben Sie diesen ekelhaften Köter hergebracht?« fragte ich.

»Harvey? Damit Sie sich um ihn kümmern«, sagte Attley. »Er hat die Staupe gehabt, aber *ich* mache bald eine Reise.«

»Nehmen Sie ihn mit. Ich will ihn nicht. Er ist geisteskrank.«

»Hören Sie mal!« Attley schrie beinahe. »Halten Sie mich für einen Trottel?«

»Immer«, sagte ich.

»Also, dann, wenn Sie es sagen, und Ella sagt das auch, dann ist das ein Beweis dafür, daß ich eine Reise machen sollte.«

»Will hat Unrecht, und zwar völlig«, unterbrach Mrs. Godfrey; »aber Sie müssen den Hund nehmen.«

»Mein lieber Mann, mein lieber Mann, hüten Sie sich, je einer Frau irgendwas zu geben«, knurrte Attley.

Stück um Stück kriegte ich die Geschichte aus ihnen heraus, im ruhigen Garten (kein einziges Lebenszeichen von Bettina und Malachi), während Harvey mich außer Fasson starrte, zuerst mit dem einen Tintenfischauge und dann mit dem anderen.

Der Hund Harvey schien, einen Monat nachdem Miss Sichliffe ihn genommen hatte, die Staupe entwickelt zu haben. Miss Sichliffe hatte ihn selbst einige Zeit gepflegt; dann trug sie ihn auf den Armen die beiden Meilen nach Mittleham und weinte – weinte tatsächlich – zu Attleys Füßen, wobei sie sagte, Harvey sei alles, was sie in dieser Welt habe oder je zu haben erhoffe, und Attley müsse ihn heilen. Attley, durch Reichtum, Stellung und Temperament Vormund aller lahmen Hunde, hatte für diesen unersprießlichen Job alles andere liegen lassen und versicherte, Miss Sichliffe habe seither buchstäblich bei ihm gewohnt.

»Nachts ist sie natürlich nach Hause gegangen«, explodierte er, »aber den Rest der Zeit war sie ganz einfach eine Heimsuchung. Ich bin da weiß Gott nicht eigen, aber es war ein Skandal. Sogar die Diener ... Drei- und viermal am Tag, und zwischendurch Briefchen, um zu wissen, wie es dem Vieh geht. Ah, zum Teufel, lachen Sie doch nicht! Und mir Blumen und Goldfische schicken wollen. Seh ich aus, als ob ich Goldfische will? Könnt ihr zwei nicht einen Moment aufhören?« (Mrs. Godfrey und ich hielten uns hilfesuchend aneinander fest.) »Und dabei ist es – bin ich doch keine so anziehende Persönlichkeit, oder?«

Attley flößt mehr Vertrauen, Wohlwollen und Zuneigung ein als die meisten Männer, denn er ist jene seltene Sorte Engel, ein völlig selbstloser Junggeselle, zufrieden damit, von wettstreitenden Syndikaten eifernder Freunde betrieben zu werden. Seine Lage schien verzweifelt, und das sagte ich ihm auch.

»Sofortige Flucht ist die einzige Abhilfe«, lautete mein Urteil. »Ich kümmere mich um Ihre beiden Wagen, wenn Sie weg sind, und Sie können mir das ganze Obst aus dem Treibhaus rüberschicken.«

»Aber warum soll ich mich von einer Dromedarin aus meinem Haus verjagen lassen?« jammerte er.

»Ah, aufhören! aufhören!« Mrs. Godfrey schluchzte. »Ihr

habt beide Unrecht. Ich gebe zu, Sie haben recht, aber ich *weiß*, Sie haben Unrecht.«

»Drei- *und* viermal am Tag«, sagte Attley, mit einem furchtbaren Gesichtsausdruck. »Ich bin nicht eitel, aber – sieh mal, Ella, ich hoffe, ich bin wirklich nicht empfindlich, aber wenn du weiter einen Witz daraus machst ...«

»Ah, sei doch still!« Sie kreischte fast. »Bildest du dir denn auch nur einen Moment lang ein, deine Freunde würden sich Mittleham jemals aus den Fingern gleiten lassen? Ich bin zwar ganz deiner Meinung, daß es für ein erwachsenes Mädchen unschicklich ist, zu jeder Tages- und Nachtzeit nach Mittleham zu kommen ...«

»Ich hab dir doch gesagt, nachts ist sie nach Hause gegangen«, knurrte Attley.

»Vor allem wenn sie nachts nach Hause geht. Oh, aber denk mal an das Leben, das sie geführt haben muß, Will!«

»Da misch ich mich doch gar nicht ein; sie soll bloß mich in Frieden lassen.«

»Vielleicht will sie Sie aufpäppeln und versichern«, schlug ich vor.

»Wissen Sie, was *Sie* sind?« Mrs. Godfrey wandte sich mir zu, mit dem Lächeln, vor dem ich mich seit einem Vierteljahrhundert gefürchtet hatte. »Sie sind der nette, liebe, kluge Hundefreund. Sie wissen ja gar nicht, wie klug und nett Sie angeblich sind. Will hat Ihnen Harvey geschickt, damit das arme Engelchen bei Ihnen ganz genesen kann. Sie wissen alles, was es über Hunde zu wissen gibt, sonst hätte Will das nicht getan. Das hat er ihr geschrieben. Sie wohnen zu weit ab, als daß sie jeden Tag bei Ihnen reinschauen könnte. Vielleicht kommt sie zwei- oder dreimal in der Woche und schreibt an den übrigen Tagen. Aber was sie macht, spielt keine Rolle, weil Mittleham nicht Ihnen gehört. Verstehen Sie das nicht?«

Ich sagte ihr, ich verstünde das vollkommen.

»Ach, damit werden Sie in ein paar Tagen fertig«, konterte

Mrs. Godfrey. »Sie sind der anständige, verantwortungsbewußte Hundefreund, der...«

»So hat er mich zuerst auch angesehen«, sagte Attley mit sichtbarem Schaudern, »aber das hat er nach einer Weile aufgegeben. Das macht er bloß, weil Sie neu für ihn sind.«

»Aber, hol Sie der Teufel! er ist ein Ghul...« begann ich.

»Und wenn er wieder ganz in Ordnung ist, schicken Sie ihn ihr direkt zurück, mit lieben Grüßen, und sie wird Ihnen ein paar hübsche vierschwänzige Goldfische schenken«, sagte Mrs. Godfrey; sie stand auf. »Das wäre geklärt. Den Wagen, bitte. Wir fahren nach Brighton und essen da zusammen.«

Sie flohen, bevor ich richtig ausholen konnte, deshalb erzählte ich dem Hund Harvey, was ich von ihnen und seiner Herrin hielt. Er bewegte sich überhaupt nicht, sondern starrte mich nur an – ein intensives asymmetrisches Starren, ein Auge nach dem anderen. Malachi kam zu uns, nachdem er seine Schwester verabschiedet hatte, und aus der Ferne riet er mir, die Bestie zu ersäufen und mich wieder mit Gentlemen abzugeben. Aber der Hund Harvey spitzte nicht einmal sein spitzbares Ohr.

Und so ging es weiter, solange er bei mir war. Wo ich saß, saß er und starrte; wo ich ging, ging er neben mir, den Kopf steif über eine Schulter verdreht, in ausschließlicher unverrückbarer Betrachtung meiner Person. Er gab nie Laut, drängelte sich nie zu einer Liebkosung heran, ließ mich selten einen Schritt allein tun. Und Malachi, der diesseits unserer Tore keinen lebenden Fremden duldete, sah zu meiner Verblüffung ohne ein Winseln zu, wie dieser gruselige, größerwerdende grünäugige Teufel ihn aus meinen Diensten und meiner Gesellschaft tilgte. Man hätte sogar sagen können, daß ihn die Situation interessierte, denn er begegnete uns oft, wenn wir von grimmen Spaziergängen gemeinsam zurückkehrten, und dann schaute er Harvey und mich abwechselnd an, mit dem gleichen bebenden Interesse, das er am Ausgang eines Rattenlochs zeigte. Abgesehen von diesen Inspektionen zog Malachi sich so vollkommen zurück, wie nur ein Hund oder eine Frau es kann.

Miss Sichliffe kam nach ein paar Tagen (zum Glück war ich ausgegangen) mit einer ausgetüftelten Geschichte über nachbarschaftliche Besuche vorbei. Am nächsten Tag schickte sie mir einen Dankesbrief. Ich las ihn eben, als Harvey und Malachi hereinkamen und sich wie üblich postierten: Harvey ganz nah, um mich anzustarren, Malachi halb unter dem Sofa, von wo er uns beide beobachtete. Aus Neugier erwiderte ich Harveys Starren, zog dann seinen schiefen Kopf auf mein Knie und blickte ihm mehrere Minuten ins Auge. Nun kann ich in Malachis Auge jederzeit alles sehen, was es dort vom normalen anständigen Hund zu sehen gibt, hier und da durchsetzt von der angespannten Halbseele, die die Liebe und der Umgang des Menschen seinem Wesen beigegeben haben. Aber bei Harvey war das Auge verworren, wie das eines Gefolterten. Nur durch weiten Blick in seine Tiefen konnte man den Geist des eigentlichen Tiers ausmachen, bewölkt und geduckt unter irgendeiner ungerechten Bürde.

Leggatt, mein Chauffeur, kam herein, um Anweisungen entgegenzunehmen.

»Wie macht sich Harvey Ihrer Meinung nach?« sagte ich, während ich den würgenden Hals des Tieres rieb. Der Tierarzt hatte mich vorgewarnt, daß es nach der Staupe zu Problemen mit dem Rückgrat kommen konnte.

»Also, *mein* Bier is der nich«, lautete die Antwort. »Aber *mir* is ja auch egal, was der tut un läßt, solang wie ich nich allein mit ihm in ein Zimmer sitzen muß.«

»Wieso? Er ist sanft wie ein Lamm«, sagte ich.

»Ich krich bei dem ne Gänsehaut. Vielleich geht der mal in Krämpfen hops.«

Aber Harvey, wie ich seiner Herrin von Zeit zu Zeit schrieb, gedieh, und als es ihm besser ging, spielte er oft mit sich allein grausige Spiele, bei denen er einen anderen Hund beobachtete, ihm entgegenging, ihn begrüßte und jagte. Diese brach er dann immer plötzlich ab und fiel in seinen normalen steifen Gang zurück, mit der Haltung von einem, der eine Sache von Leben und Tod vergessen hat und sie nur wiederfinden kann, indem er mich anstarrt. Eines Abends ließ ich ihn auf dem Rasen zurück, wo er seine Positionsspiele mit dem Unsichtbaren betrieb, und ging ins Haus, um ein paar Briefe für die Post fertigzumachen. Ich muß fast eine Stunde gearbeitet haben, denn ich wollte eben das Licht anmachen, als ich spürte, daß jemand im Zimmer war, dem ich – wie mir meine kurzen Nackenhaare warnend mitteilten – nicht im mindesten entgegentreten wollte. An der Wand hing ein Spiegel. Als ich meine Augen zu ihm hob, sah ich den Hund Harvey reflektiert, neben dem Schatten bei der geschlossenen Tür. Er hatte sich in voller Länge auf die Hinterbeine gestellt, den Kopf ein wenig auf die Seite gelegt, um nicht durch ein Sofa zwischen uns behindert zu werden, und er blickte mich an. Das Gesicht, mit der gefurchten Stirn und den verzerrten Lippen, war das Gesicht eines Hundes, aber der Blick, in dem Sekundenbruchteil, da ich ihn auffing, war menschlich – ganz und grauenhaft menschlich. Als das Blut in meinem Körper wieder floß, hatte er sich auf den Boden sinken lassen und studierte mich lediglich auf seine übliche einäugige Art. Am nächsten Tag brachte ich ihn Miss Sichliffe zurück. Ich hätte ihn keinen weiteren Tag behalten, nicht für alle Reichtümer Asiens, nicht einmal für Ella Godfreys Anerkennung.

Miss Sichliffes Haus war, wie ich feststellte, eine mittelviktorianische Villa und sogar für diese Periode ausnehmend häßlich, umgeben von Gärten in widerstreitenden Farben; allenthalben blendeten Glas und frischer Lack auf Eisen. Gestreifte Läden – es war ein lodernder Herbstmorgen – bedeckten die meisten Fenster, und eine Stimme sang zum Klavier ein fast vergessenes Lied von Jean Ingelow:

Methought that the stars were blinking bright,
And the old brig's sails unfurled—
[Mich dünkte, die Sterne zwinkerten hell
Und die Segel der alten Brigg entfalteten sich –]

Das laute Pedal griff ein, und der ungedämpfte Schrei schwoll hinaus über ein Beet von im eigenen Feuer vergehenden Tritomen –

When I said I will sail to my love this night
On the other side of the world.
[Als ich sagte, ich segle heut abend zu meiner Liebsten
auf die andere Seite der Welt.]

Ich bin unmusikalisch, aber die Stimme packte mich. Ich wartete bis zum Ende:

Oh, maid most dear, I am not here
I have no place apart –
No dwelling more on sea or shore,
But only in thy heart.
[Oh, teuerste Maid, ich bin nicht hier,
Ich habe keinen eigenen Ort –
Keine Behausung mehr auf See oder an Land,
außer in deinem Herzen.]

Es erschien mir als ein armes Leben, das um elf Uhr an einem Dienstag vormittag nicht mehr als dies zu tun hatte. Dann polterte Miss Sichliffe plötzlich unbeholfen und hastig durch eine Glastür, die Augen gegen das Licht zusammengekniffen.

»*Well?*« sagte sie; sie brachte das Wort heraus wie einen Speerstoß, mit dem ganzen Gewicht eines Körpers dahinter.

»Ich bring Harvey zurück«, erwiderte ich. »Hier ist er.«

Aber sie blickte mich an, nicht den Hund, der sich ihr zu Füßen niedergeworfen hatte – blickte, als ob sie mir auf der Stelle die Seele aus der Brust fischen wolle.

»Wa-was halten Sie von ihm? Was können *Sie* aus ihm machen?« keuchte sie. Ich war im Augenblick zu verblüfft, um zu antworten. Ihre Stimme brach, als sie sich zu dem Hund an ihren Knien bückte. »Oh Harvey, Harvey! Du schäbiger alter

Halunke!« rief sie, und der Hund krümmte und demütigte sich mit einer Unterwürfigkeit, die man kaum ansehen konnte. Ich verabschiedete mich.

»Ah, bitte, aber, Sie können doch nicht . . .!« Sie zerrte an der Wagentür. »Möchten Sie nicht ein paar Blumen oder Orchideen? Wir haben wirklich herrliche Orchideen, und« – sie preßte die Hände zusammen – »außerdem japanische Goldfische – richtige japanische Goldfische, mit vier Schwänzen. Wenn Sie sich nichts daraus machen, dann vielleicht Ihre Freunde oder sonst jemand – ach, bitte!«

Harvey hatte sich aufgerappelt, und ich begriff, daß diese Frau jenseits allen Anstands nun vor mir kroch, wie der Hund vor ihr gekrochen war.

»Aber ja«, sagte ich; ich schämte mich, ihrem Blick zu begegnen. »Ich bin zum Mittagessen in Mittleham, aber . . .«

»Da bleibt doch noch viel Zeit«, flehte sie. »Was halten *Sie* von Harvey?«

»Er ist ein komisches Tier«, sagte ich; ich stieg aus. »Er tut nichts anderes, als mich anzustarren.«

»Starrt er Sie die ganze Zeit an, wenn er bei Ihnen ist?«

»Immer. Jetzt auch. Schauen Sie!«

Wir waren stehengeblieben. Harvey hatte sich hingesetzt und starrte uns nacheinander an, mit einer Pendelbewegung des Kopfes.

»Das macht er den ganzen Tag«, sagte ich. »Was ist los, Harvey?«

»Ja, was *ist* nur los, Harvey?« echote sie. Die Kehle des Hundes zuckte, sein Körper versteifte sich und zitterte, als ob er Krämpfe bekäme. Mit einem sichtbaren Ruck kam er dann wieder zu seiner starren Wacht zurück.

»Immer so?« flüsterte sie.

»Immer«, erwiderte ich und erzählte ihr einiges von seinem Leben bei mir. Sie nickte ein- oder zweimal und führte mich schließlich ins Haus.

Drinnen gab es nie alternde Pechkiefer-Türen in neugotischem Dessin; es gab marmorn eingelegte Kaminsimse und Feuergitter aus Schnittstahl; es gab atemberaubende Tapeten und achteckige Wedgewood-Etageren mit Wappenmünzen, und schwarzgoldene österreichische Bildsäulen, die Kandelaber trugen, dazu sämtliche anderen Raffinessen, die zwischen 1851 und 1878 Kunst hatte erringen oder Reichtum erwerben können. Und alles stank nach Lack.

»Also!« Sie öffnete eine friesbezogene Tür und deutete einen langen, von weiteren gotischen Türen flankierten Korridor hinab. »Hier, da haben wir sie immer – aufgepäppelt. Sie haben davon gehört. Mrs. Godfrey hat es Ihnen im Garten erzählt, an dem Tag, wo ich Harvey bekommen hab. Ich« – sie holte tief Luft – »ich wohne hier allein, und ich habe sehr hohe Einkünfte. Komm her, Harvey.«

Er war auf Zehenspitzen den Korridor entlanggeschlichen, so starr wie immer, und saß vor einer der verschlossenen Türen. »Schauen Sie mal!« sagte sie; sie baute sich unmittelbar vor mir auf. »Ich sag Ihnen das, weil Sie – Sie haben ja Harvey aufgepäppelt. Also, ich möchte, daß Sie wissen, daß ich Moira heiße. Mutter nennt mich Marjorie, weil das feiner ist; aber tatsächlich heiße ich Moira, und ich werde demnächst vierunddreißig.«

»Sehr gut«, sagte ich. »Das werde ich mir alles merken.«

»Danke.« Dann, mit jähem Abtauchen in die Bescheidenheit eines verschämten Jungen: »Tut mir leid, wenn ich nicht das Richtige gesagt hab. Wissen Sie – da, Harvey sieht uns wieder an. Ah, was ich sagen will – wenn Sie je irgendwas in Richtung Orchideen oder Goldfische brauchen oder – oder sonstwas, womit Sie was anfangen können, brauchen Sie nur zu mir zu kommen. Dem Testament nach bin ich völlig unabhängig, und zu allem Übel sind wir auch noch eine langlebige Familie!« Sie blickte mich an, und ihr Gesicht arbeitete wie Glas hinter getriebenen Flammen. »Ich kann ziemlich sicher damit rechnen, noch fünfzig Jahre zu leben«, sagte sie.

»Danke sehr, Miss Sichliffe«, erwiderte ich. »Wenn ich irgendwas brauche, können Sie sicher sein, daß ich darum zu Ihnen kommen werde.« Sie nickte. »Jetzt muß ich rüber nach Mittleham«, sagte ich.

»Mr. Attley wird Sie über alles hier ausfragen.« Zum ersten Mal lachte sie laut. »Ich fürchte, ich habe ihn fast aus der Grafschaft gescheucht. Gedankenlos von mir – natürlich. Aber ich glaube, inzwischen weiß er, daß er das falsch verstanden hat. Sagen Sie Harvey Auf Wiedersehn.«

»Wiedersehn, *old man*«, sagte ich. »Starr mich zum Abschied noch mal an, damit wir einander erkennen, wenn wir uns wieder begegnen.«

Der Hund blickte auf, kam dann langsam zu mir und blieb stehen, den Kopf zum Boden gesenkt und am ganzen Leib zitternd, während ich ihn tätschelte; und als ich mich abwandte, sah ich ihn zu ihren Füßen zurückkriechen.

Das war keine gute Einstimmung auf das ausgelassene Essen mit den Jungs und Mädels in Mittleham, wo ich das Haus wie üblich im Besitz von allen außer dem Eigentümer vorfand.

»Aber was hat denn das Dromedar gesagt, als Sie ihr das Tier zurückgebracht haben?« fragte Attley.

»Die üblichen Höflichkeiten«, antwortete ich. »Ich spiele ja in diesen Tagen den netten Hundefreund.«

»Da beneide ich Sie nicht. Gott sei Dank hat sie nie wieder meine Schwelle verfinstert, seit ich Harvey bei Ihnen gelassen habe. Ich schätze, sie wird jetzt durch die Gegend rennen und schwören, daß Sie ihn geheilt haben. Wie Frauen sich so Dankbarkeit vorstellen.« Attley schien ziemlich verletzt, und Mrs. Godfrey lachte.

»Das beweist, daß Sie recht hatten, was Miss Sichliffe angeht, Ella«, sagte ich. »Sie war hinter niemandem her.«

»Bei diesen Dingen habe ich immer recht. Aber hat sie Ihnen denn nicht mal einen Goldfisch angeboten?«

»Überhaupt nichts«, sagte ich. »Sie wissen doch, wie eine

alte Jungfer ist, wenn es um ihren kostbaren Hund geht.« Und wenn ich auch viele Jahre lang vergebens versucht habe, Ella Godfrey anzulügen, glaube ich doch, daß es mir in diesem Fall gelungen ist.

Als ich an diesem Abend in unsere Auffahrt einbog, bemerkte Leggatt halblaut:

»Bin ich froh, daß der Svengali wieder da is, wo er hingehört. Zeit, daß unser Mike sich mal blicken läßt.«

Und tatsächlich, Malachi war wieder da, im Geiste wie im Fleische, aber immer noch mit diesem seltsamen Ausdruck von Erwartung, den er von Harvey übernommen hatte.

Im Januar schrieb Attley mir, Mrs. Godfrey, die mit ihrer unverheirateten Tochter Milly auf Madeira überwinterte, habe sich so etwas wie Typhus zugezogen; das Hotel, besorgt um seinen guten Namen, habe beide in einen Hütten-Annex verstoßen; er sei unterwegs mit einer Krankenschwester, und ich solle England auf keinen Fall verlassen, bis ich wieder von ihm höre. Eine Woche später kabelte er, nun habe es auch Milly erwischt, und ich müsse zwei weitere Pflegerinnen mit entsprechendem Feingefühl zu ihnen bringen.

Innerhalb von siebzehn Stunden hatte ich sie an Bord des Schiffs nach Kapstadt gebracht und mich überzeugt, daß die Frauen sicher mit Seekrankheit zusammengeklappt waren. Für mich wie für die Kranken waren die nächsten paar Wochen ein gedämpftes Delirium, umwölkt von fantastischen Erinnerungen an portugiesische Beamte, die Kalbsfuß-Sülze zu verzollen versuchten; geschwätzige Ärzte, die darauf beharrten, echter Typhus sei auf der Insel unbekannt; Krankenschwestern, die an die Luft gebracht, aus sich herausgeholt und pünktlich zum Wachwechsel zurückerstattet werden mußten; nächtliche Rutschpartien glasige Kopfsteinstraßen hinab, die nach Abfall und Blumen rochen zwischen Mauern, in denen Attley und ich jeden einzelnen Stein und Flecken kannten; Nachtwachen auf

Stuckverandas, in Betrachtung von Bahn und Niedergang großer Sterne oder bei dem Versuch, dem Anbruch der Dämmerung Vorzeichen zu entnehmen; irrsinnige Intermezzi des Spielens im örtlichen Kasino, wo wir Haufen wenig trostreichen Silbers gewannen; das Geröhr der Sirenen ankommender und abfahrender Dampfer in den Straßen; von völlig Unbekannten angebotene Hilfe, aufgegriffen oder zurückgewiesen; den langen Albtraum, der wieder zu Normalität zerbröselte, an einem Vormittag, unter einem dichten Weinspalier, wo Attley saß und eine Krankenschwester hätschelte, während die anderen einen geräuschlosen, sauberen Kehraus tanzten, den sie niemals im Middlesex Hospital gelernt hatten. Schließlich, als aus uns allen die Spannung in Form von Schmerzen und Prickeln heraussickerte, Zuständen, die wir dem Landwein zuschrieben, eine Vision von Mrs. Godfrey, das graue Haar in gesponnenes Glas verwandelt, aber die Augen voller Triumph über dem darunterliegenden Schatten des abziehenden Todes, mit Milly, ungeheuer gewachsen, die das Leben wieder an ihre junge Brust drückte, beide ausgestreckt auf Rohrstühlen und lautstark nach Essen verlangend.

In dieser Stunde des gelockerten Gürtels führte sich in unser Leben ein jugendlich wirkender mittelalter Mann namens Shend ein, mit verschwommenem Gesicht und flehentlich mißbilligenden Augen. Er sagte, er habe mit mir im Kasino gespielt, was keine Empfehlung war, und ich entsinne mich, daß er mir zweimal einen Korb mit Champagner und Likören für die Invalidinnen schenkte, den ein Seemann mit roten Quasten an der Kappe mir um drei Uhr früh zur Hütte trug. Es stellte sich heraus, daß er der Sohn eines Handelsfürsten der Öl- und Farben-Branche war, außerdem Besitzer einer vierhundert-Tonnen-Dampfyacht, auf die wir später, dank seines sanften Nachdrucks, unser Camp samt Stab und Equipage verlegten, wobei Milly darüber, daß sie dem scheußlichen Cottage entkam, vor Freude weinte. Dort lagen wir wochenlang vor Funchal, während Shend Wunderwerke an Luxus und Aufwartung durch Beauftragte wirkte und kein einziges Mal fragte, ob seine Gäste sich auch wohlfühlten. Tatsächlich bekamen wir ihn oft mehrere Tage lang nicht zu Gesicht. Er litt, sagte er, an Malaria. Ich wußte, daß Attley und Mrs. Godfrey, da sie immer mit vollen Händen austeilten, auch nobel entgegennehmen konnten; aber nie habe ich einen Mann getroffen, der so nobel gab und so nobel Dank entgegennahm wie Shend.

»Sagen Sie uns doch, warum Sie so unglaublich freundlich zu uns Zigeunern waren«, sagte Mrs. Godfrey eines Tages an Deck zu ihm.

Er blickte von einem Diagramm irgendwelcher Untiefen an der Themsemündung auf, das er mir eben erklärte, und antwortete mit seinem freundlichen Lächeln:

»Will ich gern tun. Weil es mich glücklich macht – es macht mich mehr als glücklich –, mit Ihnen zusammen zu sein. Ich fühle mich behaglich dabei. Wissen Sie, wie selbstsüchtig Männer sind? Wenn einer sich bei bestimmten Leuten voll und ganz behaglich fühlt, ist er bereit, sie zu Tode zu langweilen, genau wie ein Hund. Sie sorgen immer dafür, daß ich mich fühle, als ob mir gleich sehr angenehme Dinge passieren würden.«

»Sind Ihnen denn vorher keine passiert?« fragte Milly.

»Das hier ist das Angenehmste, was mir seit sehr vielen Jahren passiert ist«, erwiderte er. »Ich fühle mich wie der Mann in der Bibel: ›Hier ist gut sein.‹ Ansonsten habe ich nie das Gefühl, daß es gut für mich ist, an irgendeinem Platz zu sein.« Dann, wie einer, der um eine Gunst bittet: »Sie lassen mich doch mit heimfahren – im selben Boot, meine ich? Ich würde Sie in meinem Dings hier heimbringen, und das würde Ihnen das Kofferpacken ersparen, aber sie ist zu lebhaft für einen Frühjahrsjob in der Biskaya.«

Wir buchten unsere Kojen, und als es Zeit wurde, beförderte er uns und das Unsrige mit dem Pomp bevollmächtigter Gesandter und der Präzision der Navy an Bord des Postschiffs nach Southampton. Dann entließ er seine Yacht und wurde zum unauffälligen Passagier in einer Kabine gegenüber der meinen, an Backbord.

Wir liefen sofort in britisches Vorfrühlingswetter hinein, gefolgt von Südweststürmen. Mrs. Godfrey, Milly und die Krankenschwestern verschwanden. Attley stand es bis zur nächsten Mahlzeit durch, wobei er sichtlich gelber wurde, und folgte dann ihrem Beispiel, und Shend und ich hatten den kleinen Tisch ganz für uns. Ich fand ihn sogar noch anziehender, als die Frauen fort waren. Die natürliche Liebenswürdigkeit des Mannes, seine Stimme, seine Haltung, all dies faszinierte mich, und sein Wissen über praktische Seemannschaft (er hatte ein Kapitänspatent) war eine wahre Freude. Wir saßen lange im leeren Salon und länger im Rauchzimmer, und abends um elf spurteten wir über glitschige Decks nach unten.

Am Freitagabend, als ich eben zu Bett gehen wollte, kam er in meine Kabine, nachdem er sich die Zähne geputzt hatte, was er ein halbes Dutzend Mal am Tag tat.

»Hören Sie«, begann er überstürzt, »macht es Ihnen was aus, wenn ich kurz reinkomme? Ich bin ein bißchen überdreht.« Ich muß wohl Überraschung gezeigt haben. »Ich bin mit Schnaps schon sehr viel besser dran als früher, aber – der Whisky im Koffer, der schafft mich. Um Gottes Willen, *old man*, lassen Sie mich diese Nacht nicht hängen! Schauen Sie meine Hände an!«

Sie zuckten heftig in den Handgelenken. Er setzte sich auf einen Koffer, der durch das Rollen herausgerutscht war. Wir hatten die Geschwindigkeit verringert und schlierten durch wilde Seen, die an die schwarzen Bullaugenscheiben hämmerten. Die Nacht versprach ersprießlich zu werden!

»Sie verstehen das natürlich, nicht wahr?« plapperte er.

»Aber ja«, sagte ich fröhlich; »aber wie wärs mit ...«

»Nein, nein; den Doktor auf keinen Fall. Sags dem Doktor, sags dem ganzen Schiff. Außerdem ist das bloß ein kleiner Anfall. Hätten Sie nie erraten, oder? Das Zähneputzen bringts. Ich geb Ihnen das Rezept.«

»Was halten Sie davon, wenn ich den Arzt um ein Rezept bitten lasse?« schlug ich vor.

»Gut! Ich liefere mich Ihnen vorbehaltlos aus. Übrigens hab ich das von vornherein getan. Ich habe mir gesagt – gehe ich Ihnen bestimmt nicht auf die Nerven? In dem Moment, wo ich Sie sah, hab ich mir gesagt: ›Du bist der Mann.‹« Er wiederholte den Satz, während er an seinen Knien zupfte. »Trotzdem, Sie können mir glauben, dieses Lämmerhüten ist ein ganz mieses Geschäft. Egal, wie treulos der Schäfer sein mag. Betrunken oder nüchtern, ein Kinderspiel ist das nicht.«

Ein Aufbäumen des Koffers schleuderte ihn durch die Kabine, als gerade der Steward auf mein Klingelzeichen hin kam. Ich verfaßte meine Bitte an den Arzt, während Shend versuchte, auf die Beine zu kommen.

»Was ist los?« begann er. »Ah, ich weiß. Wir werden langsamer, für das Loten vor Ushant. Wird auch allmählich Zeit. Kümmern Sie sich besser um die Seeschlagblenden, wenn Sie zurückkommen, Matchem. Dann brauchen Sie uns später nicht mehr zu wecken. Beim Gezeitenwechsel wird die See da ganz schön hoch gehen. Das müßte Ihnen zeigen«, sagte er, als der Mann ging, »daß ich vertrauenswürdig bin. Sie – Sie bremsen mich, wenn ich was sage, was ich nicht sollte, oder?«

»Reden Sie nur«, erwiderte ich, »wenn Sie sich dann besser fühlen.«

»Das ist es; Sie haben es genau getroffen. Bei Ihnen fühle ich mich immer besser. Auf Sie kann ich mich verlassen. Das wird ein schlimmes Loten, aber Sie kriegen mich heil durch. Wir werden ihn schon noch besiegen ... Vielleicht bin ich ein ganz schäbiger alter Halunke, aber ich bin kein Angeber ... Hab ich ihm auch beim Frühstück gesagt. Ich hab gesagt: ›Doktor, ich hasse Angeberei, aber wenn Sie je zulassen, daß das Mädchen wieder so beleidigt wird, wie Clements sie beleidigt hat, dann breche ich Ihnen eigenhändig das Genick.‹ Finden Sie, daß ich recht hatte?«

»Vollkommen«, stimmte ich zu.

»Dann brauchen wir die Sache nicht weiter zu erörtern. Der Mann war dem Vorsatz nach ein Mörder – außerhalb des Gesetzes, wie es damals war, verstehen Sie. Inzwischen hat man es geändert – aber *mich* hat er nie getäuscht. Hab ich ihm auch gesagt. Damals hab ich ihm gesagt: ›Ich weiß nicht, welchen Preis Sie auf meinen Kopf setzen, aber wenn Sie je zulassen, daß Clements sie noch einmal beleidigt, leben Sie nicht lange genug, um den Preis zu kassieren‹.«

»Und was hat er gemacht?« fragte ich, um das Gespräch in Gang zu halten, denn Matchem kam mit dem Bromid herein.

»Ach, der hat sofort den Schwanz eingekniffen. Na, wird noch gelotet, Matchem?«

»Ich hab nix gehört«, sagte dieser getreue Diener der Union-Castle-Company.

»Ganz recht. Nie die Passagiere beunruhigen. Machen Sie die Blende fest, ja?« Matchem machte sie fest, denn wir rollten sehr stark. Vom Deck waren Getrampel und möwenartige Schreie zu hören. Shend musterte mich mit dem Auge eines Seemanns.

»Das ist gar nichts«, sagte er beschwichtigend.

»Ah, für Sie ist das sicher in Ordnung«, sagte ich; ich stürzte mich auf diesen Einfall. »*Ich* hab ja kein Kapitänspatent. Ich bin nur ein Passagier. Ich muß gestehen, mir macht es Angst.«

Als Antwort auf diesen Appell änderte sich sofort sein ganzes Verhalten.

»Lieber Mann, das ist so einfach wie nur was. Wir suchen fünfundsechzig Faden tiefes Wasser. Bei Südwest bedeutet alles unter sechzig – aber ich hole mein Kanal-Handbuch aus der Kabine und verschaff Ihnen einen allgemeinen Überblick. Ich bin nur zu dankbar, daß ich irgendwas tun kann, um Sie zu beruhigen.«

Und so navigierte er uns, etwa eine weitere Stunde – er lehnte den Drink ab –, das Kanalhandbuch in der Hand, um Ushant und auf meine Bitte durch den Kanal nach Southampton, Leuchtfeuer um Leuchtfeuer, mit Erklärungen und Reminiszenzen. Schließlich sagte ich, ich sei beruhigt, und schlug vor, zu Bett zu gehen.

»Einen Moment noch«, sagte er. »Also, hätten Sie das gedacht, daß ich« – er blickte vom Buch fort zu meinem wild schaukelnden Morgenrock an der Tür – »daß ich seit ner halben Stunde seltsame Dinge sehe? Aber ich segle ganz hart am Rand davon, ich schlittre auf dünnem Eis grad um die Ecke – paar Strich nordöstlich von – von wo dieser Hund mich ansieht.«

»Wie sieht der Hund aus?« fragte ich.

»Ah, das ist wirklich nett von Ihnen! Die meisten gehen einfach durch die Dinger durch, um mir zu zeigen, daß sie nicht wirklich sind. Als ob ich das nicht wüßte! Aber *Sie* sind anders. Jeder mit nem halben Auge kann das sehen.« Er versteifte sich und deutete. »O verdammt, der Hund sieht das auch, mit nem halben ... Also, der kennt Sie! Kennt Sie genau. Kennen Sie *ihn?*«

»Wie soll ich das sagen, wenn er doch nicht wirklich ist?« beharrte ich.

»Aber Sie könnens! *Sie* sind in Ordnung. Das hab ich sofort gesehen. Lassen Sie mich jetzt nicht hängen, sonst gehe ich in Stücke wie die *Drummond Castle*. Ich bitte um Entschuldigung, *old man;* aber, wissen Sie, Sie kennen den Hund wirklich. Ich werd es Ihnen beweisen. Was macht dieser Hund gerade? Na los! Sie wissens doch.«

Ein Zittern durchlief ihn, und er legte seine Hand auf mein Knie und flüsterte sehr bedeutungsvoll: »Jeder einen Buchstaben oder eine Silbe. Also! Sie fangen an.«

»S«, sagte ich, um ihm den Gefallen zu tun; schließlich würde ein Hund ja höchstwahrscheinlich stehen oder sitzen, oder vielleicht scharren oder schnüffeln oder starren.

»C«, fuhr er fort, und ich konnte die Hitze seiner zitternden Hand spüren.

»H«, sagte ich. Ein anderer Buchstabe war nicht möglich; aber ich zitterte auch.

»I.«

»E.«

»L-e-n«, vollendete er. »Da! Das beweist es. Ich wußte, Sie kennen ihn. Sie wissen ja nicht, was das für eine Erleichterung ist. Ganz unter uns, *old man*, er – er läßt sich neuerdings – verdammt viel öfter blicken als mir lieb ist. Und auch noch ein schielender Hund – ein Hund, der schielt! Ich meine, das ist ein bißchen *zu* viel. Eh? Was?« Er schluckte und erhob sich halb, und ich dachte, die ganze Flut des Deliriums würde beim nächsten Satz über ihm zusammenschlagen.

»Aber überhaupt nicht«, sagte ich, als letzte Chance, mit der Hand über dem Klingelknopf. »Also, Sie haben doch gerade bewiesen, daß ich ihn kenne; in dem Spiel sind wir jetzt also schon zu zweit.«

»Bei Zeus! Stimmt ja! Natürlich, zwei. Ich hab gewußt, daß Sie mich durchschleppen würden. Wir werden sie noch kleinkriegen. Hallo, Hündchen! ... Er ist weg. Absolut verschwunden!« Er seufzte vor Erleichterung, und ich nutzte den glücklichen Augenblick.

»Umso besser! Ich nehme an, er ist nur gekommen, um einen Blick auf mich zu werfen«, sagte ich. »Also, jetzt kippen Sie den Drink hier und klettern in die untere Koje.«

Er gehorchte, wobei er beteuerte, er könne mir doch nicht zur Last fallen, und mitten in seinen Entschuldigungen fiel er in tiefen Schlaf. Ich erwartete eine schlaflose Nacht, da ich einiges zu bedenken hatte; aber kaum war ich in die obere Koje geklettert, als der Schlaf mich überkam wie eine Woge von der anderen Seite der Welt.

Am Morgen gab es Entschuldigungen, die wir beim Frühstück hinter uns brachten, ehe die Reisegefährten zu uns kamen.

»Ich schätze – nach all dem – also, ich kanns Ihnen nicht übel nehmen. Trotzdem, ich bin einfach ziemlich allein.« Seine Augen hoben sich über den Tisch wie die eines Hundes.

»Shend«, erwiderte ich, »ich betreibe doch keine Sonntagsschule. Sie fahren mit mir in meinem Wagen nach Hause, sobald wir landen.«

»Sie sind sehr freundlich – freundlicher als Sie ahnen.«

»Nur weil Sie immer noch ein bißchen nervös sind. Also, ich will mich ja nicht in Ihre Privatangelegenheiten mischen ...«

»Das hätte ich aber sehr gern«, unterbrach er.

»Würde es Ihnen dann etwas ausmachen, mir den Vornamen eines Mädchens zu sagen, das von einem Mann namens Clements beleidigt wurde?«

»Moira«, flüsterte er; und genau da kamen Mrs. Godfrey und Milly zum Tisch, schon mit ihren Landgangs-Hüten.

Wir machten erst am Mittag fest, aber der treue Leggatt hatte sich mit List und Tücke bis zur Pierkante vorgearbeitet, und neben ihm saß Malachi; er trug sein Halsband aus Gold (oder Leggatt sorgt dafür, daß es so aussieht), so beredt wie Demosthenes. Shend zuckte ein wenig zusammen, als er ihn sah. Wir packten Mrs. Godfrey und Milly in Attleys Wagen – natürlich fuhren sie mit ihm nach Mittleham –, brachten die Bahngeleise hinter uns und fanden England voll beleuchtet und parfümiert für den Frühling. Shend seufzte vor Glück.

»Wissen Sie«, sagte er, »wenn – wenn Sie mich abgeschoben hätten – wäre ich nach dem Frühstück in meine Kabine gegangen und hätte mir die Kehle durchgeschnitten. Und jetzt – das ist wie ein Traum – ein guter Traum, wissen Sie.«

Wir aßen mit den drei anderen in Romsey. Dann setzte ich mich eine Weile nach vorn, um mit meinem Malachi zu reden. Als ich nach hinten blickte, war Shend fest eingeschlafen, und das blieb die nächsten beiden Stunden so, während Leggatt Attleys dicken Daimler zwischen den grüngefleckten Hecken entlanghetzte. Er wachte auf, als wir uns in Mittleham von den anderen verabschiedeten, mit dem Versprechen, sehr bald wieder zusammenzukommen.

»Und ich hoffe«, sagte Mrs. Godfrey, »daß Ihnen alles erdenklich Angenehme widerfährt.«

»Und zwar haufenweise – alles auf einmal«, rief die große schwache Milly; sie wedelte mit ihrem nassen Taschentuch.

»Ich muß nur eben in einem Haus in der Nähe vorbeischauen, um mich nach einem Hund zu erkundigen«, sagte ich, »und dann fahren wir nach Hause.«

»In dieser Weltgegend habe ich mich mal ausgekannt«, gab er zurück, und er sagte nichts mehr, bis Leggatt durch die Tore der Sichliffes und am Pförtnerhaus vorbeischoß. Dann hörte ich ihn ächzen.

Miss Sichliffe, mit grünem Regenmantel, orangem Jersey und rosa Lederhut, arbeitete am Rand eines Blumenbeets. Sie richtete sich auf, als der Wagen hielt, und holte tief Luft. Shend stieg aus und ging zu ihr. Sie schüttelten einander die Hände, wandten sich gemeinsam um und gingen ins Haus. Dann stolzierte der Hund Harvey beschwingt aus dem Sichtschatten einer Bank hervor. Mit einem freudigen Satz stürzte sich Malachi auf ihn als einen Feind und einen Gleichrangigen. Harvey seinerseits, aller Bürden ledig außer der offenkundigen Pflicht eines Rüden auf seinem eigenen Boden, trat Malachi ohne Bedacht oder Bedauern entgegen und mit sechs Monaten zusätzlichen nutzbaren Wachstums.

»Nich eingreifen!« rief Leggatt; er tanzte um das Gemenge herum. »Das ham die beide die ganze Zeit fürnander aufgehoben. Wird denen mächtig guttun.«

»Leggatt«, sagte ich, »würden Sie bitte Mr. Shends Tasche und Koffer zum Haus bringen und sie einfach innen hinter die Tür stellen? Dann fahren wir weiter.«

So genoß ich allein das Finish. Es war ein totes Rennen, und sie leckten einander in Freundschaft die Kiefer, bis Harvey, ein flehendes Auge auf mich gerichtet, auf den Vordersitz hüpfte, und Malachi unterstützte diesen Appell. Es war Diebstahl, aber ich nahm ihn mit, und den ganzen Heimweg redeten wir über Ratten und Kaninchen und Knochen und Bäder und die anderen grundlegenden Dinge des Lebens.

Nach dem Essen schliefen sie an diesem Abend vor dem Feuer, die warmen Wammen über meinen Knöchelbeugen – für jedes Kinn ein Knöchel –, bis ich sie mit Tritten treppauf zu Bett beförderte.

Ich war nicht in Mittleham, als sie vorbeikam, um ihre Verlobung bekanntzugeben, aber ich hörte davon, als Mrs. Godfrey und Attley mit vierzig Meilen die Stunde zu mir kamen, und Mrs. Godfrey belegte mich mit besonders üblen Bezeichnungen wegen Zurückhaltung von Informationen.

»Solange es nicht gegen mich ging, ist es mir egal«, sagte Attley.

»Ich glaube, Sie haben es die ganze Zeit gewußt«, wiederholte Mrs. Godfrey. »Weshalb hätten Sie ihr denn sonst diesen Mann buchstäblich in die Arme gefahren?«

»Um mich nach dem Hund Harvey zu erkundigen«, erwiderte ich.

»Und was macht die Bestie dann hier?« fragte Attley, denn Malachi und der Hund Harvey waren tief versunken in einen Familienrat mit Bettina, die überstimmt wurde.

»Ach, Harvey schien sich da, wo er war, *de trop* vorzukommen«, sagte ich. »Und sie hat nicht nach ihm geschickt. Retten Sie besser Bettina, bevor die sie umbringen.«

»Um diesen Hund ist jetzt genug gelogen worden«, sagte Mrs. Godfrey zu mir. »Wenn er nicht in Lügen geboren wurde, dann ist er in ihnen getauft worden. Wissen Sie, warum sie ihn Harvey genannt hat? Das ist mir erst in diesen schrecklichen Tagen klargeworden, als ich krank war, und da kann man ja nicht aufhören zu denken und denkt an alles. Kennen Sie Ihren Boswell? Was hat Johnson gesagt über Hervey – mit *e*?«

»Ah, *das* ist es?« rief ich unvorsichtig. »Das war der Grund, weshalb ich meine Zitate hätte verifizieren sollen. Beim Buchstabieren lag ich schief. Warten Sie einen Moment; ich habs gleich. Johnson sagte: ›Er war ein lasterhafter Mann‹«, begann ich.

»›Aber sehr gütig zu mir‹«, soufflierte Mrs. Godfrey. Dann, beide zusammen: »›Wenn Sie einen Hund Hervey nennen, werde ich ihn lieben‹.«

»Also waren Sie *doch* drin verwickelt. Jedenfalls, hatten sie von Anfang an einen Verdacht? Erzählen Sies mir«, sagte sie.

»Ella«, sagte ich, »ich weiß nichts Rationales oder Vernünftiges darüber. Das alles war – lauter Frauenwerk, und es hat mir furchtbar Angst gemacht.«

»Wieso?« fragte sie.

Das war vor sechs Jahren. Ich habe diese Geschichte geschrieben, um sie es wissen zu lassen – woimmer sie sein mag.

THE COMFORTERS

Until thy feet have trod the Road
Advise not wayside folk,
Nor till thy back has borne the Load
Break in upon the Broke.

Chase not with undesired largesse
Of sympathy the heart
Which, knowing her own bitterness,
Presumes to dwell apart.

Employ not that glad hand to raise
The God-forgotten head
To Heaven, and all the neighbours' gaze —
Cover thy mouth instead.

The quivering chin, the bitten lip,
The cold and sweating brow,
Later may yearn for fellowship —
Not now, you ass, not now!

Time, not thy ne'er so timely speech,
Life, not thy views thereon,
Shall furnish or deny to each
His consolation.

Or, if impelled to interfere,
Exhort, uplift, advise,
Lend not a base, betraying ear
To all the victim's cries.

Only the Lord can understand
When those first pangs begin,

DIE TRÖSTER

Bis du nicht selbst Die Straße gingst,
  berate keine Wandrer,
bis du nicht selbst Die Bürde trugst,
  bedräng nicht die Gebrochnen.

Hetz nicht mit unwillkommen reicher
  Sympathie das Herz,
das mit der eignen Bitternis
  lieber allein verbleibt.

Heb nicht mit froher Hand das
  gottverlassne Haupt empor
zum Himmel und der Nachbarn Starren –
  schlag sie vor deinen Mund.

Bebendes Kinn, zerbissne Lippe
  und Stirn voll kaltem Schweiß
wollen später vielleicht Gesellschaft –
  nicht jetzt, du Narr, nicht jetzt!

Zeit, nicht zur Unzeit dein Geschwätz,
  Leben, nicht deine Sicht,
gewähren jedem seinen Trost
  oder verweigern ihn.

Und wenn du dich einmischen mußt,
  ermuntern, heben, raten,
leih kein schnödes Verräterohr
  allen Schreien des Opfers.

Allein der HErr versteht, wenn diese
  erste Qual beginnt,

How much is reflex action and
  How much is really sin.

E'en from good words thyself refrain,
  And tremblingly admit
There is no anodyne for pain
  Except the shock of it.

So, when thine own dark hour shall fall,
  Unchallenged canst thou say:
'I never worried *you* at all,
  For God's sake go away!'

wieviel davon Reflexe sind
  und wieviel echte Sünde.

Versag dir selbst die guten Worte
  und räum zitternd ein,
Betäubung gibt es nicht für Schmerz,
  außer dem Schmerzensschock.

Daß du, kommt deine dunkle Stunde,
  wahrhaftig sagen kannst:
»Ich hab *euch* nie behelligt,
  um Gottes willen, geht!«

DAS DORF DAS BESCHLOSS, DIE ERDE SEI FLACH

Bis dahin war unsere Fahrt durchaus ein Erfolg gewesen. Die anderen Männer im Wagen waren mein Freund Woodhouse, der junge Ollyett – ein entfernter Verwandter von ihm – und Pallant, der Abgeordnete. Woodhouses Geschäft war die Behandlung und Heilung kranker Zeitungen. Instinktiv erkannte er den genauen Moment im Leben eines Blattes, da der Schwung vergangener guter Leitung erschöpft ist und es den toten Punkt erreicht zwischen langsamem teuren Zusammenbruch und dem Neubeginn, den Goldinjektionen bewirken können – und Genie. Klugerweise hatte er keine Ahnung von Journalismus; aber wenn er auf einen Kadaver niederstieß, konnte man sicher sein, daß Fleisch daran war. In dieser Woche hatte er ein halbtotes Halbgroschen-Abendblatt in seine Sammlung aufgenommen, die aus einer gutgehenden Londoner Tageszeitung, einer *dito* in der Provinz und einer schwachbrüstigen Wochenzeitschrift mit kommerziellen Neigungen bestand. Er hatte mir auch, zu derselben Stunde, einen großen Block Normalaktien des Abendblattes angedreht, und eben legte er die hohe Kunst des Verlegens Ollyett dar, einem vor drei Jahren aus Oxford entkommenen jungen Mann, mit Haaren von der Farbe einer Kokosmatte und einem von schroffen Erfahrungen schroff gezeichneten Gesicht, der, wie ich begriff, bei dem neuen Unterfangen assistierte. Pallant, der große, runzlige M. P., dessen Stimme eher die eines Kranichs denn die eines Pfauen ist, übernahm keine Aktien, sondern gab uns allen guten Rat.

»Sie werden es für einen ziemlichen Schrottplatz halten«, sagte Woodhouse gerade. »Ja, ich weiß, ich werde der Schrotthändler genannt; aber innerhalb eines Jahres wird es sich auszahlen. Wie all meine Zeitungen. Ich habe nur ein Motto: Setz auf dein Glück und deine Leute. Das wird schon gutgehen.«

Dann hielt der Wagen an, und ein Polizist fragte nach unseren Namen und Adressen, weil wir die Geschwindigkeitsbegrenzung überschritten hätten. Wir wiesen darauf hin, daß die Straße eine halbe Meile absolut geradeaus verlief, ohne eine einzige seitliche Einmündung. »Genau darauf verlassen wir uns ja«, sagte der Polizist unfreundlich.

»Der übliche Schwindel«, sagte Woodhouse halblaut. »Wie heißt der Ort hier?«

»Huckley«, sagte der Polizist. »H-u-c-k-l-e-y«, und er schrieb etwas in sein Notizbuch, worauf der junge Ollyett protestierte. Ein großer roter Mann auf einem grauen Pferd, der uns von der anderen Seite der Hecke beobachtet hatte, brüllte einen Befehl, den wir nicht verstehen konnten. Der Polizist legte seine Hand rechts an den Rahmen der Fahrertür (Woodhouse hat seine Ersatzreifen am Heck), und sie bedeckte den Knopf der elektrischen Hupe. Das graue Pferd ging sofort durch, und wir konnten den Reiter in der Gegend herumfluchen hören.

»Verdammt noch mal, Mann, Sie sind mit Ihrer blöden Faust da drauf! Nehmen Sie sie weg!« schrie Woodhouse.

»Ho!« sagte der Constable; er betrachtete sorgsam seine Finger, als ob wir sie gequetscht hätten. »Das wird Ihnen auch nicht gut bekommen«, und er schrieb wieder etwas in sein Notizbuch, bevor er uns weiterfahren ließ.

Das war Woodhouses erste Kollision mit den Verkehrsgesetzen, und da ich keine schlimmen Konsequenzen für mich erwartete, betonte ich, daß es sehr ernst sei. Ich selbst kam zu der gleichen Ansicht, als ich nach angemessener Zeit herausfand, daß auch ich vorgeladen war; die Beschuldigungen reichten von Verwendung obszöner Ausdrücke bis zu Gefährdung des Straßenverkehrs.

Das Urteil wurde gefällt in einer kleinen fahlgelben Marktstadt mit niedrigem Jubilee-Glockenturm und großer Getreidebörse. Woodhouse fuhr uns in seinem Wagen dorthin. Pallant, der nicht vorgeladen war, kam als moralische Unterstützung mit. Während wir draußen warteten, kam der fette Mann auf dem grauen Pferd herbeigeritten und begann ein lautes Gespräch mit seinen Amtsbrüdern. Einem von ihnen sagte er – ich machte mir die Mühe, es zu notieren: »Von meinem Pförtnerhaus an geht sie leicht bergab, völlig gerade, ne Dreiviertelmeile. Da kann keiner widerstehen. Letzten Monat haben wir siebzig Pfund aus ihnen rausgeholt. Kein Wagen kann der Versuchung widerstehen. Sie sollten in Ihrem Teil der Grafschaft auch so was haben, Mike. Da können die einfach nicht widerstehen.«

»Uj!« sagte Woodhouse. »Das gibt Ärger. Sagen Sie kein einziges Wort – Ollyett auch nicht. Ich zahle die Strafen, und wir bringen es so schnell wie möglich hinter uns. Wo ist Pallant?«

»Irgendwo hinten im Gericht«, sagte Ollyett. »Ich hab ihn eben erst reinschlüpfen sehen.«

Dann nahm der fette Mann seinen Platz auf der Richterbank ein, wo er den Vorsitz hatte, und von einem Zuschauer erfuhr ich, daß es sich um Sir Thomas Ingell handelte, Baronet, M. P., aus Ingell Park, Huckley. Er stimmte eine feierliche Ansprache an, in einem Tonfall, der eine Revolte in ganzen Weltreichen gerechtfertigt hätte. Aussagen fanden, wenn der überfüllte kleine Gerichtssaal sie nicht ohnehin in Applaus ertränkte, in den Pausen der Ansprache statt. Sie waren alle sehr stolz auf ihren Sir Thomas, blickten zwischen ihm und uns hin und her und fragten sich, warum wir nicht auch applaudierten.

Die Richterbank nahm den vom Vorsitz geschlagenen Takt auf und vergnügte sich siebzehn Minuten lang an uns. Sir Thomas erklärte, er habe die Nase gestrichen voll von Prozessionen von Proleten von unserem Schlag, die besser auf der Straße Steine klopfen sollten, statt Pferde zu erschrecken, die mehr wert seien als sie oder ihre Vorfahren. Das geschah, nachdem bewiesen worden war, daß der Fahrer von Woodhouse absichtlich die Hupe betätigt hatte, um Sir Thomas zu ärgern, der »zufällig vorbeiritt«! Es gab noch weitere Bemerkungen – reichlich primitiv –, aber mehr als die Qualität der Rechtsprechung oder das Gelächter des Publikums war die unsägliche Brutalität des Tonfalls das, was unsere Seelen über alle Vernunft hinaus aufstachelte. Als wir entlassen wurden – im Gegenwert von dreiundzwanzig Pfund, zwölf Shilling und sechs Pence –, warteten wir darauf, daß Pallant wieder zu uns kam, während wir dem nächsten Fall lauschten – Fahren ohne Führerschein. Ollyett, seine Abendzeitung im Auge, hatte schon sehr gründliche Notizen über unseren eigenen Fall angefertigt, aber wir wollten nicht voreingenommen erscheinen.

»Keine Sorge«, sagte der Reporter des Lokalblatts tröstend. »Wir berichten über Sir Thomas nie *in extenso*. Nur die Strafen und Beschuldigungen.«

»Ah, vielen Dank«, erwiderte Ollyett, und ich hörte ihn fragen, wer denn jeder einzelne Anwesende im Gericht sei. Der Lokalreporter war sehr mitteilsam.

Das neue Opfer, ein großer flachshaariger Mann, in etwas auffälliger Kleidung, auf die Sir Thomas, nun richtig warmgelaufen, die Aufmerksamkeit der Öffentlichkeit lenkte, sagte, er habe seinen Führerschein zuhause vergessen. Sir Thomas fragte ihn, ob er erwarte, daß die Polizei sich zu seiner Heimatanschrift in Jerusalem begebe, um den Schein für ihn zu suchen; und der Gerichtssaal brüllte. Sir Thomas billigte auch den Namen des Mannes nicht, sondern bestand darauf, ihn »Mr. Masquerader« zu nennen, und immer wenn er das tat, johlten all seine Leute. Offenbar war das ihr übliches Autodafé.

»Mich hat er nicht vorgeladen – weil ich im Parlament bin, nehme ich an. Ich glaube, ich werde eine Anfrage einbringen müssen«, sagte Pallant, der am Ende des Falles wieder erschien.

»Ich glaube, *ich* werde der Sache auch ein bißchen Publicity verschaffen müssen«, sagte Woodhouse. »Wir dürfen nicht zulassen, daß sowas weitergeht.« Sein Gesicht war starr und sehr bleich. Das von Pallant dagegen war finster, und ich weiß, daß die Wut meinen Magen buchstäblich umgedreht hatte. Ollyett war schweigsam.

»Na gut, gehen wir essen«, sagte Woodhouse schließlich. »Dann kommen wir hier weg, ehe die Show sich auflöst.«

Wir rissen Ollyett aus den Armen des Lokalreporters, gingen über den Marktplatz zum *Red Lion* und fanden den »Mr. Masquerader« von Sir Thomas, wie er sich eben zu Bier, *beef* und *pickles* niederließ.

»Ah!« sagte er mit dröhnender Stimme. »Gefährten im Ungemach. Möchten die Gentlemen sich nicht zu mir setzen?«

»Mit Vergnügen«, sagte Woodhouse. »Was ist für Sie dabei rausgekommen?«

»Weiß ich noch nicht. Es könnte einiges abwerfen, aber – für so was ist das Publikum noch nicht reif. Das ist zu hoch für die. Andernfalls wäre diese rote Leerstelle auf der Richterbank fünfzig pro Woche wert.«

»Wo?« sagte Woodhouse. Der Mann blickte ihn mit ungespielter Überraschung an.

»In jedem einzelnen von Meinen Häusern«, erwiderte er. »Aber vielleicht wohnen Sie ja hier?«

»Lieber Himmel!« rief der junge Ollyett plötzlich. »Sie *sind* also Masquerier? Ich hab gedacht, Sie könnten es sein!«

»Bat Masquerier.« Er ließ die Worte fallen mit der Gewichtigkeit eines internationalen Ultimatums. »Ja, all das bin ich. Aber Sie haben mir jetzt etwas voraus, Gentlemen.«

Einen Moment, während wir uns vorstellten, zerbrach ich mir den Kopf. Dann entsann ich mich prismatischer Music-Hall-Plakate – einige Hektar groß –, die seit Jahren den unbemerkten Hintergrund meiner Besuche in London geliefert hatten. Plakate von Männern und Frauen, Sängern, Jongleuren, und Frechheiten jeder drapierten oder entblößten Sorte, sämtlich in London und den Provinzen auf- und abgebaut von Bat Masquerier – mit dem langen keilförmig zulaufenden Schnörkel hinter dem letzten *»r«*.

»*Ich* hatte Sie sofort erkannt«, sagte Pallant, der erfahrene M. P., und ich schloß mich dieser Lüge prompt an. Woodhouse murmelte Entschuldigungen. Bat Masquerier blieb uns gegenüber so bewegt wie die Fassade eines seiner eigenen Palaces.

»Ich sage Meinen Leuten immer, es gibt eine Grenze für die Größe der Lettern«, sagte er. »Wenn mans übertreibt, nimmt die Retina es nicht mehr auf. Annoncieren ist die kitzligste aller Wissenschaften.«

»Es gibt einen Mann auf der Welt, der davon ein bißchen abkriegen wird, wenn ich die nächsten vierundzwanzig Stunden überlebe«, sagte Woodhouse und erklärte, wie das vor sich gehen sollte.

Masquerier betrachtete ihn lange, mit Augen blau wie Kanonenmetall.

»Sie meinen das ernst?« sagte er langsam; die Stimme war genauso magnetisch wie der Blick.

»*Ich* jedenfalls«, sagte Ollyett. »Allein die Geschichte mit der Hupe müßte ihn innerhalb von drei Monaten aus dem Amt jagen.« Masquerier blickte ihn sogar noch länger an als er Woodhouse angeblickt hatte.

»*Mir* hat er erzählt«, sagte er plötzlich, »meine Heimatanschrift sei Jerusalem. Haben Sie das gehört?«

»Aber es war der Tonfall – der Tonfall«, rief Ollyett.

»Sie haben das auch bemerkt, ja?« sagte Masquerier. »Das ist das künstlerische Temperament. Damit kann man eine Menge anfangen. Und ich bin Bat Masquerier«, fuhr er fort. Er stützte das Kinn auf die Fäuste und starrte finster vor sich hin. »Ich hab die Silhouettes großgemacht – ich hab das Trefoil großgemacht und die Jocunda. Ich hab Dal Benzaguen großgemacht.« An dieser Stelle setzte Ollyett sich auf, denn in Gemeinschaft mit der Jugend jenen Jahres betete er Miss Vidal Benzaguen vom Trefoil an, maßlos und ohne jeden Vorbehalt. »›Soll das ein Morgenrock sein oder ein Wintermantel, was Sie da angeblich tragen?‹ Haben Sie *den* gehört? . . . ›Und zum Kämmen hatten Sie wohl auch keine Zeit?‹ Haben Sie *den* gehört? . . . Also, jetzt hören Sie *mir* zu!« Seine Stimme füllte den Frühstücksraum, sank dann ab zu einem Flüstern so furchtbar wie das eines Chirurgen vor der Operation. Er redete mehrere Minuten lang. Pallant murmelte: »Hört! Hört!« Ich sah Ollyetts Augen blitzen – Masquerier wandte sich vor allem an Ollyett –, und Woodhouse beugte sich vor, mit gefalteten Händen.

»Macht ihr *mit*?« fuhr er fort, wobei er uns alle in seine weite Armbewegung einschloß. »Wenn ich etwas anfange, dann zieh ich es durch, Gentlemen. Was Bat nicht brechen kann, das bricht ihn! Aber das Ding hab ich bisher noch nicht gefunden. Das wird keine Show von der Sorte einmal und dann absetzen. Das ist ein ernster Job, bis zum Schluß. Machen Sie mit, Gentlemen? Gut! Also, lassen Sie uns unsere Aktivposten addieren. Eine Londoner Morgenzeitung und eine Tageszeitung in der Provinz, haben Sie gesagt? Ein kommerzielles Wochenblatt und einen M. P.«

»Der nützt nicht viel, fürchte ich.« Pallant schnitt eine Grimasse.

»Aber er hat Privilegien. Privilegien«, gab er zurück. »Und außerdem haben wir mein kleines Team – London, Blackburn, Liverpool, Leeds – von Manchester erzähle ich Ihnen später – und *Mich*! Bat Masquerier.« Er hauchte den Namen ehrfürchtig in seinen Humpen. »Gentlemen, wenn unser Kombinat mit Sir Thomas Ingell, Baronet, M. P., und allem anderen, was ihm gehört, fertig ist, dann werden sich Sodom und Gomorrha daneben wie ein reizendes Stückchen Merry England ausnehmen. Ich muß jetzt zurück in die Stadt, aber ich verlasse mich darauf, Gentlemen, daß Sie mir heute abend das Vergnügen Ihrer Gesellschaft beim Dinner machen werden, im *Chop Suey* – im Red Amber Room –, und dann werden wir das Szenario entwerfen.« Er legte seine Hand auf Ollyetts Schulter und setzte hinzu: »Ihren Grips hätte ich gern dabei.« Dann brach er auf, mit reichlich Astrachankragen und vernickelter Limousine, und das Lokal schien nicht mehr so überfüllt.

Unseren Wagen ließen wir ein paar Minuten später kommen. Als Woodhouse, Ollyett und ich einstiegen, verließ Sir Thomas Ingell, Baronett, M. P., das Gerichtsgebäude auf der anderen Seite des Platzes und erklomm sein Pferd. Manchmal habe ich überlegt, wenn er stumm davongeritten wäre, hätte ihn das sogar dann noch retten können, aber als er es sich im Sattel bequem machte, erblickte er uns und mußte unbedingt brüllen: »Noch nicht weg? Verschwinden Sie lieber und seien Sie sehr vorsichtig.« In diesem Moment kam Pallant, der noch Ansichtskarten gekauft hatte, aus dem Lokal, zog Sir Thomas' Auge auf sich und stieg sehr gemächlich in den Wagen. Mir schien, daß für einen Augenblick ein Hauch von Unbehagen auf dem Gesicht des Baronets mit dem grauen Backenbart lag.

»Ich hoffe«, sagte Woodhouse nach einigen Meilen, »ich hoffe, daß er Witwer ist.«

»Ja«, sagte Pallant. »Um seiner armen lieben Frau willen hoffe ich das wirklich sehr. Ich nehme an, er hat mich im Gericht nicht gesehen. Ah, hier ist die Geschichte des Sprengels Huckley, verfaßt vom Pfarrer, und hier ist Ihr Anteil an den Ansichtskarten. Essen Sie heute abend alle mit diesem Mr. Masquerier?«

»Ja!« sagten wir alle.

Woodhouse mochte nichts vom Journalismus verstehen, aber der junge Ollyett hatte eine harte Schule absolviert und verstand einiges. Unser Halbgroschen-Abendblatt, das wir *The Bun* nennen wollen, um es von seinem gedeihlichen Morgengeschwist *The Cake* zu unterscheiden, war nicht nur krank, sondern korrupt. Das fanden wir heraus, als ein Mann uns den Prospekt über ein neues Ölfeld brachte und eine Art Leitartikel über dessen Reichhaltigkeit forderte. Ollyett redete ihn drei

Minuten lang in reinem Brasenose-Oxfordisch an. Ansonsten sprach und schrieb er Branchenenglisch – eine schmackhafte Vermengung von Amerikanismen und Epigrammen. Aber wenn sich der Slang auch ändert, das Spiel bleibt immer gleich, und Ollyett und ich und schließlich auch ein paar andere genossen es ungeheuer. Es dauerte Wochen, bis wir vor Bäumen den Wald sehen konnten, aber sobald die Mitarbeiter begriffen, daß sie Eigner hatten, die ihnen die Stange hielten, ob sie richtig oder falsch, und vor allem wenn sie falsch lagen (das ist das einzige Geheimnis des Journalismus), und daß ihr Schicksal nicht an der vorübergehenden Laune eines vorübergehenden Besitzers hing, wirkten sie Wunder.

Aber wir vernachlässigten Huckley keineswegs. Wie Ollyett sagte, war es unsere erste Sorge, eine »interessante Atmosphäre« um den Ort zu erschaffen. Oft besuchte er das Dorf an Wochenenden, auf einem Motorrad mit Beiwagen; deshalb ließ ich den Ort selbst in Ruhe und befaßte mich mit ihm nur abstrakt. Trotzdem war ich es, der den ersten Treffer landete. Zwei Einwohner aus Huckley schrieben, um einem kurzen, recht handfesten Artikel in *The Bun* zu widersprechen, demzufolge in Huckley ein Wiedehopf gesichtet und »natürlich von den einheimischen Sportsmännern geschossen« worden sei. Ihre Briefe waren einigermaßen hitzig, und wir veröffentlichten beide. Unsere Version darüber, wie der Wiedehopf seinen Kopfputz von König Salomon erhielt, war, wie ich leider sagen muß, so ungenau, daß der Pfarrer selbst – kein Sportsmann, wie er betonte, aber der Genauigkeit ergeben – uns schrieb, um die Sache richtigzustellen. Wir räumten seinem Brief reichlich Platz ein und dankten ihm.

»Dieser Priester wird uns noch viel nützen«, sagte Ollyett. »Er hat einen unvoreingenommenen Geist. Ich werde ihn ein wenig beleben.«

Alsbald erschuf er M. L. Sigden, einen Einsiedler feinsten Geschmacks, der in *The Bun* zu erfahren begehrte, ob dieses

Huckley-mit-dem-Wiedehopf das Hugley seiner Kindheit sei, und ob die scheußliche Namensänderung möglicherweise durch finstere Machenschaften zwischen einem örtlichen Magnaten und der Eisenbahn zustande gekommen sei, im mißverstandenen Interesse vorgeblicher Kultiviertheit. »Denn ich kannte es und liebte es zusamt den Maiden meiner Zeit – *eheu ab angulo!* – als Hugley«, schrieb M. L. Sigden aus Oxford.

Zwar wurde in anderen Zeitungen gespottet, aber *The Bun* blieb ernst und mitfühlend. Mehrere Briefschreiber leugneten, daß Huckley ein Wechselbalg sei. Nur der Pfarrer – kein Philosoph, wie er hervorhob, aber der Genauigkeit ergeben – hegte gewisse Zweifel, die er Mr. M. L. Sigden öffentlich vorlegte, der mittels *The Bun* mutmaßte, der kleine Ort könne zur Zeit der Angelsachsen das Leben als »Hogslea« begonnen haben oder unter den Normannen als »Argilé«, wegen der großen Lehmmengen. Der Pfarrer steuerte weitere Ideen bei (er sagte, es gebe dort vor allem Kies), und M. L. Sigden besaß einen Hort an Reminiszenzen. Merkwürdigerweise – das ist selten der Fall bei »freiem« Lesestoff – genossen unsere Abonnenten die Korrespondenz sehr, und allenthalben wurde daraus freimütig zitiert.

»Das Geheimnis der Macht«, sagte Ollyett, »ist nicht der dicke Knüppel, sondern der hebbare Knüppel« (das heißt, das »interessante« Zitat von sechs oder sieben Zeilen Länge). »Haben Sie gesehen, der *Spec.* hatte letzte Woche im Feuilleton etwas über ›ländliches Beharren‹. Pures Huckley. Nächste Woche mach ich ein ›Motogramm‹ über Huckley.«

Unsere »Motogramme« in der Freitagsausgabe waren Berichte über lockere Ausflüge per Motorrad-mit-Beiwagen um London herum, illustriert (wir kriegten diese Druckmaschine nie richtig hin) mit verschmierten Landkarten. Ollyett schrieb den Kram mit einer Inbrunst und einem Einfühlungsvermögen, die ich immer auf den Beiwagen zurückgeführt habe. Sein Bericht über den Epping Forest beispielsweise war ganz einfach junge Liebe mit dem Herzen auf der Zunge. Aber von seinem Huckley-Motogramm wäre sogar einem Seifensieder schlecht geworden. Chemisch verbunden bildeten dort schmierige Vertraulichkeit, zwinkernde Anspielung, schleimige Frömmelei und widerlicher Gesellschaftsklatsch einen dampfenden Kompost, der mich glatt von den Beinen hob.

»Ja«, sagte er, nach Komplimenten. »Das ist der lebendigste, fesselndste und dynamischste Misthaufen, den ich bis jetzt angerichtet habe. *Non nobis gloria!* Ich hab Sir Thomas Ingell in seinem eigenen Park getroffen. Er hat schon wieder mit mir geredet. Das meiste davon hat *er* inspiriert.«

»Was denn? Das ›zähflüssige Idiom der Eingeborenen‹ oder ›die vernachlässigten Polypen der Dorfkinder‹?« fragte ich.

»O nein! Das soll bloß den Dorfarzt mit reinziehen. Der Höhenflug am Schluß, auf den sind wir – bin ich besonders stolz.«

Dieser behandelte den »krepuskulären Halbschatten, der seine schmächtigen Gliedmaße über den Hain reckt«; »kapitale Karnickel«; eine Herde »hochträchtiger hornloser Angusrinder«; und das »fesselnde Zigeunerantlitz ihres dunkelhäutigen, gelehrten Besitzers – bei den Königlichen Landwirtschaftsmessen ebenso bekannt wie das seines verblichenen Königs und Kaisers.«

»›Dunkelhäutig‹ ist gut, und ›hochträchtig‹ auch«, sagte ich, »aber der Dorfarzt wird sich über die Polypen ärgern.«

»Nicht halb so viel wie Sir Thomas über sein Gesicht«, sagte Ollyett. »Und wenn Sie wüßten, was ich alles ausgelassen habe!«

Er hatte recht. Der Dorfarzt verbrachte sein Wochenende (das ist der Vorzug von Freitags-Artikeln) damit, uns mit einem fachmännischen Gegenstoß zu überwältigen, der für unsere Abonnenten völlig ohne Belang war. Das teilten wir ihm mit, und daraufhin schoß er sich damit seinen Weg in den *Lancet* frei, wo man scharf auf Drüsen ist, und vergaß uns vollkommen.

Aber Sir Thomas Ingell war aus härterem Holz. Auch er muß ein nettes Wochenende verbracht haben. Das Schreiben, das wir am Montag von ihm erhielten, erwies ihn als alleinstehenden Lümmel von biederem Zuschnitt, denn keine Frau mit noch so schwachem Interesse an dem Mann hätte es den heimischen Papierkorb passieren lassen. Er verwahrte sich gegen unsere Verweise auf seine eigene Herde, seine eigenen Werke in seinem eigenen Dorf, das, wie er sagte, ein Musterdorf sei, und gegen unsere teuflische Unverschämtheit; vor allem aber verwahrte er sich gegen unsere Auflistung seiner Gesichtszüge. Wir schrieben höflichst zurück um zu fragen, ob der Brief zur Veröffentlichung gedacht sei. Er – wobei er sich vermutlich des Herzogs von Wellington entsann – schrieb zurück, wir sollten »veröffentlichen und zum Teufel gehen«.

»Ah! Das ist aber zu einfach«, sagte Ollyett, als er mit der Überschrift für den Brief begann.

»Warten Sie mal«, sagte ich. »Das Spiel läuft uns ein bißchen aus den Händen. Heute abend ist das Bat-Dinner.« (Möglicherweise habe ich zu erzählen vergessen, daß unser Dinner mit Bat Masquerier im Red Amber Room des *Chop Suey* zu einer allwöchentlichen Sache geworden war.) »Halten Sie den Brief zurück, bis alle ihn gesehen haben.«

»Vielleicht haben Sie recht«, sagte er. »Für Ihr Blatt allein könnte er zu schade sein.«

Beim Dinner wurde dann der Brief von Sir Thomas herumgereicht. Bat schien im Geist mit anderen Dingen beschäftigt zu sein, aber Pallant war sehr interessiert.

»Ich habe eine Idee«, sagte er bald. »Könnten Sie in *The Bun* morgen etwas über Maul-und-Klauen-Seuche in der Herde von diesem Burschen bringen?«

»Sogar Pest, wenn Sie wollen«, erwiderte Ollyett. »Es sind nur fünf lumpige Shorthorns. Ich hab gesehen, wie sich eine von den Kühen im Park hingelegt hat. Die ist unsere Untermauerung durch Fakten.«

»Machen Sie das; und halten Sie den Brief solange zurück. Ich glaube, hier komme *ich* ins Spiel«, sagte Pallant.

»Wieso?« sagte ich.

»Weil im Unterhaus etwas über Maul-und-Klauen-Seuche ansteht, und weil er mir einen Brief geschrieben hat, nach dieser kleinen Affaire, als er Sie mit der Geldstrafe belegte. Hat zehn Tage gebraucht, um es auszubrüten. Da, bitte sehr«, sagte Pallant. »Papier des House of Commons, wie Sie sehen.«

Wir lasen:

LIEBER PALLANT – Wenngleich in der Vergangenheit unsere Wege nicht oft zusammenkamen, bin ich doch sicher, Sie stimmen mit mir überein, daß auf dem Boden des Unterhauses alle Mitglieder auf gleichem Fuße zueinander stehen. Ich erdreiste mich daher, mich an Sie in einer Angelegenheit zu wenden, die meines Erachtens eine völlig andere Interpretation zuläßt als jene, die vermutlich von Ihren Freunden vorgenommen wurde. Lassen Sie sie bitte wissen, daß dies der Fall war, und daß mich keinesfalls Feindseligkeit bewog bei der Ausübung meiner Amtspflichten, die, wie Sie, als Amtsbruder, sich vorstellen können, häufig recht widerwärtig sind

Ihrem
sehr freundlich grüßenden
T. INGELL

P. S. – Ich habe dafür gesorgt, daß die Verkehrsüberwachung, an der Ihre Freunde Anstoß nahmen, in meinem Amtsbezirk erheblich gelockert wurde.

»Was haben Sie geantwortet?« sagte Ollyett, als wir alle unserer Meinung Luft gemacht hatten.

»Ich habe ihm gesagt, ich könnte in der Sache nichts tun. Konnte ich ja auch nicht – damals. Aber denken Sie daran, diesen Artikel über Maul-und-Klauen-Seuche zu bringen. Ich brauche etwas, worauf ich mich stützen kann.«

»Mir scheint, daß bis jetzt *The Bun* die ganze Arbeit erledigt hat«, brachte ich vor. »Wann kommt *The Cake* ins Spiel?«

»The Cake«, sagte Woodhouse, und später erinnerte ich mich, daß er wie ein Kabinettsminister am Vorabend der Budgetvorlage sprach, »behält sich vollkommen das Recht vor, Situationen abzuhandeln, sobald sie sich ergeben.«

»Ja-a!« Bat Masquerier rüttelte sich selbst aus seinen Gedanken auf. »›Situationen, sobald sie sich ergeben.‹ Ich bin auch nicht faul. Aber fischen ist sinnlos, solange noch kein Köder ausgesetzt ist. Sie« – er wandte sich an Ollyett – »stellen sehr guten Grundköder her . . . Ich sage Meinen Leuten immer – was zum Teufel ist das?«

Aus einem weiteren privaten Speiseraum jenseits des Treppenabsatzes drang ein Sangesausbruch. »Das sind n paar Ladies vom Trefoil«, begann der Kellner.

»Ja, das weiß ich. Aber was singen sie?«

Er erhob sich und ging hinaus, um von der munteren Gesellschaft nebenan mit beifälligem Geschrei begrüßt zu werden. Danach Stille, wie man sie im Klassenzimmer hört, nachdem ein Lehrer eingetreten ist. Dann begann wieder eine Stimme, die wir liebten: »Here we go gathering nuts in May – nuts in May – nuts in May!«

»Bloß Dal – und ein paar Irre«, erklärte er, als er zurückkehrte. »Sie sagt, zum Dessert kommt sie rüber.« Er setzte sich, wobei er die alte Melodie vor sich hin summte, und bis Miss Vidal Benzaguen hereinkam, machte er uns sprachlos mit Geschichten über das künstlerische Temperament.

Wir gehorchten Pallant soweit, daß wir in *The Bun* einen behutsamen Kurzartikel über Kühe einschoben, die sich hinlegen und vom Maule triefen; er ließ sich lesen entweder als rücksichtslose Verleumdung oder, in den Händen eines fähigen Anwalts, als Beispiel getreuer Naturbeobachtung.

»Außerdem«, sagte Ollyett, »spielen wir auf ›hochträchtige hornlose Angusrinder‹ an. Man hat mir versichert, daß sich hinsichtlich jungfräulicher Shorthorns hieraus keine Klage ableiten läßt. Pallant will, daß wir heute abend ins Unterhaus kommen. Er hat uns Plätze auf der Besuchergalerie beschafft. Ich fange an, Pallant zu mögen.«

»Masquerier scheint Sie zu mögen«, sagte ich.

»Ja, aber ich fürchte mich vor ihm«, erwiderte Ollyett ganz

ehrlich. »Tue ich wirklich. Er ist die Absolut Amoralische Seele. So einen kannte ich bisher noch nicht.«

Wir gingen zusammen zum Unterhaus. Zufällig war es ein irischer Nachmittag, und sobald es mir gelang, die Rufe und die Gesichter ein wenig zu sortieren, begriff ich, daß die Luft voller Beschwerden war; wie viele allerdings, das entzog sich mir.

»Alles klar«, sagte Ollyett, geübten Gehörs. »Die haben die Häfen gesperrt für – ahja – die Ausfuhr von irischen Rindern! Maul-und-Klauen-Seuche in Ballyhellion. Jetzt weiß ich, was Pallant vorhat!«

Im Moment war das Haus zweifellos ganz Maul, aber, wie ich empfand, in vollem Ernst. Ein Minister schien mit einem Stück maschinenbeschriebenen Papiers Salven von Beleidigungen abzuwehren. Irgendwie erinnerte er mich an einen nervösen Jäger, der vor rasenden Hunden einen Fuchs zerlegt.

»Jetzt ist Fragestunde. Die stellen Fragen«, sagte Ollyett. »Schauen Sie! Pallant ist aufgestanden.«

Er war nicht zu überhören. Seine Stimme, nach Aussage seiner Feinde sein einziger Aktivposten im Parlament, ließ den Tumult verstummen, wie Zahnschmerzen bloßes Ohrensausen verstummen lassen. Er sagte:

»Dürfte ich in diesem Zusammenhang fragen, ob in jüngster Zeit hinsichtlich eines mutmaßlichen Ausbruchs dieser Krankheit auf *dieser* Seite des Kanals besondere Aufmerksamkeit entwickelt wurde?«

Er hob die Hand; darin hielt er eine Mittagsausgabe von *The Bun*. Wir hatten es für besser gehalten, den Text aus den späteren Ausgaben fortzulassen. Er wollte weitersprechen, aber Etwas in einem grauen Gehrock brüllte und hüpfte auf einer Bank gegenüber und schwenkte eine weitere *Bun*. Es war Sir Thomas Ingell.

»Als Besitzer der derart heimtückisch hineingezogenen Herde ...« Seine Stimme ging unter in von den Iren angeführten Ordnungsrufen.

»Was ist denn los?« fragte ich Ollyett. »Er hat doch seinen Hut auf, oder?«

»Ja. Aber er hätte seinen Zorn als Frage formulieren müssen.«

»Mit Bezug auf das eben Gesagte, Mr. Speaker, Sirrr!« röhrte Sir Thomas, als es leiser wurde, »sind Sie sich dessen bewußt, daß – daß das Ganze eine Verschwörung ist – Teil einer schurkischen Verschwörung, um Huckley lächerlich zu machen – um *uns* lächerlich zu machen? Teil eines heimtückischen Komplotts, um *mich* lächerlich zu machen, Mr. Speaker, Sir!«

Das Gesicht des Mannes hob sich beinahe schwarz von seinem weißen Backenbart ab, und mit den Armen machte er Schwimmschläge. Seine Vehemenz verblüffte und beschäftigte das Haus einen Moment lang, und der Speaker nutzte dies, um seine Meute von Irland abzuziehen, auf eine neue Riechspur. Er redete Sir Thomas Ingell im Tonfall gemessenen Tadels an, was, wie ich annehme, dem ganzen Haus galt, das aufs Wort die Kämme abschwellen ließ. Dann Pallant, schockiert und schmerzlich: »Ich kann nur meine tiefgreifende Überraschung darüber bekunden, daß der Ehrenwerte Abgeordnete sich in Beantwortung meiner schlichten Frage zu einem persönlichen Angriff hinreißen zu lassen tunlich fand. Sollte ich ihn auf irgendeine Weise beleidigt ...«

Wieder intervenierte der Speaker, denn derlei Dinge schien er zu regeln.

Auch er bekundete Überraschung, und Sir Thomas setzte sich nieder, umgeben von vorwurfsvoller Stille, die den Eishauch der Jahrhunderte zu bergen schien. Die Arbeit des Empire wurde wieder aufgenommen.

»Wunderbar!« sagte ich, und ich spürte es heiß und kalt meinen Rücken hinauflaufen.

»Und jetzt veröffentlichen wir seinen Brief«, sagte Ollyett.

Das taten wir – im Anschluß an einen sorgsamen Bericht über seinen Ausbruch. Wir verzichteten auf jeden Kommentar. Mit jenem kostbaren Instinkt, der den Angelsachsen kennzeichnet: den Kern einer Sachlage zu erfassen, fragten all unsere Konkurrenten und, glaube ich, zwei Drittel unserer Korrespondenten, wie man denn solch einen Menschen noch lächerlicher machen könne, als er sich selbst bereits erwiesen habe. Aber abgesehen davon, daß wir seinen Namen »Injle« schrieben, weigerten wir uns als einzige, einen zu prügeln, der bereits am Boden lag.

»Nicht nötig«, sagte Ollyett. »Die ganze Presse hat sich drauf gestürzt, von A bis Z.«

Sogar Woodhouse war ein bißchen erstaunt über die Leichtigkeit, mit der es dazu gekommen war, und das sagte er auch.

»Quatsch!« sagte Ollyett. »Wir fangen ja erst an. Noch ist Huckley nicht in den Nachrichten.«

»Was hast du vor?« sagte Woodhouse, der großen Respekt vor seinem jungen, aber keineswegs entfernten Verwandten entwickelt hatte.

»Vorhaben? Durch Gottes Gnade, Master Ridley, habe ich vor, daß jedesmal, wenn Huckley sich im Schlaf umdreht, Reuters und die Press Association aus dem Bett springen, um zu kabeln.« Dann legte er los, über gewisse Restaurierungen in der Kirche von Huckley, die, wie er sagte – und er schien all seine Wochenenden dort zu verbringen –, vom Vorgänger des Pfarrers begangen worden waren, der ein »Leprafenster« oder ein »Krampenloch« (was auch immer beide sein mochten) zerstört hatte, um in der Sakristei eine Toilette einzurichten. Es klang mir nicht so, als ob Reuters oder die Press Association sich deshalb um sehr viel Schlaf brächten. Als ich ging, hielt er Woodhouse eben einen Vortrag über einen Taufstein aus dem vierzehnten Jahrhundert, den er, wie er sagte, im Werkzeugschuppen des Küsters und Totengräbers aufgestöbert hatte.

Meine Methoden gingen eher in Richtung friedliche Durchdringung. Ein Einzelband von *Hones Every-Day Book* in der wirren Bibliothek von *The Bun* hatte mir die Existenz eines örtlichen Tanzes offenbart, der sich wie alle Dorftänze auf druidische Mysterien im Zusammenhang mit der Sonnenwende (das ist immer unanfechtbar) und dem Mittsommermorgen gründete, und derlei ist dem Londoner Auge tauicht und erfrischend. Das rechne ich mir nicht an – Hone ist eine Mine, die jeder ausbeuten kann –, aber daß ich den Tanz, nachdem ich ihn bearbeitet hatte, »The Gubby« nannte, berechtigt mich zu unsterblichem Ruhm. Man könne ihn noch sehen und erleben, schrieb ich, »in seiner ganzen ergreifenden Reinheit, in Huckley, der letzten Heimstatt bedeutender mittelalterlicher Relikte«; und ich war in meine Schöpfung so verliebt, daß ich sie tagelang zurückhielt, emaillierte und polierte.

»Sie sollten es jetzt besser ins Blatt tun«, sagte Ollyett schließlich. »Zeit, daß wir uns mal wieder durchsetzen. Die anderen Jungs fangen an zu wildern. Haben Sie das Ding im *Pinnacle* gesehen, über das Musterdorf von Sir Thomas? Er muß einen von ihren Burschen dahin geschleift haben.«

»Nichts geht über die Wunden eines Freundes«, sagte ich. »Allein der Bericht über die nichtalkoholische Kneipe war . . .«

»Mir hat besonders die Sache mit der weißgefliesten Wäscherei gemundet und mit den gefallenen Jungfrauen, die die Frackhemden von Sir Thomas waschen. Das ist meilenweit über allem, was wir liefern könnten, wissen Sie. Wir haben nicht das richtige Flair für Sexgesabber.«

»Sage ich doch immer«, gab ich zurück. »Laßt sie in Ruhe. Die anderen tun jetzt für uns die Arbeit. Außerdem möchte ich noch ein bißchen an meinem ›Gubby-Tanz‹ feilen.«

»Nein. Sie verderben es noch. Wir setzen es heute rein. Zum einen ist es Literatur. Wie Sie wissen, mache ich sonst nicht viele Komplimente, aber« etc. etc.

Ich hegte dem jungen Ollyett gegenüber in jeder Hinsicht einen gesunden Argwohn, aber obwohl ich wußte, daß ich dafür würde bezahlen müssen, ergab ich mich seiner Schmeichelei, und mein unbezahlbarer Artikel über den »Gubby-Tanz« erschien. Am nächsten Samstag bat er mich, *The Bun* in seiner Abwesenheit herauszubringen, von der ich natürlich annahm, daß sie mit dem kleinen dunkelbraunen Beiwagen zusammenhinge. Ich irrte mich.

Am folgenden Montag warf ich beim Frühstück einen Blick auf *The Cake*, um mich wie üblich seiner Unterlegenheit gegenüber meinem geliebten aber uneinträglichen *Bun* zu versichern. Ich öffnete das Blatt und sah die Schlagzeile: »Das Dorf das beschloß, die Erde sei flach.« Ich las ... Ich las, daß die Geoplane Gesellschaft – eine Gesellschaft, die sich der Behauptung weiht, die Erde sei flach – ihr jährliches Bankett zunebst Zeremonien am Samstag in Huckley abgehalten habe, und nach überzeugenden Ansprachen, mit Szenen der allerhöchsten Begeisterung, habe das Dorf Huckley einstimmig mit vierhundertachtunddreißig Stimmen beschlossen, daß die Erde flach sei. Ich kann mich nicht erinnern, Luft geholt zu haben, bevor ich die beiden folgenden deskriptiven Spalten gelesen hatte. Nur ein Mann konnte sie geschrieben haben. Sie waren makellos – knapp, nervig, nüchtern und doch menschlich, ergreifend, lebhaft, fesselnd – ganz eindeutig fesselnd – dynamisch genug, um eine Stadt zu verschieben – und knüppelweise am Stück zitierbar. Und es gab einen Leitartikel, einen ernsten ausgewogenen Leitartikel, der mich vor Heiterkeit zerriß, bis mir einfiel, daß man mich ausgeschlossen hatte – infam und unentschuldbar fallengelassen. Ich ging in Ollyetts Räume. Er saß eben beim Frühstück und, muß ich gerechterweise sagen, sah nach schlechtem Gewissen aus.

»Nicht mein Fehler«, begann er. »Es war Bat Masquerier. Ich schwöre, *ich* hätte Sie gebeten mitzukommen, wenn ...«

»Lassen Sie das beiseite«, sagte ich. »Das ist die beste Arbeit, die Sie je gemacht haben oder machen werden. Ist irgendwas davon passiert?«

»Passiert? Lieber Himmel! Was denken Sie denn! Nicht mal *ich* hätte das erfinden können.«

»Hat *The Cake* das exklusiv?« rief ich.

»Es hat Bat Masquerier zweitausend gekostet«, erwiderte Ollyett. »Meinen Sie etwa, da würde er noch jemanden mitmischen lassen? Aber ich gebe Ihnen mein heiliges Ehrenwort, ich wußte nichts davon, bis er mich aufgefordert hat, runterzukommen und darüber zu berichten. Er hatte ganz Huckley dreifarbig plakatieren lassen, ›Jahresbankett und Festlichkeiten der Geoplanen‹. Ja, ›Geoplane‹ hat er erfunden. Er wollte, daß Huckley meint, es geht um Aeroplane. Ja, ich weiß, es gibt wirklich eine Gesellschaft, die die Erde für flach hält – die sollten dankbar sein für die Nachhilfe –, aber Bat hat seine eigene aufgemacht. Und wie! Er hat die ganze Show erfunden, sag ich Ihnen. Dafür hat er die Hälfte seiner Theater ausgeräumt. Stellen Sie sich das vor – an nem Samstag! Die – wir sind in Motorkremsern runtergefahren – drei Stück – einer rosa, einer primelfarben und einer vergißmeinnichtblau – zwanzig Leute in jedem, und ›die Erde *ist* flach‹ an den Seiten und hinten. Ich bin mit Teddy Rickets und Lafone vom Trefoil gefahren, und den beiden Silhouette-Schwestern, und – warten Sie – dem Crossleigh-Trio. Sie kennen doch das Alltagsdramen-Trio im Jocunda – Ada Crossleigh, ›Bunt‹ Crossleigh und die kleine Victorine? Genau die. Außerdem Hoke Ramsden, der Verkleidungskünstler in *Morgiana and Drexel* – und Billy Turpeen. Ja, den kennen Sie! Der Star von North London. ›Ich bin der Schiedsrichter, der sich in Blackheath unbeliebt gemacht hat.‹ *Der* Typ! Und Mackaye war dabei – dieser einäugige Schotte, von dem ganz Glasgow schwärmt. Von wegen sich selbst zurückstellen um der Kunst willen! Mackaye war der ernste Sucher, der am Ende des Treffens bekehrt war. Außerdem noch jede Menge Mädchen, die ich nicht kannte, und – ja, natürlich – Dal! Dal Benzaguen persönlich! Wir haben auf beiden Fahrten nebeneinander gesessen. Ein Schatz, sowas hat es noch nie gegeben. Sie läßt Sie grüßen, und ich soll Ihnen sagen, daß Sie das mit Nelly Farren nicht vergessen wird. Sie sagt, Sie hätten ihr ein Arbeitsideal gegeben. Sie? Ah, sie war natürlich die Sekretärin der Geoplanen. Ich weiß nicht mehr, wer in den anderen Wagen war – vor allem Stars aus der Provinz –, aber sie haben wunderbar mitgespielt. Die Kunst der Music-Hall hat sich seit Ihrer Zeit geändert. Da war nichts überzogen. Wissen Sie, Leute, die glauben, daß die Erde flach ist, ziehen sich nicht genauso an wie andere. Vielleicht haben Sie bemerkt, daß ich in meinem Artikel darauf anspiele. Es ist eine Art ionischer Stil, mit ziemlich flacher Fassade – neoviktorianisch, abgesehen von den Tournüren, wie Dal sagt –, aber Dal sah darin himmlisch aus! Die kleine Victorine auch. Und in dem blauen Wagen war ein Mädchen – aus der Provinz –, aber diesen Winter kommt sie in die Stadt, und die wird alle umhauen – Winnie Deans. Merken Sie sich den Namen! Sie hat Huckley erzählt, wie sie für die Sache gelitten hat, als Gouvernante in einer reichen Familie, wo man glaubt, daß die Welt rund ist, und wie sie lieber den Job hingeschmissen hat, als unmoralische Geographie zu lehren. Das war bei der Parallelveranstaltung vor der Baptistenkirche. Die waren alle völlig weg! Winnie sollten wir im Auge behalten... Aber Lafone! Lafone war einfach überirdisch. Ausstrahlung, Persönlichkeit – Überzeugungskraft – die ganze Trickkiste! Er hat Überzeugung ausgeschwitzt. Jesses, er hat sogar *mich* überzeugt, während er geredet hat! (Der? Er war natürlich der Präsident der Geoplanen. Haben Sie denn meinen Bericht nicht gelesen?) Diese Theorie ist wirklich teuflisch plausibel. Letzten Endes hat ja noch niemand wirklich bewiesen, daß die Erde rund ist, oder?«

»Lassen Sie die Erde beiseite. Was war mit Huckley?«

»Ah, Huckley war voll. Das ist ja das Schlimme an diesen Musterdörfern; wenn man die einmal Feuerwasser riechen läßt. Eine Alkoholkneipe gibt es da noch, die Sir Thomas nicht loswerden kann. Das war Bats Hauptquartier. Er hat das Bankett runtergeschickt, auf zwei Lastwagen – Dinner für fünfhundert und Drinks für zehntausend. Huckley hat gut abgestimmt. Da gibt es kein Vertun. Keine Stimme, kein Dinner. Das Ergebnis war einstimmig – genau, wie ich gesagt habe. Jedenfalls waren der Pfarrer und der Doktor die einzigen Abweichler. Die haben wir nicht gezählt. Aber ja, Sir Thomas war da. Er kam und hat uns durch seine Parktore angegrinst. Heute wird er schlimmer grinsen. Da gibts so ne Anilinfarbe, wird durch ne Schablone eingerieben; das Zeug frißt sich ungefähr einen Fuß tief in jeden Stein und hält sich sehr lange. Bat hat beide Torsäulen mit ›Die Erde *ist* flach!‹ beschriftet, und alle Scheunen und Mauern, an die ranzukommen war ... Gott, Huckley *war* vielleicht betrunken! Wir mußten die ja abfüllen, damit sie nicht sauer waren, daß wir keine Aeroplane sind. Undankbares Gesocks! Ist Ihnen klar, daß kein Kaiser soviel künstlerisches Talent hätte aufbieten können, wie Bat über die ausgegossen hat? Also, Dal allein war ... Und abends um acht war nicht mal ein Fetzchen Papier übrig! Die ganze Show eingepackt und weg, und Huckley jubelt immer noch darüber, daß die Erde flach ist.«

»Sehr gut«, begann ich. »Ich bin, wie Sie wissen, Dritteleigner von *The Bun*.«

»Hab ich nicht vergessen«, unterbrach Ollyett. »Das war die ganze Zeit mein erster Gedanke. Ich hab heute einen Sonderbericht für *The Bun* – eine Idylle, und bloß damit Sie sehen, wie sehr ich an Sie gedacht hab, hab ich Dal auf der Rückfahrt von Ihrem Gubby-Tanz erzählt, und sie hat es Winnie gesagt. Winnie ist in unserem Kremser mit zurückgefahren. Nach einiger Zeit mußten wir aussteigen und das Ding in einem Feld tanzen. Ein feiner Tanz, so, wie wir ihn getanzt haben – und Lafone hat ne Art Gorilla-Marschprozession für das Ende erfunden. Bat hatte nen Filmfritzen runtergeschickt, für den Fall, daß was Filmbares abfällt. Der Sohn eines Priesters – ganz dynamische Persönlichkeit. Er sagte, ne Versammlung an sich bringt nichts fürs Kino – zuwenig *action*. Filme sind ja ein eigener Kunstzweig. Aber bei dem Gubby ist er ausgeklinkt. Er sagte, das war wie die Vision des Petrus bei Joppa. Er hat ungefähr ne Million Fuß Film darauf verschossen. Dann hab ich es exklusiv für *The Bun* fotografiert. Ich hab die Bilder schon reingeschickt, bloß denken Sie dran, wir müssen Winnies linkes Bein in der ersten Formation wegmachen. Es ist zu fesselnd ... Da haben Sies! Aber ich sag Ihnen, ich fürchte mich vor Bat. Der Mann ist Der Teufel Persönlich. Er hat das alles gemacht. Dabei ist er nicht mal selber runtergekommen. Er sagte, er würde seine Leute ablenken.«

»Warum wollte er mich nicht dabei haben?« beharrte ich.

»Weil Sie *mich* ablenken würden, sagt er. Er sagte, er wollte meinen Kopf, und zwar ganz kalt. Hat er gekriegt. Ich glaube, das ist das Beste, was ich je gemacht habe.« Er griff nach *The Cake* und las alles noch einmal, schwelgerisch. »Ja, bei weitem das Beste – hervorragend zitierbar«, schloß er, und – nach erneuter Begutachtung –: »Bei Gott, was für ein Genie ich gestern war!«

Ich wäre gern verärgert gewesen, hatte aber nicht die Zeit dazu. An diesem Morgen scharwenzelten Presseagenturen in der Redaktion von *The Bun* um mich her, um gewisse Fotos verwenden zu dürfen, deren Rechte, soweit sie wüßten, bei mir lägen, über einen gewissen Dorftanz. Als ich den fünften kurz vor einem Tränenausbruch stehenden Mann fortgeschickt hatte, kam meine Selbstachtung ein wenig zurück. Dann mußte das Plakat für *The Bun* fertig gemacht werden. Kunst ist Streichung; also schliff ich es auf zwei Wörter ab (eins zuviel, wie sich erwies) – »The Gubby!« in Rot, worauf unser Chefredakteur protestierte; aber um fünf Uhr nachmittags sagte er mir, ich sei *der* Napoleon der Fleet Street. Ollyetts Bericht in *The Bun* über Andachten und Liebesmahl der Geoplanen fehlte die heftige Wucht seiner Fassung in *The Cake*, aber er tat gründlicher weh; und die Fotos von »The Gubby« (die, inklusive Winnies linkem Bein, der Grund dafür waren, daß ich die zweifelhafte Maschine so früh in Gang gebracht hatte) waren über jedes Lob und am nächsten Tag über jeden Preis erhaben. Aber auch da begriff ich noch nicht.

Etwa eine Woche später, glaube ich, rief Bat Masquerier mich an und lud mich ins Trefoil.

»Jetzt sind Sie dran«, sagte er. »Ollyett ist nicht geladen. Kommen Sie zur Proszeniumsloge.«

Ich ging hin und wurde als Bats Gast empfangen wie nicht einmal die Königliche Familie. Wir lehnten uns bequem zurück und blickten hinaus über die dichtgedrängten Tausende. Es gab *Morgiana and Drexel*, diese spritzige, elektrisierende Revue, die tatsächlich Bat erschaffen hat – wenn er sie auch Lafone zuschrieb.

»Ja-a«, sagte Bat verträumt, nachdem Morgiana den vierzig Räubern in ihren vierzig Öl-Kombinationen den »schlimmen Topf« gegeben hatte. »Wie Sie sagen, ich hab sie gepackt und kann sie halten. Was einer tut ist nicht sehr wichtig, und wie er es tut auch nicht. Es zählt das *wann* – der psychologische Moment. Den kann keine Presse ersetzen; auch kein Geld; auch kein Grips. Glück spielt eine große Rolle, aber der ganze Rest ist Genie. Ich rede jetzt nicht von Meinen Leuten. Ich rede von Mir.«

Dann klopfte Dal – sie war die einzige, die das wagte – an die Tür und stand als Morgiana hinter uns, leibhaftig und keuchend. Lafone brachte eben die Szene im Polizeigericht, und das Haus wurde längs und quer von Gelächter durchfurcht.

»Ah! Also ganz unter uns«, fragte sie mich zum zwanzigsten Mal, »haben Sie Nellie Farren geliebt, als Sie jung waren?«

»Haben wir sie geliebt?« antwortete ich. »›Wenn die Erde und der Himmel und die See‹ – wir waren drei Millionen damals, Dal, und wir haben sie angebetet.«

»Wie hat sie das fertiggebracht?« fragte Dal weiter.

»Sie war einfach Nellie. Die Häuser haben geschnurrt, wenn sie auf die Bühne kam.«

»Ich hab schon viel mitgemacht, aber angeschnurrt worden bin ich noch nie«, sagte Dal versonnen.

»Es geht nicht ums wie, sondern ums wann«, wiederholte Bat. »Ah!«

Er beugte sich vor, als das Haus begann, sich zu wiegen und aus vollem Halse zu tosen. Dal floh. Eine gewellte stumme Prozession kam im Gänsemarsch ins Polizeigericht, zu kaum hörbarer Begleitung. Sie war gekleidet – aber die Welt und all ihre Lichtspieltheater wissen, wie sie gekleidet war. Sie tanzte und sie tanzte, und sie tanzte den Tanz, der die ganze Menschheit ein halbes Jahr lang ins Bein biß, und sie endete mit dem Lockstep-Finale, das das schluchzende und ächzende Haus schwadenweise niedermähte. Jemand auf der Galerie stöhnte: »O Gott, the Gubby!«, und wir hörten das Wort umlaufen wie ein Schauern, denn niemand hatte mehr ausreichend Luft zum Sprechen. Dann kam Dal, einen elektrischen Stern in ihrem dunklen Haar, blitzende Diamanten in ihren drei Zoll hohen Absätzen – eine Vision, die sich geschlagene dreißig Sekunden nicht regte, während sich hinter ihr die Polizeigericht-Szene zu Morgianas Maniküre-Palast auflöste und die Leute wieder zur Besinnung kamen. Der Stern auf ihrer Stirn erlosch, und weiches Licht überspülte sie, als sie – langsam, langsam zum Schmachten der anbetenden Geigen – die achtzehn Schritte nach vorn tat. Wir sahen sie zuerst als Königin allein; dann als Königin, die erstmals ihre Untertanen wahrnimmt, und schließlich, da ihre Hände flatterten, als entzückte Frau, ein wenig von Scheu ergriffen, aber verklärt und erleuchtet von lauterer, unwiderstehlicher Zuneigung und Gunst. Ich hörte das unterbrochene Murmeln des Willkommens – das Schnurren, das mehr ist als Beifallsstürme. Es erstarb und schwoll und erstarb wieder, liebevoll.

»Sie hats rübergebracht«, flüsterte Bat. »So hab ich sie noch nie gesehen. Ich hab ihr gesagt, sie soll den Stern anmachen, aber ich hatte Unrecht, und sie hat es gewußt. Eine Künstlerin.«

»Dal, *you darling!*« sagte jemand, nicht laut, aber die Stimme trug durchs ganze Haus.

»Danke *sehr!*« erwiderte Dal, und in dem abbrechenden Gemurmel hörte man die letzte Fessel bersten. »Guten Abend, Jungs! Ich komme grad aus – also – verflixt, wo komm ich noch mal her?« Sie wandte sich den reglosen Reihen der Gubby-Tänzer zu und fuhr fort: »Ah, wie nett von euch, daß ihr mich daran erinnert, ihr lieben Puddinggesichter. Ich komme grad aus diesem Dorf – The Village that Voted the Earth was Flat [dem Dorf das beschloß, die Erde sei flach].«

Sie stürzte sich mit vollem Orchester in diesen Song. Er verwüstete die bewohnbare Erde für die nächsten sechs Monate. Man male sich also aus, welchen Taumel und welche Wucht er in der strahlenden Stunde seiner Geburt gehabt haben muß! Sie sang den Refrain nur einmal. Am Ende der zweiten Strophe rief sie: »Macht ihr *mit*, Jungs?« Und das Haus riß ihr das Lied förmlich weg – »*Earth* was flat – *Earth* was flat. Flat as my hat – Flatter than that« – und ertränkte alles außer den Fagotten und Kontrabässen, die das eine Wort unterstrichen.

»Wunderbar«, sagte ich zu Bat. »Und dabei ist es nur ›Nuts in May‹ mit Variationen.«

»Ja – aber die Variationen sind von *mir*«, erwiderte er.

In der letzten Strophe gab sie dem Dirigenten Carlini Zeichen; er warf ihr den Taktstock hinauf. Sie fing ihn auf, geschickt wie ein Junge. »Macht ihr *mit?*« rief sie noch einmal und – gefolgt vom rasenden Haus – tilgte alle Instrumente aus, bis auf den gutturalen Rülpser der Kontrabässe bei *»Earth«* – »The Village that Voted the *Earth* was Flat – *Earth* was Flat!« Es war ein Delirium. Dann schnappte sie sich die Gubby-Tänzer und führte sie in einem trappelnden improvisierten Lockstep dreimal um die Bühne, bis sie mit ihrem letzten Tritt den diamantenbesetzten Schuh wie ein Bolzenrad zum elektrischen Leuchter aufwirbeln ließ.

Ich sah den Wald von Händen aufsteigen, um den Schuh zu fangen, hörte das Brüllen und Trampeln durch Hurrikane zum vollen Taifun anschwellen; hörte wie der Song – festgehalten von den getreuen Kontrabässen, wie die Bulldogge den röhrenden Bullen festhält – schließlich sogar diese übertönte; bis endlich der Vorhang fiel und Bat mich zu ihrer Garderobe brachte, wo sie sich, nach dem siebten Vorhang, erschöpft hingelegt hatte. Durch all diese weißgeschlämmten Wände hindurch erschütterte der Song noch immer den verstärkten Beton des Trefoil, wie Dampframmen die Flanken eines Docks erschüttern.

»Ich bin völlig fertig – zum ersten Mal in meinem Leben. Ah! Ganz unter uns, hab ich es rübergebracht?« flüsterte sie heiser.

»Das wissen Sie doch«, erwiderte ich, während sie ihre Nase tief in einen Becher Gerstenwasser steckte. »Die haben Sie angeschnurrt.«

Bat nickte. »Und die arme Nellie ist tot – das war doch in Afrika, oder?«

»Ich hoffe, ich sterbe, bevor die aufhören zu schnurren«, sagte Dal.

»›*Earth* was Flat – *Earth* was Flat!‹« Jetzt klang es eher wie Grubenpumpen bei einer Überschwemmung.

»Die nehmen den Laden auseinander, wenn du nicht noch mal rauskommst«, rief jemand.

»Lieb von ihnen!« sagte Dal und ging zu ihrem achten Vorhang hinaus, wo sie im Angesicht dieses Katarakts gähnend sagte: »Ich weiß nicht, wie *ihr* euch fühlt, Kinder, aber ich bin tot. Gebt doch mal Ruhe.«

»Warten Sie nen Moment«, sagte Bat zu mir. »Ich muß wissen, wie es in den Provinzen gelaufen ist. Winnie Deans hatte es in Manchester, und Ramsden in Glasgow – und dann auch noch die ganzen Filme. Ich hab ein ziemlich schweres Wochenende hinter mir.«

Die Telefone beruhigten ihn sehr bald.

»Das wird reichen«, sagte er. »Und *er* hat gesagt, meine Heimatanschrift wäre Jerusalem.« Als er mich verließ, summte er den Refrain von »The Holy City«. Da begriff ich, daß ich wie Ollyett diesen Mann fürchtete.

Als ich auf die Straße hinausgelangte und den sich erbrechenden Lichtspiel-Palästen begegnete, die auf dem Pflaster herumhüpften und *es* summten (denn er hatte zu den Filmen die Grammophone angestellt), und als ich weit im Süden die roten Elektrozeichen »Gubby« über die Themse blitzen sah, fürchtete ich mich mehr denn je.

Einige Tage vergingen, die mit nichts zu vergleichen waren, außer vielleicht mit einer Fieberpause, in der der Kranke wahrnimmt, wie die Suchscheinwerfer der versammelten Kriegsflotten der ganzen Welt sich langsam auf ein winziges Stückchen Treibgut richten - ein einziges in der ganzen schwarzen und von Agonie überzogenen See. Dann vereinigten sich diese Leuchtbalken im Brennpunkt. Die Erde, die wir gekannt hatten – der volle Umfang unserer Kugel –, legte das Gewicht ihrer unpersönlichen sengenden Neugier auf dieses Huckley, das beschlossen hatte, sie sei flach. Sie verlangte Nachrichten über Huckley – wo und was es eigentlich sei und wie es spreche – sie wußte, wie es tanzte – und wie es in seiner wundersamen Seele denken mochte. Und dann wurde Huckley in der ganzen eifrigen erbarmungslosen Presse ausgebreitet, daß die Erde es betrachte, wie bei der Vorführung einer *laterna magica* ein Tropfen Teichwasser auf der Platte dargeboten wird. Aber Huckleys Platte war ebenso ausgedehnt wie die Verwendung beweglicher Lettern durch die Menschheit. Für den einen Moment, dessen es bedurfte, ordnete das Schicksal die Dinge so, daß nichts wirklich Wichtiges vor dem müßigen Auge der Welt geschah. Ein einziger grauenhafter Mord, eine politische Krise, ein unvorsichtiger oder ungestümer kontinentaler Staatsmann, der bloße Katarrh eines Königs hätte die Bedeutsamkeit unserer Botschaft getilgt, wie eine zufällige Wolke das dringende Heliogramm auslöscht. Aber es herrschte Schönwetter, in jeder Beziehung. Ollyett und ich brauchten ebensowenig unsere kleinen Finger zu krümmen wie der Alpinist, dessen letzter Satz das Gewölbe der Lawine erschlossen hat. Ganz von allein röhrte und malmte und fegte das Ding außer Sichtweite – ganz von allein. Und als es einmal unterwegs war, hätte der Sturz von Königreichen es nicht ablenken können.

Letzten Endes ist diese unsere Erde liebenswürdig. Während Der Song tobte und ihr Gewalt antat, mit dem kataleptischen Kick des »Ta-ra-ra-boom-de-ay«, multipliziert mit dem westafrikanischen Zeichen für »Alle machen mit« plus zweimal die höllische Elementalität in *Dona et Gamma;* als in jeder praktischen Hinsicht, literarisch, dramatisch, künstlerisch, gesellschaftlich, städtisch, politisch, kommerziell und administrativ, die Erde flach *war,* schrieb uns der Pfarrer von Huckley – wiederum als ein der Genauigkeit Ergebener –, um uns darauf hinzuweisen, daß die Abstimmung in Huckley über »die angebliche Flachheit des Schauplatzes unserer Plagen hienieden« *nicht* einstimmig gewesen sei; er und der Arzt hätten sich dagegen ausgesprochen. Und der große Baron Reuter persönlich (ich bin sicher, daß es kein anderer gewesen sein kann) blitzte diesen Brief ungekürzt auf die Vorderseite, die Rückseite und beide Flügel dieses Schauplatzes unserer Plagen. Denn Huckley war *die* Meldung. Auch *The Bun* steuerte eine Fotografie bei, die zu fälschen mich einige Mühe kostete.

»Wir sind eine lebendige Nation«, sagte Ollyett, während wir die Dinge bei einem Bat-Dinner diskutierten. »Beim augenblicklichen Stand der Dinge hätte nur ein Engländer diesen Brief schreiben können.«

»Es hat mich an einen Touristen in der Höhle der Winde unter dem Niagarafall erinnert. Eine winzige Figur mit Regenmantel. Aber vielleicht haben Sie unser Foto gesehen?« sagte ich stolz.

»Ja«, erwiderte Bat. »Ich war auch schon am Niagarafall. Und wie nimmt Huckley das auf?«

»Die begreifen es natürlich nicht ganz«, sagte Ollyett. »Aber es bringt dem Ort Berge von Geld ein. Seit die Busausflüge dahin angefangen haben . . .«

»Das wußte ich noch nicht«, sagte Pallant.

»Aber ja. Motorkremser – uniformierte Führer und Klapphörner inklusive. Die da unten haben aber neuerdings die Nase ein bißchen voll von der Melodie«, setzte Ollyett hinzu.

»Die spielen das unter seinem Fenster, oder?« fragte Bat. »Er kann ja das öffentliche Wegerecht durch seinen Park nicht abschaffen.«

»Kann er nicht«, antwortete Ollyett. »Nebenbei, Woodhouse, ich hab dem Küster diesen Taufstein für dich abgekauft. Ich hab fünfzehn Pfund dafür bezahlt.«

»Was soll ich denn damit machen?« fragte Woodhouse.

»Gib ihn dem Victoria-und-Albert-Museum. Er ist wirklich aus dem vierzehnten Jahrhundert. Du kannst dich drauf verlassen.«

»Lohnt sich das denn – jetzt?« sagte Pallant. »Nicht daß ich schwach würde, sondern einfach als Frage der Taktik?«

»Aber das Ding ist echt«, sagte Ollyett. »Außerdem ist es mein Hobby; ich wollte immer Architekt werden. Ich kümmere mich selbst darum. Das ist zu seriös für *The Bun* und viel zu gut für *The Cake*.«

Er bereitete den Boden in einer gewichtigen Architekturzeitschrift, die von Huckley nie gehört hatte. Seine Darlegung enthielt keinerlei Leidenschaft, nur bloße Fakten, gestützt auf eine große Zahl von Autoritäten. Er wies zweifelsfrei nach, daß der alte Taufstein in Huckley auf Betreiben von Sir Thomas vor zwanzig Jahren hinausgeworfen worden war, um Platz zu machen für ein neues Becken aus Bath-Stein, verziert mit Limoge-Glasuren; und daß er seither in einer Ecke des Küsterschuppens gelegen hatte. Er bewies, gestützt auf Gelehrte, daß es in ganz England nur einen weiteren vergleichbaren Taufstein gebe. Also kaufte Woodhouse ihn und schenkte ihn einem dankbaren South Kensington, das verkündete, die Erde müsse erst noch viel flacher werden, bevor man dem kurzsichtigen Huckley diesen Schatz zurückgäbe. Ganze Chorgestühle voller Bischöfe und die meisten Angehörigen der Royal Academy, von »Margaritas ante Porcos« nicht zu reden, schrieben mit Leidenschaft an die Zeitungen. *Punch* nahm den Vorgang zum Anlaß für eine politische Karikatur; die *Times* für einen dritten Leitartikel, »Die Gier nach Neuem«; und der *Spectator* für einen gelehrten und vergnüglichen Feuilletonartikel, »Haussmanie auf dem Lande«. Die große amüsierte Außenwelt sagte in allen Zungen und Lettern: »Natürlich! Das sieht Huckley ähnlich!« Und weder Sir Thomas noch der Pfarrer noch der Küster noch sonst jemand schrieb, um zu dementieren.

»Wissen Sie«, sagte Ollyett, »das ist für Huckley ein viel härterer Schlag, als es scheint – weil jedes einzelne Wort stimmt. Ihr Gubby-Tanz war eine göttliche Inspiration, das gebe ich zu, aber er war nicht verwurzelt in ...«

»Zwei Hemisphären und vier Kontinenten, bis jetzt«, betonte ich.

»Verwurzelt in den Herzen von Huckley, wollte ich sagen. Warum kommen Sie eigentlich nie mit und schauen sich den Ort an? Sie waren nicht mehr da, seit man uns da angehalten hat.«

»Ich hab nur an den Wochenenden frei«, sagte ich, »und Sie scheinen Ihre ziemlich regelmäßig da unten zu verbringen – mit dem Beiwagen. Ich wollte da nicht ...«

»Ah, *das* ist schon in Ordnung«, sagte er fröhlich. »Wir sind jetzt schon fast ein altes Paar. Nebenbei bemerkt, passiert ist es nach der Geschichte mit den ›hochträchtigen hornlosen Angusrindern‹. Kommen sie doch am Samstag mit. Woodhouse sagt, er fährt uns nach dem Essen runter. Er will sich Huckley auch ansehen.«

Pallant konnte uns nicht begleiten, aber Bat sprang ein.

»Komisch«, sagte Bat, »daß außer Ollyett keiner von uns mehr Huckley zu Gesicht bekommen hat, seither. Das sage ich Meinen Leuten auch immer. Lokalkolorit ist prima, nachdem einem die Idee gekommen ist. Vorher stört es bloß.« Auf der

Hinfahrt ergötzte er uns mit Panorama-Betrachtungen des Erfolgs – geographisch wie finanziell – von »The Gubby« und Dem Song.

»Übrigens«, sagte er, »hab ich Dal alle Grammophonrechte von ›The Earth‹ übertragen. Sie ist die geborene Künstlerin. War aber nicht clever genug, mir am nächsten Morgen die dreifache Gage abzuknöpfen. Das hätte sie mit dem Schnurren wieder reingebracht.«

»Ein Schätzchen! Und was werden ihr die Grammophonrechte einbringen?« fragte ich.

»Weiß der Himmel!« antwortete er. »Auf meiner Seite sinds bis jetzt vierundfünfzigtausend, und das ist erst der Anfang. Hört euch *das* an!«

Ein muschelrosa Motorkremser röhrte hinter uns heran; jemand spielte auf einem Klapphorn die Melodie von »The Village that Voted the Earth was Flat«. Ein paar Minuten später überholten wir einen weiteren offenen Bus, holzbraun, dessen Insassen das Lied durch die Nase sangen.

»Die Agentur kenn ich nicht. Muß Cook's sein«, sagte Ollyett. »Denen *gehts* aber an den Kragen.« Den Rest des Weges nach Huckley waren wir nie außer Hörweite der Melodie.

Obwohl ich gewußt hatte, daß es so sein würde, war ich doch enttäuscht vom tatsächlichen Anblick des Orts, den wir – das ist nicht zuviel gesagt – vor den Augen der Nationen erschaffen hatten. Die Alkoholkneipe; der Dorfanger; die Baptistenkapelle; die Kirche; der Schuppen des Küsters und Totengräbers; das Pfarrhaus, aus dem die ach-so-wundervollen Briefe gekommen waren; Sir Thomas' Parktor-Pfeiler, die noch immer heftig verlautbarten »Die Erde *ist* flach«; all das war so mittelmäßig, so durchschnittlich, so gewöhnlich wie das Foto eines Zimmers, in dem ein Mord begangen wurde. Ollyett, der den Ort natürlich besonders gut kannte, suchte ihn uns schmackhaft zu machen. Bat, der ihn als Hintergrund für eines seiner Dramen verwendet hatte, tat ihn als verbraucht und geleert ab, aber Woodhouse drückte auch meine Gefühle aus, als er sagte: »Ist das alles – nach allem, was wir getan haben?«

»Ich weiß ja«, sagte Ollyett beschwichtigend. »›Gleich wie Apollos seltsamer Gesang: Da Ilion wie ein Nebel wuchs zu Türmen.‹ Mir ist es auch manchmal so vorgekommen, obwohl es für mich das Paradies war. Aber denen *geht* es ja an den Kragen.«

Der vierte Kremser innerhalb von dreißig Minuten war eben in Sir Thomas' Park eingebogen, um dem Herrenhaus zu sagen, die Erde *ist* flach; ein Knäuel offensichtlich amerikanischer Touristen war dabei, die Tore seines Pförtnerhauses zu kodaken; während die Teestube gegenüber dem Friedhofstor voll war von Leuten, die Ansichtskarten von dem alten Taufstein kauften, so wie er zwanzig Jahre lang im Schuppen des Küsters gelegen hatte. Wir gingen in die Alkoholschänke und beglückwünschten den Inhaber.

»Bringt Geld ins Dorf, das«, sagte er. »Aber irnkwie kamman für Geld zu viel bezahln. Tut uns überhaup nich gut. Die Leut lachen uns aus. Das isses, wasse machen . . . Also, was jetz die Abstimmung hier bei uns angeht, wo Sie bestimp von gehört ham . . .«

»Gotteswilln, hör mit die Abstimmung auf«, rief ein älterer Gentleman neben der Tür. »Ob wir jetz Geld dafür krieng oder nich, wir ham die Schnauze voll davon.«

»Also, ich find«, sagte der Wirt ablenkend, »ich find, Sir Thomas hätte das besser machen könn, in die eine oder andere Hinsicht.«

»Mir hatter gesacht« – der ältere Mann drängelte sich zum Tresen – »vor zwanzich Jahr hatter mir gesacht, ich soll den Taufstein da wechnehm un in mein Schuppen leeng. Un nu, nach zwanzich Jahr, sprink meine eingne Frau mit mir um, wie wenn ich n blöden Trottel bin!«

»Das is der Küster«, erklärte der Wirt. »Seine liebe Frau tut die Postkartn verkaufn – wennSe nich schon welche ham. Aber wir finden, daß Sir Thomas da was besser hätt machen gekonnt.«

»Was hat der denn damit zu tun?« sagte Woodhouse.

»Nix, was wir ihm so richtich nachweisen könn, aber wir finden, er hätt uns die Sach mit dem Taufstein ersparen gekonnt. Also, was jetz diese Abstimmerei angeht . . .«

»Hör auf damit! Mensch, hör bloß auf!« brüllte der Küster. »Sonz schneid ich mir morng beim ersten Hahnschrei die Gurgel durch. Da, noch ne Ladung Spaßvögel!«

Ein Kremser war draußen vorgefahren, und sofort sprang eine Unmenge Männer und Frauen heraus. Wir gingen vor die Tür, um zuzuschauen. Sie trugen zusammengerollte Banner, ein dreiteiliges Katheder und, wie ich besonders vermerkte, ein zusammenklappbares Harmonium, wie man es auf See an Bord verwendet.

»Heilsarmee?« sagte ich, obwohl ich keine Uniformen sah.

Zwei von ihnen entrollten ein Banner zwischen Stangen; darauf stand zu lesen: »Die Erde *ist* flach.« Woodhouse und ich wandten uns Bat zu. Er schüttelte den Kopf. »Nein, nein! War ich nicht . . . Wenn ich deren Ausrüstung bloß früher gesehen hätt!«

»Lieber Gott!« sagte Ollyett. »Das ist die echte Geoplan-Gesellschaft!«

Mit der Präzision von Leuten, die derlei Manöver geübt haben, rückte die Truppe auf den Dorfanger vor. Kulissenschieber hätten nicht schneller sein können mit dem dreiteiligen Podium und Stewards nicht mit dem Harmonium. Fast ehe seine überkreuzten Beine, nach Tritten, in den Halterungen eingeschnappt waren und lange bevor die Touristen am Pförtnerhaus sich zum Anger in Bewegung gesetzt hatten, ließ eine Frau sich am Harmonium nieder und intonierte einen Choral:

Hear ther truth our tongues are telling,
Spread ther light from shore to shore,
God hath given man a dwelling
Flat and flat for evermore.

When ther Primal Dark retreated,
When ther deeps were undesigned,
He with rule and level meted
Habitation for mankind!

[Hört die Wahrheit, die wir künden,
breitet Licht von Meer zu Meer,
Gott hat uns ein Heim gegeben,
flach und flach auf immerdar.

Als die Finsternis zu Licht ward,
und die Tiefe war noch wüst,
maß mit Lineal und Waage
Er des Menschen Heimstatt zu!]

Ich sah würgenden Neid auf Bats Gesicht. »Zum Teufel mit der Wirklichkeit«, murmelte er. »Immer überholt sie einen. Daß ausgerechnet *ich* Choräle und ein Harmonium vergessen habe!«

Dann kam der Refrain:

Hear ther truth our tongues are telling,
Spread ther light from shore to shore—
Oh, be faithful! Oh, be truthful!
Earth is flat for evermore.

[Hört die Wahrheit, die wir künden,
breitet Licht von Meer zu Meer –
Oh, seid gläubig! Seid Getreue!
Ewig ist die Erde flach.]

Sie sangen mehrere Strophen mit der Inbrunst von Christen, die auf ihre Löwen warten. Dann füllte sich die Luft mit Grollen. Der Küster, umklammert vom Wirt, kam im *two-step* aus der Kneipentür. Jeder versuchte, den anderen zu überbrüllen. »Tschuldigung im Vorraus für was er sacht«, schrie der Wirt;

»Sie verschwinden am besten« (hier begann der Küster, Worte zu sagen). »Das is hier nich die Zeit un schon gaanich der Ort für – für noch mehr Kram von die Art.«

Die Menge verdichtete sich. Ich sah den Polizeisergeanten des Dorfs aus seinem Cottage kommen; eben schnallte er den Gürtel fester.

»Aber«, sagte die Frau am Harmonium, »das muß doch bestimmt ein Irrtum sein. Wir sind keine Suffragetten.«

»Verdammt! Die wärn wenichstens mal was anderes«, schrie der Küster. »HaunSe ab hier! SaangSe nix! *Ich* kann jedenfalls nix mehr davon vertraang! HaunSe bloß ab, sofort, sonz kriengSe was mitm Taufstein!«

Die Menge, die aus allen Häusern in Sichtweite Verstärkung erhielt, wiederholte die Aufforderung wie ein Echo. Der Sergeant drängte sich nach vorn. Ein Mann neben dem Katheder sagte: »Aber wir sind doch ganz bestimmt unter lieben Freunden und Sympathisanten. Hören Sie mir doch einen Moment zu.«

Das war der Moment, in dem ein vorbeifahrender Bus unbedingt Das Lied anstimmen mußte. Die Wirkung setzte augenblicklich ein. Bat, Ollyett und ich, die auf verschiedenen Wegen etwas über Massenpsychologie gelernt hatten, zogen uns zur Tavernentür zurück. Woodhouse, der Zeitungseigner, war, nehme ich an, bestrebt darum, mit dem Publikum Tuchfühlung zu halten, und tauchte mitten hinein. Alle anderen sagten der Gesellschaft, sie solle sofort verschwinden. Als die Dame am Harmonium (ich begann zu begreifen, weshalb es manchmal nötig ist, Frauen umzubringen) auf die beschrifteten Park-Pfeiler wies und sie »die Totempfähle unseres gemeinsamen Glaubens« nannte, setzte ein Knurren und Drängen ein. Der Polizeisergeant gebot dem Einhalt, riet jedoch der Gesellschaft, sich schleunigst davonzumachen. Die Gesellschaft zog sich in den Bus zurück und lieferte dabei gleichsam ein rhetorisches Nachhut-Scharmützel von Stufe zu Stufe aufwärts. Als letztes wurde das kollabierte Harmonium hineingehievt, und mit der vollkommenen Unvernunft der Massen bejubelten sie es laut, bis der Chauffeur den Gang einlegte und losbrauste. Dann zerstreute sich die Menge und beglückwünschte alle Beteiligten, außer dem Küster, der nach allgemeiner Ansicht sein Amt entehrt, indem er Damen beschimpft hatte. Wir schlenderten über den Anger zu Woodhouse, der in der Nähe des Parktors mit dem Polizeisergeanten redete. Wir waren keine zwanzig Yards entfernt, als wir Sir Thomas Ingell sahen, der aus dem Pförtnerhaus auftauchte und sich mit einem erhobenen Stock wütend auf Woodhouse stürzte, wobei er kreischte: »Ich werd Ihnen das Lachen schon austreiben, Sie –«, aber Ollyett hat die Ausdrücke protokolliert. Als wir zu ihnen kamen, lag Sir Thomas auf dem Boden; Woodhouse, sehr weiß, hielt den Spazierstock und sagte gerade zum Sergeanten:

»Verhaften Sie diese Person wegen tätlichen Angriffs.«

»Aber, lieber Gott!« sagte der Sergeant, noch weißer als Woodhouse. »Das ist Sir Thomas.«

»Was immer das da ist, man darf es jedenfalls nicht frei herumlaufen lassen«, sagte Woodhouse. Die Menge, die roch, daß etwas faul war, begann sich wieder zu versammeln, und der ganze Horror des Engländers vor einer öffentlichen Auseinandersetzung trieb uns, den Sergeanten voran, ins Pförtnerhaus. Wir schlossen sowohl die Parktore als auch die Tür des Pförtnerhauses.

»Sie haben die Tätlichkeit gesehen, Sergeant«, fuhr Woodhouse fort. »Sie können bezeugen, daß ich nicht mehr Gewalt angewandt habe, als nötig war, um mich zu schützen. Sie können bezeugen, daß ich nicht einmal das Eigentum dieser Person beschädigt habe. (Hier! Da haben Sie Ihren Stock, Sie!) Sie haben gehört, welche üblen Ausdrücke er gebraucht hat.«

»Ich ... ich habs eigentlich nich gehört«, stammelte der Sergeant.

»Ah, aber *wir!*« sagte Ollyett, und er wiederholte alles, zum

Entsetzen der Frau des Pförtners, die das Gesicht mit der Schürze bedeckte.

Sir Thomas, auf einem harten Küchenstuhl, begann zu reden. Er sagte, er habe »genug davon, wie ein wildes Tier fotografiert zu werden«, und drückte laut sein Bedauern darüber aus, daß er »diesen Kerl« nicht getötet habe, der »mit dem Sergeant konspiriert, um mich lächerlich zu machen«.

»HamSe den vorher denn noch nie gesehn, Sir Thomas?« fragte der Sergeant.

»Nein! Aber es ist an der Zeit, ein Exempel zu statuieren. Ich habe diesen Lump im Leben nie gesehen.«

Ich glaube, es war Bat Masqueriers magnetisches Auge, das ihm die Vergangenheit wieder ins Gedächtnis rief, denn seine Miene wechselte, und sein Kinn fiel. »Aber wohl doch!« ächzte er. »Jetzt fällt es mir ein.«

In diesem Moment trat durch die Hintertür ein Mann ein, der sich krümmte und wand. Er sei, sagte er, der Anwalt des Dorfs. Ich will nicht behaupten, er hätte Woodhouse die Stiefel abgeleckt, aber wir hätten mehr Achtung vor ihm gehabt, wenn er es getan hätte, und damit gut. Er brachte das Ansinnen vor, die Sache könne beigelegt, bereinigt und beglichen werden durch Gold und noch mehr Gold. Der Sergeant war der gleichen Meinung. Woodhouse klärte beide auf. Zum Sergeanten sagte er: »Nehmen Sie jetzt endlich die Anzeige auf oder nicht?« Dem Dorfadvokaten nannte er seine Anwälte, worauf der Mann die Hände rang und schrie: »Oh, Sir T., Sir T.!«, und dies mit jämmerlicher Fistelstimme, denn es war eine Anwaltsfirma von der Prominenz eines Bat Masquerier. In tragischem Geflüster berieten sie.

»Ich mach mir nichts aus Dickens«, sagte Ollyett am Fenster zu Bat und mir. »Aber jedesmal, wenn *ich* in so nen Krach gerate, fällt mir auf, daß das Polizeigericht sich mit Dickens-Figuren füllt.«

»Ist mir auch schon aufgefallen«, sagte Bat. »Aber das Komische dabei ist, daß man dem Publikum keinen unverdünnten Dickens auftischen darf – jedenfalls nicht in Meinem Geschäft. Warum ist das bloß so?«

Dann bekam Sir Thomas den »zweiten Wind« und verfluchte den Tag seiner, oder vielleicht auch unserer, Geburt. Ich hatte schon Angst, daß er, obwohl er ein Radikaler war, sich entschuldigen und als guter Abgeordneter aus der Klemme herauslügen könnte. Aber er war gänzlich und wahrhaftig von Sinnen. Er stellte dämliche Fragen – etwa, was wir denn überhaupt im Dorf suchten und wieviel Geld Woodhouse von ihm erpressen wolle. Aber weder Woodhouse noch der Sergeant noch der sich windende Advokat hörten ihm zu. Das Ergebnis ihrer Besprechung in der Kaminecke war, daß Sir Thomas am folgenden Montag vor seinen Amtsbrüdern zu erscheinen habe, unter der Anklage des tätlichen Angriffs, ordnungswidrigen Benehmens und der Verwendung von Ausdrücken, die dazu angetan seien, etc. Ollyett legte besonderes Gewicht auf die Ausdrücke.

Dann gingen wir. Im späten Licht sah das Dorf sehr nett aus – nett und so voll von Melodien wie ein Nachtigallennest.

»Ich hoffe, Sie kommen am Montag«, sagte Woodhouse, als wir die Stadt erreichten. Das war seine einzige Anspielung auf die Affäre.

Also kamen wir – durch eine Welt hindurch, die immer noch sang, die Erde sei flach – in die kleine lehmfarbene Marktstadt mit der großen Getreidebörse und dem kleinen Jubilee-Denkmal. Wir hatten einige Schwierigkeiten, Sitzplätze im Gericht zu bekommen. Woodhouses importierter Anwalt aus London war ein Mann von gebieterischer Persönlichkeit; seine Stimme geschult, durch den Tonfall vernichtende Unterstellungen zu äußern. Als der Fall aufgerufen wurde, erhob er sich und bekundete die Absicht seines Mandanten, die Klage nicht weiter zu verfolgen. Sein Mandant, führte er aus, habe nie auch nur die geringste Absicht gehabt und diese natürlich unter den obwaltenden Umständen auch gar nicht haben können, namens öffentlicher Wohlfahrtseinrichtungen etwelche Gelder anzunehmen, die ihm seitens des Besitzes von Sir Thomas angeboten worden sein mochten. Gleichzeitig anerkenne niemand offeneren Herzens denn sein Mandant den Geist, in dem jene Angebote von denen gemacht worden seien, denen es zukomme, sie zu machen. Nun seien jedoch – hier wurde er zum Mann von Welt, der sich vertraulich mit seinesgleichen beriet –, gewisse, eh, Details *nach* dem beklagenswerten Ausbruch zur Kenntnis seines Mandanten gelangt, die ... Er zuckte mit den Schultern. Es sei keinesfalls dienlich, auf diese Einzelheiten einzugehen, er wolle jedoch wagen zu äußern, daß, wären jene schmerzlichen Umstände nur früher bekannt gewesen, sein Mandant – abermals »natürlich« – nie auch nur im Traum daran gedacht haben würde ...

Eine Geste beschloß den Satz, und die umgarnte Richterbank betrachtete Sir Thomas mit neuen und sich distanzierenden Augen. Wie sie sehen könnten, wäre es nichts Geringeres denn Grausamkeit, diese, eh, unselige Affäre weiter zu verfolgen. Er bitte daher um Erlaubnis, die Klage *in toto* zurückzuziehen, und wolle gleichzeitig das tiefste Mitgefühl seines Mandanten für jene zum Ausdruck bringen, denen, gleich auf welche Weise, Kummer bereitet worden sei, wie eben seinem Mandanten, durch die Tatsache und die öffentliche Erörterung eines Verfahrens, das, wie er ihnen, natürlich, abermals versichern könne, sein Mandant niemals auch nur im Traum würde haben anstrengen wollen, wenn, wie er deutlich gemacht zu haben hoffe, gewisse Fakten seinem Mandanten vorgelegen hätten zu der Zeit, da ... Aber er hatte genug gesagt. Für sein Honorar schien er mir jedenfalls genug gesagt zu haben.

Der Himmel inspirierte Sir Thomas' Anwalt – ohnehin schweißgebadet bei der Aussicht, die Sprache seines Mandanten könne erörtert werden –, sich zu erheben und dem Kollegen zu danken. Danach tat Sir Thomas – noch ohne Bewußtsein des Aussatzes, der ihm auferlegt worden war, aber dankbar, unter welchen Bedingungen auch immer zu entkommen – es ihm gleich. Man lauschte ihm mit interessiertem Schweigen, und die Leute traten einen Schritt zurück, als Gehasi hervorkam.

»Sie schlagen aber hart zu«, sagte Bat danach zu Woodhouse. »Seine eigenen Leute halten ihn jetzt für verrückt.«

»Ach, wirklich? Ich zeige Ihnen beim Dinner heute abend ein paar von seinen Briefen«, erwiderte er.

Er brachte sie mit in den Red Amber Room des *Chop Suey*. Wir vergaßen ganz, weiterhin, wie bisher, verblüfft zu sein über Den Song oder »The Gubby« oder den starken Strom des Schicksals, der allein unseretwegen zu fließen schien. Es interessierte nicht einmal Ollyett, daß das Verb *»to buckle«* Eingang in die Sprache der englischen Leitartikler gefunden hatte. Wir studierten das Innere einer Seele, bis in ihre schmierigsten Ecken grell ausgeleuchtet von der Furcht, ihren »Rang« zu verlieren.

»Und dann hat Es Ihnen gedankt, wie, daß Sie die Klage zurückziehen, oder?« sagte Pallant.

»Ja, und Es hat mir ein Telegramm zur Bestätigung geschickt.« Woodhouse wandte sich an Bat. »Finden Sie immer noch, daß ich zu hart zuschlage?« fragte er.

»Nei-en!« sagte Bat. »Letzten Endes – ich spreche jetzt von jedermanns Handwerk – kann man in keinem Lebensbereich je etwas mit Kunst machen, was der Natur das Wasser reichen könnte. Man bedenke bloß, wie diese Sache sich ...«

»Lassen Sie mich doch noch mal eben diesen Ihren kleinen Fall überfliegen«, sagte Pallant und griff nach *The Bun*, wo die Sache eingehend abgehandelt war.

»Ob Dal wohl heute abend bei uns vorbeischaut?« begann Ollyett.

»Die ist auch mit ihrer Kunst beschäftigt«, antwortete Bat bitter. »Was hat Kunst schon für einen Sinn! Kann mir das einer sagen?« Prompt verwies draußen eine Drehorgel darauf, daß die *Erde* flach sei. »Das Grammophon ist das Ende der Drehorgeln, aber ich habe hundertvierundsiebzig von diesen *hurdy-gurdys* da losgelassen, zwölf Stunden nach Dem Song«, sagte Bat. »Nicht zu reden von den Provinzen.« Sein Gesicht hellte sich ein wenig auf.

»Hören Sie mal!« sagte Pallant über der Zeitung. »Ich nehme nicht an, daß Sie oder diese vertrottelten Friedensrichter es gewußt haben – aber Ihr Anwalt hätte wissen müssen, daß Sie alle in Sachen tätliche Beleidigung ganz übel ins Fettnäpfchen getreten haben.«

»Was ist los?« sagte Woodhouse.

»Es ist lächerlich. Es ist verrückt. In der ganzen Sache haben Sie nicht für zwei Pence rechtliche Handhabe. Natürlich konnten Sie die Anklage zurückziehen lassen, aber so, wie Sie es angegangen sind, ist es kindisch – nicht zu reden von illegal. Wo um alles in der Welt war der Chief Constable mit seinen Gedanken?«

»Ach, das war ein Freund von Sir Thomas. Waren die nebenbei alle«, erwiderte ich.

»Er gehört gehängt. Der Vorsitzende Richter auch. Ich spreche jetzt als Anwalt.«

»Also, wessen haben wir uns denn schuldig gemacht? Unterlassung einer Anzeige wegen Hochverrats, oder Vertuschung eines Kapitalverbrechens – oder was?« sagte Ollyett.

»Sag ich Ihnen später.« Mit zusammengekniffenen Brauen wandte Pallant sich wieder der Zeitung zu, wobei er von Zeit zu Zeit unangenehm lächelte. Schließlich lachte er.

»Vielen Dank!« sagte er zu Woodhouse. »Das müßte ganz nützlich sein – für uns.«

»Was meinen Sie?« sagte Ollyett.

»Für unsere Leute. Die darin verwickelt sind, das sind alles Radikale – vom Chief Constable abwärts. Wir müssen eine Anfrage machen. Wir müssen eine Anfrage machen.«

»Ja, gut, aber ich wollte die Klage so zurückgezogen haben, wie es mir paßt«, beharrte Woodhouse.

»Das hat mit dem Fall nichts zu tun. Es geht um die Legalität Ihrer dämlichen Methoden. Aber das verstehen Sie nicht, und wenn ich bis morgen früh darüber rede.« Er begann im Raum hin und her zu gehen, die Hände auf dem Rücken. »Ich frage mich, ob ich es unserem Whip in den dicken Schädel hämmern kann, daß das eine Möglichkeit ist... Das kommt davon, daß man die Richterbank mit radikalen Stümpern vollpfropft«, murmelte er.

»Ah, setzen Sie sich!« sagte Woodhouse.

»Wo kann ich Ihren Anwalt jetzt auftreiben?« stieß er hervor.

»Im Trefoil«, sagte Bat sofort. »Ich hab ihm für heute abend die Loge überlassen. Er ist ja auch ein Künstler.«

»Dann suche ich ihn jetzt auf«, sagte Pallant. »Wenn man es richtig anpackt, müßte das ein Gottesgeschenk für unsere Leute sein.« Er verzog sich ohne Entschuldigung.

»Also, diese Sache entwickelt sich wirklich noch und nöcher«, bemerkte ich blöde.

»Mir viel zu hoch!« sagte Bat. »Ich glaub nicht, wenn ich das gewußt hätte, daß ich dann überhaupt... Ja, doch, hätt ich. Er hat gesagt, meine Heimatanschrift wäre...«

»Es war sein Tonfall – sein Tonfall!« Ollyett brüllte beinahe. Woodhouse sagte nichts, aber sein Gesicht wurde immer weißer, während er brütete.

»Also, jedenfalls«, fuhr Bat fort, »ich bin froh, daß ich immer an Gott und die Vorsehung und den ganzen Kram geglaubt hab. Sonst würde ich jetzt das Flattern kriegen. Wir habens über die ganze Welt verbreitet - die volle Ausdehnung des geographischen Globus. Wir könnten es jetzt nicht mehr aufhalten, selbst wenn wir wollten. Es muß von selber ausbrennen. Ich bin nicht mehr dafür zuständig. Was erwarten Sie eigentlich als Nächstes – Engel?«

Ich erwartete nichts. Nichts, was ich erwartete, kam an das heran, was ich erhielt. Politik ist nicht meine Sache, aber da es im Moment so aussah, als ob sie wie alle anderen mit *bucklen* würde, interessierte ich mich dafür. Sie erschien mir wie ein Hundeleben ohne Hundeanstand, und hierin fühlte ich mich bestätigt, als ein unrasierter und ungewaschener Pallant eines Morgens um zehn Uhr bei mir auftauchte und um ein Bad und eine Couch bettelte.

»Auch Kaution?« fragte ich. Er trug Abendkleidung, und seine Augen waren fußtief in den Kopf gesunken.

»Nein«, sagte er heiser. »Sitzung die ganze Nacht. Fünfzehn Hammelsprünge. Heut abend wieder. Sie wohnen näher dran als ich, deshalb ...« Er begann sich in der Diele auszuziehen.

Als er um ein Uhr erwachte, erstattete er mir düstere Berichte von etwas, was er als Weltgeschichte bezeichnete, was aber offensichtlich kollektive Hysterie war. Es hatte eine politische Krise gegeben. Er und die anderen Abgeordneten hatten »Dinge bewegt« – ich bin nie ganz hinter diese Dinge gekommen –, achtzehn Stunden am Stück, und die erbarmungslosen Whips hingen jetzt schon wieder an den Telefonen, um die Herde zur nächsten Schlammschlacht zusammenzutreiben. Folglich schnaubte er und wurde wieder ganz hitzig, während er sich hätte ausruhen können.

»Ich werde meine Anfrage zu diesem Justizabort Huckley heute nachmittag einbringen, falls Sie zuhören möchten«, sagte er. »Es wird die reine Vergeudung werden – in unserem augenblicklichen Zustand. Hab ich denen auch gesagt; das ist aber auf Wochen hin meine einzige Chance. Vielleicht würde Woodhouse gern mitkommen.«

»Da bin ich ganz sicher. Alles, was mit Huckley zu tun hat, interessiert uns«, sagte ich.

»Das wird ein Rohrkrepierer, fürchte ich. Beide Seiten sind kurz vorm Überkochen. Die Lage hat sich seit einiger Zeit so aufgeheizt. Wissen Sie, früher oder später mußte der Knall kommen«, etc. etc., und wieder gingen ihm die Pferde durch.

Ich rief Woodhouse an, und wir gingen zusammen zum Unterhaus. Es war ein dumpfer, klebriger Nachmittag mit Gewitter in der Luft. Aus irgendwelchen Gründen waren beide Seiten entschlossen, ihre Tüchtigkeit und Ausdauer bis zum Ende nachzuweisen. Rings um mich her hörte ich Männer derlei knurren. »Wenn die nicht sanft mit uns umgehen, haben die von uns keine Gnade zu erwarten.« »Brecht den Viechern von Anfang an die Gräten. Die können Nachtsitzungen nicht ertragen.« »Komm schon! Hier wird nicht gekniffen! Ich weiß doch, *Sie* haben ein türkisches Bad genommen« waren einige der Sätze, die ich unterwegs auffing. Das Haus war schon voll, und deutlich spürte man die negative Ladung einer abgehetzten Menge, die einem an den Nerven zerrte und die nachmittägliche Seele bedrückte.

»Ganz übel!« flüsterte Woodhouse. »Das gibt noch Krach, bevor die fertig sind. Schauen Sie sich die Vorderbänke an!« Und er machte mich auf kleine persönliche Anzeichen aufmerksam, denen ich entnehmen sollte, daß jeder einzelne M. P. äußerst gereizt war. Er hätte sich die Mühe sparen können. Das Haus war bereit zuzuschnappen, noch bevor ein Knochen geworfen war. Ein mürrischer Minister stand auf, um eine Stakkato-Frage zu beantworten. Seine Anhänger johlten trotzig. »Unsinn! Unsinn!« kam es von den Hinterbänken. Ich sah das Gesicht des Speaker sich versteifen wie das Gesicht eines Steuermanns, der eine widerspenstige Yacht nach einer jähen achterlichen See zu kontrollieren versucht. Der Ärger wurde gerade noch abgewendet. Ein paar Minuten später kam ein neuer, offenbar grundloser Ausbruch – wüst, bedrohlich, aber wirkungslos. Er erstarb – man konnte den Seufzer hören – im plötzlichen zornigen Begreifen, daß trostlose Stunden vor ihnen lagen, und das Staatsschiff trieb weiter.

Dann erhob sich Pallant – und das wunde Haus zuckte unter der Folter seiner Stimme zusammen. Es war eine zwanzigzeilige Frage, gepanzert mit juristischen Termini. Zusammengefaßt bedeutete sie, daß er zu erfahren wünsche, ob der zuständige Minister unterrichtet worden sei, daß es zu einem schwerwiegenden Justizirrtum gekommen sei, zu diesem und jenem Datum, an diesem und jenem Ort, vor diesen und jenen Friedensrichtern, im Zusammenhang mit einem Fall, der sich ergeben habe . . .

Ich hörte ein verzweifeltes, müdes »Verdammt!« unter dieser Folter aus dem Höllenschlund aufsteigen. Pallant sägte weiter: ». . . aus gewissen Vorfällen, die sich zutrugen im Dorf Huckley.«

Das Haus nahm Haltung an, Lippen öffneten sich mit einem Schluckauf-Geräusch, und ein Blitz lief durch meinen Geist . . .

Pallant wiederholte: »Huckley. Das Dorf . . .«

»That voted the *Earth* was Flat.« Eine einzelne Stimme von einer Hinterbank sang es, wie ein einsamer Frosch in einem fernen Teich.

»*Earth* was Flat«, krächzte eine andere Stimme gegenüber.

»*Earth* was Flat«, das waren mehrere. Dann noch ein paar mehr.

Es war, muß man verstehen, der kollektive überspannte Nerv des Hauses, der nun riß, Faser um Faser, mit unterschiedlichen Tönen, wie die Trosse sich von den Vertäuungen löst.

»The Village that voted the *Earth* was flat.« Die Melodie begann sich herauszubilden. Weitere Stimmen erhoben sich, und Füße begannen, den Takt zu schlagen. Selbst da kam ich noch nicht auf den Gedanken, daß die Sache sich . . .

»The Village that voted the *Earth* was flat!« Es war jetzt leichter festzustellen, wer nicht sang. Davon gab es noch ein paar. Plötzlich (und das ist ein Beweis für die grundlegende Instabilität des Querbänkler-Geistes) sprang ein Querbänkler auf seinen Sitz und spielte dort einen imaginären Kontrabaß, mit gewaltigem und maestromäßigem Gewackel des Ellenbogens.

Die letzte Faser zerriß. Das Staatsschiff trieb hilflos auf die schaukelnden Tiden der Melodie hinaus.

»The Village that voted the *Earth* was flat!
The Village that voted the *Earth* was flat!«

Die Iren kamen als erste auf den Gedanken, ihre Sitzungspapiere als Trichter zu verwenden, um mit ihnen das korrekte *wrumm-wrumm* bei *»Earth«* zu erreichen. Labour, in einer Krise immer konservativ und achtbar, hielt länger durch als jede andere Fraktion, aber als sie dann einstiegen, war es brüllender Syndikalismus. Dann, ohne Parteiunterschied, Furcht vor Wählern, Sehnsucht nach einem Amt oder Hoffnung auf Vorteile, sang das Haus, mit voller Stimme und in sämtlichen Lagen, die erschöpften Körper schaukelten und die geschwollenen Füße trampelten epileptisch. Sie sangen: »The Village that voted the *Earth* was flat«; zuerst, weil sie es wollten, und dann – das ist das Entsetzliche an diesem Song – weil sie nicht aufhören konnten. Aus keiner Erwägung heraus konnten sie aufhören.

Pallant stand noch immer. Irgendwer zeigte auf ihn, und sie lachten. Andere begannen zu zeigen, reckten gewissermaßen im Takt die Arme. In diesem Moment kamen zwei Männer praktisch nebeneinander hinter dem Stuhl des Speaker herein und blieben entsetzt stehen. Einer war zufällig der Premierminister, der andere ein Bote. Das Haus, mit tränenüberströmten Wangen, richtete seine Aufmerksamkeit auf das paralysierte Paar. Sie wiesen mit sechshundert Zeigefingern auf sie. Sie schaukelten, sie wogten und sie schlingerten, während sie deuteten, aber sie sangen noch immer. Wenn sie einen Moment nachließen, brüllte Irland immer: »Macht ihr *mit*, Jungs?« und wie Antäus kamen alle wieder zu Kräften. Niemand konnte hinterher sagen, was auf der Pressetribüne oder der Besuchergalerie geschah. Es war das Haus, das hysterische aufgelöste House of Commons, das alle Augen band, wie es alle Ohren betäubte. Ich sah beide Vorderbänke sich vorbeugen, einige mit der Stirn auf der Aktenmappe, die übrigen mit dem Gesicht in den Händen; und ihre zuckenden Schultern entblößten das

Haus der letzten Fetzen von Anstand. Nur der Speaker blieb unbewegt. Die gesamte Presse Großbritanniens legte am nächsten Tag Zeugnis ab, daß er nicht einmal den Kopf gesenkt hatte. Der Engel der Verfassung, denn eitel war menschliche Hilfe, sagte ihm den genauen Moment voraus, an dem das Haus in »The Gubby« ausgebrochen wäre. Man berichtet, er habe gesagt: »Ich hörte die Iren die ersten Schleifschritte scharren. Da habe ich vertagt.« Nach Pallants Version soll er hinzugesetzt haben: »Und im ganzen Leben bin ich keinem einzelnen Abgeordneten so dankbar gewesen wie Mister Pallant.«

Es gab keine Erklärungen. Er sagte nichts von Ordnung oder Unordnung. Er vertagte einfach das Haus auf sechs Uhr an diesem Abend. Und das Haus vertagte sich – teilweise fast auf allen vieren.

Es stimmte nicht ganz, als ich sagte, der Speaker sei der einzige Mann gewesen, der nicht lachte. Woodhouse war die ganze Zeit neben mir. Sein Gesicht war starr und sehr weiß – so weiß, sagte man mir, wie das von Sir Thomas Ingell, als er sich nach entsprechender Aufforderung allein zu einem Gespräch mit seinem Chief Whip begab.

THE PRESS

The Soldier may forget his sword,
The Sailorman the sea,
The Mason may forget the Word
And the Priest his litany:
The maid may forget both jewel and gem,
And the bride her wedding-dress—
But the Jew shall forget Jerusalem
Ere we forget the Press!

Who once hath stood through the loaded hour
Ere, roaring like the gale,
The Harrild and the Hoe devour
Their league-long paper bale,
And has lit his pipe in the morning calm
That follows the midnight stress—
He hath sold his heart to the old Black Art
We call the daily Press.

Who once hath dealt in the widest game
That all of a man can play,
No later love, no larger fame
Will lure him long away.
As the war-horse smelleth the battle afar,
The entered Soul, no less,
He saith: 'Ha! Ha!' where the trumpets are
And the thunders of the Press.

Canst thou number the days that we fulfil,
Or the *Times* that we bring forth?
Canst thou send the lightnings to do thy will,
And cause them reign on earth?

Hast thou given a peacock goodly wings
   To please his foolishness?
Sit down at the heart of men and things,
   Companion of the Press!

The Pope may launch his Interdict,
   The Union its decree,
But the bubble is blown and the bubble is pricked
   By Us and such as We.
Remember the battle and stand aside
   While Thrones and Powers confess
That King over all the children of pride
   Is the Press — the Press — the Press!

DIE PRESSE

Der Soldat mag sein Schwert vergessen,
der Matrose die See,
der Freimaurer Das Wort, der Priester
seine Litanei:
die Maid mag vergessen Juwel und Schmuck
und die Braut ihr Hochzeitskleid –
doch vergißt der Jude Jerusalem
eher als wir die Presse!

Wer einmal die berstende Stunde durchstand
bis, brüllend wie der Sturm,
Harrild und Hoe ihre meilenlangen
Papierballen verschlingen,
und die Pfeife rauchte in der Morgenruh
die der Mitternachtshetze folgt,
der hat das Herz an die Schwarze Kunst verkauft,
die wir Tagespresse nennen.

Wer einmal mitmischte im größten Spiel,
das ein Mann ganz spielen kann,
– nicht spätere Liebe noch höherer Ruhm
locken ihn noch lange fort.
Wie das Schlachtroß riecht von fern den Kampf,
so auch die eingeweihte Seele,
die sagt: »Ha! Ha!« wo die Fanfaren sind
und das Donnern der Presse.

Zählst du die Tage, die wir ausfüllen,
oder die *Times*, die wir fertigstellen?
Schickst du Blitze aus, die dir zu Willen sind,
und läßt sie auf Erden herrschen?

Hast du je einem Pfau gute Flügel verliehen,
seiner Torheit zu schmeicheln?
Setz dich hin im Herzen der Menschen und Dinge,
Kamerad von der Presse!

Der Papst mag schleudern seinen Bann,
die Gewerkschaft ihr Dekret,
doch wird die Blase gebläht und gepiekst
von Uns und solchen wie Wir.
Denk an die Schlacht und tritt beiseite,
während Throne und Mächte gestehn:
König über alle Kinder des Stolzes
ist die Presse – die Presse – die Presse!

VOR DER MAJESTÄT

»Die Sache«, schloß der Regimentskaplan, »war also korrekt; in jeder Beziehung korrekt. Ich bin sehr zufrieden mit Rutton Singh und Attar Singh. Sie haben die Frucht ihres Lebens gepflückt.«

Er verschränkte die Arme und ließ sich auf der Veranda nieder. Der heiße Tag war zu Ende, und ein angenehmer Kochgeruch zog die Regimentskaserne entlang, wo halbbekleidete Männer hin und her gingen, mit Blatt-Tellern und porösen Wasserkrügen. Der Subadar-Major, in äußerst nachlässiger Kleidung, saß auf einem Stuhl, wie es seinem Rang zukam; der Havildar-Major, sein Neffe, lehnte respektvoll an der Wand. Das Regiment war zuhause und zufrieden im eigenen Quartier im eigenen Distrikt, benannt nach dem großen mohammedanischen Heiligen Mian Mir, der verehrt wurde von Jehangir und geliebt von Guru Har Gobind, dem sechsten der großen Sikh-Gurus.

»Ganz korrekt«, wiederholte der Regimentskaplan.

Kein Sikh widerspricht seinem Regimentskaplan, der ihm das Heilige Buch Granth Sahib darlegt und die Leben und Legenden aller Gurus kennt.

Der Subadar-Major senkte den grauen Kopf. Der Havildar-Major hustete respektvoll, um die Aufmerksamkeit auf sich zu ziehen und Redeerlaubnis zu erbitten. Zwar war er der Neffe des Subadar-Major, und sein Vater besaß doppelt soviel Land wie sein Onkel, aber er kannte seinen Platz im Plan der Dinge. Der Subadar-Major bewegte eine Hand mit eisernem Armband am Gelenk.

»War da zufällig eine Frau hinter diesen Dingen?« murmelte der Havildar-Major. »Ich war nicht hier, als all dies geschah.«

»Ja! Ja! Ja! Wir alle wissen, daß du in England warst und mit den Sahibs gegessen und getrunken hast. Wir sind alle überrascht, daß du noch Punjabi sprechen kannst.« Der sorgsam gepflegte Bart des Subadar-Major sträubte sich.

»Es gab da keine Frau«, knurrte der Regimentskaplan. »Es ging um Land. Höret, ihr! Rutton Singh und Attar Singh waren die älteren von vier Brüdern. Diese vier besaßen Land in – was war der Name des Dorfs? – ah, Pishapur, bei Thori, im Banalu Tehsil des Staats Patiala, wo Männer rechtes Benehmen noch erkennen können, wenn sie es sehen. Die beiden jüngeren Brüder bestellten das Land, während Rutton Singh und Attar Singh in den Dienst des Regiments traten, gemäß dem Brauch der Familie.«

»Wahr, wahr«, sagte der Havildar-Major. »Die gleiche Einrichtung gibt es in allen guten Familien.«

»Dann lauscht weiter«, fuhr der Regimentskaplan fort. »Ihre Verwandten auf der Seite der Mutter haben den beiden jüngeren Brüdern, die beim Land im Staat Patiala blieben, große Unterdrückung und Unrecht auferlegt. Die Verwandten ihrer Mutter trieben Tiere auf die Felder der vier Brüder, wenn die Früchte grün waren; gewaltsam schnitten sie das Korn, wenn es reif war; sie zerbrachen die Wasserrinnen; sie besudelten die Brunnen; und in den Gerichten brachten sie falsche Klagen gegen alle vier Brüder vor. Sie verschonten nicht einmal den Baumwollsamen, wie das Sprichwort sagt.

Die Verwandtschaft ihrer Mutter erwartete, daß die jungen Männer so durch die Last von Ärger und weiterem Ärger und immerwährendem Ärger gezwungen würden, ihr Land beim Dorf Pishapur im Banalu Tehsil im Staat Patiala zu verlassen. Wenn die jungen Männer fortliefen, fiele das Land ganz den Verwandten ihrer Mutter zu. Ich bin kein Regiments-Schulmeister, aber ist das verständlich, Kind?«

»Verständlich«, sagte der Havildar-Major grimmig. »Pishapur ist nicht der einzige Ort, wo der Zaun das Feld frißt, statt es zu schützen. Aber vielleicht war da eine Frau unter der Verwandtschaft ihrer Mutter?«

»Gott weiß es!« sagte der Regimentskaplan. »Frau oder Mann oder Gerichtshöfe, die jungen Männer wollten sich *nicht* von dem Land vertreiben lassen, das durch Erbschaft ihr eigen war. Sie wandten sich an Rutton Singh und Attar Singh, ihre Brüder, die bei *uns* im Regiment Dienst genommen hatten und daher die Welt kannten, um ihnen in ihrem langen Krieg gegen die Verwandtschaft ihrer Mutter in Pishapur zu helfen. Aus diesem Grund, weil ihr eigenes Land und die Ehre ihres Hauses ihnen teuer war, mußten Rutton Singh und Attar Singh oft Urlaub erbitten, um nach Patiala zu gehen und sich dort um die Gerichtsverfahren und Rinderverpfändungen zu kümmern.

Schaut, es war nicht, als ob sie in ihr eigenes Dorf heimgekehrt wären und dort mit Jasmin bekränzt in Ehren auf Stühlen gesessen hätten, vor den Ältesten, unter den Bäumen. Sie kehrten immer zu ewigem Ärger zurück; Gerichtsverfahren oder Diebstahl oder entlaufenes Vieh; und sie saßen auf Dornen.«

»Ich wußte es«, sagte der Subadar-Major. »Das Leben war bitter für sie beide. Aber sie waren Männer mit guter Führung. Es war nicht schwierig, beim Oberst Sahib für sie Urlaub zu bekommen.«

»Sie sprachen auch mit mir«, sagte der Kaplan. »›*Es soll jener, der die vier großen Gaben begehret, sich den Worten heiliger Männer widmen.*‹ So steht es geschrieben. Oft zeigten sie mir die Papiere der falschen Anklagen, die man gegen sie vorbrachte. Oft weinten sie wegen der Verfolgung, die ihnen die Verwandtschaft ihrer Mutter auferlegte. Männer meinten, es liege an Drogen, wenn ihre Augen rot waren.«

»Sie weinten auch in meiner Gegenwart«, sagte der Subadar-Major. »Männer mit guter Führung und jeweils neun Jahren Dienst. Und Rutton Singh war Drill-Naik.«

»Sie taten alle Dinge korrekt, wie Sikhs es sollten«, sagte der Regimentskaplan. »Als die Verfolgung sieben Jahre gewährt hatte, nahm Attar Singh abermals Urlaub nach Pishapur (das war das vierte Mal allein in jenem Jahr), und er rief seine Verfolger vor den Dorfältesten zusammen, und er warf seinen Turban ihnen zu Füßen nieder und beschwor sie beim Blut seiner Mutter, von ihren Verfolgungen abzulassen. Denn er sagte ihnen sehr ernst, daß er bis an die Grenzen seines Duldens gegangen sei, und daß es für diese Sache nur *ein* Ende geben könne.

Sie gaben ihm Schimpf. Sie verhöhnten ihn und seine Tränen, und das war genauso, als ob sie das Regiment verhöhnt hätten. Dann kehrte Attar Singh zum Regiment zurück und legte diesen letzten Kummer Rutton Singh vor, dem ältesten Bruder. Aber Rutton Singh konnte nicht sofort Urlaub nehmen.«

»Weil er Drill-Naik war und die Rekruten gedrillt werden mußten. Ich selbst habe ihm das gesagt«, sagte der Subadar-Major. »Er war ein Mann von guter Führung. Er sagte, er könne warten.«

»Aber als die Erlaubnis erteilt wurde, nahmen diese beiden vier Tage Urlaub«, fuhr der Kaplan fort.

»Ich glaube, Attar Singh hätte nicht den Revolver von Baynes Sahib nehmen sollen. Er war die Ordonnanz von Baynes Sahib, und alle Dinge dieses Sahibs waren ihm zugänglich. Es war daher, wie ich es sehe, Schande für Attar Singh«, sagte der Subadar-Major.

»Alle Worte waren gesprochen. Waffen wurden benötigt, und wie könnten Soldaten denn Regierungsgewehre gegen bloße Bauern auf den Feldern verwenden?« erwiderte der Regimentskaplan. »Überdies wurde der Revolver zurückgeschickt, zusammen mit einer Zahlungsanweisung für die verbrauchten Patronen. ›*Borge nicht; aber wenn du borgest, zahl bald zurück!*‹ So steht es geschrieben in den Hymnen. Rutton Singh nahm ein Schwert, und er und Attar Singh gingen nach Pishapur, und nachdem sie das Nötige gesagt hatten, fielen die vier Brüder im Dorf Pishapur über ihre Verfolger her, töteten siebzehn und verwundeten zehn. Ein Revolver ist besser als ein Gerichtsverfahren. Ich sage, daß diese vier Brüder, die beiden von *uns* und die beiden bloßen Bauern, siebenundzwanzig töteten und verwundeten – die ganze Verwandtschaft ihrer Mutter, Männer und Frauen.

Dann stiegen die vier auf ihr Haus hinauf, und Attar Singh, der immer zu den Ungestümen zählte, sagte: ›Mein Werk ist getan‹, und er vollzog *shinan* (Reinigung) in Sichtweite aller Menschen, und er lieh Rutton Singh den Revolver von Baynes Sahib, und Rutton Singh schoß ihn in den Kopf.

So ließ Attar Singh seinen Körper fahren, wie ein Insekt einen Grashalm fahren läßt. Aber Rutton Singh hatte noch mehr Arbeit zu tun, stieg vom Haus herab und suchte einen Feind, den er vergessen hatte – einen Patiala-Mann aus diesem Regiment, der sich auf die Seite der Verfolger gestellt hatte. Als er diesen Mann gefunden hatte, traf Rutton Singh ihn zweimal mit Kugeln und einmal mit dem Schwert.«

»Aber der Mann entkam und befindet sich nun hier im Lazarett«, sagte der Subadar-Major. »Der Doktor sagt, er wird trotz allem leben.«

»Nicht Rutton Singhs Fehler. Rutton Singh ließ ihn für tot zurück. Dann kehrte Rutton Singh zurück auf das Haus, und die drei Brüder, Attar Singh war ja tot, schickten gemeinsam einen Knaben zur Polizeistation, daß man ein Heer gegen sie ausschicke, so daß sie in Ehren sterben könnten. Aber keines kam. Und dabei steht der Staat Patiala nicht unter dem englischen Gesetz, und sie sollten dort Tugend erkennen, wenn sie sie sehen!

Also vollzog am dritten Tag auch Rutton Singh *shinan*, und der jüngste der Brüder schoß ihn ebenfalls in den Kopf, und *er* ließ seinen Körper fahren.

So war denn alles korrekt. Von einem Ende zum anderen gab es in dieser Sache weder Hitze noch Hast noch Fehl. Es lebte kein Mann und keine Frau mehr von der Verwandtschaft ihrer Mutter, die sie unterdrückt hatte. Von den anderen Dörfern aus Pishapur, die nicht an den Verfolgungen teilgenommen hatten, war keiner getötet worden. Die Dörfler schickten ihnen sogar Speisen auf ihr Haus, in jenen drei Tagen, während sie auf die Polizei warteten, die kein Heer entsenden wollte.

Lauschet abermals! Ich weiß, daß Attar Singh und Rutton Singh keine Zeremonie der Reinigungen ausließen, und als alles getan war, wurde der Revolver von Baynes Sahib vom Haus herabgeworfen, zusammen mit drei Rupien zwölf Annas; und es wurde der Befehl erteilt zu seiner Rückgabe durch die Post.«

»Und was widerfuhr den beiden jüngeren Brüdern, die nicht im Armeedienst waren?« fragte der Havildar-Major.

»Zweifellos sind auch sie tot, aber da sie nicht im Regiment waren, betrifft ihre Ehre nur sie selbst. Soweit es *uns* berührte, seht, wie korrekt wir aus der Angelegenheit hervorgingen! Ich glaube, man sollte es dem König sagen; denn wo könnte man ähnliches wie diese Geschichte finden, außer bei uns Sikhs? *Sri wah guru ji ki Khalsa! Sri wah guru ji ki futteh!«* sagte der Regimentskaplan.

»Reichten denn drei Rupien zwölf Annas für die verbrauchten Patronen?« sagte der Havildar-Major.

»Attar Singh kannte den genauen Preis, Baynes Sahibs ganze Ausrüstung war in seiner Obhut. Sie verbrauchten eine Blechbüchse mit fünfzig Patronen, bis auf zwei, die zurückgegeben wurden. Wie ich sagte – wie ich sage, die Dinge wurden beigelegt, nicht mit Hitze oder Lästerungen, wie ein Moslem es getan hätte; nicht mit Geschrei und Herumhüpfen, wie ein Götzendiener es getan hätte; sondern in Übereinstimmung mit Ritual und Lehre der Sikhs. Höret! *›Wenn auch Hunderte von Zerstreuungen einem Kinde geboten würden, kann es doch nicht ohne Milch leben. Wenn ein Mann getrennt ist von seiner Seele und dem Begehren seiner Seele, wird er gewiß nicht anhalten, um auf der Straße zu spielen, sondern er wird sich beeilen auf seiner Pilgerreise.‹* So steht es geschrieben. Ich bin froh ob meiner Jünger.«

»Wahr! Wahr! Korrekt! Korrekt!« sagte der Subadar-Major. Es gab ein langes gelassenes Schweigen. Irgendwo hörte man ein Wasserrad knirschen und näher das Geräusch einer Handmühle für Korn.

»Aber er –« der Kaplan wies mit verächtlichem Kinn auf den Havildar-Major – »*er* war so lange in England, daß . . .«

»Laßt den Jungen in Ruhe«, sagte sein Onkel. »Er war nur zwei Monate dort, und er wurde zu gutem Zweck erwählt.«

Theoretisch sind alle Sikhs gleichrangig. Praktisch gibt es Unterschiede, wie niemand besser weiß als wohlgeborene landbesitzende Leute, oder Kapläne mit langer Ahnenreihe aus Amritsar.

»Hast du in England irgend etwas gehört, das meiner Erzählung gleichkäme?« fragte der Kaplan höhnisch.

»Ich sah mehr, als ich verstehen konnte, deshalb habe ich meine Geschichten in meinem Mund eingesperrt«, antwortete der Havildar-Major demütig.

»Geschichten? Welche Geschichten? Ich kenne alle Geschichten über England«, sagte der Kaplan. »Ich weiß, daß *terains* dort unterhalb der Basare fahren, und was ihre Straßen angeht, die vor *mota-kahars* stinken, so bin ich erst heute früh beinahe von Duggan Sahibs *mota-kahar* getötet worden. Dieser junge Mann ist ein Teufel.«

»Ich nehme an, Granthi-ji«, sagte der Subadar-Major, »Ihr und ich, wir sind zu alt, um noch wert auf den Kahar-ki-nautch zu legen – den Tanz der Trägerin.« Damit nannte er einen der frechesten der alten *nautches*, und er lächelte über sein eigenes Wortspiel. Dann wandte er sich an seinen Neffen. »Als ich ein Junge war und auf Urlaub zu meinem Dorf zurückkam, wartete ich die angemessene Stunde ab, und wenn die Ältesten mir dann die Erlaubnis gaben, redete ich von dem, was ich anderswo gesehen hatte.«

»Ja, mein Vater«, sagte der Havildar-Major sanft und liebevoll. Er setzte sich nieder, mit Respekt, wie es einem bloßen Knaben von dreißig zukommt, der lediglich ein halbes Dutzend Feldzüge vorweisen kann.

»Auch in dieser Sache gab es vier Männer«, begann er, »und es war eine Sache, die die Ehre nicht eines Regiments berührte, auch nicht von zweien, sondern der ganzen Armee in Hind. Einiges davon habe ich gesehen; einiges habe ich gehört; aber *alles* an der Geschichte ist wahr. Meines Vaters Bruder weiß, und mein Priester weiß, daß ich mit meinem Oberst in Geschäften in England war, als der König – der Sohn der Großen Königin – sein Leben vollendete.

Zuerst gab es ein Gerücht, daß ihn Krankheit überkommen habe. Dann erfuhren wir, daß er krank im Palast liege. Eine sehr große Menschenmenge stand vor dem Palast, Tag und Nacht, in Regen und Sonne, und wartete auf Neuigkeiten.

Dann kam einer heraus mit einem beschriebenen Papier und befestigte es neben einem Tor – die Nachricht vom Tod des Königs –, und sie lasen und ächzten. Dies sah ich mit meinen eigenen Augen, denn das Amt, in das mein Oberst Sahib täglich ging, um mit Oberst Forsyth Sahib zu reden, lag am Ostende eben der Gärten, in denen der Palast stand. Es sind größere Gärten als Shalimar hier« – er deutete mit dem Kinn die Kasernen entlang – »oder Shahdera jenseits des Flusses.

Am nächsten Tag herrschte Düsternis auf den Straßen, denn alle Menschen der Stadt trugen schwarze Kleidung, und sie sprachen, wie man neben seinen Verstorbenen spricht – all diese Menschenmassen. In den Augen, in der Luft und im Herzen lag Schwärze. Ich habe es gesehen. Aber das ist nicht meine Geschichte.

Nachdem Zeremonien vollzogen waren und Nachricht hinausgegangen war an die Könige der Erde, daß sie kommen und trauern sollten, befahl der neue König – der Sohn des toten Königs –, daß man den Leib seines Vaters im offenen Sarg in einen gewissen Tempel lege, der nahe am Fluß steht. In diesem Tempel gibt es keine Götterbilder; auch keinerlei Schnitzwerk, Gemälde oder Vergoldung. Alles ist grauer Stein von einer einzigen Farbe, als ob es aus dem lebenden Felsen herausgeschnitten wäre. Es ist größer als – ja, als der Durbar Sahib in Amritsar, selbst wenn man den Akal Bunga und den Baba-Atal hinzunähme. Wie alt es ist, wissen vielleicht die Götter. Es ist der heiligste Tempel der Sahibs.

An diesem Ort, auf Befehl des neuen Königs, machten sie eine Art Schrein wie für einen Heiligen, mit entzündeten Kerzen am Haupt und zu Füßen des Toten, und geziemend bestimmten Wächtern für jede Stunde des Tages und der Nacht, bis man den toten König zum Ort seiner Väter brächte, nach Wanidza.

Als alles geregelt war, sagte der neue König: ›Gewährt meinem ganzen Volke den Zugang‹, und die Türen wurden geöffnet, und o mein Onkel! O mein Lehrer! die ganze Welt trat ein und wanderte durch diesen Tempel, um Abschied von dem Toten zu nehmen. Es gab keinerlei Unterschied noch Vorzug noch Rang in dieser ungeheuren Vielzahl, nur den Befehl, daß sie in Viererreihen schreiten sollten.

Wie sie sich auf den Straßen draußen sammelten – weit, sehr weit –, so betraten sie den Tempel, immer zu viert: das Kind, der alte Mann; Mutter, Jungfrau, Dirne, Händler, Priester; von allen Farben und Glauben und Bräuchen unter Gottes Firmament, vom Morgengrauen bis spät in die Nacht. Ich habe es gesehen. Mein Oberst erlaubte mir hinzugehen. Ich stand in der Reihe, viele Stunden, ein *koss*, zwei *koss* entfernt vom Tempel.«

»Warum setzte sich denn die Menge nicht unter den Bäumen nieder?« fragte der Priester.

»Weil wir immer noch zwischen Häusern waren. Die Stadt erstreckt sich über viele *koss*«, sagte der Havildar-Major. »Ich übergab mich diesem langsam fließenden Fluß, und so – so – immer wieder einen Schritt – machte ich die Pilgerreise. In meiner Reihe waren eine Frau, ein Krüppel und ein Laskare von den Schiffen.

Als wir den Tempel betraten, war der Sarg selbst gleich einer

Bank im Flusse Ravi, die den Strom in zwei Arme teilt, einen zu jeder Seite des Toten; und die Totenwächter, die Soldaten waren, standen um Es und bewegten sich nicht mehr als die ruhige Flamme der Kerzen. Ihre Köpfe waren gesenkt; ihre Hände waren verschränkt; ihre Augen waren auf den Boden gerichtet – so. Sie waren nicht Männer, sondern Standbilder, und die Menge ging an ihnen vorbei, immer zu viert, am Tag und, abgesehen von einer kurzen Zeit, auch bei Nacht.

Nein, es gab keinen Befehl, daß die Menschen kommen sollten, um Ehrfurcht zu bezeugen. Es war ein Pilgern aus freiem Willen. Acht Königen war befohlen worden zu kommen – sie gehorchten –, aber seinen eigenen Sahibs erlegte der neue König keine Befehle auf. Von sich aus kamen sie.

Ich machte die Pilgerreise zweimal: Einmal wegen meines Salzes, und noch einmal ob des Staunens und Schreckens und Ehrens. Aber von den hunderttausend Dingen in dieser Angelegenheit kann mein Mund nicht einmal eines darlegen. Es waren dort *lakhs* von *lakhs*, *crores* von *crores* von Menschen. Ich habe sie gesehen.«

»Mehr als bei unseren großen Pilgerfahrten?« fragte der Regimentskaplan.

»Ja. Jenes sind nur Städte und Bezirke, die zum Beten hervorkommen. Dieses war die ganze Welt, die in Trauer einherschritt. Und nun höret! Es ist des Königs Gewohnheit, daß vier Schwerter Unserer Armeen in Hind immer vor der Majestät stehen sollen, für den Fall der Not.«

»Des Königs Brauch, unser Recht«, sagte der Subadar-Major.

»Auch unser Recht. Diese Ehrenvollen werden nach bestimmten Monaten oder Jahren ausgewechselt, daß die Ehre gerecht verteilt sei. Als der alte König – der Sohn der Königin – seine Tage vollendete, geschah es nun, daß die Vier, die vor der Majestät standen, Gurkhas waren. Nicht Sikhs, leider, noch Pathanen, Rajputen oder Jats. Gurkhas, mein Vater.«

»Götzendiener«, sagte der Kaplan.

»Aber Soldaten; denn ich erinnere mich an Tirah ...« begann der Havildar-Major.

»*Aber* Soldaten, denn ich erinnere mich an fünfzehn Feldzüge. Sprich weiter«, sagte der Subadar-Major.

»Und es war ihre Ehre und ihr Recht, einen abzustellen, der vor der Majestät stehen sollte, bei Tag und bei Nacht, bis Es zur Beisetzung gebracht würde. Insgesamt waren sie nicht mehr als vier – vier alte Männer, um diese Wache zu stellen.«

»Alt? Alt? Was ist das für ein Gerede über alte Männer?« sagte der Subadar-Major.

»Nein. Mein Fehler! Eure Vergebung!« Der Havildar-Major streckte eine flehende Hand aus. »Es waren starke, hitzige, tapfere Männer, und der jüngste war ein Knabe von fünfundvierzig.«

»Das ist besser.« Der Subadar-Major lachte.

»Aber bei all ihrer Stärke und Hitzigkeit konnten sie keine fremden Speisen aus den Händen der Sahibs essen. Es gab keinen Kochplatz im Tempel; aber ein gewisser Oberst Forsyth Sahib, ein Mann mit Verstand, sorgte dafür, daß sie immerhin ein wenig kastenreines geröstetes Getreide erhielten; vielleicht auch kalten Reis und reines Wasser. Dennoch war dies bestenfalls nicht mehr als ein Mundvoll für eine Henne, den jeder aufpickte, wenn er vom Wachdienst kam. Sie lebten von Korn und waren dankbar, wie das Sprichwort sagt.

Eine Stunde Wache alle vier Stunden war die Bürde jedes dieser Männer, denn, wie ich gesagt habe, sie waren insgesamt nur zu viert; und die Ehre Unserer Armeen in Hind lag auf ihren Häuptern. Für die anderen Wächter konnten die Sahibs auf alle Armeen in England zurückgreifen – Tausende und Abertausende frischer Männer –, wenn es nötig war; aber diese Vier waren nur vier.

Die Sahibs nahmen die übrigen Wächter aus den Grenadieren. Grenadiere sind sehr große Männer mit sehr hohen Bärenfellmützen, wie die Füsilier-Regimenter sie bei kaltem Wetter tragen. Wenn nun ein Grenadier den Kopf nur ein klein wenig über seine Halsbinde neigte, neigte sich die Bärenfellmütze, und es sah aus, als ob er über die Maßen trauerte. Nun tragen aber die Gurkhas flache, grüne Kappen ...«

»Ich weiß, ich weiß«, sagte der Subadar-Major unwirsch.

»Außerdem sind sie stiernackig; und ihre Halsbinden sind hart, und wenn sie den Kopf tief neigen – sehr tief – um es den Grenadieren gleichzutun –, sind sie nahe daran, sich zu erwürgen. Das machte es ihnen sehr schwierig, den Brauch geziemend zu wahren.

Aber selbst mit ihren hohen, trauerbekundenden Bärenfellmützen konnten die Grenadiere nicht die volle Stunde Wache vor der Majestät ertragen. Es gab einen guten Grund, wie ich zeigen werde, weshalb niemand diese furchtbare Stunde ertragen konnte. Deshalb wurde für sie die Stunde des Wachens halbiert. Was kümmerte es denn die Sahibs? Sie konnten auf zehntausend Grenadiere zurückgreifen. Forsyth Sahib, der Verständnis hatte, gab auch den Vieren diese Möglichkeit, und sie sagten: ›Nein, unsere Ehre ist die aller Armeen von Hind. Was auch immer die Sahibs tun: Wir werden die volle Stunde ertragen.‹

Forsyth Sahib sah, sie waren – wußte, sie konnten weder lang schlafen noch viel essen, und er sagte: ›Ist es großes Dulden?‹ Sie sagten: ›Es ist große Ehre. Wir werden ausharren.‹

Forsyth Sahib, der uns liebt, sagte dann zu dem Ältesten: ›Ho, Vater, sag mir wahrlich, welcher Art die Bürde ist; denn die volle Stunde der Wache zerbricht unsere Männer wie Wasser.‹

Der Älteste antwortete: ›Sahib, die Bürde sind die Füße der Menge, die zu beiden Seiten an uns vorübergehen. Unsere Augen sind gesenkt und starr, also sehen wir diese Füße nur von den Knien abwärts – ein Fluß von Füßen, Sahib, der nie – nie – nie anhält. Es ist nicht das Stehen ohne jede Bewegung; es ist nicht Hunger; es ist auch nicht die tote Stunde vor dem Morgengrauen, wenn vielleicht ein Einzelner herkommt, um zu weinen. Es ist die Bürde der unerträglichen Abfolge von Füßen vom Knie abwärts, die nie – nie – nie anhält!‹

Forsyth Sahib sagte: ›Bei Gott, das hatte ich nicht bedacht! Nun weiß ich, warum unsere Männer zitternd und zuckend von dieser Wache kommen. Aber, mein Vater, lockert zumindest die Halsbinde ein wenig unter dem gesenkten Kinn, für diese eine Stunde.‹

Der Älteste sagte: ›Wir stehen vor der Majestät. Außerdem kannte *Er* jeden Knopf und jede Litze und jeden Haken jeder Uniform in all Seinen Armeen.‹

Dann sagte Forsyth Sahib nichts mehr, außer über ihr geröstetes Getreide, aber nach ihrer Stunde konnten sie wirklich nicht viel essen, und sie konnten auch nicht viel schlafen, wegen des Augenzuckens und der sich immer erneuernden Abfolge der Füße vor den Augen. Und doch ertrug jeder von ihnen seine volle Stunde – nicht eine halbe Stunde – seine volle Stunde, alle vier Stunden.«

»Korrekt! Korrekt!« sagten der Subadar-Major und der Kaplan zusammen. »Wir gehen gut aus dieser Sache hervor.«

»Aber da sie alte Männer waren«, sagte der Subadar-Major nachdenklich, »sehr alte Männer, erschöpft vom Mangel an Nahrung und Schlaf, hätten sich denn nicht Vorkehrungen treffen oder Einfluß geltend machen oder eine Bittschrift einreichen lassen, daß ein wohlgeborener Sikh sie um einen Teil ihrer großen Bürde hätte erleichtern können, selbst wenn sein beträchtlicher Rang ...«

»Dann hätten sie mich ganz gewiß getötet«, sagte der Havildar-Major mit einem Lächeln.

»Und sie hätten recht getan«, sagte der Kaplan. »Was geschah später mit den Ehrenvollen?«

»Dies. Die Könige der Erde und alle Armeen schickten Blumen und derlei zum Palast des toten Königs in Wanidza, wo die Bestattungsgaben entgegengenommen wurden. Es erging kein

Befehl, aber die ganze Welt brachte Opfer dar. Also berieten sich die Vier – immer drei von ihnen –, und entweder baten sie Forsyth Sahib, Blumen auszusuchen, oder sie selbst gingen aus und kauften Blumen – ich weiß es nicht; aber wie immer es auch ausgeführt wurde, die Blumen wurden gekauft und in die Form eines großen trommelartigen Kreises gebracht, der einen halben *maund* wog.

Forsyth Sahib hatte gesagt: ›Laßt diese Blumen nach Wanidza senden mit den anderen Blumen, die die ganze Welt schickt.‹ Aber sie sagten unter sich: ›Es ist nicht gut, daß diese Blumen, die die Gaben Seiner Armeen in Hind sind, zum Palast der Majestät kommen sollen durch die Hände von Mietlingen oder Boten oder von sonst einem Mann, der nicht in Seinem Dienst steht.‹

Als er dies hörte, sagte Forsyth Sahib, obwohl er sehr beschäftigt war mit Amts-Arbeit: ›Gebt mir die Blumen, und ich will mir ein wenig Zeit stehlen und sie selbst nach Wanidza bringen.‹

Der Älteste sagte: ›Seit wann hat Forsyth Sahib ein Schwert getragen?‹

Forsyth Sahib sagte: ›Aber schon immer. Und ich trage es vor der Majestät, wenn ich Uniform anlege. Ich bin ein Oberst der Armeen von Hind.‹ Der Älteste sagte: ›Von welchem Regiment?‹ und Forsyth Sahib blickte auf den Teppich und zupfte am Haar über seiner Lippe. Er sah die Falle.«

»Forsyth Sahibs Regiment war einmal das alte sechsundvierzigste Pathanische, genannt ...« Der Subadar-Major nannte den fast vergessenen Titel und setzte hinzu, er sei ihnen bei diesem und jenem Feldzug begegnet, als Forsyth Sahib ein junger Hauptmann war.

Der Havildar-Major fuhr mit der Erzählung fort. »Der Älteste wußte dies auch, mein Vater. Er lachte, und da lachte auch Forsyth Sahib.

›Es stimmt‹, sagte Forsyth Sahib. ›Ich habe kein Regiment.

Seit zwanzig Jahren bin ich ein Schreiber und an eine dicke Feder gefesselt. Deshalb bin ich umso besser geeignet, in dieser Angelegenheit eure Ordonnanz und euer Bote zu sein.‹

Da sagte der Älteste: ›Wenn es um mein Leben ginge oder die Ehre *jedes* Angehörigen meines Haushalts, dann wäre es einfach.‹ Und Forsyth Sahib verschränkte die Hände, wobei er ein wenig lachte, obwohl er fast geweint hätte, und er sagte ›Genug! Ich bitte um Vergebung. Wer von euch geht mit der Gabe?‹

Der Älteste tat, als hätte er dies nicht gehört, und sagte: ›Auch sollen sie nicht von einem einzelnen Schwert dargebracht werden – als ob wir in Seinem Dienst knapp wären an Männern‹, und sie salutierten und gingen hinaus.«

»Wurden diese Dinge von dir gesehen oder wurden sie dir erzählt?« sagte der Subadar-Major.

»Ich sah *und* ich hörte, in dem Amt voll von Büchern und Papieren, wo mein Oberst Sahib mit Forsyth Sahib über die Dinge beriet, die meinen Oberst Sahib nach England gebracht hatten.«

»Und was waren diese Dinge?« fragte der Regimentskaplan plötzlich, wobei er den Havildar-Major voll anblickte, der den Blick ohne Zucken zurückgab.

»Das wurde mir nicht enthüllt«, sagte der Havildar-Major.

»Ich hörte, es könnte eine Sache gewesen sein, die die Redlichkeit gewisser Regimenter betraf«, beharrte der Kaplan.

»Die Angelegenheit stand in keiner Weise meinen Ohren offen«, sagte der Havildar-Major.

»Hmph!« Der Kaplan zog seine harten, an die Straße gewohnten Füße unter sein Gewand. »Laß uns die Geschichte hören, die zu erzählen dir gestattet ist«, sagte er, und der Havildar-Major fuhr fort:

»Also riefen daraufhin die Drei, als sie zum Tempel zurückgekehrt waren, den Vierten – er war erst fünfundvierzig Jahre alt –, als er von der Wache kam, und sagten: ›Wir gehen mit den

Gaben zum Palast in Wanidza. Bleib du vor der Majestät und übernimm all unsere Wachen, eine nach der anderen, bis wir wiederkehren.‹

Innerhalb dieser nächsten Stunde mieteten sie eine große und starke *mota-kahar* für die Fahrt vom Tempel nach Wanidza, zwanzig *koss* oder mehr, und sie versprachen, sich zu beeilen. Aber er, der ihre Wachen übernahm, sagte: ›Es ist unziemlich, daß wir gleich aus welchem Grund, in Eile zu sein scheinen. Es gilt achtzehn Auszeichnungen mit elf Spangen und drei Ordenszeichen zu bedenken. Geht in Muße. Ich kann ausharren.‹

Also waren die Drei mit den Gaben dreieinhalb Stunden abwesend, und nachdem sie die Gaben in der korrekten Weise nach Wanidza gebracht hatten, kehrten sie zurück und fanden den Knaben auf Wache, und sie störten seine Wache nicht, bis die volle Stunde vorüber war. So ertrug *er* vier Stunden vor der Majestät, ohne ein Haar zu regen, die Augen gesenkt und den Fluß der Füße, von den Knien abwärts, unaufhörlich strömend vor seinen Augen. Als er abgelöst wurde, sah man, daß seine Augäpfel sich wie Weberschiffchen bewegten.

Und so wurde es getan – nicht in hitzigem Blut, nicht für eine kurze Zeit, auch nicht mit dem Geruch von Gemetzel und dem Lärm von Geschrei zur Kräftigung, sondern in Stille, eine sehr lange Zeit, auf einer Stelle verwurzelt vor der Majestät, zwischen den überaus furchtbaren Füßen der Menge.«

»Korrekt!« Der Kaplan gluckste.

»Aber die Gurkhas hatten die Ehre«, sagte der Subadar-Major traurig.

»Ihre Ehre war die Ehre Seiner Armeen in Hind, und das war Unsere Ehre«, erwiderte der Neffe.

»Und doch wünschte ich, ein Sikh wäre mit bei dieser Sache gewesen – selbst ein Sikh niederer Kaste. Und danach?«

»Sie ertrugen die Bürde bis zum Ende – bis Es den Tempel verließ, um zu den älteren Königen in Wanidza gebettet zu werden. Als alles vollendet und Es unter die Erde abberufen war, sagte Forsyth Sahib zu den Vieren: ›Der König befiehlt, daß ihr hier mit Speisen versehen werdet, die eure eigenen Köche bereitet haben. Eßt und ruht, meine Väter.‹

So lockerten sie ihre Gürtel und aßen. Sie hatten lange Zeit keine Speise zu sich genommen, außer in schnellen Bissen; und als die Nahrung ihnen Kraft gegeben hatte, schliefen sie sehr viele Stunden lang; und mir wurde gesagt, daß die Abfolge der unerträglichen Füße allmählich aufhörte, vor ihren Augen einherzuschreiten.«

Er reckte eine Hand vor, mit emporgedrehter Handfläche, um zu zeigen, daß die Geschichte beendet war.

»Wir gingen gut und sauber aus dieser Sache hervor«, sagte der Subadar-Major.

»Korrekt! Korrekt! Korrekt!« sagte der Regimentskaplan. »In einer üblen Zeit ist es gut, solche Dinge zu hören, und es gibt gewiß keinen Zweifel, daß dies eine sehr üble Zeit ist.«

JOBSON'S AMEN

'Blessed be the English and all their ways and works.
Cursed be the Infidels, Hereticks, and Turks!'
'Amen', quo' Jobson, 'but where I used to lie
Was neither Candle, Bell nor Book to curse my brethren by:

'But a palm-tree in full bearing, bowing down, bowing down,
To a surf that drove unsparing at the brownwalled town—
Conches in a temple, oil-lamps in a dome—
And a low moon out of Africa said: "This way home!"'

'Blessed be the English and all that they profess.
Cursed be the Savages that prance in nakedness!'
'Amen', quo' Jobson, 'but where I used to lie
Was neither shirt nor pantaloons to catch my brethren by:

'But a well-wheel slowly creaking, going round, going round,
By a water-channel leaking over drowned, warm ground—
Parrots very busy in the trellised pepper-vine—
And a high sun over Asia shouting: "Rise and shine!"'

'Blessed be the English and everything they own.
Cursed be the Infidels that bow to wood and stone!'
'Amen', quo' Jobson, 'but where I used to lie
Was neither pew nor Gospelleer to save my brethren by:

'But a desert stretched and stricken, left and right, left and
right,
Where the piled mirages thicken under white-hot light—

JOBSONS AMEN

»Selig die Engländer und all ihre Wege und Werke.
Verflucht seien die Heiden, die Ketzer und die Türken!«
»Amen«, sprach Jobson, »bloß da, wo ich oft schlief,
gabs Kerze, Glocke, Bibel nicht, meine Brüder zu verfluchen:

Wohl ne Palme voll in Blüte, tief gebeugt, tief gebeugt,
zu der gnadenlosen Brandung vor der braunumwallten Stadt –
Muschelhörner im Tempel, Öllampen in der Kuppel –
und ein Mond tief über Afrika sagt: ›Hier gehts nach Haus‹!«

»Selig die Engländer und alles, wozu sie sich bekennen.
Verflucht seien die Wilden, die nackt herumtanzen!«
»Amen«, sprach Jobson, »bloß da, wo ich oft schlief,
gabs weder Hemd noch Hose, meine Brüder dran
festzuhalten:

Wohl ein Brunnenrad das langsam knarrt und rund geht,
immer rund,
bei ner lecken Wasserrinne über feuchtem warmen Grund –
Papageien die toben im Pfefferstrauch-Spalier –
und die Sonne hoch über Asien ruft: ›Los, aus den Federn‹.«

»Selig die Engländer und all ihr Besitz.
Verflucht seien die Götzendiener, die sich neigen vor Holz
und Stein!«
»Amen«, sprach Jobson, »bloß da, wo ich oft schlief,
gabs Kirchenbank und Meßbuch nicht, um Brüder zu erlösen:

Wohl ne Wüste weit und öde, links und rechts, links und
rechts,
wo sich Spiegelungen stapeln, dicht in weißglühendem
Licht –

A skull beneath a sand-hill and a viper coiled inside —
And a red wind out of Libya roaring: "Run and hide!"'

'Blessed be the English and all they make or do.
Cursed be the Hereticks who doubt that this is true!'
'Amen', quo' Jobson, 'but where I mean to die
Is neither rule nur calliper to judge the matter by:

'But Himalaya heavenward-heading, sheer and vast, sheer and vast,
In a million summits bedding on the last world's past;
A certain sacred mountain where the scented cedars climb,
And — the feet of my Beloved hurrying back through Time!'

unterm Sandhaufen ein Schädel mit ner Viper eingerollt –
und aus Libyen ein roter Wind brüllt: ›Los, versteck dich, lauf‹!«

»Selig die Engländer und all ihr Tun und Sein.
Verflucht die Ketzer die bezweifeln, daß dies Wahrheit ist!«
»Amen«, sprach Jobson, »bloß, wo ich sterben will,
gibts Lineal und Zirkel nicht, die Dinge abzumessen:

Wohl bis zum Himmel den Himalaya, nackt und groß, nackt und groß,
Wo Millionen Gipfel ausruhn auf der Vorvergangenheit;
ein bestimmter heiliger Berg an dem duftende Zedern klimmen,
und – die Füße meiner Liebsten, die durch die Zeit zurückeilen!«

AM RANDE DES ABENDS

Ah! What avails the classic bent,
  And what the chosen word,
Against the undoctored incident
  That actually occured?

And what is Art whereto we press
  Through paint and prose and rhyme –
When nature in her nakedness
  Defeats us every time?

[Ach, was hilft der Hang zur Klassik
  und was das erlesene Wort
gegen den ungelenkten Vorfall,
  der tatsächlich geschah?

Und was ist Kunst, nach der wir streben
  mit Farbe, Prosa und Reim,
wenn die Natur in ihrer Nacktheit
  uns jedesmal besiegt?]

HE! He! Zügeln Sie mal! Stop... Also! Na!« Ein hagerer Mann in einem zobelbesetzten Mantel sprang aus einem Privatwagen und versperrte mir den Weg die Pall Mall hinauf. »Kennen Sie mich nicht mehr? Sei Ihnen verziehen. Bei unserer letzten Begegnung hatte ich nicht sehr viel an – in Südafrika.«

Die Schuppen fielen mir von den Augen, und ich sah ihn wieder in einem himmelblauen Armeehemd, hinter Stacheldraht, zwischen holländischen Gefangenen, die in Simonstown badeten, vor mehr als einem Dutzend Jahren. »Na, das ist doch Zigler – Laughton O. Zigler!« rief ich. »Also, ich freu mich wirklich, Sie zu sehen.«

»Nichts da! Kommen sie mir bloß nicht so britisch. ›Wirklich nett, Sie zu sehen, wissen Sie – und bis die Tage!‹ Residieren Sie in diesem Kaff hier?«

»Nein. Ich bin nur zum Einkaufen da.«

»Dann nehmen Sie mein Automobil. Wohin? ... Ah, *die* kenn ich! My Lord Marshalton ist einer der Direktoren. Pigott, fahren Sie uns zur Army and Navy Cooperative Supply Association Limited, Victoria Street, Westminster.«

Er machte es sich auf den dicken taubenfarbenen pneumatischen Kissen bequem, und sein Lächeln glich dem Einschalten aller elektrischen Lampen. Seine Zähne waren weißer als die Elfenbein-Armaturen. Er roch nach kostbarer Seife und Zigaretten – solchen Zigaretten, wie er sie mir aus einem goldenen Etui mit automatischem Anzünder reichte. Auf meiner Seite des Wagens gab es einen goldgefaßten Spiegel, Karten- und Toiletten-Tasche. Ich blickte ihn fragend an.

»Ja.« Er nickte. »Zwei Jahre, nachdem ich vom Kap weg war. Sie ist aber kein Ohio-Girl. Jetzt ist sie im Lande. Sagt man das so? Sie ist in unserer Kate auf dem Land. Wir fahren dahin, sobald Sie mit Ihrer Gemüseliste fertig sind. Verpflichtungen? Die einzige Verpflichtung, die Sie haben, ist, Ihre Klamotten zu packen – Ihre Tasche aus dem Hotel zu holen, meine ich – und sofort mitzukommen und sie kennenzulernen. Jetzt sind Sie der Gefangene von *meinem* Bogen und Speer.«

»Ich ergebe mich«, sagte ich demütig. »Kommt das alles hier von Ziglers automatischer Kanone?« Ich wies auf die Armaturen des Wagens.

»Ha! Daß Sie sich daran noch erinnern! Also, nein. Die Zigler ist eine großartige Kanone – die beste die es je gab –, aber das Leben ist zu kurz und zu interessant, um es damit zu vergeuden, daß man sie in Gesellschaft von Militärs vertritt. Ich habe meine Rechte daran einem pennsylvanisch-transsylvanischen Bürger mit jeder Menge Mentalität und moralischem Auftrieb in Lizenz gegeben. Wenn man in Europas Kanzleien auf solche Eigenschaften Wert legt, wird er gute Geschäfte machen und – ich werde überrascht sein. Entschuldigen Sie!«

Er entblößte sein Haupt, als wir das Standbild der Großen Königin vor dem Buckingham Palace passierten.

»Eine sehr bedeutende Lady!« sagte er. »Ich habe ihre Gastfreundschaft genossen. Sie repräsentiert eine der großartigsten Institutionen der Welt. Die zweitbeste ist die, zu der wir gerade fahren. Mrs. Zigler nutzt sie weidlich.«

»Ah, Sie meinen die Stores?« sagte ich.

»Mrs. Zigler meint das noch viel mehr. Ich finde, die sehen eher aus wie eine Botschaft. Ich glaube, ich warte draußen und bete, während Sie sich mit denen balgen.«

Als meine Geschäfte in den Stores erledigt waren und ich meine Tasche aus dem Hotel geholt hatte, glitt sein beweglicher Palast mit uns ins Land hinein.

»Sie haben es verdient«, begann Zigler so glatt wie der Wagen, »daß ich Ihnen erzähle, was ich heute bin. Ich repräsentiere die geschäftliche Seite der amerikanischen Invasion. Nicht die scheußlichen Autos – in sowas möcht ich nicht mal tot aufgefunden werden –, aber die Werkzeuge, mit denen sie gemacht werden. Ich bin der Zigler-Trust für Schnellauf-Werkzeuge und -Drehbänke. Der Trust, Sir, gehört ganz mir – ausschließlich meine eigenen Erfindungen. Ich bin das Renzalaer-Zehnzylinder-Aerial – der leichteste Flugzeug-Motor auf dem Markt – *ein* Preis, *eine* Stärke, *eine* Garantie. Ich bin die Orlebar-Papierrahmen-und-Pulpepaneel-Gesellschaft für Flugzeugrümpfe; und ich bin der Schalldämpfer für Militärflugzeuge – dämpft absolut –, für den der Kontinent Lizenzen zahlt. Die Briten haben das Ding noch nicht begriffen, mit drei Ausnahmen. Das ist alles, was ich im Moment repräsentiere. Haben Sie gesehen, wie ich meinen Hut vor Ihrer verstorbenen Königin gezogen habe? Jeden Cent, den ich besitze, verdanke ich dieser großen und guten Lady. Jawohl, Sir, als ich aus Afrika rauskam, nach meiner achtzehnmonatigen Beruhigungs- und Frischluft- und Meerwasser-Bade-Kur als Kriegsgefangener der Dame, da war ich wie ein wiedergeborener Riese. Nach dieser Erfahrung gab es nichts mehr, was mich halten konnte, wenn ich einmal irgendetwas in die Finger gekriegt hatte. Und

Ihnen als einem repräsentativen britischen Staatsbürger sage ich hier und jetzt, daß ich Sie als den Begründer des Familienvermögens betrachte – des Vermögens von Tommy und mir.«

»Aber ich hab Ihnen doch nur ein paar Zeitungen und Tabak gegeben.«

»Was braucht denn ein Staatsbürger sonst noch? Damals hätte mir der Cullinan-Diamant längst nicht so viel geholfen; und – *à propos* Südafrika, sagen Sie mal ...«

Wir redeten über Südafrika, bis der Wagen am georgianischen Pförtnerhaus eines großen Parks hielt.

»Wir steigen hier aus. Ich möchte Ihnen einen ziemlich ansehnlichen Blick zeigen«, sagte Zigler.

Wir gingen, vielleicht eine halbe Meile, über Rasen mit einzelnen Bäumen, an einem See vorbei, betraten einen dichten Wald mit Rhododendren, der von Fasanenfüßen nur so tickte, und kamen plötzlich – an einer Kreuzung von fünf Fahrwegen – bei einem klassischen Tempelchen heraus, zwischen mit Flechten bedeckten Stuckstatuen, die auf einen mehrere *acres* großen Rasenkreis blickten. Irische Eiben von einer Höhe, wie ich sie nie zuvor gesehen hatte, bildeten um den sonnenlosen Kreis einen Wall wie Klippen aus geborstenem Obsidian, außer am unteren Ende, wo ein Stück welligen nackten Bodens zu einem baumbestandenen Abhang führte, eine halbe Meile entfernt.

»Da war mal die alte Marshalton-Rennbahn«, sagte Zigler. »Der Eiskeller hier nennt sich Floras Tempel. Nell Gwynne und Mrs. Siddons und Taglioni und diese ganzen Typen haben hier Stücke aufgeführt, für König George den Dritten. Oder nen anderen? Naja, George ist der einzige feine Herr, den ich spiele. Lassen wir es dabei. Der Kreis da war die Bühne, nehme ich an. Die Könige und der Adel saßen in Floras Tempel. Ich kann mir nie merken, wer diese Statuen an der Tür zusammengehauen hat. Das sind die Musen der Komik und der Tragik. Aber es ist doch ein ansehnlicher Blick, was?«

Das Sonnenlicht zog sich aus dem Park zurück. Weit im

Süden, jenseits des bewaldeten Rückens, sah ich einen Silberschimmer.

»Das ist der Ozean – der Kanal, meine ich«, sagte Zigler. »Dreiundzwanzig Meilen Fluglinie. Ansehnlicher Blick, was?«

Ich betrachtete die strengen Eiben, die stumm schreienden Münder der beiden Statuen, die blaugrünen Schatten auf dem unbeschienenen Gras und die ruhige helle Ebene vor uns, wo einige Hirsche ästen.

»Reichlich dramatischer Kontrast, aber ich glaube, an einem Sommertag gibt es mehr her«, sagte ich, und wir gingen weiter, einen der stillen Fahrwege hinauf, mindestens eine Viertelmeile, bis wir zur Vorderseite (mit Säulenhalle) eines ungeheuren georgianischen Kastens kamen. Vier Lakaien zeigten sich in einer mit Bildern behängten Halle.

»Das hab ich von Lord Marshalton gemietet«, erklärte Zigler, während sie uns aus unseren Mänteln halfen, unter den gestrengen Blicken von Ahnherren mit Halskrausen und Perükken. »Ja-a. *Mich* sehen die auch immer so an, als ob es mich aus der Gosse hereingeweht hätte. Hat es natürlich auch. Das ist Mary, Lady Marshalton. Der olle Joshua hat sie gemalt. Sehen Sie eine Ähnlichkeit mit Lord Marshalton? Was, haben Sie den nie kennengelernt? Das war Hauptmann Mankeltow – mein Hauptmann von der Königlichen Britischen Artillerie, der im Krieg meine Kanone gesprengt und dann versucht hat, mich gegen meine religiösen Prinzipien zu beerdigen. Ja-a. Sein Vater ist gestorben, und er hat den Titel geerbt. Viel mehr als das war aber auch nicht mehr übrig, als euer britischer Sterbezoll mit ihm fertig war. Deshalb meinte er, ich täte ihm einen Gefallen, wenn ich seine Ranch miete. Ganz schöne Zumutung, mit so nem Riesendings umzugehen, aber Tommy – Mrs. Laughton – schafft es. Kommen Sie rein, in die gute Stube, und seien Sie herzlich willkommen.«

Mit der Hand auf meiner Schulter führte er mich in ein Durcheinander aus lauten Unterhaltungen und Gelächter, das einen großen Salon ausfüllte. Er machte mich, als Gründer des Familienvermögens, mit einer kleinen, schlanken, dunkeläugigen Frau bekannt, deren Sprache und Begrüßung dem sanftmundigen Süden entstammte. Sie ihrerseits stellte mich ihrer Mutter vor, einer alten Dame mit schwarzen Brauen und schneeweißem Haar, mit einer Haube aus unbezahlbarer Venezianer Spitze, Händen, die zu ihrer Zeit viele Herzen gehalten haben mußten, und der unanfechtbaren gelassenen Würde einer Kaiserin. Sie war tatsächlich eine der Burtons aus Savannah, die unter ihresgleichen als höherrangig gelten denn die Lees aus Virginia. Der Rest der Gesellschaft kam aus Buffalo, Cincinnati, Cleveland und Chicago, mit hier und da einem sanfteren südlichen Zug. Eine Gruppe junger Leute machte Popcorn, unter einem Kaminsims, über dem ein Gainsborough prangte. Zwei beleibte Männer, halb verborgen hinter einem Harfenkasten, diskutierten über Bündeln maschinebeschriebener Dokumente die Bedingungen irgendeines Kontrakts. Ein Knäuel Matronen beredete Personal – irisches *contra* deutsches – über den Konzertflügel hinweg. Ein junger Mann plünderte einen alten Bücherschrank, während neben ihm ein großes Mädchen das Portrait einer Frau von vielen Liebschaften anstarrte, dreihundert Jahre tot, aber nun im gedämpften Licht der Schirmlampen zu Leben und Warnung erwacht. In einer Ecke untersuchte ein halbes Dutzend Mädchen die verglasten Tafeln mit den – englischen und ausländischen – Dekorationen des verstorbenen Lord Marshalton.

»Schaut mal! Ob das wohl der Hosenbandorden ist?« sagte eine; sie deutete auf etwas.

»Glaub ich schon. Nein! Auf dem Hosenband steht ›*Honey swore*‹ – das weiß ich immerhin. Das hier ist ›*tria juncta*‹ irgendwas.«

»Oh, was ist das süße kleine Kupferkreuz da, mit ›Für Tapferkeit‹?« rief eine Dritte.

»Also! Sieh dir das an!« sagte der junge Mann am

Bücherschrank. »Eine Erstausgabe von *Handley Cross* und Beewicks *Birds* direkt daneben – als obs neue Bestseller wären. Sieh mal, Maidie!«

Das Mädchen unter dem Gemälde wandte ihm halb den Körper zu, nicht aber die Augen.

»Brauchst du mir nicht zu sagen!« sagte sie langsam. »Die Frauen von denen haben schon was dargestellt.«

»Aber die Möglichkeiten und Aussichten der Frau waren damals sehr beschränkt«, warf eine der Matronen am Flügel ein.

»Beschränkt? Für *die* da? Ich glaub, wenns überhaupt Grenzen gab, dann war *die* da die Grenze. Wer war sie? Peters, wo ist der Katalog?«

Ein dünner Butler – er beaufsichtigte eben zwei Lakaien, die die Tee-Batterien entfernten – glitt zu einem Tisch und reichte ihr ein blaugoldenes Buch. Einer der Männer hinter der Harfe hielt ihn am Knopf fest; er wollte ein Telefongespräch mit Edinburgh führen.

»Das hiesige Postamt schließt um sechs«, sagte Peters. »Aber ich kann« – er nannte eine Stadt – »in zehn Minuten erreichen, Sir.«

»Das ist mir recht. Sie finden mich hier, wenn Sie durchgekommen sind. Ah, noch was, Peters! Wir – Mister Olpherts und ich – fahren morgen nicht mit dem Frühzug – sondern mit dem anderen – auf der anderen Linie – wie immer der heißt.«

»Der neun Uhr siebenundzwanzig, Sir. Ja, Sir. Das Frühstück wird um halb neun gerichtet, und der Wagen ist um neun Uhr an der Tür.«

»Peters!« rief eine gebieterische junge Stimme. »Was ist mit Lord Marshaltons Hosenbandorden? Den können wir nirgendwo finden.«

»Also, Miss, ich *habe* gehört, daß dieser Orden beim Tod des Ordensträgers gewöhnlich an seine Majestät zurückgeht. Ja, Miss.« Dann flüsternd zu einem Lakaien: »Mehr Butter für das Popcorn in König Charles' Ecke.« Er blieb hinter meinem Stuhl stehen. »Sie haben das Zimmer Nummer Elf, Sir. Darf ich Sie um Ihre Schlüssel bitten?«

Er verließ den Raum mit einer Sechsjährigen namens Alice, die verkündet hatte, sie werde nicht zu Bett gehen, »außer wenn *Peter, Peter, Punkin-eater* mich ins Bett bringt – also!«

Er blickte freundlicherweise einen Moment bei mir herein, als ich mich zum Abendessen umzog. »Aber keineswegs, Sir«, erwiderte er auf ein Kompliment, das ich ihm machte. »Ich habe den verstorbenen Lord Marshalton fünfzehn Jahre lang bedient. Er war sehr abrupt in seinen Unternehmungen, Sir. In der Regel habe ich frühestens eine Stunde vor dem Aufbruch von einer geplanten Reise erfahren. Wir sind oft nach Syrien gefahren. Ich war zweimal in Babylon. Mr. und Mrs. Ziglers Ansprüche sind vergleichsweise gering.«

»Aber die Gäste?«

»Sehr wenig außerhalb des Gewöhnlichen, sobald man weiß, was bei ihnen gewöhnlich ist. Äußerst einfach, wenn ich das sagen darf, Sir.«

Ich hatte das Privileg, Mrs. Burton zum Dinner zu geleiten, und wurde mit einer völlig neuen und für mich schockierenden Ansicht über Abraham Lincoln belohnt, der, wie sie sagte, das Erbe seines Landes durch Blut und Feuer vergeudet und den Rest Fremden ausgeliefert hatte. »Mein Bruder, *Suh*«, sagte sie, »fiel in Gettysburg, damit heute Armenier NeuEngland kolonisieren dürfen. Wenn mich, abgesehen von meinem Schwiegersohn Laughton da, irgendwelche verdammten Yankees interessierten, würde ich sagen, daß der Tod meines Bruders gründlich gerächt worden ist.«

Der Mann zu ihrer Rechten nahm die Herausforderung an, und der Krieg breitete sich aus. Ihre Augen zwinkerten über den Flammen, die sie entzündet hatte.

»Diese Leute«, sagte sie ein wenig später, »erinnern die Sie nicht an Araber, die unter den Pyramiden picknicken?«

»Ich habe die Pyramiden nie gesehen«, erwiderte ich.

»Hmm! Ich wußte nicht, daß Sie derart englisch sind.« Und, als ich lachte: »Sind Sie das wirklich?«

»Immer. Es erspart einem Ärger.«

»Also, das ist genau das, was ich bei den Engländern so auffällig finde« – das war Alices Mutter, glaube ich, mit einem weit vorgeschobenen Ellenbogen zwischen den Salzmandeln. »Ah, ich weiß, wie *Sie* sich fühlen, Madam Burton, aber wenn man aus dem Norden ist wie ich – ich bin aus Buffalo – obwohl wir jedes Jahr herüberkommen – dann fällt einem der Drang nach Behaglichkeit in England auf. Es gibt so wenig Konflikt oder Auftrieb in der britischen Gesellschaft.«

»Aber wir haben es gern behaglich«, sagte ich.

»Ich weiß. Das ist ganz bezeichnend. Aber ist das nicht auch ein bißchen, nur ein kleines bißchen, ein Mangel an Anpassungsfähigkeit und Fantasie?«

»Die brauchen hier keine Anpassungsfähigkeit«, warf Madam Burton ein. »Die haben ja keine Ellis-Island-Standards, an die sie sich halten müssen.«

»Aber wir können assimilieren.« Die Buffalo-Frau stürmte weiter.

»Jetzt haben Sies geschafft!« flüsterte ich der alten Dame zu, als das gesegnete Wort »Assimilation« all die alten Argumente für und wider erweckte.

Bei diesem Dinner gab es für mich keinen langweiligen Moment – auch nicht anschließend, als die Jungen und Mädchen am Flügel die Ragtime-Melodien ihres eigenen Landes spielten, während die Älteren, unermüdlich interessiert, sich wieder in die Diskussion über die Zukunft jenes Landes stürzten, bis jemand *coon-can* vorschlug. Als die ganze Gesellschaft an Tischen Platz genommen hatte, führte Zigler mich in sein von Büchern gesäumtes Arbeitszimmer, wo er, wie ich bemerkte, seine Golfschläger aufbewahrte, und sprach schlicht wie ein Kind und gewichtig wie ein Bischof über die Jahre, die seit unserer letzten Begegnung verstrichen waren . . .

»Das wärs ungefähr, schätze ich – bis jetzt«, sagte er, als er die leuchtende Karte seiner Erfolge über drei Kontinente ausgebreitet hatte. »Reich sein paßt mir. Ihr Land auch, Sir. Mein eigenes Land? Sie haben doch gehört, was der Mann aus Detroit beim Dinner sagte. ›Eine Regierung von Fremden, durch Fremde, für Fremde.‹ Mutter hat auch recht. Lincoln hat uns umgebracht. Mit den lautersten Motiven – aber er hat uns umgebracht. Ah, überhaupt, da fällt mir was ein. Haben Sie schon mal aus den lautersten Motiven jemanden umgebracht?«

»Aus überhaupt gar keinem Motiv – soweit ich mich erinnern kann.«

»Also, ich wohl. Es belastet mich überhaupt nicht, aber es war interessant. Das Leben ist wirklich interessant für einen Reichen – für jeden Mann in England. Ja-a! In England leben, das ist, wie wenn man in der ersten Reihe im Theater sitzt und nie weiß, ob das ganze verdammte Drama einem nicht doch mal in den Schoß überschwappt. Das hab ich nicht immer gewußt. Wenn ich jetzt im Bett liege, werd ich manchmal rot, wenn ich an ein paar von den Schnitzern denk, die ich in Südafrika gemacht hab. Was die Engländer angeht. Nicht eure offiziellen Methoden, Dinge zu tun. Aber den Geist. Was den Geist angeht, war ich ziemlich weit daneben. Kennen Sie irgendein anderes Land, wo man einen oder zwei Männer umbringen muß, um hinter den Geist der Nation zu kommen?«

»Naja«, antwortete ich, »eine der Frauen heiraten oder ersatzweise einen der Männer töten sorgt für ziemlich enge Vertrautheit mit *jedem* Land. Dann haben Sie also einen britischen Staatsbürger getötet.«

»Aber nein. Unser Syndikat hat seine Operationen auf Ausländer beschränkt – bescheuerte Ausländer ... Kennen Sie eigentlich einen englischen Lord namens Lundie? Sieht aus wie ne wandelnde Reklame für Aufbaudiät und Seife. Ich glaube, er war bei Ihrem Obersten Gerichtshof, bevor er seinen Titel gekriegt hat.«

»Er ist Jurist – was wir Law Lord nennen – Berufungsrichter – kein echter erblicher Lord.«

»Das ist mir genauso zu hoch wie *das* hier!« Zigler klatschte einen dicken Debrett auf den Tisch. »Aber ich nehm an, dieser unechte Law Lord Lundie ist ziemlich echt, was seine Entscheidungen angeht? Hab ich mir gedacht. Und – eine Frage noch. Sind Sie je einem Kerl namens Walen begegnet?«

»Meinen Sie Burton-Walen, den Chefredakteur von ...« Ich nannte die Zeitschrift.

»Genau der. Sieht aus wie n Schläger, redet wie n Maschinengewehr und verkehrt mit Königen.«

»Tut er«, sagte ich. »Burton-Walen kennt alle gekrönten Häupter persönlich. Das ist sein Hobby.«

»Gut, da haben Sie die ganze Truppe – außer Lord Marshalton *né* Mankeltow und mir. Lauter aktive Mörder – vor allem der Law Lord – oder nachträglich Vorschubleistende. Und was brummen die einem in diesem Land *dafür* auf?«

»Zwanzig Jahre, glaub ich«, war meine Antwort.

Er überlegte einen Moment.

»*No-o-o*«, sagte er und schickte einen Rauchkringel hinterher. »Zwanzig Monate am Kap ist mein Limit. Wissen Sie, Mord ist überhaupt nicht so etwas Seelenerschütterndes, wie diese Natur-Schmierer in den Magazinen es darstellen. Entwickelt sich genauso natürlich wie jedes andere Geschäft ... Sagen Sie, haben Sie je Golf gespielt? In den Staaten ist das groß im Kommen, von Maine bis Kalifornien, und wir stellen auch sämtliche Champions. Kein Spiel für nen Geschäftsmann, aber interessant. Ich hab Golf hier im Park, angeblich die beste Anlage im Land. Dafür mußte ich extra bezahlen, als ich die Ranch gemietet hab – letztes Jahr. Kurz bevor ich die Papiere unterzeichnet hab, hat sich unser Mord ereignet. Lord Marshalton hatte mich übers Wochenende hierhin eingeladen, um irgendwas zu regeln – ich glaub, es ging um Peters und die Bettwäsche. Mrs. Zigler hat da sofort zugeschlagen. Sie und Peters haben sich vom ersten Wort an verstanden. Das war damals keine *house-party;* nur fünfzehn oder zwanzig Leute. Ein volles Haus sind zweiunddreißig, sagt Tommy. Ich glaub, heute abend sind wir ziemlich nahe dran. Im Rauchzimmer hier stellt mich Lord Marshalton – vorher Mankeltow – diesem Walen-Mann mit der Nase vor. Der war auch im Krieg gewesen, von Anfang bis Ende. Er kannte alle Kolonnen und Generäle, mit denen ich mich in den Tagen meiner Zigler-Kanone rumgeprügelt hatte. Wir sind einander beinah in die Arme gesunken und haben die böse Welt draußen eine Weile sich selbst überlassen.

Dann hat Walen mich Ihrem Lord Lundie vorgestellt. *Der* ist eine Sorte, die war mir neu. Wenn er kein Jurist wär, hätte er nen prima Viehbaron abgegeben. Ich dachte, ich hätte schon einiges an Poker gespielt. Noch so einer von meinen Schnitzern. Ja-a! Hat mich elfhundert Dollar gekostet, nicht zu reden von dem, was Tommy gesagt hat, als ich schlafen gehen wollte. Ich finde keinen Makel an eurem Erbadel, eurer Richterschaft oder eurer Presse.

Am Sonntag sind wir alle in die Kirche gegangen, hier, quer durch den Park ... Ha! Daß Sie sich noch an meine Religion erinnern! Nach der Heirat bin ich Episkopaler geworden. Ja-a ... Nach dem Lunch hat Walen hier im Rauchzimmer seine Nummer mit den gekrönten Häuptern Europas abgezogen. Jede Menge Könige. Und Krisen auf dem Kontinent. Ich kann nicht behaupten, daß ich die britische Innenpolitik verfolge, aber im Flugzeuggeschäft muß man einiges über mögliche internationale Entwicklungen wissen. Im Moment sitzt ihr Briten in Kimonos auf Dynamitkisten. Dank Walens Ausführungen weiß ich jetzt von einigen Kisten, wo und wie groß sie sind. Ja-a!

Danach sind wir zu viert rausgegangen, um uns diesen Golfplatz anzusehen, den ich mieten wollte. Wir haben jeder einen Schläger mitgenommen. Meiner« – er warf einen Blick auf den großen hellbraunen Beutel neben dem Kamin – »war der

Freund des Anfängers – der *cleek*. Also, Sir, dieses Golfdings hat mich sofort gepackt, so schnell wie – wie der Blitz. Die mußten mich vom Grün runterzerren, als es so dunkel wurde, daß man nichts mehr sehen konnte, und dann sind wir zurück zum Haus. Ich geh voraus mit Lord Marshalton, Anfängergerede über Anfängergolf. (Von Rechts wegen hätte man *mich* umbringen sollen.) Wir gehen querbeet über Lichtungen im Wald zu Floras Tempel – der Stelle, die ich Ihnen heute nachmittag gezeigt hab. Lundie und Walen waren vielleicht hundert oder hundertfünfzig Schritt hinter uns im Dunkeln. Marshalton und ich sind am Theater stehengeblieben, um die altehrwürdigen Eiben anzuhimmeln. Er hat mich direkt zur größten geschleppt – König Soundsos Eibe, und während ich mit dem Taschentuch den Umfang messe, sagt er: ›Schau mal!‹ als obs um ein Karnickel geht – und da geht ein Doppeldecker im Theater runter, nicht lauter als ne Leiche. Mein Schalldämpfer ist der einzige auf dem Markt, der einen auf so leisen Socken schleichen läßt... Was? Ein Doppeldecker – mit zwei Mann drin. Beide springen raus und fummeln an dem Motor rum. Ich wollte grad zu Mankeltow sagen – ich vergeß immer wieder, daß er Marshalton heißt –, daß es aussieht, als ob das Königliche Britische Fliegerkorps endlich doch meinen Schalldämpfer angeschafft hat; aber er geht schon unter der Eibe raus, hin zu den beiden Leisetretern und sagt: ›Haben Sie Probleme? Kann ich irgendwie helfen?‹ Er hat gemeint – ich auch –, das wären welche von den Jungs aus Aldershot oder Salisbury. Also, Sir, von da an hat sich die Situation entwickelt wie ein Film in der Hölle. Der Mann auf unserer Seite der Maschine wirbelt herum, zieht eine Waffe und feuert Mankeltow ins Gesicht. Automatisch zieh ich ihm einen über, mit meinem *cleek*. Wer auf einen Freund von mir schießt, kriegt was ihm zusteht, wenn ich in Reichweite bin. Er fällt um. Mankeltow reibt sich mit dem Taschentuch den Hals. Der Mann auf der anderen Seite der Maschine fängt an zu rennen. Weiter unten auf dem Weg brüllt

Lundie, vielleicht auch Walen: ›Was ist passiert?‹ Mankeltow sagt: ›Schnapp dir den Kerl.‹

Der zweite Mann rennt Ringelreihn um die Maschine, tastet mit einer Hand hinter sich. Mankeltow treibt ihn mir zu. Er bricht blindlings aus, hin zu Walen und Lundie, die den Weg raufgerannt kommen. Dann gibts bei ihnen einiges Gemenge, was man im Dunkeln nicht sehen kann, und nen dumpfen Schlag. Walen sagt: ›Sauber im Schwitzkasten!‹ Lundie sagt: ›Das ist das einzige, was ich in Harrow nie richtig gelernt hab!‹ ... Mankeltow läuft zu ihnen, reibt sich immer noch den Hals und sagt: ›*Der* da hat nicht auf mich geschossen. Das war der andere. Wo ist er?‹

›Den hab ich neben seine Maschine gelegt‹, sag ich.

›Sind das Wilderer?‹ sagt Lundie.

›Nein. Flieger. Ich werd nicht schlau draus‹, sagt Mankeltow.

›Sehen Sie mal‹, sagt Walen, irgendwie brüsk. ›Der Mann hier atmet überhaupt nicht. Haben Sie nicht was krachen hören, als er hingefallen ist, Lundie?‹

›Mein Gott!‹ sagt Lundie. ›Gehört? Ich dachte, das wären meine Hosenträger.‹

An der Stelle hab ich sie verlassen und bin auf Zehenspitzen zurück zu meinem Mann, in der Hoffnung, er wäre zu sich gekommen und hätte sich verdrückt. Hatte er aber nicht. Der verdammte *cleek* hatte ihn am Nacken getroffen, genau da, wo sein Helm aufhörte. Den hatte es erwischt. Ich habs daran gesehen, wie der Kopf in meinen Händen rumrollte. Dann sind die anderen den Weg raufgekommen, mit *ihrer* Last. Kein Vertun bei *dem* Schlurfen im Gras. Erinnern Sie sich noch dran – in Südafrika? Ja-a.

›Sst!‹ sagt Lundie. ›Ist Ihnen klar, daß ich dem hier das Genick gebrochen hab?‹

›Ich hier auch‹, sage ich.

›Was? Beide?‹ sagt Mankeltow.

›Unsinn!‹ sagt Lord Lundie. ›Wer hätte gedacht, daß der *so* untrainiert ist? Man sollte nicht fliegen, wenn man nicht fit ist.‹

›Was wollten die denn überhaupt hier?‹ sagt Walen; und Mankeltow sagt: ›Wir können sie nicht hier im Freien liegen lassen. Irgendwer könnte vorbeikommen. Bringt sie in Floras Tempel.‹

Wir haben sie wieder geschleppt und sie auf eine Steinbank gelegt. Sie waren immer noch tot, trotz unserer diversen Zuwendungen. Wir wußten es, aber trotzdem haben wir alle vorgeschriebenen Hilfeleistungen geübt, bis es ganz dunkel war. Ob alle Mörder das tun? ›Wir brauchen ein bißchen Licht‹, sagt Walen nach einer Weile. ›In der Maschine müßte doch Licht sein. Warum haben sie es nicht angemacht?‹

Wir sind aus Floras Tempel raus und haben die Türen hinter uns zugemacht. Es waren ein paar Sterne zu sehen – genau wie damals, als Kain seine kleine Nummer abzog, schätzungsweise. Ich bin reingeklettert und hab die Maschine durchsucht. War sehr gut ausgerüstet. Ich fand zwei elektrische Stablampen, in Halterungen neben den Barometern am Rücksitz.

›Was ist das für ein Modell?‹ sagt Mankeltow.

›Continental Renzalaer‹, sage ich. ›Meine Motoren und mein Schalldämpfer.‹

Walen pfeift. ›Hier – lassen Sie mich mal sehen‹, sagt er und schnappt sich die zweite Lampe. Die Kiste war wirklich gut ausgerüstet. Wir haben einen Arm voll Kameras und Karten und Notizbücher gesammelt und ein Album mit aufgezogenen Fotografien und alles zu Floras Tempel gebracht und auf einem Tisch mit Marmorplatte ausgebreitet (zeig ich Ihnen morgen), den der König von Neapel Großvater Marshalton geschenkt hatte. Walen fängt an, die Sachen durchzugehen. Wir wollten wissen, warum unsere Freunde derart voreingenommen gegen unsere Gesellschaft gewesen waren.

›Einen Moment‹, sagt Lord Lundie. ›Leihen Sie mir ein Taschentuch.‹

Er zieht sein eigenes heraus, und Walen steuert seine grünrote Fahne bei, und Lundie bedeckt ihre Gesichter. ›Jetzt‹, sagt er, ›kommen wir zur Beweisaufnahme.‹

Es gab keine einzige Lücke in der Beweisführung. Walen liest ihre letzten Beobachtungen vor, und Mankeltow stellt Fragen, und Lord Lundie gibt eine Art Zusammenfassung, und ich seh mir die Fotos im Album an. Haben Sie je Telefoto-Luftaufnahmen von England für militärische Zwecke gesehen? Interessant, aber unanständig – wie wenn man einen Mann auf den Kopf stellt. Keines dieser aus der Nähe aufgenommenen Festungspanoramen wäre ohne meinen Geräuschdämpfer möglich gewesen.

›Ich wünschte, *wir* wären auch so gründlich wie die‹, sagt Mankeltow, wie Walen mit Übersetzen fertig ist.

›Wir waren gründlich genug‹, sagt Lord Lundie. ›Die Beweise gegen beide Angeklagten sind schlüssig. In jedem anderen Land würden sie zu sieben Jahren Festungshaft verurteilt. Bei uns würden sie vermutlich achtzehn Monate bekommen, wegen eines erstmaligen Vergehens. Aber ihr Fall‹, sagt er, ›liegt nicht in unseren Händen. Wir müssen unseren eigenen bedenken. Mr. Zigler‹, sagt er, ›würden Sie uns bitte sagen, welche Schritte Sie unternahmen, um den Tod des ersten Angeklagten herbeizuführen?‹ Ich habe es ihm gesagt. Er wollte vor allem wissen, ob ich den ersten Angeklagten niedergeschlagen hatte, bevor oder nachdem er auf Mankeltow geschossen hatte. Mankeltow bezeugte, daß er angeschossen worden sei, und zeigte zum Beweis seinen Hals. Er war versengt.

›Also, Mr. Walen‹, sagt Lord Lundie. ›Würden Sie uns freundlicherweise sagen, welche Schritte Sie hinsichtlich des zweiten Angeklagten unternahmen?‹

›Der Mann ist unmittelbar auf mich losgerannt, my Lord‹, sagt Walen. ›Ich sagte: »O nein, das tun Sie nicht« und schlug ihm ins Gesicht.‹

Lord Lundie hebt eine Hand und deckt das Gesicht des zweiten Angeklagten auf. Auf einer Wange war ein Bluterguß, und das Kinn war ganz grün von Gras. Es war ein schwerer kräftiger Mann.

›Soweit ich mich erinnern kann, wandte er sich von mir ab zu Eurer Lordschaft.‹

Dann macht Lundie weiter. ›Ich habe mich gebückt und den Mann bei den Knöcheln gepackt‹, sagt er. ›Der plötzliche Anprall hat ihn mit dem Oberkörper über meine linke Schulter geworfen. Ich hab ihn von dieser Schulter abgeschüttelt, dabei immer noch seine Knöchel gehalten, und er ist, wie es scheint, voll auf die Kinnspitze gefallen, worauf der Tod augenblicklich eintrat.‹

›Augenblicklich eintrat‹, sagt Walen.

Lord Lundie nimmt Talar und Perücke ab – das konnte man förmlich sehen – und wird wieder unser Mordgeselle. ›Das ist unser Fall‹, sagt er. ›Ich weiß, was *ich* der Jury sagen würde, aber für die Hände eines Lords der Berufung ist dies ein unwürdiges Geschäft, und einige meiner gelehrten Standesbrüder‹, sagt er, ›könnte dies zu Scherzen hinreißen.‹

Ich glaube, mir fehlt die angemessene Empfindsamkeit für so etwas. Wer mich aus dieser Klemme rausmanövriert, hätte die nächsten Generationen lang über mich lachen können. Aber ich bin ja auch bloß Millionär. Ich hab gesagt, wir sollten lieber den zweiten Angeklagten durchsuchen, falls er versteckte Waffen bei sich getragen hätte.

›Das ist zweifellos ein Gesichtspunkt‹, sagt Lord Lundie. ›Aber für die Jury wäre jetzt die Frage, ob ich mehr Gewalt als nötig angewendet habe, um ihn an der Verwendung dieser Waffe zu hindern.‹ *Ich* hab gar nichts gesagt. Er redete nicht meine Sprache. Natürlich hatte der zweite Angeklagte eine Waffe bei sich, aber sie hatte sich in seiner Gesäßtasche verfangen. Er war zu dick, um wirklich im Ernst nach hinten zu langen, und überhaupt sah er nicht aus wie ein Revolverheld. Beide hatten Bündel persönlicher Briefe bei sich. Als Walen alles übersetzt hatte, wußten wir, wie viele Kinder der Dicke zu Hause hatte und wann der Dünne heiraten wollte. Pech! Ja-a.

Sagt Walen zu mir, als wir ihre Jacken wieder zuknöpfen (sie waren nicht in Uniform): ›Haben Sie je das Buch *The Wreckers* gelesen, Mr. Zigler?‹

›Nicht, daß ich mich im Moment erinnern könnte‹, sage ich.

›Sollten Sie‹, sagt er, ›würde Ihnen gefallen. Jetzt würde es Ihnen gefallen, kann ich Ihnen versichern.‹

›Ich denk dran‹, sag ich. ›Aber ich glaube nicht, daß der Mummenschanz hier uns irgendwie weiterbringt. Da sind unsere Leichen, da ist ihre Maschine, und irgendwann wird es wieder hell.‹

›Lieber Himmel! Da fällt mir was ein‹, sagt Lundie. ›Wann ist das Dinner?‹

›Halb neun‹, sagt Mankeltow. ›Jetzt ist es halb sechs. Um zwanzig vor fünf haben wir mit dem Golf aufgehört, und wenn die da nicht solche idiotischen Trottel gewesen wären, von wegen mit Pistolen ballern wie Zivilisten, dann hätten wir sie zum Dinner eingeladen. Die könnten doch in dieser Sekunde mit uns im Rauchzimmer sitzen‹, sagt er. Dann sagt er noch, niemand hätte das Recht, seinen Beruf so ernst zu nehmen wie diese beiden Hochstapler.

›Sehr interessant!‹ sagt Lundie. ›Diese Unduldsamkeit gegenüber ihren Opfern ist mir bei vielen Mördern aufgefallen. Ich habe es nie zuvor verstanden. Es ist natürlich die Beseitigung der Leiche, die sie unwirsch macht. Also, ich frage mich‹, sagt er, ›wer wohl unseren Fall verhandeln wird? Gehn wir noch einmal alles durch.‹

Dann mischt Walen sich ein. Er hatte in einer Ecke auf seinen Nägeln gekaut. Inzwischen waren wir alle vollkommen nervös ... Ich? Am schlimmsten von allen. Ich mußte ja auch an Tommy denken.

›Wir *können* nicht vor Gericht‹, sagt Walen. ›Wir *dürfen* nicht vor Gericht! Das gibt einen höllischen internationalen Stunk.

Was hab ich Ihnen denn nach dem Essen im Rauchzimmer erzählt? Die Spannung *ist* doch schon auf dem Höhepunkt. Das hier würde alles bersten lassen. Begreifen Sie das denn nicht?‹

›Ich dachte an den rechtlichen Aspekt des Falles‹, sagt Lundie. ›Mit einer guten Jury würden wir vermutlich freigesprochen.‹

›Freigesprochen!‹ sagt Walen. ›Wer würde denn wagen uns freizusprechen, angesichts von dem, was die – die andere Seite verlangen würde? Haben Sie je vom Krieg um Jenkins' Ohr gehört? Von Mason und Slidell? Je von einem Ultimatum gehört? Sie wissen, wer *diese* beiden Idioten sind; Sie wissen, wer *wir* sind – ein Lord der Berufung, ein Viscount und Peer von England, und ich – *ich*, wo ich alles weiß, was ich weiß, und von dem die Männer, die mich kennen, verdammt genau wissen, *daß* ich es weiß! Es läuft auf unsere Hälse oder Armageddon hinaus. Was, glauben Sie, würde diese Regierung wohl wählen? Wir *können* nicht vor Gericht!‹ sagt er.

›Dann, nehme ich an, werde ich wohl meine Clubmitgliedschaft niederlegen müssen‹, fährt Lundie fort. ›Ich glaube nicht, daß ein *ex-officio*-Mitglied das je zuvor getan hat. Ich muß den Sekretär fragen.‹ Ich glaube, er war im Moment ein bißchen durcheinander, oder vielleicht war das seine Lordschaft, die jetzt in ihm durchschlug.

›Quatsch!‹ sagt Mankeltow. ›Walen hat recht. Wir können es uns nicht leisten, vor Gericht gestellt zu werden. Wir müssen sie begraben; aber mein Chefgärtner schließt um fünf Uhr alles Werkzeug weg.‹

›Nicht mal um Ihr Leben!‹ sagt Lundie. Jetzt war er wieder auf Deck – als hochklassiger Jurist. ›Recht oder Unrecht, wenn wir versuchen, die Leichen zu verbergen, sind wir erledigt.‹

›Das freut mich‹, sagt Mankeltow, ›immerhin ist das ja kein Kinderspiel, sie zu vergraben.‹

Irgendwie – aber ich weiß ja, ich bin kein Engländer – hat diese Überlegung mich nicht so beschäftigt, wie sie sollte. Und außerdem hab ich nachgedacht – mußte ich ja – und ich begann, weit entfernt Licht zu sehen – ein kleines schimmerndes Rettungslicht.

›Also was *sollen* wir denn tun‹ sagt Walen. ›Zigler, was schlagen Sie vor? Ihr Hals steckt ja auch in der Schlinge.‹

›Gentlemen‹, sage ich, ›etwas, das Lord Lundie vor einiger Zeit gesagt hat, bringt mich auf eine Idee. Ich schlage vor, daß dieses Komitee den großen Claus und den kleinen Claus, die in unserer Mitte Selbstmord zu begehen vorgezogen haben, dazu ermächtigt, diesen Grund und Boden genau *so* zu verlassen, wie sie ihn betreten haben. Ich weiß, daß das ziemlich viel von Ihnen verlangt ist‹, sage ich, ›aber etwas anderes bleibt uns nicht übrig‹, und dann geh ich zu dem Doppeldecker.

Erzählen sie mir nicht, die Engländer könnten nicht genauso schnell denken wie andere, wenns um was geht! Die haben sie aus Floras Tempel getragen – pietätvoll, aber ohne Zeitverlust –, während ich nachgesehen hab, was die Maschine runtergebracht hatte. Ein Zylinder hatte ausgesetzt. Ich hab mir nicht die Mühe gemacht, ihn zu reparieren. Mein Renzalaer läuft auch auf sechsen. Das haben wir bewiesen. Wenn die Crew sich auf meine Garantien verlassen hätte, wären sie jetzt schon halb zuhause gewesen, statt ihre Plätze mit hängenden Köpfen einzunehmen, als ob sie sich schämten. Im übrigen hätten sie sich durchaus schämen sollen, im Park eines englischen Peers Revolverheld zu spielen! Ich bin das Risiko eingegangen, die Kiste ohne Kontrollen zu starten, aber es war eine totenstille Nacht und eine glatte Startbahn – Sie haben sie gesehen – durchs Theater hindurch in den Park, und ich hab gebetet, daß sie abhebt, bevor sie in die Bäume gerät. Ich hab sie für schnelles Steigen so hoch eingestellt, wie ich nur wagen konnte. Mankeltow hab ich gesagt, wenn ich sie die Nase zu hoch tragen lasse, stellt sie sich wahrscheinlich hochkant und stürzt ab. Er wollte keine weitere gerichtliche Untersuchung auf seinem Boden. Nein, Sir! Also mußte ich alles im Dunkeln einstellen. Ja-a!

Ich hab auch einiges riskiert, während die anderen drei sie festgehalten und ich sie auf volle Kraft gebracht hab. Mein Renzalaer ist nicht so leicht festzuhalten wie ein Ventilator, was die Schubkraft angeht. Aber ich bin grade rechtzeitig rausgeklettert. Ich hatte die Signallampe am Heck festgemacht, damit wir die Maschine verfolgen konnten. Mit meinem Geräuschdämpfer hätten wir andernfalls genausogut ne Eule aus ner Scheune scheuchen können. Genauso ist die Maschine los, als wir sie losgelassen haben. Kein Geräusch außer von den Propellern – *Wu-hu-hu! Wu-hu-hu!* Ein Stück voraus war im Boden eine Delle. Da war die Lampe eine Sekunde unsichtbar – aber sowas wie Zeit gibts im wirklichen Leben nicht. Dann ist diese Lampe den Abhang auf der anderen Seite hoch, langsam, zu langsam. Dann hebt sie ein bißchen ab, wie uns scheint. Dann hebt sie tatsächlich ab. Dann war sie wirklich in der Luft. Wissen Sie warum? Unsere vier nackten schwitzenden Seelen waren da unten, unter der Maschine, und haben sie in den Himmel gehievt. Jawohl, Sir. *Wir* waren das! ... Und diese Lampe steigt und steigt. Dann rutscht sie seitlich ab! Mein Gott, zweimal ist sie seitlich abgerutscht, und davor hatte ich die ganze Zeit Angst gehabt! Dann richtet sie sich wieder aus und steigt und steigt der himmlischen Glorie entgegen; dieser gesegnete Stern unserer Hoffnung ist nämlich immer kleiner und kleiner geworden, bis wir ihm nicht mehr folgen konnten. Dann haben wir geatmet. Wir hatten nicht mehr geatmet, seit die gelandet waren, aber das haben wir erst gemerkt, als wir *da* geatmet haben, alle zusammen. Dann haben wir unsere Fingernägel aus unseren Handflächen ausgegraben und kamen wieder zu Bewußtsein – ratenweise.

Lundie hat als erster geredet. ›Hiermit übergeben wir ihre Leiber der Luft‹, sagt er und setzt seine Mütze wieder auf.

›Der Tiefe – der Tiefe‹, sagt Walen. ›Es sind bloß dreiundzwanzig Meilen bis zum Kanal.‹

›Arme Kerls! Arme Kerls!‹ sagt Mankeltow. ›Wir hätten sie

zum Dinner geladen, wenn sie nicht den Kopf verloren hätten. Ich kann dir gar nicht sagen, wie mich das bekümmert, Laughton.‹

›Also, paß mal auf, Arthur‹, sag ich. ›Wir haben es nur Gottes höchstpersönlicher Gnade zu verdanken, daß nicht du und ich jetzt in Floras Tempel liegen, und wenn der Dicke geschickt genug gewesen wäre, beim Laufen die Pistole von hinten nach vorne zu kriegen, dann lägen Lord Lundie und Walen jetzt neben uns.‹

›Das ist mir klar‹, sagt er. ›Aber wir leben und die sind tot, weißt du.‹

›Ich weiß‹, sag ich. ›In der Hinsicht sind die Toten immer so verdammt unfair gegenüber den Überlebenden.‹

›Das ist mir auch klar‹, sagt er. ›Aber ich gäb einiges darum, wenn es nicht geschehen wäre. Arme Kerls!‹

›Amen!‹ sagt Lundie. Dann? Ach, dann sind wir irgendwie, zwei und zwei, zu Floras Tempel zurück und machen Streichhölzer an, um nachzusehen, ob wir nichts liegengelassen haben. Walen hatte die Notizbücher konfisziert, bevor sie wieder gestartet sind. Die Pistole vom ersten Mann, die wir vergessen hatten ihm zurückzugeben, lag noch auf der Steinbank. Mankeltow legt seine Hand darauf – ohne den Abzug zu berühren – und das war ne Automatik, und natürlich knattert das verdammte Ding los – gehässig wie ne Klapperschlange!

›Vorsicht! Die erwischen noch einen von uns‹, sagt Walen im Dunkel. Aber die haben keinen erwischt – der Herr hatte sein Hirtenamt über uns noch nicht niedergelegt – und wir hörten die Kugeln übers *veldt* sausen – wie in den alten Zeiten. Ja-a!‹

›Schweine!‹ sagt Mankeltow.

Danach hab ich nichts mehr über ›Arme Kerls‹ gehört... Ich? Ich hatte nie Kummer damit, daß ich *meinen* Mann getötet hatte. Ich war zu beschäftigt damit, mir auszudenken, wie eine britische Jury die Sache betrachten würde. Ich schätze, Lundie ging es genauso.

Ah, noch eins! Das Dinner an dem Abend war sehr interessant. Es wurden noch Leute erwartet, deren Auto unterwegs stehengeblieben ist. Die hatten nicht gekabelt, und Peters hatte für zwei mehr gedeckt. Wir haben die Gedecke gesehen, sobald wir uns hinsetzten. Ich mag gar nicht sagen, wie unübersehbar die waren. Mankeltow, mit bandagiertem Hals (er hatte sich beim Golf das Genick verstaucht) ließ Peters kommen und sagte ihm, er solle diese leeren Teller abräumen – *bitte* sehr. Es muß schon was passieren, bis Peters aus der Fassung gerät. *Das* hat ihn aus der Fassung gebracht. Niemand sonst hat was bemerkt. Und jetzt ...«

»Wo sind sie runtergekommen?« fragte ich, als er sich erhob.

»Im Kanal, nehme ich an. In den Zeitungen stand nichts von ihnen. Wollen wir in den Salon gehen und sehen, was diese Jungs und Mädels machen? Aber, wirklich, ist das Leben in England nicht in*teressant?*«

REBIRTH

If any God should say
  "I will restore
The world her yesterday
  Whole as before
My Judgement blased it" — who would not lift
Heart, eye, and hand in passion o'er the gift?

If any God should will
  To wipe from mind
The memory of this ill
  Which is mankind
In soul and substance now — who would not bless
Even to tears His loving-tenderness?

If any God should give
  Us leave to fly
These present deaths we live,
  And safely die
In those lost lives we lived ere we were born —
What man but would not laugh the excuse to scorn?

For we are what we are —
  So broke to blood
And the strict works of war —
  So long subdued
To sacrifice, that threadbare Death commands
Hardly observance at our busier hands.

Yet we were what we were,
  And, fashioned so,
It pleases us to stare
  At the far show
Of unbelievable years and shapes that flit,
In our own likeness, on the edge of it.

WIEDERGEBURT

Wenn je ein Gott sagte:
»Ich will der Welt
ihr Gestern wiedergeben,
heil wie bevor
mein Urteil es vernichtete« – wer höbe nicht
Herz, Aug und Hand verzückt ob des Geschenks?

Wenn je ein Gott willens wäre,
aus dem Geist zu tilgen
die Erinnerung an dies Übel,
das die Menschheit heute
in Seele und Substanz ist – wer priese nicht
auch unter Tränen Seine liebende Güte?

Wenn je ein Gott uns erlaubte,
diesen gegenwärtigen Toden,
die wir leben, zu entfliehen
und getrost zu sterben
in den verlorenen Leben die wir lebten vor der Geburt –
wer würde diesen Ausweg nicht verlachen?

Denn wir sind, was wir sind –
so gewöhnt an Blut
und strenges Kriegswerk –
so lang schon dem Opfern
verschrieben, daß der bloße Tod
unsere emsigeren Hände kaum innehalten läßt.

Doch waren wir, was wir waren,
und da wir so sind,
starren wir gern
auf die ferne Darbietung
unglaublicher Jahre, und auf Gestalten die,
uns sehr ähnlich, dort am Rande herumhuschen.

DIE MARINEKAVALLERIE

Der Sehr Ehrenwerte R. B. Haldane, Kriegsminister, wurde im Unterhaus am 8. April nach den Schaukelpferden gefragt, welche das Kriegsministerium verwenden läßt, um Rekruten das Reiten beizubringen. Lord Ronaldshay fragte den Kriegsminister, ob an alle Kavallerieregimenter Schaukelpferde ausgegeben werden sollten, damit Rekruten auf ihnen reiten lernten. »Der edle Lord«, erwiderte Mr. Haldane, »bezieht sich zweifellos auf gewisse Pferde-Attrappen auf Schaukelkufen, die mit höchst befriedigenden Ergebnissen geprüft wurden.« ... Der mechanische Hengst ist ein Holzpferd mit erstaunlichem Schweif. Es ist braun gestrichen und auf Schaukelschienen montiert. Der Rekrut springt in den Sattel und zieht die Zügel, während der Reitausbilder das Tier mit dem Fuß hin und her bewegt. Die Schaukelpferde werden in Woolwich hergestellt. Sie sind recht billig. TAGESZEITUNG

MEINE Anweisungen an Mr. Leggatt, meinen Maschinisten, waren genauestens befolgt worden. Nach Beendigung der Jahresinspektion sollte er meinen Wagen von Coventry *via* London zu den Docks von Southampton bringen und meine Ankunft erwarten; und sehr hübsch sah das Gefährt aus, unten neben dem Dampfer, zwischen den Bahnschienen, morgens um sechs. Abgesehen vom neuen Anstrich und der Lackierung war ich am meisten beeindruckt von den vier brandneuen Reifen.

»Neue Reifen hatte ich aber nicht geordert«, sagte ich, als wir losfuhren. »Auch noch Hartreifen.«

»Dreifach gerippt«, sagte Leggatt. »Diamantbesetzter Mantel.«

»Dann ist es ein Irrtum.«

»Oh nein, Sir; die sind gratis.«

Die Anzahl der Automobilhersteller, die komplette Sätze dreifach gerippter Hartreifen verschenken, ist so begrenzt, daß ich, glaube ich, Leggatt um eine Erklärung bat.

»Ich glaub nich, daß ich das so gut erklären kann, Sir«, war die Antwort. »Das soll besser Mr. Pyecroft machen. Der is auf Urlaub in Portsmouth – bei seim Onkel. Der Onkel hat die ganze Nacht das Chassis dagehabt. Nich mal mit nem Mikroskop findenSe da nen Kratzer.«

»Dann fahren wir über Portsmouth nach Hause«, sagte ich.

Und wir fuhren, mit jenem Tempo, das erlaubt ist, ehe der Arbeitstag beginnt oder die Polizei aufgetaut ist. Kurz vor Portsmouth hielt uns ein marschierendes Bataillon Linientruppen auf.

»Die Fingstmanöver gehn zu Ende«, sagte Leggatt. »Die sin zwei Wochen in die Downs gewesen.«

Mehr sagte er nicht, bis wir in einer engen Straße irgendwo hinter dem Bahnhof von Portsmouth-Stadt waren, wo er vor einem Gemüseladen hielt. Die Tür stand offen, und ein kleiner alter Mann saß auf drei Kartoffelkörben; seine Füße baumelten über einem gebückten blauen Rücken.

»Das nennste putzen?« rief er. »Kannste denn dein Gesicht drin sehn? Nee! Also putz endlich, sonz krichste von mir Haue wo du lang dran denken tust!«

»Wennste endlich aufhörst mir in n Mund zu treten, dann kann ichs vielleich besser hinkrieng«, sagte Pyecrofts Stimme demütig.

Wir hupten.

Pyecroft stand auf, legte die Bürsten weg und empfing uns nicht anders als ein König in seinem eigenen Land.

»Willste mir den ganzen Tach lang hier ohm hocken lassen?« sagte der alte Mann.

Pyecroft hob ihn herunter, und er schlurfte ins Hinterzimmer.

»Dem seine Hühneraugen«, erklärte Pyecroft. »Füß mit Hühneraugen kamman nich blankputzen – un er hat noch nich gefrühstückt.«

»Ich auch nicht«, sagte ich.

»Noch zweimal Frühstück, Onkel«, sang Pyecroft aus.

»Dann geh un kauf se ein«, war die Antwort, »sonz gips halbe Ration.«

Pyecroft wandte sich an Leggatt, gab ihm Anweisungen für den Einkauf und schickte ihn mit Kleingeld los.

»Ich habe vier neue Reifen an meinem Wagen«, begann ich mit Betonung.

»Ja«, sagte Mr. Pyecroft. »HamSe, un ich *muß* saang« – er tätschelte die Haube meines Wagens –, »die hamSe verdient.«

»Ich wüßte gern, wieso . . .« fuhr ich fort.

»Kann ich verstehn. In die Zeitungen is Ihn nix aufgefallen, oder?«

»Ich bin eben erst gelandet. Ich hab seit Wochen keine Zeitung gesehen.«

»Dann könnSe mir n jungfräuliches Ohr leihen. Es hat nen Schkandal in diese Schäbige Truppe gegeben – Armee heißt die, glaub ich.«

Ein Säckchen mit Kaffeebohnen knallte auf die Theke. »Rösten«, sagte der Onkel weiter hinten.

Pyecroft machte einen kleinen Kaffeeröster zurecht, während ich die Läden abnahm und einer jungen Dame mit Haarwickeln zwei Bündel gemischtes Grünzeug und eine weiche Orange verkaufte.

»Schlimmes Zeuch für auf nüchternen Magen, was?« sagte Pyecroft.

»Was ist mit meinen neuen Reifen?« beharrte ich.

»Ah, soviel Sie wollen. Bloß die Frage is« – er blickte mich ruhig an –, »is das jetz n Kriechsgericht oder ne Leichenschau?«

»Nur eine Leichenschau«, sagte ich.

»Wenn das so is«, sagte Pyecroft, »können wir ja schnell zur Sache kommen. Letzten Donnerstach – die Läden kommen hinter die Körbe da – letzten Donnerstach fünf Glasen bei der Vormittachswache, als wie halb elfe, wurde Ihr Mr. Leggatt auf der Westminster Bridge entdeckt, wie er seinen Kurs Richtung Old Kent Road ausrichtet.«

»Die führt aber nicht nach Southampton«, unterbrach ich.

»Dann hat er vielleich den Wagen kreisen lassen, für um ne richtige Peilung zu machen. Jedenfalls, wir ham ihn auf dem Längengrad da gefunden, gleichzeitich wie Jules un ich *ong route* sin zur Waterloo Station, daß wir jeder auf sein Schiff kommen – oder bei die jeweilige Flotte, sollt ich wohl saang. Jules war *permissionaire*, was heißt auf Urlaub, genau wie ich, von nem französischen Popelpott in Portsmouth. N Trupp von denen ihre vertrauenswürdige und geliebte Unteroffiziere hatte sich London angekuckt, mit denen ihr Katholenkaplan als Anstandsdame. Jules hat sich von die Flotte getrennt und kreuzt sein eingnen Kurs, wie ich ihn treff, in Gesellschaft von zahlreiche weibliche Freundinnen. *Aber*, merkenSe auf, Ihr Mr. Leggatt hat bei die Mädels die Grenze gezogen. Lang und laut hat er die gezogen.«

»Das stimmt mich heiter«, sagte ich.

»KönnSe auch sein. Hat von Anfang an einen auf puristanisch gemacht. ›Ja‹, sacht er, wie wir ihn am Abkühlen sind im – aber die Kneipe kennSe eh nich – ›klar fahr ich nach Southampton‹, sacht er, ›un ich bin bereit, nen Umweech über Portsmouth zu machen; *aber*‹, sacht er, ›wo doch unverweigerlich immer so furchbar viel Zeit draufgehn tut, wenn wir zusammen kreuzen, Mr. Pyecroft, da fühl ich mich *nich* berechticht gegen meinen großzügieng un langmütieng Diensther, daß ich auch noch *die* Sorte Ballast an Bord nehm.‹ Ich versicher Ihnen, er hat Ihre Interessen rückbesichtigt.«

»Und die Mädchen?« fragte ich.

»Ach, das hab ich Jules überlassen. Ich bin von Natur aus monogram. Also sind wir los, ganz strikt *ong garçong*. Aber ich sollt Ihnen sagen, falls er das nich getan hat, daß Ihr Mr. Leggatt seine Sorge für Ihre Interessen so weit gehn, daß er den Wagen mit Matten un Jutesäcken behängt hat, damit nix an die Lackierung kommt. War ganz eingewickelt, wie n italienisches Baby.«

»Er ist wirklich vorsichtig mit seinem Lack«, sagte ich.

»Für nen Mann mit ohne Diensterfahrung, würd ich sagen, was das angeht, isser schon fast mörderisch. Wenn wir Marines gewesen wären, hätt er nich schärfer sein könn in seine Bemerkungen über unsere benagelte Socken. Wir ham ihn aber innen Zustand von Geschmeidichkeit versetzt un uns nach Portsmouth eingeschifft. Ich bin noch selten zurück zu mein *vaisseau ong automobile*, *avec* Pelzmantel un Schutzbrille. Jules auch nich.«

»Hat Jules viel gesagt?« fragte ich; hilflos hantierte ich mit dem Griff des Kaffeerösters.

»Das is der Punkt, wo mir der arme Kerl leidgetan hat. Dafür hat er die falsche Sprache, könnt man sagen. Konnt bloß ächzen un Schulterzucken und häufich *Mong Jew* sagen! Die Franzosen ham ganz schlechte Überdruckventile. Un dann is unser Mr. Leggatt gefahren. Gefahren isser.«

»War er danach in sehr geschmeidigem Zustand?«

»Der doch nich! Wir ham den Wert von sein Cargo von Anfang an erkannt. Hatte keine Schangs, mehr wie n bißchen naß zu werden, an die Ecken. Un danach ham wir geschlafen; und jetz gehn wir frühstücken.«

Wir betraten das Hinterzimmer, wo alles vorbereitet war, und ein kreischender Kanarienvogel hieß uns willkommen. Der Onkel hatte zu den Heringen Würste und Stapel von Buttertoast gelegt. Der Kaffee, durch ein Stück Fischhaut geseiht, war eine Offenbarung.

Leggatt, der die Örtlichkeiten zu kennen schien, hatte den Wagen in den kleinen Hinterhof gefahren, wo das spiegelblanke Heck beinahe die Fenster versperrte. Er hütete den Laden, während wir aßen. Pyecroft reichte ihm seine Rationen durch eine Klappe in der Tür. Nach dem Frühstück befahl der Onkel ihm, hereinzukommen und zu spülen, und Leggatt sprang auf die Kommandos des alten Mannes hin wie niemals auf meine.

»Zurück zur Leichenschau«, sagte Pyecroft; er zündete seine Pfeife an. »Mein Schlummer wurd unterbrochen, weil der Propeller sich nich mehr dreht, und weil Ihr Mr. Leggatt schlimme Ausdrück benützt.«

»Ich ... ich ...« begann Leggatt, einen blaukarierten Lappen in der einen und eine Tasse in der anderen Hand.

»Wenn wir Sie achtern brauchen, schicken wir nach Ihnen, Mr. Leggatt«, sagte Pyecroft freundlich. »Im Moment heißt es für Sie, Messedecks klarieren. Also wieder zurück. Wir warn auf nem einsamen un wüsten Ozean nah bei Portsdown, umzingelt von Ginsterbüsche, und n Boyscout steckt mir sein kleinen Stock in den Magen.

›Sie zählen zehn‹, sacht er.

›Na schön, Boy Jones‹, sach ich, ›zähl selber‹, un ich hiev ihn übers Dollbord rein, un dann geb ich ihm zehn mit meine flache Hand. Was er dabei sacht, die Ausdrücke, wie er mit dem Gesicht nach unten da liecht un versucht mir im Bein zu beißen, das hätt jede Flotte Ehre gemacht. Wie ich mit ihm fertich bin, werf ich ihn wieder über Bord, un das war n böser politischer Fehler von mir. Umbringen hätt ich ihn gesollt; er fängt nämlich sofort an mit Signalisieren – schnell un einwandfrei – allgemein nach Südwesten. Vor n paar Flauten am Äquator brauch man sich nich mehr fürchten, wenn B. P. seine kleine Schätzchen mit Signalisieren anfangen. MerkenSe sich das! Drei Minuten später werden wir gestoppt un geentert, von Scouts – auf unserm Rücken, an unserm Hals un in unsere Stiefel! Das letzte was ich von Ihren Mr. Leggatt hör, wie er untergeht un die dabei von seine Mütze wischt, is daß er dem Himmel danken tut, daß er den neuen Lack mit Matten zugedeckt hat. Heldenseele!«

»Kein Kratzer am Rumpf«, sagte Leggatt; er schüttete den Kaffeesatz aus.

»Und Jules?« sagte ich.

»Ach, Jules hat gemeint, die Große Soziale Revolution, wo immer von geredt wird, hat angefangen, aber sein Mantel hat ihm behindert.«

»Sie hatten mir gesagt, ich soll den Regenmantel mitbringen«, flüsterte Leggatt mir zu.

»Un wie ich die halbweechs überzeucht hab, daß er n französischer Vicomte is, wo grad den Oberbefehlshaber in Portsmouth besuchen fährt, da versucht er den auszuziehn. Wie die seine Uniform drunter sehn, da hat irgend so n halbgarer Sherlock Holmes (Eddy hieß der) deduxiert, daß ich nich die Wahrheit am sagen bin. Eddy sacht, ich versuch, unbeobachtet – unbeobachtet! – nach Portsmouth reinzuschleichen un mit dem Feind zusammenzuarbeiten. So kommt raus, die Scouts machen grad ne Feldübung gegen feindliche Kräfte, mit fähige Unterstützung von alle Sorten Streitkräfte, un die ham so ne Anxt, daß der Wagen dabei für die keine zehn Punkte zählen könnt, daß se uns beinah skalpiert hätten, wenn nich n Schiedsrichter zwischengekommen wär – auch in kurze Unterhose. Üppiger Anblick!«

Hier schloß Mr. Pyecroft die Augen und nickte. »Der Schiedsrichter«, sagte er plötzlich, »war unser Mr. Morshed – n Gentleman wo Sie auch schon mal Bekanntschaft mit gemacht *un* Nutzen draus gezogen ham, wenn ich mich nich irren tu.«

»Ach, war die Navy auch beteiligt?« sagte ich; denn ich hatte gelegentlich von wilden Dingen in Zusammenhang mit Boyscouts auf der Straße nach Portsmouth gelesen, an denen Navy, Army und die weite Welt generell beteiligt gewesen zu sein schienen.

»Die Navy *war* dabei. Ich war als einziger nich dabei – n paar Sekunden lang. Unser Mr. Morshed erkennt mich nich in meine Pelzboa, un meine flehentliche Zwinkerei hinter Ihre Schutzbrille kommt bei ihm nich an. Aber wie Eddyliebchen seine Geschichte erzählt hat, hab ich salutiert, un das is nich einfach in Pelze, un ich sach, ich bring ihm Depeschen aus m Norden. Mein Mr. Morshed kapiert sofort un macht mit. Ich hab seine Funkanlage noch nie außer Funkzion gesehn, bisher. ›Ab mit euch, bewacht eure dämliche Straße‹, sacht er zu dem Waisenhaus, was da um ihn rum strammsteht, un wie die wech sind, sacht er: ›Pyecroft‹, sacht er, noch immer mit *sotte wotsche*, ›was um ganz Hongkong machenSe hier mit diesen bräunlichen *sampan*?‹

Das warn die Lackschutzmatten von Ihren Mr. Leggatt, was ihm im Auge gefallen is. Hat wirklich ausgesehn wie n *sampan*, vor allem die Heckaufbauten. Darauf werf ich mich ihm an den Busen, soweit die Dienstbestimmungen das zulassen, un hab ihm alles verraten, un dabei auch erwähnt, daß das Ihr Wagen is. WissenSe noch, wie er mit die Lippen so tut wie n Kanin? Ja, hat ihm gefallen. ›*Dem* sein Wagen!‹ murmelt er immer wieder un tut mit die Lippen dabei so wie n Kanin. ›Dem bin ich noch mehr wie nur n bißchen schuldich von wegen all die Dinge wo er über mich geschrieben hat. Den Wagen behalt ich.‹

Da hat jetz Ihr Mr. Leggatt n paar beinah meuterische Bemerkungen gemacht, sowas wie daß er Ihr Chauffeur is un zuständich für Ihr Auto un als solcher sich auch so benehmen muß. Mr. Morshed hat ihm nen Blick zugeworfen. Das hat genücht. Hats nich genücht, Mr. Leggatt?«

»Ich hab gewußt, wenn nich was passiert, würd was Schlimmeres passieren«, sagte Leggatt. »Is doch nie anders, wenn Sie an Bord sin.«

»Und Jules?« fragte ich.

»Jules war sozusagen in Panik in nem wasserdichten Prahm, wegen seine unselige Sprachlücken. Ich mußt ihn vorstellen als Teil von die *entente cordiale*, und da isser auch verhaftet worden. Dann ham wir auf dem Gras gesessen un geraucht, während daß Eddy un Co den Verkehr auf der Straße nach Portsmouth heftig am behelligen sin, bis die Schiedsrichter, alle in kurze Buxen, über die wertvolle Lektionen von die Feldübung am reden fangen un Punkte zusammenzählen, wie beim Scheibenschießen. Was am Ende rauskommt hab ich nich mehr gehört, aber unser Mr. Morshed hält ne Abschiedsansprache an Eddy un Co un sacht denen, die hätten von hundert Zeichen an mir ableiten gemußt, daß ich n Alliierter bin un Depeschen aus dem Norden bei mir hab. Wie wir losfahren, suchen die immer noch diese Zeichen im Scoutbuch, un um 18 Uhr 27 Punkt kommen wir zu Mr. Morsheds Hotel in Portsmouth, *ong automobile.* Hier endiget erster Kapitel.«

»Fangen Sie mit dem zweiten an«, sagte ich.

Der Onkel und Leggatt hatten fertiggespült, saßen da und rauchten, und der feuchte Lappen trocknete vor dem Feuer.

»Wie spät wars ungefähr«, sagte Pyecroft zu Leggatt, »als unser Mr. Morshed mit dem Onkelgerede angefangen hat?«

»Wie er zurück in die Bar gekommen is, nachdem daß er sich diese Rattenfängerklamotten angezogen hat«, sagte Leggatt.

»Stimmt. ›Pye‹, sacht er, ›hamSe nen Onkel?‹ ›Hab ich‹, sach ich. ›Sein Wohl‹, un ich hab mein Sherry-and-Bitters auf *dich* ausgetrunken, Onkel.«

»Gehört sich so«, sagte Pyecrofts Onkel streng. »Wennste das nich getan hättst, hätt ich dich bedenkwürdichst verdroschen, Emmanuel. Ich hab doch die ganze Nacht den Rumpf dagehabt.«

Pyecroft lächelte liebevoll. »Hattste, Onkel, un prima drauf aufgepaßt haste. Aber was ich grad sagen wollt: ›Ich hab auch nen Onkel‹, sacht Mr. Morshed, finster un grübelich. ›Aber irnkwie kann ich den nich liebhaben. Ich will den Knacker ärgern. Freiwillige für meinen Onkel zu ärgern einen Schritt vor.‹

Ich hab Jules die vorgeschriebene Distanz mitgeschleift. Jules fing an, sich für die Sache zu inserieren. Ihr Mr. Leggatt is komplett neutral geblieben.

›Sie sin zwangsverflichtet‹, sacht unser Mr. Morshed. ›Ich schulde Ihren Brötchengeber jede Menge, kamman saang. Der Wagen is die ganze Nacht im Manöver, nach Bedarf.‹

Mr. Leggatt hat sich prima gehalten als wie Ihr Angestellter, un statt sich zum wehren bringt er – muß göttliche Eingebung gewesen sein – die Sache mit neuer Anstrich un Lack an, un das war Mr. Morshed sein einziger schwacher Punkt (der is ja jetz Leutnant auf eins von die neue Papierschiffchen). ›Gut‹, sacht er, ›Farbe is was Heiliges. Ich geb Sie eine Stunde für nen *modus vivendi* zum arrangieren. Mit volle Bunkers un unter Dampf antreten neun Uhr heut abend, *bitte* sehr.‹

Trotzdem war Mr. Leggatt länx nich glücklich. Die Einzelheiten, die hab *ich* arrangieren gemußt. Wir fahren die Kiste hier in den Hof.« Pyecroft nickte durchs Fenster den schimmernden Heckleisten meines Wagens zu. »Wir ham den Rumpf mit alle Matten abgenommen un in den Stall getan un dann den Rumpf von Onkel sein blauen Lieferwagen draufgesetz, un der Hof hier is n bißchen eng für weitläufich reparieren. Hat n bißchen übergestanden, aber nachdem ich alles festgezurrt hab, weiß ich, das geht nich so schnell auf. In unsern zusammengebastelten Kreuzer gehts wieder zurück zum Hotel, un dann sin wir sofort detachiert worden zum Spielwarenladen in der High Street, wo wir n Schaukelferd an Bord nehmen, was da auf uns warten tut.«

»Ein *was* habt ihr an Bord genommen?« rief ich.

»Ein Schaukelferd, viereinhalb Fuß hoch, graugesprenkelt, mit hellgrüne Wiegeschienen un abnehmbaren Schwanz, n Paar scheußliche Glasaugen, kompletter Satz furchbar gebleckte Zähne un zwei blutrote Nüstern, un die kucken aus m braunen Packpapier raus un ergeben das *tout ensemble* von nem Ju-ju-Opfer bei die Benin-Kampagne. Drück ich mich verständlich aus?«

»Vollkommen. Haben Sie irgendwas dazu gesagt?« fragte ich.

»Bloß zu Jules. Dem sach ich, weil ich ihn auf die Probe stellen will: ›*Allez à votre bateau. Je say mon Lootenong. Eel voo donneray porkwor.*‹ Da sacht er zu mir: ›*Vous ong ate hurroo! Jamay de la vee!*‹, un an sein Auge seh ich, der hat angemustert für die volle Kriegsdauer. Jules is n Kerl mit blaue Augen un angekokeltes Haar un brauchbaren Zuschnitt un neugierich. Ihr Mr. Leggatt hat bloß gestöhnt.«

Leggatt nickte. »Das war wie n Albtraum«, sagte er. »Wie n Albtraum.«

»Also«, fuhr Pyecroft fort, »wieder zurück zum Hotel, un da

ham wir uns eine üppige Mahlzeit erfreut, gekonnt un freundlichst vorgesessen von unsern Mr. Morshed, der wo uns dann seine Pläne rückhaltslos vorleecht. ›Zum ersten‹, sacht er, un dabei faltet er Radlerkarten auf, ›mein Onkel, un zu mein Bedauern muß ich sagen, der is Brigadegeneral, hat seine angebliche Seele verkauft an Dicky Bridoon, für n paar Federn am Hut und n Paar goldene Sporen. Jules, *conspuez l'oncle!*‹ Also hat Jules, wie Sie gern hören werden, ...«

»Moment mal, Pye«, sagte ich. »Wer ist Dicky Bridoon?«

»Normalerweise kümmer ich mich nich um das Kroppzeuch von die Schäbige Truppe; aber soviel hab ich rausgekriecht, der is Staatssekretär für Bürgerkriech, un der hat mechanische Hotteferdchen mit Lederbauch ausgegeben, wie Doktors die für bei Geschwülste emfehlen tun – an die britische Kavallerie, anstelle von richtige Ferde aus Fleisch, für zum drauf reiten zu lernen. WissenSe denn nich mehr, daß da ganz schön Stunk war in die Zeitungen wegen weil die Kavallerie nich richtich dankbar dafür is? Aber das is ne Nebensache. Hauptsache war daß unser Onkel, in seine Eigenschaft als Brigadegeneral, nich vergessen, an die Zeitungen geschrieben un Dicky Bridoons mechanische Ersatzdinger furchbar gelobt hat un auf diese Weise befördert worden is – ganz wie wenn n ungläubiger Heizer sich unter nem frommen Käptn emporsingen tut. An der Stelle vons Erzählen geht uns n leiser Phosphorschimmer auf von wegen weshalb wir das Schaukelferd da gebunkert haben; aber trotz allens war das schwieriges Navigieren. Unter Auslassung von die Tatsache, daß es dunkel un wolkich war, hat unser Brigadeonkel irnkwo in die South Downs rumgelegen mit seine Brigade, die da im großen Rahmen bei die Fingstmanöver mitmischt – Rote Armee gegen Blaue unzoweiter; un alles wonach wir uns ham richten gekonnt warn die Radlerkarten da un das Gestöhn von Ihrem Mr. Leggatt.«

»Ich hab dran gedacht, was die Downs im Dunkeln bedeuten«, sagte Leggatt verärgert.

»War auch wert daß man drüber nachdenkt«, sagte Pyecroft. »Wie wir die Karte studiert haben, bis sie bloß noch rotiert, ham wir beschlossen, nen Ausfall zu machen un uns in die dunkle Nacht an dem Onkel ranzuschleichen un ihm das Schaukelferd zu schenken. Also stechen wir in See, um 20 Uhr 57.«

»Noch ein Moment, bitte. Wieviel hat Jules zu dem Zeitpunkt von allem verstanden?« fragte ich.

»Genuch für den Tach – oder die Nacht, eher. Er hat unserm Mr. Morshed gesacht, er würd ihm *more sang fray* folgen tun, was Französisch is für durch dick un dünn un dämlich. Außer seine wenige Sprache konnt man wirklich nix gegen Jules sagen. Aber was ich sagen wollt is, wie wir hinten in den Wagen klettern, da sacht unser Leutnant Morshed zu mir: ›Ich würd n bißchen vorsichtich mit meine Zigarrenstummel sein, Mr. Pyecroft. Wir müßten auf so an die fünf Fund allerbestes Feuerwerk sitzen, un ich glaub, die Raketen sin an Ihre Seite.‹ Weil ich nich den Kopf raushängen un draußen rauchen kann, hab ich die Zigarre wechgeschmissen; un dann hat Ihr Mr. Leggatt, der hatte bis da so gut gemeutert wie das bei meinem Mr. Morshed nur geht, da hat er dann den Buckel krumm gemacht un is gefahren.«

»Wohin bitte ist er gefahren?« sagte ich.

»Erstmal auf die Suche nach die eine oder andere oder beide Armeen; dann natürlich auf die Suche nach unsern Brigadeonkel. Auf der Straße können wir ihn nich finden, also fahren wir ins Gras un suchen nach ihm. Hat uns in kurze Zeit an viele viele Örter gebrungen. Wie himmlisch der Flieder geduftet hat oben auf die erste Down – hat sein mieses kleines Herz rausgestänkert!«

»Konnt ich nich drauf aufpassen«, sagte Mr. Leggatt. »Die Downs waren voll Kreidegruben, un wir hatten kein Licht.«

»Wir hatten die Fahrradlampe für um auf die Karte zu kukken. Ham Sie denn nich die olle Dame am Fenster gesehn, wo wir den Mann im Schlafrock getroffen ham? Ich hatt gedacht, Schlafröcke als wie Bettbetakelung sin sozusagen ausgestorben.«

»Ich sach doch, konnt ich nich drauf aufpassen«, wiederholte Leggatt.

»Komisch. Warum hamSe denn dann dem Posten beim ersten Camp, was wir aufgetan ham, so fein erzählt, Sie sin der Auslieferungswagen vom *Daily Express?*«

»Wer sich mit Dreck abgibt, kriegt schmutzige Finger«, antwortete Leggatt. »Wer hat dem Offizier in der Badewanne gesacht, wir wären Schiedsrichter?«

»Naja, der hat uns gefraacht. Das war, wie wir das Bataillon Territoriale gefunden haben, die sich grad langsam am ausziehn waren. Die warn auf die linke Flanke von die Blaue Armee, un gegackert hamse auch. Die ham uns dann aber unsere Position klargemacht gegenüber die verschiedene Armeen. Wir sin dann noch n bißchen rumgetapert, und um 23 Uhr 7, da hatten wir schon zwanzich Minuten keine Straße mehr unter uns, sin wir auf den Gipfel von irnkwas gekommen – an die sechshundert Fuß hoch. Da ham wir angehalten, für die Aufbauten neu festzuzurren, un auf drei Grafschaften in alle Richtungen könn wir Leder un Ferde riechen. Wir sin, könnt man so sagen, mittendrin.

›Ah!‹ sacht mein Mr. Morshed. ›Mein Horizont ist wahrlich geweitet. Welch geringes Ding ist doch so ein Onkel, Mr. Pyecroft, verglichen mit diesen glitzernden Konstellationen! Einfach lächerlich!‹ sacht er, ›so n Schaukelferd an ne Einzelperson verschwenden. Das müssen wir vergesellschaften. Aber erst müssen wir die mal auf die Beine bringen. Jagen Sie mal ne Rakete hoch, bitte sehr.‹

Ich laß nen grünen Dreipfünder hochgehn, der is n paar tausend Meter gestiegen und dann in wunderbare Sterne zerplatzt. ›Manöver wiederholen‹, sacht er, ›am andern Ende von dem Grat hier – wenns nich noch ne Klippe is.‹ Also dampfen wir anderthalb Meilen den Grat runter nach Osten, un dann laß ich Jules ne rosa Rakete hochjagen, sonz hätt er mich geküßt. Das war sozusagen seine einzige Möglichkeit, seine Gefühle zum ausdrücken. Rings um uns her kommen die alle mit die Köpfe hoch, Tausen*deh*. Unten hören wir Hörner loskrähen wie Hähne, un über allem n ungeheuer beeindruckendes Geräusch, was ich noch nie hatt genießen können, weil ich bis dahin sozusagen immer n Teil davon gewesen war – das Geräusch von ganze Armeen wo antreten, unter Waffen. Die müssen wohl mit nem Nachtangriff gerechnet haben. Ganz beeindruckend. Dann hören wir ne Dreschmaschine. ›Bah! Bah! Is doch kindisch!‹ sacht Leutnant Morshed. ›Wir könn nich warten, bis die genuch Stroh für ihre Ferde gehäxelt ham. Wir müssen denen klarmachen, daß die uns nich auf die leichte Schulter nehmen. Machen Sie denen Beine mit noch ne Rakete, Mr. Pyecroft.‹

›Es wär aber doch möglich, Sir‹, sach ich, ›daß das da n Suchscheinwerfer is wo hochkommt‹, un bis wir zurückgesetzt ham in nen günstich angeleechten Kreidebruch (das war da, wo unser erster Reifen hops gegangen is), da richtet sich das Licht nach Norden aus un fänk den Berg zum untersuchen an. Saubere Arbeit.«

»War aber kein Loch. Der Schlauch war abgequetscht, weil wir so geschliddert sind«, unterbrach Leggatt.

»Während Ihr Mr. Leggatt die Reparatur ausführt, kommt von Süden noch n Suchleuchter, un die beide zusamm bestreichen unsern Berchgrat in beide Richtungen. Dabei zeigen se uns ganz am Westende davon ne Steigung, wos wie zu nem Hügel raufgeht, un oben is das gekrönt mit was aussieht wie n kleines Fort. Morshed sieht das, eh daß die Scheinwerfer wieder ausgehn. ›Das is die Schlüsselstellung!‹ sacht er. ›Um jeden Preis besetzen.‹

›Ich bin die nääxte zwanzich Minuten reichlich beschäfticht‹, sacht Ihr Mr. Leggatt; der buddelt un lästert im Dunkel rum. Jetz bemerken Sie, wie Morshed seine Taktik ändert, um se an die neue Umgebung anzupassen. ›In Ordnung!‹ sacht er. ›Ich bleib beim Schiff. Mr. Pyecroft un Jules, tunSe mir den Gefallen, wetzenSe den Grat lang Kurs Ost, mit alle Kanonenschläge un Schwärmer wo Se ohne Kentern tragen könn. Gründlich die Bedienung von die Kanonenschläge lesen, Mr. Pyecroft, un dann mit Abstände von ne halbe Minute zünden. Jules is Musketenfeuer un Maschinengewehre unter Ihr Kommando. Nich vergessen, Tod oder der Knast von Salisbury! Wahrscheinlich beides!‹

Auf diese Weise und mit n bißchen kräftich rennen ham wir die nach Osten gelockt. Kanonenschläge, wissenSe vielleich nich, sin dasselbe wie Bomben, bloß mit ohne die Anarchie. In ne geschlossene Umgebung als wie Kreidegruben sind die schlimmer wie n kleines Geschütz. Man muß bloß vorher die Bedienung genau lesen. In die Pausen von mein langsames aber gutgezieltes Knallfroschfeuer macht Jules – der hatt im Dunkel weiter unten nen Schafsteich gefunden – so was wie ne Kinofassung von sporadisches Gewehrfeuer. Das waren satte Schwärmer, un das hat er abgeschlossen mit so dumpfes fieses Wummern von Granaten, die wo auf weichen Grund platzen.«

»Wie hat er das geschafft?« sagte ich.

»SchmeißenSe mal nen angezündeten Handschwärmer ins Wasser, dann wissenSes«, sagte Pyecroft. »So ham wir also improvisiert, bis wir keine Munition mehr haben un die ganze Gegend rings nach uns brüllt un summt. Die Schäbige Truppe hat vielleich nich viel Ahnung von Raketen, aber mit dem Gewehrfeuer gabs kein Vertun. Beide Seiten stürzen jetz los, ganz eifrich. Ich sach zu Jules, so fröhlich wie wir zu sein stünd keine zwei Plattfüße zu, un wir also zurück übern Grat zu dem Autowrack, un da hockt unser Mr. Morshed un klimpert Signalfeuer über fünfzich Quadratmeilen Gegend, mit ›Merkt auf, ihr die ihr lauschen mögt‹ aus dem Fünften Handbuch. Er is grad bei ›Und weckte die Schäfer von Stonehenge und die Förster von Beaulieu‹, wie wir ankommen, un dann hat er uns aufmerksam gemacht auf die Wahrheit un auch die Schönheit von seine Ausführungen. Ganz selten bei Dichtung, beides zusammen, hab ich mir sagen lassen. Dann macht er weiter mit ›Das rote Glühen bei Skiddaw weckt die Affen in Carlisle‹, un er sacht, das wär dichterische Freiheit für Leith Hill. Damit hat er Ihren Mr. Leggatt Zeit gegeben für die Reifen fertich aufzupumpen. Ich hab den Schweiß von seine Nase tropfen gehört.«

»Sie wissen doch, wie das ist, Sir«, sagte der arme Leggatt zu mir.

»Wie ich hör, was sich da unten alles tut, gehts mir so durch den Kopp, daß es vielleich einfacher is, das Durcheinander zu machen, wie es hinterher aufzuräumen. Aber so Überlegungen zählen nich für unsern tapferen Führer.

›Mr. Pyecroft‹, sacht er, ›es kann Ihre Aufmerksamkeit nich entgangen sein, daß wir eine wütende und hochintelligente Armee vor uns haben und ne zweite hochwütende und ebenso intelligente Armee im Rücken. Was würden Sie vorschlagen?‹

Die meisten würden ihm wohl anflehen tun, daß wir seitlich runterrutschen, solang wie noch Zeit is, aber ich hab bloß gesacht: ›Das Schaukelferd war noch nich im Einsatz, Sir.‹

Er leecht die Hand auf meine Schulter. ›Pye‹, sacht er, ›es gibt schlechtere Männer wie Sie in höhere Positionen. Die sollen es haben. Trotzdem‹, bemerkt er, ›kamman nich leuchnen, das Packeis türmt sich um uns auf.‹

Vielleich hab ich vergessen zu betonen, daß an diese Stelle zwei große Armeen, beide ihres Nachtschlafes beraubet, wach sin un gewissermaßen einander in die Arme laufen. Hier endiget zweiter Kapitel.«

Langsam stopfte er die Pfeife. Der Onkel war eingeschlafen. Leggatt zündete sich eine neue Zigarette an.

»Dann sin wir *ong automobile* aufgebrochen, allgemein nach Westen, den Grat länx, zum dem Minifort, was uns die Suchlichter so nett gezeicht ham, aber bei die Inschpekzion (Ihr Mr. Leggatt is in ein vorspringendes Riff davon gedonnert) stellt sich raus, es is n Rübenhaufen; *c'est-à-dire* ein parallelogrammatischer Stapel von ungefähr drei Millionen Stück Mangold, die da für die Schafe raufgebracht worden sind, nehm ich an. Auf alle Seiten, außer wo wir angekommen sind, fällt der Grund zimmlich schnell ab, un unten am Boden is n großes Camp, erleuchtet un voll von herbe Kommandoworte.

›Ich hab doch gesacht, das is die Schlüsselstellung‹, bemerkt Leutnant Morshed. ›Persimmon antraben!‹ was wir ganz richtich aufgefaßt haben für ›Schaukelferd auspacken‹.

›*Houp la!*‹ sacht Jules in nen aufmüpfigen Ton un patscht Persimmon in die Flanke.

›Ruhe!‹ sacht der Leutnant. ›Wir sin die Royal Navy, nich Newmarket‹; un wir schleppen Persimmon rauf auf den Mangoldhaufen, als wie befohlen.

Wegen den unebenen Boden (ich find wirklich, Ihr Mr. Leggatt hätt ne Wasserwaage bei sein Werkzeuch haben können) will der auf seine Sockelplatte nich richtich frei schaukeln, un wie wir ihn grad justieren, da treibt sein abnehmbarer Schwanz wech. Unser Leutnant kapiert sofort, was das für n Vorteil sein kann.

›Wech mit den Achtersteven‹, sacht er. ›Leuchtkugelröhre einsetzen, anstatt. Gasdruck is besser wie manuelle Bedienung.‹

Also ham wir eingesetzt. Er hat das *pièce de résistance* arrangiert, dekoriert, so mit große Trommeln – nich etwa platte Teller, nee – große Trommeln mit buntes Feuer un gedruckte Gebrauchsanweisungen, in geeichnete Entfernung um Persimmon rum. Dann gabs n kleines Interregnum, während wir uns zwischen die Rüben eingraben. *Dann* hat er die Feuer angemacht, *nicht* zu vergessen die Leuchtröhre, un, das könn Sie mir wirklich glauben, alles war gut zu sehen. Persimmon strahlt auf in seinen ganzen nackten Glanz, rot an Backbord, grün an Steuerbord und ein weißes Licht am Bug, wie vom Board of Trade vorgeschrieben. Bloß hat er weniger geschaukelt, könnt man sagen, sondern gewissermaßen mit sich selber gezuckt, jedesmal wenn die Leuchtkugelröhre losgeht. Man kann ja nich alles haben. Aber der Rest war weit über unsere höchste Erwartungen hinaus. Ich find, Persimmon war am feinsten an Steuerbord, die grüne Seite – könnSe sich vorstellen, wie wenn man sich einbildet, daß man ne Makrele in der Hölle sieht? Un dabei wär ich der Letzte, der wo was gegen die Wirkung von dem Backbordlicht auf seine Zähne sagen würd, oder dieses blutunterlaufene Kucken in sein linkes Auge. Der hat gewußt, da läuft irgendwas, was ihm nich paßt. Hat ausgesehn, wie wenn er sich Sorgen macht.«

»Haben Sie gelacht?« sagte ich.

»Ich bin doch gar nich so n großer Witzbold; un war ja auch nich so, als ob wir Zeit hätten für das Spektakel zu genießen. Die bunten Feuerchen sollten zehn Minuten brennen, dabei war doch auch dem Blödsten klar, die Schäbige Truppe is mit Gewaltmärschen spätestens in zweieinhalb hier. Die haben unsere politische Anspielung sofort kapiert, wie die erst über die Bühnenrampe war, sozusagen. Ziemlich sauer waren die. Natürlich, wenn wir uns das überleecht hätten, hätten wir wissen gemußt, beleuchtete Schaukelferde vor ne Armee hinstellen, die wo grad lernt, auf solche Dinger zu reiten, das geht schon hart an *double entender* ran, wie die Franzosen sagen – wie wenn man einem, wo in der Familie jemand gehängt worden is, mit die Steuerleine winken tut. Der Bootsmann vom Beiboot von die *Archimandrite* is mal wegen ne ähnliche *plaisanteree* beinah umgebrungen worden, nämlich. Aber wir hatten nich damit gerechnet, daß die Trottel vom Fußvolk so empfindlich sin. Deshalb ham wir uns schnell verzogen. Unsern Kommandant konnten wir kaum da losreißen. Der hat immer den Kopf schiefgeleecht un war am gurren. Das einzige, wo er nich für gesorcht hatt, war ne Rückzuchslinie; aber Ihr Mr. Leggatt – ne Heldenseele, wenn er auch vor Lachen kaum noch hat japsen können – hat dann das Kommando über die Vorhut oder besser Nachhut übernommen. Wir sind neben ihm den Berch runtergerannt un ham uns an die Aufbauten festgehalten, daß der Wagen nich umkippt. Die technische Einzelheiten sin aber zu hoch für mich.« Er winkte Leggatt mit der Pfeife.

»Ich hab gesehn, da warn zwei tiefe Karrenspuren nach irgendwohin bergab«, sagte Leggatt. »Das war, wie die Soldaten aufgehört ham mit lachen un angefangen, den Berch rauf zu rennen.«

»Schlendern, Herzchen, schlendern!« korrigierte Pyecroft. »Der Sturm der Derwische kam erst später.«

»Also hab ich den Wagen in die Rillen da gelenkt. Dabei muß der Auspufftopf n paar Kratzer abgekricht haben. Dann gings scharf rechts – die Spurrillen –, und dann steckt der Wagen bis über die Haube in nem Misthaufen, Sir; ich kann aber schwören, das war alles ne eins zu drei Steigung. Ich glaub, wir waren auf nem Scheunenhof. Da ham wir gewartet«, sagte Leggatt.

»Aber nich lange«, sagte Pyecroft. »Von die Höh, die wo wir so tapfer geräumt ham, schießen die Lichter aus den Trommeln himmelhoch; un die Schäbige Truppe macht nen Sturmangriff, aber *en masse*. Wenn zahlreiche Einheiten guttrainierte Männer gleichzeitig aus alle Himmelsrichtungen am selben Punkt ankommen un jeder unfreundlich sacht: ›Warum zum Teufel haste *das* gemacht?‹, dann is die Detonation, ums mal so zu sagen, ziemlich gesichert. Die ham nich auf auswärtige Hilfe gewartet. Wenn wir mit eidesstattliche Erklärungen angekommen wären, daß *wir* das gemacht ham, hätten die uns nix geglaubt. Die wollten bloß allein un ausschließlich die Gesellschaft von den andern. Das war die Wirkung von Persimmons auf ihr Klassenbewußtsein. Götzendienerei, nenn *ich* sowas! Die Sache hat sich sehr rasch und mit schnell wachsenden Druck entwickelt. Es gab n paar Bemerkungen über Dicky Bridoon un mechanische Ferde, un dann is wer gehauen worden – hart, nach dem Klang – mitten in ner Bemerkung.«

»Das war der, wo nach die Fümfunvierzichste Dragoner gerufen hat«, sagte Leggatt. »Is bloß gekommen bis Drag . . .«

»Isser?« sagte Pyecroft verträumt. »Jedenfalls kann er nich behaupten, die wärn nich gekommen. Die sin alle gekommen, un die ham dann alle drüber debattiert, ob die Infantrie Persimmon als Regimentsmaskottchen kriegen soll, oder ob die Kavallerie ihn als Deckhengst behält. Dann wurd die Debatte bald von Rüben überschattet. Unser Kommandant sacht, wir hätten gute Saat gesät, und die trüüch jetz reichlich Frucht. (Wiecht pro Stück zwischen vier un sieben Fund.) Wie wir sehn, daß die Kinder ihre Hemmungen überwunden haben un endlich richtich miteinander am spielen sin, setzen wir rückwärts aus die Grube raus un schummeln uns nach un nach ins Lager runter, wo ja keiner mehr is, der uns Furcht un Tadel einflößen kann. Da ham wir beste Frontalsicht auf die Schlacht gehabt, un da gings mit frische Wucht zur Sache, weil ja jede Seite alle paar Minuten frische Verstärkungen kricht. Alle Waffengattungen gut vertreten; ausnahmsweise ham bei diese Gelegenheit Kavallerie und Attlerie gut zusammengearbeit. Die ham gewissermaßen drüber gestritten, was besser is, Ferde oder Füße, aber Persimmon ham se dabei nich vergessen. Die Verwundeten rollen mit Rüben den Berch runter un sagen uns, daß der länx vergesellschaftet is, un daß das kleinste Souvenir von dem schon ein Menschenleben wert is. Allgemein gesacht hats so ausgesehn, wie wenn die Schäbige Truppe n bißchen aus dem Ruder läuft, wenn ich das sagen darf. Die ham *nich* prompt un ohne Zögern gehorcht auf die Signale ›Rückzuch‹ oder ›Feuer einstellen‹ oder auf ›Himmelswillen geht wieder schlafen, Jungs‹ von ihre Offiziere, un ich muß leider sagen, die warn nämlich auch feste dabei an die Spitze von ihre jeweilige Einheit.«

»Wie haben Sie das herausgekriegt?« fragte ich.

»Weil Leutnant Morshed ins Messezelt gegangen is, um sein Onkel auf nen Drink zu besuchen; aber alle Mann warn an die Front. Wir meinen, wir hörn wen hinterm Zelt baden, un da ham wir nen älteren Gentleman gefunden der versucht, nen Junge in Knickerbockern in nem Ferdetrooch zu ersäufen. Hat den sozusagen mit nem Fahrrad untergetaucht. Der hatte fast seine böse Absichten ausgeführt, wie wir ihn dran gehindert haben. War in sehr geschmeidigen Zustand und voll *juice de spree*. ›FraangSe nich was ich bin‹, sacht er. ›Das wird mir meine Frau schon früh genuch erzählen. FraangSe lieber, was ich mal war‹, sacht er. ›Ich hab hier gegessen‹, sacht er. ›Ich hab die in den Achtzigern befehligt‹, sacht er, ›un Gott vergebe mir‹, sacht er, un dabei schluchzt er ganz heftich, ›den ganzen lieben langen Abend hab ich ihrem Oberst gesacht, das wär n Haufen ausgebildete Nixkönner. HörnSe mal!‹ Wir konnten hören, ohne uns anzustrengen; aber wie *der* das sanfte Säuseln von sein Corps da bei die Knie-Party auf m Berch hat aufschnappen können weiß ich nich. ›Dreißich Meilen Marsch un Kampf ham die heut hinter sich‹, brüllt er, ›un jetz reißense da oben der Kavallerie die Därme aus m Leib! Die hörn diesseits von die Tore von Delhi nich auf‹, sacht er. ›Ich hab denen ihre Vorfahren befehlicht. Mit der Truppe is alles bestens‹, sacht er; dabei wringt er seine Hose auf seinem Schoß aus. ›Der Himmel verzeih mir, daß ich an denen gezweifelt hab! Dasselbe alte Spiel – dieselbe junge Teufels.‹

Der Junge in Knickerbockers fläzt sich auf nem Stuhl rum un beantraacht nen Drink. ›Der soll trocken sitzen‹, sacht unser Freund in Hemdsärmeln. ›Das is n Reporter. Hat mich mit sein scheußliches Fahrrad angerempelt un gefraacht, ob ich ihm Einzelheiten über die Meuterei in die Armee erzählen kann. Sie verlogener proletarischer Publizist‹, sacht er, un dabei droht er ihm mit dem Finger – war nämlich wirklich stinkich –, ›Ihnen werd ichs zeigen, Dinge besudeln, die wo Se nich verstehen können! Wenn mein Regiment meutern tut, werd ich mir persönlich die Ehre geben, Sie darüber zu informieren. Sie ganz besonders dämlicher un widerlicher kleiner Kerl‹, sacht er, ›Sie sind ja nich besser als wie n *dhobi*-Esel! Wenns keine schmutzige

Wäsche zum waschen gäb, würdenSe verhungern‹, sacht er, ›und daß ich Se nich ersäuft hab, werd ich bis an mein Lebensende bedauern.‹

Also, wir ham uns zu die gesetz un ungefähr ne halbe Stund mit die getrunken, vor dem Messezelt. Wenn keine Zeugen dagewesen wärn, hätt er den Reporter umgebrungen, un der Reporter hätt sich Notizen über die Schlacht gemacht; also warn wir gewissermaßen Zweiweech-Puffer. Ich bin dagegen, daß die Presse sich in Armeesachen einmischen tut. Die ziehen immer falsche Schlüsse. Also, passen Sie auf, da warn vorsichtich geschätzt siebentausend Mann in die Kampflinie, die Hälfte davon in ihre berufliche Ehrgefühle verletzt, un die andere dabei, denen was in die Wunden zu reiben, könnt man sagen. Alles wegen Persimmon! Wenn Sies nich gesehn hätten, würdenSes nich glauben. Un dabei, muß man festhalten, greift kein einziger von all denen da auch nur zum Gürtel. Die ham sich auf natürliche Produkte beschränkt – Hände un Rüben. Ich dacht, Jules hätt nen Anfall, bis ich rauskrich, der hat grad dasselbe auf Französisch gedacht. Hats *incroyable* genannt, glaub ich. Siebentausend Mann, mit siebentausend Gewehre, Koppels un Bajonette, in sehr erregten Zustand, un von Anfang bis Ende kein richtich böser Hieb. Der alte Gentleman hat uns auch darauf aufmerksam gemacht. War sehr bemerkenswert.

Munitionsmangel war der wichtichste Grund dafür, daß die Schlacht aufgehört hat. Ein Major von die Brigade kommt rein, wischt sich die Nase an beiden Manschetten un sacht, er hätt geschnupft. Der Brigadeonkel als nääxter. Der war am niesen, gewissermaßen. Wir hams fürs beste gehalten, die Vertäuungen loszuwerfen, ohne Aufmerksamkeit zu erregen; also ham wir losgeworfen. Inzwischen hatten die alles abgeblasen. Die Schäbige Truppe war überall um uns rum beim Abschiednehmen, so fröhlich wie n Schiffsaffe, wenn er mit die Farbtöpf hat spielen können; un Leutnant Morshed un Jules verbeugen sich immer wieder nach Backbord un Steuerbord von die Aufbauten aus un nehmen den brausenden Beifall entgegen, den die Menge ihnen dargebracht hätt, wenn die Bescheid gewußt hätten. Andererseits, wie Ihr Mr. Leggatt bemerkte, hätten die uns vielleich auch umgebrungen.

Das muß so um die fünf Glasen von die Mittelwache gewesen sein, halb drei. Ein sinnvoll ausgefüllter Abend. Hätt nich viel Sinn ergeben, um die Zeit nach Portsmouth zu kommen, deshalb sin wir wieder aufs Gras gefahren (das war, nachdem wir ne Straße unter uns gefunden hatten), un wir ham die Heckanker ausgeworfen un um den Tach gebetet.

Aber Ihr Mr. Leggatt, der mußt unsere ganze Freiwache lang Reifen flicken un aufziehen. Dabei is rausgekommen, der Wagen war zuletzt auf zwei oder drei Felgen, un das hatt der ganz korrekt erß am End vom Einsatz gemeldet. Un das ist der Grund für Ihre vier neue Reifen. Mr. Morshed war der Meinung, Sie hätten die verdient. Sehen Sie das anders?«

Ich steckte meine Hand aus, und Pyecroft zerquetschte sie zu Brei. »Nein, Pye«, sagte ich tief bewegt, »ich stimme voll und ganz zu. Aber was ist mit Jules passiert?«

»Den ham wir nach dem Frühstück zu seine eigene Flotte zurückgebracht. Der hätt nich mehr lang durchgehalten ohne jemand, dem er alles in seine eigene Sprache erzählen kann. Ich glaub nich, daß ich je mit wem soviel Mitleid gehabt hab wie mit Jules. Seine Leiden ham ihm aufgebläht, mehrere Zentimeters, un am Kai konnt er nix tun außer daß er Leutnant Morshed küssen tut un mich, *un* Ihren Mr. Leggatt. Hatt er auch verdient. Ein lieber Kerl.«

Pyecroft blickte zu den gespülten Tassen auf dem Tisch und der niedrigen Sonne auf dem Heck meines Wagens im Hof.

»Zu früh, um auf ihm zu trinken«, sagte er. »Aber so fühl ich mich trotzdem grad.«

Der Onkel, in seinem Stuhl zusammengesackt, schnarchte ein wenig; der Kanarienvogel antwortete mit einem schrillen Wiegenlied. Pyecroft hob den Lappen auf, warf ihn über den

Käfig, legte den Finger an den Mund, und auf Zehenspitzen begaben wir uns in den Laden, während Leggatt den Wagen nach vorn brachte.

»Ich werde die Berichte in den Zeitungen suchen«, sagte ich beim Einsteigen.

»Ah, da ham wir nen Kurzschluß eingebaut! Nix rausgekommen, außer ne Meldung, daß n paar Bataillone Territoriale am Schluß von die Manöver mit Rüben rumgespielt ham. Der Steuerzahler weiß ja nich, was er für sein Geld alles kricht. Leben Sie wohl!«

Wir fuhren gerade rechtzeitig los, um von einem Regiment blockiert zu werden, das zum Bahnhof unterwegs war für den Bahnmarsch nach London.

»Entschuldigung, Sir«, sagte ein Sergeant, der für die Bagage zuständig war; »würds Ihnen was ausmachen, mal eben zurückzusetzen, bis wir mit die Karren vorbei sind?«

»Überhaupt nicht«, sagte ich. »Sie haben nicht zufällig ein Schaukelpferd bei Ihrem Zeug, oder?«

Das Röhren unseres Rückwärtsgangs ertränkte seine Antwort, aber ich sah seine Augen. Eines war schwärzlichgrün, ungefähr vier Tage alt.

THE LEGEND OF MIRTH

The Four Archangels, so the legends tell,
Raphael, Gabriel, Michael, Azrael,
Being first of those to whom the Power was shown,
Stood first of all the Host before The Throne,
And when the Charges were allotted burst
Tumultuous-winged from out the assembly first.
Zeal was their spur that bade them strictly heed
Their own high judgment on their lightest deed.
Zeal was their spur that, when relief was given,
Urged them unwearied to fresh toil in Heaven;
For Honour's sake perfecting every task
Beyond what e'en Perfection's self could ask. . . .
And Allah, Who created Zeal and Pride,
Knows how the twain are perilous-near allied.
It chanced on one of Heaven's long-lighted days,
The Four and all the Host having gone their ways
Each to his Charge, the shining Courts were void
Save for one Seraph whom no charge employed,
With folden wings and slumber-threatened brow.
To whom The Word: 'Beloved, what dost thou?'
'By the Permission,' came the answer soft,
'Little I do nor do that little oft.
As is The Will in Heaven so on Earth
Where by The Will I strive to make men mirth.'

He ceased and sped, hearing The Word once more:
'Beloved, go thy way and greet the Four.'

Systems and Universes overpast,
The Seraph came upon the Four, at last,
Guiding and guarding with devoted mind
The tedious generations of mankind
Who lent at most unwilling ear and eye
When they could not escape the ministry. . . .
Yet, patient, faithful, firm, persistent, just
Toward all that gross, indifferent, facile dust,
The Archangels laboured to discharge their trust
By precept and example, prayer and law,
Advice, reproof, and rule, but, labouring, saw
Each in his fellow's countenance confessed,
The Doubt that sickens: 'Have I done my best?'

Even as they sighed and turned to toil anew,
The Seraph hailed them with observance due;
And after some fit talk of higher things
Touched tentative on mundane happenings.
This they permitting, he, emboldened thus,
Prolused of humankind promiscuous.
And, since the large contention less avails
Than instances observed, he told them tales—
Tales of the shop, the bed, the court, the street,
Intimate, elemental, indiscreet:
Occasions where Confusion smiting swift
Piles jest on jest as snow-slides pile the drift
Whence, one by one, beneath derisive skies,
The victims bare, bewildered heads arise:
Tales of the passing of the spirit, graced
With humour blinding as the doom it faced:
Stark tales of ribaldry that broke aside

To tears, by laughter swallowed ere they dried:
Tales to which neither grace nor gain accrue,
But only (Allah be exalted!) true,
And only, as the Seraph showed that night,
Delighting to the limits of delight.

These he rehearsed with artful pause and halt,
And such pretence of memory at fault,
That soon the Four — so well the bait was thrown —
Came to his aid with memories of their own —
Matters dismissed long since as small or vain,
Whereof the high significance had lain
Hid, till the ungirt glosses made it plain.
Then, as enlightenment came broad and fast,
Each marvelled at his own oblivious past
Until — the Gates of Laughter opened wide —
The Four, with that bland Seraph at their side,
While they recalled, compared, and amplified,
In utter mirth forgot both zeal and pride.

High over Heaven the lamps of midnight burned
Ere, weak with merriment, the Four returned,
Not in that order they were wont to keep —
Pinion to pinion answering, sweep for sweep,
In awful diapason heard afar,
But shoutingly adrift 'twixt star and star.
Reeling a planet's orbit left or right
As laughter took them in the abysmal Night;
Or, by the point of some remembered jest,
Winged and brought helpless down through gulfs unguessed,
Where the blank worlds that gather to the birth
Leaped in the womb of Darkness at their mirth,
And e'en Gehenna's bondsmen understood.
They were not damned from human brotherhood.

Not first nor last of Heaven's high Host, the Four
That night took place beneath The Throne once more.
O lovelier than their morning majesty,
The understanding light behind the eye!
O more compelling than their old command,
The new-learned friendly gesture of the hand!
O sweeter than their zealous fellowship,
The wise half-smile that passed from lip to lip!
O well and roundly, when Command was given,
They told their tale against themselves to Heaven,
And in the silence, waiting on The Word,
Received the Peace and Pardon of The Lord!

LEGENDE VON DER HEITERKEIT

Die Vier Erzengel, so sagt die Legende,
Raphael, Gabriel, Michael, Azrael,
als erste aller, denen die Macht gezeigt ward,
standen als erste der Heerscharen vor Dem Thron,
und als die Aufgaben verteilt waren, brausten
sie mit stürmischen Schwingen als erste aus der
Versammlung.
Eifer war der Sporn, der sie streng beachten ließ
ihr eignes scharfes Urteil über ihre einfachste Tat.
Eifer war der Sporn der, wenn etwas bewältigt war,
sie unermüdet zu neuer Mühsal in den Himmel trieb;
um der Ehre willen jede Aufgabe vollkommen zu erfüllen
über das hinaus, was Die Vollkommenheit selbst verlangen
kann . . .
Und Allah, Der Eifer und Stolz schuf, weiß
wie gefährlich nah beides beieinander liegt.
Es begab sich an einem von des Himmels langerhellten Tagen,
als die Vier und alle Heerscharen ihres Weges gegangen waren,
jeder zu seiner Aufgabe, daß die schimmernden Höfe leer
waren
bis auf einen Seraph, nach dem keine Aufgabe verlangte;
die Flügel gefaltet und mit schlafbedrohter Stirn.
An ihn Das Wort: »Geliebter, was tust du?«
»Mit Verlaub«, kam leise die Antwort,
»wenig tu ich, und auch das Wenige nicht oft.
Wie es Der Wille im Himmel ist, so auch auf Erden,
wo ich gemäß Dem Willen die Menschen heiter zu machen
suche.«

Er endete und eilte, da er Das Wort abermals hörte:
»Geliebter, geh deines Wegs und grüß die Vier.«

Systeme und Universen blieben zurück,
endlich kam der Seraph zu den Vieren,
die mit Hingabe lenkten und hüteten
die öden Geschlechter der Menschen,
die bestenfalls unwillig Ohr und Auge liehen,
wenn sie der Obhut nicht entkommen konnten...
Aber geduldig, getreulich, fest, beharrlich, gerecht
gegen all den groben, gleichgültigen, leichtfertigen Staub
mühten die Erzengel sich, ihre Aufgabe zu erfüllen
durch Vorschrift und Beispiel, Bitte und Gesetz,
Rat, Tadel und Regel, aber in der Mühsal sah
jeder im Antlitz des anderen eingestanden
den Zweifel, der krank macht: »Habe ich mein Bestes getan?«

Als sie noch seufzten und sich wieder der Plage zuwandten,
grüßte der Seraph sie mit gebührlicher Achtung;
und nach geziemender Rede von höheren Dingen
kam er behutsam auf weltliche Vorgänge.
Da sie dies gestatteten, wurde er kühner
und spielte ihnen Dinge der buntscheckigen Menschheit vor.
Und da weitschweifige Behauptung weniger nützt
als erlebte Beispiele, erzählte er ihnen Geschichten –
Geschichten vom Laden, vom Bett, vom Hof, von der Straße,
intim, elementar und indiskret:
Vorfälle, bei denen die immer bereite Verwirrung
Scherz auf Scherz türmt, wie Schneerutsch den Weg übertürmt
aus dem, einer nach dem anderen, unter höhnenden Himmeln,
die verblüfften Köpfe der nackten Opfer sich heben;
Geschichten vom Verscheiden des Geistes, geschmückt
von Witz so blendend wie das Unheil, dem er sich stellte;
wüste Geschichten von Zotigem, das hinriß zu Tränen,

von Gelächter verschlungen, ehe sie trockneten;
Geschichten, denen weder Anmut noch Gewinn zukommt,
die nur (Allah sei gepriesen!) wahr sind
und nur, wie der Seraph in jener Nacht zeigte,
entzücken bis zur Grenze des Entzückens.

Diese trug er vor, mit kunstfertiger Pause und Halt
und vorgeblich versagendem Gedächtnis,
daß bald die Vier – so gut war der Köder ausgeworfen –
ihm zu Hilfe kamen mit eigenen Erinnerungen –
Dingen, längst abgetan als eitel oder gering,
deren hohe Bedeutsamkeit verborgen gewesen war,
bis lockere Rede sie deutlich machte.
Dann, als weit und schnell Erleuchtung kam,
staunte jeder ob der eigenen vergessenen Vergangenheit,
bis – die Tore des Lachens öffneten sich weit –
die Vier, mit dem sanften Seraph an ihrer Seite,
während sie erinnerten, verglichen und ausmalten,
in höchster Heiterkeit Eifer und Stolz vergaßen.

Hoch über dem Himmel brannten die Lampen der Mitternacht
ehe, schwach von Fröhlichkeit, die Vier heimkehrten,
nicht in der Ordnung, die sie gewöhnlich hielten –
Fittich zu Fittich sprechend, Schwung um Schwung,
in fern zu hörender ehrfurchtheischender Mensur,
sondern grölend und taumelnd zwischen Stern und Stern.
Rechts oder links eine Planetenbahn kippend,
wie Gelächter sie in der abgründigen Nacht erfaßte;
oder von der Pfeilspitze eines erinnerten Scherzes
getroffen und durch ungeahnte Klüfte hinabgewirbelt,
wo die leeren Welten, die sich zur Geburt sammeln,
ob ihrer Heiterkeit im Leib des Dunkels hüpften
und selbst die Sklaven der Hölle begriffen,
sie waren nicht aus der Bruderschaft des Menschen verdammt.

Weder als erste noch letzte des hohen Himmelsheers nahmen
die Vier in dieser Nacht wieder Platz unter Dem Thron.
O lieblicher als ihre Morgen-Majestät
das verstehende Licht hinter dem Auge!
O zwingender als ihr alter Befehl
die neuerlernte freundliche Geste der Hand!
O süßer als ihre eifrige Gefährtenschaft
das weise Halb-Lächeln, das von Lippe zu Lippe ging!
O gut und ganz, als Der Befehl erging,
erzählten sie ihre Geschichte wider sich selbst dem Himmel,
und in der Stille, Das Wort erwartend,
erhielten sie den Frieden und die Vergebung des Herrn!

»DIE FRAU MEINES SOHNES«

Er hatte seit seiner frühen Jugend an der Krankheit des Jahrhunderts gelitten, und ehe er dreißig wurde, war er davon schwer gezeichnet. Er und einige Freunde hatten den Himmel sehr gemütlich neu eingerichtet, aber die Reorganisation der Erde, die sie Gesellschaft nannten, machte sogar noch mehr Spaß. Sie verlangte Arbeit in Form vieler täglicher Taxifahrten; Stunden brillanten Plauderns mit brillanten Plauderern; ein wenig spritzige Korrespondenz; gelegentliches Schweigen (aber im Einvernehmen darüber, daß man bald selbst an die Reihe käme), während andere ihre Philosophien darlegten; und eine geziemende Menge Gemäldegalerien, Tee-Gefechte, Konzerte, Theater, Music-Halls und Kinovorführungen; all dies garniert durch Liebschaften mit Frauen, deren Haar nach Zigarettenrauch roch. Nach solchen kraftvollen Tagen kehrte Frankwell Midmore in seine Wohnung in der Überzeugung heim, daß er und seine Freunde die Welt einen Schritt näher zur Wahrheit, zur Morgendämmerung und zur Neuen Ordnung gebracht hatten.

Seine Veranlagung, sagte er, führte ihn eher zu konkreten Daten denn zu abstrakten Ideen. Leute, die sich mit Einzelheiten abgeben, sind oft am Ende des Tages erschöpft. Die nämliche Veranlagung – es könnte auch eine Frau gewesen sein – ließ ihn sich früh der Ungemäßigten Linken seiner Sache anschließen, in der Eigenschaft eines Experimentators in Gesellschaftlichen Beziehungen. Und da die Ungemäßigte Linke reichlich Frauen birgt, die ängstlich bestrebt sind, ernsthaften Forschern mit großem unabhängigen Einkommen dazu zu verhelfen, zu Bewertungen des Essentiellen zu gelangen, war Frankwell Midmores Los keineswegs verächtlich.

Zu dieser Stunde beschloß das Schicksal, mit ihm zu spielen. Eine verwitwete Tante, weit entfernt durch das Wesen und noch weiter durch Heirat von allem, was Midmores Mutter je gewesen war oder zu sein gewünscht hatte, starb und hinterließ ihm Besitztümer. Mrs. Midmore, die in jenem Sommer einen Glauben angenommen hatte, der die Existenz des Todes leugnete, konnte natürlich nicht zur Beisetzung herabsteigen; aber Midmore mußte – zu einer Jahreszeit, da die Soziale Regeneration, bei langen gepolsterten Konferenzen, paarweise, nach dem Tee, besonders gut gedeiht – London des dumpfigen Landes wegen verlassen. Dort stellte er sich dem kräftigenden Ritual der britischen Bestattung und wurde über das offene Grab hinweg angeweint von einer ältlichen sargförmigen Weibsperson mit langer Nase, die ihn »Master Frankie« nannte; und dort wurde er hinter einem widerhallenden Zylinder von einem Mann beglückwünscht, den er fälschlich für stumm gehalten hatte und der, wie sich herausstellte, der Anwalt seiner Tante war. Er schrieb seiner Mutter am nächsten Tag, nach einem glänzenden Bericht über die Beerdigung:

»Soweit ich es bisher begreife, hat sie mir zwischen vier- und fünfhundert im Jahr hinterlassen. Es kommt alles aus *Ther Land*, wie sie es hier nennen. Der unsägliche Anwalt, Sperrit, und eine grünäugige Tochter, die beim Laufen vor sich hin summt, aber zu allen Themen außer ›Jaagen‹ schweigt, bestanden darauf, mich zu einer Besichtigung hinzubringen. *Ther Land* ist scheibchenweise abwechselnd braun und grün, wie Schokoladen- und Pistazien-Kekse, gesprenkelt mit gelegentlichen Bauern, die sich ausschweigen. Für den Fall, daß es nicht naß genug ist, gibt es in der Mitte einen nassen Bach. *Ther House* steht neben dem Bach. Ich will es mir später anschauen. Sollte es ein kleines Memento an Jenny geben, auf das Du Wert legst, laß es mich wissen. Hattest Du mir nicht mitgeteilt, daß mittelviktorianisches Mobiliar wieder auf den Markt kommt? Jennys alte Haushälterin – das Gerät heißt Rhoda Dolbie – sagt, Jenny habe ihr dreißig Pfund im Jahr versprochen. Das Testament tut dies nicht. Daher die Tränen beim Begräbnis, nehme ich an. Aber das sind fast zehn Prozent der Einkünfte. Ich schätze, Jenny hat alle privaten Papiere und Aufzeichnungen ihrer *vie intime* zerstört, wenn denn an einem solchen Ort tatsächlich Leben möglich sein sollte. Der Sperrit-Mann sagte mir, wenn ich eigene Mittel besäße, könnte ich mich auf *Ther Land* niederlassen und dort leben. Ich habe ihm nicht gesagt, wieviel ich bezahlen würde, um dem zu entgehen! Ich kann es nicht für gut befinden, daß ein Mensch über andere Herrschaft ausübt auf die gnadenlose Weise, die unser unsinniges Gesellschaftssystem erlaubt; deshalb, da alles mir gehört, beabsichtige ich es zu verkaufen, sobald der unheilige Sperrit einen Käufer finden kann.«

Und er ging mit dieser Idee am nächsten Tag zu Mr. Sperrit, unmittelbar vor der Rückreise in die Stadt.

»Ganz recht«, sagte der Anwalt. »Ich verstehe Sie natürlich. Aber das Haus selbst ist ziemlich altmodisch – kaum die Art, die Käufer heute haben wollen. Natürlich gibt es keinen Park, und der größte Teil des Lands ist an einen Pächter auf Lebenszeit vermietet, einen Mr. Sidney. Solange er seine Pacht zahlt, kann man ihn nicht hinauswerfen, und selbst wenn er es nicht täte« – Mr. Sperrits Gesicht entspannte sich ein wenig –, »könnten Sie Schwierigkeiten haben.«

»Der Besitz bringt vierhundert im Jahr, wenn ich das richtig verstanden habe«, sagte Midmore.

»Also, kaum – kaaaum. Abzüglich von Grund- und Einkommenssteuer, Zehntrente, Feuerversicherung, Gebühren und natürlich Reparaturen belief sich letztes Jahr der Ertrag auf zweihundertvierundachtzig Pfund. Die Reparaturen sind ein ziemlich großer Posten – wegen des Bachs. Ich nenne ihn Liris – das ist Horaz, wissen Sie.«

Midmore blickte ungeduldig auf seine Uhr.

»Ich nehme an, Sie werden einen Käufer finden können?« wiederholte er.

»Wenn das Ihre Anweisungen sind, werden wir natürlich unser Bestes tun. Das wäre dann alles, abgesehen von« – hier erhob sich Midmore halb, aber Mr. Sperrits kleine graue Augen hielten seine großen braunen ruhig fest – »abgesehen von Rhoda Dolbie, Mrs. Werfs Haushälterin. Ich darf Ihnen sagen, daß das letzte Testament Ihrer Tante nicht von uns aufgestellt wurde. Zuletzt hatte sie immer mehr Geheimnisse – das ist oft so bei älteren Menschen – und hat das Testament in London aufsetzen lassen. Ich nehme an, ihr Gedächtnis hat sie im Stich gelassen, oder sie konnte ihre Notizen nicht finden. Die hatte sie immer in ihrem Brillenetui ... Mein Wagen braucht nur acht Minuten zum Bahnhof, Mr. Midmore ... aber, wie gesagt, sooft sie ihr Testament bei *uns* gemacht hat, hat Mrs. Werf Rhoda immer dreißig Pfund *per annum* ausgesetzt. Charlie, die Testamente!« Ein Angestellter mit fast kahlem Kopf und langer Nase teilte Dokumente auf dem Tisch aus, wie Karten, und atmete schwer hinter Midmore. »Natürlich ist das keineswegs eine rechtskräftige Verpflichtung«, sagte Mr. Sperrit. »Ah, dieses hier datiert vom elften Januar achtzehnhundertneunundachtzig.«

Midmore blickte wieder auf seine Uhr und hörte sich eher widerwillig sagen: »Naja, dann sollte sie das wohl besser kriegen – vorläufig jedenfalls.«

Er entkam, mit dem unbehaglichen Gefühl, daß zweihundertvierundfünfzig Pfund im Jahr nicht unbedingt vierhundert sind, und daß Charlies lange Nase ihn irritierte. Dann kehrte er erster Klasse zu seinen eigenen Belangen zurück.

Von den zwei, vielleicht drei Experimenten in Sachen Soziale Beziehungen, mit denen er damals befaßt war, interessierte eines ihn akut. Es lief seit einigen Monaten und versprach überaus buntscheckige und interessante Entwicklungen, bei denen er die ganze Fahrt zur Stadt schwelgerisch verweilte. Als er seine Wohnung erreichte, war er nicht eben vorbereitet auf einen zwölfseitigen Brief, der in der Diktion der Ungemäßigten Linken – die ihre *I*s rubriziert und ihre *T*s illuminiert – erläuterte, daß die Dame größere Anziehung in einer anderen Seele erkannt habe. Zu ihrer Rechtfertigung legte sie das Evangelium der Ungemäßigten Linken eher dar, als daß sie es erörterte, und schloß mit einer leidenschaftlichen Forderung nach ihrem Recht, sich selbst in und zu ihrem eigenen Leben auszudrücken, das sie ja, wie sie hervorhob, nur einmal durchschreiten könne. Sie setzte hinzu, falls sie, später, entdecken sollte, daß Midmore »ihren Bedürfnissen essentiell komplementär« sei, werde sie ihm dies mitteilen. Daß Midmore selbst etwa die gleiche Sorte Brief – außer der Andeutung einer Wiederkehr – an eine Frau geschrieben hatte, der überdrüssig zu werden seine Bedürfnisse nach Selbstverwirklichung ihn drei Jahre zuvor veranlaßt hatten, half ihm nun nicht im mindesten. Gegenüber dem Gasfeuer verwirklichte er sich ausdrücklich selbst, in essentiellen aber nicht komplimentären Formulierungen. Dann sann er nach über die distanzierte Kritik seiner besten Freunde und ihrer besten Freunde, männlich wie weiblich, mit denen er und sie und andere so offen gesprochen hatten, als ihre muntere *aventiure* in Blüte stund. Auch entsann er sich – das muß gegen Mitternacht gewesen sein – ihrer aus jedem denkbaren Blickwinkel, entfernt wie auch höchst intim, angestellten Analyse des Partners, dem sie unter jener niedrigen Konvention, die man Ehe zu nennen beliebt, zugesprochen gewesen war. Später, zu der schlimmen Stunde, da das Vieh für kurze Zeit erwacht, erinnerte er sich an sie in anderen Hinsichten und stieg hinab in die festgesetzte Hölle; trostlos, sehnend, ohne einen Gott, den er hätte anrufen können. Gegen elf Uhr am nächsten Morgen stellten sich ein Eliphas aus Teman, Bildad aus Schuach und Zophar aus Naama, »denn sie hatten vereinbart hinzugehen«, um zu sehen, wie er es trug; aber der Pförtner sagte ihnen, Hiob sei fortgegangen – aufs Land, wie er glaube.

Midmores Erleichterung, als er feststellte, daß seine Geschichte nicht für Mr. Sperrit lesbar auf seinen schmerzenden Schläfen geschrieben stand – der besiegte Liebhaber hält, wie der erfolgreiche, die ganze Erde für eingeweiht in seine Seele –, wurde von Mr. Sperrit ganz anderen Ursachen zugeschrieben. Er führte ihn in ein Empfangszimmer. Der Rest des Hauses schien voll von Leuten zu sein; sie sangen zu einem lauten Klavier idiotische Lieder über Kühe, und die Diele roch nach feuchten Mänteln.

»Heute abend haben wir unsere Winter-Kantate«, erläuterte Mr. Sperrit. »Das ist ›High Tide on the Coast of Lincolnshire‹. Ich hatte gehofft, daß Sie zurückkommen würden. Es gibt Dutzende Kleinigkeiten zu klären. Was das Haus angeht, das steht Ihnen natürlich jederzeit zur Verfügung. Ich konnte Rhoda nicht herausbekommen – Charlie konnte das übrigens auch nicht. Sie ist ja wohl die Schwester der Amme, die Sie damals hergebracht hat, als Sie vier waren, damit Sie sich hier von den Masern erholen konnten, sagt sie?«

»Ist sie das? War ich?« sagte Midmore durch die schlechten Geschmäcke in seinem Mund hindurch. »Meinen Sie, ich könnte da die Nacht über bleiben?«

Dreißig fröhliche junge Stimmen appellierten lauthals an irgendjemanden, ihre »pipes of parsley 'ollow – 'ollow – 'ollow!« [Pfeifen aus Petersilie hohl] zu lassen. Mr. Sperrit mußte seine Stimme über das Getöse erheben.

»Also, wenn ich Sie einlüde, *hier* zu bleiben, würde Rhoda mich damit nie mehr in Ruhe lassen. Sie ist natürlich ein bißchen seltsam, aber ganz Hingabe und zu allem zu gebrauchen. *Ne sit ancillae*, wissen Sie.«

»Danke sehr. Dann mach ich mich auf. Ich gehe zu Fuß.« Benommen und krank stolperte er ins Winterzwielicht hinaus und suchte das viereckige Haus am Bach.

Es war kein würdevoller Eintritt, denn als die Türkette abgenommen wurde und Rhoda etwas ausrief, tat er zwei tapfere Schritte in die Diele und wurde dann ohnmächtig – wie es Männern manchmal widerfährt, nach zweiundzwanzig Stunden mit starken Emotionen und wenig Nahrung.

»Tut mir leid«, sagte er, als er wieder sprechen konnte. Er lag am Fuß der Treppe, den Kopf auf Rhodas Schoß.

»Ihr Heim is Ihre Burg, Sir«, war die Antwort in seinem Haar. »War kein Alkohol, das konnt ich riechen. Sie bleiben auf dem Sofa liegen, bis ich Ihr Abendessen bring.«

Sie brachte ihn unter in einem Salon, behängt mit gelber Seide und voll vom Geruch welken Laubs und einer Öllampe. Etwas murmelte besänftigend im Hintergrund und besiegte die Geräusche in seinem Kopf. Er glaubte, Pferdehufe auf nassem Kies zu hören und eine Stimme, die von Schiffen und Schafherden und Gras sang. Sie kam nah an den verschlossenen Läden des Erkerfensters vorbei.

But each will mourn his own, she saith,
And sweeter woman ne'er drew breath
Than my son's wife, Elizabeth . . .
Cusha—cusha—cusha—calling.

[Aber jeder wird das Seine betrauern, sagt sie,
und nie hat eine lieblichere Frau geatmet
als die Frau meines Sohnes, Elizabeth . . .]

Die Hufe fielen in Handgalopp, als Rhoda mit dem Tablett eintrat. »Und dann bring ich Sie ins Bett«, sagte sie. »Sidney kommt morgen früh.« Midmore stellte keine Fragen. Er schleppte seine arme wunde Seele ins Bett und hätte sie wieder von vorn bis hinten bedauert, aber Essen und warmer Sherry und Wasser waren Medizin und ließen ihn gleich einschlafen.

Rhodas Stimme weckte ihn mit der Frage, ob er »Hüft, Fuß oder Sitz« haben wolle, was er als die Bäder des Etablissements deutete. »Am besten versuchen Sie alle drei«, schlug sie vor. »Gehören alle Ihnen, wissen Sie, Sir.«

Er hätte seinen Kummer im Tageslicht erneuert, aber ihre Worte klangen ihm angenehm. Alles, worauf seine Augen fielen, war sein eigen, und er konnte es für immer behalten. Das geschnitzte vierpfostige Chippendale-Bett, zweifellos Hunderte Pfund wert; die gewellten William-and-Mary-Stühle aus

Nußbaum – er hatte schlimmere mit zwanzig Guineen pro Stück ausgezeichnet gesehen; der ovale Medaillon-Spiegel; das feine drahtgeflochtene Feuergitter aus dem achtzehnten Jahrhundert; die schweren Brokatvorhänge waren sein – ganz sein. Desgleichen ein großer Garten voller Vögel, auf den er beim Rasieren blickte; ein Maulbeerbaum, eine Sonnenuhr und ein matter stahlfarbener Bach, der hundert Yards entfernt gleichauf mit dem Rand eines Rasens murmelte. Ganz besonders und privatest sein eigen war der Duft von Würsten und Kaffee, den er oben auf dem großen viereckigen Treppenabsatz roch, umgeben von geheimnisvollen Türen und Bartolozzi-Drucken. Nach dem Frühstück verbrachte er zwei Stunden mit der Erforschung seiner neuen Besitzungen. Sein Herz hüpfte angesichts von Gegenständen wie Nähmaschinen, einem Rollstuhl mit Gummireifen in einem gefliesten Korridor, einem Malakka-Stöckchen mit Malachit-Knauf, zahllosen ungeöffneten Schachteln mit Briefpapier, Siegelringen, Schlüsselbünden und einer kleinen Lederbörse, auf dem Grund einer stahlgeflochtenen Damentasche, mit sieben Pfund zehn Shilling in Gold und elf Shilling in Silber.

»Damit haben Sie immer gespielt, wie meine Schwester Sie hergebracht hat, wie Sie die Masern hatten«, sagte Rhoda, als er das Geld in seine Tasche steckte. »Also, das war das Arbeitszimmer von Ihre arme liebe Tante.« Sie öffnete eine niedrige Tür. »Ah, ich hab Mr. Sidney vergessen! Da isser.« Ein riesiger alter Mann mit unterlaufenen roten Augen, die unter daunig weißen Augenbrauen blinzelten, saß in einem Empire-Stuhl, die Kappe in der Hand. Rhoda zog sich schnaubend zurück. Der Mann musterte Midmore schweigend von Kopf bis Fuß, dann wies er mit dem Daumen zur Tür. »Ich schätz mal, die hat Sie gesacht, wer ich bin«, begann er. »Den einzigen Bauer wo Sie haben. Bei mir kommt nix wech, außer es geht auf die eigene Füße. Was is mit mein Schweinekoben?«

»Ja, was ist damit?« sagte Midmore.

»Deshalb komm ich ja. Der Grafschaftsrat, der wird immer pinseliger. HamSe gewußt, daß es bei Pashell Schweinefieber gibt? Gibts *wirklich*. Ziegel müssens schon sein.«

»Ja«, sagte Midmore höflich.

»Ich hab Ihre Tante selig drum angegangen, xmal. Ich will nich saaren, sie wär keine gerechte Frau nich gewesen, aber den Pachtvertraach hat se nich so gelesen wie ich. Ich bin dran gewöhnt, daß man auf mir rumtrampeln tut, aber ohne den Schweinekoben geht das nu nich mehr.«

»Wann hätten Sie ihn denn gern?« fragte Midmore. Es schien der Weg des geringsten Widerstandes zu sein.

»Immer egal wann is mir recht, schätz ich. Dem gehts nämlich nich gut, wo er jetz is, un ich hab achtzehn Shilling für den bezahlt.« Er verschränkte die Hände über seinem Stock und gab kein weiteres Lebenszeichen von sich.

»Ist das alles?« stammelte Midmore.

»Jetz ja – außer« – er blickte mürrisch auf den Tisch neben sich – »außer das Übliche. Wo is die Rhoda?«

Midmore läutete. Rhoda kam herein, mit einer Flasche und einem Glas. Der alte Mann bediente sich, vier dicke Finger breit, stand mit einer einzigen Bewegung auf und stampfte hinaus. In der Tür rief er grimmig: »Ich nehm an, für Sie isses egal, ob ich ersaufen tu oder nich, aber an die Schleuse da gehört n Rad und ne Winde, nämlich. Ich bin zu alt für daß ich die mit nem Riegel heben tu – in mein Alter.«

»Wenn er ersäuft, wärn wir ihn gut los«, sagte Rhoda. »Aber kümmern Sie sich nich um ihn. Der macht sich bloß nen Spaß. Ihr armes liebes Tantchen hat ihm immer sein Übliches gegeben – nicht den Whisky, den *Sie* trinken – un ihn dann wieder wechgeschickt.«

»Ah ja. Sagen Sie, ist ein Schweinekoben dasselbe wie ein Schweinestall?«

Rhoda nickte. »Der braucht wirklich einen, hat aber kein Recht drauf. Kucken Sie sich seinen Vertrag an – dritte Schublade links in dem Bombay-Schränkchen – und wenn ers nächstemal kommt, sagen Sie ihm, er solls lesen. Das stopft ihm das Maul, das kann er nämlich nich!«

In Midmores Vergangenheit gab es nichts, was ihn gelehrt hätte, Inhalt und Bedeutung eines handgeschriebenen Pachtvertrags der späten Achtziger zu lesen, aber Rhoda interpretierte.

»Eigentlich bedeutets überhaup nix«, war ihre muntere Schlußfolgerung, »außer, daß Sie ihn nich loswerden können, un daß er immer tun kann, was er will. Ein Glück für uns, daß er wirklich was anbaut; und wenn da nich seine Frau wär ...«

»Ah, da gibt es also eine Mrs. Sidney?«

»Jesses, *nee!* Die Sidneys heiraten nich. Die halten aus. Das is seine vierte seit – soviel ich weiß. Er is immer einer gewesen der nimmt.«

»Irgendwelche Abkömmlinge?«

»Wenns welche gäb, die wärn ja jetz erwachsen, oder? Aber Sie können sich ja nich dauernd über seine Angelegenheiten den Kopf zerbrechen. Da hat Ihre arme Tante die schlechte Verdauung von gekricht. Ham Sie schon die Büchsenkammer gesehn?«

Midmore hatte ausgeprägte Ansichten über die Unmoral des Tötens zum Spaß. Aber es ließ sich nicht leugnen, daß die siebzig-Guineen-Hinterlader vom verstorbenen Oberst Werf ihre scheußliche Arbeit trefflich erledigten. Er lud einen, nahm ihn mit hinaus und richtete ihn – deutete nur – auf einen Fasanenhahn, der aus dem Gesträuch hinter der Küche stieg, und der leuchtende Vogel kam in einem langen schrägen Sturz auf den Rasen herunter, mausetot. Von der Spülküche aus sagte Rhoda, es sei ein feiner Schuß gewesen, und das Essen sei fertig.

Er verbrachte den Nachmittag mit dem Gewehr in der einen und einer Karte in der anderen Hand und schritt die Grenzen seiner Ländereien ab. Sie lagen alle in einem flachen, uninteressanten Tal, flankiert von Wäldern und halbiert von einem Bach.

Stromauf lag sein eigenes Haus; weniger als eine halbe Meile stromab hockte ein niedriges rotes Farmhaus in einem alten Obstgarten, neben etwas, das aussah wie kleine Schleusentore an der Themse. Es gab keinen Zweifel daran, wem dies gehörte. Mr. Sidney sah ihn, als er noch weit entfernt war, und brüllte ihm etwas über Schweinekoben und Schleusentore zu. Letztere waren zwei große Läden aus bewucherter Eiche im Bach, zollweise mit einer Stemmstange eine gekerbte Eisenkante entlang zu heben, und als Sidney sie öffnete, floß sofort die Hälfte des Wassers heraus. Midmore sah den Bach zwischen den erlenbestandenen Ufern schrumpfen, wie bei einem Zauberkunststück. Auch das war ganz sein eigen.

»Ah ja«, sagte er. »Sehr interessant! Und wofür ist die Glocke?« fuhr er fort; er wies auf eine alte Schiffsglocke in einem groben Glockenstuhl am Ende eines Schuppens. »War das mal eine Kapelle?« Der rotäugige Riese schien einen Moment Schwierigkeiten zu haben, sich auszudrücken, und blinzelte wild.

»Ja«, sagte er schließlich. »Meine Kapelle. WennSe die Glocke bimmeln hören, dann hat was geschlaang. Außer mir würd sich ja niemand so was gefallen lassen – aber ich schätz, Ihnen is das völlich schnurz.« Er rammte die Schleusentore wieder herab, und der Bach stieg hinter ihnen mit Schmatzen und Grunzen.

Midmore verzog sich, in dem Bewußtsein, daß er sicherer wäre, wenn Rhoda seine Gesprächshand hielte. Als er an der Vorderseite des Farmhauses vorbeikam, knickste eine glatthäutige fette Frau mit sauber gescheiteltem grauen Haar unter einer Witwenhaube unterwürfig vor ihm, durch das Fenster. Allen Lehren der Ungemäßigten Linken zufolge hatte sie absolut das Recht, sich auf jede ihr genehme Weise auszudrücken, aber das Knicksen empörte ihn. Und auf dem Heimweg wurde er hinter einer Hecke heraus von einem offenkundig Schwachsinnigen ohne Gaumen begrüßt, der um ihn her hallote und tanzte.

»Was wollte das Tier?« fragte er Rhoda beim Tee.

»Jimmy? Der wollt bloß wissen, ob Sie Telegramme zum Schicken haben. Geht überall hin, außer über fließend Wasser. Davon kricht er seine Anfälle. Sogar wenn man bloß zum Spaß drüber redet, fängt er an zu bibbern.«

»Aber warum ist er nicht irgendwo, wo man sich richtig um ihn kümmern kann?«

»Was tut der denn Böses? Er ist ein Kind der Liebe, aber seine Familie kann für ihn bezahlen. Wenn man den einsperrt, dann geht der sofort ein, wie n wildes Karnickel. Würden Sie sich bitte mal die Auffahrt ansehn, Sir?«

Midmore sah sie sich an, im nachlassenden Licht. Der saubere Kies war von großen rundlichen Löchern durchsetzt, und ein oder zwei ähnliche Vertiefungen waren auf dem Rasen.

»Das ist von der Jaacht auf dem Heimweg«, erklärte Rhoda. »Ihr armes liebes Tantchen hat sie immer unsere Auffahrt als Abkürzung benützen lassen, seit daß der Oberst tot ist. Der Oberst wollt nix davon wissen, der war eher fürs Hegen; aber Ihre Tante war immer ne gute Reiterin, bis das mit dem Ischias losging.«

»Gibt es denn keinen, der da mal mit dem Rechen drübergehen kann, oder – oder so?« sagte Midmore unbestimmt.

»Aber ja. Morgens sehen Sie nie mehr was davon, aber – Sie waren wech, wie die heimgekommen sin, und Mr. Fisher – das ist der Master – hat mir gesacht, ich soll Ihnen sagen, mit seine Empfehlungen, daß, wenn Sie nich aufs Hegen aus sind un gern bei die alten Absprachen bleiben wollen, dann steht seine Kiesgrube zu Ihre Verfügung, wie vorher. Er meint, Sie wüßten das vielleich nich, un ich hab einfach nicht dran gedacht, es Ihnen zu sagen. Das is guter Kies, der von Mr. Fisher, und der wird schön hart auf der Auffahrt. Natürlich müssen wir den aus der Grube holen, aber ...«

Midmore blickte sie hilflos an.

»Rhoda«, sagte er, »was soll ich tun?«

»Ach, lassen Sie sie ruhich durch«, erwiderte sie. »Man weiß ja nie. Vielleicht wollen Sie selber irgendwann jagen.«

An diesem Abend regnete es, und sein Elend holte ihn wieder ein, noch verschlimmert dadurch, daß es vorher abgelenkt gewesen war. Schließlich wußte er sich nicht mehr anders zu helfen und begrabschte ein paar Dutzend Bücher in einem getäfelten Raum namens Die Bibliothek, und mit Entsetzen begriff er, wie der Geist des verstorbenen Oberst Werf in seiner Blütezeit beschaffen gewesen sein mußte. Die Bände rochen so intensiv nach einer toten Welt, wie sie nach Meltau rochen. Er öffnete sie und stellte sie wieder zurück, einen nach dem anderen, bis grellbunte Illustrationen von Männern auf Pferden sein Auge fesselten. Er begann irgendwo und las ein wenig weiter, ging mit dem Band in den Salon und ließ sich immer noch lesend am Feuer nieder. Es war eine scheußliche Welt, in die er da zum erstenmal spähte – eine verfressene, versoffene Hölle von Roßtäuschern, Schwindlern, kuppelnden Müttern, wirtschaftlich abhängigen Jungfern, die sich selbst errötend für Bargeld und Ländereien verkauften. Juden, Händler und ein ruchloser Haufen von Charakteren aus Dickens und Pferdemist (ich zitiere Midmores Kritik), aber er las weiter, fasziniert, und siehe da, von den Seiten sprang förmlich der Bruder des rotäugigen Mannes vom Bach und brüllte einen Grundbesitzer (hier begriff Midmore, daß *er* eben jenes Tier war) wegen neuer Scheunen an; und ein weiterer Mann, der, abermals wie er selbst, Einwände gegen Hufspuren auf Kies erhob. So abscheulich Gedanke und Entwurf auch waren, das Zeug schien die Ansätze guter Beobachtung zu enthalten. Er stöberte weitere Bände desselben Autors auf, bis Rhoda mit einem silbernen Kerzenhalter hereinkam.

»Rhoda«, sagte er, »haben Sie je von einer Person namens James Pigg gehört – und Batsey?«

»Ja, natürlich«, sagte sie. »Der Oberst is immer im Schlafrock in die Küche gekommen un hat uns all die Jorockse vorgelesen.«

»O Gott!« sagte Midmore und ging zu Bett mit einem Buch namens *Handley Cross* unter dem Arm, und nimmer betrachtete feuchten Halos der Mond einen einsameren Kolumbus auf dem Wege in eine fremdere Welt.

Hier lassen wir viel aus. Aber Midmore hat nie geleugnet, daß für den Mann mit genießerischer Empfindsamkeit die dringenden Bedürfnisse eines alten Hauses – von Rhoda dargelegt, indem sie auf Tageslicht zwischen Dachziegeln verwies, die nur durch Moos gehalten wurden – das Vergnügen Gesellschaftlicher Forschung anderswo vermehren. Ebenso fand er heraus, daß die Reaktion nach langwieriger Forschung viel von ihrem grauen Entsetzen verliert, wenn man weiß, daß man nach Belieben die Seele baden kann in der Gesellschaft von Klempnern (alle Wasserleitungen hatten chronische Appendicitis), Dorftrotteln (Jimmy hatte Midmore unter seine schwachen Fittiche genommen und kampierte jeden Tag bei den Toren zur Auffahrt) und einem Riesen mit roten Lidern, dessen Handlungen sämtlich unberechenbare Schändlichkeiten sind.

Als der Frühling kam, füllte Midmore sein Haus mit einigen Freunden von der Ungemäßigten Linken. Es war zufällig der Tag, an dem alle Dinge und Rhoda sich zusammentaten und eine Wagenladung Ziegel, eine Wagenladung Sand und einige Säcke Kalk geliefert worden waren, um Sidney seinen beinahe täglich geforderten Schweinekoben zu bauen. Midmore führte seine Freunde über die flachen Felder, in der undeutlichen Absicht, ihnen Sidney als einen typischen »Landmann« zu zeigen. Sie erwischten genau die Minute, als Sidney heiser vor Wut Maurer, Geselle, Wagen und alles andere von seinem Boden wies. Die Gäste stellten sich aufs Zuhören ein.

»Sie ham mir nix gesacht von weeng mit dem Schwein umziehn«, brüllte Sidney. Das Schwein – mindestens achtzehn Zoll lang – stand auf den Hinterbeinen im alten Stall und lächelte die Gesellschaft an.

»Aber, guter Mann ...« begann Midmore.

»Bin ich nich! Bei was Sie wissen könnt ich verdammt viel schlimmer sein wie Sie. Sie könn nich einfach ankomm un so mit mir umspring, so mit Willkür. Das *is* nix wie Willkür! Ihr haut jetz alle Mann sofort ab un setz kein Fuß mehr auf mein Boden bis daß ich Sie auffordern tu.«

»Aber Sie haben doch verlangt« – Midmore spürte, wie seine Stimme hüpfte –, »daß der Schweinekoben gebaut wird.«

»Un wenn schon. Kein Grund, dasse mir einfach nich Bescheid saang tun von weengs Umziehn mit das Schwein. Mich einfach so ohne Warnung überfallen! Das Schwein muß doch innen Kuhstall gebracht wern un alles.«

»Dann machen Sie die Tür auf und lassens reinrennen«, sagte Midmore.

»So mit so Willkür könnSe mit *mir* nich umspring! BringSe all Ihre verdammte Männers wech von mein Land! So laß ich mich nich behandeln.«

Die Wagen wurden wortlos weggebracht, und Sidney ging ins Haus und knallte die Tür zu.

»Also, ich finde, das ist überaus bedeutsam«, sagte ein Gast. »Hier habt ihr das logische Ergebnis von Jahrhunderten feudaler Unterdrückung – Angst bis zum Wahnsinn.« Die Gesellschaft betrachtete Midmore, mit schmerzlichem Ernst.

»Aber er *hat* mich doch bis aufs Blut gepiesackt wegen seines Schweinestalls«, war alles, was Midmore sagen konnte.

Andere nahmen die Parabel auf und führten ihm vor, wenn er sich nur getreulich an die Evangelien der Ungemäßigten Linken halte, werde die Erde bald von »hübschen kleinen« Schweineställen bedeckt sein, erbaut in den Pausen zwischen Morris-Tänzen vom »Landmann« persönlich.

Midmore war dankbar, als die Tür sich wieder öffnete und Mr. Sidney sie alle einlud, sich auf die Straße zurückzuziehen, die, wie er betonte, öffentlich sei. Als sie um die Ecke des Hauses bogen, knickste eine glattgesichtige Frau vor jedem einzelnen. Sofort entwarfen sie Bilder vom Los dieser Frau, aller Möglichkeiten der Selbstverwirklichung beraubt – »das Leben festgefügt und grau, das Ende nur apathisch«, zitierte einer –, und sie diskutierten die ungeheure Bedeutung dörflicher Theateraufführungen. Noch einen Monat zuvor hätte Midmore ihnen alles über Sidneys Formen der Selbstverwirklichung erzählt, was er wußte und was Rhoda beiläufig erwähnt hatte. Aus irgendeinem seltsamen Grund begnügte er sich nun damit, das Gespräch von dörflichem zu metropolitanem und Welt-Drama schweifen zu lassen.

Als die Besucher fort waren, teilte Rhoda ihm mit, wenn er »das noch mal machen« wolle, solle er besser in die Stadt gehen.

»Aber wir haben doch nur auf Kissen auf dem Boden gesessen«, sagte ihr Herr.

»Die sin zu alt fürs Rumtoben«, gab sie zurück, »un so fängts immer an. Ich weiß was ich weiß un was ich gesehn hab. Außerdem ham die geredet und gelacht auf dem Flur, auf dem Weg zum Bad – die paar, die eins genommen haben.«

»Machen Sie sich nicht lächerlich, Rhoda«, sagte Midmore. Kein Mann – außer, er hat sie geliebt – tut die Einwände einer Frau ab, auf deren Schoß er seinen Kopf gelegt hat.

»Na gut.« Sie schnaubte. »Aber das gilt auch umgekehrt. Un jetz gehn Sie heut abend zu Sidney runter un sagen ihm, wos langgeht. Er hat recht gehabt von wegen Bescheid sagen, daß er mit dem Schwein umzieht, aber er hatte überhaup kein Recht, vor Ihre Gesellschaft davon anzufangen. Keine Manieren, kein Schweinekoben, das wird er verstehen.«

Midmore tat sein Bestes, um es ihm klarzumachen. Zur eigenen Überraschung verunglimpfte er den alten Mann mit Worten und einer Wonne, die ihm völlig neu waren. Er schloß, indem er – hier plagiierte er einen Klempner – Mr. Sidney sagte, er sehe aus wie ein Truthahn, habe die Moral eines Zuchtbullen und brauche nicht auf einen neuen Schweinekoben zu hoffen, solange er oder Midmore lebe.

»Na gut«, sagte der Riese. »Ich nehm an, Sie ham gemeint, Sie hätten was geeng mich inne Hand un jetz sinSe gekomm un hams mir gesacht, richtig von Mann zu Mann. In Ochnung. Ich bin nich nachtragend. Also, schickenSe die Ziegel un den Sand her, un dann seh ich, daß ich den Koben selber bau. WennSe mein Vertraach ankucken, wernSe sehn, daß Se mir bloß Matrial für zum Repariern stellen müssen. Bloß – bloß – ich denk, schadt ja nix, wenn ich Sie fraang tu, daß ses ganz machen.«

Midmore schnappte nach Luft. »Warum zum Teufel haben Sie dann meine Wagen weggeschickt, als – als ich die hergeschickt hab, damit die es *ganz* für Sie machen?«

Mr. Sidney setzte sich auf die Schleusentore; die Stirn war nachdenklich gerunzelt.

»Will ich Ihn saang«, sagte er langsam. »Das war verdammt zu sehr wie wenn man nen Säuchling betrüüng tut. Die Frau sacht das auch.«

Einige Sekunden lang rangen die Lehren der Ungemäßigten Linken, deren Humor ganz eigen ist, mit denen von Mutter Erde, die ihren eigenen Humor hat. Dann lachte Midmore, bis er kaum noch stehen konnte. Nach einiger Zeit lachte auch Mr. Sidney – ein krähendes keuchendes Crescendo, bis es röhrend aus ihm herausbrach. Sie schüttelten einander die Hand, und Midmore ging heim, dankbar dafür, daß er seinen Gästen gegenüber den Mund gehalten hatte.

Als er sein Haus erreichte, kamen ihm drei oder vier Männer und Frauen zu Pferde die Auffahrt herab entgegen, äußerst verschlammt. Da er selbst hungrig war, fragte er sie, ob sie Hunger hätten. Sie sagten, den hätten sie, und er bat sie ins Haus. Jimmy nahm ihre Pferde, die ihn zu kennen schienen. Rhoda nahm ihre verbeulten Hüte, führte die Frauen treppauf zu Haarnadeln und fütterte sie bald alle mit Teekuchen, pochierten Eiern, Anchovis-Toast und Drinks aus einem Schnapsschränkchen aus Koromandel-Holz, von dessen Existenz in seinem Besitz Midmore nichts geahnt hatte.

»Und das sage ich«, sagte Miss Conny Sperrit, den gespornten Fuß auf dem Kamingitter und ein dampfendes *muffin* in der Peitschenhand, »Rhoda macht alles erstklassig. Hat sie schon immer; seit ich acht war.«

»Sieben, Miss, wie Sie mit Jagen angefangen haben«, sagte Rhoda; sie stellte noch mehr Buttertoast hin.

»Und dann«, sagte der M. F. H., an Midmore gewandt, »als er auf das Land von Ihrem Scheusal Sidney gerannt ist, mußten wir sie mit den Peitschen wegholen. Für die ist das das reine Paradies. Das wissen die auch. Also« – er senkte die Stimme –, »ich will ja nichts gegen Sidney als Ihren Pächter sagen, aber ich glaub wirklich, der alte Schuft ist absolut fähig, da Gift auszulegen.«

»Sidney ist zu allem fähig«, sagte Midmore aus tiefstem Herzen; aber er hielt sich wiederum zurück. Sie waren eine seltsame Truppe; und dennoch – als sie sich trampelnd und klirrend wieder zu ihren Pferden hinausbegeben hatten, schien das Haus ungeheuer groß und fast unheimlich.

Dies mag man als den bewußten Beginn seines Doppellebens ansehen. Es rann in diesem Sommer durch abwegige Kanäle – eine Reitschule bei Hayes Common, zum Beispiel, und einen Schießplatz nahe Wormwood Scrubs. Wer sich den halben Tag lang einen Wolf geritten oder mit dem Kolben die Schulter gequetscht hat, ist abends nicht in seiner Londoner Bestform; und wenn die Rechnungen für seine Amusements eingehen, kürzt er seine Ausgaben in anderen Hinsichten. Folglich senkte sich eine Wolke auf Midmores Namen. Seine Londoner Welt sprach von einer Verhärtung des Herzens und Verengung des Geldbeutels, die Treulosigkeit gegenüber Der Sache bedeuteten. Einer, ein Vertrauter aus alten Tagen des Sich-Ausdrückens, attackierte ihn grobianisch und verlangte Rechenschaft über den Fortschritt seiner Seele. Diese wurde nicht erstattet, denn Midmore kalkulierte eben, was es kosten würde, Ställe neu zu pflastern, die so verkommen waren, daß sich sogar der Dorftrottel entschuldigte, wenn er Pferde von Gästen dort unterbrachte. Der Mann ging fort und servierte das, was er von der Schweinekobenepisode gehört hatte, als kleine, auf Verärgerung hin kalkulierte Zeitungsskizze. Midmore las sie mit den aufs Praktische gerichteten Augen einer Frau, und da er fast all seine Erfahrungen mit Frauen gemacht hatte, suchte er sofort eine Frau auf, der er seinen Kummer über die Treulosigkeit des guten innigen Freundes mitteilen konnte. Sie war so mitfühlend, daß er ihr gleich noch anvertraute, sein wundes Herz – darüber wußte sie alles – habe Troost mit langem *o* gefunden, in einer anderen Gegend, die er ziemlich sorgsam umschrieb, für den Fall, daß dies anderen treuen Freunden verraten würde. Da seine Hinweise klar auf das leichtlebige Hampstead deuteten, und da sein dringendstes Geschäft der Erwerb eines Pferdes von einem Händler nahe Beckenham war, hatte er das Gefühl, gute Arbeit geleistet zu haben. Als später sein Freund, der Schreiber, ihm beziehungsreich von »geheimen Gärten« und jenen Sorten Troostes sprach, die jedem Befolger der Weiteren Moral zustehen, lieh Midmore ihm eine Fünf-Pfund-Note, die er vom Preis eines braunen Wallachs – neunzig Guineen – heruntergehandelt hatte. Es stimmt schon, was er in einem der Bücher des verstorbenen Obersten Werf gelesen hatte, daß »der junge Mann heutzutage sich lieber mangelhafter Moral zeihen ließe denn mangelnden Pferdeverstands«.

Mehr als alles andere wünschte sich Midmore in diesem Moment, reiten und vor allem springen zu können, auf einem braunen neunzig-Guineen-Wallach mit schwarzen Flecken und einer schlampigen Manier, die Hürden anzugehen. Bei dieser Angelegenheit, die ihn seiner Voraussicht nach bis in den Herbst beschäftigen würde, wollte er nicht viele Eingeweihte haben außer Mr. Sidney, der ihm freundlicherweise seine weiche Wiese hinter der Schleuse lieh. Freunden, die auf Wochenendbesuche auf dem Land anspielten, erzählte er deshalb, er habe sein frischgeerbtes Haus so gut wie vermietet. Die

Miete, sagte er, spiele für ihn durchaus eine Rolle, da er jüngst große Summen durch unüberlegte Freigiebigkeit verloren habe. Er wolle keine Namen nennen, aber sie könnten es sicher erraten. Und getreulich rieten sie im gesamten Zirkel seiner Bekannten umher, während sie die Nachricht verbreiteten, die ja so viel erklärte.

Nur ein Paar seiner ehemals engen Freunde blieben noch zu beschwichtigen. Natürlich waren sie zutiefst mitfühlend und überaus loyal, aber ebenso neugierig wie alle Affen, zu deren Diät sie sich bekannten. Midmore traf sie in einem Vorortzug auf der Fahrt in die Stadt, keine zwanzig Minuten nach dem Ende eines zweistündigen Fortgeschrittenen-Unterrichts (eine Guinee pro Stunde) über Hürden in einer Halle. Natürlich hatte er sich umgezogen, aber seine allzu schwere Zügelhand zitterte ein wenig zwischen den Zeitungen. Aus einer jähen Inspiration heraus – das ist die beste Quelle für den geborenen Lügner – erzählte er ihnen, er sei zu einer Liegekur verdammt. Er müsse Wochen über Wochen im Halbdunkel liegen und Milch trinken, abgeschnitten sogar von Briefen. Er war erstaunt und entzückt über die Leichtigkeit, mit der die gewöhnliche Lüge den ungewöhnlichen Intellekt verfinstert. Sie schluckten es so schnell wie sie ihm empfahlen, von Nüssen und Früchten zu leben; aber in den Augen der Frau sah er den präzisen Grund, den sie für seine Zurückgezogenheit in Umlauf bringen würde. Schließlich hatte sie ebenso viel Recht, sich auszudrücken, wie er für sich in Anspruch zu nehmen gedachte; und Midmore glaubte sehr stark an die völlige Gleichberechtigung der Geschlechter.

Dieser Rückzug bewirkte nur eine kleine Kräuselwelle in der emsigen Welt. Die Dame, die ihm zehn Monate zuvor den zwölfseitigen Brief geschrieben hatte, schrieb ihm nun einen achtseitigen, in dem sie alle Motive analysierte, die sie zu ihm zurückführten – ob sie kommen solle? –, nun da er krank und einsam sei. Vieles ließe sich noch bergen, sagte sie, aus der Wüstenei widerstreitender Leben und kläglicher Mißverständnisse. Es bedürfe nur *einer* Hand.

Midmore bedurfte zweier Hände, sehr früh am nächsten Morgen, in feuchtem Gestrüpp, für einen teuflischen Zeitvertreib namens *cubbing*.

»Ihr Sitz ist nicht schlecht«, sagte Miss Sperrit durch die Morgennebel. »Aber Sie tun ihm weh.«

»Er zieht so«, knurrte Midmore.

»Dann lassen Sie ihn einfach in Ruhe. Passen Sie auf die Zweige auf«, schrie sie, als sie einen matschigen Weg hinaufjagten. Junge Füchse gab es reichlich. Die meisten Hunde hängten sich an einen wohlerzogenen Jungfuchs mit steifem Nacken, der aus dem Gehölz in die offenen Felder darunter flitzte.

»Haalt!« schrie jemand. »Abdrehn, Midmore. Das ist das Land von Ihrem Sidney. Alles voll Draht.«

»Oh, Connie, halt!« kreischte Mrs. Sperrit, als ihre Tochter auf eine Begrenzungshecke lospreschte.

»Von wegen Draht! Hab ich vor zwei Wochen alles weggemacht. Los!« Das war Midmore, der ein wenig weiter unterhalb hineinraste.

»*Ich* habs gewußt!« rief Connie über die Schulter zurück und sauste über die offene Weide; dabei summte sie vor sich hin.

»Ah, natürlich! Leute mit privaten Informationen können es sich natürlich leisten zu drängeln.« Das war eine tabakbraune Reiterkluft, mit der Miss Sperrit bergab zusammengeprallt war.

»Was! Midmore hat Sidney kirre gemacht? *Sie* haben das nie geschafft, Sperrit.« Das war Mr. Fisher, M. F. H., der die von Midmore gelegte Bresche erweiterte.

»Nein, zum Teufel!« sagte der Vater unwirsch. »Weiter, Sir! *Injecto ter pulvere* – Sie haben mir schon den halben Graben ins Auge gespritzt.«

Sie töteten diesen Jungfuchs kurz vor Erreichen des Zufluchtsorts, an den sich zu begeben seine Mutter ihm geraten hatte – zwei *acres* eines Stechginsterdschungels, den der M. F. H. die letzten fünfzehn Jahre nicht hatte betreten dürfen. Er drückte seine Dankbarkeit aus, vor dem ganzen Feld und Mr. Sidney, neben der Tür von Mr. Sidneys Farmhaus.

»Und wenn es Klagen wegen Geflügel gibt ...« fuhr er fort.

»Wirds nicht geben«, sagte Midmore. »Das wäre zu sehr wie wenn man einen Säugling betrügt, oder, Mr. Sidney?«

»HamSe mich erwischt!« lautete die Antwort. »Ich bin ja gewöhnt, daß man auf mir rumtrampeln tut, aber Sie ham mich geschafft, Mus' Midmore.«

Midmore deutete auf einen neuen Schweinekoben aus Ziegeln, errichtet in strikter Mißachtung der Bedingungen des lebenslangen Pachtvertrages. Die Geste erzählte den wenigen, die es nicht wußten, die Geschichte, und sie brüllten.

Derlei heidnischen Wonnen folgte heidnische Muße an den Abenden, wenn andernorts Männer und Frauen besonders brillant sind. Aber Midmore zog es vor, sich auf einer gelben Seidencouch zu fläzen und Werke von entwürdigender Vulgarität zu lesen; oder auf eine Einladung hin mit den Sperrits und Wilden der gleichen Sorte zu dinieren. Sie erwarteten keine Höhenflüge von Fantasie oder Formulierung. Sie logen, außer über Pferde, nur widerstrebend und aus Notwendigkeit, nicht um der Kunst willen; und Männer und Frauen gleichermaßen drückten sich auf ihre selbstgewählte Weise aus, mit der gelassenen Gleichgültigkeit der größeren Tiere. Midmore pflegte danach heimzugehen und sie einzeln zu identifizieren, in den naturkundlichen Büchern von Mr. Surtees, auf dem Tisch neben dem Sofa. Zunächst betrachteten sie ihn kühl; als aber die Geschichte vom beseitigten Draht und dem wiedergewonnenen Ginstergelände die Runde gemacht hatte, akzeptierten sie ihn als einen, der bereit war, auf ihr Spiel einzugehen. Zwar verschob eine Fraktion vorläufig ihr Urteil, weil ihre Mitglieder schossen und hofften, Midmore werde eher dem glorreichen Mammon der Fasanenzucht dienen denn dem zerzausten Gotte der Fuchsjagd. Aber nachdem er seine Wahl bekanntgemacht hatte, fragten sie nicht, durch welchen intellektuellen Prozeß er dazu gekommen war. Er jagte drei-, bisweilen viermal die Woche, was nicht nur einen braunen Wallach erforderte (£ 94:10*s*.), sondern auch einen gesitteten Fuchs mit weißen Füßen (£ 114) und eine schwarze Stute mit ziemlich langem Rükken, aber einem Maul aus Seide (£ 150), und sie ließ sich eindeutig lieber von einer Dame reiten, so daß es grausam gewesen wäre, sie sich entgehen zu lassen. Gut behandelt konnte man sie außerdem mit Gewinn verkaufen. Es kam hinzu, daß diese Jagd ruhig, intim und freundlich war, keinen großen Wert auf Fremde legte, guten Ruf genoß in *Field*, dem Eigentum eines M. F. H., sehr gastfreundlich war, die eigenen Pferde ritt, und zwar gut, und mit Ausnahme von Midmore nicht aus Neulingen bestand. Aber wie Miss Sperrit bemerkte, nachdem ihm der M. F. H. an einem Gatter einige Dinge gesagt hatte: »Es ist wirklich ein Jammer, daß Sie nicht so viel wissen wie Ihre Pferde, aber das kommt mit der Zeit. Man braucht Jahre über *Jaahre*. Ich bin seit fünfzehn Jahren dabei und fange gerade erst an zu lernen. Aber Sie haben ganz anständig angefangen.«

Also fuhr er mit Anfangen fort, in Wind und Nässe und Matsch, und er fragte sich ehrlichen Herzens, warum ihn die blubbernden Gräben und schmatzenden Weiden Tag um Tag festhielten oder welchen Troost er an den übrigen Tagen darin fand, Knechte und Maurer um Nebengebäude zu scheuchen.

Um sicherzugehen, riß er sich an einem Wochenende mit starkem Mittwinterregen los und betrat seine verlorene Welt in der Rolle eines frisch von der Liegekur kommenden Galahad. Alle stimmten überein – mit einem Blick über seine Schulter auf den nächsten Ankommenden –, daß er ein neuer Mensch sei; aber als sie ihn nach den Symptomen seiner nervösen Spannungen fragten und ihm die ihren vollständig aufzählten, begriff er, daß er viel von seiner alten Fertigkeit im Lügen verloren hatte. Außerdem war er nach dreimonatiger Abwesenheit hoffnungslos hinter das Londoner Jagdfeld zurückgefallen. Die Bewegungen, die Anspielungen, der Jargon des Spiels hatten sich geändert. Die Paare hatten sich neu arrangiert oder kristallisierten sich neu heraus in frischen Dreiecken, und er trat übel in mehrere Fettnäpfchen. Nur eine große Seele (der Verfasser der Skizze der Schweinekoben-Episode) stund unverrückt im Fließen der Zeit, und Midmore lieh ihm einen weiteren Fünfer, wegen seiner Integrität. Eine Frau nahm ihn am nassen Vormittag mit zu einer Verlautbarung über Das Eins-Sein allen Impulses der Menschheit, was ihm als vielsilbiges *résumé* von Mr. Sidneys häuslichen Arrangements erschien, plus einem Fanfarenstoß, um »die Zivilisation durch Schock zum *common sense*« zu bringen.

»Und du kommst morgen zu mir zum Tee?« fragte sie nach dem Mittagessen; sie knabberte Cashews aus einer Untertasse. Midmore erwiderte, es gebe große Mengen Arbeit aufzuholen, wenn man so lange ruhiggestellt gewesen sei.

»Aber du bist doch wieder da, wie ein wiedergeborener Riese... Ich hoffe, daß Daphne« – das war die Dame mit dem zwölf- bzw. achtseitigen Brief – »auch herkommt. Sie hat sich selbst falsch verstanden, wie so viele von uns«, murmelte die Frau, »aber ich glaube, mit der Zeit...« Sie streckte ihre dünnen kleinen Hände aus. »Aber das sind Dinge, die jede einsame Seele allein bereinigen muß.«

»Wie wahr, ja«, sagte Midmore mit einem tiefen Seufzer. Die alten Tricks wucherten in der alten Atmosphäre wie Pilze in einer Kotgrube. Er versank jäh in eine Träumerei, schüttelte den Kopf, wie von turbulenten Erinnerungen aufgestachelt, und brach ohne jede Abschiedszeremonie auf, um – einen Nachmittags-Eilzug zu nehmen, in dem man Gleichgesinnte trifft, die die ganze Fahrt lang über Pferde reden und Wetter, wie es sich auf Pferde auswirkt. Am meisten bekümmerte ihn, daß ihm ein Tag mit den Hunden entgangen war.

Ohne zu zucken begegnete er Rhodas scharfen alten Augen;

und der Salon sah sehr gemütlich aus an diesem nassen Abend, beim Tee. Immerhin war sein Besuch in der Stadt kein völliger Fehlschlag gewesen. Er hatte einen hübschen Haufen Briefe verbrannt, in seiner Wohnung. Eine Wohnung – hier langte er mechanisch nach den zerlesenen Bänden neben dem Sofa – eine Wohnung war ein anspruchsvolles Tier. Und was Daphne betraf... er schlug das Buch irgendwo auf und las: »Seine Lordschaft tat daraufhin wie gewünscht und enthüllte ein *tableau* von beachtlicher Buntheit und Wucht.« Midmore überlegte: ›Und ich habe immer gemeint... Aber das war sie nicht... Wir waren allesamt Schwätzer und Irrläufer. Geschwätzt hab ich nicht so viel – Gottseidank –, aber das mit dem Irrlaufen...‹ Er blätterte zurück für weitere Surtees-Orakel und las: »Wie sie schließlich aufstanden, um zu Bett zu gehen, schien es jedem, als er seinem Nachbarn treppauf folgte, daß der Mann vor ihm sehr krumme Wege ging.« Er lachte laut das Feuer an.

»Was ist mit morgen?« fragte Rhoda, die mit Kleidungsstükken über der Schulter eintrat. »Seit Sie weg waren, hats nich mit Reechnen aufgehört. In fünf Minuten erkennt Sie morgen vor Dreck keiner mehr wieder. Besser, wenn Sie bloß das Zweitbeste anziehn oder? Ich glaub aber, das is eingelaufen. WollenSe das nich lieber anprobieren?«

»Hier?« sagte Midmore.

»Wies Ihnen paßt. Ich hab Sie gebadet, wie Sie noch nich größer warn als wie ne Lammkeule«, sagte die ehemalige Zofe.

»Rhoda, eines schönen Tages besorg ich mir einen Kammerdiener, und einen verheirateten Butler.«

»Es is schon viel Wahres im Spaß gesacht worden. Aber morgen geht niemand jagen.«

»Wieso? Ist das Treffen abgesagt?«

»Die meinen, das gibt bloß wieder Ausrutscher und Rumtorkeln im Schlamm, un davon haben die alle heut genuch gehabt. Hat Charlie mir eben erst gesacht.«

»Ah!« Das Wort von Mr. Sperrits Prokurist schien Gewicht zu haben.

»Charlie war da, um Mr. Sidney mit den Toren zu helfen«, fuhr Rhoda fort.

»Den Schleusentoren? Die sind doch jetzt ganz leicht zu heben. Ich hab ein Rad und eine Winde eingebaut.«

»Wenn der Bach wirklich hochgeht, dann muß man die ganz rausnehmen weeng weil aller mögliche Kram die dann blokkiert. Deshalb is Charlie dagewesen.«

Midmore grunzte unwirsch. »Seit ich hier bin, reden alle dauernd von dem Bach. Bisher hat er doch nichts angerichtet.«

»Das war ja auch n trockener Sommer. Wenn Sie jetz kucken wollen, Sir, hol ich ne Laterne.«

Sie planschte mit ihm in eine weitläufige nasse Nacht hinaus. Nach der Hälfte des Rasenstücks wurde ihr Licht von seichtem braunen Wasser reflektiert; durch das Land an den Rändern ragten Grashalme. Außerhalb des Lichts würgte und wütete der Bach zwischen Hecken und Baumstämmen.

»Was passiert denn bloß mit dem großen Rosenbeet?« waren Midmores erste Worte.

»Muß nach ner Überschwemmung sonz immer neu beflanzt werden. Ah!« Sie hob die Laterne. »Da treiben zwei Gartenbänke geeng die Sonnenuhr. Also, das is bestimmt nich gut für die Rosen.«

»Das ist doch vollkommen absurd. Es müßte doch ein anständig ausgetüfteltes System geben, um – um mit sowas fertigzuwerden.« Er spähte in die rauschende Finsternis. Die Nässe und der Krach schienen nirgendwo zu enden. In der Stadt hatte er nichts bemerkt.

»Nix zu machen«, sagte Rhoda. »Das passiert einfach hin un wieder mal. Besser, wir gehn wieder rein.«

Der ganze Boden unter den Füßen glitt mit tausend Fließgeräuschen hin zum heiseren Bach. Vom Haus her jammerte jemand: »Anx vorm Wasser! Kommt her! Anx vorm Wasser!«

»Das is Jimmy. Wenns naß wird, isser immer so«, erklärte sie. Der Schwachsinnige stürzte zu ihnen hin, zitternd vor Entsetzen.

»Braver Jimmy! *So* mutig von Jimmy! Komm in die Diele. Was hat Jimmy da?« sang sie. Es war ein aufgeweichter Zettel: »Liebe Rhoda – Mr. Lotten, mit dem ich heute nachmittag heimritt, sagte mir, wenn es weiter so naß bleibt, fürchtet er, daß der Fischteich, den er letztes Jahr angelegt hat, wo Coxens alter Mühldamm war, hochgehen könnte, wie früher schon mal der Damm, sagt er. Wenn das passiert, dann kommt alles den Bach herunter. Es könnte gutgehen, aber vielleicht sollten Sie einfach die Augen aufhalten. C. S.«

»Wenn Coxen sein Damm bricht, dann ... Ich roll gleich den Teppich im Salon ein, um sicherzugehen. Der Klauenhammer is in der Bibliothek.«

»Moment mal! Sidneys Schleusentore sind raus, sagen Sie?«

»Beide. Is auch nötich, wenn Coxen sein Weiher kommt ... Einmal hab ichs gesehn.«

»Ich lauf mal schnell rüber und schau bei Sidney rein. Machen Sie bitte die Laterne wieder an, Rhoda.«

»*Den* kriegen Sie nich raus da. Der is da, seit daß er geboren is. Aber *die* hat keine Ahnung. Ich hol Ihren Regenmantel und n paar Langschäfter.«

»Anx vorm Wasser! Anx vorm Wasser!« schluchzte Jimmy; er drückte sich in eine Ecke der Diele, die Hände vor den Augen.

»Is alles gut, Jimmy. Jimmy kann mit dem Teppich spielen helfen«, antwortete Rhoda, als Midmore in die Dunkelheit und das Getöse ringsum hinausging. Er hatte nie zuvor eine so vollkommen ungeregelte Lage gesehen. Auf der überfluteten Auffahrt wurde eine weitere Laterne widergespiegelt.

»He! Rhoda! Haben Sie meine Nachricht gekriegt? Ich wollte nachsehen, um sicher zu sein. Mir ist eingefallen, daß Jimmy vielleicht bei dem Wasser durchdreht.«

»Ich bins, Miss Sperrit«, rief Midmore. »Ja, haben wir gekriegt, danke.«

»Sie sind also wieder da. Ah, gut! ... Ist es schlimm da bei Ihnen?«

»Ich bin auf dem Weg zu Sidney, um nachzusehen.«

»*Den* kriegen Sie nie raus. Ein Glück, daß ich Bob Lotten getroffen hab. Ich hab ihm gesagt, er hätte überhaupt kein Recht, für seine blöden Forellen Wasser zurückzuhalten, ohne den Damm wieder zu bauen.«

»Wie weit ist das weg? Ich war erst einmal da.«

»Höchstens vier Meilen – Wasserlinie. Er sagt, er hat alle Schleusen geöffnet.«

Sie hatte sich umgewandt und ging nun neben ihm, den Kopf mit Kapuze gebeugt gegen den dünner werdenden Regen. Wie üblich summte sie vor sich hin.

»Warum sind Sie denn bloß bei dem Wetter rausgegangen?« fragte Midmore.

»Als Sie in der Stadt waren, war es schlimmer. Der Regen läßt ja jetzt nach. Wenn da nicht dieser Weiher wär, würd ich mir weniger Sorgen machen. Das ist Sidneys Glocke! Kommen Sie!« Sie rannte los. Eine geborstene Glocke schepperte schwach vor ihnen im Tal.

»Bleiben Sie auf der Straße!« schrie Midmore. Die Gräben zu beiden Seiten waren randvoll und lautstark, und zum Bach hin standen die Felder unter Wasser und begannen sich zu bewegen.

»Als ob ich runtergehen würd! Da, sein Licht brennt noch.« Auf einer kleinen Anhöhe blieb sie unbekümmert stehen. »Aber der Obstgarten ist unter Wasser. Sehn Sie!« Sie schwenkte ihre Laterne; die erste Reihe alter Apfelbäume spiegelte sich in ruhigem Randwasser hinter der halb versunkenen Hecke. Durch das dumpfe Donnern der überspülten Schleuse konnten sie Gekreisch in zwei Tonarten hören, monoton wie eine Dampforgel.

»Das Schrillere ist das Schwein.« Miss Sperrit lachte.

»In Ordnung! Ich hol *sie* raus. Bleiben Sie, wo Sie sind, und danach bring ich Sie nach Hause.«

»Aber es ist doch kaum Wasser auf der Straße«, wandte sie ein.

»Egal. Rühren Sie sich nicht von der Stelle. Versprochen?«

»Na gut. Dann nehmen Sie meinen Stock zum Tasten, falls irgendwo Löcher ausgespült sind. Das *ist* ja lustig!«

Midmore nahm den Stock und ging ins Wasser, das bis jetzt noch träge über den Farmweg floß, der von der erhöhten und befestigten öffentlichen Straße zu Sidneys Vordertür führte. Bis er klopfte, reichte es ihm zur halben Wade. Als er zurückblickte, schien Miss Sperrits Laterne mitten im Ozean zu treiben.

»Sie komm nich rein, sonz kommtas Wasser mit. Ich hab alle Ritzen verstopft«, brüllte Mr. Sidney von drinnen. »Wer is das denn?«

»Holt mich raus! Holt mich raus!« kreischte die Frau, und aus dem Stall hinterm Haus befürwortete das Schwein dringlich den Antrag.

»Ich bins, Midmore. Coxens alter Mühldamm bricht wahrscheinlich, heißt es. Kommen Sie raus!«

»Hab ich denen gesacht, wie die nen Fischweiher draus gemacht ham. Is ja nie anständich befesticht geworden. Aber das hier is n ziemlich breites Tal. Der Bach hat Platz für sich auszubreiten ... Halt still, oder ich tunk dich in n Keller! ... Sie gehn nach Haus, Mus' Midmore, un sobaldSe die Socken gewechselt ham, könnSe Mus' Lotten saang, wos langgeht.«

»Zum Teufel mit Ihnen; kommen Sie denn nicht raus?«

»Für daß ich mich bei die Kälte den Tod holen tu? Mir gehts gut hier wo ich bin. Ich kenn das doch. Aber Sie könn *die da* mitnehm. Hat kein Sinn un Verstand un Nutzen nich ... Kletter aus m Fenster. Hab ich dir nich gesacht, ich hab die Türritzen verstopf, dummes Stück?« Das Wohnzimmerfenster öffnete sich, die Frau ließ sich in Midmores Arme fallen und warf ihn beinahe um. Mr. Sidney lehnte sich aus dem Fenster, die Pfeife im Mund.

»BringSe se wech«, sagte er, und orakelhaft setzte er hinzu:

Two women in one 'ouse,
Two cats an' one mouse,
Two dogs an' one bone—
Which I will leave alone.

[Zwei Frauen in einem Haus,
zwei Katzen und eine Maus,
zwei Hunde und ein Knochen –
da laß ich die Finger von.]

Kenn ich doch.« Dann schloß und verriegelte er das Fenster.

»Nen Waang! Nen Waang! Sie hätten nen Waang für mich bringen gesollt. Bei die Nässe werd ich ertrinken«, schrie die Frau.

»Immer mit der Ruhe! Nasser als Sie sind können Sie gar nicht werden. Kommen Sie!« Midmore mochte das Gefühl von Wasser oberhalb seiner Stiefelschäfte überhaupt nicht.

»Hurra! Hierher!« Miss Sperrits Laterne, keine fünfzig Yards entfernt, winkte fröhlich.

Die Frau planschte dorthin wie eine von Panik befallene Gans, fiel auf die Knie, wurde von Midmore wieder hochgerissen und strampelte weiter, bis sie zu Miss Sperrits Füßen zusammenbrach.

»Sie kriegen aber keine Bronchitis, wenn Sie sofort zu Mr. Midmores Haus gehen«, sagte die teilnahmslose Maid.

»O Gott! O Gott! Ich wollt, unser Vater im Himmel würd mir meine Sünden vergehm un mich zu sich rufen tun«, schluchzte die Frau. »Aber ich geh nich zu *seim* Haus! Geh ich nich.«

»Na schön; dann bleiben Sie eben hier. Also, wenn wir rennen«, flüsterte Miss Sperrit Midmore zu, »kommt sie nach. Nicht zu schnell!«

In rücksichtsvollem Trab setzten sie sich in Bewegung, und die Frau stampfte röhrend hinterher, bis sie einer dritten Laterne begegneten – Rhoda, mit Jimmy an der Hand. Sie habe den Teppich aufgerollt, sagte sie, und geleite nun Jimmy durch das Wasser, vor dem er sich fürchtete.

»Das ist in Ordnung so«, sagte Miss Sperrit. »Nehmen Sie Mrs. Sidney mit zurück, Rhoda, und stecken Sie sie ins Bett. Ich nehm Jimmy mit. Jetzt hast du doch keine Angst mehr vor dem Wasser, oder, Jimmy?«

»Keine Anx vor nix jetz.« Jimmy langte nach ihrer Hand. »Aber schnell wech vom Wasser.«

»Ich komme mit Ihnen«, unterbrach Midmore.

»Tun Sie ganz bestimmt nicht. Sie sind ja völlig aufgeweicht. Die hat Sie zweimal eingetaucht. Gehn Sie nach Hause, ziehn Sie sich um. Vielleicht müssen Sie wieder raus, die ganze Nacht. Es ist ja erst halb acht. Mir kann gar nichts passieren.« Sie schwang sich mühelos über einen Zauntritt und eilte den Fußweg bergauf, außer Reichweite von allem bis auf das Getöse der Flut unten.

Rhoda, totenstill, trieb Mrs. Sidney zum Haus.

»Ihre Sachen sin auf m Bett zurechtgeleecht«, sagte sie zu Midmore, als er erschien. »Ich kümmer mich um – um *das* da. *Die* hat wirklich kein Grund fürs Heulen.«

Midmore stürzte sich in trockene Sachen und stürzte bergauf, wo ihn der Anblick der Laterne belohnte, die eben das Tor der Sperrits durchquerte. Er ging über Sidneys Farm zurück; das Licht zwinkerte über drei *acres* leuchtenden Wassers, denn der Regen hatte aufgehört und oben rissen die Wolken auf, wenngleich der Bach lauter war als je zuvor. Nun brauchte er sich nur noch um diesen zweifelhaften Mühlenteich zu kümmern – und um seine strudelnde Welt, die ihm allein überlassen war.

»Da werden wir für aufbleiben müssen«, sagte Rhoda nach dem Abendessen. Und da der Salon den besten Blick auf die steigende Flut bot, betrachteten sie alles eine lange Zeit von dort, während sämtliche Uhren des Hauses ihnen Gesellschaft leisteten.

»Das Wasser macht mir nix, bloß der Schlamm auf der Wandleiste, wenns wieder sinkt«, flüsterte Rhoda. »Wie Coxen seine Mühle das letzte Mal durchgegangen is, weiß ich noch, da isses bis zur zweiten – nee, dritten – Stufe von Mr. Sidneys Treppe gekommen.«

»Was hat Sidney dagegen gemacht?«

»Ne Kerbe in die Stufe. Sacht, das wär n Rekord. Sieht ihm ähnlich.«

»Jetzt gehts bis zur Auffahrt«, sagte Midmore nach weiterem langen Wachen. »Und der Regen hat vor acht schon aufgehört, wissen Sie.«

»Dann is Coxens Damm wirklich gebrochen, un das is der Anfang vom Flutwasser.« Sie starrte neben ihm hinaus. Das Wasser stieg in jähen Schüben – immer einen Zoll oder zwei gleichzeitig, mit großen Zungen und Lagunen und einem plötzlichen Anwachsen des Donnerns vom eigentlichen Bach her.

»Sie können doch nicht die ganze Zeit stehen. Nehmen Sie sich einen Stuhl«, sagte Midmore irgendwann.

Rhoda blickte zurück in den kahlen Raum. »Das *sieht* anders aus, so mit ohne Teppich. Danke, Sir, ich setz mich gern.«

»Jetzt ist es über der Auffahrt«, sagte Midmore. Er öffnete das Fenster und lehnte sich hinaus. »Ist das Wind weiter oben im Tal, Rhoda?«

»Nee, das is *das!* Aber ich kenns ja schon.«

Es war weniger ein Tosen als vielmehr das zielstrebige Branden einer Flut über ein schartiges Riff, und zwanzig Minuten lang übertönte es jedes andere Geräusch. Eine breite Wasserschicht jagte hinauf zu der kleinen Terrasse, auf der das Haus stand, schob sich um beide Ecken, stieg nochmals und rekelte sich dann gleichsam gähnend im Mondlicht, vereinigte sich mit anderen Wasserflächen, die in unvermuteten Dellen warteten, und erstreckte sich überall hin als Ganzes. Ein Windstoß folgte.

»Jetzt ist es an der Mauer. Ich kanns mit dem Finger erreichen.« Midmore beugte sich über den Fenstersims.

»Ich kanns im Keller hören«, sagte Rhoda klagend. »Na ja, wir ham getan was wir können! Ich glaub, ich kuck mal nach.« Sie verließ den Raum und blieb eine halbe Stunde oder länger fort; in dieser Zeit beobachtete er einen ausgewachsenen Baum, der sich mit nackten Wurzeln über den Rasen schleppte. Dann schlug ein Zaunstück gegen die Wand, blieb an einem eisernen Fußabstreifer kurz vor der Tür hängen und machte eine kleine viereckige Bugwelle. Die Kaskade durch die Kellerfenster ließ nach.

»Is am fallen«, rief Rhoda, als sie zurückkehrte. «In meine Keller träufelts jetz bloß noch.«

»Warten Sie. Ich glaub – ich glaub, ich kann den Abstreifer sehn, am Rand der Auffahrt; er kuckt grade raus!«

Nach weiteren zehn Minuten rauhte die Auffahrt sich auf, wurde wieder zu Kies und ließ alles Wasser zum Gebüsch hin abfließen.

»Der Weiher is vorbei«, verkündete Rhoda. »Jetz ham wirs bloß noch mit die übliche Überschwemmung zu tun. Sie sollten sich besser hinlegen.«

»Ich sollte besser los und noch nen Blick auf Sidney werfen, ehe es hell wird.«

»Nich nötich. Sie könn doch sehn, wie sein Licht aus alle obere Fenster leuchtet.«

»Ah, überhaupt – ich hab nicht mehr an *sie* gedacht. Wo haben Sie sie untergebracht?«

»In meinem Bett.« Rhodas Ton war eisig. »Für *das da* mach ich doch kein ganzes Zimmer durcheinander.«

»Aber es – es war nicht anders möglich«, sagte Midmore. »Sie war halb ertrunken. Man darf sowas nicht zu eng sehen,

Rhoda, auch wenn ihre Position nicht grade – eh – rechtmäßig ist.«

»Pfff! Das hat mich doch nich gekümmert.« Sie beugte sich vor, zum Fenster. »Da kommt jetz die Rasenkante raus. Fällt so schnell wies steigt. Liebchen« – der Tonfallwechsel ließ Midmore zusammenzucken –, »ham Sie nich gewußt, daß ich seine erste war? *Das* macht alles so schwer zum Ertragen.« Midmore betrachtete den langen Eidechsenrücken und fand keine Worte.

Sie fuhr fort, sprach immer noch in die schwarze Fensterscheibe:

»Ihr arme liebe Tante war sehr gütig, wegen dem. Sie hat gesacht, sie will das einmal durchgehn lassen, aber nich öfter. Nie nich nochmal ... Dann ham Sie die ganze Zeit nich gewußt, wer Charlie wirklich is?«

»Ihr Neffe, hab ich immer gedacht.«

»Tja tja«, sagte sie fast mitleidig. »Weil ja jedem seine Sache keinem seine Sache is, hat wohl keiner dran gedacht, Ihnen das zu sagen. Aber Charlie hat selber seinen Weech gemacht, ganz von Anfang an! ... Bloß *die* da oben, die hat nie irgendwas fertichgekricht. Nur ne Haushälterin, könnt man sagen. Dreht sich um un schläft ein, einfach so. War aber frech genuch, daß se heiße Sherrysuppe von mir haben wollt.«

»Haben Sie sie ihr gegeben?« sagte Midmore.

»Ich? Ihren Sherry? Nee!«

Die Erinnerung an Sidneys schändliche Verse am Fenster und an Charlies lange Nase (damals hatte er gedacht, sie sehe interessiert drein), als er die Abschriften der letzten vier Testamente von Mrs. Werf hinüberreichte, überkam Midmore ohne Vorwarnung.

»Von der Nässe holenSe sich ne Erkältung«, sagte Rhoda; sie stand auf. »Da, schon wieder! Niesen is n sicheres Anzeichen. GehnSe besser ins Bett. Sie können sowieso nix tun außer« – sie stand steif, mit verschränkten Armen – »was mich angeht.«

»Aha. Was ist mit Ihnen?« Midmore stopfte das Tuch in die Tasche.

»Jetz, wo Sie es wissen, was werden Sie da machen – Sir?«

Sie bekam die Antwort auf ihre hagere Wange, noch ehe der Satz beendet war.

»Sehen Sie, ob Sie uns was zu essen besorgen können, Rhoda. Und Bier.«

»In der Speisekammer wird wohl alles schwimmen«, antwortete sie. »Aber oller Kram in Flaschen wird nich schlecht von n bißchen Nässe.« Sie kehrte zurück mit einem Tablett, ganz ordentlich, und sie aßen und tranken zusammen und überwachten die sinkende Flut, bis der Morgen seine verquollenen Augen über dem Trümmerhaufen öffnete, der einmal ein schöner Garten gewesen war. Midmore, kalt und verärgert, ertappte sich dabei, daß er summte:

»That flood strewed wrecks upon the grass,
That ebb swept out the flocks to sea.

[Diese Flut verstreute Trümmer im Gras,
diese Ebbe spülte die Herden hinaus auf See.]

Keine Rose mehr übrig, Rhoda!

An awesome ebb and flow it was
To many more than mine and me,
But each will mourn his . . .

[Ein furchtbares Ebben und Fließen war es
für viele mehr als nur die Meinen und mich.
Aber jeder wird das Seine beklagen . . .]

Das wird mich einen Hunderter kosten!«

»Jetz, wo wir das Schlimmste wissen«, sagte Rhoda, »können wir ins Bett gehn. Ich leg mich aufs Sofa in der Küche. Sein Licht brennt noch immer.«

»Und *sie?*«

»Dreckige olle Katze! Die sollten Sie schnarchen hören!«

Um zehn Uhr morgens, nach einer üblen Stunde im eigenen Garten, am Rande des abziehenden Bachs, ging Midmore los, um sich bei Sidney weiterem Schaden zu stellen. Das erste, was ihm begegnete, war das Schwein, schneeweiß, denn das Wasser hatte es aus dem neuen Koben gespült, und nun jammerte es zum Himmel um Frühstück. Die Vordertür war aufgebrochen, und die Flut hatte ihre eigene Höhe mit brauner Bemalung auf den Wänden registriert. Midmore jagte das Schwein hinaus und rief treppauf.

»Ich bin im Bett; wo sonz? Bis wohin isses gekomm?« rief Sidney von oben. »Vierte Stufe? Dann schläächt das alle Rekorde. KommSe rauf.«

»Sind Sie krank?« fragte Midmore, als er den Raum betrat. Die roten Lider blinzelten munter. Mr. Sidney, unter einer üppigen Patchwork-Steppdecke, rauchte.

»Nee! Ich bin bloß Gott am danken, daß ich nich mein eigner Grundherr bin. NehmSe den Stuhl da. Was hat se angericht?«

»Ist noch nicht genug gesunken, daß ich es feststellen kann.«

»Die Schleusentore von Ihnen wern jetz zimmlich weit den Bach runter sein; un Ihr Rosengarten is denen hinterher. Ich hab aber meine Hühner gerettet. Besser, Sie holen sich Mus' Sperrit, von weengs die Gesetze un Lotten sein Fischteich.«

»Nein, danke. Ich hab ohnehin schon genug Ärger.«

»HamSe?« Mr. Sidney grinste. »Wie sinze denn letzte Nacht mit meine zwei Frauen klargekomm? Ich wette, die ham sich gehauen.«

»Sie teuflischer alter Schurke!« Midmore lachte.

»Bin ich – aber dann auch wieder nich«, war die gelassene Antwort. »Aber, Rhoda, *die* hätt mich letzte Nacht nich im Stich gelassen. Feuer oder Flut, die nich.«

»Warum haben Sie sie denn nie geheiratet?« fragte Midmore.

»Verschwendung von gutes Geld. Die war doch auch ohne willig.«

Auf dem kiesigen Schlamm unten klangen Schritte, und eine Stimme summte. Midmore stand schnell auf und sagte: »Na ja, ich nehm an, bei Ihnen ist jetzt alles in Ordnung.«

»Isses. Ich bin ja kein Grundherr nich, un auch nich jung – un nich bange drum. Ah, Mus' Midmore! Würd das was ausmachen von weengs der ihre dreißich Fund un daß die regelmäßich komm, wenn ich se heiraten tät? Charlie sacht, vielleich würds was ausmachen.«

»Sagt er das?« Midmore wandte sich an der Tür um. »Und was sagt Jimmy dazu?«

»Jimmy?« Mr. Sidney kicherte, als ihm der Witz aufging. »Ah, *der* is keiner von meine. Der is Charlie seine Sach.«

Midmore knallte die Tür zu und lief die Treppe hinab.

»Also, das ist ein – feines – Schlamassel«, sagte Miss Sperrit, in kürzesten Röcken und schwersten Reitstiefeln. »Ich mußte einfach runterkommen und es mir ansehen. ›Der alte Bürgermeister erklomm den Glockenturm.‹ Waren Sie die ganze Nacht auf, um Ihre Familie zu hüten?«

»Beinahe! Ist das nicht niedlich?« Er deutete durch die Tür zur Treppe mit Zweigen und anderem Treibgut auf den drei unteren Stufen.

»Ist aber ein Rekord«, sagte sie und summte leise:

That flood strewed wrecks upon the grass,
That ebb swept out the flocks to sea.

»Sie singen das immer, wie?« sagte Midmore plötzlich, als sie ins Wohnzimmer ging, wo in allen Ecken verschlammte Stühle gestrandet waren.

»Tu ich das? Jetzt wo ich drüber nachdenk, glaub ich, ich tu das wirklich. Angeblich summ ich ja immer beim Reiten. Haben Sie das bemerkt?«

»Natürlich hab ich das. Ich bemerke alles bei ...«

»Oh«, fuhr sie eilig fort. »Das hatten wir letzten Winter als Dorfkantate – ›The Brides of Enderby‹.«

»Nein! ›High Tide on the Coast of Lincolnshire‹.« Aus irgendeinem Grund sagte Midmore es scharf.

»Oder so.« Sie wies auf die besudelten Wände. »Sagen Sie ... Sollen wir die Möbel ein bißchen zurechtrücken ... Sie kennen das auch?«

»Jedes einzelne Wort, seit Sie es gesungen haben, natürlich.«

»Wann?«

»In meiner ersten Nacht hier. Sie sind im Dunkeln am Salonfenster vorbeigeritten und haben es gesungen – ›And sweeter woman ...‹ «

»Ich hab damals gedacht, das Haus wär leer. Ihre Tante hat uns immer die Abkürzung da nehmen lassen. So-sollen wir das hier nicht besser rausbringen auf den Flur? Muß ja sowieso alles raus. Nehmen Sie die andere Seite.« Sie begannen einen ziemlich schweren Tisch zu heben. Ihre Worte kamen stoßweise zwischen Ächzlauten, und ihre Gesichter waren weiß wie – ein frischgewaschenes und sehr hungriges Schwein.

»Vorsicht!« schrie Midmore. Seine Beine wurden unter ihm verwirbelt, als der wütend grunzende Tisch kippte und das Mädchen außer Sichtweite schleuderte.

Der wilde Eber Asiens hätte ein Paar nicht präziser niederwerfen können, aber diesem kleinen Schwein fehlten die Nerven seines Vorfahren, und quiekend floh es über ihre Körper.

»Bist du verletzt, Liebling?« waren Midmores erste Worte, und »Nein – nur außer Atem – Liebster« die von Miss Sperrit, als er sie aus ihrer Ecke hob; ihr Hut saß über einem Auge, und ihre rechte Wange war eine einzige Lehmschmiere.

Sie fütterten es wenig später mit Hühnerfutter, das sie in Sidneys ruhiger Scheune fanden, einem Eimer Buttermilch aus der Milchkammer und einem Haufen Zwiebeln von einem Regal hinter der Küche.

»Setzzwiebeln, wahrscheinlich«, sagte Connie. »Das wirst du noch zu hören kriegen.«

»Na und? Die sollten vergoldet sein. Wir müssen das Vieh kaufen.«

»Und behalten, solange es lebt«, sagte sie. »Aber ich glaub, ich sollte jetzt nach Hause gehn. Weißt du, als ich gekommen bin, hatte ich nicht damit gerechnet, daß ... Du vielleicht?«

»Nein! Ja ... Es mußte passieren ... Aber wenn jemand es mir vor einer Stunde gesagt hätte! ... Sidneys unsägliches Wohnzimmer – und der Schlamm auf dem Teppich.«

»Ah, überhaupt! Ist meine Wange jetzt sauber?«

»Nicht ganz. Gib mir noch mal eine Minute dein Taschentuch, Liebling ... Wie kann man nur derart hinschlagen!«

»Halt du dich zurück. Denk dran, wie dein Kinn auf den Tisch geknallt ist, und du hast ›Verdammt‹ gesagt! Ich hätte fast gelacht.«

»Du hast aber nicht gelacht, als ich dich aufgelesen hab. Da hast du ›uh-uh-uh‹ gemacht, wie eine kleine Eule.«

»Mein liebes Kind ...«

»Sag das nochmal!«

»Mein liebes Kind. (Magst du das wirklich? Das sag ich nur zu meinen besten Freunden.) Mein *liiebes* Kind, ich hab gedacht, ich müßte mich da sofort übergeben. Der hat mir die letzte Puste aus dem Leib gehauen – der Engel! Aber ich muß wirklich gehen.«

Sie brachen zusammen auf, sehr sorgsam darauf bedacht, einander nicht an der Hand zu nehmen oder unterzuhaken.

»Nicht über die Felder«, sagte Midmore am Zauntritt. »Komm hier lang, an – an deinem Haus vorbei.«

Sie errötete, entrüstet.

»Es wird doch in kurzer Zeit deins sein«, fuhr er fort, überwältigt von der eigenen Kühnheit.

»Bleib mir weg mit deinen kurzen Zeiten, bitte sehr!« Wie ein Füllen scheute sie, auf die andere Straßenseite; wie bei einem Füllen leuchteten dann sofort ihre Augen mit frischer Neugier auf, als sie in Sichtweite der Tore zur Auffahrt kam.

»Und du bleib mir weg mit deinem gezierten Getue, Madame«, gab Midmore zurück, »sonst laß ich dich unsere Auffahrt nie mehr als Abkürzung benutzen.«

»Ach, ich werde lieb sein. Ganz lieb.« Jäh veränderte sich ihre Stimme. »Ich schwöre, ich will versuchen, gut zu sein, Liebster. Viel ist das nicht mit mir, auch im besten Fall. Wieso hast ausgerechnet du ...«

»Ich bin schlimmer – schlimmer! Meilen und Ozeane schlimmer. Aber was für eine Rolle spielt das jetzt noch?«

Sie blieben neben den Torsäulen stehen.

»Ah!« sagte sie; sie blickte die aufgeweichte Auffahrt entlang zum Portal, wo Rhoda eine nasse Matte ausschlug. »Ah hah ... Jetzt muß ich aber wirklich nach Hause. Nein! Komm nicht mit. Ich muß mit Mutter zuerst ganz allein reden.«

Er schaute ihr nach, bergauf, bis sie nicht mehr zu sehen war.

THE FLOODS

The rain it rains without a stay
   In the hills above us, in the hills;
And presently the floods break way
   Whose strength is in the hills.
The trees they suck from every cloud,
The valley brooks they roar aloud—
Bank-high for the lowlands, lowlands,
   Lowlands under the hills!

The first wood down is sere and small,
   From the hills, the brishings off the hills;
And then come by the bats and all
   We cut last year in the hills;
And then the roots we tried to cleave
But found too tough and had to leave—
Polting through the lowlands, lowlands,
   Lowlands under the hills!

The eye shall look, the ear shall hark
   To the hills, the doings in the hills,
And rivers mating in the dark
   With tokens from the hills.
Now what is weak will surely go,
And what is strong must prove it so.
Stand fast in the lowlands, lowlands,
   Lowlands under the hills!

The floods they shall not be afraid—
   Nor the hills above 'em, nor the hills—
Of any fence which man has made
   Betwixt him and the hills.

The waters shall not reckon twice
For any work of man's device,
But bid it down to the lowlands, lowlands,
  Lowlands under the hills!

The floods shall sweep corruption clean—
  By the hills, the blessing of the hills—
That more the meadows may be green
  New-mended from the hills.
The crops and cattle shall increase,
Nor little children shall not cease—
Go—plough the lowlands, lowlands,
  Lowlands under the hills!

DIE FLUTEN

Der Regen regnet ohn Unterlaß
in den Bergen über uns, in den Bergen;
und bald schon brechen die Fluten los,
deren Kraft stammt aus den Bergen.
Die Bäume saugen aus jeder Wolke,
die Bäche der Täler brüllen laut –
uferhoch, nach dem Tiefland, Tiefland,
Tiefland unter den Bergen!

Das erste Schwemmholz ist dürr und klein,
aus den Bergen, Kehricht aus den Bergen;
und dann kommen die Knüttel an und alles,
was wir letztes Jahr schnitten in den Bergen;
und dann die Wurzeln, die wir aushacken wollten,
zu hart fanden und steckenlassen mußten –
sie treiben stößig durchs Tiefland, Tiefland,
Tiefland unter den Bergen!

Das Auge soll blicken, das Ohr soll lauschen
nach den Bergen, dem Treiben in den Bergen,
und den Flüssen, die sich im Dunkel vermählen
mit Geschenken aus den Bergen.
Was schwach ist, wird nun sicher vergehn,
und was stark ist, wird sich beweisen müssen.
Haltet stand im Tiefland, Tiefland,
Tiefland unter den Bergen!

Die Fluten haben keine Angst –
noch die Berge darüber, noch die Berge –
vor Zäunen, die der Mensch erbaute
zwischen sich und den Bergen.

Die Wasser werden keine Rücksicht nehmen
auf irgendetwas, das Menschen entwarfen,
sondern es mitreißen ins Tiefland, Tiefland,
  Tiefland unter den Bergen!

Die Fluten verfegen allen Verfall –
  dank der Berge, des Segens der Berge –
daß die Wiesen wieder grüner werden,
  verschönt von den Bergen.
Ernte und Vieh werden sich mehren,
auch kleine Kinder werden nicht enden –
geht – pflügt das Tiefland, Tiefland,
  Tiefland unter den Bergen!

THE FABULISTS

When all the world would have a matter hid,
  Since Truth is seldom friend to any crowd,
Men write in fable, as old Æsop did,
  Jesting at that which none will name aloud.
And this they needs must do, or it will fall
Unless they please they are not heard at all.

When desperate Folly daily laboureth
  To work confusion upon all we have,
When diligent Sloth demandeth Freedom's death,
  And banded Fear commandeth Honour's grave—
Even in that certain hour before the fall
Unless men please they are not heard at all.

Needs must all please, yet some not all for need
  Needs must all toil, yet some not all for gain,
But that men taking pleasure may take heed,
  Whom present toil shall snatch from later pain.
Thus some have toiled but their reward was small
Since, though they pleased, they were not heard at all.

This was the lock that lay upon our lips,
  This was the yoke that we have undergone,
Denying us all pleasant fellowships
  As in our time and generation.
Our pleasures unpursued age past recall.
And for our pains—we are not heard at all.

What man hears aught except the groaning guns?
  What man heeds aught save what each instant brings?
When each man's life all imaged life outruns,
  What man shall pleasure in imaginings?
So it hath fallen, as it was bound to fall,
We are not, nor we were not, heard at all.

DIE FABULIERER

Wenn alle Welt sehr gern etwas verschwiege,
  da Wahrheit selten Freund der Menge ist,
schreibt mancher Fabeln, wie Aesop es tat,
  spielt an auf das, was keiner nennen mag.
Er muß dies so tun, sonst ist es umsonst:
Wer nicht erfreut, auf den wird nicht gehört.

Wenn Torheit täglich sich verzweifelt müht,
  was wir nur haben restlos zu verwirren,
wenn Feigheit fordert treu der Freiheit Tod
  und Angst in Banden will der Ehre Grab –
noch in der Stunde vor dem sichren Sturz:
Wer nicht erfreut, auf den wird nicht gehört.

Erfreun muß jeder – mancher nicht nur aus Not,
  sich plagen – mancher nicht nur um Gewinn,
sondern um durch Freude Menschen zu warnen,
  die Plage heut vor spätrem Schmerz bewahrt.
So plagte mancher sich um kargen Lohn:
Er hat erfreut und blieb doch ungehört.

Dies war das Schloß, das uns auf den Lippen lag,
  dies war das Joch, dem wir uns unterwarfen,
uns freudige Gefährtenschaft versagten
  in unsrer Zeit und Generation.
Freude, versäumt, hat keine Wiederkehr.
Und für die Mühsal – hört man nicht auf uns.

Wer hört denn mehr als ächzende Kanonen?
  Wer will mehr als die Gaben des Moments?
Wenn Wirklichkeit Erdachtes übertrifft,
  wer soll da Freude finden im Erdenken?
Und also kam es, wie es kommen mußte:
Man hört nicht, und man hörte nie, auf uns.

DER STRUDEL

»Und dein HErr lehrte die Biene.«
KORAN

ICH habe zu eigenem Ungemach und Verlust mehrere denkwürdige Geschichten unterdrückt über meinen Freund, den Ehrenwerten A. M. Penfentenyou, einstmals Minister für Wälder und Wege in De Thouars erster Regierung; später in allem, außer dem Titel, Premier eines Unserer großen und wachsenden Dominien; und nun, wie allezeit, Idol seiner eigenen Provinz, die zweieinhalbmal so groß ist wie England.

Aus diesem Grunde darf ich mir wohl die Freiheit nehmen, einen Teil der Wahrheit zu berichten über Penfentenyous jüngsten Besuch an Unserem Gestade. Er kam im Wagen zu meinem Haus, an einem heißen Sommertag, mit weißer Weste, weißen Gamaschen, weitläufigem schwarzen Gehrock und gleißendem Zylinder – vielleicht ein wenig abgerundet an den Ecken, aber in Körper und Geist agil wie immer.

»Was für ein Problem haben Sie diesmal?« fragte ich, denn bei unserer letzten Begegnung hatte Penfentenyou in einer Anleihe über drei Millionen Pfund gebadet für seine geliebte wiewohl skrupellose Provinz, und ich hatte nicht den Wunsch, noch weitere seiner Finanzfreunde zu bewirten.

»Wir«, antwortete Penfentenyou erhaben, »sind gekommen, um eine Stimme bei Euren Ratschlüssen zu erheben. Übrigens kommt Die Stimme mit dem Abendzug her, zusammen mit meinem Generalbevollmächtigten. Ich bin davon ausgegangen, daß Sie nichts dagegen haben, wenn ich sie einlade. Sie wissen ja, hinfort werden Wir Eure Bürde mittragen. Üben Sie am besten schon mal.«

»Selbstverständlich«, sagte ich. »Wie ist Die Stimme so?«

»Er meint es ernst«, sagte Penfentenyou. »Er hat Es, und Es

hat ihn schlimm erwischt. Er wird Es an Sie weitergeben«, sagte er.

»Wie heißt er?«

»Wir hängen ihm alle möglichen Bezeichnungen an, aber ich glaube, Sie sollten ihn am besten Mr. Lingnam nennen. Mehr als einmal werden Sie das aber nicht tun müssen.«

»Woran leidet er genauer?«

»Am Empire. Zuhause hat er uns alle fast völlig vom Imperialismus geheilt. Vielleicht kuriert er Sie auch.«

»Sehr gut. Was soll ich mit ihm anstellen?«

»Keine Sorge«, sagte Penfentenyou. »Das macht er schon selber.«

Und als Mr. Lingnam eine halbe Stunde später mit dem Generalbevollmächtigten für Penfentenyous Dominion erschien, tat er genau das.

Er rückte vor über den Rasen, beredt wie alle Springfluten. Er sagte, er habe dem Generalbevollmächtigten gegenüber bemerkt, es sei sowohl politisch unmoralisch als auch strategisch unsinnig, daß vierundvierzig Millionen Menschen die ganze Last der Verteidigung Unseres machtvollen Empires trügen; wie er jedoch angemerkt habe (hier verdrückte sich der Generalbevollmächtigte), stünden wir nun an der Schwelle einer neuen Ära, in welcher die Dominien mit Selbstbestimmung *und* Selbstachtung *(bis)* rechtmäßig und rechtschaffen, als Co-Partner in der Verwesung des Reichs, ihren Teil jeglicher Bürde schultern sollten, die der Pan-Imperiale Rat der Zukunft wie auch immer zumesse. Der Generalbevollmächtigte kümmerte sich mit Penfentenyou bereits um Drinks am anderen Ende des Gartens. Mr. Lingnam schleppte mich zur weitest entfernten Bank und machte es sich auf seinem Thema bequem.

Wir dinierten um acht. Um neun erreichte Mr. Lingnam erst den augenblicklichen Stand der Imperialen Belange. Um zehn döste der Generalbevollmächtigte, der sein Gehalt verdient, schamlos auf dem Sofa. Um elf gingen er und Penfentenyou zu

Bett. Um Mitternacht holte Mr. Lingnam seine dickbäuchige Aktentasche mit den Zeitungsausschnitten herunter und machte sich daran, das Empire ernstlich zur Föderation zu verwandeln. Ich weiß noch, daß er drei Alternativpläne hatte. Als Worthändler stimmte ich für den dröhnenden dritten – »Koordinatorisch Reziproke Senatorial-Hegemonie« –, den er danach detailliert darlegte, drei Viertelstunden lang. Um halb zwei bestürmte er mich, den Glauben zu bewahren und zu bedenken, daß nichts wichtig sei außer Der Idee. Dann zog er sich in sein Gemach zurück, begleitet von einem Glas kalten Wassers, und ich ging in den dämmerigen Garten hinaus und bat jedwede Macht, die gerade dienstfrei haben mochte, um das Blut von Mr. Lingnam, Penfentenyou und dem Generalbevollmächtigten.

Wie ich oft an anderer Stelle bemerkt habe, ist für mich die Stunde der frühesten Morgendämmerung glückhaft, und der Wind, der ihr vorauseilt, war immer mein gütigster Ratgeber.

»Warte!« sagte er, zwischen den erwartungsvollen Rosenknospen der Nacht. »Morgen ist auch noch ein Tag. Warte auf Das Ereignis!«

Ich ging zu Bett, so sehr in Frieden mit Gott und Mensch und Gast, daß ich nach dem Erwachen Mr. Lingnam (in Pyjamas) besuchte, und er sprach zu mir Pan-Imperial eine halbe Stunde lang, ehe er sein Bad nahm. Später sagte der Generalbevollmächtigte, er müsse Briefe schreiben, und Penfentenyou erfand eine Kabinettskrise in seinem geliebten Dominion, die ihn den ganzen Vormittag mit Codes und Kabeln befaßt halten würde. Ich aber sagte fest: »Mr. Lingnam wünscht ein bißchen von der Gegend hier zu sehen. Sie kommen mit uns, in Ihrem eigenen Wagen.«

»Er ist nur gemietet«, wandte Penfentenyou ein.

»Ja. Von mir als Steuerzahler bezahlt«, erwiderte ich.

»Und Ihr Wagen hat ein Verdeck, und es sieht nach Gewitter aus«, sagte der Generalbevollmächtigte. »Unserer hat nicht mal eine Windschutzscheibe. Sogar die Schutzbrillen sind gemietet.«

»Brillen kann ich Ihnen leihen«, sagte ich. »Mein Wagen ist in Reparatur.«

Der Mietling, der nach London hatte zurückgebracht werden wollen, spuckte und knurrte auf der Auffahrt. Er war offen, mochte auf ebener Strecke achtzehn Meilen in der Stunde schaffen, litt im Getriebe an Tetanie und insgesamt an immerwährender Schüttellähmung.

»Spielt überhaupt keine Rolle«, seufzte der Generalbevollmächtigte. »Er wird höchstens laut. Hat er die ganze Fahrt hierher schon getan.«

»Hören Sie«, sagte Penfentenyou argwöhnisch, »*weshalb* machen Sie das alles?«

»Liebe zum Empire«, antwortete ich, als Mr. Lingnam in Staubmantel und Feldstecher herbeitänzelte. »Also, Mr. Lingnam wird uns genau sagen, was er sehen möchte. Er weiß vermutlich über England mehr als wir anderen zusammen.«

»Habe ich gestern nachgelesen«, sagte Mr. Lingnam schlicht. Während wir den Lunch-Korb verstauten (bei einem gemieteten Wagen kann man nie vorsichtig genug sein), skizzierte er eine sehr hübsche und lehrreiche kleine Tagestour.

»Sie fahren natürlich?« sagte Penfentenyou zu ihm. »Das ist das einzige, wovon Sie was verstehen.«

Das erstaunte mich, denn die Großföderationisten sind nur selten gute Mechaniker; aber Mr. Lingnam sagte, im Moment ziehe er es vor, drinnen zu sitzen und sich unserer Konversation zu erfreuen.

Nachdem er sich auf dem Rücksitz niedergelassen hatte, hob er kein einziges Mal die Augen zur milden Landschaft um ihn her, noch bewarf er mit einem einzigen Wort das Leben auf der englischen Landstraße, das mir eine immer neue und vernunftwidrige Orgie des Entzückens ist. Die senffarbenen Scouts der Automobile Association; ihre natürlichen Feinde, die ungerechte Polizei; unsere natürlichen Feinde, das bedächtige Markttags-Vieh, breitseits an allen Straßenecken, der radelnde Metzgerjunge eine Achtelmeile dahinter; Pferdegespanne, die Karussells, Schießbuden und Schiffschaukeln ziehen und schnaubend aus Pfützen am Wegesrand saufen, der Hinweistafel zum Trotz; Zugmaschinen, die Anhänger übertürmt mit Straßenschotter; uniformierte Dorf-Schwestern, eine alle sieben Meilen, die auf ihren Rädern vorüberflitzen; Gouvernanten, die ihre Wagenladungen rosiger Kinder unbekümmert an aufdringlich röhrenden Tourenwagen vorbeischieben; der Pfarrer am Wegesrand, umstanden von Jungfern, die Gesichter verzerrt wider unseren Staub; Motorräder jeglicher Fasson, die aus jeglichem Winkel heranbrausen; Territorialtruppen in staubigen Wickelgamaschen; Schwärme schändlicher Gören, die mitten auf der Straße spielen, und der kluge, wohlerzogene englische Hund sicher und ganz still auf dem Gehsteig, wenn seine dumme Herrin nur endlich aufhörte, ihn retten zu wollen; dies alles kam wieder und wieder an uns vorbei, in sonnenbeschienenen oder schattigen Rahmen. Aber Mr. Lingnam redete ausschließlich. Er redete – wir saßen alle hinten zusammen, so daß wir ihm nicht entgehen konnten – und *redete*, lauter als die verschlissenen Gänge und ein bestimmtes enervierendes Pfitschen eines schlecht geflickten Reifens – *und* redete über die Föderation des Empire gegen alle nur denkbaren Gefahren außer gegen ihn selbst. Trotzdem war ich weder brutal grob wie Penfentenyou noch bis zur Ohnmacht gelangweilt wie der Generalbevollmächtigte. Er erinnerte mich eines gewissen Joseph Finsbury, der das *Tregonwell Arms* am Rande des New Forest entzückte mit »neun« – es hätten zehn sein sollen – »Spielarten des nämlichen Einkommens von zweihundert Pfund«, wobei er den imaginären Bezieher des Geldes leben ließ in – aber ich bekam die Liste der Städte nicht weiter zusammen als »London, Paris, Bagdad und Spitzbergen«. Letzteres muß ich laut gemurmelt haben, denn der Generalbevollmächtigte wurde plötzlich menschlich und fuhr fort: »Basra, Helgoland und die Scilly Islands ...«

»Was?« knurrte Penfentenyou.

»Nichts«, sagte der Generalbevollmächtigte; er drückte mir herzlich die Hand. »Wir haben bloß gerade herausgefunden, daß wir Brüder sind.«

»Genau«, sagte Mr. Lingnam. »Das ist genau das, worauf ich hinauswill. Wir sind *alle* Brüder. Ist Ihnen klar, daß noch vor fünfzehn Jahren ein Gespräch wie unser heutiges undenkbar gewesen wäre? Das Empire wäre nicht reif dafür gewesen. Aber zurück zum Thema. Noch vor zehn Jahren ...«

»Ich habs!« rief der Generalbevollmächtige. »›Brighton, Cincinnati und Nischnij-Nowgorod!‹ Gott segne R. L. S.! Weiter, Onkel Joseph. Jetzt kann ich vieles ertragen.«

Mr. Lingnam fuhr fort wie unsere Klapperkiste, langsam und laut. Er räumte ein, daß ein von einer Zentralen Idee Besessener – und letzten Endes sei ja Die Idee das einzige, was zähle – sich zum Langweiler entwickeln könne, aber alle wichtigen Werke der Welt, betonte er, seien eben von Langweilern getan worden. Diesem Bewirken widmete er sich nun voll und ganz, bis wir uns dem Verstreichen der Zeit und der Gnade Allahs ergaben, Der Allein die Münder Seiner Propheten verschließet. Und wir vergeudeten dabei mehr als fünfzig Meilen von des Sommers eigenem bunten England an ihn.

Gegen zwei Uhr erreichten wir den höchsten Punkt von Sumtner Rising und blickten hinab auf das Dorf Sumtner Barton, jenseits einer eingleisigen Bahnstrecke, über die sich eine rote Ziegelbrücke spannt. Die schwere gewittrige Juniluft brachte uns Melodieböen von der Volldampf-Orgel eines Karussells nahe dem Teich auf dem Dorfanger. Außerdem gab es dröhnende Trommeln und flatternde Banner und blitzende Abzeichen am anderen Ende der breiten Dorfstraße. Mr. Lingnam fragte warum.

»Nichts Imperiales, fürchte ich. Sieht aus wie ein Fest der

Foresters – das ist einer unserer großen Wohltätigkeitsvereine«, erklärte ich.

»Die Idee braucht nur in imperialem Maßstab koordiniert zu werden . . .« begann er.

»Das heißt aber, daß die Kneipe voll sein wird«, fuhr ich fort.

»Was haben Sie dagegen, hier am Straßenrand zu essen?« sagte Penfentenyou. »Wir haben doch den Lunch-Korb.«

»Haben Sie denn noch nie vom Ale von Sumtner Barton gehört?« fragte ich, und sofort wurde er zum Administrator und sagte: »*Ah* ja! Lingnam kann uns reinfahren und wir holen welches, und Holford« – das war des Mietlings Chauffeur, dessen Ansichten über Bier wir nicht kannten – »bereitet hier den Lunch vor. Das ist besser als in der Kneipe essen. Dabei können wir das Fest der Foresters überblicken, und außerdem kann ich vielleicht ein paar Zeitungen am Bahnhof kaufen.«

»Sicher«, sagte ich. »Der Bahnhof ist genau unter der Brücke da, und dann kommen wir zurück und essen hier.«

Ich deutete auf eine Terrasse voll kühlen sauberen Schattens unter freundlichen Buchen oben auf Sumtner Rise. Als Holford den Lunch-Korb herausholte, marschierte ein Detachement regulärer Truppen im Manöver die glühende Straße hinab.

»Ah!« sagte Mr. Lingnam; aus seiner Stimme klang die Monatszeitschrift heraus. »Ganz Europa ist ein bewaffnetes Lager und ächzt, wie einst geschrieben zu haben ich mich nun entsinne, unter der Last der Ausrüstung.«

»Ach, hüpfen Sie schon rein und fahren Sie«, rief Penfentenyou. »Wir wollen das Bier haben!«

Das machte nichts. Mr. Lingnam hätte noch auf einem Balancierseil das Empire föderieren können. Er setzte seine Ansprache fort, am Steuer, während wir hinabrollten.

»Die Gefahr für die Jüngeren Nationen ist, daß sie in diesen Strudel des Militarismus hineingezogen werden könnten«, fuhr er fort; dabei wich er der Nachhut der Truppe aus.

»Langsam hinter Soldaten«, riet ich. »Dann müssen die nicht soviel Staub schlucken. Und in England überholen wir normalerweise rechts.«

»Danke!« Mr. Lingnam riß das Steuer herum. »Noch so ein Detail, das im ganzen Empire koordiniert werden muß. Aber zurück zu dem, was ich sagen wollte. Meine Idee war schon immer, daß die einzelnen Komponenten des Empire miteinander beraten sollten, wenn ein Krieg sich abzeichnet, damit wir, sobald wir einen Beschluß über das Für und Wider des *casus belli* gefällt haben, koordinieren können, welche Rolle jedes einzelne Dominion spielen soll, wenn der Krieg unglücklicherweise zu einer Wahrscheinlichkeit wird.«

Wir näherten uns der Schweinerücken-Brücke über die Bahn, und der Mietling keuchte kläglich bei der Steigung. Mr. Lingnam schaltete, und der Wagen raffte sich auf, zu einem fröhlichen *Youp-i-addy-i-ay* von der Dampforgel. Als wir den Höhepunkt des Bogens erreichten, sahen wir eine Kapelle der Foresters mit Fahnen die Straße hinabmarschieren.

»Das ist ja alles ganz nett«, sagte der Generalbevollmächtigte, »aber im wirklichen Leben passieren die Dinge meistens ohne sich lange abzuzeichnen ...«

(Manche Denkschulen halten dafür, Zeit gebe es nicht; und wenn wir vollkommene Erleuchtung erlangten, nähmen wir Vergangenheit, Gegenwart und Zukunft wahr als Ein Furchtbares Ganzes. Ich selbst habe dies beinahe erreicht.)

Wir tauchten über die Brücke hinab ins Dorf. Ein Junge auf einem Fahrrad, beladen mit vier Hutschachteln, strampelte uns entgegen, aus einer Gasse zu unserer Rechten. Er beugte den Kopf, um die Steigung besser nehmen zu können, und hielt sich natürlich links. Mr. Lingnam fuhr immer noch heftig rechts. Penfentenyou brüllte. Der Junge blickte auf, sah, daß der Wagen ihn wahrscheinlich an der Brückenmauer zerquetschen würde, warf sich von seinem Vehikel und über den schmalen Gehsteig ins nächste Haus. Er knallte die Tür genau in dem Moment zu, als der Wagen, alle Bremsen gezogen, das aufgegebene Fahrrad rammte, drei der Hutschachteln zertrümmerte und die vierte über die windschutzlose Haube in Mr. Lingnams Arme schleuderte.

Totenstille, dann ein Zischen wie von entweichendem Dampf, und ein Mann, der zu uns gerannt war, rannte in die andere Richtung.

»Also! Ich glaube, das müssen Bienen sein«, sagte Mr. Lingnam.

Es waren; vier volle Schwärme; und die ersten lebendigen Gegenstände, die er an diesem Tag mit Worten bedachte.

Irgendjemand sagte: »O Gott!« Der Generalbevollmächtigte stieg über das Wagenheck aus und schrie entschlossen: »Verkehr anhalten! Verkehr anhalten, Sie da!« Penfentenyou war schon auf dem Gehsteig und klingelte an einer Haustür, so daß ich von beiden die Decken hatte, die ich – denn ich bin Imker – mir über den Kopf warf. Während ich meine Hosenbeine in meine Socken stopfte – denn ich bin ein erfahrener Imker –, hob Mr. Lingnam die undetonierte Hutschachtel auf, und mit einer einzigen großartigen Geste (später erzählte er uns, er habe gemeint, unten sei ein Fluß) warf er sie über das Brückengeländer, ehe er quer über die Straße zum Dorfanger rannte. Nun war der Bahnsteig unmittelbar unter der Brücke überfüllt von Foresters und ihren Freunden, die eine Delegation von einem anderen Vereinssitz erwarteten und begrüßen wollten. Ich sah die Schachtel auf der Kiesumrandung des Bahnhofsgartens bersten und den Inhalt kegelförmig hinausschießen wie Schrapnell. Das Ergebnis war jedoch eher stimulierend denn sedativ. All die gutgekleideten Menschen dort unten brüllten wie Sodom und Gomorrha. Dann stürzten sie sich wie eine Einheit in den Fahrkartenschalter, die Warteräume und die sonstigen Örtlichkeiten, schlossen Türen und Fenster und deklamierten lauthals, während der herannahende Zug weit entfernt auf der Strecke pfiff.

Mit untergeschlagenen Beinen wirbelte ich auf dem Rücksitz herum, wie eine tscherkessische Schönheit unter ihrem Schleier, und sah Penfentenyou, den Rockkragen über die Ohren, vor einer verschlossenen Tür herumtanzen und Hände voller Münzen hochrecken zu einer silberhaarigen Frau an einem der oberen Fenster, die nur den Mund bewegte und den Kopf schüttelte. Ein kleines Kind mit einem Kätzchen auf dem Arm kam lächelnd um eine Ecke. Plötzlich (aber diese Dinge rührten mich nicht mehr an als etliche Yards eines Dreigroschenfilms) sprang das Kätzchen fauchend aus den Armen, das kleine Mädchen brach in Tränen aus, Penfentenyou, noch immer tanzend, schnappte nach ihm und stopfte es unter seinen Rock, das Gesicht der Frau wurde bleich, die Haustür öffnete sich, Penfentenyou und das Kind drängten hinein, und ich war allein in einer unwirtlichen Welt, in der alles Fenster schloß und Kinder heimrief.

Eine Stimme schrie: »Ihr habt se erschrocken! Ihr habt se erschrocken! Schmeißen Se Staub drauf, dann beruhing die sich!«

Ich trug nicht das Verlangen, irgendein Geschöpf mit Staub zu bewerfen. Ich brauchte beide Hände für meine Drapierungen und weitere zwei für meine Socken. Außerdem taten mir die Bienen nichts. Sie erkannten mich als Mitglied der Imkervereinigung der Grafschaft mit entrichtetem Jahresbeitrag und Anspruch auf einen Freiplatz bei sämtlichen apikulturellen Ausstellungen. Das Bibbern und Malmen des Mietlingswagens, möglicherweise auch die taumelnden Banner und die anmaßende Pauke, bewegten viele von ihnen dazu, sich die Straße hinauf zu begeben und der vorrückenden Kapelle der Foresters zu huldigen. So brachen sie auf, sofern sie nicht Mr. Lingnam auf seiner Flucht zum Dorfanger gefolgt waren, und ich blickte durch zwei bebrillte Augen (statt durch ein halbes) auf die näherkommenden Musiker, während ich mit beiden Ohren dem zweiten fernen Pfeifen des verspäteten Zuges auf den Schienen unter mir lauschte.

Die Kapelle der Foresters wußte ebenso wenig, was da auf sie zukam, wie Truppen, die plötzlich unter Beschuß geraten. Tatsächlich kam es zu denselben extravaganten Gesten und Verrenkungen, wie sie Verwundungen und Todesfälle im Krieg begleiten; genau dasselbe unheimliche Abbrechen von Äußerungen – denn der Posaune wurde die Kadenz in der Mitte abgeschnitten, genau wie ein Mann mit einer Silbe auf seiner Zunge fällt. Sie hieben, sie patschten, sie flohen, ließen als Trophäen Banner und Blasinstrumente zurück, grob um die Pauke arrangiert. Dann schloß dieses Ende der Straße ebenfalls die Fenster, und das Dorf, allen Lebens entkleidet, lag um mich her wie ein Riff bei Ebbe. Wenn ich auch, wie gesagt, ein Imker von Rang bin, war mir doch nie klar gewesen, daß es auf der Welt so viele Bienen gibt. Als sie einen blitzenden Schleier von einem Ende der verwüsteten Straße zum anderen gewoben hatten, blieben noch genug Reserven zur Bildung von Knäufen und Pendeln an allen Fenstersimsen und Traufenmäulern, ohne Minderung der Massen in den drei leersickernden Hutschachteln oder Rückgriff auf das Vierte (Eisenbahner-)Bataillon, das unten für den Bahnhof zuständig war. Die Gefangenen in den Warteräumen und sonstigen dortigen Örtlichkeiten schrien heftiglich (ich sagte mir, daß sie vor Hitze eingehen mußten), und in regelmäßigen Abständen brüllte der Stationsvorsteher nach einem Signalwärter, der nicht auf seinem Posten war, und der Zug pfiff, während er näherkam.

Dann erschien Penfentenyou, wohlfeiler und wendiger Politiker der Sorte, die auf Kosten aller höheren Gefühlsregungen überlebt, am Fenster des Hauses zu meiner Rechten, gekrümmt und gebläht von Heiterkeit, die Frau neben ihm, das Kind auf den Armen. Ich sah, wie sein Mund sich öffnete und schloß; mit den hohlen Händen bildete er einen Schalltrichter, aber das

Knarzen des Motors und der Bienen ertränkte seine Worte. Viele Male deutete er dramatisch über die Straße hinweg und brach dann wieder zusammen; Tränen liefen über sein Gesicht. Ich drehte mich, wie ein verhüllter Geschützturm bei schwerem Seegang (ich wußte nicht, wann meine Hosenbeine wieder aus den Socken rutschen würden), um hundertachtzig Grad und richtete mich nach und nach auf den Dorfanger aus. Dort war ein Lachs im Teich, stieß immer wieder zum Klang von *Yip-i-addy* wider eine Mückenwolke empor; aber keiner war da, ihn mit dem Käscher zu bergen. Die Schiffschaukeln waren leer, Kokosnüsse hockten still auf ihren roten Stäben vor weißen Schirmen, und die bunten Pferde der Karussells kreiselten reiterlos. Alles war Melodie, grüner Rasen, lichtes Wasser und dieser gierig emporschnellende Fisch. Als ich ihn anhand seiner grauen Kiemen und des Fernglases als Lingnam identifiziert hatte, warf ich mich nieder vor Allah in jener Wonne, die wahrlich mehr Mühsal ist denn jedes Gebet. Dann wandte ich mich dem purpurnen Penfentenyou im Fenster zu und wischte mir die Augen mit dem Saum der Decke.

Er schob das Fenster einen halben vorsichtigen Zoll hoch und brüllte durch die Spalte: »Haben Sie *den* gesehen? Hat es *Sie* erwischt? Ich kann von hier ziemlich viel sehen. Das ist wie ein Zirkus mit Dreifachmanege!«

»Können Sie den Bahnhof sehen?« erwiderte ich; dabei nickte ich zum rechten hinteren Kotblech.

Er verdrehte sich und reckte den Kopf zur Seite, konnte sich aber dieser herrlichen Ansicht nicht bemächtigen.

»Nein! Wie ist es?« rief er.

»Die Hölle!« schrie ich. Die silberhaarige Frau verzog das Gesicht; Penfentenyou auch, und ich glaube, ich entschuldigte mich bei ihr für die grobe Sprache.

»Sie sind immer so extrem«, flötete er tadelnd. »Sie vergessen, daß nichts zählt außer Der Idee. Außerdem gehören die Bienen dieser Dame hier.«

Er schloß das Fenster und machte uns durch die Scheibe pantomimisch miteinander bekannt; es gelang ihm aber, dies so zu tun, als sei ich das Muster unter Glas.

Eine Fontäne feuchten Dampfs rettete mich vor dem Schlaganfall. Der Zug hatte schließlich die Geduld verloren und kam direkt unter mir in den Bahnhof um nachzusehen, was los war. Frohe Stimmen sangen, und Köpfe wurden überall aus den Abteilen gereckt, aber niemand beantwortete ihren Sang noch die Grüße. Er hielt, und die Leute begannen auszusteigen. Dann begannen sie wieder einzusteigen, wie ihre Freunde in den Warteräumen ihnen empfahlen. Nicht alle begriffen die Warnungen, so daß es in den Türen zu Verstopfungen kam, aber die, die von den Bienen erwischt wurden, gelangten als erste hinein.

Noch immer hielten sich die Bienen, mehr den eigenen Belangen zugewandt denn mutwilliger Folter, am Südende des Bahnsteigs nahe dem Bücherkiosk auf, und deshalb verstand der gänzlich exponierte Lokführer am Nordende des Zuges zunächst den hermetisch versiegelten Stationsvorsteher nicht, als dieser ihm viele Male zubrüllte, er solle machen, »daß du hier wechkommst«.

»Wo bist du?« war die Antwort. »Und warum?«

»Is egal wo ich bin, un dein Warum krichste in ner Minute, wennste nich abhaust«, sagte der Stationsvorsteher. »Setz die bei Parson's Meadow ab, dann können die über die Felder gehn.«

Dieser nacktarmige, dünnbehemdete Narr, aus dem Führerhäuschen gelehnt, nahm die Anweisungen des Stationsvorstehers als Beleidigung seiner Würde auf und brüllte zum geschlossenen Büro hinüber: »Sach mir gefällichst warum, hörste? Kuck mal, ich denk doch nich dran ...« Seine ausgestreckte Hand flog zu seinem Hals ... Wußten Sie, daß einen Lokführer stechen genauso ist wie seinen Zug stechen? Der geht los mit einem Ruck, der beinahe alle Kuppelungen zerreißt, und rennt bellend wie ein Hund davon, bis er außer Sicht ist. Er denkt auch nicht an hinausgeschleuderte Leute und getrennte Familien auf dem Bahnsteig hinter sich. Das mußte ich alles für ihn tun. Da gab es einen Mann namens Fred, und seine Frau Harriet – ein munteres vollblütiges Paar –, die mich über die Maßen interessierten, bevor sie sich gewaltsam ihren Weg in ein alleinstehendes und bereits dicht besetztes Gebäude bahnten. Da gab es auch einen namenlosen Junggesellen, der unter einem halb geöffneten Schirm saß und ihn schwindelerregend zwirbelte – ein derart neues Spiel, daß ich laut applaudierte.

Als sie das Terrain gründlich vorbereitet hatten, begannen die Bienen mit einer zur Veröffentlichung gedachten Wabe an der Theke des Bücherkiosks. Bald kamen einige kühne Gemüter auf Zehenspitzen aus den Warteräumen, über den lauten Kies, mit der bewußt bescheidenen Haltung von Menschen, die eine Kirche verlassen, erstiegen die Holztreppe zur Brücke und gelangten so auf meine Höhe, wo die unerschöpflichen Hutschachteln immer noch Schwadronen und Kompanien ausspien. Es war kaum nötig, sie zum Wiederabstieg aufzufordern. Die Köpfe hatten sie mit Taschentüchern umwickelt, so daß sie aussahen wie die enttäuschten Abgeschiedenen, die wieder zurückrennen ins Fegefeuer. Nur ein alter Gentleman, prachtvoll gehüllt in ein Banner mit den gestickten Worten »Mäßigung und Standhaftigkeit«, erkühnte sich zum Spießrutenlauf die Straße hinauf; als er an mir vorbeikam, rief er: »Die Nacht oder Blücher, Mister«. Man ließ ihn ein in den *White Hart*, das Lokal, in dem ich das Bier hatte kaufen wollen.

Anschließend ließ der Tag sich hängen. Ich begann auszurechnen, wie lange ein Mann in einem türkischen Bad, geschwächt durch exzessives Gelächter, ohne Speise und vor allem ohne Trank überleben könnte; und wie lange eine ihrer Bürgerrechte beraubte Biene unter denselben Umständen durchhalten mochte.

Da der einzige ihr durchführbare Streich sie das Leben kostet, kann die Biene offensichtlich nur geringen Sinn für Humor haben; aber ihre zutiefst trübe und freudlose Lebensbetrachtung beeindruckte mich unsagbar. Sie hatte jegliche Fortbewegung paralysiert, hatte Handel, gesellschaftlichen Umgang, gegenseitiges Vertrauen, Liebe, Freundschaft, Sport, Musik (die einsame Dampforgel war endlich abgelaufen) – alles ausgelöscht, was dem Leben Gehalt, Farbe oder Geschmack verleiht, aber in der von ihr geschaffenen öden Wüstenei war sie kein bißchen näher an der Entwicklung einer sinnvolleren Ordnung der Dinge. Die Himmel waren verfinstert von der Schwärme zwieträchtigem Ratschluß; die Straßen schimmerten von ihren ziellosen Ausfällen. Sie klumpten an Giebeln und Dachrinnen und begannen hektisch eine oder zwei Wabenzellen zu bauen, ehe sie entdeckten, daß ihre Königin nicht bei ihnen war; dann stürzten sie los, um sie zu suchen, oder wirbelten wirr und irre zu einem anderen zischenden Nebel aufgrund des falschen Gerüchts, daß sie dort sei. Mit mißgünstiger Grimasse betrachtete ich sie, und ein dickes blaues Donnerhaupt hob sich majestätisch hinter den Ulmen der Pfarrei von Sumtner Barton, wölbte sich vor und schloß sich meiner Grimasse an. Da begriff ich, daß nicht Bienen oder Heuschrecken die Himmel verfinstert hatten, sondern das Nahen des gehässigen englischen Gewittersturms – des einzigen Dinges, vor dem nicht einmal Deborah die Biene ihr dummes kleines Ego zu verwirklichen vermag.

»Aha! *Jetzt* erwischt es euch«, sagte ich, als die böigen Herolde die Pauke wie einen Kinderballon die Straße hinabrollen ließen. Höher und höher bäumte sich die dunkle Wolke, bis der erste Blitz zuckte und hieb. Deborah duckte sich. Wo sie flog, floh sie; wo sie war, saß sie still; und der dichte Regen schloß sich um sie, wie ein Buch geschlossen wird, wenn das Kapitel beendet ist. Als meine zweite Decke durchtränkt war, erschien Penfentenyou am Fenster; er wischte seinen falschen Mund mit einer Serviette.

»Gehts Ihnen gut?« erkundigte er sich. »Dann ist wirklich alles bestens! Mrs. Bellamy sagt, ihre Bienen stechen nicht, wenn es naß ist. Holen Sie am besten Lingnam her. Er muß für die Bienen und das Fahrrad bezahlen.«

Ich verfügte nicht über Worte, denen die silberhaarige Dame hätte lauschen können; ich planschte umgeben von Blitzen über die überschwemmte Straße zum Teich auf dem Dorfanger. Mr. Lingnam, kaum sichtbar hinter den Regenvorhängen, trabte am Ufer entlang. Er hielt sich achtbar und log, sobald er mich nur sah.

»Ganz schön feucht, was?« rief er. »Hat mich bis auf die Haut durchnäßt. Ich brauche trockene Sachen.«

»Kommen Sie«, sagte ich. »Ich weiß nicht, was Sie kriegen werden, aber Sie haben mehr verdient.«

Penfentenyou, trocken, gesättigt und im Besitz des Oberbefehls, ließ uns ein. »Sie«, flüsterte er mir zu, »sollen in der Spülküche warten. Mrs. Bellamy mochte nicht, wie Sie über ihre Bienen geredet haben. Sst! Sst! Das ist eine liebenswürdige Dame. Eine Witwe, Lingnam, aber sie hat *seine* Kleider aufgehoben, und sobald Sie für den Schaden bezahlt haben, leiht sie Ihnen einen Anzug. Ich hab alles arrangiert!«

»Sagen Sie ihm, er soll sich nicht in meiner Diele ausziehen«, sagte eine Stimme oben an der Treppe.

»Sagen Sie *ihr* ...« begann Lingnam.

»Kommen Sie, sehen Sie sich den schönen Anzug an, den ich ausgesucht hab«, säuselte Penfentenyou wie einer, der einen Wahnsinnigen ködern will.

Ich stolperte wieder hinaus und fiel in den Wagen, dessen noch immer laufender Motor meine Gluckser und Hickser übertönte. Als ich die Stirn vom Lenkrad hob, sah ich, daß der Verkehr im Dorf wieder begonnen hatte, nach – wie meine Uhr zeigte – eineinhalbstündiger Unterbrechung. Ich sah zwei Limousinen, einen Landauer, das Auto eines Arztes, drei Tourenwagen, den Lieferwagen einer Dampfwäscherei, drei Dreiradpritschen, eine Zugmaschine, ein paar Motorräder, eines mit Seitenwagen, und einen Brauereilaster. Es war die Allegorie dieses meines unerschütterlichen Landes, kurze Zeit aufgehalten durch unvorhergesehene äußere Einwirkungen, aber nun wieder mit seinen gewöhnlichen Geschäften befaßt, und ich segnete Es mit Tränen in den Augen, obgleich ich wußte, daß Es mich als betrunken und unzurechnungsfähig ansah.

Dann kamen Truppen über die Brücke hinter mir – eine Kompanie tropfnasser Regulärer ohne jeden Gesichtsausdruck. Hinter ihnen, mit dem Lunch-Korb, marschierten der Generalbevollmächtigte und Holford, der Mietchauffeur.

»Also wirklich«, sagte der Generalbevollmächtigte; er nickte zu den verfinsterten Khakirücken. »Wenn *das* alles ist, worauf wir im Kriegsfall angewiesen sind – die sind ein zerbrochener Strohhalm. Wie die Hasen sind die gerannt – wie die Hasen, sag ich Ihnen.«

»Und Sie?« fragte ich.

»Ach, ich bin einfach über die Brücke zurück geschlendert und hab da drüben den Verkehr angehalten. Dann hab ich gegessen. Ein Jammer, das mit dem Bier. Also – die Kissen sind ja völlig naß!«

»Tut mir leid«, sagte ich. »Ich hatte keine Zeit, sie umzudrehen.«

»War aber auch nich nötich, daß Se die ganze Zeit die Maschin laufen lassen«, sagte Holford streng. »Ich steh für den Benzinverbrauch grad, un der is viel zu hoch für die Strecke auf m Zähler, wissenSe.«

»Tut mir leid«, wiederholte ich. Schließlich ist das die Art, wie Steuerzahler die meisten Krisen betrachten.

Die Haustür öffnete sich, und Penfentenyou und noch jemand kamen heraus in den nachlassenden Regen.

»Ah! Da sind Sie ja beide! Hier ist Lingnam«, rief er. »Er ist ein bißchen naß geworden. Mußte sich umziehen.«

Das sahen wir. Ich war zu wund und schlapp, um wieder mit

Lachen anzufangen, aber der Generalbevollmächtigte klappte auf der Stelle zusammen. Der verstorbene Mr. Bellamy mußte ein Mann von ungeheurer Persönlichkeit gewesen sein, die er allen Winkeln seiner Gewänder aufgedrückt hatte. Später hörte ich, er sei im Delirium Tremens gestorben, was die Beschaffenheit sofort erklärte und ebenso den Grund, aus dem Mr. Lingnam, der sich in den Kleidern wand, so inspiriert fluchte. Vom sturen diffusen Föderationisten blieb keine Spur, außer dem Fernglas und zwei nassen Stücken Backenbart. Wir standen auf dem Gehsteig, vor einem Elementaren Mann, der die Elementaren Mächte anrief, daß sie die Schöpfung verdammten und einäscherten.

»Also, sollten wir nicht besser heimfahren?« sagte der Generalbevollmächtigte.

»Vorsicht!« bemerkte ich beiläufig. »Diese Hutschachteln sind noch immer voller Bienen!«

»Ah ja?« sagte der totenbleiche Mr. Lingnam und stieß sie um, mit den gewaltigen Stiefeln des verstorbenen Mr. Bellamy. Deborah kullerte in nassen Klumpen in die strömende Gosse. Vom Fenster, wo Mrs. Bellamy gestikulierte, kam ein erstickter Schrei.

»Das geht in Ordnung. Ich hab für sie bezahlt«, sagte Mr. Lingnam. Er kippte die letzten Reste aus, wie Erde aus einem für den Müll bestimmten Blumentopf.

»Was? Wollen Sie die mit nach Hause nehmen?« sagte der Generalbevollmächtigte.

»Nein!« Er fuhr sich mit einer nassen Hand über die geäderte Stirn. »Gab es da nicht irgendwo ein Fahrrad, mit dem dieser ganze Ärger angefangen hat?« sagte er.

»Is unter die Vorderachse, Sir«, sagte Holford sofort. »Kann ich von hier aus rausfischen.«

»Erst wenn ich damit fertig bin, bitte.« Ehe wir ihn aufhalten konnten, war er in den Wagen gesprungen und ging zur Attacke über. Der Mietling warf sich ins Kummet, bäumte sich, kreischte (weniger laut als Mrs. Bellamy am Fenster) und brauste los. Was dahinter zum Vorschein kam war, wie Holford wahrheitsgemäß bemerkte, kein Glücksrad. Mr. Lingnam wendete um die große Pauke auf dem Marktplatz und kam zurückgedonnert; dabei schrie er: »Finger weg davon! Das ist mein Pfund Fleisch!«

»Hackfleisch, meint er«, sagte Holford nach der zweiten Mörserbehandlung. »Jetz könnt man nich mehr sehn, daß es je eins gewesen is, was?«

Mrs. Bellamy öffnete das Fenster und sprach. Es schien, daß sie nur Ersatz für die Beschädigung des Rads verlangt hatte, nicht für die ganze Maschine, die Mr. Lingnam eben erbarmungslos, Speiche um Speiche, von der Straße auflas und in den Falten des Verdecks verstaute. Endlich antwortete er, und ich habe zuvor niemals einen Mann mit Schaum vor dem Mund gesehen. »Wenn Sie nicht aufhören, komm ich in Ihr Haus – mit diesem Wagen – und fahr die Treppe rauf – und bring Sie um!«

Sie hörte auf; er hörte auf. Holford übernahm das Steuer, und wir fuhren fort. Es war auch Zeit, denn die Sonne schien nach dem Sturm, und Deborah unter den Ziegeln und Traufen verspürte bereits ihren belebenden Einfluß, der sie dazu trieb, die unterbrochene Mühsal des Föderierens wieder aufzunehmen. Wir wiesen den Polizisten am anderen Ende der Straße darauf hin, daß er den Verkehr vielleicht wieder würde anhalten müssen. Der Eigentümer von Karussells, Schaukeln und Kokos-Wurfbuden wollte wissen, von wem in dieser oder einen anderen Welt er Schadenersatz fordern könne. Mr. Lingnam verwies ihn ganz direkt an Mrs. Bellamy... Dann fuhren wir heim.

Nach dem Essen an diesem Abend erhob sich Mr. Lingnam steif auf seinem Platz, um ein paar Bemerkungen zu machen über die Föderierung des Empires im Rahmen Koordinierter Offensiver Operationen, gestützt auf die Gesamte Effektive Streitmacht, sei diese Moralisch, Militärisch oder Fiskalisch, von Permanent Mobilisierten Gemeinwesen, all dies einzusetzen – ohne jegliche Berücksichtigung der Einzelumstände eines eventuellen *casus belli* – augenblicklich, automatisch und unbarmherzig beim ersten leisen Summen des Kriegs.

»Das Problem mit Uns«, sagte er, »ist, daß Wir so verdammt viel Zeit darauf verwenden, uns zu versichern, ob Wir recht haben, daß Wir nicht loslegen, wenn die Dinge losgehen. Zum Beispiel hätte *ich* weiterfahren sollen, statt anzuhalten, als ich dieses Fahrrad erwischt habe.«

»Aber Sie waren im Unrecht, Lingnam, als Sie rechts gefahren sind«, warf ich ein.

»Ich will nichts mehr hören von Ihren verdammten irrelevanten aufgeblasenen Ausreden für den anderen«, schnauzte er.

»Jetzt beginnen Sie die Dinge richtig zu sehen«, sagte Penfentenyou. »Ich hoffe, Sie werden nicht rückfällig, wenn die Schwellungen nachlassen.«

THE SONG OF SEVEN CITIES

I was Lord of Cities very sumptuously builded.
Seven roaring Cities paid me tribute from afar.
Ivory their outposts were — the guardrooms of them gilded,
And garrisoned with Amazons invincible in war.

All the world went softly when it walked before my Cities —
Neither King nor Army vexed my peoples at their toil.
Never horse nor chariot irked or overbore my Cities,
Never Mob nor Ruler questioned whence they drew their
spoil.

Banded, mailed and arrogant from sunrise unto sunset,
Singing while they sacked it, they possessed the land at large.
Yet when men would rob them, they resisted, they made onset
And pierced the smoke of battle with a thousand-sabred
charge!

So they warred and trafficked only yesterday, my Cities.
To-day there is no mark or mound of where my Cities stood.
For the River rose at midnight and it washed away my Cities.
They are evened with Atlantis and the towns before the Flood.

Rain on rain-gorged channels raised the water-levels round
them,
Freshet backed on freshet swelled and swept their world from
sight,
Till the emboldened floods linked arms and flashing forward
drowned them —
Drowned my Seven Cities and their peoples in one night!

Low among the alders lie their derelict foundations,
The beams wherein they trusted and the plinths whereon they built—
My rulers and their treasure and their unborn populations,
Dead, destroyed, aborted, and defiled with mud and silt!

The Daughters of the Palace whom they cherished in my Cities,
My silver-tongued Princesses, and the promise of their May—
Their bridegrooms of the June-tide—all have perished in my Cities,
With the harsh envenomed virgins that can neither love nor play.

I was Lord of Cities—I will build anew my Cities,
Seven, set on rocks, above the wrath of any flood.
Nor will I rest from search till I have filled anew my Cities
With peoples undefeated of the dark, enduring blood.

To the sound of trumpets shall their seed restore my Cities
Wealthy and well-weaponed, that once more may I behold
All the world go softly when it walks before my Cities,
And the horses and the chariots fleeing from them as of old!

DAS LIED VON SIEBEN STÄDTEN

Ich war Herr über Städte, sehr prächtig erbaut.
Sieben tosende Städte zollten mir von fern Tribut.
Elfenbein waren ihre Vorposten – ihre Wachräume vergoldet
und besetzt mit Amazonen unbezwinglich im Krieg.

Die ganze Welt trat leise auf, wenn sie vor meinen Städten
ging –
kein König, kein Heer belästigte meine Völker bei ihrem
Werk.
Kein Pferd, kein Streitwagen behelligte oder überwand je
meine Städte,
kein Mob oder Herrscher fragte, woraus sie ihren Gewinn
zogen.

In Gruppen, gepanzert und anmaßend von Sonnenaufgang zu
Sonnenuntergang,
singend, während sie es plünderten, besaßen sie alles Land.
Aber wenn Menschen sie berauben wollten, widerstanden sie,
griffen an
und durchdrangen den Rauch der Schlacht mit der Attacke
von tausend Säbeln!

So bekriegten und handelten sie erst gestern, meine Städte.
Heute gibt es weder Zeichen noch Hügel, wo meine Städte
standen.
Denn der Fluß stieg um Mitternacht und spülte meine Städte
fort.
Sie sind nun eins mit Atlantis und den Städten vor der Sintflut.

Regen auf regensatten Kanälen ließ um sie her die Wasserstände
steigen,

Hochwasser über Hochwasser schwoll und fegte ihre Welt davon,
bis die kühnen Fluten sich vereinten und vorwärts blitzend sie ertränkten –
ertränkten meine Sieben Städte und ihre Völker in einer Nacht!

Niedrig unter den Erlen liegen ihre zerstören Fundamente,
die Balken, denen sie vertrauten, und die Platten, auf die sie bauten –
meine Herrscher und ihre Schätze und ihre ungeborenen Bevölkerungen,
tot, zerstört, vereitelt und besudelt von Schlamm und Schlick!

Die Töchter des Palastes, die man in meinen Städten hegte,
meine silberzüngigen Prinzessinnen und die Verheißung ihres Lenzes –
ihre Bräutigame des Sommers – alle sind in meinen Städten untergegangen,
mit den herben giftigen Jungfern, die weder lieben noch spielen können.

Ich war Herr von Städten – ich will meine Städte neu erbauen,
sieben, hoch auf Felsen, über dem Zorn jeglicher Flut.
Und ich will nicht rasten auf der Suche, bis ich meine Städte erneut gefüllt habe
mit unbesiegten Völkern des dunklen dauerhaften Bluts.

Zum Klang von Fanfaren soll ihr Samen meine Städte wiederherstellen
wohlhabend und wohlgerüstet, daß ich noch einmal betrachten kann
die ganze Welt, wie sie leise tritt, wenn sie vor meinen Städten einherschreitet,
und die Pferde und Streitwagen, die vor ihnen fliehen wie in alter Zeit!

»GEKEHRT UND GESCHMÜCKT«

Als die ersten Wogen fiebriger Erkältung Frau Ebermann beschlichen, war sie so klug, nach dem Arzt zu telefonieren und zu Bett zu gehen. Er diagnostizierte den Anfall als milde Grippe, verschrieb die üblichen Medikamente und ließ sie zurück in der Obhut ihrer einzigen Dienerin in ihrer gemütlichen Berliner Wohnung. Frau Ebermann rollte sich unter dem dicken Plumeau zusammen, mit so viel Geduld wie sie aufbringen konnte, bis endlich das Aspirin wirken und Anna von der Apotheke zurückkommen würde, mit dem Formamint, dem ammoniierten Chinin, dem Eukalyptus und dem kleinen blechernen Dampfinhalator. Einstweilen tat ihr jeder Knochen im Leibe weh; der Kopf pochte; die heißen trockenen Hände veränderten jede Minute ihre Größe; und ihr Körper, auf die kleinstmögliche Ausdehnung zusammengezogen, schauerte zurück vor der Kälte der angewärmten Laken.

Plötzlich bemerkte sie, daß ein Deckchen aus unechten Spitzen – es hätte mit mathematisch genauem Seitenabstand auf der Platte aus unechtem Marmor über dem Heizkörper liegen sollen, hinter dem grünen Plüschsofa – verrutscht war, so daß eine Ecke über die bronzierten Dampfröhren hing. Sie entsann sich, daß sie wohl ihren armen Kopf an die Platte des Heizkörpers gelehnt hatte, während sie die Stiefel auszog. Sie versuchte, aufzustehen und die Sache in Ordnung zu bringen, aber der Heizkörper zog sich sofort zum Horizont zurück, der anders als wirkliche Horizonte diagonal verlief, genau parallel zur überhängenden Ecke des Spitzendeckchens. Frau Ebermann ächzte durch ihre klebrigen Lippen und lag still.

»Bestimmt habe ich Temperatur«, sagte sie. »Bestimmt habe ich hohe Temperatur. Das Frösteln nach dem Essen hätte mir eine Warnung sein sollen.«

Sie beschloß, ihre heißen Lider zu schließen, öffnete sie aber nach kurzer Zeit wieder, um sich mit dem Anblick dieses ungeometrischen Dings an der Wand drüben zu quälen. Dann sah sie ein Kind – ein unsauberes schmalgesichtiges Mädchen von etwa zehn Jahren, das aus der Nebenwohnung herübergestreunt sein mußte. Das bewies – Frau Ebermann ächzte wieder über die Art, wie die Welt in Stücke fällt, wenn man krank ist – bewies, daß Anna vergessen hatte, die äußere Wohnungstür zu schließen, als sie zur Apotheke ging. Frau Ebermann hatte selbst Kinder gehabt, aber sie waren nun alle erwachsen, und eine Kindernärrin war sie wirklich nie gewesen. Immerhin ließe sich der Eindringling vielleicht nutzbar machen für ihre Sicht der Dinge.

»Mach – schieb«, murmelte sie heiser, »das weiße Ding da genau in die Mitte von dem gelben Ding.«

Das Kind beachtete sie nicht, sondern streifte durch den Raum und erforschte alles, was ihm begegnete – die gelben Schubladengriffe aus geschliffenem Glas an der Kommode, den getriebenen Bronzehaken, der die schweren gelbbraunen Vorhänge hielt, und die malvenfarbenen emaillierten *art-nouveau*-Schutzbeschläge an der Tür. Frau Ebermann sah empört zu.

»Wehe! Das ist böse und ungehörig. Geh weg!« rief sie, wenn es auch wehtat, die Stimme zu heben. »Geh weg, wie du hergekommen bist!« Das Kind ging hinter das Fußende des Betts, wo sie es nicht sehen konnte. »Mach die Tür zu, wenn du gehst. Ich werde Anna einiges erzählen, aber – rück zuerst das weiße Ding zurecht.«

Sie schloß die Augen, elend an Leib und Seele. Die Wohnungstür klickte, und Anna trat ein, sehr zerknirscht, weil sie sich so lange in der Apotheke aufgehalten hatte. Es sei aber schwierig gewesen, den richtigen Inhalator zu finden, und ...

»Wo ist das Kind hin?« stöhnte Frau Ebermann – »das Kind, das eben hier war?«

»Hier war kein Kind«, sagte Anna erschrocken. »Wie soll

denn ein Kind hereinkommen, wo ich doch die Türen hinter mir zumache, wenn ich gehe? Die Schlüssel zu den Wohnungen sind doch alle verschieden.«

»Nein, nein! Diesmal haben Sie es vergessen. Aber mein Rücken schmerzt, und meine Beine auch. Außerdem, wer weiß denn, was es alles angefaßt und durcheinandergebracht hat? Sehen Sie mal nach.«

»Nichts angefaßt, nichts durcheinander«, erwiderte Anna, während sie den Inhalator aus dem Pappkarton nahm.

»Doch. Jetzt fällt mir wieder alles ein. Leg – legen Sie das weiße Ding, mit der offenen Seite – das Spitzendeckchen, meine ich – ganz gerade auf das ...« Sie deutete. Anna, die ihre Eigenarten kannte, verstand und ging hin.

»Ist es jetzt ganz gerade?« fragte Frau Ebermann.

»Vollkommen«, sagte Anna. »Sogar genau in der Mitte des Heizkörpers.« Mit den Fingerknöcheln maß Anna die Abstände, wie es ihr beigebracht worden war, als sie damals die Anstellung erhielt.

»Und meine Schildpattbürsten?« Wo sie lag, konnte Frau Ebermann ihren Toilettentisch nicht sehen.

»Ganz gerade, nebeneinander auf der großen Platte, und der Kamm quer darüber. Und auch Ihre Uhr ist im Korall-Halter. Alles« – sie ging durchs Zimmer, um sich zu überzeugen – »alles ist so, wie Sie es machen, wenn Sie gesund sind.« Frau Ebermann seufzte erleichtert. Es schien ihr, daß das Zimmer und ihr Kopf plötzlich kühler geworden waren.

»Gut!« sagte sie. »Dann wärmen Sie jetzt bitte in der Küche mein Nachthemd an, damit es bereit ist, wenn ich transpiriert habe. Auch die Handtücher. Bringen Sie den Inhalator zum Dampfen und tun Sie das Eukalyptus hinein; das ist gut für den Hals. Dann setzen Sie sich in die Küche, und kommen Sie, wenn ich läute. Aber zuerst meine Wärmflasche.«

Sie wurde gebracht und mit wissenschaftlicher Genauigkeit umwickelt.

»Gibt es Meldungen?« fragte Frau Ebermann schläfrig. Sie war an diesem Tag nicht außer Haus gewesen.

»Ein neuer Sieg«, sagte Anna. »Noch viel mehr Gefangene und Kanonen.«

Frau Ebermann schnurrte – man könnte fast sagen knurrte – zufrieden.

»Auch das ist gut«, sagte sie; und Anna ging hinaus, nachdem sie die Inhalatorlampe entzündet hatte.

Frau Ebermann dachte daran, daß in etwa einer Stunde das Aspirin zu wirken beginnen und alles gut werden würde. Morgen – nein, übermorgen – würde sie das Leben wieder aufnehmen und hätte dann etwas, worüber sie mit ihren Freundinnen beim Kaffee reden konnte. Alle wußten, daß sie sehr selten krank war. Aber in keiner dieser Notlagen hatte sie je auch nur die kleinste Abweichung von Routine und Ritual des Tages geduldet. Sie würde ihren Freundinnen genau erzählen – einzeln ging sie die Namen durch –, welche Maßnahmen sie ergriffen hatte, gegen das Spitzendeckchen auf der Heizkörperplatte und hinsichtlich der beiden Schildpattbürsten und des rechtwinklig über sie gelegten Kamms. Wie sie alles in Ordnung gebracht hatte – alles in Ordnung. Sie schweifte weiter aus, während sie genüßlich mit den Zehen an der Wärmflasche spielte. Wenn es dem lieben Gott gefallen sollte, sie zu Sich zu rufen, und sie war ja nicht mehr so jung wie einst – da gab es zum Beispiel die Brücke mit den vier Unterkieferzähnen im blauen Zahnbecher –, sollte Er alle ihre Habseligkeiten Seines Auges würdig finden. ›Gekehrt und geschmückt‹ waren die Wörter, die sich in ihrem emsigen Hirn bildeten. ›Gekehrt und geschmückt für ...‹

Nein, sie hatte gewiß nicht für den lieben Gott gekehrt; morgen oder übermorgen würde sie das Zimmer auskehren und dann schmücken lassen. Ihre Hände begannen wieder, zu riesigen Kissen aus Nichts anzuschwellen. Dann schrumpften sie, desgleichen ihr Kopf, zu winzigen Punkten. Es kam ihr so vor, als ob sie darauf wartete, daß etwas, etwas ungeheuer Wichtiges, geschehe. Lange Zeit lag sie mit geschlossenen Augen, damit endlich Kopf und Hände wieder zu ihrer normalen Größe zurückkehrten.

Jäh riß sie die Augen auf.

»Wie dumm von mir«, sagte sie laut, »das Zimmer für einen Haufen schmutziger kleiner Kinder in Ordnung zu bringen!«

Da waren sie – fünf, zwei kleine Jungen und drei Mädchen –, angeführt von der Zehnjährigen mit den ängstlichen Augen, die sie schon einmal gesehen hatte. Sie mußten durch die äußere Tür gekommen sein, die Anna zu schließen vergessen hatte, als sie mit dem Inhalator zurückkehrte. Sie zählte sie vorwärts und rückwärts, wie man Tonleitern durchzählt – eins, zwei, drei, vier, fünf.

Sie nahmen keine Notiz von ihr, sondern standen herum, zuerst auf dem einen Fuß, dann auf dem anderen, wie verirrte Küken; die kleineren hielten sich an die größeren. Sie wirkten wie völlig erschöpfte Passagiere in einem Wartesaal der Bahn, und ihre Kleider waren schändlich verdreckt.

»Geht weg!« rief Frau Ebermann schließlich, nachdem sie, wie es ihr schien, sich jahrelang abgemüht hatte, um die Wörter bilden zu können.

»Haben Sie gerufen?« sagte Anna an der Wohnzimmertür.

»Nein«, sagte ihre Herrin. »Haben Sie die Wohnungstür geschlossen, als Sie hereingekommen sind?«

»Natürlich«, sagte Anna. »Außerdem fällt sie von selber ins Schloß.«

»Dann gehen Sie wieder«, sagte sie, kaum lauter als ein Flüstern. Wenn Anna so tat, als sähe sie die Kinder nicht, würde sie darüber später mit Anna sprechen.

»Und jetzt ihr«, sagte sie; sie wandte sich ihnen zu, sobald die Tür sich geschlossen hatte. Der Kleinste der Gruppe lächelte sie an und schüttelte den Kopf, bevor er ihn im Kleid seiner Schwester vergrub.

»Warum – geht – ihr – nicht – weg?« flüsterte sie inbrünstig.

Wieder nahmen sie keine Notiz, sondern begannen, angeführt vom ältesten Mädchen, mit Schuhen und allem auf das grüne Plüschsofa vor dem Heizkörper zu klettern. Die kleinen Jungen mußten geschoben werden, weil sie den Höhenunterschied nicht ohne Hilfe bewältigen konnten. Sie setzten sich in einer Reihe, mit kleinen Seufzern der Erleichterung, und betasteten beifällig den Plüsch.

»Ich frage euch – ich frage euch, warum geht ihr nicht weg – warum geht ihr nicht weg?« Frau Ebermann ertappte sich dabei, daß sie die Frage zwanzigmal wiederholte. Alles in der Welt schien ihr von der Antwort abzuhängen. »Ihr wißt doch, daß ihr nicht in Häuser und Zimmer kommen dürft, wenn ihr nicht eingeladen seid. Nicht in Häuser und Schlafzimmer, wißt ihr.«

»Nein«, wiederholte ein ernster Sechsjähriger, »nicht in Häuser oder Schlafzimmer oder Eßzimmer oder Kirchen oder so was. Soll man nicht reingehen. Das ist ungezogen.«

»Ja, das hat er gesagt«, warf das jüngste Mädchen stolz ein. »Hat er gesagt. Er hat denen gesagt, bloß Schweine würden sowas tun.« Die Reihe nickte, lächelte einander mit Grübchen und explosivem leisen Gekicher zu, wie es bei Kindern üblich ist, wenn sie von Taten höchsten Wagemuts gegenüber ihren Eltern erzählen.

»Wenn ihr wißt, daß es nicht richtig ist, dann macht es das nur noch viel schlimmer«, sagte Frau Ebermann.

»Oh ja; viel schlimmer«, stimmten sie munter zu, bis der kleinste Junge von seinem Lächeln zu einem müden Säuglingsgejammer überging.

»Wann kommen die uns holen?« fragte er, und das Mädchen am Anfang der Reihe zerrte ihn ganz auf ihren kleinen eckigen tröstlichen Schoß.

»Er ist müde«, erklärte sie. »Er ist erst vier. Er hat erst dieses Frühjahr seine erste Hose gekriegt.« Sie reichte ihm fast bis unter die Achseln und wurde von breiten Hosenträgern aus

Leinen festgehalten, die er nun, da sein Kummer für den Augenblick abgelenkt war, stolz tätschelte.

»Ja, sehr schön, Liebes«, sagten die beiden Mädchen.

»Geht weg!« sagte Frau Ebermann. »Geht nach Hause zu eurem Vater und eurer Mutter!«

Ihre Gesichter wurden sofort ernst.

»Ssst! Das *können* wir nicht«, flüsterte die Älteste. »Da ist nichts mehr übrig.«

»Alles futsch«, sagte ein Junge; mit gespitzten Lippen machte er Knallgeräusche. »Einfach *so*, hat Onkel mir gesagt. Beide Kühe auch.«

»Und meine drei Entchen«, sagte der Junge auf dem Schoß des Mädchens schläfrig.

»Deshalb sind wir hergekommen, wissen Sie.« Das ältere Mädchen beugte sich ein wenig vor und streichelte dabei das Kind, das sie wiegte.

»Ich – ich verstehe das nicht«, sagte Frau Ebermann. »Dann habt ihr euch verirrt? Das müßt ihr doch unserer Polizei sagen.«

»Ach nein; wir warten bloß.«

»Aber *worauf* wartet ihr?«

»Wir warten darauf, daß unsere Leute uns holen kommen. Die haben gesagt, wir sollen hierher gehen und auf sie warten. Deshalb warten wir jetzt, bis sie kommen«, antwortete das älteste Mädchen.

»Ja. Wir warten, bis unsere Leute uns holen kommen«, sagten alle anderen im Chor.

»Aber«, sagte Frau Ebermann sehr geduldig – »aber jetzt erzählt mir doch, und ich verspreche euch, daß ich kein bißchen böse sein werde, erzählt mir doch, woher ihr kommt? Woher kommt ihr?«

Die Fünf nannten die Namen zweier Dörfer, von denen sie in den Zeitungen gelesen hatte.

»Das ist Unsinn«, sagte Frau Ebermann. »Die Leute haben

auf uns geschossen, und sie sind bestraft worden. Diese Orte sind ausgelöscht, niedergewalzt.«

»Ja, ja, ausgelöscht, niedergewalzt. Deshalb, und – ich hab das Bändchen aus meinem Zopf verloren«, sagte das jüngere Mädchen. Sie blickte hinter sich, über den Sofarücken.

»Hier ist es nicht«, sagte die Ältere. »Das hast du woanders verloren. Weißt du nicht mehr?«

»Also, wenn ihr euch verirrt habt, dann müßt ihr das unserer Polizei sagen. Die kümmert sich um euch und gibt euch etwas zu essen«, sagte Frau Ebermann. »Anna zeigt euch den Weg.«

»Nein« – dies der Sechsjährige mit dem Lächeln – »wir müssen hier warten, bis unsere Leute uns holen kommen. Müssen wir doch, oder, Schwester?«

»Natürlich. Wir bleiben hier, bis unsere Leute uns holen kommen. Das wissen doch alle«, sagte das älteste Mädchen.

»Ja.« Der Junge auf ihrem Schoß war wieder erwacht. »Auch kleine Kinder – so klein wie Henri, und *der* hat noch keine Hose. *So* klein.«

»Ich verstehe das nicht«, sagte Frau Ebermann; sie zitterte. Trotz der Hitze des Zimmers und des feuchten Hauchs aus dem Dampfinhalator tat das Aspirin immer noch nicht seine Pflicht.

Das Mädchen hob die blauen Augen und blickte einen Moment die Frau an.

»Wissen Sie«, sagte sie; sie unterstrich ihre Erklärungen mit den Fingern, »*die* haben *uns* gesagt, wir sollen *hier* warten, bis *unsere* Leute uns holen kommen. Deshalb sind wir hergekommen. Wir warten, bis unsere Leute uns abholen.«

»Das ist doch wieder Unsinn«, sagte Frau Ebermann. »Es ist nicht gut für euch, hier zu warten. Wißt ihr denn nicht, wo ihr hier seid? Wart ihr in der Schule? Das hier ist Berlin, die Hauptstadt von Deutschland.«

»Ja, ja«, riefen alle; »Berlin, die Hauptstadt von Deutschland. Wir wissen das. Deshalb sind wir doch hergekommen.«

»Also, ihr seht, es ist nicht gut«, sagte sie triumphierend, »weil eure Leute euch hier gar nicht holen kommen können.«

»Die haben uns gesagt, wir sollen herkommen und warten, bis unsere Leute uns holen.« Sie sagten es auf wie eine Lektion in der Schule. Dann saßen sie still da, die Hände ordentlich auf dem Schoß gefaltet, und lächelten so lieb wie zuvor.

»Geht weg! Geht weg!« kreischte Frau Ebermann.

»Haben Sie gerufen?« sagte Anna; sie kam herein.

»Nein. Geht weg! Geht weg!«

»Sehr gut, alte Ziege«, sagte die Dienerin halblaut. »Das nächste Mal kannst *lange* rufen«, und sie ging zurück zu ihrer Freundin in die Küche.

»Ich bitte euch – bitte euch, *bitte* geht doch weg«, flehte Frau Ebermann. »Geht durch die Tür da zu meiner Anna, die gibt euch Kekse und Süßigkeiten. Es ist nicht nett von euch, einfach in mein Zimmer zu kommen und euch so schlecht zu benehmen.«

»Wohin sollen wir denn jetzt gehen?« fragte das ältere Mädchen, an die kleine Gesellschaft gewandt. Sie begannen zu diskutieren. Eins der Kinder wollte gern auf die breite Straße mit den Bäumen, ein anderes zum Bahnhof; als sie aber den Palast eines Kaisers vorschlug, stimmten sie ihr zu.

»Dann gehen wir«, sagte sie, und halb entschuldigend setzte sie für Frau Ebermann hinzu: »Wissen Sie, die sind so klein und möchten alle anderen treffen.«

»Welche anderen?« sagte Frau Ebermann.

»Die anderen – Hunderte und Hunderte und Tausende und Tausende andere.«

»Das ist eine Lüge. Es können nicht mal hundert sein, viel weniger tausend«, rief Frau Ebermann.

»Ach?« sagte das Mädchen höflich.

»Ja. *Ich* sage euch das, und ich weiß ganz genau Bescheid. Ich weiß, wie es geschehen ist. Ihr hättet vorsichtiger sein sollen. Ihr hättet nicht hinauslaufen sollen, um die Pferde und die Kanonen vorüberziehen zu sehen. So ist das doch immer, wenn unsere Truppen vorbeiziehen. Mein Sohn hat es mir geschrieben.«

Sie waren vom Sofa herabgeklettert und drängten sich um das Bett, mit eifrigen, interessierten Augen.

»Pferde und Kanonen ziehen vorbei – wie schön!« flüsterte eines.

»Ja, ja; glaubt mir, *so* kommt es zu diesen Unfällen mit den Kindern. Ihr müßt doch selbst wissen, daß das stimmt. Man läuft hinaus, um zuzusehen ...«

»Aber ich hab überhaupt nichts davon gesehen«, rief ein Junge traurig. »Ich hab nur einen einzigen Ton gehört. Das war, als Tante Emmelines Haus umgefallen ist.«

»Aber hört mir doch zu. *Ich* sag euch, wie es war! Man läuft hinaus um zuzuschauen, weil man klein ist und nicht so gut sehen kann. Also schaut man zwischen den Beinen des Mannes durch, und dann – ihr wißt, wie scharf diese großen Pferde und Kanonen um die Ecken biegen – dann rutscht man mit dem Fuß aus und wird überfahren. So passiert das. Es ist ein paarmal geschehen, aber nicht sehr oft; bestimmt nicht hundertmal, vielleicht nicht mal zwanzigmal. Also, seht ihr, ihr *müßt* einfach alle sein. Sagt mir jetzt, daß ihr die ganzen Kinder seid, und dann gibt Anna euch die Kekse.«

»Tausende«, wiederholte ein Junge eintönig. »Dann kommen wir alle her und warten, bis unsere Leute uns holen.«

»Aber jetzt gehen wir hier weg. Die alte Dame ist müde«, sagte das ältere Mädchen und zupfte ihn am Ärmel.

»Oh, du tust mir weh, du tust mir weh!« rief er und brach in Tränen aus.

»Was soll das denn?« sagte Frau Ebermann. »In einem Zimmer zu weinen, wo eine arme kranke Dame liegt, das ist sehr rücksichtslos.«

»Ach, aber schauen Sie, Madame!« sagte das ältere Mädchen.

Frau Ebermann schaute und sah.

»*Au revoir*, Madame.« Sie machten lächelnd ihre kleinen Verbeugungen und Knickse, unberührt durch ihre lauten Schreie. »*Au revoir*, Madame. Wir werden warten, bis unsere Leute uns holen kommen.«

Als Anna endlich hereingelaufen kam, fand sie ihre Herrin auf Knien vor, wie sie emsig den Boden säuberte, mit dem Spitzendeckchen vom Heizkörper, weil der Boden, sagte sie, ganz fleckig sei vom Blut von fünf Kindern – sie sei absolut sicher, mehr als fünf könnten es in der ganzen Welt nicht sein –, die im Moment gegangen seien, aber jetzt an der nächsten Ecke warteten, und Anna müsse sie suchen und ihnen Kekse geben, damit die Blutungen aufhörten, während ihre Herrin kehrte und schmückte, daß Unser lieber HErr, wenn er komme, alles so vorfinde, wie es sich gehöre.

MARY POSTGATE

Über Miss Mary Postgate schrieb Lady McCausland, sie sei »durch und durch pflichtbewußt, sauber, umgänglich und damenhaft. Es tut mir sehr leid, sie zu verlieren, und ich werde immer an ihrem Wohlergehen interessiert sein«.

Miss Fowler stellte sie auf diese Empfehlung hin an und fand zu ihrer Überraschung – denn sie hatte mit Gesellschafterinnen ihre Erfahrungen gemacht –, daß alles stimmte. Miss Fowler war zu der Zeit eher sechzig als fünfzig, aber wenngleich sie der Pflege bedurfte, erschöpfte sie doch keineswegs die Vitalität ihrer Betreuerin. Im Gegenteil; sie nahm nicht nur, sondern sie gab, anregend und voller Reminiszenzen. Ihr Vater war ein niedriger Beamter bei Hofe gewesen in den Tagen, als die Weltausstellung von 1851 eben der Vollendeten Zivilisation ihr Siegel aufgedrückt hatte. Trotz allem waren einige der Geschichten von Miss Fowler nicht immer für die Jugend geeignet. Mary war nicht jung, und wenn ihre Rede auch so farblos war wie ihre Augen oder ihr Haar, war sie doch nie schockiert. Ohne mit der Wimper zu zucken hörte sie alle an; am Schluß sagte sie: »Wie interessant!« oder »Wie schockierend!«, je nachdem, und kam danach nie wieder darauf zurück, denn sie rühmte sich eines ausgebildeten Geistes, der sich »mit diesen Dingen nicht zu gründlich abgibt«. Außerdem war sie ein Schatz in Sachen Haushaltsführung, wofür die Händler des Dorfes mit ihren Wochenabrechnungen sie keineswegs liebten. Ansonsten hatte sie keine Feinde; löste nicht einmal bei den gewöhnlichsten Leuten Neid aus; weder Klatsch noch Verleumdung waren je zu ihr zurückzuverfolgen gewesen; an der Tafel des Pfarrers oder des Arztes sprang sie binnen einer halben Stunde ein, wenn ein Gast absagte; sie war eine Art öffentlicher Tante für sehr viele kleine Kinder der Dorfstraße, deren Eltern zwar alles hinnahmen, aber sehr schnell empört gewesen wären über etwas, was sie »Herablassung« nannten; sie diente im Nursing Committee des Dorfs als Miss Fowlers Kandidatin, als Miss Fowler von rheumatischer Arthritis gelähmt wurde, und nach sechs Monaten vierzehntäglicher Sitzungen wurde sie von allen Cliquen gleichermaßen geachtet.

Und als das Schicksal Miss Fowlers Neffen, einen nicht eben anziehenden Waisenjungen von elf Jahren, in Miss Fowlers Hände legte, übernahm Mary Postgate ihren Teil an Erziehung, wie sie in Public und Private Schools gepflogen wird. Sie prüfte gedruckte Kleidungslisten und nicht genau aufgeschlüsselte Extrarechnungen; schrieb an Direktoren und *House masters*, *House matrons*, Krankenschwestern und Ärzte und grämte oder freute sich über Halbtrimester-Zeugnisse. Der junge Wyndham Fowler lohnte es ihr in den Ferien, indem er sie »Gatepost«, »Postey« oder »Packthread« nannte, ihr zwischen die schmalen Schultern hieb oder sie blökend durch den Garten jagte, ihren großen Mund offen, die lange Nase hoch in der Luft, in einem steifnackigen Schlenkergang sehr ähnlich dem eines Kamels. Später füllte er das Haus mit Gezeter, Auseinandersetzungen und Vorträgen hinsichtlich seiner persönlichen Bedürfnisse, Vorlieben und Abneigungen und der Beschränktheit von »euch Frauen«, wobei er Mary zu Tränen der physischen Erschöpfung oder, wenn er witzig zu sein beliebte, des hilflosen Gelächters trieb. Bei Krisen, die sich mehrten, wie er älter wurde, war sie seine Botschafterin und Dolmetscherin gegenüber Miss Fowler, die kein großes Verständnis für die Jugend hatte; eine Stimme zu seinen Gunsten bei den Beratungen über seine Zukunft; seine Näherin, zu strikter Rechenschaft verpflichtet über verlegte Stiefel und Kleidungsstücke; immer seine Zielscheibe und seine Sklavin.

Und als er beschloß, Anwalt zu werden und einer Kanzlei in London beigetreten war; als seine Begrüßung von »Hallo, Postey, alte Schachtel« zu »Morgen, Packthread« übergegangen war, kam ein Krieg, der, anders als alle Kriege an die Mary sich erinnern konnte, nicht sittsam außerhalb Englands und in den Zeitungen blieb, sondern in das Leben von Leuten eindrang, die sie kannte. Wie sie zu Miss Fowler sagte, war er »sehr ärgerlich«. Er nahm den Sohn des Pfarrers, der in das Geschäft seines älteren Bruders eintreten wollte; er nahm den Neffen des Obersten, kurz bevor er als Obstbauer nach Kanada gehen konnte; er nahm Mrs. Grants Sohn, der, wie seine Mutter sagte, unbedingt Geistlicher werden wollte; und wirklich sehr früh nahm er Wynn Fowler, der mit einer Postkarte verkündete, er sei dem Flying Corps beigetreten und brauche eine Cardiganjacke.

»Dann soll er gehen, und er soll die Jacke haben«, sagte Miss Fowler. Also beschaffte Mary die Wolle und Nadeln entsprechender Größe, während Miss Fowler den Männern ihres Haushalts – zwei Gärtnern und einem sechzigjährigen Faktotum – sagte, wer der Armee beitreten wolle, solle dies besser tun. Die Gärtner gingen. Cheape, das Faktotum, blieb und wurde zur Nutzung des Gärtnerhäuschens befördert. Die Köchin, zornig darüber, in begrenztem Luxus leben zu müssen, ging ebenfalls, nach einer lebhaften Szene mit Miss Fowler, und nahm das Hausmädchen mit. Miss Fowler gab die Ernennung von Cheapes siebzehnjähriger Tochter auf den vakanten Posten bekannt; Mrs. Cheape stieg zum Rang der Köchin auf, mit gelegentlichen Putzeinsätzen; und das reduzierte Etablissement arbeitete reibungslos weiter.

Wynn verlangte eine Erhöhung seines Wechsels. Miss Fowler, die sich immer den Tatsachen stellte, sagte: »Soll er haben. So wie es aussieht, lebt er vielleicht nicht lang genug, um es auszugeben, und wenn ihn dreihundert glücklich machen . . .«

Wynn war dankbar, und in seiner enggeknöpften Uniform kam er vorbei, um das zu bekunden. Sein Ausbildungszentrum war keine dreißig Meilen entfernt, und seine Reden waren derart technisch, daß sie durch Skizzen der verschiedenen Maschinentypen erläutert werden mußten. Eine solche Skizze gab er Mary.

»Und die solltest du besser studieren, Postey«, sagte er. »In der nächsten Zeit wirst du viele davon sehen.« Also studierte Mary die Skizze, aber als Wynn das nächste Mal kam, um sich vor seinen Weibsleuten aufzuplustern und zu prahlen, versagte sie beim Kreuzverhör ganz schlimm, und er zog über sie her wie in den alten Tagen.

»Du siehst mehr oder weniger aus wie ein Mensch«, sagte er mit seinem neuen Dienst-Tonfall. »Du *mußt* irgendwann in deiner Vergangenheit mal ein Gehirn gehabt haben. Was hast du damit angestellt? Wo verwahrst du es? Ein Schaf würde mehr begreifen als du, Postey. Du bist ja jämmerlich. Mit dir ist ja noch weniger anzufangen als mit ner leeren Konservendose, du trübe alte Eule.«

»Ich nehme an, das ist die Art, wie dein vorgesetzter Offizier mit *dir* redet?« sagte Miss Fowler aus ihrem Rollstuhl.

»Aber Postey macht das nichts aus«, erwiderte Wynn. »Oder, Packthread?«

»Was? Hat Wynn irgendwas gesagt? Wenn du das nächste Mal kommst, mache ich das hier richtig«, murmelte sie und runzelte die blasse Stirn wieder über den Diagrammen von Taubes, Farmans und Zeppelinen.

Nach ein paar Wochen gingen die bloßen Land- und Seeschlachten, von denen sie Miss Fowler nach dem Frühstück vorlas, wie ein eitler Hauch an ihr vorüber. Ihr Herz und ihr Interesse waren hoch in der Luft mit Wynn, der das »Anrollen« (was immer das sein mochte) abgeschlossen hatte und von einem »Taxi« zu einer mehr oder minder eigenen Maschine gelangt war. Eines Morgens kreiste sie direkt über ihren Schornsteinen, landete auf Veggs Heide, fast vor dem Gartentor, und Wynn kam herein, blau vor Kälte, und schrie nach Essen. Er und sie schoben Miss Fowlers Rollstuhl, wie sie es oft getan hatten, den Fußweg über die Heide entlang, um sich den Doppeldecker anzusehen. Mary bemerkte, er »riecht ziemlich scheußlich«.

»Postey, ich glaube, du denkst mit der Nase«, sagte Wynn. »Ich weiß, mit dem Kopf tust du es nicht. Also, welcher Typ ist das?«

»Ich lauf und hol die Skizze«, sagte Mary.

»Du bist hoffnungslos! Du hast nicht mal die geistigen Kräfte einer weißen Maus«, rief er, und dann erklärte er die Anzeigen und die Röhren zum Bombenabwurf, bis es Zeit wurde, einzusteigen und wieder über die nassen Wolken zu reiten.

»Ah!« sagte Mary, als das stinkende Ding lodernd aufstieg. »Warten Sie nur, bis unser Fliegercorps zur Sache geht! Wynn sagt, das ist viel sicherer als in den Gräben.«

»Wers glaubt«, sagte Miss Fowler. »Sagen Sie Cheape, er soll kommen und mich nach Hause fahren.«

»Geht alles bergab. Kann ich doch tun«, sagte Mary, »wenn Sie bremsen.« Sie lehnte ihre hagere Gestalt gegen die Schubstange, und sie rollten heim.

»Also passen Sie auf, daß Ihnen nicht heiß wird und Sie sich erkälten«, sagte die zu dick angezogene Miss Fowler.

»Mich bringt nichts zum Schwitzen«, sagte Mary. Als sie den Rollstuhl polternd in den Eingang schob, drückte sie ihren langen Rücken durch. Die Anstrengung hatte ihr Farbe gegeben, und der Wind hatte an ihrer Stirn eine Haarsträhne gelöst. Miss Fowler warf ihr einen Blick zu.

»Woran denken Sie nur immer, Mary?« fragte sie plötzlich.

»Ach, Wynn sagt, er braucht noch drei Paar Strümpfe – so dick, wie wir sie bloß machen können.«

»Ja. Aber ich meine die Dinge, an die Frauen eben denken. Sie sind jetzt über vierzig ...«

»Vierundvierzig«, sagte die wahrheitsliebende Mary.

»Und?«

»Und?« Mary bot Miss Fowler wie üblich ihre Schulter.

»Zehn Jahre sind Sie jetzt bei mir.«

»Mal sehen«, sagte Mary. »Wynn war elf, als er gekommen ist. Jetzt ist er zwanzig, und ich bin zwei Jahre vorher gekommen. Es müssen elf Jahre sein.«

»Elf! Und in der ganzen Zeit haben Sie mir nie irgendwas Wichtiges erzählt. Wenn ich zurückblicke, kommt es mir vor, als ob *ich* alles Reden erledigt hätte.«

»Ich fürchte, ich bin nicht gut im Plaudern. Wie Wynn sagt, ich hab nicht den Kopf dazu. Geben Sie mir Ihren Hut.«

Miss Fowler, die sich steif aus der Hüfte bewegte, stampfte mit der Gummispitze ihres Stocks auf den Fliesenboden der Diele. »Mary, sind Sie *nichts* außer Gesellschafterin? Wären Sie *jemals* etwas anderes als Gesellschafterin geworden?«

Mary hängte den Gartenhut auf den vorgesehenen Haken. »Nein«, sagte sie nach kurzem Überlegen. »Kann ich mir nicht vorstellen. Ich hab aber nicht viel Vorstellungskraft, fürchte ich.«

Sie holte Miss Fowler ihr elf-Uhr-Glas Contrexeville.

Das war in jenem nassen Dezember, in dem sechs Zoll Regen fielen, und die Frauen gingen so wenig aus wie möglich. Wynns fliegender Streitwagen besuchte sie mehrmals, und zweimal (er hatte sie per Postkarte vorgewarnt) hörte Mary das Dreschen seiner Propeller im Morgengrauen. Beim zweiten Mal lief sie ans Fenster und starrte in den Himmel, der allmählich weiß wurde. Ein kleiner Klecks zog oben vorüber. Sie hob ihm ihre hageren Arme entgegen.

An diesem Abend um sechs Uhr kam in einem amtlichen Umschlag die Mitteilung, Leutnant W. Fowler sei während eines Übungsflugs ums Leben gekommen. Der Tod sei augenblicklich eingetreten. Sie las und brachte die Nachricht Miss Fowler.

»Ich habe nie etwas anderes erwartet«, sagte Miss Fowler; »es tut mir aber leid, daß es passiert ist, bevor er irgendwas tun konnte.«

Der Raum drehte sich um Mary Postgate, aber sie fand sich ziemlich stetig in der Mitte des Kreises.

»Ja«, sagte sie. »Es ist sehr schade, daß er nicht im Einsatz gefallen ist, nachdem er jemand getötet hatte.«

»Er war auf der Stelle tot. Das ist *ein* Trost«, fuhr Miss Fowler fort.

»Aber Wynn sagt, der Schock des Fallens tötet jeden sofort – egal, was mit den Tanks passiert«, zitierte Mary.

Der Raum beruhigte sich allmählich. Sie hörte Miss Fowler ungeduldig sagen: »Aber warum können wir nicht weinen, Mary?« und sich antworten: »Es gibt nichts zu weinen. Er hat seine Pflicht getan, genauso wie Mrs. Grants Sohn.«

»Und als der gestorben ist, ist *sie* hergekommen und hat den ganzen Morgen geweint«, sagte Miss Fowler. »Mich macht das alles nur müde – entsetzlich müde. Können Sie mir bitte ins Bett helfen, Mary? – Und ich hätte gern die Wärmflasche, glaube ich.«

Also half Mary ihr und setzte sich daneben und redete von Wynn in seiner wilden Jugend.

»Ich glaube«, sagte Miss Fowler plötzlich, »daß so ein Schlag von Alten und Jungen irgendwie abrutscht. Die Mittelalten spüren es am schlimmsten.«

»Ich glaube, das stimmt«, sagte Mary; sie erhob sich. »Ich packe jetzt die Sachen in seinem Zimmer weg. Sollen wir Trauer tragen?«

»Selbstverständlich nicht«, sagte Miss Fowler. »Außer natürlich bei der Beerdigung. Ich kann nicht hin. Sie gehen. Ich möchte, daß Sie dafür sorgen, daß er hier beerdigt wird. Was für ein Segen, daß es nicht in Salisbury passiert ist!«

Alle, von den Behörden des Flying Corps bis zum Pfarrer, waren sehr freundlich und mitfühlend. Mary befand sich einen Moment lang in einer Welt, wo gewohnheitsmäßig Leichen von allen möglichen Vehikeln an alle möglichen Orte gebracht wurden. Und bei der Beerdigung standen zwei junge Männer in zugeknöpften Uniformen neben dem Grab und sprachen hinterher mit ihr.

»Sie sind Miss Postgate, nicht wahr?« sagte der eine. »Fowler hat mir von Ihnen erzählt. Er war ein guter Bursche – erstklassiger Kerl – ein großer Verlust.«

»Großer Verlust!« knurrte sein Kamerad. »Tut uns allen furchtbar leid.«

»Von wie hoch oben ist er gefallen?« flüsterte Mary.

»So an die viertausend Fuß, schätze ich, oder? Warst du an dem Tag oben, Monkey?«

»Den ganzen Tag«, erwiderte das andere Kind. »Meine Kiste hat dreitausend geschafft, und ich war längst nicht so hoch wie er.«

»Dann ist *das* in Ordnung«, sagte Mary. »Ich danke Ihnen sehr.«

Sie gingen fort, als Mrs. Grant sich weinend an Marys flache Brust stürzte, unter dem Friedhofstor, und rief: »Ich weiß, wie das ist! Ich weiß, wie das ist!«

»Aber seine Eltern sind beide tot«, erwiderte Mary, während sie sie von sich schob. »Vielleicht haben sie sich jetzt alle getroffen«, setzte sie vage hinzu, als sie zur Kutsche floh.

»Daran habe ich auch gedacht«, jammerte Mrs. Grant; »aber dann ist er doch praktisch ein Fremder für sie. Wie peinlich!«

Zuhause berichtete Mary getreulich von jeder Einzelheit der Feier, und als sie Mrs. Grants Ausbruch beschrieb, lachte Miss Fowler laut.

»Ah, wie Wynn das genossen hätte! Er war bei Beerdigungen ja immer vollkommen unberechenbar. Wissen Sie noch ...« Und sie redeten wieder von ihm; eine ergänzte die Lücken der anderen. »Und jetzt«, sagte Miss Fowler, »ziehen wir die Blenden hoch und machen Hausputz. Das tut uns immer gut. Haben Sie sich um Wynns Sachen gekümmert?«

»Alles – seit er hergekommen ist«, sagte Mary. »Er war nie zerstörerisch – nicht mal mit seinen Spielsachen.«

Sie stellten sich dem aufgeräumten Zimmer.

»Es kann doch nicht natürlich sein, nicht zu weinen«, sagte Mary schließlich. »Ich bin *so* besorgt, daß bei Ihnen noch eine Reaktion einsetzt.«

»Wie ich Ihnen schon sagte – von uns Alten rutscht so ein Schlag ab. Aber um Sie mach ich mir Sorgen. Haben Sie schon geweint?«

»Kann ich nicht. Mich macht das alles nur böse auf die Deutschen.«

»Damit vergeuden Sie bloß Ihre Vitalität«, sagte Miss Fowler. »Wir müssen leben, bis der Krieg vorbei ist.« Sie öffnete einen vollen Kleiderschrank. »Also, ich hab mir alles überlegt. So sieht mein Plan aus. Seine ganzen Zivilsachen können wir weggeben – belgische Flüchtlinge und so weiter.«

Mary nickte. »Stiefel, Kragen und Handschuhe?«

»Ja. Wir brauchen nichts zu behalten außer Kappe und Gürtel.«

»Die sind gestern gekommen, mit seinen Sachen vom Flieger-Corps« – Mary deutete auf eine Rolle auf dem kleinen eisernen Bett.

»Ach, heben Sie seine Dienstsachen auf. Vielleicht kann die nochmal jemand brauchen. Wissen Sie noch seine Größen?«

»Fünf Fuß achteinhalb; sechsunddreißig Zoll Brustumfang. Aber er hat mir gesagt, er hätte grade anderthalb Zoll zugelegt. Ich schreib das auf einen Zettel und binde den an seinen Schlafsack.«

»*Das* wäre damit erledigt«, sagte Miss Fowler; mit dem Ringfinger der einen klopfte sie in die Handfläche der anderen Hand. »Was für eine Vergeudung das alles ist! Morgen nehmen wir seinen alten Schulkoffer und packen seine Zivilkleider ein.«

»Und der Rest?« sagte Mary. »Seine Bücher und Bilder und die Spiele und Spielsachen – und – und das andere?«

»Ich habe vor, jedes einzelne Stück zu verbrennen«, sagte

Miss Fowler. »Dann wissen wir, wo alles abgeblieben ist, und niemand kann sich noch daran vergreifen. Was meinen Sie?«

»Ich glaube, das wäre wirklich das Beste«, sagte Mary. »Aber es ist doch so viel.«

»Wir stecken alles in den Zerstörer«, sagte Miss Fowler.

Das war ein Freiluft-Ofen zur Beseitigung von Abfall; ein kleiner runder, vier Fuß hoher Turm aus durchbrochenem Ziegelwerk über einem Eisenrost. Miss Fowler hatte den Entwurf vor Jahren in einer Gartenzeitschrift gesehen und das Gerät am Ende des Gartens bauen lassen. Es gefiel ihrer ordnungsliebenden Seele, denn es vermied unansehnliche Abfallhaufen, und die Asche lockerte den zähen Lehmboden auf.

Mary überlegte einen Moment, wußte dann, was zu tun war und nickte wieder. Sie verbrachten den Abend damit, vertraute Zivilanzüge wegzupacken, Unterwäsche, in die sie Initialen genäht hatte, und die Regimenter von sehr bunten Socken und Krawatten. Ein zweiter Koffer war nötig, und danach eine kleine Packtasche, und es war schon spät am nächsten Tag, bis Cheape und der Fuhrmann des Orts alles auf den Wagen luden. Glücklicherweise wußte der Pfarrer vom Sohn eines Freundes, etwa fünf Fuß achteinhalb Zoll groß, der eine komplette Flying-Corps-Ausstattung sehr gut gebrauchen konnte, und schickte den Sohn seines Gärtners mit einer Schubkarre, um alles abzuholen. Die Mütze wurde in Miss Fowlers Schlafzimmer gehängt, der Gürtel in Miss Postgates; denn, wie Miss Fowler sagte, sie hatten nicht den Wunsch, daraus Objekte für Teeparty-Geplauder zu machen.

»Damit wäre *das* erledigt«, sagte Miss Fowler. »Den Rest überlasse ich Ihnen, Mary. Ich kann nicht im Garten hin und her rennen. Am besten nehmen Sie den großen Wäschekorb und lassen sich von Nellie helfen.«

»Ich nehme die Schubkarre und mach es allein«, sagte Mary, und zum ersten Mal in ihrem Leben schloß sie den Mund.

Miss Fowler hatte in Momenten der Irritation Mary als tödlich methodisch bezeichnet. Sie zog ihren ältesten Regenmantel an, einen Gärtnerhut und die ewig rutschenden Galoschen, denn es sah nach noch mehr Regen aus. Aus der Küche holte sie Feueranzünder, einen halben Eimer Kohlen und ein Bündel Reisig. All das brachte sie mit der Schubkarre über die moosbewachsenen Wege zu dem feuchten kleinen Lorbeergesträuch, wo unter drei triefenden Eichen der Zerstörer stand. Über den Drahtzaun kletterte sie auf den dahinterliegenden Pfarracker, und aus dem Schober des Pächters holte sie zwei große Armvoll gutes Heu, das sie säuberlich auf dem Feuerrost verteilte. Danach, Fahrt um Fahrt, jedesmal vorbei an Miss Fowlers weißem Gesicht hinter dem Fenster des Ankleidezimmers, beförderte sie im Wäschekorb, bedeckt mit einem Handtuch, auf der Schubkarre abgegriffene und zerlesene Hentys, Marryats, Levers, Stevensons, Baroness Orczys, Garvices, Schulbücher und Atlanten, unsortierte Stapel von *Motor Cyclist*, *Light Car* und Kataloge der Olympia-Ausstellungen; die Reste einer Flotte von Segelschiffen, von Kuttern für neun Pence bis zu einer Yacht für drei Guineen; einen Schul-Schlafrock; Kricketschläger zwischen dreieinhalb und vierundzwanzig Shillings; Kricket- und Tennisbälle; zerfallene Dampf- und Aufzieh-Lokomotiven samt ihren verbogenen Schienen; das graurote Blechmodell eines U-Boots; ein stummes Grammophon und zersprungene Platten; Golfschläger, die über dem Knie durchgebrochen werden mußten, wie seine Spazierstöcke und ein Assagai; Fotos von Kricket- und Fußballteams der Public und Private Schools und von seinem Offiziersausbildungscorps beim Übungsmarsch; Negative und Filmrollen; ein paar Zinnbecher und einen echten Silberpokal für Boxwettbewerbe und Hürdenlauf der Junioren; Bündel von Schulfotos; Miss Fowlers Fotografie; ihre eigene, die er zum Spaß verschleppt und (Nachfragen hatte sie sorgfältigst unterlassen!) nie zurückgegeben hatte; eine Spielzeugschachtel mit Geheimfach; Berge von Turnzeug, Gürteln und Trikots und ein Paar Spikes, die sich auf dem Speicher gefunden hatten; ein Päckchen mit allen Briefen, die Miss Fowler und sie ihm je geschrieben hatten, aus irgendeinem absurden Grund all die Jahre aufbewahrt; den fünftägigen Versuch eines Tagebuchs; gerahmte Bilder von Rennwagen in voller Fahrt in Brookland, und zahllose Karrenladungen unentwirrbarer Trümmer von Werkzeugkisten, Kaninchenställen, Batterien, Zinnsoldaten, Laubsägekästen und Puzzles.

Am Fenster sah Miss Fowler zu, wie sie kam und ging, und sagte sich: ›Mary ist eine alte Frau. Das ist mir nie klargeworden.‹

Nach dem Essen riet sie ihr, sich auszuruhen.

»Ich bin überhaupt nicht müde«, sagte Mary. »Ich hab alles vorbereitet. Um zwei geh ich ins Dorf und hol ein bißchen Paraffin. Nellie hat nicht genug, und der Spaziergang tut mir sicher gut.«

Sie machte einen letzten Streifzug durchs Haus, bevor sie aufbrach, und stellte fest, daß sie nichts übersehen hatte. Nebliges Nieseln setzte ein, sobald sie Veggs Heide umrundete, wo Wynn immer gelandet war – es kam ihr so vor, als könne sie beinahe das Dreschen seiner Propeller in der Luft hören, aber nichts war zu sehen. Sie spannte den Schirm auf und stürzte sich in die blinde Nässe, bis sie die Zuflucht des leeren Dorfs erreichte. Als sie Mr. Kidds Laden verließ, mit einer vollen Flasche Paraffin im Einkaufsnetz, traf sie Nurse Eden, die Krankenschwester des Dorfs, und begann mit ihr wie üblich über die Dorfkinder zu plaudern. Vor dem *Royal Oak* wollten sie sich gerade verabschieden, als unmittelbar hinter dem Haus eine Kanone abgefeuert wurde, wie ihnen schien. Es folgte der Aufschrei eines Kindes, der zu einem Jammerlaut erstarb.

»Unfall!« sagte Nurse Eden sofort und rannte durch die leere Bar, gefolgt von Mary. Sie fanden Mrs. Gerritt, die Frau des Wirts, die nur ächzen und in den Hof deuten konnte, wo mit klirrenden Schindeln ein kleiner Karrenschuppen seitlich umstürzte. Nurse Eden schnappte sich ein Laken, das vor dem

Feuer trocknete, lief hinaus, hob etwas vom Boden auf und wikkelte das Laken darum. Das Laken färbte sich rot, wie auch ihre halbe Uniform, als sie ihre Bürde in die Küche trug. Es war die kleine Edna Gerritt, neun Jahre alt, die Mary kannte, seit sie noch im Kinderwagen gelegen hatte.

»Bin ich schlimm verwundet?« fragte Edna und starb in Nurse Edens tropfenden Händen. Das Laken fiel zur Seite, und einen Moment lang, bevor sie die Augen schließen konnte, sah Mary den aufgerissenen zerfetzten Körper.

»Ein Wunder, daß sie noch was sagen konnte«, sagte Nurse Eden. »Was in Gottes Namen war das?«

»Eine Bombe«, sagte Mary.

»Ein Zeppelin?«

»Nein. Ein Flugzeug. Auf der Heide dachte ich, ich hätte eins gehört, aber ich hab gemeint, es wär eins von uns. Es muß beim Runterkommen die Motoren abgeschaltet haben. Deshalb haben wir nichts gehört.«

»Dreckige Schweine!« sagte Nurse Eden, ganz bleich und zittrig. »Sehen Sie mal meine Aufmachung! Holen Sie doch bitte Dr. Hennis, Miss Postgate.« Die Nurse blickte zur Mutter, die mit dem Gesicht nach unten zu Boden gefallen war. »Die ist nur ohnmächtig. Drehen Sie sie um.«

Mary wuchtete Mrs. Gerritt auf den Rücken und lief dann eilig zum Arzt. Als sie berichtet hatte, bat er sie, sich im Sprechzimmer hinzusetzen, bis er ihr etwas gebracht hätte.

»Aber ich brauch es nicht, wirklich«, sagte sie. »Ich glaub, es wär nicht gut, Miss Fowler davon zu erzählen, oder? Bei diesem Wetter ist ihr Herz immer so anfällig.«

Dr. Hennis betrachtete sie voller Bewunderung, während er seine Tasche packte.

»Nein. Sagen Sie niemandem was, bis wir sicher sind«, sagte er und hastete zum *Royal Oak*, und Mary ging mit ihrem Paraffin weiter. Das Dorf hinter ihr war ruhig wie immer, denn die Nachricht hatte sich noch nicht verbreitet. Sie verzog ein wenig das Gesicht, die großen Nasenlöcher weiteten sich häßlich, und von Zeit zu Zeit murmelte sie einen Satz, den Wynn, der sich vor seinen Weibsleuten nie zurückhielt, auf den Feind angewandt hatte. »Verdammte Heiden! Das *sind* verdammte Heiden. Aber«, fuhr sie fort, indem sie zu der Lehre zurückkam, die sie zu dem gemacht hatte, was sie war, »man darf sich im Geist nicht zu gründlich mit diesen Dingen abgeben.«

Bevor sie das Haus erreichte, holte Dr. Hennis, der auch Sonder-Constable war, sie in seinem Wagen ein.

»Ah, Miss Postgate«, sagte er, »ich wollte Ihnen sagen, der Unfall im *Royal Oak* ist darauf zurückzuführen, daß Gerritts Stall zusammengebrochen ist. Er war schon sehr lange eine Gefahr. Man hätte ihn längst für baufällig erklären müssen.«

»Ich dachte, ich hätte auch eine Explosion gehört«, sagte Mary.

»Vielleicht haben die brechenden Balken Sie getäuscht. Ich hab sie mir angesehen. Durch und durch von Trockenfäule befallen. Als sie gebrochen sind, haben sie natürlich ein Geräusch ganz wie das einer Kanone gemacht.«

»Ja?« sagte Mary höflich.

»Die arme kleine Edna hat darunter gespielt«, fuhr er fort; noch immer hielt er sie mit den Augen fest, »und das Zeug und die Dachziegel haben sie in Stücke geschnitten, verstehen Sie?«

»Ich hab es gesehn«, sagte Mary kopfschüttelnd. »Ich hab es auch gehört.«

»Na ja, man kann nie ganz sicher sein.« Dr. Hennis schlug einen ganz anderen Tonfall an. »Ich weiß, daß Sie und Nurse Eden (mit ihr hab ich schon gesprochen) beide absolut vertrauenswürdig sind, und daß ich mich darauf verlassen kann, daß Sie nichts darüber sagen – jedenfalls noch nicht. Es ist nicht gut, die Leute aufzuregen, solange ...«

»Ach, das tu ich doch nie – sowieso«, sagte Mary, und Dr. Hennis fuhr weiter zur Hauptstadt der Grafschaft.

Letzten Endes, sagte sie sich, mochte es vielleicht tatsächlich der Einsturz des alten Stalles gewesen sein, der der armen kleinen Edna all diese Dinge zugefügt hatte. Es tat ihr leid, überhaupt etwas anderes angedeutet zu haben, aber Nurse Eden war die Diskretion in Person. Bis sie nach Hause kam, schien ihr die Angelegenheit allein aufgrund ihrer Monstrosität immer unglaublicher. Als sie das Haus betrat, erzählte Miss Fowler ihr, vor einer halben Stunde seien einige Flugzeuge vorübergeflogen.

»Ich hab so was gehört«, antwortete sie. »Ich gehe jetzt in den Garten. Ich habe das Paraffin.«

»Ja, aber – was haben Sie da bloß an den Schuhen? Die sind ja ganz naß. Ziehen Sie sofort andere an.«

Mary gehorchte nicht nur; sie wickelte die Schuhe auch in Zeitungspapier und steckte sie zu der Flasche ins Einkaufsnetz. Mit dem längsten Schürhaken bewaffnet ging sie dann hinaus.

»Es regnet schon wieder«, waren Miss Fowlers letzte Worte, »aber – ich weiß ja, daß Sie nicht zufrieden sind, bis Sie das alles erledigt haben.«

»Es dauert nicht lange. Ich hab alles hingebracht, und ich habe den Deckel auf den Zerstörer gelegt, damit die Feuchtigkeit draußen bleibt.«

Bis sie die Vorbereitungen abgeschlossen hatte und das Opferöl verspritzte, füllte sich das Gesträuch bereits mit Dämmerlicht. Als sie das Streichholz entzündete, das ihr Herz zu Asche verbrennen würde, hörte sie ein Ächzen oder Knurren hinter dem dichten Kirschlorbeer.

»Cheape?« rief sie unwirsch, aber Cheape mit seinem ewigen Hexenschuß, in seinem gemütlichen Häuschen, wäre der letzte, das Heiligtum zu entweihen. »Schafe«, schloß sie und warf das lange Zündholz hinein. Der Scheiterhaufen loderte röhrend auf, und der nahe Brand mehrte um sie her die Nacht.

›Wie das Wynn gefallen hätte!‹ dachte sie; sie trat zurück von der Glut.

In deren Licht sah sie, halb verborgen hinter einem Kirschlorbeer keine fünf Schritte entfernt, einen barhäuptigen Mann sehr steif am Fuß einer der Eichen sitzen. Ein gebrochener Ast lag über seinem Schoß – ein Bein mit Stiefel ragte darunter hervor. Der Kopf rollte unaufhörlich von einer Seite zur anderen, aber der Körper war ruhig wie der Baumstamm. Er war gekleidet – sie ging zur Seite, um es genauer sehen zu können – in eine Uniform ähnlich der von Wynn, mit einer über die Brust geknöpften Klappe. Einen Moment lang bildete sie sich ein, es könne einer der jungen Flieger sein, die sie bei der Beerdigung getroffen hatte. Aber deren Schöpfe waren dunkel und glänzend. Der dieses Mannes war blaß wie der eines Babys und so kurz geschoren, daß sie die widerlich rosige Haut darunter sehen konnte. Seine Lippen bewegten sich.

»Was sagen Sie?« Mary ging zu ihm hin und bückte sich.

»Laty! Laty! Laty!« murmelte er; seine Hände zupften an dem nassen Laub. Es gab keinen Zweifel an seiner Nationalität. Es machte sie so böse, daß sie zum Zerstörer zurückging, obwohl er noch zu heiß war, als daß sie den Schürhaken hätte verwenden können. Wynns Bücher schienen gut zu brennen. Sie blickte auf zu der Eiche hinter dem Mann; einige der dünnen oberen Zweige und zwei oder drei der morschen unteren Äste waren gebrochen, die Stücke lagen auf dem Strauchweg verstreut. In der untersten Astgabel glomm ein Helm mit baumelnden Bändern wie ein Vogelnest im Licht einer langen Flammenzunge. Offensichtlich war dieser Mensch durch den Baum gefallen. Wynn hatte ihr erzählt, es sei durchaus möglich, daß Leute aus Flugzeugen fielen. Wynn hatte ihr auch gesagt, Bäume seien hilfreich, um den Sturz eines Fliegers abzufangen, aber in diesem Fall mußte der Flieger sich etwas gebrochen haben, sonst hätte er sich aus seiner seltsamen Lage gerührt. Er schien hilflos, abgesehen von seinem furchtbaren rollenden Kopf. Andererseits konnte sie eine Pistolentasche an seinem Gürtel sehen – und Mary verabscheute Pistolen. Vor vielen Monaten, nachdem sie gemeinsam gewisse Berichte aus

Belgien gelesen, hatten sie und Miss Fowler sich mit einer Handwaffe befaßt – einem riesigen Revolver mit stumpfnasigen Patronen; letztere durften, sagte Wynn, laut Kriegskonvention nicht gegen zivilisierte Feinde verwendet werden. »Für uns sind sie gut genug«, hatte Miss Fowler geantwortet. »Zeig Mary, wie das funktioniert.« Und Wynn, lachend über die bloße Möglichkeit eines solchen Notfalls, hatte die feige blinzelnde Mary in den aufgelassenen Steinbruch des Pfarrers geführt und ihr gezeigt, wie man die furchtbare Waffe abfeuert. Sie lag nun in der obersten linken Schublade ihres Toilettentischs – ein nicht in die Verbrennung einbezogenes Erinnerungsstück. Wynn würde sich freuen zu sehen, wie wenig Angst sie davor hatte.

Sie lief zum Haus hinauf, um das Ding zu holen. Als sie durch den Regen zurückkam, lebten die Augen in dem Kopf erwartungsvoll auf. Der Mund versuchte sogar zu lächeln. Aber beim Anblick des Revolvers sackten die Mundwinkel, genau wie die von Edna Gerritt. Aus einem Auge sickerte eine Träne, und der Kopf rollte von einer Schulter zur anderen, als ob er versuchte, auf etwas zu deuten.

»Cassé. Tout cassé«, wimmerte der Kopf.

»Was sagen Sie?« sagte Mary angewidert; sie blieb seitlich entfernt stehen, wenngleich sich nur der Kopf bewegte.

»Cassé«, wiederholte dieser. *»Che me rends. Le médecin! Toctor!«*

»Nein!« sagte sie; sie richtete all ihre geringen Deutschkenntnisse mit dem schweren Revolver aus. *»Ich haben der tot Kinder gesehn.«*

Der Kopf war still. Marys Hand sackte. Sorgsam hatte sie den Finger vom Abzug ferngehalten, aus Angst vor Unfällen. Nach einigen Momenten des Wartens ging sie zurück zum Zerstörer, wo die Flammen kleiner wurden, und stocherte Wynns kokelnde Bücher mit dem Schürhaken wieder auf. Abermals ächzte der Kopf nach dem Doktor.

»Hören Sie auf!« sagte Mary; sie stampfte mit dem Fuß. »Hören Sie auf damit, Sie verdammter Heide!«

Die Wörter kamen ganz glatt und natürlich. Es waren Wynns eigene Worte, und Wynn war ein Gentleman, der um nichts in der Welt die kleine Edna zu solch lebhaft bunten Streifen und Schnüren zerfetzt hätte. Aber das, was da unter der Eiche kauerte, hatte dies getan. Es ging jetzt nicht darum, Miss Fowler aus Zeitungen von Greueln vorzulesen. Mary hatte es mit eigenen Augen gesehen, auf dem Küchentisch des *Royal Oak*. Sie durfte sich im Geiste nicht zu gründlich damit abgeben. Wynn war nun tot, und alles, was mit ihm verbunden gewesen war, klumpte und knisterte und klirrte unter ihrem emsigen Schürhaken zu rotschwarzem Staub und grauen Ascheblättern zusammen. Das Ding unter der Eiche würde auch sterben. Mary hatte mehr als einmal den Tod gesehen. Sie kam aus einer Familie mit der Neigung, unter »ganz betrüblichen Umständen« – wie sie Miss Fowler erzählt hatte – zu sterben. Sie würde bleiben wo sie war, bis sie ganz sicher sein konnte, daß Es tot war – tot wie der liebe Papa Ende der Achtziger; Tante Mary anno neunundachtzig; Mama einundneunzig; Vetter Dick fünfundneunzig; Lady McCauslands Hausmädchen neunundneunzig; Lady McCauslands Schwester neunzehnhunderteins; Wynn, vor fünf Tagen beerdigt; und Edna Gerritt, die noch darauf wartete, daß brave Erde sie verbarg. Während sie grübelte – die Unterlippe von einem welken Eckzahn gefangen, die Brauen verkniffen, die Nasenlöcher geweitet –, führte sie das Eisen mit Stößen, die ganz unten den Rost erschütterten, und mit sorgfältigem Scharren oben im Ziegelwerk. Sie blickte auf ihre Armbanduhr. Es war fast halb fünf, und der Regen machte nun wirklich ernst. Teezeit war um fünf. Wenn Es nicht vorher stürbe, würde sie völlig durchnäßt sein und sich umziehen müssen. Inzwischen, und das hielt sie beschäftigt, brannten Wynns Sachen gut, trotz der zischenden Nässe, wenn auch hin und wieder ein Buch mit völlig unkenntlichem Titel aus der Masse ragte. Die Anstrengung des Stocherns hatte sie mit einem Glühen überzogen, das bis ins Mark ihrer Knochen zu reichen schien. Sie summte – Mary hatte nie Stimme gehabt – vor sich hin. Sie hatte niemals an all die fortschrittlichen Äußerungen – obwohl Miss Fowler selbst ein wenig in die Richtung neigte – über das Werk der Frau in der Welt geglaubt; nun aber sah sie, daß sich sehr viel dafür sagen ließ. Das hier zum Beispiel war *ihr* Werk – ein Werk, das kein Mann, am allerwenigsten Dr. Hennis, je getan hätte. In solch einer Krise würde ein Mann sein, was Wynn einen »Sportsmann« nannte; würde alles fallenlassen, um Hilfe zu holen, und würde Es sicherlich ins Haus bringen. Nun war es die Aufgabe einer Frau, ein glückliches Heim zu schaffen für – für einen Mann und Kinder. Wenn es die nicht gab – das war nichts, womit man sich im Geiste zu gründlich abgeben sollte – aber . . .

»Hören Sie auf!« rief Mary noch einmal durch die Schatten. »*Nein*, sag ich Ihnen! *Ich haben der tot Kinder gesehn.*«

Aber das war eine Tatsache. Eine Frau, der diese Dinge entgangen waren, konnte sich noch immer nützlich machen – in mancher Hinsicht nützlicher als ein Mann. Wie ein Pflasterer hieb sie in der sich setzenden Asche nach dem geheimen Kitzel von Allem. Der Regen schlug aufs Feuer, aber sie konnte spüren – es war zu dunkel zum Sehen –, daß ihre Arbeit getan war. Auf dem Boden des Zerstörers war ein dumpfrotes Glühen, nicht genug, um den Holzdeckel anzusengen, wenn sie ihn halb darüberschob, gegen die wilde Nässe. Als das getan war, stützte sie sich auf das Schüreisen und wartete, während wachsende Verzückung sich ihrer bemächtigte. Sie hörte auf zu denken. Sie gab sich auf, um zu fühlen. Ihre lange Lust wurde gebrochen von einem Ton, den sie mehrmals in ihrem Leben in Agonie erwartet hatte. Sie beugte sich vor und lauschte, lächelnd. Es konnte keinen Zweifel geben. Sie schloß die Augen und trank es in sich auf. Einmal endete es jäh.

»Mach weiter«, murmelte sie halblaut. »Das ist noch nicht das Ende.«

Dann kam das Ende sehr deutlich während eines Abflauens zwischen zwei Regenböen. Mary Postgate atmete kurz und schnell durch die Zähne und bebte von Kopf bis Fuß. »*Das* ist in Ordnung«, sagte sie zufrieden und ging hoch zum Haus, wo sie mit allen Gepflogenheiten des Hauses skandalös brach, indem sie vor dem Tee ein schwelgerisches heißes Bad nahm, und als sie herunterkam, wirkte sie, wie Miss Fowler sagte, als sie sie ganz entspannt auf dem anderen Sofa liegen sah, »recht hübsch!«

THE BEGINNINGS

It was not part of their blood,
  It came to them very late
With long arrears to make good,
  When the English began to hate.

They were not easily moved,
  They were icy wiling to wait
Till every count should be proved,
  Ere the English began to hate.

Their voices were even and low,
  Their eyes were level and straight.
There was neither sign nor show,
  When the English began to hate.

It was not preached to the crowd,
  It was not taught by the State.
No man spoke it aloud,
  When the English began to hate.

It was not suddenly bred,
  It will not swiftly abate,
Through the chill years ahead,
  When Time shall count from the date
  That the English began to hate.

DIE ANFÄNGE

Es war nicht Teil ihres Bluts,
  es kam zu ihnen sehr spät,
große Rückstände waren gutzumachen,
  als die Engländer zu hassen begannen.

Sie waren nicht leicht zu bewegen,
  sie waren eisig zu warten bereit,
bis jede Rechnung überprüft war,
  ehe die Engländer zu hassen begannen.

Ihre Stimmen waren gemessen und leise,
  ihre Augen nüchtern und stet.
Es gab weder Zeichen noch Bekundung,
  als die Engländer zu hassen begannen.

Es wurde der Menge nicht gepredigt,
  es wurde nicht vom Staat gelehrt.
Niemand sprach es laut aus,
  als die Engländer zu hassen begannen.

Es wurde nicht jäh erzeugt,
  es wird nicht schnell nachlassen
in den kalten Jahren vor uns,
  da die Zeit von dem Tag an zählt,
  als die Engländer zu hassen begannen.

EDITORISCHE NOTIZ

A Diversity of Creatures erschien zuerst im April 1917 bei Macmillan and Co., Limited, London, und Doubleday, Page & Company, New York. Neben den Erzählungen und Gedichten der vorliegenden deutschsprachigen Ausgabe enthielt der Band die Stalky-Schulgeschichte »Regulus« mit dem begleitenden Gedicht »A Translation«, beide aufgenommen in den Band *Stalky & Co.* der *Zürcher Edition* (1988). Die in der posthumen Gesamtausgabe (Sussex Edition) enthaltene Pyecroft-Story »A Tour of Inspection« wird im Rahmen der *Zürcher Edition* in einem Band mit anderen verstreuten Erzählungen erscheinen.

Soweit festzustellen wurde *A Diversity of Creatures*, wohl nicht zuletzt wegen des politischen Gehalts und der Bedingungen in den Jahren nach dem Erscheinen, nie komplett übersetzt. Deutsch lagen jahrelang lediglich vor »Das Dorf das beschloß, die Erde sei flach« und »Vor der Majestät«, beide ohne begleitende Gedichte, in *Gesammelte Werke* (List), sowie seit kurzem »Der freundliche Bach« in *Meistererzählungen* (Manesse).

Die Texte des Bandes entstanden zwischen 1907 und 1916; Angaben zur Erstveröffentlichung finden sich unter Anmerkungen. Wie immer bei Kipling stellt der Band hinsichtlich des Inhalts und der Abfolge der einzelnen Texte ein kompositorisches Gesamtwerk dar. Erzählungen und zugeordnete Gedichte beleuchten einander, heben bestimmte Aspekte hervor; benachbarte Texte kontaminieren einander und erzeugen zusätzliche Bedeutungen; ähnlich wie in *The Day's Work* (1898), wo Erzählungen über Arbeit und Tagewerk von zwei großen Traumgeschichten eingerahmt sind, erinnern auch hier erster und letzter Text (»Einfach wie das A. B. C.« und »Mary Postgate«) an das RK geläufige Vergil-Bild der beiden Tore aus Elfenbein und Horn: Man »betritt« das Buch durch das Elfenbeintor der schönen falschen Träume (es hat schon tiefe Sprünge) und verläßt es durch das karge Horntor der wahren bitteren Träume. Mehrere andere zwischen 1907 und 1916 erschienene Erzählungen wurden von RK nicht aufgenommen, da sie diesen organisierten Kontext gestört hätten; sie erschienen erst 1923 (in *Land and Sea Tales*) bzw. 1926 (in *Debits and Credits*).

Zur Rezeption

Zeitgenössische Rezensionen enthalten eher globale Feststellungen denn wesentliche Einsichten, z. B. in ›*Athenaeum*‹, Mai 1917: »Falls wir je das Gefühl hatten ..., bei Mr. Kipling habe der Niedergang eingesetzt, so belehrt dieses neue Buch uns eines besseren. Niemals hat er sich als größerer Meister der Erzählkunst erwiesen, niemals schöpferische Fantasie mit triumphalerem Realismus verbunden, niemals seine englische Prosa mit größerer Souveränität, Sparsamkeit und zielsicherer Wirkung gehandhabt.« In der seither erfolgten kritischen Auseinandersetzung geht es in der Regel um einzelne Texte, nicht um den Band als ganzen. Allenfalls wird darüber debattiert, ob *A Diversity of Creatures* noch später mittlerer oder bereits früher später RK sei. Die wichtigsten Erträge der Kritik finden sich bei den Anmerkungen zu den einzelnen Texten.

Zum Titel

In *Diversity* klingen neben Vielfalt und Verschiedenartigkeit auch Zerstreuung und *divertimento* mit, in *Creatures* neben Geschöpfen und Kreaturen auch Kreationen. Eine adäquate Übersetzung ist ebenso unmöglich wie die Beibehaltung des unbestimmten Artikels, der im Englischen funktioniert, im Deutschen jedoch ausscheidet, da es keine zwei Vielfalten (?) gibt. Beim Titel handelt es sich um ein Koranzitat; eine genaue Fundstelle konnte ich nicht ermitteln.

Die publizistischen Reaktionen auf die ersten Bände der *Zürcher Edition* von Kiplings Werken enthielten neben Lob und Tadel auch einige komplexe Vorwürfe zu zwei Bereichen, die einer kurzen Erörterung bedürfen. Es sind dies a) Slang- bzw. Dialektwiedergabe, und b) »Beschönigung« von RKs Imperialismus, Sadismus, antideutschem Reflex etc.

Zur grundsätzlichen Problematik von Dialektwiedergabe gerade bei Kipling habe ich mich bereits im Anhang von *Vielerlei Schliche* ausführlich geäußert. Der feinstens abgestufte East-Sussex-Dialekt der Arbeiter in »Freund Bach« oder die verschiedenen Formen amerikanischer Sprechgewohnheiten in »Am Rande des Abends« lassen sich ganz einfach nicht adäquat übertragen. Das wird auch von den meisten Kritikern eingeräumt; die Vorwürfe richten sich daher weniger gegen das Prinzip als gegen Einzelaspekte wie »leserunfreundliche phonetische

Schreibweise à la Arno Schmidt« oder Wiedergabe des »entlegen-kauzigen« Schülerslangs in *Stalky & Co.* durch tristen Allerweltsjargon. Hier hätten wenige Blicke in die Originaltexte viele Mißverständnisse von Anfang an verhindern können. Kiplings Dialektwiedergabe ist phonetisch, und ich bin hier dem Original gefolgt (unter Verzicht auf die zahllosen Apostrophe), nicht etwa Arno Schmidt, dessen fonetische šraipvaize möglicherweise à la Kipling entstanden ist. Der Schülerslang in den *Stalky*-Geschichten ist im Original keineswegs entlegen-kauzig, sondern unmittelbar eingängig, frisch und verständlich. Aufgabe des Übersetzers ist es, einen Text zu erstellen, der dem deutschen Leser heute ein ähnliches Leseerlebnis vermitteln kann wie dem heutigen Leser des Originals. Wenn es um spezifische *period pieces* geht, ist die entsprechende Zeit-Sprache zu verwenden (zu erschließen, zu erfinden); die spezifischen Viktorianer Holmes und Watson duzen einander nicht, und Sancho sagt zu Don Quijote niemals »ej, du Freak«. Da RKs Englisch um die Jahrhundertwende beunruhigend modern war und heute noch immer wie von heute ist (mit wenigen Ausnahmen), und da »Stalky« mit wenigen Abstrichen noch heute in jedem deutschen Internat stattfinden könnte, ist »Allerweltsjargon« eben angebracht. (Außerdem finde ich ihn keineswegs trist – nicht trister als andere Formen.)

Zur »Beschönigung kontroverser Inhalte« ist zu sagen, daß hier wohl bei einigen Kritikern eine falsch eingestellte Optik bzw. konditionierte Reflexe vorliegen, die zum Nachplappern alter Vorbehalte führen. Die Forderung, bei Kipling oder einem anderen europäischen Autor zwischen 1870 und 1945 (etwa dem Autor der antipreußischen »Mademoiselle Fifi«, Guy de Maupassant) einen antideutschen Reflex diskutieren zu sollen, erscheint mir hochgradig albern. Den Komplex »Kipling und der Imperialismus« beschönigend behandelt zu haben, ist mir nicht bewußt. Natürlich sind Literatur und Politik bei einem so politischen Autor wie Kipling nicht zu trennen; ich habe im *Kipling Companion* und in Einzelanmerkungen lediglich nachzuweisen versucht, daß bei vielen Kritikern ein »antiimperialistischer Reflex« dazu geführt hat, RKs *literarische* Leistung aus *politischen*, also nichtliterarischen Gründen, zu ignorieren. Mit dem gleichen Recht könnte ein aufrechter Demokrat sich weigern, Shakespeares monarchistische Dramen für Literatur zu halten; kein Agnostiker darf dann noch Dante lesen, und die literarische Leistung der Kommunisten Bertolt Brecht und Maxim Gorkij ist zu messen am Maßstab des Entsetzens, das durch die Pekinger Vorgänge im Juni 1989 ausgelöst wurde. Tschingis Aitmatow, der sich meines Wissens nie lauthals gegen die Fortdauer des großrussischen Imperialismus gegenüber kaukasischen, baltischen und asiatischen Völkern geäußert hat, wäre unlesbar, da imperialistischer Kollaborateur, Homer ein hellenischer Chauvinist, Horaz und Tacitus finstere Imperialistenlakaien, wie auch Cervantes und Lope de Vega, die nichts gegen die Plünderung Amerikas gesagt haben.

Noch einmal: Es geht nicht um Trennung von Literatur und Politik, sondern um Trennung der Maßstäbe. Wenn es legitim wäre, Kiplings Literatur mit politischen Maßstäben zu messen, dürfte man auch Disraelis oder Churchills politische Arbeit anhand der Qualität ihrer Prosa beurteilen.

Im übrigen sollte gerade der vorliegende Band zeigen, daß insgesamt die Imperialismusfrage für Kiplings Werk längst nicht so bedeutend ist.

Das Insistieren eines Teils der Kritik auf RKs »Sadismus« o. ä. (ausdrücklich bezogen z. B. auf »Mary Postgate« in diesem Band oder »Die Moral-Reformer« in *Stalky & Co.*) halte ich für einen konditionierten Reflex. Diese Debatte wurde zunächst von Leuten ausgelöst, die zwischen Autor und Erzähler, zum Teil sogar zwischen Autor und Protagonisten weder unterscheiden konnten noch wollten; ihre Folgerungen werden munter nachgeplappert von neueren Autoren, die diesen Unterschied ansonsten machen können.

Es kommen mehrere Dinge zusammen. Kipling, persönlich ein verschlossener Stoiker, hat nicht einmal in seiner kargen, elliptischen Autobiographie *Something of Myself* über sich geschrieben; während die meisten großen Autoren seiner Zeit sich Dingen wie »häuslichen Gefühlen«, »Freizeit- und Wochenendverhalten«, »Privatleben« etc. zuwandten und darüber schrieben, interessierte RK sich vor allem für den Alltag, die Arbeit, das Nicht-Private. Es gibt kaum einen anderen Autor, der so knapp so viele verschiedene und verschiedenartige Personen dargestellt hat, aber in seinen meist kurzen, kompakten Texten finden sich keine elaborierten Psychogramme wie bei Stendhal oder Henry James. Daraus zog man nicht etwa den Schluß, der diskrete RK behandle auch seine Personen mit Diskretion, sondern man folgerte, Kipling verweigert jede Introspektion – nicht etwa als Autor, sondern als Person. Folglich ist alles, was er zu Papier bringt, vulgärfreudianisch darauf zu untersuchen, was er von sich offenbart. Dieser Ansatz findet sich z. T. auch bei Autoren, die gleichzeitig feststellen, RKs

Prosa sei in jeder Nuance, jeder Assoziationsschattierung auskalkuliert, jedes Wort habe in der Regel mehrere Funktionen.

Nun geht aber beides zusammen nicht. Entweder ist jedes Wort kalkuliert, oder RK hat einfach vor sich hingeschrieben und zwischen den Zeilen unabsichtlich die Finsternisse seiner Seele entblößt – aber: Wer kann nach der Lektüre von »Mary Postgate« ernstlich annehmen, RK habe nicht gewußt, was er da schrieb, oder die (den jugendlichen Protagonisten unbewußte) sexuelle Erregung der Rächer in »Die Moral-Reformer« *(Stalky & Co.)* sei ihm unbeabsichtigt-verräterisch rausgerutscht? Vielleicht sollte man bei derart hochorganisierten, artistisch auskalkulierten Texten wie denen von RK zunächst prüfen, ob bestimmte Motive oder Szenen eine Funktion haben und diese erfüllen, bevor man Erzähler und Autor gleichsetzt und zu bequemem Schlagwortmaterial wie Sadismus greift. Der Motivkomplex Rache/Vergeltung findet sich in RKs Werk immer wieder; allein im vorliegenden Band in »Freund Bach«, »Der Hund Hervey«, »Das Dorf das beschloß, die Erde sei flach«, »Vor der Majestät«, »Am Rande des Abends«, »Die Frau meines Sohnes«, »Der Strudel«, »Gekehrt und geschmückt« und natürlich »Mary Postgate« – als Ausgleich kosmischer Waagschalen, zur persönlichen Befriedigung, als Ventil, daneben in einer Vielzahl erzähltechnischer, struktureller, symbolischer und Handlungs-Funktionen.

Die virtuose Behandlung erzählerischen Materials erlaubt keine Rückschlüsse auf die Befindlichkeit des Autors. Tolstoi dürfte kaum gewünscht haben, das Gemetzel bei Borodino jeden dritten Mittwoch im Monat nachzuvollziehen; Kipling war auf diffuse Weise Antisemit, aber der antisemitische Richter in »Das Dorf das beschloß, die Erde sei flach« kriegt Prügel; Kipling war Imperialist, aber der Imperialist Lingnam in »Der Strudel« wird verspottet. In anderen Pyecroft-Stories früherer Bände ist bisweilen die Rede von »Froschfressern«, aber Kipling liebte Frankreich und die Franzosen. Angeblich war Kipling Frauenfeind (seine Frau und seine Tochter wären darüber wohl sehr überrascht) und verstand nichts von »den Frauen«, außerdem nichts von Psychologie, aber ich kenne kein anderes derart diskretes, dabei durchdringendes Portrait einer alternden Jungfer als »Mary Postgate«. Möglicherweise war Kipling ein grausamer Sadist, wenn auch die umfangreiche Literatur über RK als Person das Gegenteil belegt, aber aus »Mary Postgate« läßt sich derlei ebenso wenig ableiten wie sein tatsächlicher Antisemitismus aus »Das Dorf das beschloß, die Erde sei flach«. Jemand verteilt Kanaldeckel-Attrappen auf einer Wiese, erschafft ein komplexes Kunstwerk, und je nach der Position des Betrachters, nach Lichteinfall und Tageszeit ergeben sich andere Muster und Bilder. Die vulgärfreudianische Kritikerschule interessiert das aber gar nicht; sie stellt fest, wo Deckel sind, müssen auch Kanäle sein (ohne einen einzigen Deckel zu heben), und jetzt diskutieren wir mal darüber, welche Perversion den Mann dazu gebracht hat, die schöne Wiese mit häßlichen Kanälen zu untergraben.

Ein weiterer Punkt kommt hinzu. Die Vorwürfe von Sadismus, Grausamkeit, Brutalität usw., zuerst erhoben 1899 von Robert Buchanan (vgl. *Kipling Companion* S. 14*f.*), gingen von dem Postulat aus, Kunst habe das Böse, Anstößige, Schreckliche usw. zu veredeln und so darzustellen, daß es der Erbauung dienlich sei; *daß* z. B. Kipling und Zola Unerfreuliches »unveredelt« darstellten, war skandalös, daher wurde gar nicht erörtert, *wie* und *warum* sie es darstellten. Heute, nach allen Änderungen unserer Lese- (und Fernseh-)Gewohnheiten und nach allem, was seither in der Literatur geschehen ist (und in der Welt), käme niemand mehr auf den Gedanken, in dieser Weise über Zola zu reden, aber die schon 1899*f.* absurden Urteile über Kipling werden nach wie vor weitergeplappert.

Natürlich ist es legitim zu bedauern, daß bei Homer, Shakespeare und Kipling das Motiv Rache/Vergeltung wichtiger ist (oder zu sein scheint) als Versöhnung/Vergeben. Man mag auch bedauern, daß der Mensch nicht edel und gut ist. Man sollte vielleicht bedenken, daß Kipling zu skeptisch war, um auch nur den Wunsch zu wagen, daß der Mensch edel und gut sei oder irgendwann einmal werde; das heißt aber nicht, daß Kipling jede Schändlichkeit bejubelt. Man mag Teil einer verschwindend kleinen, eurozentrisch orientierten und vom Neuen Testament inspirierten Minderheit auf dem Globus sein und »Auge um Auge« prinzipiell ablehnen; man sollte aber auch akzeptieren, daß Homer, Shakespeare und Kipling dieser Minderheit nicht angehören (ebensowenig wie Brecht, Bierce, Maupassant, Flaubert und einige andere nicht ganz elende Autoren). Mir jedenfalls scheint die Grausamkeit, mit der Malvolio behandelt wird, kein taugliches Argument gegen Shakespeares Kunst; und ich weiß wirklich nicht, ob die Frage, wie weit Kipling meinen ethischen Wunschvorstellungen entspricht, interessanter ist als die Beschäftigung mit seiner literarischen Kunstfertigkeit.

ANMERKUNGEN

Die Originalausgabe enthält eine Vorbemerkung von RK, er habe bei den einzelnen Erzählungen das Jahr der Erstveröffentlichung angegeben bzw. bei den erst in der Erstausgabe (EA) erstveröffentlichten Texten das Jahr des Entstehens. Diese Angaben sowie Hinweise in Fußnoten auf frühere Texte, in denen bestimmte Personen oder Organisationen bereits eine Rolle spielten, sind hier in die Anmerkungen eingearbeitet.

Einfach wie das A. B. C.
»As Easy as A. B. C.«, zuerst in ›*Family Magazine*‹, 25. 2. und 12. 3. sowie ›*London Magazine*‹ März und April 1912; begonnen 1907 als Fortsetzung der Erzählung »With the Night Mail« (1905) in *Actions and Reactions*, 1909; dort entwirft RK das Flugsystem der Zukunft und das A. B. C., einschließlich eines witzigen Anhangs von Annoncen, Werbetexten, Verkaufsangeboten etc. für Flugreisen, Maschinen, Zubehör.

Laut Angus Wilson »eine der besten Science-fiction-Stories überhaupt«, voller Wucht, Spannung und Subtilität vor allem dank der von RK kunstvoll inszenierten Widersprüche, mit denen sich fast alle RK-Autoren befaßt haben: Der Reporter des Board, nicht mit RK zu verwechseln, gibt gekünstelte Zusammenfassungen und greift als kommentierender Autor unkiplingesk-unelegant ein, usw. Folglich ist die vom Erzähler gebilligte Utopie *nicht* RKs Utopie; so stellt Robson z. B. fest, natürlich enthalte die Story RKs Abneigung gegen Massenaufläufe und private Zudringlichkeiten, aber den Kritikern entgehe oft, »daß die Story eine *tour de force* der ... Ironie ist« und der Erzähler »typisches Produkt dieser Wells-Zukunft ..., der unabsichtlich die geistige Leere einer Welt offenbart, in der Kampf und Leiden aus dem Leben verbannt sind«. (Green weist nach, daß H. G. Wells den Kern von *The Shape of Things to Come*, 1933, eindeutig hier entwendet habe.) Zu den fein verarbeiteten Widersprüchen, auf die auch Mason und Dobree verweisen, gehören sämtliche Verhaltensmuster der Personen: Ekel bei körperlicher Berührung, aber Pirolo wiegt Dragomiroff in den Armen; der »Aufstand« der Servilen ist ein Akt beinahe individualistischer Nonkonformität, wogegen die auf den Schutz der Privatsphäre bedachten

Bewohner von Illinois sich zur Masse machen; die unbeantwortete und von RK absichtlich offengelassene Frage, wer denn die Mitglieder des A. B. C. ernennt bzw. wählt, wenn Wahlen abgeschafft sind, usw. Laut Carrington ist diese Zukunft »nach Kiplings Meinung kein angenehmer Aufenthaltsort, sondern geplagt von Neurosen und durch eine unter Null sackende Geburtenrate vom Aussterben bedroht«; Tompkins hält die Story für eine Antiutopie, die gern Utopie wäre, eine Welt, in der mangels Konflikten auch keine künstlerische Kreativität möglich ist, z. B. kein Kipling – »Alles in der Geschichte ist zweischneidig, und es gibt keine Schlüssigkeit; es ist jedoch nicht Kiplings Blaupause für die Zukunft.« Ein anonymer Denker (Fundstelle nicht mehr zu ermitteln) regte angesichts der Kompliziertheit und Vielschichtigkeit der Story an, Aerial Board of Control als Ariel Bored of Control zu lesen: der Luftgeist Ariel, überdrüssig seiner Aufsicht über den Kaliban Menschheit.

»Mit der Nachtpost«: »With the Night Mail«, s. o. –/– Massenauflauf und Verletzung der Privatsphäre: im Original *crowd-making* bzw. *invasion of privacy*. –/– Godthåb: in Grönland; im Original Gothaven. –/– Kartenraum: *chart-room*, eigentlich Kartenhaus an Bord eines Schiffs. –/ – Triebholz: Bäume mit künstlich stimuliertem Wachstum, im Original *forced timber*. –/– *acre:* 4046,8 m². –/– Bodenfeld: im Original *ground circuit*. –/– Lassofeld: im Original *flying loop*. –/– »Oh, cruel lamps …«: aus »The Lamps of London« von George R. Sims (1847–1922).

MacDonough's Song/MacDonoughs Song
zuerst in EA.

Freund Bach
»Friendly Brook«, zuerst in ›*Metropolitan Magazine*‹, März 1914.

Robson preist den gleichzeitig kraftvollen und in gedämpften Farben gehaltenen Anfang, in dem jedes Detail gleichzeitig Hintergrund, Teil der Handlung, Charakterisierung und animistisches Symbol ist und wo in wenigen dichten Zeilen der Bach präsentiert wird, »›Held‹ der Geschichte; das Novemberwetter; die beiden Heckenstutzer mit ihrem Stolz auf ihr altes Handwerk, ihrem Wissen, ihrer zeremoniellen Etikette …« und ihrer mißtrauischen Diskretion. Mason nennt die Geschichte ein beeindruckendes Kunstwerk »wie aus einem Guß« und hebt die genaue, unsentimentale Zeichnung der Figuren hervor: »Wie leicht wäre alles gewesen, und wieviel wäre verloren gegangen, wenn Mary auch nur ein bißchen sympathisch wäre!« Tompkins stellt fest, es gelinge RK durch den Dialog der beiden Arbeiter hindurch, Jim Wikkendens ohnmächtigen Haß und seine Hilflosigkeit, »Bedrückung und Erleichterung fast physisch« spürbar zu machen, vor allem durch Jims Wortlosigkeit. Bodelsen erörtert RKs Verwendung von Wasserbildern als Reinigungssymbole. Angus Wilson zieht Parallelen zu Zolas *La Terre;* RK habe jedoch ein viel tieferes Verständnis für die Landleute und sei frei von Zolas Abscheu vor ihnen – natürlich seien sie verschlossen und mißtrauisch, aber »nach Kiplings Ansicht liegt das in der Natur vernünftiger Leute. Natürlich sind sie geizig, aber ihr Leben ist sehr hart. Alles was sie tun oder sagen ist eine Notwendigkeit, nie Spielerei oder Luxus ... in den Geschichten bringt er Sympathie für dieses stoische Leben zum Ausdruck und sieht in allem jenes Gruppenleben, das er als den größten Gegner der Anarchie preist.«

zwei Ruten: 1 *rod* = 5,029 m. –/– Barnardo-Kinder: Der Arzt Thomas John Barnardo (1845–1905) gründete Heime für notleidende Kinder. –/– Mus': Master. –/– halbe Crown: Münze zu zweieinhalb Shilling. –/– Coroner: Leichenbeschauer mit Kompetenzen ähnlich denen eines Untersuchungsrichters. –/– Sovereign: Münze zu 1 £.

The Land/Das Land

zuerst in EA.

Der alte Hobden erscheint als archetypischer Landmann in den Puck-Geschichten (*Puck of Pook's Hill*, 1906, und *Rewards and Fairies*, 1910).

Im selben Boot

»In the Same Boat«, zuerst in ›*Harper's Magazine*‹, Dezember 1911.

Dobree: »... nicht übermäßig interessant, aber meisterhaft erzählt, mit für Kipling typischen Nebenaspekten wie etwa Sympathie für die ... vernünftige, hart arbeitende Krankenschwester.« Tompkins, Angus Wilson und Stewart befassen sich – übergreifend auf andere ähnliche Erzählungen RKs – mit Fragen wie Freud oder Antifreud bei Kipling; den vielen Varianten des Heilens in seinen Stories; der These, daß von außen auferlegtes Leid nicht durch Introspektion, sondern in erster

Linie durch eigene Mühe heilbar sei; sowie der Rolle der beiden Ärzte und RKs glaubhaft ausgeführter Mutmaßung, daß zu erotischer Attraktion eine gewisse Fremdheit gehöre, daß folglich die intensive Kenntnis der beiden Protagonisten voneinander nicht zu einer Liebesbeziehung führen kann, die alle anderen offenbar erwarten.

Jedem Spartaner seinen Fuchs: Ein zu Härte und Unempfindlichkeit erzogener spartanischer Junge soll laut Plutarch einmal einen gestohlenen Fuchs unter der Kleidung verborgen haben; als das Tier ihm Bauch und Eingeweide zerbiß, zeigte er keinen Schmerz – besser mannhaft sterben als Schmerz (oder Diebstahl) zugeben. –/– Abernethy-Manier: selbstbewußt bis großkotzig; John Abernethy (1764–1831) war zu seiner Zeit der berühmteste Arzt Londons und Professor am Royal College of Surgeons. –/– *post hoc, propter hoc:* (lat.) wörtl. nach diesem, wegen diesem; rückwirkende Vertauschung von Ursache und Wirkung. –/– *ipso facto:* (lat.) durch eben diese Tatsache. –/– *nux vomica:* Brechnuß (als homöopathisches Medikament). –/– Woking, Necropolis: Firmensitz und Hauptfriedhof des großen Bestattungsunternehmens Necropolis Company. –/– Lancaster Gate: nahe Paddington Station, London. –/– Toots, ohne Bedeutung, Dr. Blimber: aus Dickens' *Dombey and Son*. Toots ist ein naiver, warmherziger, schrecklich verliebter junger Mann; aufgrund seiner Nervosität macht er nie den allerbesten Eindruck. Er sagt immer wieder: »Das ist ohne Bedeutung«. Dr. Blimber leitet eine Schule für Söhne von Gentlemen. –/– Rackets: Wandballspiel, Art Vorläufer von Squash. –/– »sollen wir Sir Pandarus von Troja werden . . . Wir müssen an die Kinder denken«: Die Ärzte halten eine Liaison von Miss Henschil und Conroy für unvermeidlich und bedenken die Folgen, die sich aufgrund der »Kuppelei« und hinsichtlich möglicher Kinder ergeben können; vgl. Shakespeare, *Merry Wives of Windsor*, I, iii und *Troilus and Cressida*. Pandarus war ein Verbündeter von Priamos; bei Shakespeare verkuppelt er Troilus und Cressida. –/– *The Cloister and the Hearth:* von Kipling häufig lobend erwähnter Roman von Charles Reade (1814–1884); erschienen 1861, deutsch mehrfach als *Kloster und Herd* bzw. *Die weltlichen und geistigen Abenteuer des jungen Herrn Gerard*. –/– Naaman und Gehasi: vgl. 2 Könige 5; Naaman wurde durch Elisha von der Lepra geheilt, Gehasi von Elisha mit Lepra gestraft. –/– Mola oder Molo: Leprastation auf der hawaiianischen Insel Molokai. –/– Jarrow: in der Grafschaft Durham. –/– Kursbuch: im Original *Bradshaw*, nach dem Bahningenieur George Bradshaw (1801–1853), der 1839 das erste britische Kursbuch zusammenstellte. –/– fünfundachtzig ... Jahr, nicht Temperatur: Demnach wäre Conroy etwa 25 (die Erzählung ist von 1911); 85° Fahrenheit entspricht 29,5° C.

'Helen All Alone'/»Helen ganz allein«
zuerst in EA.

Kriegsauszeichnungen
»The Honours of War«, zuerst in ›*Family Magazine*‹, Mai 1911.

Keine tiefergehende Auseinandersetzung hiermit in der gesamten gesichteten Kipling-Literatur.

Der Säugling: vgl. »Eine Konferenz der Gewalten« in *Vielerlei Schliche* und »Sklaven der Wunderlampe II« in *Stalky & Co.* –/– I. A.: Indian Army. –/– Barrister/Anwalt: Der englische Barrister plädiert lediglich, während der Anwalt *(solicitor)* auch mit den Parteien verhandelt. –/– Durrah-bags: angloind. »Hirsebeutel«, Spitzname, etwa »Hängebakken«. –/– Scarifungers: Spitzname eines nicht zu ermittelnden Regiments, vermutlich aus *to scare*, erschrecken, und *funk*, »Schiß«. –/– *pendente lite:* (lat.) bei schwebendem Verfahren. –/– *ekka:* kleiner Pferdewagen. –/– Territorial-Bataillon: Landwehr, Miliz. –/– Beetle: RKs Spitzname in den Stalky-Geschichten. –/– *nosque mutamur ...*: *Tempora mutantur, nos et mutamur in illis*, lat. Sprichwort, »die Zeiten ändern sich, und wir ändern uns mit/in ihnen.« –/– *pigeon's wing:* »Taubenflügel«, Perücke, bei der das Haar auf einer Seite herabhängt. –/– Mian Mir: bei RK Name der Kasernen von Lahore.

The Children/Die Kinder
zuerst in EA.

Der Hund Hervey
»The Dog Hervey«, zuerst in ›*Century Magazine*‹, April, und ›*Nash's Magazine*‹, Mai 1914.

Eine der drei »dunklen« Erzählungen RKs (neben »Mrs. Bathurst« und – weniger – »Kinder des Zodiak«). Während jedoch bei »Mrs. Bathurst« bis heute weitestgehend unklar ist, was eigentlich passiert, stellt »Hervey« mit seiner fugenlos geschliffenen Oberfläche eher Probleme hinsichtlich dessen dar, was hinter/unter dem Ablauf der Handlung geschieht. Carrington: »... je mehr man die Geschichte untersucht, desto mehr Rätsel ergeben sich; sie fließt über von literarischen, Freimaurer-, psychologischen und Hunde-*clues*, die nirgendwohin führen... Vielleicht ist das Thema zu komplex für... die Grenzen einer short story.« Ähnlich Angus Wilson, der nach langem Rätseln offenbar die Geduld verloren hat und befindet, Protagonisten wie die »schlichte, geschmacklose« Arzttochter und der Yachtbesitzer mit Alkoholproblemen und einem Überschuß an Philanthropie fänden sich in der übrigen englischen Literatur kaum; sie seien wunderbar beobachtet und sehr gut verstanden, aber insgesamt sei die Erzählung »wirr und elliptisch« und »hätte vielleicht einen guten längeren Roman ergeben (vielleicht aber auch nicht)...« Bodelsen schlüsselt einige einfachere Symbole und implizite Andeutungen auf: die von Miss Sichliffe verschenkten Goldfische im Glas repräsentieren die einsame reiche Frau selbst in ihrem häßlichen Haus, dessen Lack-Gestank wiederum die »Ehrbarkeit symbolisiert, mit der ihr Vater die Quelle seines Reichtums bemäntelte: Er gab vor, neurotische junge Männer ›aufzupäppeln‹, während er sie tatsächlich zu Alkoholikern machte, hoch versicherte und dann darauf wartete, daß sie sich zu Tode tranken.« Die Goldfische werden fünfmal erwähnt, ebenso (einmal schweigend) das »Aufpäppeln« – Bodelsen: »Die ganze Geschichte geht ums Aufpäppeln: Miss Sichliffes Vater päppelt seine Opfer auf, der Erzähler Miss Sichliffes Hund, dieser wiederum gespenstisch den alkoholabhängigen Shend, und schließlich wird die verquere Liebschaft der beiden aufgepäppelt.« Ferner stellt Bodelsen fest, »Harvey« enthalte bzw. ver-berge an die dreißig Hinweise auf das Thema Hexerei. Dem geht Tompkins nach, die vor allem darauf verweist, daß die letzten vier Wörter – Mrs. Godfrey betreffend: »– woimmer sie sein mag« – einen möglichen Schlüssel darstellen: Mrs. Godfrey ist tot, und der Erzähler schreibt die Geschichte, um ihr etwas zu *schicken:* »Es ist dies also eine Geschichte über Hexerei, über ein *sending*, wie wir es in einer nordischen Volkserzählung finden könnten...« Moira Sichliffe projiziert die Sehnsucht nach Shend, der sie einmal vor Beleidigungen in Schutz genommen hat, durch den gespenstischen Hund in die Wahnvorstellungen von Shend; sobald die unnatürliche Last von dem Hund Harvey genommen ist, benimmt er sich wie ein normales Tier. Alle anderen Personen sind Brücken: der Erzähler, die »aufzupäppelnde« Mrs. Godfrey und ihre Tochter, der »aufpäppelnde« Attley. Tompkins stellt fest, »Hervey« sei für sie »Kiplings schwierigste Geschichte; es sind jedoch die Details, die schwierig sind, nicht das Thema an sich.« Weitestgehend unerörtert bleiben in der Literatur seltsamerweise trotz aller offensichtlichen Hinweise die Bereiche »Buchstabieren« und »Namen«: die griechische *moira*, Miss Schliffe/*sick life*/*such life* bzw. *leave*, die rätselhaft auf die *Kur*insel Madeira (*Mo*-de-*ira*?) »geschickte«, dort sonst nicht anfallende Krankheit; der vornamenlose Shend, der ein englisches Verb ist und beschämen, in Schande stürzen bedeutet; der Johnson-Boswell-Verweis – wer war der lasterhafte Hervey? In diesem geisterhaften *Kreislauf* von Symbolen und Heilungen, in dessen Mittelpunkt die Tochter eines Arztes steht, ließe sich auch auf den englischen Mediziner Harvey (1578–1650) verweisen, der den Blut*kreislauf* erforschte und ein paramedizinisches Symbolsystem entwickelte . . .

Little Bingo: alte Ballade, zitiert in *The Ingoldsby Legends* von Richard Harris Barham (1788–1845); die erste Strophe lautet: »A Franklyn's dogge leped over a style/And hys name was Littel Byngo./B with a Y – Y with an N –/N with a G –G with an O –/They call'd hym Littel Byngo.« –/– Ghul: leichenfressender Dämon. –/– Jean Ingelow: Dichterin (1820–97); die folgenden Zeilen stammen aus ihrem Gedicht »Sailing Beyond Seas«. –/– Svengali: sprichwörtlich gewordene Figur mit hypnotischen Kräften aus George du Mauriers Roman *Trilby* (1894); bei RK hier Zvengali – Leggatt kommt wohl aus dem äußersten Westen von Sussex. –/– »Hier ist gut sein«: vgl. Markus 9:5. –/– »Du bist der Mann«: vgl. 2 Samuel 12:7. –/– Drummond Castle: 1910 sank ein Liner dieses Namens vor Ushant. –/– S-C-H– . . .: im Original durch das seltene q in *squint* eindeutiger. –/– Malachis goldenes Halsband: vgl. »Let Erin Remember« aus *Irish Melodies* von Thomas Moore (1779–1852): »Let Erin remember the days of old,/Ere her faithless sons betray'd her,/When Malachi wore the collar of gold . . .« Die Anspielung bezieht sich auf den Visionär Malachias. –/– Boswell/Johnson/Hervey: Die folgend zitierte Eintragung in Boswells *Life of Johnson* findet sich dort anno 1737.

The Comforters/*Die Tröster*
zuerst in EA.

Das Dorf das beschloß, die Erde sei flach
»The Village that Voted the Earth Was Flat«, geschrieben 1913, zuerst in EA.

Wie bei allen Farcen von RK gibt es auch hier immer wieder die Stichworte »Schuljungenhumor«, »Grausamkeit«, »Geschmacklosigkeit« usw. Mason findet die Geschichte gut gemacht, aber insgesamt abstoßend; es sei etwas »Geschmackloses an einer so unmäßigen Rache«. Angus Wilson nennt die Story »eine exzellente Farce«. Gilbert: ». . . der Effekt des Zusammenwirkens aller großen Gewalten in England . . . zu dem Zweck, ein einziges Dorf zu ruinieren, ist viel eher grotesk und sogar sadistisch denn komisch.« Carrington versucht, einige der Personen zu identifizieren (Woodhouse = H. A. Gwynne, Verleger der *Morning Post;* Pallant = Andrew Bonar Law?) und hält anders als Gilbert o. ä. den Anlaß keineswegs für so geringfügig; Korruption und Willkür in der Justiz seien das Ende eines jeden freien Systems. Zahlreiche andere Autoren, deren Verständnis von Komik eher an Aristophanes, Shakespeare und den Marx Brothers denn an Lessing orientiert ist, bekennen sich einfach zum Genuß einer brillant verarbeiteten Geschichte, in der persönliche Rache gleichzeitig die Justiz säubert, Kunst zeugt und Lachen gebiert.

M. P.: Member of Parliament, Abgeordneter. –/– Constable: Polizeirang, entspricht etwa dem Wachtmeister. –/– Jubilee: Jubiläum; nicht eindeutig, im Prinzip jede 50-Jahr-Feier. Vermutlich wurde der Kirchturm gebaut/renoviert zu Victorias 50. Thronjubiläum 1887. –/– *in extenso:* (lat.) ausführlich. –/– Heimatanschrift in Jerusalem: Ingell ist offenbar Antisemit. –/– *beef* und *pickles:* kaltes Roastbeef und diverses Essiggemüse. –/– Vidal Benzaguen: vermutlich Kompositportrait mehrerer Music-Hall-Sängerinnen; wird auch erwähnt in »Dayspring Mishandled« (*Limits and Renewals*, 1932). –/– *Bun* und *Cake:* süßes Brötchen bzw. Kuchen. –/– *eheu ab angulo:* (lat.) etwa »Weh ob des stillen Winkels!« –/– Hogslea: etwa Sauenanger. –/– Argilé: etwa Lehmkuhle, Tongrube. –/– Spec.: die Wochenzeitschrift ›*Spectator*‹. –/– *Non nobis gloria:* (lat.) Nicht uns der Ruhm! –/– Wellington, »veröffentlichen und zum Teufel gehen«: Wellington soll bei einer nicht genau zu ermittelnden Gelegenheit einem Journalisten gesagt haben: *publish and be damned!* –/– ein paar Irre: im Original *some nuts;* bezieht sich auf das Lied *(gathering nuts in May).* Die »Nüsse« sind nicht nur »Irre«, sondern um die Jahrhundertwende auch »schicke junge Lebemänner«. –/– Speaker: Parlamentspräsident. –/– »Durch Gottes Gnade, Master Ridley. . .«:

Worte von Hugh Latimer, weiland Bischof von Worcester, an Nicholas Ridley, weiland Bischof von London, als sie 1555 gemeinsam in Oxford verbrannt wurden: »... haben wir heute in England eine Kerze entzündet, die nie gelöscht werden kann.« –/– Küster und Totengräber: *sexton;* die Ämter/Funktionen sind nicht getrennt. –/– Hones Every-Day-Book: Untertitel »Immerwährender Kalender volkstümlicher Belustigungen, Wettkämpfe, Zerstreuungen, Zeremonien, Manieren, Sitten und Ereignisse«, erschienen zwischen Januar 1825 und Dezember 1827. –/– die Wunden eines Freundes: vgl. Ecclesiastes 27:6. –/– Motorkremser: motorisierte Version eines Ausflugswagens, auf dessen Lade- bzw. Fahrgast-Fläche die Bänke längs angeordnet waren. –/– Nelly Farren: die Cockney-Schauspielerin und Sängerin Ellen Farren (1848–1904). –/– Petrus bei Joppa: vgl. Apostelgeschichte 10:9f. –/– »Bei Gott, was für ein Genie ...«: Swift soll über sein Werk *A Tale of a Tub* gesagt haben: »Lieber Gott, was für ein Genie ich besaß, als ich dieses Buch geschrieben habe!« –/– geschnurrt: im Original *to coo*, jene Mischung aus Seufzen, Stöhnen und Knurren, die z. B. ein mit Monroe-Fans gefüllter Kinosaal bei Marilyns erstem Erscheinen auf der Leinwand von sich gibt. –/– ... der die ganze Menschheit ... ins Bein biß: Anspielung auf die Tarantella, die angeblich als Tanz entstand, nachdem jemand von einer Tarantel ins Bein gebissen wurde und herumhüpfte. –/– »The Holy City«: Ballade, Musik von Stephen Adams, Text von Frederic Weatherley, dem Autor von »Danny Boy«; der Refrain beginnt mit: »Jerusalem! Jerusalem! Lift up your voice and sing!« –/– Margaritas ante Porcos: Perlen vor die Säue, vgl. Matthäus 7:6. –/– Haussmanie auf dem Lande: Georges Haussmann, unter Napoleon III Präfekt, ließ in Paris alte Straßenzüge abreißen, um die Boulevards u. a. anzulegen. –/– »Gleich wie Apollos ...«: aus Tennysons »Tithonus«. –/– Friedshofstor: *lych gate*, eigentlich »Leichentor«, überdachter Durchgang, wo früher die Angehörigen des Toten auf den Sarg warteten. –/– Gehasi: vgl. 2 Könige 5. –/– *hurdy-gurdy:* Leierkasten, ursprünglich Drehleier. –/– Chief Constable: Polizeipräsident. –/– Whip: »Einpeitscher«, Fraktionsvorsitzender.

The Press/Die Presse
zuerst in EA.

Vor der Majestät

»In the Presence«, zuerst in ›*Pearson's Magazine*‹ und ›*Everybody's Magazine*‹, März 1912.

Tompkins: »Die selbstlose Schönheit des Opfers, das die vier Gurkhas in einer sie nicht persönlich betreffenden Sache bringen, wird unterstrichen durch den Fall von persönlicher Passion der Sikh-Brüder, auch in der äußersten Verzweiflung noch kontrollierte Form und Ordnung und von der Gesellschaft gebilligt.« Dem anglikanischen England vermutlich unersprießlich und bemerkenswert ist die Bezeichnung des Sikh-Priesters als »Regimentskaplan« sowie RKs Verwendung europäischer Schlüsselbegriffe wie »korrekt«; auch das Verhältnis zwischen den Gurkhas in London und ihrem britischen Vorgesetzten entspricht nicht den geheiligten Spielregeln.

Regimentskaplan, korrekt: s. o. –/– Subadar-Major: Kommandeur eines Regiments Eingeborener Infanterie. –/– Havildar-Major: Hauptsergeant eines Eingeborenen-Regiments. –/– benannt nach ... Mian Mir: die Kasernen von Lahore. –/– Naik: Korporal. –/– Sri wah guru ...: etwa: »Achtung dem Guru; Sieg dem Guru« (Punjabi). –/– *terains: trains*, Züge. –/– *mota-kahar: motor car*, Auto, aber auch »fetter Sänftenträger«. –/– *kahar-ki-nautch*, Wortspiel mit *kahar*, Träger(in) bzw. *car*. –/– Granthi-ji: der Sikh-Geistliche legt das Heilige Buch »Granth« aus; das angehängte *ji* bei Namen oder Titeln bezeugt freundlichen Respekt. –/– gewisser Tempel nahe am Fluß: St. George's Hall, Westminster. –/– Durbar Sahib etc.: das höchste Heiligtum der Sikh, der Goldene Tempel in Amritsar. –/– Wanidza: Windsor –/– *koss:* indisches Wegemaß, in Nordindien ca. 3–3.5 km. –/– *lakh:* 100 000; *crore:* 10 000 000. –/– Tirah: an der heutigen afghanisch-pakistanischen Grenze, oft Schauplatz militärischer Auseinandersetzungen zwischen der britisch-indischen Armee und Stammeskriegern. –/– *maund:* vermutlich von der altbabylonischen Mine abgeleitetes Gewicht in Indien, je nach Region unterschiedlich; im Norden ca. 40–45 kg.

Jobson's Amen/Jobsons Amen

zwei Strophen in ›*Cosmopolitan Magazine*‹ und ›*Nash's Magazine*‹, Juli 1914; komplett zuerst in EA.

Am Rande des Abends
»The Edge of the Evening«, zuerst in ›*Metropolitan Magazine*‹ und ›*Pall Mall*‹, Dezember 1913.

Tompkins: »... eine finstere Geschichte; das Licht schwindet, vor den Personen liegen nur Dunkelheit, die See und die Flucht/der Flug des lautlosen Flugzeugs.« Die Protagonisten dieser neun Monate vor Beginn des Ersten Weltkriegs veröffentlichten Geschichte finden schließlich Zuflucht in einer britisch-amerikanischen Gesellschaft. Stewart befaßt sich mit den dubiosen Erfindungen des Amerikaners: »... nur der ungeduldige Drang, einem politischen Gefühl Ausdruck zu geben, kann Kipling zu einer derart überstürzten Absonderung von Unwahrscheinlichkeiten gebracht haben.« – Einige Personen tauchten bereits in früheren Erzählungen auf: Zigler in »The Captive«, einer Geschichte aus dem Burenkrieg, veröffentlicht 1902, gesammelt in *Traffics and Discoveries* 1904; der Law Lord Lundie in »The Puzzler«, 1906, gesammelt in *Actions and Reactions*, 1909.

Nell Gwynne: Maitresse von Charles II., Schauspielerin (?1650–1687). –/– Mrs. Siddons: Schauspielerin (1755–1831). –/– Marie Taglioni: Ballett-Tänzerin (1804–1884). –/– der olle Joshua: der Maler Sir Joshua Reynolds (1723–1792). –/– *Honey swore ..., tria juncta: Honi soit qui mal y pense*, ein Schuft wer Schlechtes dabei denkt, das Motto des Hosenband-Ordens; *tria iuncta in uno*, drei in einem, das Motto des Bath-Ordens. –/– *Handley Cross:* Roman von R. S. Surtees, vgl. Anm. zu »Die Frau meines Sohnes«. –/– Beewicks *Birds: A History of British Birds* (1797–1804), illustriert von Thomas Bewick. –/– Peter Peter Punkin-eater: Kindervers »Peter, Peter, Pumpkin-eater«. –/– Ellis-Island-Standards: Ellis Island vor New York war von 1892 bis 1943 die Auffangstation für Einwanderer in die USA. –/– *coon-can:* Art vereinfachtes Rommee. –/– Regierung von Fremden, durch Fremde, für Fremde: Parodie auf Lincolns Gettysburg-Rede vom 19. November 1863, in der er »a government of the people, by the people, for the people« beschwor. –/– Debrett: Adelshandbuch, *Debrett's Peerage, Baronetage, Knightage and Companionage*. –/– *The Wreckers:* vermutlich Stevensons Roman *The Wrecker* (Strandräuber). –/– Krieg um Jenkins' Ohr ... Mason und Slidell: 1738 legte der englische Handelskapitän Robert Jenkins dem Unterhaus sein Ohr vor und behauptete, sein Schiff sei von Spaniern geentert, er selbst gefangen und gefoltert worden; das Ohr habe man ihm abgerissen. Daraufhin kam es 1739 zum Krieg zwischen England und Spanien, genannt »Krieg um Jenkins' Ohr«, der später in den

Österreichischen Erbfolgekrieg (1740–48) mündete. – James Murray Mason und John Slidell reisten als Bevollmächtigte der Südstaaten während des amerikanischen Bürgerkriegs nach England, an Bord eines englischen Schiffs, das von einem Kriegsschiff der Nordstaaten aufgebracht wurde; die beiden Männer wurden gefangengenommen. Die drohende britische Kriegserklärung führte dazu, daß Präsident Lincoln öffentlich einräumte, die Gefangennahme der beiden Männer sei eine rechtswidrige Verletzung der britischen Neutralität gewesen.

Rebirth/Wiedergeburt
zuerst in EA.

Die Marinekavallerie
»The Horse Marines«, in *›Pearson's Magazine‹*, Oktober 1910.

Zum Titel: »Tell it to the Horse Marines« hat etwa die Bedeutung: Das kannst du deiner Großmutter erzählen, aber nicht mir. Unsere weiland »Reitende Gebirgsmarine« ließ sich hierfür nicht einsetzen. – Eine Diskussion dieser Erzählung findet praktisch nicht statt.

Pyecroft: Emanuel Pyecroft erscheint in mehreren anderen Erzählungen von RK: »›Their Lawful Occasions‹« (1903), »Steam Tactics« (1902), »The Bonds of Discipline« (1903), »Mrs. Bathurst« (1904), alle in *Traffics and Discoveries*, 1904; außerdem in »A Tour of Inspection«, 1904, erst in posthumen Ausgaben gesammelt. –/– Portsmouth-Stadt: im Gegensatz zum Hafenbahnhof von Portsmouth. –/– *ong route: en route*, unterwegs. –/– *permissionaire:* Soldat oder Matrose auf Urlaub. –/– *ong garçong: en garçon*, soll heißen »unter Jungen/Männern/Junggesellen«. –/– *vaisseau ong automobile, avec:* Schiff, per Auto, mit . . . –/– *Mong Jew: Mon dieu* – mein Jude/mein Gott. –/– B. P.: Baden-Powell, Begründer der Pfadfinderei. –/– Morshed: erscheint in »Bonds of Discipline« und »Lawful Occasions« (s. o.) als Moorshed; Morshed ist Pyecrofts Aussprache des Namens. –/– *sotte wotsche: sotto voce*. –/– *sampan:* kleines chinesisches Boot. –/– *entente cordiale:* (frz.) herzliches Einvernehmen; das britisch-französische Bündnis vor dem Ersten Weltkrieg. –/– *Allez à votre bateau* . . .: diese Franglais-Passage müßte auf Französisch etwa lauten: »Allez à vôtre bâteau. Je connais mon lieutenant. Il vous donnera ›pourquoi‹. . . . Vous en êtes heureux! Jamais de la vie!« – »Gehen Sie zu Ihrem Schiff. Ich kenne meinen Leutnant. Er wird Ihnen schon

Gründe nennen . . . Da haben Sie aber Glück! Nie im Leben!» –/– *conspuez l'oncle:* Spucken Sie auf den Onkel. –/– Newmarket: wichtiges Pferderennen. –/– *plaisanteree: plaisanterie*, Scherz. –/– *juice de spree:* einmal *jeux d'esprit*, Gedankenspiele, Wortwitze; zum anderen *juice* = Saft, *spree* = Zechtour. –/– *dhobi:* (hind.) Wäscher; eine der niedrigsten Kasten. Der Esel eines *dhobi* ist das allerletzte. –/– *incroyable:* unglaublich.

The Legend of Mirth/Legende von der Heiterkeit
zuerst in EA.

»Die Frau meines Sohnes«
» ›My Son's Wife‹ «, geschrieben 1913, zuerst in EA.

Mehrere Autoren befassen sich übergreifend mit der Funktion von Gelächter und Wasser als Läuterungssymbolen bei RK. Tompkins nennt die Erzählung »eine der Eisberg-Stories; vieles steckt unter der Oberfläche«. Ferner analysiert sie die Funktion des einen langen, natürlich fließenden Satzes über Vorgänge und Personen bei der Beerdigung der Erbtante, der Hintergrund liefert, mehrere neue Personen einführt und die Erzählung nahezu unmerklich einen Riesenschritt voranbringt. Green zitiert einen Brief RKs an einen amerikanischen Freund; da heißt es (November 1902) über den Beginn von RKs »Landnahme« in Sussex: »England . . . ist das wunderlichste aller Auslande, in denen ich je gewesen bin. Es besteht aus Bäumen und grünen Feldern und Matsch und Landleuten, und schließlich bin ich jetzt einer von denen.« Zusammen mit der früheren Erzählung »An Habitation Enforced« (1905, in *Actions and Reactions*, 1909) stelle »Die Frau meines Sohnes« eine vielschichtig kondensierte Bestandaufnahme (zwei Stories mit dem Inhalt zweier Romane) des ländlichen Südengland zu Beginn des 20. Jahrhunderts dar (»Freund Bach« nicht zu vergessen); Green betont, er selbst sei ein ausreichend alter »Dinosaurier«, um die beschriebenen Zustände und Personen noch selbst erlebt zu haben und könne die Wahrhaftigkeit von RKs Beobachtungen bestätigen. Angus Wilson zitiert Sprüche von Freunden seines Vaters, zusammengefaßt als »der einfache Mann contra Bloomsbury« – wenn die dekadenten Ästheten wirklich Promiskuität und Unmoral haben wollten, sollten sie in ein beliebiges Dorf in Sussex fahren und versuchen festzustellen, wer da mit wem wie verwandt ist; dies sei auch RKs Ausgangsargument. Es sei dies alles nicht besonders überzeugend, die Jagdgesellschaft einfach zu einhellig »nett«, die Surtees-Propaganda (vgl. Anmerkung) zu dick aufgetragen; die Beschreibung einiger Dörfler – vor allem des alten Pächters – und der Flut sei jedoch vorzüglich. Mason: »Im Prinzip sagt all das nur, daß es moralisch besser sei, im Schlamm herumzutapern und Füchse zu jagen, als in Komitees zu sitzen und zu versuchen, die Welt zu verbessern; das ist nicht neu, und die Attacke gegen die Bloomsbury-Intellektuellen ist mißtönend und verständnislos.«

Krankheit des Jahrhunderts: eigentlich frz. *mal de siècle*, gemeinhin als Weltschmerz übersetzt; was RK mit seiner engl. Übersetzung meint, ist nicht ganz klar – krankhafte Weltverbesserei aus Überdruß? –/– der unheilige Sperrit: im Engl. *unholy Sperrit;* der *Holy Spirit* ist der Heilige Geist. –/– Liris: bei Horaz (*Oden* 3, 17 et. al.) ein friedlicher Fluß, der still seine Ufer untergräbt. –/– sich selbst ausdrücken/selbstverwirklichen: bei RK immer *to express oneself;* wo es mir sinnvoller erschien, habe ich hier unsere moderne Selbstverwirklichung eingesetzt. –/– Eliphas, Bildad, Zophar: Hiobs Tröster, vgl. Hiob 2:2. –/– »High Tide on the Coast of Lincolnshire«: Text von Jean Ingelow, Musik von Eric Thinman; wird im folgenden mehrfach zitiert. –/– *ne sit ancillae . . .: . . . tibi amor puderi*, Horaz *Oden* 2, 4; etwa: Schäme dich nicht wegen der Liebe zu deiner Magd. –/– Master, später M. F. H.: Master Fox-Hunter, Leiter der Fuchsjagd-Gesellschaft. –/– grellbunte Illustrationen, Pigg, Batsey, Jorrocks: Bücher bzw. Figuren von Robert Smith Surtees (1805–1864), hier vor allem für das von RK häufig zitierte *Handley Cross*, witziger Roman über die Abenteuer des vom Cockney-Krämer zum fuchsjagenden Landedelmann aufgestiegenen Mr. Jorrocks. –/– »das Leben festgefügt . . .«: aus Tennysons »Love and Duty«. –/– *muffin:* süßer Teekuchen. –/– *cubbing: cub* ist Jungfuchs, also Jagd auf junge Füchse. –/– *Injecto ter pulvere:* (lat.) dreimal mit Staub beworfen. –/– *acre:* 4046,8 m². –/– Mus': Master. –/– *Two women . . .:* altes englisches Sprichwort.

The Floods/Die Fluten
zuerst in EA.

The Fabulists/Die Fabulierer
zuerst in EA.

Der Strudel

»The Vortex«, zuerst in ›*Scribner's Magazine*‹, August 1914.

In der Literatur gibt es lediglich kurze Erwähnungen (Angus Wilson: »eine sehr gute Farce») sowie Verweise darauf, daß RK im Prinzip Mr. Lingnams Föderationsideen selbst vertrat. Penfentenyou tauchte bereits in einer früheren Farce auf, »The Puzzler«, 1906 (in *Actions and Reactions*, 1909).

Territorialtruppen: Landwehr, Miliz. –/– Foresters: The Ancient Order of the Foresters, wohltätige Gesellschaft, gegründet 1745. –/– Die Nacht oder Blücher: angeblich von Wellington bei Waterloo gesagt, als Napoleons Truppen den Sieg in der Hand zu haben schienen – andere Fassung: »Ich wollte, es wäre Nacht, oder die Preußen kämen.« –/– Deborah: hebr. »die Biene«.

The Song of Seven Cities/Das Lied von sieben Städten

zuerst in EA.

»Gekehrt und geschmückt«

»›Swept and Garnished‹«, zuerst in ›*Century Magazine*‹ und ›*Nash's Magazine*‹, Januar 1915.

Zum Hintergrund stellt Angus Wilson fest: »... wieder und wieder wurde mir damals erzählt, die Deutschen hätten den kleinen belgischen Jungen den rechten Arm abgeschnitten, damit sie nie ihrem Land dienen könnten« – vgl. Frau Ebermanns Reaktion, als das ältere Mädchen den kleinen Bruder am Ärmel zupft. Die Erzählung sei eine »meisterhafte Parabel über brutal zerstörte Behaglichkeit ... oberflächliche Propaganda, aber ... vor allem eine bestens konstruierte short story und – wie es oft geschieht, wenn Kipling haßt – sie vermittelt einen seltsamen Eindruck von der Liebe des Autors zum Detail.« Wie auch »Mary Postgate« sei die Erzählung gräßlich; beide zeichneten sich jedoch dadurch aus, daß sie »sich der Bestialität des Kriegs von solch ungewöhnlichen, andersartigen Seiten nähern ... All diese bedrohlichen Schrecknisse entwickeln sich so natürlich wie eine süßliche, sentimentale Konversation in einer Geschichte, in der eine liebe alte Dame arme Waisenkinder willkommen heißt. Es ist die umgekehrte viktorianische Kindergeschichte.«

Zum Titel vgl. Lukas 9:25.

Mary Postgate
»Mary Postgate«, zuerst in ›*Nash's Magazine*‹ und ›*Century Magazine*‹, September 1915.

Eine der kontroversesten Erzählungen von RK; die Reaktionen fallen grob in drei Gruppen: daß derlei Haß und Sadismus in jedem Fall unzulässig sei; daß man mitten in einem blutigen Weltkrieg vielleicht doch ein bißchen hassen dürfte; daß alles amoralisch und/aber Kunst sei. Angus Wilson nennt den Text »die wuchtigste seiner Geschichten aus dem Weltkrieg« und findet darin »Mitleid nicht für die Gehaßten sondern für jene, die hassen« sowie die unbehagliche »Möglichkeit, daß ein feines und subtiles Kunstwerk auch Propaganda sein kann, geschrieben in einem Geist, den wir abstoßend finden.« Insgesamt sei die Erzählung »zutiefst schockierend, und ich weise alle Versuche zurück, die Brutalität hinwegzuerklären.« Stewart befaßt sich mit Mary Postgate und versucht, RKs diskrete, alle möglichen Dinge implizierende Charakterzeichnung in eine Art »Klartext« zu bringen – Marys blinde und taube Liebe zum nicht sehr liebenswerten Wynn, der selbstverständlich – (RK weiß es, die Leser wissen es, nur Mary will es nicht wissen) – genau dasselbe getan haben würde wie der deutsche Flieger; ihr völliger Mangel an Fantasie; die mehrfach wiederholte Maxime, daß man sich mit bestimmten Dingen nicht lange abgeben darf; die Identität oder zumindest fastidentische Nähe von Liebe und Haß, Gebären und Töten; das furchtbare Finale als Marys Form von Zusammenbruch und Trauer, da sie ja nicht weinen kann; die Psyche der mittelalten Jungfer und der unendlich makaber synchronisierte übertragene Geschlechtsakt des Sterbens, bei dem – Liebe = Haß – der Deutsche identisch ist mit Wynn und das Stöhnen zu Marys Orgasmus liefert; die »skandalöse« Sinnlichkeit des nachfolgenden warmen Bads. Es sei keine Geschichte über Haß, sondern »über etwas, das mit einer bestimmten Frau geschieht, die von Kräften aufgerieben wird, deren die meisten ihr gänzlich unbewußt sind ... nicht nur eine entsetzliche, sondern auch eine tragische Geschichte ... voll von Mitleid und Schrecken ... Grauen, das aus einer authentischen, tief eindringenden Erforschung eines Charakters erwächst. Alle Emotion hinter der Geschichte ist in die Handlung um- und eingeschmolzen. Deshalb bleibt die Erzählung ein Kunstwerk, so furchtbar sie auch ist.« Edmund Wilson befaßt sich mit einer kurzen Passage, die er mit dem »Anschlagen einer überstraff gespannten Saite, die gleich reißen wird« vergleicht: Mary Postgate zündet das »Opferfeuer« an; an dieser Stelle greift zum ersten und einzigen Mal der

Autor direkt ein – »Als sie das Streichholz entzündete, *das ihr Herz zu Asche verbrennen würde*« – und kontrastiert dies mit dem »harten« Detail des nachfolgend genannten Kirschlorbeers, »wo ein minderer Schriftsteller einfach ›Gebüsch‹ geschrieben hätte«. Die zerreißende Spannung wird danach vorübergehend gelöst durch den *comic relief* von »Cheape? – Sheep«; dieses makabre Echo entzieht sich der Übersetzung. – Eine wie auch immer befriedigende endgültige Erklärung der Geschichte der »trockenen« Mary Postgate, die zweimal in die »wilde Nässe« hinausgeht, die weder schwitzt noch weint noch taumelt, und deren einzige körperliche Reaktionen im makabren Finale zu finden sind, als sie im Feuer »nach dem geheimen Kitzel von Allem« stochert, ist angesichts der dichten, vieldeutigen Details wahrscheinlich nur dann möglich, wenn man amoralische Ambivalenz ausschließt und RK entweder zum psychologisch minderbemittelten Sadisten erklärt oder sich in ebenso waghalsige Hilfskonstrukte flüchtet wie z. B. Tompkins oder Bodelsen: Kipling habe zeigen wollen, welche moralischen Katastrophen der von Deutschland begonnene Krieg bewirke.

House master, House matron: Leiter(in) eines Internatshauses. –/– Gatepost: Torpfosten; Packthread: Packzwirn. –/– Flying Corps: das Royal Flying Corps wurde später zur Royal Air Force. –/– Taubes: frühe deutsche Flugzeuge; Farmans: frühe französische Flugzeuge. –/– Friedhofstor: *lych gate*, »Leichentor«. –/– Offiziersausbildungscorps: prämilitärische Truppe der oberen Jahrgänge einer Public School. –/– Brookland: die erste Rennstrecke für Motorfahrzeuge in England, nahe Woking, Surrey. –/– Sonder-Constable: d. h. während des Kriegs im Dorf zuständig für Zensurmaßnahmen o. ä. –/– Laty: Lady. –/– *Cassé. Tout cassé:* (frz.) gebrochen, ganz/alles gebrochen. –/– Che me rends: (frz.) *Je me rends*, ich ergebe mich. –/– *Nein! . . . Ich haben der tot Kinder gesehn:* im Original deutsch; RK hat die ältere Schreibweise »todt«.

The Beginnings/Die Anfänge
zuerst in EA.